MAYA HUGHES

The Time I Stayed With You

Die Romane von Maya Hughes bei LYX:

Die Fulton-University-Reihe:
1. The Memories We Make
2. The Second We Met
3. The Chances We Take
4. The Rules We Break

Die Loving-You-Reihe:
1. The Moment I Fell For You
2. The Years I Dreamed Of You
3. The Time I Stayed With You

MAYA HUGHES

THE TIME I STAYED *with You*

Roman

Ins Deutsche übertragen
von Bianca Dyck

LYX

LYX in der Bastei Lübbe AG

Die Bastei Lübbe AG verfolgt eine nachhaltige Buchproduktion. Wir verwenden Papiere aus nachhaltiger Forstwirtschaft und verzichten darauf, Bücher einzeln in Folie zu verpacken. Wir stellen unsere Bücher in Deutschland und Europa (EU) her und arbeiten mit den Druckereien kontinuierlich an einer positiven Ökobilanz.

FSC
www.fsc.org
MIX
Papier | Fördert gute Waldnutzung
FSC® C014496

Die Originalausgabe erschien 2021 unter dem Titel
»The Hate Of Loving You«.

Textredaktion: Jana Karsch
Umschlaggestaltung: © Zero Werbeagentur GmbH unter Verwendung von Motiven von © tomertu / shutterstock;
Runrun2 / shutterstock; Elon Tom / shutterstock
Satz: Greiner & Reichel, Köln
Gesetzt aus der Adobe Caslon
Druck und Verarbeitung: GGP Media GmbH, Pößneck

Printed in Germany
ISBN 978-3-7363-1935-6

1 3 5 7 6 4 2

Weitere Informationen unter:
lyx-verlag.de
luebbe.de | lesejury.de

Liebe Leser:innen,

wir möchten darauf hinweisen,
dass dieses Buch folgende Themen enthält:

*Verarbeitung von Tod, Verlust und Trauer,
Erinnerungen an Gewalterfahrung und Schilderungen
von toxischem männlichem Verhalten.*

Wir wünschen uns für euch alle
das bestmögliche Leseerlebnis.
Euer LYX-Verlag

1

Bay

Die Busse hielten neben dem Hotel, das direkt am Strand lag und in dem Maddy und die Band sich anscheinend am liebsten einquartierten, wenn sie in L.A. waren. Mein Magen zog sich zusammen, als der Bus quietschend zum Stehen kam und die Abdichtung der Tür laut zischte.

Vor fünfundzwanzig Tagen hatte ich diesen Ort verlassen. Vor fünfundzwanzig Tagen hatte ich *ihn* verlassen. Vor fünfundzwanzig Tagen hatte mich die Angst übermannt, und ich war geflohen. Damit hatte ich es so eilig gehabt, dass ich seit dem Tag, an dem das Fuhrwerk des Flugzeugs von der Rollbahn des Flughafens abgehoben hatte, der sich zwanzig Minuten Fahrtweg entfernt befand, nicht mehr zu Atem gekommen war. Vor fünfundzwanzig Tagen hatte ich den größten Fehler meines Lebens begangen.

Ich hatte geglaubt, dass ich mich ein für alle Male von der Gitarre neben mir verabschiedet hätte, als ich sie in der Mülltonne vor meinem Haus in Greenwood entsorgt hatte. Doch nun war sie zwischen die Sitzbank und den festgeschraubten Tisch im vorderen Bereich des Tourbusses geklemmt.

Als sie bei mir angekommen war, hatte ich nicht anders gekonnt, als mir die Hand vor den Mund zu halten, während meine Finger ganz taub geworden waren. Irgendwie hatte er es geschafft, sie zu reparieren. Die blassen Linien des gesplitterten Holzes waren auf dem glänzenden schweren Korpus der Gitarre kaum noch zu erkennen. Sie hörte sich jetzt anders an, besaß einen satteren, tieferen Klang. Das Stück, das ich vor der Abfalltonne bewahrt hatte, steckte nach wie vor im Gitarrenkoffer, der mich nun überallhin begleitete.

Meine Hände zitterten, und ich starrte aus dem Fenster in Richtung Campus. Mein Handy lag auf meinem Schoß, und das Leuchten des Bildschirms strahlte mir entgegen, während ich versuchte, Worte zu finden. Andere Worte als die, die ich geschrieben hatte, bevor ich fortgegangen war. Oder die, die ich Hunderte Male getippt und dann doch wieder gelöscht hatte, weil ich mich davor fürchtete, sie abzuschicken.

Regentropfen sprenkelten die getönte Scheibe.

»Bay, hier ist deine Schlüsselkarte.« Maddy schob sie mir über den Tisch zu. Ich öffnete den laminierten Pappordner. Darin befand sich mittlerweile eine ganze Sammlung. Eine Sammlung, von der ich nicht wusste, warum ich sie besaß. Vielleicht als Andenken. Als Erinnerung an diese Zeit. Ich war mit einer der weltgrößten Bands unterwegs gewesen. Hatte meinen Augenblick im Rampenlicht gehabt, auf den ich würde zurückblicken können, wenn ich auf der Tribüne saß und ihn anfeuerte.

Doch Maddy ging nicht an mir vorbei, um den Jungs ihre Karten zu geben.

»Holden, kannst du die hier für mich verteilen?« Sie reichte ihm den Stapel, der von einem Gummiband zusammengehalten wurde.

Der Bus leerte sich, und ich starrte auf die Schlüsselkarte auf dem Tisch, als hätte ich vergessen, worum es sich dabei handelte und wofür man sie benutzte.

»Wie fühlst du dich, Bay?«

Mein Blick zuckte nach oben, begegnete ihrem, und ich zuckte die Achseln, um so zu tun, als würde ich nicht gerade innerlich völlig aus den Fugen geraten. Als stünde ich nicht kurz vor einem Nervenzusammenbruch – genau wie schon die letzten vier Wochen über.

»Gut. Bin nur müde.« Ich hatte noch nie einen so auslaugenden Monat erlebt wie den letzten. So hatte ich mir das Leben auf Tour nicht vorgestellt. Die Aufregung eines Auftritts jagte mir das Adrenalin direkt ins Herz, doch alles darum herum fühlte sich gedämpft und ausgeblichen an. So als würde ich das Leben von jemand anderem führen. Als wäre mir ein Teil meines Ichs gestohlen worden, nein, als hätte ich es verloren. Und dies ließ meine Sinne abstumpfen und nahm mir das, was meine Leidenschaft entfacht hatte. Dare und Keyton – ein und dieselbe Person, nicht länger an meiner Seite.

Die Monotonie des Reisens war definitiv ungewohnt gewesen. Vor jedem Auftritt hatte ich mich übergeben müssen. Nachdem Holdens Schuhe dem Desaster einmal knapp entkommen waren, hatte er stets einen Mülleimer bereitgehalten. Wenn wir nicht in einem Hotel übernachtet hatten, hatte ich mich im Anschluss an die Auftritte immer in meiner Kabine im Tourbus zusammengerollt. Und ich hatte geschrieben. Ich hatte so viel geschrieben, dass mir die Finger vom Halten des Stifts und dem Anschlagen meiner Gitarre wehgetan hatten. Ich hatte mein Notizbuch gefüllt, als würden die Körner in der Sanduhr bald verrinnen. Und möglicherweise taten sie das auch.

»Du wirkst mehr als nur müde.« Maddy setzte sich neben mich und stupste mich mit dem Ellenbogen an.

»Es ist seltsam, so bald schon wieder hier zu sein.«

»Es fühlt sich ganz anders an, obwohl weniger als ein Monat vergangen ist, oder?«

Ich nickte nur, da meine Kehle wie zugeschnürt war. Keyton befand sich irgendwo da draußen in der Stadt. Ich hatte die Spiele verfolgt. Und obwohl sein Name kein einziges Mal gefallen war, hatte ich stets die Seitenlinie nach ihm abgesucht. Die Neuigkeit, dass Vince aus dem Team geworfen worden war, nachdem er unter Einfluss von Drogen gefeiert und nach einem Unfall Fahrerflucht begangen hatte, hatte es in die Nachrichten geschafft. Das war also ein Problem weniger, mit dem Keyton sich im Team würde herumschlagen müssen. Allerdings würde ich dafür möglicherweise ein anderes in sein Leben zurückbringen – mich.

»Hat das hier vielleicht gerade was damit zu tun, dass du morgen für den Rest der Tour nicht wieder in diesen Bus steigen möchtest?«

Mein Kopf schnellte hoch. »Was? Nein! Ich weiß, dass das hier eine Gelegenheit ist, für die andere töten würden.« War es so offensichtlich gewesen? Schwebten meine Gedanken etwa in einer Sprechblase über meinem Kopf, ohne dass ich etwas davon wusste?

»Aber du bist nicht ›andere‹, Bay.« Ihr Blick wurde weicher, und sie faltete die Hände auf dem Tisch. »Es gibt eine lange Liste mit Gründen für das, was wir tun. Der Lohn für all die Mühe ist unvorstellbar und aufregend, doch wenn du nicht mit ganzem Herzen dabei bist – wenn dein Herz woanders ist, dann wird es dir nie das geben, was du dir wünschst.«

Das Brennen in meiner Brust nahm zu und fühlte sich an, als könnte es mich in Sekundenschnelle versengen. Ich dachte jede Nacht an ihn. Träumte von ihm.

»Was ist, wenn mein Herz nicht haben kann, was es sich wünscht? Wenn ich die einzige Chance, es zu bekommen, zerstört habe?«

Sie öffnete den Mund und griff nach meinen Händen. »Mach dir keinen Vorwurf, weil du diese Gelegenheit wahrgenommen hast, Bay. Ich weiß, wie schwer so was sein kann. Ich weiß, wie es sich anfühlt, wenn man in die Augen von jemandem blickt und glaubt, er könnte einem die Welt zu Füßen legen. Aber so läuft das nicht immer. Und wenn du darauf wartest, dass jemand genau das tut oder genau diese Person für dich ist, dann kannst du nur enttäuscht werden.

Du bist zweiundzwanzig. In deinem Leben kann sich noch vieles ändern, aber du musst dir sicher sein. Du musst das hier wirklich wollen, denn es ist kein leichter Job, und das wird es auch nie sein. Egal, wie du dich entscheidest, ich stehe hinter dir. Der Bus fährt morgen früh um sieben ab. Ich hoffe, du wirst da sein und mitfahren, könnte es allerdings absolut verstehen, wenn es nicht so wäre.« Sie erhob sich und ging auf den Ausgang des Busses zu.

»Bay?«

Ich lehnte mich zur Seite, um ihr durch den Gang hinterherzublicken.

»Wenn er nicht für dich da ist, kannst du dich immer noch für die Musik entscheiden. Ich habe gesehen, was du erschaffen kannst. Und es ist ein Geschenk, dem du dich nicht verschließen solltest.« Sie verschwand auf der Treppe, und ich blieb allein in der Stille zurück.

Die Angst, die in mir aufstieg, wenn ich daran dachte, was er in mir sah, wurde von der Panik aufgewogen, die bei dem Gedanken hochkam, ihn nie wiederzusehen. Felicia hatte mir Dads Gitarre zugeschickt und eine Nachricht beigefügt, dass sie von Keyton war. Und das hatte mich gebrochen. Ich strich mit den Fingern über die Risse und Splitter, die durch den glatten Lack wirkten, als würde man sie durch Museumsglas betrachten. Als wäre die Gitarre konserviert worden, damit sie für immer bei mir bleiben konnte. So hatte ich mich gefühlt, als ich sie zum ersten Mal wieder in Händen gehalten hatte, wobei meine Finger so sehr gebebt hatten, dass ich die Gitarre aus Angst, sie kaputt zu machen, indem ich sie fallen ließ, hastig zurück in den Koffer gelegt hatte.

Ein Teil unserer Vergangenheit war wieder zusammengesetzt worden, und ich hatte uns aufs Neue auseinandergerissen.

Direkt nach dem Auftritt hatte ich mich mit Eiscreme und einer Wärmeflasche im Hotelzimmer eingeschlossen und mich gefühlt, als würde ich an meinen Tränen ersticken. Sie hatten mir die Kehle zugeschnürt und in meinen Augen gebrannt. Meine Haut war so heiß gewesen, dass ich gedacht hatte, das Wasser müsste einfach auf meinen Wangen verdampfen, was natürlich nicht geschehen war. Der Schmerz war jedoch geblieben.

Und nun war ich zurück. Doch was erwartete mich hier?

In einem Monat konnte sich vieles verändern. Die komplizierten Gefühle, die ich für Keyton hegte, hatten sich vertieft, ausgedehnt und die Lücken in meiner Seele auf eine Art und Weise ausgefüllt, wie ich es vorher noch nie erlebt hatte. Allerdings fürchtete ich mich auch vor ihnen – so sehr hatte ich mich noch nie vor etwas gefürchtet. Diese Angst war größer als damals, in dem Moment, als er mit den Splittern von Dads Gitarre um uns herum über mir gestanden hatte. Oder als ich ihn am Tag unseres Abschlusses auf dem Feld hatte stehen lassen. Und so viel größer als meine Furcht davor, mich ihm wieder zu öffnen.

Nun war ich allerdings wieder dort, wo ich angefangen hatte. Und ich fühlte mich wie eine Außerirdische, die das Kommunizieren neu erlernen musste.

Mein Handy lag immer noch auf meinem Schoß, nur dass der Bildschirm jetzt aus war, sodass mir mein eigenes Spiegelbild von der schwarzen Oberfläche entgegenblickte. Ich wollte ihn nicht noch mehr verletzen, als ich es ohnehin schon getan hatte.

Ich schleppte mich aus dem Bus und schnappte mir meine einsame Tasche, die daneben auf dem Asphalt lag. Der Pförtner des Hotels hielt mir die Tür auf. Aus dem Restaurant, das zum Hotel gehörte, drangen Gelächter und der Lärm von Gesprächen in die Lobby. Glücklicherweise war der Fahrstuhl auf meinem Weg nach oben leer. Auf den Fluren war es still. Das Schloss an meiner Tür piepte, und ich betrat ein weiteres Hotelzimmer. Nach den ersten zehn oder zwölf hatte die Begeisterung rapide nachgelassen.

Da ich mich noch nicht traute, Keyton zu schreiben, und er keinen Account in den sozialen Medien besaß, schaute ich mir Knox' Feed an. Er hatte Fotos davon gepostet, wie er und Keyton zusammengezogen waren. Darunter befanden sich auch einige Selfies mit seinen Eltern. Das war erst vor wenigen Stunden gewesen. Die Gebäude im Hintergrund gehörten zum Campus.

Er war hier. Er war in der Nähe.

Ich sprang vom Bett auf und zog mir schnell meine Schuhe wieder an.

Im Aufzug überlegte ich mir einen Plan. Knox postete häufig Updates, beispielsweise ein Video von einem Besuch am Strand, in dem seine Eltern lächelnd neben ihm standen. An dem Strand, auf den ich während meines Gesprächs mit Maddy hinausgeblickt hatte.

Aufregung floss durch meine Adern. Sie waren also nicht weit entfernt. In der Lobby eilte ich Richtung Ausgang, stolperte dann jedoch rückwärts und versteckte mich hinter einer Marmorsäule.

Keyton trat mit Knox und dessen Eltern durch die Tür, durch die ich vor weniger als einer Stunde hereingekommen war.

Mir gefror der Atem in der Lunge, als hätte mich jemand in einen gefrorenen Teich gestoßen. Wollte mir das Universum etwa mitteilen, dass ich nicht alles ruiniert hatte? Vergab es mir meinen Egoismus und die Feigheit?

Er trug ein weißes Hemd und eine schwarze Hose. Bis auf die Farbe des Hemds waren Knox und er gleich gekleidet.

Mein Herz schmerzte und verzehrte sich nach ihm. Während ich umgeben von Fremden allein in einer Schlafkabine des Tourbusses gelegen hatte, hatte ich den Trost seiner starken Arme vermisst.

Er lachte und schloss seinen Regenschirm. Knox' Eltern hatten ebenfalls einen. Er sah gut aus. Lächelte. Er wirkte nicht müde oder wütend.

Ich wollte zu ihm laufen. Wollte mich ihm entgegenwerfen und mich entschuldigen. Ihm sagen, wie sehr es mir leidtat und wie falsch es gewesen war, dass ich auf diese Art und Weise gegangen war.

Da ich mich nicht länger zurückhalten konnte, holte ich mein Handy heraus und tippte auf seinen Namen. Während ich vor den Shows im Backstage-Bereich gewartet hatte, hatte ich stundenlang auf die leere Fläche im Messenger gestarrt. Und noch länger, während ich im Tourbus gesessen hatte und von der Fahrtbewegung hin und her gewiegt worden war, ohne dass meine Finger einen vollständigen Satz hatten tippen können.

Doch nun, da ich ihn sah, konnte ich nicht anders. Dabei entging mir die Ungerechtigkeit der Situation nicht. Ich hatte ihn verlassen, kam nun jedoch zurück. Zurück zu ihm.

Mit bebenden Fingern tippte ich eine Nachricht.

Ich: Ich bin bald in L.A. Ich würde dich gerne sehen.

Immer noch lächelnd senkte er den Kopf und hielt die Unterhaltung am Laufen, während er sein Handy herausfischte und auf den Bildschirm starrte. Dann gefror sein Lächeln schlagartig, und mir rutschte das Herz in die Hose.

Lange, qualvolle Minuten blickte er auf sein Handy.

So lange, dass ich den Puls an meinen Fingern spürte, weil ich mein eigenes so fest umklammert hielt.

Seine Finger verkrampften sich.

Selbst aus der Entfernung konnte ich seine Anspannung erkennen. Ich nahm den Aufruhr in seinem Inneren wahr.

Meine Sicht verschwamm, und in meinem Rachen setzte ein Brennen ein, das mir die Tränen in die Augen trieb.

Ich wusste, es war unfair. Ich hatte ihn nicht verdient. Diesen Fehler würde ich nicht rückgängig machen können, und dennoch hoffte ich mit jeder Faser meines Körpers, dass ich noch einmal mit ihm würde sprechen könnte. Also schickte ich eine weitere Nachricht.

Ich: Bitte.

Der dunkle Bildschirm in seiner Hand leuchtete auf. Dann schaltete er ihn mit dem Daumen aus und steckte das Handy in seine Hosentasche.

Er schloss zu seiner Gruppe auf und flüsterte Knox etwas zu. Mit großen Augen blickte dieser Keyton an.

»Mom und Dad, Planänderung fürs Abendessen. Es gibt da ein anderes Restaurant, das wir während des Trainingscamps entdeckt haben. Das wird euch gefallen.«

Seine Eltern musterten ihn überrascht, doch dann führten sie ihre lockere Unterhaltung fort und verschwanden wieder durch die Tür.

Währenddessen fühlte ich mich, als hätte mir jemand seinen Stiefel in die Brust gerammt und würde nun mit vollem Gewicht meine Rippen zerquetschen. Anstatt wieder auf mein Zimmer zu gehen, setzte ich mich nach etwa einer Minute in Bewegung und folgte ihnen.

Als ich den Gehweg betrat, bogen sie gerade um die Ecke. Er drehte sich kein einziges Mal um. Warum sollte er auch?

Also lief ich in die entgegengesetzte Richtung zum Strand.

Dort kickte ich mir die Schuhe von den Füßen, und meine Zehen versanken auf dem Weg zum Wasser im feuchten Sand.

Ich ließ mich nicht weit von den rauschenden Wellen entfernt nieder und schlang die Arme um meine angezogenen Beine. Das Wasser sickerte in meine Jeans und bahnte sich einen Weg bis an meine Hüften, sodass der Stoff vollkommen durchnässt war.

Der Wind wehte über den Sand hinweg und jagte mir Schauer über den Rücken. Die Wellen brachen sich in der Ferne, während ich in die Dunkelheit vor mir hinausblickte, die nur vom Mond und den kleinen Lichtern, die über dem Horizont schwebten, erhellt wurde.

Die Hoffnung, er würde auf meine Nachricht antworten, starb mit jeder Minute ein wenig mehr. Und irgendwann war alles um mich herum in völlige Dunkelheit getaucht.

Die Lichter des Restaurants am Strand waren mitsamt meiner Hoffnung verloschen.

Die Nacht erstreckte sich mit einer Traurigkeit vor mir, die mir bis ins Mark ging. Farbtupfer tauchten vor mir auf und formten meine Silhouette im Sand. Als ich mich schließlich aus meiner Erstarrung löste, keuchte ich angesichts der feinen Nadelstiche, die mir durch den Körper fuhren, auf. Hinter mir ging die Sonne auf, doch sie brachte nicht das hoffnungsvolle Versprechen eines neuen Tages mit sich. Stattdessen erstreckte sich eine Leere vor mir, die mir das Gefühl gab, als würde meine Seele in den Schatten übergehen, der sich vor mir auf dem Sand erstreckte.

Das Akku-Symbol auf meinem Handy nahm ein wütendes Rot an. Die Prozentzahl sank in den einstelligen Bereich. Und immer noch keine neue Benachrichtigung.

Taub und unter Schmerzen musste ich auf dem Weg zurück ins Hotel stolpernd das Gehen wieder neu lernen. Unter der

Dusche ließ das heiße Wasser meine Haut prickeln und brennen. Doch die Wärme reichte nicht bis in mein Inneres. Das konnte sie nicht. Stattdessen konzentrierte ich mich auf das, was mir noch geblieben war.

Liedzeilen gingen mir durch den Kopf. In ein Handtuch gewickelt schnappte ich mir meinen Notizblock, bevor die Worte regelrecht aus mir herausströmten. Meine Tränen vermischten sich mit der Tinte auf dem Papier.

Meine Klamotten stopfte ich unordentlich in meine Tasche zurück und nahm die Treppe, um zum Parkplatz zu gelangen, wo der Bus stand. Der untere Gepäckraum war offen und voller Taschen und Ausrüstung.

Maddy kam mit geweitetem Blick die Stufen des Busses herunter. »Du bist hier.«

Ich zog die Schultern hoch und starrte auf den Boden zwischen uns. »Wenn das für dich okay ist.«

Sie schlang die Arme um mich, ihre Stiefel sorgten dafür, dass wir uns fast auf Augenhöhe befanden. »Natürlich ist es das. Ich habe dich gerne dabei. Ich …« Sie löste die Umarmung und trat einen Schritt zurück. »Ich weiß, du hast dir etwas anderes gewünscht, aber du bist nicht allein. Denk an die Musik, und halt sie nah an deinem Herzen.«

»Ich habe ein paar neue Songs geschrieben.« Zum Ende des Satzes brach meine Stimme.

Sein letztes Geschenk an mich. Er hatte das Einzige in mir freigesetzt, was mich von ihm forttreiben würde.

Ich würde mich von meiner Gitarre, den Melodien, die mir durch den Kopf gingen, und den Texten, die mich an ihn erinnerten, trösten lassen.

Wenn er nicht körperlich in meiner Nähe war, würde ich ihn wenigstens in meinen Träumen bei mir tragen, bis ich gelernt hatte, ihn gehen zu lassen.

2

Keyton

»Ich habe genug Geld. Ich möchte mit Wisconsin reden.« Ich goss mir Wasser über den Kopf und erhöhte für die letzten fünf Minuten meines Workouts die Geschwindigkeit des Laufbandes.

»Weißt du, wie kalt es da oben ist?«, murrte Ernie durch den Lautsprecher meines Handys.

Meine Schritte klangen laut auf dem Trainingsgerät, das im zweiten Schlafzimmer meines Apartments stand, das sich auf der fünfundfünfzigsten Etage befand und einen Ausblick auf die Skyline von Philadelphia bot. Die Lokalnachrichten im Fernseher gingen zum Sportteil über.

»Ich habe Kälte schon mal erlebt. Du tust so, als hätte ich noch nie in Wisconsin gespielt.«

»Dort zu spielen und dort zu leben sind zwei völlig unterschiedliche Dinge. Die Gehaltsobergrenze des Teams wird uns nicht viel Spielraum lassen.« Ernies Stimme, der man deutlich anhörte, dass er früher eine ganze Packung Zigaretten pro Tag geraucht und schon so einiges miterlebt hatte, grollte wie ein alter Dieselmotor.

»Ist mir egal. Wenn sie mich einsetzen wollen, möchte ich sehen, was bei dem Gespräch rauskommt.« Ich erhöhte die Geschwindigkeit erneut um einen halben Schritt. Nach dem

Trainingscamp hatte ich mich mehr angestrengt als je zuvor, und trotzdem saß ich immer noch auf der Bank. Nachdem ich mich allerdings auf dem Feld bewiesen hatte, war ich zum ersten Ersatzspieler aufgestiegen und kam mir vor wie ein außerordentlich gut bezahltes Maskottchen. Es hatte jedoch auch seine Vorteile. Zum Beispiel hatte ich so eine Stiftung gründen können, die Kindern wie mir eine Chance auf ein besseres Leben bot. Heute Abend würde ich einige Leute zu einem *Without-Grey*-Konzert begleiten, da sie dies bei einer Auktion meiner Stiftung gewonnen hatten. Immer wenn ich die Musik der Band hörte, musste ich an Bay denken.

Es half auch nicht gerade, dass ihre Hits in den letzten Jahren ununterbrochen in den Charts gelandet waren. Doch ihre Songs waren nicht der einzige Grund, warum ich das Radio mied und nur Musik aus längst vergangenen Jahrzehnten streamte.

Die Musik von *Without Grey* schien untrennbar mit meinem Leben verbunden zu sein, obwohl ich den Mitgliedern nur wenige Male begegnet war. Dennoch würde ich für die Gewinner der Auktion heute Abend bei dem Konzert den guten Gastgeber spielen. Ihr Gebot war großzügig gewesen und würde viel Gutes bewirken.

Ernies raue Stimme unterbrach meinen Kurztrip in die Vergangenheit. »Sie zahlen weniger. Komm schon, Keyton. Du machst es mir gerade echt schwer. Ich habe drei College-Ausbildungen zu bezahlen.«

»Deine zehn Prozent werden die mehr als decken können. Und denk nur an die ganzen Werbekampagnen, die ich bekommen werde, wenn ich tatsächlich spiele.«

Ich hatte gedacht, im Football gäbe es keine zweiten Chancen, doch wie sich herausgestellt hatte, sorgte Aberglaube dafür, dass allerhand Regeln neu geschrieben wurden.

»Die Deals, die ich bis jetzt ausgehandelt habe, sind schon verdammt gut.«

»Und jetzt stell dir die doppelte Summe vor. Wir haben ein wesentlich besseres Druckmittel in der Hand, wenn ich derjenige bin, der das Team zum Sieg führt.«

»Oder du brichst dir wieder das Bein.«

»Das war vor drei Jahren.« Ich drückte genervt auf den Knopf, um meine Geschwindigkeit erneut zu erhöhen, damit ich meinen gesamten Frust ausschwitzen konnte. Charlotte hatte mich in meiner ersten Saison nach dem Wechsel zu den Lions eingesetzt. Ich hatte fünf Spiele gespielt. Und wir hatten alle fünf verloren, doch das tatsächliche Problem war ein brutaler Tackle gewesen, der für einen zweiwöchigen Streckverband an meinem Bein gesorgt hatte, auf den eine Operation und monatelange Reha und Physiotherapie gefolgt waren. Anschließend hatte ein Trade nach Miami stattgefunden, und verglichen mit anderen Verträgen hatte ich dort so gut wie nichts bekommen, allerdings war meine Gesundheit wiederhergestellt, und ich war erneut bereit zum Spielen gewesen. Sie hatten hingegen andere Pläne für mich gehabt, und diese hatten nichts mit dem Feld zu tun. Doch ich hatte so wenigstens einen weiteren Championship-Ring für mein Regal abgestaubt, und das Glück war mir wieder hold gewesen, als ich in meiner fünften Saison zu Philly gewechselt war. Die sechste würde in weniger als einer Woche starten.

»Und das war die einzige Saison, für die du keinen Ring bekommen hast. Das möchte doch niemand riskieren. Es ist sicherer für dich, wenn du brav auf der Bank sitzt und hübsch aussiehst.«

»Ich möchte nicht mehr auf der Bank sitzen.«

Am anderen Ende der Leitung wurde schwer nachgedacht. »Mir gefällt das immer noch nicht.«

»Muss es auch nicht. Mir muss es gefallen, und ich will sehen, welche Optionen mir zur Verfügung stehen.«

Es folgte ein unwilliges Grummeln. »Na gut, aber wenn sie uns für dumm verkaufen wollen, gehen wir.«

»Erst mal hören wir uns das Angebot an und entscheiden dann, ob sie uns für dumm verkaufen wollen oder nicht.«

Das Trainingslager war vorbei. Eine weitere Saison stand bevor. Ein weiteres Jahr voller Siege. Fünf weitere Monate, in denen ich nutzlos herumsitzen und Platz verschwenden würde.

Fünf Championship-Ringe befanden sich im Safe in meinem Schrank. Fünf Ringe von drei verschiedenen Teams. Es wurde heiß spekuliert, ob ich die nächste Saison in Philly verbringen oder mein Glück woanders versuchen würde. Mir ging die gleiche Frage durch den Kopf, seitdem ich von Konfetti und Feuerwerk umgeben das Feld betreten und eine glänzende goldene Trophäe in die Höhe gehalten hatte.

Jedes Jahr zu dieser Zeit kamen diese Erinnerungen in mir hoch. An den Sommer, der mein Leben verändert hatte. Den Sommer, in dem ich Bay und beinahe auch alles andere verloren hatte.

Ich drückte energisch auf den Cool-down-Knopf und ging vom Sprinten zum Joggen und letztendlich zum Gehen über.

Sechs Jahre, zwei Monate und drei Tage.

Als ich sie das letzte Mal gesehen hatte, hatte ich ihr gesagt, dass ich nie wieder so viel Zeit verbringen wollte, ohne sie zu sehen. Und dieser Wunsch war mir erfüllt worden, als hätte ich ihn mir von einer Sternschnuppe gewünscht.

Sie war in Musikvideos, der Werbung, auf dem roten Teppich, bei Preisverleihungen und Wohltätigkeitsveranstaltungen erschienen. Ich hatte keine sechs Jahre ohne ihren Anblick auskommen müssen. Stattdessen hatte ich sie beinahe täglich gesehen, was es nur schlimmer gemacht hatte – so viel schlimmer.

Neben der Wasserflasche, die ich auf dem Bedienfeld des Laufbandes abgestellt hatte, leuchtete mein Handy auf.

»Knox, was gibt's?«

»Willst du nicht mit einem Exklusivbericht rausrücken?«

Ich lachte und drückte auf Stopp. »Jetzt schon ein waschechter Reporter, was?« Ich griff mir mein Handtuch, mit dem ich mir Nacken und Gesicht abtrocknete.

»Ich versuche nur, mich zu beweisen, jetzt, da ich nicht mehr auf dem Feld bin.«

»Wenn du weiterhin dein Shirt ausziehst, dann werden die Ratings der Damen dir deinen Platz schon sichern.«

»Die Cookies haben in der Nebensaison leider ihren Tribut gezollt.« Er seufzte, klang jedoch kein bisschen reumütig. »Mein Sixpack ist nicht mehr das, was es mal war.«

Ich warf mein Handtuch in den Wäschekorb, kickte mir die Schuhe von den Füßen und ging in die Küche. Der Kühlschrank war voll von Protein-Shakes, gegrilltem Hähnchen und Gemüsegerichten, die nach Anweisung meines Ernährungsberaters in Portionen aufgeteilt waren.

»Ich interpretiere dein Schweigen mal so, dass du körperlich wie immer in Topform bist.«

»Die Vorbereitung auf das Spiel ist schon die halbe Miete.« Die andere Hälfte bestand darin, auch tatsächlich aufs Feld zu dürfen.

»Du solltest wie Dagobert Duck in deinem Geld schwimmen und dich mit Kuchen vollstopfen, wann immer du kannst. Wie viele Typen schaffen es in die sechste Saison?«

»Vermutlich einige Kicker da draußen.«

Sein Lachen ließ das Handy in meiner Hand vibrieren.

Ich nahm mir einen der grünen Shakes und schloss die Kühlschranktür. »Und wie viele Typen haben in fünf Saisons weniger als eine komplette Spielzeit auf dem Feld verbracht?«

»Sind wir schon wieder bei diesem Thema gelandet? Nimm die Kohle und lauf. Oder lass es. Abgesehen von den Kosten für das Apartment, zu dem Alice dich überredet hat, gibst du dein Geld vermutlich noch genauso aus wie früher, als du noch in der Trainingsmannschaft warst.«

Das extrem stilvolle Apartment im *Four Seasons*. Wer hätte gedacht, dass man in einem Hotel wie diesem wohnen konnte? Ich jedenfalls nicht. Die Aussicht war atemberaubend. Die Fassade des *One-Liberty-Place*-Hochhauses glänzte direkt vor meinem Fenster. Die Nebenkosten für ein Jahr in dieser Wohnung hatten geschmerzt wie der Angriff eines Bienenschwarms, dem aufgefallen war, dass ich hinter seinem Honig her war. Doch es war ein Kompromiss gewesen. Alice hatte nicht hierherziehen wollen. Sie hatte sich ein Haus mit Garten gewünscht. Einen Ort, um eine Familie zu gründen.

Das Apartment war ein Kompromiss gewesen und der Anfang vom Ende.

»Folgt da jetzt eine Unterhaltung, oder soll das eine Predigt werden?«

»Ich mache mir Sorgen um dich, Mann.«

»Nicht nötig. Mir geht's gut. Ging mir nie besser. Die Stiftung läuft gut. Ich habe ein weiteres Jahr als rein dekorativer Spieler eines Teams vor mir, das es voraussichtlich zur Championship schaffen wird. Wie lange war ich jetzt schon nicht mehr in eine Schlägerei verwickelt? Vier Jahre.« Nach zwanzig Jahren Freundschaft sorgte er sich immer noch um mich, als wäre ich nach wie vor das Kind, das sich damals in Greenwood in seinem Keller versteckt hatte. Seine Sorge war völlig unnötig, allerdings ließen sich alte Gewohnheiten nicht so schnell ablegen – so war es auch mit jenen, an denen ich selbst arbeitete. Ich konnte ihm keinen Vorwurf daraus machen, dass er seine eigenen besaß. Seine Gewohnheiten führten wenigstens nicht dazu, dass er hinterher mit lädierten Fingerknöcheln und einer aufgeplatzten Lippe dastand.

»Du weißt, was ich meine.«

Das tat ich.

Es folgte ein langer und schwerer Atemzug am anderen Ende der Leitung. »Hast du darüber nachgedacht, Kontakt zu ihr aufzunehmen?«

»Nein.« Natürlich hatte ich das. Unsagbar oft. In so vielen Nächten hatte ich an die Decke gestarrt und mir gewünscht, ich könnte mit ihr sprechen. Allerdings gab es einfach zu viele Gründe dafür, sie das Leben führen zu lassen, das für sie vorherbestimmt war. Genau wie dafür, sich nie wieder dem Schmerz zu öffnen, der daraus resultierte, wenn man sich selbst und dazu noch jemand anderen beinahe zerstörte.

»Warum nicht?«

»Was würde das bringen?« Es würde mir nur beweisen, dass sich rein gar nichts geändert hatte. Und das war angsteinflößender als jede Tür, die mir vor der Nase zugeschlagen werden konnte.

In diesem Moment klingelte es an der Tür.

Ich spähte um die Ecke in den Flur. Der Zugang zu dieser Etage war nur Leuten erlaubt, die auf eine Liste gesetzt worden waren, und den Menschen, die hier lebten. Und meine Nachbarn waren nicht gerade dafür bekannt, sich mal etwas Zucker zu leihen. »Ich muss los. Es ist jemand an der Tür.«

»Okay, wir sehen uns nächste Woche. Und denk drüber nach.«

»Mach ich.«

Ich warf einen Blick durch den Türspion und nahm einen tiefen Atemzug, um mich zu beruhigen. Als ich die Tür öffnete, lächelte ich meine Besucherin an. Früher war sie mehr als jemand gewesen, der an der Tür klingelte und dann darauf wartete, dass ich ihr öffnete.

Alice stand im Flur. Sie trug den beigefarbenen Mantel, den ich ihr letztes Jahr gekauft hatte, obwohl die Blätter sich gerade erst rot färbten. Ihr blondes, glattes Haar hatte sie sich im Nacken zu einem Knoten festgesteckt.

Als ich ihr das erste Mal begegnet war, hatte ich geglaubt, dass ich endlich bereit für etwas Ernstes wäre. Sie war wunderschön, freundlich und unkompliziert. Und nach *jenem* Sommer war ich nur mit Frauen ausgegangen, die auf keinen Fall mit Bay verwechselt werden konnten. Als ich vor zwei Jahren etwas mit Alice getrunken hatte, war ich davon ausgegangen, dass dies einen Fortschritt bedeutete und ich endlich in der Lage sein würde, die verrückten, verworrenen Gefühle für Bay hinter mir zu lassen. Doch so war es nicht gewesen.

»Kann ich reinkommen?« Sie zog an ihrem Ohrläppchen, sodass ihr Ohrring klimperte.

Ich trat zurück. »Natürlich.«

Mit der überteuerten Kaffeemaschine bereitete ich ihr einen Cappuccino so zu, wie sie ihn mochte, und setzte mich ihr gegenüber in einen Stuhl. Die Stuhlbeine rutschten über den Marmorboden.

Wir hatten seit Monaten nicht mehr miteinander gesprochen, obwohl wir völlig sang- und klanglos auseinandergegangen waren. Als sie an dem Abend gegangen war, war das beinahe lautlos vonstattengegangen. Kein dramatisches Geschrei, zerbrochene Gläser oder gewaltige Emotionen. Es war vorbei gewesen, und wir hatten es beide gewusst.

»Wie geht es dir?«

Da ich irgendetwas mit meinen Händen tun musste, nahm ich einen Schluck von meinem grünen Shake. Wir saßen uns wortlos gegenüber wie zwei Fremde, die miteinander allein gelassen worden waren, nachdem ihr gemeinsamer Freund auf die Toilette verschwunden war.

»Gut. Sehr gut sogar.« Ihre Tasse klirrte auf der Untertasse, als sie sie abstellte. Ein peinliches Schweigen kroch die Wände hoch und versuchte, dem Unbehagen im Raum zu entkommen. Ihr Lächeln wirkte höflich, aufrichtig, doch es war nicht das gleiche wie jenes, das sie mir geschenkt hatte, als ich ihr nach dem Umzug erzählt hatte, dass ich einen Ort zum Leben für uns gefunden hatte. Sie trug noch ihre Handschuhe und den Mantel, als wollte sie jederzeit bereit sein, aus dem Zimmer zu flüchten.

Willkommen im Club.

War es immer so unangenehm mit Verflossenen? Auch wenn es mit Bay vermutlich um einiges unangenehmer wäre, hatte zwischen uns stets eine gewisse Vertrautheit geherrscht, selbst wenn sie damit gedroht hatte, mir die Eier abzureißen.

Alice und ich waren beinahe achtzehn Monate lang zusammen gewesen. Nach drei Monaten Trennung fühlte es sich nun an, als hätten wir uns jahrelang nicht gesehen. Während ich ihr gegenübersaß, hatte ich das Gefühl, wir wären nie viel mehr als Bekannte gewesen.

»Wie läuft es denn so? Mir ist noch mehr Gerede über einen Trade zu Ohren gekommen.«

»Gerade eben habe ich deshalb mit Ernie telefoniert. Es finden Gespräche statt, aber noch ist nichts in trockenen Tüchern.« Der Wasserhahn tropfte. Warum war sie nach Monaten der Funkstille plötzlich hier aufgekreuzt? Bei dem Gedanken, dass sie womöglich wieder zusammenkommen wollte, wurde mir ganz schlecht. Wir hatten nicht zueinander gepasst. Das hatte ich ganz deutlich daran erkannt, dass sich nach unserer Trennung so gut wie nichts an meinem Leben geändert hatte. Sie hatte etwas Besseres verdient als einen Mann, der sie einfach gehen ließ, ohne dass es ihn fast umbrachte.

Ich dachte darüber nach, was ich noch sagen konnte. Es

musste doch etwas geben – wie zum Beispiel ihren neuen Freund, der Wide Receiver für New York war. »Mac führt diesbezüglich auch gerade Gespräche, oder?«

Ihre Hände zuckten, sodass der Kaffee in ihrer Tasse überschwappte und ein paar Tropfen auf dem Kastanienholz der Tischplatte landeten. »Sorry.« Sie sprang auf und holte sich ein Küchentuch und einen Schwamm, bevor sie an den Tisch zurückkehrte. Nachdem sie ihre Handschuhe abgelegt hatte, wischte sie mit dem Schwamm über die nasse Stelle und trocknete sie anschließend mit dem Küchentuch, bevor sie beides in der Küche entsorgte. »Das tut er. Die Deadline ist schon in wenigen Monaten, also versuchen sie noch alle Details zu klären.«

Wenn sie ein Gesprächsthema vermeiden wollte, putzte sie immer. Sie hatte stets mit dem Kühlschrank angefangen, dann war mein Kleiderschrank gefolgt, und ihrer war zuletzt dran gewesen. Solche Macken fielen einem auf, wenn man eine Weile mit jemandem zusammen war.

»Du kannst es mir ruhig erzählen, Alice.«

Mit der Hand an der Schranktür, hinter der sich der Mülleimer befand, erstarrte sie. Die Tür schloss sich vollkommen lautlos. Hier gab es keine knallenden Türen. Alles war gedämpft und dezent, von den Farben über die Einrichtung bis zur Akustik. Die gesamte Einrichtung war klassisch und zeitlos gehalten, und ich hatte nach wie vor Angst, etwas auf den Sofas zu verschütten.

Mit kerzengeradem Rücken drehte sie sich um und kam auf mich zu, ihre Augen schimmerten feucht. »Ich weiß, unsere Trennung ist noch nicht sehr lange her. Daher wollte ich nicht, dass du es von jemand anderem erfährst.«

Sie löste die Hände, die sie vor sich gefaltet hatte. An einem ihrer Finger glitzerte ein beeindruckender Diamant. Seine

Größe konnte es mit dem aufnehmen, den ich ihr gegeben hatte.

Ich ließ mir einen Moment Zeit. Dabei versuchte ich nicht, mich zu irgendeinem Gefühl zu zwingen. Ich prüfte jede Emotion, die mir durch den Kopf ging, ohne etwas Bestimmtes fühlen zu wollen.

Dann stand ich auf und nahm ihre Hand, um mir den Ring genauer anzusehen.

Ihre Finger zitterten, und ich bedeckte sie mit meinen. »Ich freue mich für euch beide.«

Ihr entfuhr ein schluchzendes Lachen, und sie wischte sich mit der freien Hand über die Augen. »Wirklich? Ich weiß, es ist zu früh und total verrückt. Ich habe nie …« In ihrem Blick stand absolute Ehrlichkeit. »Ich habe dich nie betrogen. Ich habe nicht mal an einen anderen gedacht, während wir zusammen waren.«

»Ich weiß.« So etwas würde Alice nicht tun. Sie war alles, was sich ein Mann nur wünschen konnte, egal ob als Freundin oder als Ehefrau. Nur eben nicht für mich. Unglücklicherweise hatte sie ihr ganzes Herz in unsere Beziehung gesteckt, und ich hatte angenommen, ich hätte das Gleiche getan. Das hatte ich jedoch nicht. »Mach dir wegen mir keine Sorgen. Ich freue mich für dich. Ich habe Fotos von euch gesehen. Ihr scheint perfekt zueinander zu passen.«

»Es ist Wahnsinn, wie schnell alles gegangen ist.« Sie grinste schief, in ihren Augen erkannte ich Unglauben und unverhohlene Freude. »Im einen Moment waren wir noch bei der Gala der *Headstrong Foundation,* und im nächsten hatten wir bereits drei durchgehende Wochen miteinander verbracht. In dem Monat bin ich zu ihm gezogen.«

»Manchmal weiß man einfach, dass es passt.« Ich ließ mir die Worte auf der Zunge zergehen. In ihnen lag weder Bitterkeit noch der saure Beigeschmack von Traurigkeit oder Reue. Stattdessen empfand ich Freude darüber, dass sie jemanden gefunden hatte, der ihr geben konnte, was sie verdiente.

Und erst da traf mich die Trauer mitten in die Brust und versuchte, durch mein Brustbein zu brechen.

Alice entzog mir ihre Hand und schlang die Arme um mich. »Ich hoffe, du wirst sie wiederfinden.«

»Wen?« Mein ganzer Körper versteifte sich. Ich hatte Bay ihr gegenüber nie erwähnt. Abgesehen von Knox hatte ich mit niemandem über sie gesprochen. Nicht einmal mit LJ, Berk, Reece oder Nix. In all den Jahren hatten die Klatschzeitschriften nur einige triviale Fakten über uns beide ausgraben können. Wie zum Beispiel, dass wir auf dieselbe Highschool gegangen waren und dass eine der Schlägereien, in die ich am Anfang meiner Karriere verwickelt gewesen war, bei ihrem ersten Auftritt stattgefunden hatte. Ansonsten hatte es zwischen uns keine Verbindung gegeben.

Alice löste ihre Umarmung, bevor sie die Hände an meine Wangen legte. »Die Frau, an die du immer gedacht hast, während du mit mir zusammen warst.«

»Ich …«

Ihr Blick wirkte nicht verletzt. Traurigkeit angesichts dessen, was hätte sein können, schimmerte in ihnen, jedoch kein Schmerz. »Du musst nicht darüber sprechen. Ich möchte einfach nur, dass du glücklich bist. Du hast dich so bemüht, mir alles zu geben, was ich wollte. Aber du hast dir nie Zeit für die Dinge genommen, die du wolltest und verdient hast.«

Mir schnürte sich die Kehle zu, sodass ich kein Wort herausbekam.

Sie blickte mir mit ihren klaren blauen Augen entgegen, die von Mitgefühl und Besorgnis erfüllt waren. Vorsichtig neigte sie meinen Kopf und drückte mir einen Kuss auf die Wange, bevor sie mich erneut umarmte. Ihr Wollmantel streifte mein Kinn.

Ich schlang die Arme fest um ihren Rücken. Ich hatte so viel Hoffnung in unsere Beziehung gesetzt, und nun erkannte ich, wie unfair dies ihr gegenüber gewesen war. Sie hatte es nicht verdient, als Beweis dafür zu dienen, ob ich nun endlich dazu fähig war, mich zu verändern, oder nicht. Allerdings war sie nicht mit der Absicht hergekommen, mir eine Ohrfeige zu verpassen. Und das, obwohl ich unsere Verlobung aufgelöst hatte. »Danke, Alice.«

»Nein, ich danke dir. Ohne dich wären Mac und ich uns nie begegnet. Ich denke, damit sind wir quitt.« Ihre Augen waren noch immer feucht, doch ihr Lächeln strahlte.

Ich räusperte mich und freute mich aufrichtig für sie. Dieses Gefühl hatte ich auch einmal verspürt – zweimal –, es war allerdings nicht genug gewesen. Ich hoffte, bei ihr wäre das anders. »Wann findet die Hochzeit statt?«

Sie steckte ihre Handschuhe in die Manteltaschen. »Am Ende der Saison.«

»Bekomme ich eine Einladung?«

Ihre Schuhe schlurften über den Boden. »Wenn du das möchtest, natürlich.«

Wir verabschiedeten uns mit einer weiteren Umarmung, und dann war ich wieder ganz allein in meinem stillen Apartment. Lange Zeit war mir die Stille ein Trost gewesen, eine Zuflucht. Sie hatte mir die Gewissheit gegeben, dass keine Gefahr um die Ecke lauerte und kurz davor war, mich zu verbrennen und völlig verkohlt zurückzulassen.

Eine ganze Weile lang war ich der Drache gewesen. Als ich in der leeren Wohnung des Trainingslagers gesessen hatte, nachdem ich sie vollkommen verwüstet hatte, hatte ich Bays Gitarre fest in meiner Hand gehalten und begriffen, zu was ich geworden war. Ich hatte es begriffen, war aber nicht imstande gewesen, das zu ändern. Die Abwärtsspirale hatte länger angedauert, als es der Fall hätte sein sollen.

Und das bevorstehende *Without-Grey*-Konzert ließ all die alten Erinnerungen hochkommen. Nun fühlte sich mein Apartment nicht länger wie eine Zuflucht an, sondern vielmehr wie ein Versteck oder ein Ort, an den ich verbannt worden war.

Nachdem ich im College mit den Jungs, danach dann mit Knox und schließlich mit Alice zusammengewohnt hatte, beruhigte ein leeres Haus mich nicht länger. Es erinnerte mich lediglich an alles, was ich verloren hatte.

Nun fühlte es sich verlassen an.

3

Bay

Das Scheinwerferlicht fegte über die Bühne.

Without Grey starteten mit dem vorletzten Song ihres Sets.

Holden trat vor mich und versuchte, den Blickkontakt zu mir zu halten, während ein Heer von Menschen – unter anderem Leute aus meinem Team – durch den Backstage-Bereich wuselte.

»Du performst heute Abend zwei Songs. Der erste ist ›Sweetest Goodbye‹, den zweiten werden sich die Gewinner der Wohltätigkeitsauktion aussuchen.«

Eine Hand wurde mir von hinten ins Kleid gesteckt. Die meisten Menschen waren es nicht gewohnt, dass sie im Dunkeln hinter einer Bühne unvermittelt betatscht wurden, doch nach all der Zeit erschien mir so einiges nicht mehr seltsam. Auch an meinem Haar fummelte jemand herum, und jemand anderes frischte mein Make-up auf. Als ich den Fuß hob, befestigte jemand einen Riemen an meinem Knöchel. Ich hasste diese Schuhe.

Dann wurde mir noch ein In-Ear-Monitor angelegt, den ich zurechtrückte, indem ich ihn weiter hineinschob. Die Klänge der Instrumente auf der Bühne drangen durch das kleine Gerät an mein Ohr, ohne dabei verzögert zu klingen oder von der tobenden Menge gestört zu werden. Ich schloss die Augen und atmete tief durch. Ruhe legte sich über mich – bis sie von einem stechenden Schmerz in meiner Seite abrupt zerstört wurde.

Scharf sog ich die Luft ein, unterdrückte jedoch ein Japsen.

»Sorry, eine der Pailletten hat sich gelöst.« Emily hielt zwei Nadeln und einen Faden fast krampfhaft in der Hand.

Erneut schloss ich die Augen, um mich zu erden.

»Bay, kannst du bitte die Augen aufmachen? Du musst hochgucken, damit ich dich fertig schminken kann.«

Ich atmete zischend aus und tat, wie mir geheißen.

»Im Anschluss an die Zugabe wurde um Fotos mit den Gewinnern der Auktion gebeten. Du kannst ablehnen, da es nicht zum Paket gehört. Ich möchte nur wissen, wie ich auf die Anfrage antworten soll.« Holden stand neben mir, das Leuchten des Tablets erhellte sein Gesicht.

»Um welche Stiftung geht es?«

Die letzten Pinselstriche, Griffe ins Haar und Ausbesserungen meines Outfits waren erledigt, und das erste Mal seit gefühlten Stunden fasste mich niemand mehr an. Im Mittelpunkt der Aufmerksamkeit zu stehen war nicht immer so toll, wie einem weisgemacht wurde.

Er überprüfte die Informationen auf seinem Tablet. »Der Schwerpunkt liegt auf Kindern, die häusliche Gewalt erfahren haben. Es wurden über …«

»Natürlich. Wie viel Zeit habe ich dafür?«

»Es wäre der letzte Termin für heute, allerdings haben wir morgen früh um neun das Fotoshooting. Das heißt also, du musst bis fünf gegessen haben, damit du dein Workout schaffst und Haare und Make-up noch rechtzeitig fertig werden.«

»Können wir es nicht einfach mit einem Gerade-aus-dem-Bett-gefallen-Look versuchen? So was ist momentan doch in, oder?« Von so vielen Menschen umgeben zu sein machte mich ganz klaustrophobisch, ganz zu schweigen davon, dass ich in

Kleider eingenäht wurde und mir riesige Metallklemmen ins Fleisch kniffen, nur damit alles perfekt saß. Manchmal wollte ich einfach eine Jogginghose tragen, mir mit den Fingern durchs Haar fahren und eine ganze Woche lang nur Cheetos essen, ohne dass mich jemand belehrte. Doch das Einzige, was mir zugestanden wurde, waren die zwei Tage am Anfang meiner Periode, an denen ich mich immer fühlte, als würden mir die Organe aus dem Leib gerissen. An Tagen, an denen ich ein Konzert gab, musste ich mich allerdings bis sechzehn Uhr von meiner Wärmeflasche getrennt haben und auf der Bühne die Zähne zusammenbeißen.

»Du bist urkomisch.« Seine Stimme klang flach und ausdruckslos.

Ich lachte. »Das Ganze ist nur deshalb auszuhalten, weil ich weiß, dass du sogar noch früher aufstehen musst, um mich rechtzeitig ans Set zu bekommen.«

Er grummelte vor sich hin.

Ich hielt mir als Antwort darauf eine Hand ans Ohr, wobei ich der Visagistin um ein Haar meinen Ellenbogen ins Gesicht rammte. »Sorry, kannst du das wiederholen? Ich habe dich nicht gehört.«

Er räusperte sich und beugte sich zu mir vor. »Ich habe gesagt, du zahlst mir eindeutig nicht genug.«

»Als du gestern Abend den Champagner geschlürft hast, der mir geschickt wurde, hast du dich aber nicht beschwert.«

»Wenn ich beschwipst bin, bin ich glücklicher.« Er zuckte die Achseln und kritzelte etwas auf sein Tablet.

Meine Füße pochten. Mein kleiner Zeh schrie förmlich vor lauter Schmerz, den die wunderschönen Schuhe mit der roten Sohle, dem glitzernden Kristallbesatz und den fünfzehn Zentimeter hohen Absätzen verursachten. Allerdings musste selbst ich zugeben, dass sie atemberaubend aussahen.

»Geht's dir gut?« Holden beäugte mich aufmerksam. Das taten sie alle.

»Alles bestens. Ich fühle mich gut. Ist ja nicht mal meine Show heute. Nur zwei Songs.« Ich hob ein Knie nach dem anderen, um mich selbst zu motivieren. Die Leute waren nicht hier, um mich zu sehen. Sie waren wegen *Without Grey* gekommen. Eine halbe Stunde, und ich würde wieder im Wagen auf dem Weg ins Hotel sitzen, wo ich mich hinlegen und schlafen können würde.

Auf der Bühne setzten die Scheinwerfer schlagartig aus, als die Jungs alle gleichzeitig in die Höhe sprangen.

Camden nahm die Flasche Wasser und das Handtuch entgegen, die ihm von einem Roadie gereicht wurden, der auf die Bühne eilte. Das Mikrofon steckte er wieder in den Ständer, bevor er gierig das Wasser trank. Im Anschluss wischte er sich mit dem Handtuch über Gesicht und Nacken.

Wenn ich während meiner Auftritte eine Pause einlegte, musste ich mich zum Trocknen buchstäblich vor einen Ventilator stellen. Denn sollte ich mir dabei je ins Gesicht fassen, würde ich aussehen wie ein irrer Clown aus dem All.

»Test, Test. Kannst du alles gut hören?« Eine körperlose Stimme sprach durch meinen Ohrhörer zu mir.

Mein Magen vollführte ein paar Saltos. Meine Finger wurden taub. Einer der Roadies drückte mir ein Mikrofon in die Hand.

»Ja, ich kann alles hören.«

»Sind die Einstellungen okay?« Die blecherne Stimme des Tontechnikers dröhnte in meinem Ohr.

»Wenn du die Höhen etwas runterdrehen könntest, wäre das super.«

»Wir haben heute etwas ganz Besonderes für euch, Philly. Wir kennen diese Künstlerin schon seit über zehn Jahren. Sie hat auf dem Album ›Hometown Whispers‹ die Gitarre für den Song ›Burnout‹ gespielt.«

Ein Raunen ging durch die Menge.

Vielleicht würde ich diesmal … keine Chance. Holden stand mit dem Mülleimer bereit.

Emily hielt mir die Haare.

Und ich vergrub den Kopf in besagtem Eimer. Das dürftige Abendbrot, das ich auf der Fahrt hierher im Auto runtergeschlungen hatte, kam wieder hoch.

Nachdem das Würgen ein Ende genommen hatte, wurde mir umgehend ein Handtuch vors Gesicht gehalten. Ich tupfte mir damit den Mund ab. Holden hielt mir eine offene Wasserflasche hin. Ich gurgelte ein wenig und spuckte die Flüssigkeit dann wieder aus. Ihm wurde alles abgenommen, und die Stylisten drängten sich um mich.

Emily gab mir ein Dragee für frischen Atem.

Ich legte es mir auf die Zunge, und sofort überkam mich der beißende Pfefferminzgeschmack. »Tut mir leid. Ich war mir sicher, dass das heute nicht passieren würde.«

»Ist okay. Ich habe der Visagistin gesagt, dass sie nur den Lipliner auftragen soll.« Sie lachte.

Anscheinend hatten alle außer mir damit gerechnet.

»Und weil ihr das absolut beste Publikum seid, haben wir heute Abend für euch …« Camden streckte den Arm in meine Richtung aus.

Ich setzte ein Lächeln auf und trat an meinem Team vorbei, um schnell auf die Bühne zu gelangen. Mir stellten sich die Nackenhaare auf. Allerdings nicht wie üblich vor einer Show, sondern mehr wie …

In diesem Augenblick kollidierte mein Blick am Bühnenrand mit seinem. Er wirkte so verändert und dennoch genauso wie früher, sodass es sich anfühlte, als hätte mir jemand einen

Speer in die Seite gerammt. Sechs Jahre. Sechs Jahre war es her, dass ich ihm erneut meine Liebe gestanden und ihn anschließend verlassen hatte. Vor sechs Jahren war die Gitarre meines Dads auf dem Weg von Illinois nach O'Hare in meinem Schoß gelandet. Die Gitarre, die Dare mir genommen hatte. Die Gitarre, die Keyton mir zurückgegeben hatte. Und vor sechs Jahren hatte ich ihm eine Nachricht geschickt, da ich gehofft hatte, ihn wiederzusehen. Und er hatte mich ignoriert.

Wer war er jetzt? Dare oder Keyton? Oder jemand völlig anderes?

»Bay!«

Ich strauchelte. Mein Absatz blieb an einem der festgeklebten Kabel hängen, die über die Bühne liefen.

Ruckartig streckte er die Hände vor, doch ich fing mich wieder und verwandelte das Stolpern in einen lockeren Lauf auf die Bühne, obwohl meine Zehen merklich protestierten.

Ich hob einen Arm über den Kopf und winkte dem Menschenmeer zu, das das Stadion füllte.

»Hallo, Philly. Ihr habt doch nichts dagegen, dass ich die Party crashe, oder?« Mein Magen verkrampfte sich, und ich warf einen Blick über die Schulter.

Im Schatten der Seitenbühne überragte er alle um mindestens einen Kopf. Seine Schultern waren noch breiter als zuvor. Das passierte wohl, wenn man Profi-Footballer war.

Ist seine Verlobte heute auch da? Die Fotos des Antrags waren auf den Seiten derselben Zeitschriften abgedruckt gewesen wie die Bilder von mir direkt im Anschluss an die Grammys. Dieser Tag hatte nach Double-Chocolate-Eiscreme mit Brownie-Stückchen verlangt. Doch er hatte glücklich ausgesehen. Die beiden hatten einander verliebt in die Augen gesehen, und sie hatte allen ihren funkelnden Ring präsentiert, indem sie die Hand auf seine Brust gelegt hatte.

Während meiner ersten Tour damals mit *Without Grey* hatte ich die Bühne betreten und darauf gehofft, dass die Auftritte das ausgleichen würden, was ich verloren hatte. Doch die Zweifel, die ich vor sechs Jahren sicher in einem Safe verwahrt hatte, hämmerten immer stärker gegen das Metall und machten es mir schwer, meine eigenen Gedanken zu hören.

Camdens Stimme riss mich aus meinem Gedankenchaos. »Hast du heute vor, Gitarre zu spielen?« Er winkte einen Roadie heran.

Das Jubeln der Menge ließ die Bühne unter meinen Füßen vibrieren.

Meine Lippen teilten sich, und ich musterte die wunderschöne Martin-Gitarre, die über seiner Schulter hing, bevor ich die anschaute, die der Roadie in den Händen hielt. Schließlich blickte ich auf meine Nägel hinab. Lachend schüttelte ich den Kopf und hielt sie in seine Richtung. »Sehen die hier aus, als könnte ich damit Gitarre spielen?«

Morgen hatte ich ein Shooting für die Werbekampagne eines Parfüms, und die Bedingung, dass ich mit makellosen Nägeln kam, war Bestandteil des Vertrags. Das bedeutete auch, dass ich seit einigen Wochen nicht mehr gespielt hatte. Fühlte sich wie eine Ewigkeit an. Ich würde mich danach erkundigen müssen, wann ich das nächste Mal eine Pause hatte. Vielleicht durfte ich die künstlichen Nägel entfernen lassen, wenn ich mehr als nur ein oder zwei Tage für mich hatte.

»Sehen eher wie die Nägel eines Superschurken aus.«

Ich warf ihm einen verspielt-hinterhältigen Blick zu und strich mir mit den Nägeln übers Kinn. »Ich habe so meine Momente. Und jetzt lass uns was für deine wunderbaren Fans spielen, die heute hier sind.«

Aus der Menge schrien uns einige Fans entgegen: »Ich liebe dich, Bay.« Und: »Ich liebe deine Frisur.«

Erneut winkte ich und warf obendrein noch mein Haar nach hinten. Sämtliche Blicke waren auf mich gerichtet, was es mir immer sehr schwer machte, mich zu konzentrieren, wenn ich nicht gerade sang.

»Irgendwelche Wünsche?«, rief Camden dem Publikum mit ausgestreckten Armen zu.

Es wurde so ziemlich jeder unserer Songs gerufen. Darunter waren alle, die Holden im Voraus genehmigt hatte. Den Blick hielt ich auf die Masse vor mir gerichtet, das strahlende Lächeln weiterhin im Gesicht.

Doch ich spürte seinen Blick auf mir, die allgegenwärtige Hitze, mit der er hier vor dieser Menschenmenge Schichten von mir freilegte, von denen ich gedacht hatte, dass sie nicht offenbart werden konnten.

Die Jungs von *Without Grey* hatten sich geeinigt, und die Wahl war zufällig genau auf den Song gefallen, der bereits zuvor festgelegt worden war. Schon lustig, wie das so funktionierte. Doch ich verstand es. Selbst nach nur drei Alben war es schwierig, sich an jeden einzelnen Song des gesamten Repertoires zu erinnern, vor allem wenn man ihn schon eine Weile nicht mehr gesungen hatte.

Die Band feierte die Wahl und bat die Person aus dem Publikum auf die Bühne, die am lautesten gebrüllt hatte.

Währenddessen riskierte ich einen Blick zur Seitenbühne. Er stand dort im Anzug neben den Gewinnern der Auktion. Für jemanden von seiner Statur musste es unmöglich sein, Kleider von der Stange zu kaufen. Außer man wollte aussehen wie der Hulk kurz vor einem Wutanfall.

Er hatte sich nicht sehr stark verändert. Er wirkte älter, kultivierter. Die Zähigkeit der Highschool und die Härte des Colleges hatten sich in die Robustheit eines Erwachsenen verwandelt. Der glattrasierte Look betonte seinen Kiefer und den kräftigen Nacken, der von einem gestärkten marineblauen Kragen umgeben war.

Hat er mich vermisst?

Schmerz machte sich in meiner Brust breit. Allerdings war er nun verlobt und würde bald heiraten. Wann fand die Hochzeit statt? Waren sie womöglich bereits verheiratet? Nach der Neuigkeit über seine Verlobung hatte ich mir geschworen, dass ich mir für den Rest meines Lebens keine Klatschnachrichten mehr ansehen würde.

Ich wandte meine Aufmerksamkeit wieder dem Publikum zu, das vor mir im Schatten lag. Die Handybildschirme der Fans erhellten den Raum wie ein riesiger Schwarm Glühwürmchen. In meinem Inneren machten sich die Leichtigkeit und das Kribbeln breit, die ich immer spürte, wenn ich die Bühne betrat. Auch wenn ich mich vorher jedes Mal übergab. In diesen Momenten sang ich die Lieder, die ich zuvor in langen Nächten in einem Studio oder stundenlang im Tourbus gesummt hatte. Wenn die Worte lebendig wurden, war es das alles wert.

Doch das Wissen, dass diese Lichter zu Menschen gehörten, brachte die Nervosität umgehend zurück. Fest packte ich das Mikrofon und schloss die Augen, um mich auf den Text zu konzentrieren, auf die Geschichte, die erzählt werden musste, auch wenn ich das bereits Tausende Male getan hatte.

Austin zählte den Takt mit seinen Drumsticks an, und wir starteten mit »Sweetest Goodbye«. Dieses Lied hatten wir zusammen für mein erstes Album geschrieben, und es hatte mir dabei geholfen, die Charts zu erklimmen.

Alle paar Takte musste ich einfach nachsehen, ob er noch da war.

Die Gewinner der Auktion tanzten, klatschen und streckten die Hände in die Höhe.

Er stand neben ihnen wie ein Babysitter oder Bodyguard, nicht wie jemand, der die Show genoss. Doch vielleicht hatte er das, bevor ich aufgetaucht war.

Während das Publikum applaudierte und jubelte und Austin die letzten Takte auf den Drums schlug, lief Lockwood zur Seitenbühne, damit ihm die Gewinner ihren Wunschsong mitteilen konnten, bevor er sie auf die Bühne führte. Sie bebten förmlich vor Aufregung, und ich umarmte sie kurz, während ich zu Keyton blickte.

»Wir haben hier ein paar großartige Leute, die einen Haufen Geld an die *Headstrong Foundation* gespendet haben. Gebt ihnen bitte einen großen *Without-Grey*-würdigen Applaus.«

Das Toben der Menge traf mich wie ein übersteuerter Bass. Es würde wirklich niemals jemand sagen können, dass die Fans von *Without Grey* nicht begeistert von Wohltätigkeit waren.

Keyton blieb allerdings an der Seitenbühne stehen.

»Wir würden gerne ›Craving Chaos‹ hören«, rief die Zwanzigjährige, die zusammen mit ihren Eltern da war, ins Mikrofon.

Camden wandte sich der Band und mir zu. »Glaubt ihr, das lässt sich einrichten?«

Ich hob mein Mikrofon. »Ja, verdammt.«

Erneut ertönte tosender Jubel, und das Stadion war erfüllt von funkelnden Handylichtern.

Wir legten direkt los, und ich schloss die Augen, um die Nervosität zu verdrängen. Dieses Mal war es einfacher, da er hier war – nicht nur in meinem Kopf, sondern live und in Farbe.

Nach dem zweiten Song lief ich über die Bühne bis ganz nach vorne und schluckte dabei den Kloß in meinem Hals herunter.

»Was haltet ihr davon, wenn ich noch einen dritten Song singe?«

Das Publikum kreischte, und die Bühne bebte unter meinen Füßen.

Durch den In-Ear-Monitor in meinem Ohr hörte ich mehrere Stimmen, die wissen wollten, was ich da tat. Also zog ich ihn heraus und wandte mich mit einem breiten Lächeln an Camden, bevor ich mir auf die Lippe biss und sagte: »Bring mich bitte nicht um.«

Mir stellten sich die Nackenhaare auf. Ein Rückblick. Von meinem ersten Album. Den Song spielte ich immer als Akustikversion. Seinen Song.

Camden lachte und wanderte über die Bühne zu mir herüber, bevor er den Kopf sinken ließ, denn selbst mit meinen Absätzen war er noch um einiges größer als ich.

Ich flüsterte ihm ins Ohr. Sein Blick weitete sich, bevor er über seine Schulter zur Seitenbühne blickte und nickte. Dann lief er über die Bühne, um den anderen davon zu erzählen. Den Song hatten wir in den letzten Jahren bereits einige Male gespielt. Einfacher Tonartwechsel, simple Melodie. Es war mein erster Nummer-eins-Hit.

Ich schloss die Augen und legte beide Hände ans Mikrofon. Der Stoff, mit dem das Mikrofon umwickelt war, passte zu meinem Outfit. Holden hatte dafür gesorgt, dass mein Mikrofon immer damit ausgestattet war, nachdem es mir zum fünften Mal aus der verschwitzten Hand gerutscht war.

Der Song startete mit einem Gitarrenakkord, und ich öffnete die Augen, um das Meer aus Menschen zu betrachten. Auch nach all dieser Zeit war es immer noch sein Blick, der mich durch meine Auftritte trug. Egal, was passierte, ich wusste immer, dass es zumindest eine Person gab, die mich angesehen hatte, als wäre ich der einzige Mensch auf dieser Welt.

Daran klammerte ich mich fest, während ich auf einer Bühne nach der anderen tief durchatmete und das Scheinwerferlicht den Anfang einer Show ankündigte, nachdem ich mich übergeben hatte.

In meinen Wimpern glänzten Tränen, doch ich blinzelte sie fort. Aus diesem Grund spielte ich diesen Song nicht länger live. Das überwältigende Gefühl unserer Vergangenheit prallte auf meine Gegenwart und machte mir das Atmen schwer. Doch er musste ihn jetzt hören, er musste wissen, dass ich immer noch an ihn dachte.

Es war ungerecht und dumm, genau wie damals, als die Angst in mir zu groß gewesen war, um der Mittelpunkt seiner Welt zu sein. Um zu genau darüber nachzudenken, was aus uns hätte werden können.

Er würde bald heiraten. Ich wünschte einfach, ich könnte mit ihm reden und ihm sagen, wie sehr ich mich freute, dass er den Fels in der Brandung gefunden hatte, der ich nicht für ihn hatte sein können. Dann würde ich diese Tür für immer schließen können, in dem Wissen, dass er sein Glück gefunden hatte. Seine Liebe.

»Danke, Philly.« Mit einem Lächeln winkte ich der Menge zum Abschied zu.

Als ich mich der Seitenbühne zuwandte, sah ich noch, wie seine Schulter hinter dem Vorhang verschwand. Also rannte ich in Richtung des nun verlassenen und dunklen Bereichs.

Seine Gruppe wurde von einem Typen mit einem Headset weggeführt.

Auf der Bühne setzte erneut Musik ein.

»Da … Keyton!« Mein Rufen wurde von Austins hektischem Trommeln übertönt.

»Bay!« Holden eilte mir nach.

Trotz High Heels stellte ich mich auf die Zehenspitzen, wie ich es vor einigen Monaten für eine Werbekampagne für Chanel getan hatte, und rannte ihm nach. »Keyton!« Er neigte den

Kopf so, als hätte er mich gehört, blieb jedoch nicht stehen oder drehte sich um.

Köpfe wurden in meine Richtung gedreht, und ich konnte von Glück reden, dass mich niemand zu Boden stieß, weil ich so einen Lärm verursachte.

Jemand hielt ihnen den schwarzen Vorhang auf.

Mein Herz raste und schlug heftig gegen meine Rippen. »Keyton!«

Er blieb stehen und drehte sich um. Genau wie die Leute um ihn herum, die mich allesamt fragend anblickten.

Ich kam schlitternd vor ihm zum Stehen und strauchelte.

Er machte keinerlei Anstalten, mich vor einem Sturz auf die Nase zu bewahren.

Während ich ihn anstarrte, wurde mein Mund trockener als eine wochenalte Kontaktlinse. Es wäre gut gewesen, wenn ich mir vorher überlegt hätte, was ich sagen wollte. *Mist.*

4

Keyton

Bay stand vor mir. Ihre Brust hob und senkte sich heftig, und ihr Blick wirkte hektisch.

Auf der Bühne war sie so atemberaubend gewesen wie eh und je. In dem Kleid, mit hübsch frisierten Haaren und dem Make-up waren die Unterschiede nur allzu deutlich zu erkennen. Diese herausgeputzte und perfektionierte Version von Bay konnte kein bisschen mit dem Goobers-essenden, heiße-Schokolade-machenden Mädchen mithalten, das mir mit einem einzelnen Ton ihrer Stimme das Herz gestohlen hatte.

»Hi.«

Die Musik übertönte die meisten Unterhaltungen und Geräusche backstage.

Ein Geschwader an Menschen stand mit Ohrhörern und Tablets hinter ihr. Es war, als hätte Maddy sich geklont und Bay ein ganzes Team der daraus resultierenden Individuen zur Verfügung gestellt.

Eine schrille Stimme durchbrach die drei Sekunden lange Stille, die entstanden war, während Bay und ich uns angestarrt hatten. »Ich weiß, ich habe dich gerade erst auf der Bühne gesehen, aber ich muss dir einfach sagen, was für ein großer Fan ich bin. Und diesmal will ich die Gelegenheit nicht verpassen«, sprudelte es aus der Zwanzigjährigen heraus, deren Eltern bei der Auktion geboten hatten. Dann griff sie nach Bays Hand und zog sie in eine Umarmung, als hätte sie sie nicht vor weniger als zehn Minuten schon umarmt.

Angesichts der Tatsache, dass ich gerade vermutlich wie ein Idiot aussah, verzog ich das Gesicht. »Gary, Barbara und Bethany, das ist Bay. Aber ich nehme an, das wusstet ihr schon.«

Sie hatten bereits ihre Handys gezückt und schossen Fotos.

Bay musterte die drei, und ich konnte beobachten, wie sie sofort die Maske ihrer Bühnenpräsenz aufsetzte, die sie perfektioniert hatte. Diesen Gesichtsausdruck trug sie während der Stunden ihrer Konzerte, auf dem roten Teppich und bei Autogrammstunden. Ihr Lächeln wirkte aufrichtig und freundlich, aber dennoch wachsam.

Ein Leben, in dem jeder etwas von einem wollte, kannte ich nur zu gut.

Nachdem sie einige Fotos gemacht und Autogramme mit Stiften verteilt hatte, die von ihren Leuten bereitgestellt worden waren, huschte ihr Blick immer wieder zu mir.

Also winkte ich den Produktionsassistenten heran, der uns bis jetzt geführt hatte. »Könnten Sie die drei zur After-Show-Party begleiten? Ich komme gleich nach.«

Während die Auktionsgewinner daraufhin in den Party-Bereich gebracht wurden, reckten sie noch den Hals, um einen letzten Blick zu erhaschen.

Auf der Bühne verstummte die Musik, als *Without Grey* die zweite Zugabe beendete. Und dann brach backstage Chaos aus, als die Ausrüstung hin und her geschleppt wurde, Koffer geöffnet und Instrumente weggeräumt wurden.

Ohne die Musik, die vor wenigen Minuten noch das gesamte Stadion erfüllt hatte, wirkten die Geräusche, die uns nun umgaben, beinahe gedämpft.

Ein Roadie ging mit je einer Gitarre in jeder Hand an uns vorbei. Es handelte sich um elektroakustische Gitarren, die völlig anders waren als die, die ich in Kalifornien zusammengesetzt hatte.

Mein Herzschlag beschleunigte sich, und ich rang nach Worten. »Ich habe deine Nachricht zu der Gitarre erhalten.« Vor sechs Jahren war das das letzte Lebenszeichen von ihr gewesen. Die Nachricht, auf die ich nicht hatte antworten können. Genau wie auf ihre Textnachrichten und ihren allerletzten Versuch, mich zu kontaktieren.

Während ich in dem dunklen Apartment gesessen und versucht hatte, mein Leben davor zu bewahren, vollkommen aus den Fugen zu geraten, hatte ich auf ihre Gitarre gestarrt und mir gewünscht, sie wäre wieder kaputt. Ich hatte mir gewünscht, ich hätte nicht so viele Hoffnungen und Träume in ihre Reparatur gesetzt.

»I… ich kann dir gar nicht sagen, wie viel es mir bedeutet hat, sie zurückzubekommen.«

Anstatt die alten Gefühle tief in mir zu vergraben, ließ ich zu, dass sie mich überkamen. Ich verleugnete den Schmerz nicht, der einst so scharf gewesen war, dass ich hatte nachsehen müssen, ob mir nicht jemand unbemerkt ein Messer in den Leib gerammt hatte. Der Zorn und die Trauer würden mich bloß mental an einen dunklen Ort verfrachten, wenn ich sie nicht zuließ.

»Ich habe mich darüber gefreut, dass sie sicher bei dir angekommen ist.« Mit einem Nicken wandte ich mich ab.

Doch ihre Hand schnellte hervor und packte mich am Arm.

Der Druck ihrer Finger sorgte selbst durch das Hemd und das Jackett noch dafür, dass mein Blut heiß durch meine Adern rauschte. Diese fünf kleinen Kontaktpunkte allein fühlten sich an, als wäre ich seit langer Zeit nicht mehr berührt worden. Als wäre es eine Ewigkeit her, seit sich mein Herzschlag das letzte Mal wegen etwas anderem als körperlicher Anstrengung beschleunigt hatte.

»Können wir reden? Können wir irgendwohin gehen und uns unterhalten?«

Lass mich gehen, Bay. Lass mich einfach gehen. Ich hielt inne, blickte sie jedoch nicht an. »Ich muss bis Mitternacht die Gewinner der Auktion begleiten.«

Sie stellte sich vor mich und blockierte somit meinen Fluchtweg. »Sollen wir uns zum Mittagessen treffen? Morgen.«

Der Typ mit dem wuscheligen Haar und dem Jackett über seinem Hemd trat vor und räusperte sich. »Du hast morgen von fünf Uhr früh bis sechzehn Uhr Termine.«

Zuerst kniff sie die Lippen zusammen, doch dann biss sie frustriert die Zähne aufeinander. Sie sah mich an, ihr Blick suchend und flehend. »Dann auf einen Kaffee? Wir könnten ein Sandwich essen oder so?«

Ich war nie gut darin gewesen, ihr etwas abzuschlagen, doch ich musste standhaft bleiben. »Ich halte das für keine gute Idee.« Es war nicht einfach gewesen, dorthin zu kommen, wo ich heute war. Ich hatte mich durch so viel Mist kämpfen müssen, um jetzt vor ihr stehen zu können. Meine Willenskraft hatte allerdings ihre Grenzen. In wenigen Tagen startete die Saison. Das Trainingslager diente mir stets als Erinnerung an sie und ließ den Schmerz in meiner Brust erklingen wie eine lang vergessene Glocke in einem Kirchenturm.

Sie klammerte sich an meinen Arm und flehte mich mit ihrem Blick an. »Bitte. Nur auf einen Kaffee. Mehr möchte ich nicht.«

Schwer stieß ich den Atem aus und versuchte, mich zu beruhigen. Es hätte leicht sein sollen, ihr den Rücken zuzukehren. Nach unserer bewegten Vergangenheit hätte ich eigentlich nicht zweimal darüber nachdenken sollen, doch es war nie einfach, wenn es um Bay ging.

»Wir können uns auf einen Kaffee treffen.«

Erleichtert ließ sie die Schultern sinken und strahlte mich an. »Wirklich?«

»Klar, sag mir nur wann und wo.« Ich warf einen Blick in Richtung meines Fluchtwegs.

Sie öffnete den Mund, bevor sich Panik auf ihrem Gesicht breitmachte. »Holden? Kaffee, morgen. Wo können wir hin?« Sie wandte sich ihm zu, allerdings ohne den Blick von mir zu lösen, als befürchtete sie, ich würde sonst zum Ausgang mit dem leuchtenden Exit-Schild laufen.

Damit lag sie nicht vollkommen falsch.

Der Gedanke war mir durchaus gekommen. Sogar mehr als das. Er hatte wie eine gigantische, blinkende Neonreklame geleuchtet und mir gesagt: Verschwinde verdammt noch mal von hier.

Holden tippte auf seinem Handy herum, bevor er Bay den Bildschirm zuwandte. Dabei bedachte er mich mit einem messerscharfen Blick.

»Morgen um siebzehn Uhr in der Business Lounge unseres Hotels, dem *Four Seasons* an der 19th Street. Dort gibt es ein Café, das auch Essen serviert.«

In ihrer Stimme schwang Dringlichkeit mit. »Holden kann …«

»Ich weiß, wo das ist.« Denn es war mein Hotel. Das, in dem ich seit einiger Zeit wohnte. Mein Hotel, in dem Bay gerade wenige Etagen von mir entfernt einquartiert war. Mein Herz hämmerte heftig gegen meine Rippen und machte es mir schwer, so zu tun, als ob das Ganze hier keine Wirkung auf mich hätte.

»Oh, okay. Super.« Sie schien mich nicht gehen lassen zu wollen. Stattdessen musterte sie mich, als würde ihr mein Gesichtsausdruck verraten können, ob ich tatsächlich auftauchen würde oder nicht.

»Ich sollte jetzt wieder zu den Gewinnern gehen. Hab noch einen schönen Abend, Bay.« Während ich mit pochendem Herzen davonschritt, musste ich mich enorm zusammenreißen, um nicht zurückzublicken.

Als ich durch den schwarzen Vorhang in den abgesperrten Bereich trat, konnte ich dann doch nicht anders. Ich spähte verstohlen über meine Schulter und erhaschte einen Blick auf sie.

Sie war bereits wieder von einem Geschwader an Menschen umzingelt worden, ganz ähnlich wie damals, als ich sie das erste Mal backstage von lauter Anzugträgern umgeben gesehen hatte. Und genau wie damals schaute sie zwischen ihren Köpfen hindurch in meine Richtung, und unsere Blicke trafen aufeinander.

Ein schwaches Lächeln zog an ihren Mundwinkeln.

Mehr gestattete ich mir nicht, bevor ich hinter dem schweren Vorhang verschwand und mich zur After-Show-Party aufmachte.

Die Gewinner zu unterhalten half ein wenig, mich abzulenken, dennoch wanderten meine Gedanken immer wieder zu Bay. Ganz besonders, als die drei verschwanden, um Fotos mit *Without Grey* zu machen.

Jemand legte sanft eine Hand auf meine Schulter. »Sieh einer an, so fein rausgeputzt siehst du besser aus, als erlaubt sein sollte.«

Dank ihrer Zwölf-Zentimeter-Absätze musste ich zur Abwechslung mal nur ein kleines Stück nach unten schauen, um die temperamentvolle Frau zu mustern, die Bays Träume hatte wahr werden lassen. Und mir damit Bay genommen hatte.

In meiner Brust kämpften gegensätzliche Emotionen miteinander. »Hey, Maddy.«

»Schön, dich zu sehen, Keyton.« Sie stellte sich auf die Zehenspitzen, während ich mich für eine Umarmung hinabbeugte. Sie drückte mir einen Kuss auf die Wange und lehnte sich anschließend an die überraschend spärlich besuchte Bar, an der ich den Barkeeper um eine Flasche Champagner und einige Gläser gebeten hatte. »Hast du das Konzert gesehen?« Ihr Blick huschte zum Durchgang, der sich hinter dem schwarzen Vorhang verbarg.

»Ich habe sie getroffen.«

Ein wenig der Anspannung fiel von ihr ab. »Tatsächlich?«

»Ja. Wir trinken morgen einen Kaffee zusammen.«

»Das ist großartig. Wunderbar.« Ihr Lächeln erstrahlte wie eine Leuchtreklame, bevor es ein wenig nachließ. Sie richtete sich etwas auf und strich sich mit den Händen über das Outfit, das wesentlich legerer wirkte als das, was sie bei unserer letzten Begegnung getragen hatte. »Ich weiß, dass … Ich weiß, zwischen euch ist einiges … ungeklärt geblieben.«

»Ich denke, ihr Brief war sehr deutlich.« Und hatte mich wie eine Kanonenkugel in die Brust getroffen.

»Sie …« Maddy kniff den Mund zusammen. »Ach, egal.« Dann atmete sie aus, wobei der Hauch eines Lachens in ihrer Stimme mitschwang, so als wäre ihr ein Insider-Witz erzählt worden, den ich nicht verstand. »Das müsst ihr beide unter euch klären. Wenn ich eines gelernt habe, dann dass niemand zwei Menschen dazu zwingen kann, ihre gemeinsame Vergangenheit aufzuarbeiten, bevor sie nicht selbst dazu bereit sind.« Der Barkeeper stellte den Champagner in einem Kübel auf die Bar. Meine Schützlinge waren von ihrer Fotosession zurück.

»Wo sitzt ihr?« Maddy brachte die Gläser mit an den Tisch und löste den Korken des Champagners so geübt, als als würde sie eine Limonadenflasche öffnen.

»Wir haben auf der anderen Seite der Bühne gestanden. Ich

habe gesehen, wie du telefoniert und die ganze Zeit über was auf deinem Tablet notiert hast.«

»Nachdem ich eine Show gesehen habe, habe ich sie alle gesehen. Sobald ich sicher bin, dass sich alle auf der Bühne befinden und bereit für den Auftritt sind, muss ich mich immer direkt ums nächste Problem kümmern.«

Sie stellte sich den Gewinnern vor und füllte die Gläser, die ich meinen Schützlingen über den Tisch hinweg zuschob.

»Ich hoffe, sie bezahlen dich gut.«

»Sie bezahlen mir genug.« Ihr Mundwinkel zuckte. »Und wie sieht's da bei dir aus, Mr National-Championship-Glücksbringer? Vielleicht sollte ich die Jungs herholen, damit sie dir über den Kopf reiben können, bevor wir diese Tour offiziell für beendet erklären und mit dem nächsten Album weitermachen.«

»Nehmt ihr es hier auf?« Flüchtige Begegnungen mit Maddy waren in Ordnung. Schließlich hatte sie mir persönlich nie etwas getan, wenn man einmal davon absah, dass sie Bays Träume hatte wahr werden lassen. Doch manchmal war es schwierig, nicht das Gefühl zu haben, sie hätte sie mir genommen. Denn das war ein verkorkster Gedanke. Allerdings besaß Maddy offenbar ein Talent dafür, mein Leben mit Bays zu verknüpfen. Obwohl sie nicht Bays Managerin war, schien sie dennoch eine Rolle in ihrem Leben zu spielen. Und das wiederum bedeutete, dass es durchaus möglich war, dass auch Bay länger in der Stadt bleiben würde.

Die Idee, die Stadt zu verlassen, erschien mir mit einem Mal noch viel besser als vorher. Wenn ich das Flugzeug nahm, konnte man doch nicht davon sprechen, dass ich vor meiner Vergangenheit davonrannte, oder?

»Ja. Die Stadt war eine magische Erfahrung für uns. Nach dem Alptraum mit dem letzten Album hätte ich gedacht, dass niemand mehr hierher zurückkehren wollen würde, doch am Ende hätte es für uns alle nicht besser laufen können, also bleiben wir erst mal eine Weile.« Ihr wehmütiger Blick verwandelte sich in einen neugierigeren. »Wie sehen deine Pläne aus? Wirst du dein Glück woanders versuchen? Oder dem Team hier einen weiteren Ring einbringen?«

»Hast du vor, mich bei den Paparazzi zu verpfeifen?« Ich gab ihr einen spielerischen Stups.

»Nur wenn du das möchtest.« Sie zwinkerte mir zu. Dann begann ihr Handy auf dem Tisch zu vibrieren, und der Bildschirm leuchtete auf. Sie kippte den Rest ihres Drinks hinunter. »Die Pflicht ruft. Schönen Abend noch, Keyton.« Sie drückte mir einen weiteren Kuss auf die Wange, bevor sie sich in Richtung der Typen mit den Headsets und Klemmbrettern aufmachte, die ihr bereits entgegenkamen.

Wenige Minuten später tauchte meine Assistentin Gwen auf, um den Gewinnern der Auktion ihre Abschiedsgeschenke zu überreichen.

Und wie Aschenputtel es vormachte, indem sie um Mitternacht den Ball verließ, verfrachtete auch ich meine Schützlinge zur gleichen Uhrzeit in einen schwarzen SUV, der sie zu ihrem Hotel bringen würde.

»Die *Headstrong Foundation* braucht noch zwei Fotoshootings mit dir für ihre alljährliche Spendenkampagne. Ich konnte beide für nach dem ersten Spiel der Saison einplanen. Ernie hat mir deine Termine mit Wisconsin geschickt, die Flugtickets dafür befinden sich auf deinem Handy.«

»Steht morgen irgendwas an?«

»Nicht viel. Adidas wünscht ein Telefonat mit dir, das habe ich für sechzehn Uhr in deinen Kalender eingetragen.«

Das wäre die perfekte Ausrede. Gwen könnte Holden anrufen und ihm mitteilen, dass mein Telefonat länger dauerte und ich es nicht schaffen würde. So würde ich mich einfach vor allem verstecken können. Nur leider tat ich genau das nicht mehr.

»Versuch es auf mittags vorzuziehen. Ich habe um siebzehn Uhr schon ein Meeting.«

Sie blickte abrupt auf ihr Tablet. »Was für ein Meeting? Hier steht nichts davon.«

Angesichts ihres panischen Tonfalls musste ich lachen. »Ist was Persönliches.«

»Oh … oh!« Ihre Augen begannen zu leuchten. »Persönlich, wie ein Date.«

»Kein Date.«

Mein Wagen hielt in der Ladezone hinter der Bühne, wo gerade die Ausrüstung der Band in mehrere Sattelschlepper verladen wurde. Ich öffnete die Autotür und stieg hinten ein, während Gwen zur Beifahrertür ging.

Nachdem ich mich angeschnallt hatte, beugte ich mich vor. »Du weißt genau, dass ich mich wie ein Arschloch fühle, wenn ich hier hinten ganz alleine sitze.«

»Ich wahre nur die Professionalität, Boss«, rief sie mir zu.

»Du hasst es einfach nur, wenn ich auf dein Tablet starre, während du all meine Termine anordnest wie Schachfiguren.«

»Du bist immer so neugierig.«

»Es handelt sich um mein Leben.« Ich spähte zwischen den Sitzen hindurch.

Sie drückte sich das Tablet an die Brust. »Und du musst nichts von den ganzen kleinen Problemchen erfahren, die unterwegs so aufkommen, während ich alles am Laufen halte.«

Dann sah sie mich mit verengten Augen über ihre Schulter hinweg an. »Und eine Sache muss ich noch loswerden: In einem bodenlangen, wärmeisolierten Mantel mit falschem Pelz sehe ich schrecklich aus. Außerdem trocknen meine Lippen aus und platzen auf, wenn die Temperaturen bei minus fünfundzwanzig Grad liegen.«

»Wie ich sehe, hat Ernie dich schon auf seine Seite gezogen.« Immer nur auf der Ersatzbank zu sitzen hatte dafür gesorgt, dass sich in mir ein unerträglicher Frust aufgestaut hatte. Ich beobachtete mein Team und fühlte mich verantwortlich für das, was auf dem Spielfeld passierte, konnte jedoch nichts tun, um zu helfen. Die meisten Leute würden mir sagen, dass ich den Mund halten und das Geld nehmen sollte, doch ich wollte – musste – beweisen, dass ich über die Fähigkeit verfügte, mein Team mehr zu unterstützen, als es lediglich von der Seitenlinie aus anzufeuern.

»Ich meine ja nur. Für den Fall, dass du das wissen wolltest.«

Der Rest der Fahrt verlief schweigend, sodass ich mit meinen Gedanken an Bay allein war. Es hatte eine Weile gedauert, bis ihre Textnachrichten nachließen, nachdem sie L.A. verlassen hatte – nachdem sie behauptet hatte, dass sie möglicherweise zurückkehren würde. Das waren dunkle Monate für mich gewesen. Und als sie beinahe ein Jahr später vor dem Apartment aufgetaucht war, das Knox und ich uns zu dem Zeitpunkt geteilt hatten, hatte ich mit einer Flasche Whisky neben der Eingangstür gesessen, während das Surren der Gegensprechanlage und ihre Stimme auf der anderen Seite der Tür von der entsetzlichen Panik in meiner Brust übertönt worden waren.

Morgen würde ich sie jedoch wiedersehen. Ich betrat das Hotel durch den Seiteneingang, der für Bewohner reserviert war, nicht den Hoteleingang, da ich dort womöglich Bay über den Weg laufen könnte.

In meinem Apartment angekommen schnappte ich mir eine Flasche Wasser und starrte auf die glitzernden Lichter der Stadt hinaus. Je nachdem, wo ich mich befand, sah sie immer anders aus. Unterwegs, in meinen Apartments, vom Spielfeld im Stadion aus. Die Aussicht hier war anders als die in L.A. Charlotte war näher gelegen. Hier gab es keine gigantischen Wolkenkratzer, so weit das Auge reichte. Die silberne Front des *One Liberty Plaza* reflektierte die Fassade meines Hotels.

Wieder in der Stadt zu sein hatte sich angefühlt, als würde ich zu einem alten Freund zurückkehren. Und von denen hatte ich nicht sehr viele – gerade genug, um sie an einer Hand abzuzählen. Philly war einer der ersten Orte gewesen, an denen ich mich nach Greenwood wirklich sicher gefühlt hatte. Der erste Ort, wo ich das Gefühl gehabt hatte, ich könnte meiner Vergangenheit entkommen. Wie ironisch, dass sie genau hier wieder aufgekreuzt war.

Es war an der Zeit, dass ich endlich durch das trübe Gewässer meiner Vergangenheit watete und eine Salbe für die alten Wunden fand, von denen ich nicht länger so tun konnte, als wären sie vor langer Zeit schon verheilt.

5

Bay

Der Lärm der Menschenmenge, die die Konzerthalle verließ, erfüllte die schwüle Nachtluft. Ein schwarzer SUV mit getönten Scheiben wartete vor dem Künstlereingang des Stadions. Ich stieg ein und setzte mich in die mittlere Sitzreihe direkt hinter den Fahrer, da so alle um mich herum planen konnten, ohne dass ich im Weg war.

Dann fuhr der Wagen zum Hotel, während ich aus dem verdunkelten Fenster starrte. Das Treffen mit Keyton morgen machte mich so aufgeregt, dass ich mich nicht auf Holden konzentrieren konnte. Einige Menschen betraten Bars, andere kamen heraus und strömten auf den Bürgersteig, wo sie mit Freunden lachten und sangen. Sie lächelten, liefen umher und alberten herum, wie es Leute Mitte zwanzig tun sollten, bevor der Ernst des Lebens dem Spaß ein Ende setzte. Dinge wie eine richtige Beziehung, Kinder, Ehen.

Keyton würde heiraten. Er hatte keinen Ring getragen, also hatte die Hochzeit noch nicht stattgefunden. Nicht dass das eine Rolle spielte. Ich wollte trotzdem mit ihm sprechen und ihm einige Antworten geben, die er verdient hatte.

Antworten, die ich ihm schuldete.

Beim Hotel angekommen wurde ich durch den Eingang im Parkhaus geschmuggelt.

Holden hielt die Schlüsselkarte vor den Sensor im Fahrstuhl und drückte den Knopf für das Penthouse. Als wir uns ruckartig in Bewegung setzten, gingen mir umgehend die Ohren zu.

Die Suite sah aus wie jede andere: ein Bett mit haufenweise Kissen, Mahlzeiten vom Zimmerservice und schwere Sicherheitstüren, die mich jedes Mal aufschrecken ließen, wenn sie zufielen.

»Nacht, Bay. Der Zimmerservice wird um fünf hier sein, also bleib nicht zu lange wach, um *House Hunters* zu gucken. Es sind nämlich nur …«, er schob den Ärmel seines Jacketts hoch und schaute auf die Uhr, »… sechs Stunden bis dahin.«

»Alles klar.« Ich drückte mich gegen die Tür und schloss sie langsam, während ich meine Wange an das Holz legte. »Ich gehe sofort schlafen.«

Er funkelte mich durch den Türspalt an. »Du bist eine Lügnerin. Ich bestell dir einen Espresso zu deinem Frühstück.«

Schließlich breitete sich eine ohrenbetäubende Stille im Zimmer aus. Das ganze Geplapper, gemischt mit piependen und vibrierenden Handys, verschwand, und ich blieb mit dem sanften Surren der Heizung allein zurück. Meine Beine gaben beinahe nach, und ich sackte an der Tür zusammen. Ich hatte ihn gesehen. Nach all dieser Zeit war ich ihm tatsächlich persönlich begegnet.

Morgen würden wir miteinander reden. Ich straffte die Schultern und ging weiter ins Zimmer hinein.

Durch meine Tür drangen noch immer gedämpfte Stimmen. Als ich allerdings bei dem Sessel mit der hohen Rückenlehne ankam und mich daran abstützte, war bereits nichts mehr von ihnen zu hören. Meine schmerzenden Zehen versanken im weichen Teppichboden, nachdem ich sie für kurze Zeit aus ihrem verschwitzten Gefängnis befreit hatte.

Ich humpelte an dem Kaffeetisch vorbei, auf dem lauter Blumensträuße in Vasen standen und Karten von Fans und Bewunderern herumlagen, um mir einige Snacks aus meinem Vorrat zu holen, bevor ich mir die lauwarmen Pommes vom Tablett des Zimmerservice schnappte. Während ich mich umzog, dachte ich darüber nach, wie ich meine große Rede morgen verpacken wollte.

Ich spielte das Ganze in Gedanken durch, wie eine Tanznummer, die mir von den armen Choreographen in den Kopf gehämmert wurde.

Als ich mich auf das Bett fallen ließ, drückte mir der Knoten des Morgenmantels in den leeren Magen.

Ich riss die Cheetos-Packung auf, wobei einige herausfielen und auf der Bettdecke landeten. Also strich ich den grellorangenfarbenen Staub zur Seite und sank tiefer in den extraweichen Matratzentopper, während ich von wolkenähnlichen Kissen umgeben war, als hätte ich mir damit wie ein Kind eine Burg gebaut. Dieses Bett war völlig anders als das, in dem Keyton und ich miteinander gekuschelt hatten. In Greenwood hatte ich eins von Ikea gehabt, und das Bett in meinem Apartment in Kalifornien war kaum groß genug für uns beide gewesen. Manchmal fühlte ich mich, als könnte ich in einem dieser Betten verloren gehen und niemand würde mich je finden.

Ich schnappte mir die Fernbedienung und zog die Füße an, um sie ein wenig zu massieren. Dabei klickte ich mich durch die abrufbereiten Videos, die Holden für mich bestellt hatte. Kurz darauf ertönte das altbekannte Intro von *House Hunters*.

Mit einem gekonnten Wurf vom Bett aus pfefferte ich die leere Cheetos-Packung in den Mülleimer in der Ecke. Ich war ziemlich gut in Schlafzimmer-Basketball geworden.

»Lass mich raten, du legst Schmetterlingsgärten an, und dein Ehemann studiert Einhorn-Wissenschaften, daher habt ihr ein

Budget von zweieinhalb Millionen Dollar.« Die willkommene Abwechslung der vorhersehbaren Fernsehunterhaltungen beruhigte mich, nachdem ich heute nicht nur einen Auftritt hinter mir hatte, sondern auch noch völlig unerwartet Keyton begegnet war.

Die beiden auf der Mattscheibe erzählten etwas über ihre lächerlichen Jobs, allerdings hatten sie nur ein Budget von einer Million Dollar, also hatte ich falschgelegen.

Das Paar wollte sich endlich niederlassen und ein Haus kaufen. Wurzeln schlagen und eine Familie gründen. In manchen Folgen hatten die Pärchen bereits eine Familie. Die letzten sechs Jahre waren wie im Flug vergangen. An manchen Tagen war ich mir sicher, dass ich einfach nach der Nacht in der Karaoke-Bar mit einem entsetzlichen Kater aufwachen würde und alles wäre nur ein Traum gewesen. Keyton würde durch meine Tür treten, und alles wäre irgendwie anders.

Doch stattdessen wachte ich an den meisten Tagen in einem Bett auf, das nicht meins war, und jemand musste mir den Namen der Stadt, in der wir uns befanden, auf einem Stück Tape notieren und es vor meinem Mikrofon auf den Boden der Bühne kleben, damit ich während des Auftritts nichts Falsches sagte.

Ich hatte kein Zuhause.

Das Haus meiner Mutter in Kalifornien kam einem Zuhause wohl am nächsten, doch es war nicht dasselbe, in dem wir mit Dad gewohnt hatten, und es war auch nicht unser Haus in Greenwood. Ich fühlte mich dort nie richtig wohl.

Morgen würde ich allerdings Keyton wiederbegegnen. Daran hielt ich mich fest, als ich mich tiefer in meiner Deckenfestung vergrub. Fünf Extra-Kissen und zwei Decken gehörten zu meinen Standard-Anforderungen. Was Diva-Wünsche anging, war das nicht besonders extrem. Ich verlangte nicht, dass die Wände in jeder Suite neu gestrichen wurden, wie es laut Hörensagen einige andere taten.

Nachdem ich mir so viele Folgen angesehen hatte, dass ich wusste, ich würde mich morgen dafür hassen, schaltete ich das Licht aus und drückte mir ein Kissen an die Brust, damit ich mein Gesicht darin vergraben konnte. Sauber und gebügelt. Darin lag nicht der Duft, den ich am meisten vermisste. Der Duft, der zu ihm gehörte wie seine DNA. Der Duft, den ich verloren hatte.

Ich hatte ein Talent dafür entwickelt, Nickerchen im Sitzen zu halten, denn das bedeutete, ich konnte schlafen, während mein Team daran arbeitete, mich kamerabereit zu machen. Manchmal vergaß ich ganz, wie es war, mich als ich selbst in der Öffentlichkeit zu zeigen.

Das Make-up war nach einem Termin und den Marketing-Fotos für meine anstehende Tour nun entfernt worden. Mein Gesicht brannte von dem Make-up-Entferner und dem zusätzlichen Schrubben, das nötig gewesen war, damit ich es rechtzeitig zum Café schaffte.

Ich war den ganzen Tag beschäftigt gewesen.

Nun war ich allerdings endlich hier, in der Business Lounge des Hotels. Dabei handelte es sich nicht gerade um den gemütlichsten Ort, den man sich vorstellen konnte. Die Luft war kühl, so als würde man befürchten, völlig überspannte Geschäftsleute mit ihren Laptops könnten in diesem Bereich zu einer Überhitzung führen. Oder man wollte einfach nicht, dass jemand mehr Zeit hier verbrachte, als es in Anspruch nahm, einen Kaffee inklusive Snack herunterzuschlingen.

Ich klemmte mir die Hände zwischen die Knie, während ich mich vor und zurück wiegte und versuchte, nicht so zu wirken, als würde ich gleich aus der Haut fahren. In flachen Schuhen, einer schwarzen Hose und einem kurzärmeligen schwarzen Pullover sah ich eher aus, als wäre ich wegen eines Bewerbungsgesprächs für eine Stelle als Buchhalter hier, und nicht, als würde ich Keyton hier treffen wollen. Es existierte einfach kein passendes Outfit für eine bedeutsame Unterhaltung mit dem einzigen Typen, den du je wirklich geliebt hattest, den du aber dennoch verlassen hattest, bevor du dann berühmt geworden warst.

An einem der acht Tische für zwei in der Lounge zu sitzen war nicht gerade unauffällig, doch mir blieb keine große Wahl. Meine Nase kribbelte noch immer von dem Parfüm-Shooting. Die Organisatoren waren der Meinung gewesen, man würde für eine bessere Atmosphäre sorgen, wenn man tonnenweise Parfüm in der Luft versprühte, das allen in den Augen brannte. Eine Sache, die es definitiv bewirkt hatte, war, dass ich unaufhörlich niesen musste und mir die Augen getränt hatten.

Sie würden von Glück reden können, wenn bei dem vierstündigen Shooting wenigstens zwanzig gute Fotos zustande gekommen waren.

Mein Herz beschleunigte sich jedes Mal, wenn die Tür der Lounge geöffnet wurde. Sie befand sich auf der zwanzigsten Etage und war nichts Außergewöhnliches, doch das Café bot Ruhe, war dezent dekoriert, und im Hintergrund lief leise Klaviermusik. Friedlich und spärlich besucht.

Holden und Emily saßen an einem Tisch auf der anderen Seite des Raumes, in der Nähe der Tür, für den Fall, dass sie einschreiten mussten, weil jemand mitbekommen hatte, dass ich hier war und sich an der Security vorbeigeschlichen hatte. Sie hatten die Köpfe über ihren Tablets, Handys, Lederplanern und Stiften zusammengesteckt und organisierten mein Leben.

Der europäische Teil meiner Tour würde in etwas mehr als

zwei Monaten beginnen. Ich hatte eine achtwöchige Pause, bevor der Stress von vorn losging.

Ich hielt meine Tasse mit beiden Händen. Mein Bein wippte auf und ab, wodurch die Keramikbehälter mit den Zuckerwürfeln und Päckchen mit Süßungsmitteln wackelten.

Einige Geschäftsleute saßen in der Lounge verteilt, während sie an ihren Computern arbeiteten und ihren Koffeinpegel auffüllten.

Ich hatte eine heiße Schokolade bestellt. Das Letzte, was ich gebrauchen konnte, war, dass ich heute Abend noch später einschlief. Die Schokolade war nicht so gut wie meine eigene, ich hatte allerdings schon sehr lange keine mehr selbst gemacht. War das vor zwei Jahren gewesen, als ich zu Weihnachten bei Mom gewesen war, bevor ich für einen Neujahrsauftritt nach Australien geflogen war?

In Gedanken wiederholte ich seinen Namen wieder und wieder. Keyton, nicht Dare. Keyton, nicht Dare. Es fiel mir schwer, die beiden gedanklich voneinander zu trennen. Mit Dare hatte ich eine Geschichte erlebt, die von dem Monat mit Keyton nicht ausgelöscht worden war.

Das Wissen, dass ich Keyton nach über sechs Jahren das erste Mal wieder gegenübersitzen würde, putschte mich mehr auf als der doppelte Espresso, den ich heute früh um sechs getrunken hatte.

Dann wurde die Tür erneut geöffnet, und ich richtete mich im Stuhl auf.

Er trug ein marineblaues Jackett mit einem weißen Hemd und dazu eine Jeans. Der Junge, in den ich mich verliebt hatte, der Typ, den ich während meiner Zeit an der UCLA geliebt hatte, war zu einem Mann herangewachsen.

»Sorry, dass ich so spät komme.« Seine Lippen kräuselten sich ein wenig, formten jedoch kein richtiges Lächeln. Stattdessen entsprach es dem Gesichtsausdruck, den ich immer aufsetzte, wenn ein Interview oder irgendeine andere Veranstaltung anstand, zu der ich zu spät kam, weil sie auf meiner Prioritätenliste für den Tag nicht besonders weit oben stand.

Ich war es nicht gewohnt, dass jemand sich nicht darüber freute, mich zu sehen.

Das war ein kleiner Schock – den ich allerdings vermutlich verdient hatte. Ich hatte damit gerechnet, dass er überhaupt nicht auftauchen würde.

»D… Keyton.« Ich sprang auf, wobei ich den Tisch noch mehr zum Wackeln brachte und meine heiße Schokolade über den Rand der Tasse schwappte. »Du bist gekommen.«

»Habe ich doch gesagt.« Nachdem er die Knöpfe an seinem Jackett geöffnet hatte, ließ er sich geschmeidig auf den Stuhl sinken.

Auch ich setzte mich wieder und wischte die Tropfen meiner heißen Schokolade vom Tisch.

Die Bedienung kam mit einer Speisekarte für ihn vorbei, doch er winkte sie ab. »Ich nehme einen Kaffee mit Milch und Zucker.«

Daraufhin legte er die Hände gefaltet auf dem Tisch ab. »Der Verkehr auf dem Weg hierher war etwas chaotisch. Sorry, dass du warten musstest.«

»Ich bin noch nicht lange hier.« Nur dreißig Minuten. Ich war schon bei meiner zweiten heißen Schokolade angekommen. Vermutlich würde ich später Mini-Marshmallows pinkeln.

»Also …«, sagte er und musterte mich erwartungsvoll, damit ich das Gespräch startete.

Es gab so vieles, was ich ihm sagen wollte, seitdem ich ihn in meinem Zimmer zurückgelassen hatte. Einiges davon hatte ich ihm im ersten Jahr bereits in Textnachrichten und E-Mails geschrieben. Allerdings war ich mir nicht sicher, ob er sie gelesen hatte. Als ich damals während einer Lücke in meiner Tour von Oslo nach L.A. geeilt war, hatte ich den Drang verspürt, ihm das alles mitzuteilen, außerdem hatte ich ein letztes Mal versuchen wollen, ihn zu sehen. Ich war jedoch nie sicher gewesen, ob ich jemals in der Lage sein würde, ihm all diese Dinge ins Gesicht zu sagen. Und was ich ihm damals hatte erzählen wollen, unterschied sich von dem, was ich ihm jetzt sagen wollte.

Also begann ich mit etwas Einfachem. »Danke noch mal für die Gitarre. Ich kann dir nicht sagen, wie viel es mir bedeutet, sie zurückzuhaben.«

»Du hättest dich nie von ihr verabschieden müssen sollen.« Traurigkeit huschte über seine Züge.

Meine Brust zog sich schmerzhaft zusammen. Mittlerweile war es schwierig, sich daran zu erinnern, wer wem was angetan hatte.

»Ich habe dich in der letzten Saison spielen sehen. Als du den Touchdown gemacht hast.« Das Spiel war in der Flughafenlounge ausgestrahlt worden. War ich da in Phoenix oder Orlando gewesen?

»Mein einziger Spielzug.« Er lachte schnaubend.

»Wenn das dein einziger war, dann war es wenigstens der richtige.« Ich schenkte ihm ein schwaches Lächeln und nahm einen Schluck von meiner Schokolade. Dabei fühlte ich mich, als würde mein Herz versuchen, aus meiner Brust auszubrechen. So hatte ich mir dieses Gespräch nicht vorgestellt. Eine Nacht hatte nicht gereicht, um die bruchstückhaften Fetzen der Rede zusammenzusetzen, die ich mir vor dem Schlafengehen überlegt hatte. Es gab Dinge, die ich sagen wollte. Einige davon hatten sich in meiner Brust zu einem Song entwickelt, die Melodie tief und raunend, während die Worte stets außer Reichweite blieben. Und nun redeten wir über Football.

Er presste die Lippen aufeinander, nicht wütend, sondern entschlossen. Als würde er mich das Ganze hier nicht länger mit Höflichkeiten hinauszögern lassen. »Du kannst einfach alles rauslassen, Bay. Wir müssen nicht so tun, als würden wir uns wie alte Freunde auf einen Kaffee treffen.«

»Sind wir das denn nicht?« Die ersten Risse zeigten sich in der mühsam aufrechterhaltenen Fassade.

Er legte den Kopf schief und starrte mir in die Augen. Sein Blick war heiß und direkt, wie ein Fernlicht um Mitternacht. »Wir waren eine Menge Dinge, Bay. Freunde allerdings eher nicht.«

Ich stellte meine Tasse ab und griff nach der Serviette. Mir schwirrten Songzeilen durch den Kopf, über ein Leben, das wie eine Illusion einfach vor deinen Augen verschwindet, nachdem dir endlich die Möglichkeit gewährt worden war, die Worte zu äußern, die du seit Jahren eingeübt hattest – und doch nicht aussprechen konntest.

»Mir ist es damals genauso ergangen wie dir jetzt, weißt du noch? Die ganzen Ansprachen, die ich mir überlegt hatte, haben sich einfach aufgelöst«, er schnippte mit den Fingern, »als ich dir vor deiner Tür gegenüberstand.«

»Ich habe dir Textnachrichten und E-Mails geschrieben – ich war sogar einmal bei deinem Apartment in L.A.«

Er bedachte mich mit einem Blick, der beinahe mitleidig wirkte. »Ich weiß.«

Das war wie ein Schlag ins Gesicht. Ich war mir immer unschlüssig darüber gewesen, was schlimmer wäre: Wenn er meine Nachrichten gelesen, sie allerdings ignoriert hätte, oder wenn er sie gar nicht erst bekommen hatte. Doch nun wusste ich es – es war definitiv schlimmer, dass er entschieden hatte, sie zu ignorieren. Allerdings hatte ich es nicht anders verdient.

Ich starrte auf meine Tasse hinab, dabei schluckte ich den

Kloß in meinem Hals herunter und sammelte den Mut, um ihm wieder ins Gesicht zu sehen. »Irgendwelche Tipps, wie ich das Ganze hier über die Bühne bringen kann?«

Dieses Mal lachte er herzhafter. »Nein. Ich weiß nur, dass nichts nach Plan verläuft.« Sein Ausdruck wurde weicher und entspannter. Offen sogar, als würde er versuchen, jemanden zu beruhigen, der eindeutig furchtbar verlegen war.

»Ich weiß überhaupt nicht mehr, wie ich ohne einen Plan noch funktionieren soll.«

»Geht mir genauso. Wie wäre es, wenn wir mit etwas Einfachem anfangen?«

Ich begegnete seinem Blick und versuchte herauszufinden, was an dem Ganzen hier einfach sein könnte. Mein Magen zog sich zusammen, und mein Herz schlug wie wild. »Wie ist es dir so ergangen?«

»Ganz gut. Und dir?«

»Keyton, ich mein's ernst.«

»Du begegnest mir zufällig backstage, und plötzlich gehen dir all die Dinge durch den Kopf, die du bereust. Also hast du das Gefühl, du müsstest deine Chance ergreifen und mir alles sagen, was du dir überlegt hast, weil du keine zweite bekommen wirst. Ich erspare dir das Ganze einfach, Bay. Mir geht's gut. Auf eine gewisse Art hat es mit dem Football ja dann doch noch funktioniert.« Er zuckte die Achseln.

»Ich habe mich schon seit Jahren nicht mehr geprügelt. Ich treffe mich häufig mit Knox und habe einige Freunde hier. Sicher, nachdem Felicia mit deinem Brief bei mir aufgekreuzt ist, bin ich mental an einen dunklen Ort abgedriftet. Vielleicht war ich auch schon immer dort, habe es nur einfach nicht wahrhaben wollen. Eine ganze Weile lang ging's mir ziemlich mies. Aber mein Leben hat sich weder aufgelöst, noch ist es in sich zusammengefallen, als du mich verlassen hast.« Sein Kiefer spannte sich an, und sein gedankenverlorener Blick sorgte dafür, dass sich mir der Magen umdrehte. Zu wissen, dass ich ihn so tief verletzt hatte – jemanden, den ich geliebt hatte, jemanden, den ich immer noch liebte –, machte mir Angst.

Mein Herz zog sich schmerzhaft zusammen, doch ich behielt den Blickkontakt zu ihm bei, da ich nicht wegschauen und meine Scham verbergen wollte. Er musste sehen, dass es das Schwierigste gewesen war, was ich je getan hatte, als ich das Zimmer und damit auch ihn damals verlassen hatte. Und nachdem ich einen Monat später zurückgekehrt war und realisiert hatte, dass er mich nicht hatte sehen wollen, hatte ich mich in meinen Job gestürzt. Ich hatte versuchen müssen, dem Ganzen einen Sinn zu geben. Meine Arbeit musste dem Ganzen einen Sinn geben, da ich das Gefühl gehabt hatte, einen Teil meiner Seele verloren zu haben.

Ich hatte einige Neuigkeiten über ihn aufgeschnappt – allerdings hatte ich nicht das Internet nach ihm durchforstet oder Ähnliches. Die Informationen hatten mich zumindest davon abgehalten, von meinen Schuldgefühlen zerfressen zu werden. Als ich jedoch herausgefunden hatte, wo in L.A. er gelebt hatte, hatte ich mir einen letzten Besuch gestattet. Ich hatte dort auf der Straße gestanden und an der Tür geklingelt, bis die Sonne untergegangen und meine Finger taub geworden waren. Und in dem Moment hatte ich gewusst, dass ich mit meiner Entscheidung würde leben müssen. Mit der Entscheidung, die ich aus Selbstschutz gefällt hatte.

Jedes Update, das mir über ihn zu Ohren gekommen war, war besser gewesen als das vorherige. Eine Saison nach der anderen hatte für ihn mit einer Championship geendet. Trades mit immer größeren Antrittsboni häuften sich, und dann kam noch seine Verlobung dazu. Diese Nachricht hatte mich hart getroffen – so hart, dass ich mir strauchelnd ans Herz hatte fassen müssen, als ich davon gelesen hatte. Mir war das Handy aus der Hand gerutscht, und bei dem Aufprall auf dem Boden hatte ich gehört, wie der Bildschirm zersplittert war – genau wie mein Herz.

Danach hatte ich mir geschworen, nichts mehr über ihn zu lesen. Er hatte sein Glück gefunden. Auf den Fotos hatten die beiden so glücklich gewirkt. Also hatte ich meine Reue heruntergeschluckt und mich an der Tatsache festgeklammert, dass er jemanden gefunden hatte, der ihn lieben konnte, ihm guttat und für ihn da war. Egal, wie sehr es mich innerlich zerrissen hatte.

»Und jetzt?«

Die Bedienung kam mit seiner Kaffeebestellung wieder.

Ich schob ihm den Zucker zu. Es bestand kein Zweifel an dem, was das hier für mich bedeutete.

Er würde bald heiraten. Irgendwie hatte ich immer gedacht, wir würden zueinander zurückfinden, doch nun war es an der Zeit, die Unterhaltung zu führen, die ich damals in meinem Apartment nicht hatte über mich bringen können. Und ich wusste auch nicht, ob ich stark genug für sie gewesen war, als ich kurz darauf zurückgekehrt war.

»Und jetzt ist immer noch alles gut.«

Nachdem ich die Hände fest um meine Tasse geklammert hatte, stieß ich schwer den Atem aus. »Deine Verlobte ist wunderschön. Ich habe Anfang letzten Jahres ein Bild von euch gesehen.«

Er hörte auf, mit den Fingern gegen seine Tasse zu trommeln, und ließ das Kinn sinken. »Hast du mich deshalb hierher eingeladen? Um etwas über Alice herauszufinden?«

Ich zuckte zurück. »Was? Nein. Ich habe dich gesehen und wollte einfach mit dir sprechen. Das ist alles. Keine Erwartungen oder Verpflichtungen. Ich wollte dir von Angesicht zu Angesicht gratulieren. Wir haben uns so lange nicht gesehen.«

Kurz ließ ich den Blick auf meine Tasse sinken, hob ihn jedoch dann wieder. Die rauschenden Wellen des Kummers und der Schuld waren nach wie vor präsent, auch wenn ich lange versucht hatte vorzugeben, sie würden mich nicht länger berühren. Die Flut wurde stärker, bald würde mir das Wasser bis zur Taille reichen, und der Sog würde mich in die Tiefe ziehen. »Und ich weiß, das ist meine Schuld.«

»Alice und ich haben uns vor drei Monaten getrennt. Sie heiratet Anfang des nächsten Jahres.«

Mir entschlüpfte ein Laut, der dafür sorgte, dass sich die meisten Café-Besucher zu uns umdrehten – Holden und Emily eingeschlossen.

Holden packte die Armlehnen seines Stuhl fest, so als wäre er jederzeit bereit, aufzuspringen und durch den Raum zu eilen.

Doch ein entschiedenes Kopfschütteln meinerseits war genug, damit er sich wieder entspannte.

Keyton blickte über seine Schulter. »Du hast Verstärkung mitgebracht, für den Fall, dass das hier schiefläuft?« Er lehnte sich weit in seinem Stuhl zurück, während ihm auf seine von feinen Linien überzogene Stirn geschrieben stand, was er davon hielt.

Ruckartig setzte ich mich auf. »Nein, sie begleiten mich immer. Außer ich bin bei Mom oder in meinem Hotelzimmer, ansonsten ist immer jemand dabei. Gehört zum Business.« Ich zuckte die Schultern. Sie waren ein fester Bestandteil meines Lebens geworden, und ich hatte vollkommen vergessen, wie es ohne sie war. Sie waren so was wie eine Schmusedecke, die mir Sicherheit gab, und gleichzeitig stellten sie einen Puffer zum Rest der Welt dar. »Es geht dabei nicht um dich. Sondern um mich.«

Ihm entfuhr ein schnaubendes »Na gut«, bevor er sich wieder seinem Kaffee widmete. »Und wie geht's dir? Egal, wo man hinsieht, dein Gesicht ist auf jedem Plakat, in jeder Werbung, an jeder Bushaltestelle und jedem Parfümstand zu sehen.«

»Es ist, wie es ist. Ich lebe schließlich meinen Traum, richtig?« Mein Lächeln wirkte spröde, also nahm ich einen Schluck von meiner heißen Schokolade.

»Anscheinend haben wir beide genau das bekommen, was wir uns gewünscht haben, was?«

»Sieht ganz danach aus.« Ich stellte meine Tasse ab und legte die Hände in meinen Schoß.

»Und mit nur einem Blick in dein Gesicht kann ich sehen, dass du jede einzelne Minute deines Lebens genießt.« Seine Worte trieften regelrecht vor Sarkasmus. »Aber du hast mich hierher eingeladen, also denke ich, es ist an der Zeit, dass du mir die ganze Geschichte darüber erzählst, warum du mich damals einfach so verlassen hast.«

6

Keyton

Bay lief rot an, doch sie wandte den Blick nicht ab.

Ich versank in ihren Augen, die die Farbe von Brownies hatten, und wollte meine Maske fallen lassen, damit sie die Wunden sah, an deren Heilung ich schon viel zu lange arbeitete. Während ich ihr so gegenübersaß, hätte ich am liebsten ihre Hand gehalten und meine Lippen über ihre streichen lassen. Genau aus diesem Grund hatte ich den Kontakt zu ihr in den letzten sechs Jahren gemieden. Doch das hier war die Gelegenheit, von der ich geglaubt hatte, ich würde sie nie bekommen.

Als ich Felicia die Gitarre gegeben hatte, hatte ich erwartet, dass Bay sofort zu mir zurückkommen würde. Ich war davon ausgegangen, sie würde mit der Gitarre im Arm vor meiner Tür auftauchen und mir sagen, das alles sei ein riesiger Fehler gewesen. Nachdem Felicia mir mitgeteilt hatte, dass sie die Gitarre abgeschickt hatte, waren aus einer Woche zwei geworden, und ab da war es erst so richtig schlimm geworden. All die hässlichen Worte, von denen ich wusste, dass sie wahr waren, dröhnten mir in den Ohren. Auf einen Schlag hatte ich so vieles verloren und hatte es gerade noch geschafft, mich am Klippenrand festzuhalten und das Ganze durchzustehen, ohne in den Abgrund zu stürzen.

Als sie dann tatsächlich zurückgekehrt war, hatten sich alle meine Muskeln krampfhaft zusammengezogen, und ich konnte sie einfach nicht hereinlassen.

Nicht nach der ersten Nachricht, die sie mir geschickt hatte und die mich getroffen hatte wie ein Kübel Eiswasser. Es waren weitere Textnachrichten und auch E-Mails gefolgt, doch ich hatte mich einfach nicht dazu durchringen können, sie zu beantworten. Jedes Mal hatte ich mich gefühlt, als würde ich sie mit in das brodelnde Loch ziehen, das mein Leben darstellte, und sie gemeinsam mit mir ertränken. Und nachdem sie vor meinem Apartment in L.A. aufgekreuzt war, war ich bedeckt von meinem eigenen Erbrochenen aufgewacht, als Knox gegen die Tür gehämmert hatte. Während ich dem Surren der Gegensprechanlage gelauscht hatte, musste ich das Bewusstsein verloren haben, und Knox hatte sich die Schulter schwer geprellt, als er versucht hatte, die Tür einzuschlagen, weil mein zusammengesackter Körper ihm den Weg ins Innere versperrt hatte.

Als ich schließlich immer noch betrunken, voller Erbrochenem und kaum in der Lage, einen klaren Gedanken zu fassen, die Treppe hinuntergestolpert war, war sie bereits fort gewesen. Und ich hatte gewusst, dass sie recht gehabt hatte. Ich hatte zu große Angst davor gehabt, den letzten Hauch von Kontrolle zu verlieren, den ich noch über mein Leben gehabt hatte.

In dem Jahr war ich, abgesehen von der Zeit, die ich im Fitnessstudio oder auf dem Übungsfeld verbracht hatte, quasi wie ein Flugzeug gewesen, das mit kreischendem Motor im Sturzflug auf den Boden zugehalten hatte.

Nachdem ich angefangen hatte, mit Monica auszugehen, war es einfacher geworden. Ich hatte mich nicht mehr gefühlt, als würde ich unangeschnallt mit einer Achterbahn fahren.

Bay trommelte mit den Fingern gegen ihre Tasse. »Maddy hat mir damals eine Nachricht geschickt, als du wegen der

Schlägerei ein Meeting mit deinen Coaches hattest. Später dann, mitten in der Nacht, hat sie noch eine geschrieben.« Ihr Blick war auf den Marshmallow-Schaum auf ihrer heißen Schokolade fokussiert, der sich langsam auflöste. »Sie hat mir angeboten, der Opening Act für *Without Grey* in Seattle zu sein. Und mit ihnen auf Tour zu gehen.«

»Klingt nach einem guten Start.«

Ich konnte nicht anders, als sie anzustarren, während sie vor mir saß. In den letzten Jahren hatte ich sie so häufig gesehen: im Fernsehen, auf Plakaten oder dem Cover von Zeitschriften und Hochglanzmagazinen. Heute konnte ich ihr das erste Mal seit Langem wieder so nahe sein – es war einfach zu lange her.

»Die Gelegenheit konnte ich mir nicht entgehen lassen.«

»Erinnerst du dich noch, was du in deinem Brief geschrieben hast?« Mir schnürte sich die Kehle zu, wenn ich daran dachte, wie ich in dem dunklen, verwüsteten Zimmer gesessen und versucht hatte, nicht auch noch den letzten Rest meines Lebens zu zerstören. Ich stützte meinen Ellenbogen auf dem Tisch ab und bedeckte meinen Mund mit der Hand.

Hastig riss sie ihren Blick von mir los. »Ich habe vermutlich einiges davon verdrängt.« Ihre Unterlippe bebte, bevor sie sie zwischen die Zähne klemmte.

Jedes Wort hatte sich in mein Gehirn eingebrannt, als hätte sie jemand in die weiche Masse geritzt, damit ich sie niemals vergessen konnte. Genau wie es bei den Worten gewesen war, die sie mir im Juni vor zehn Jahren in der Highschool auf dem sonnenbeschienenen Spielfeld entgegengeschmettert hatte.

»Ich nenne dir gerne die Highlights: *Wenn du das hier liest, werde ich bereits fort sein.*

So viele Dinge habe ich mir gewünscht, seitdem du wieder in mein Leben getreten bist. Ganz oben auf der Liste steht der Wunsch, dass es der richtige Zeitpunkt für uns wäre. Aber das ist er nicht.«

Mein Magen zog sich schmerzhaft zusammen, genau wie damals, als ich diese Worte gelesen hatte. Jedes Mal, wenn ich mit dem Kopf über einem Mülleimer oder einer Toilette gehangen oder eine weitere Flasche Alkohol leer gemacht hatte, waren sie mir wieder und wieder durch den Kopf gegangen.

»Du bist es wert, geliebt zu werden, und du verdienst jemanden, der dich liebt. Aber diese Person kann nicht das sein, was dich heilt.« Ich räusperte mich.

»Ich versuche noch herauszufinden, wer ich bin. Es ist mir unmöglich, deinen Kopf über Wasser zu halten, wenn ich in meinem eigenen Ozean schwimme. Ich muss meinen eigenen Weg finden.« Zu erkennen, wie verloren und verängstigt sie gewesen sein musste, hatte mich innerlich zerrissen. Dieses Wissen hatte sich in so viele meiner Wunden gebohrt, von denen ich gedacht hatte, dass ich sie einfach ignorieren könnte. Bis es nicht mehr möglich gewesen war.

»Aber ich wollte, dass du eines ohne jeden Zweifel weißt: Ich vergebe dir. Doch ich kann nicht mit dir zusammen sein. Es tut mir leid.« Der Zorn und die angsterfüllten Gedanken, die früher stets in mir aufgekommen waren, wenn ich an ihre Worte gedacht hatte, existierten nicht länger. Jetzt war ich nur noch traurig angesichts der Tatsache, dass ich sie so sehr in die Ecke gedrängt und sie sich auf eine Art und Weise für mich verantwortlich gefühlt hatte, wie sie es nie hätte empfinden sollen. Ich trug nach wie vor Wut und komplizierte Gefühle mit mir herum, die ich vermutlich nie ganz verarbeiten würde, doch sie blendeten mich nicht länger, vernebelten mir nicht die Sicht, bis ich verzweifelt um mich schlug, weil ich den Gefühlen entkommen wollte, die zu schmerzhaft für mich waren.

Sie wischte sich die Augenwinkel und kaute auf ihrer Unterlippe. »Du gehst direkt ans Eingemachte, was? Du wärst ein knallharter Reporter.«

»Warum nicht gleich alles auf den Tisch legen?« Ich musste an dem Ventil zerren, um das Surren in meinem Kopf zum Schweigen zu bringen. Es war immer besser, alles herauszulassen, als zuzulassen, dass es sich aufstaute, und zu versuchen, die Gefühle zu unterdrücken oder zu ersticken.

Schniefend hob sie den Kopf. »Ich hatte Angst.« Ein langer bebender Atemzug entfuhr ihr. Sie blickte sich im Raum um. »So große Angst.«

Die wenigen Männer in ihren Anzügen oder legeren Business-Outfits saßen an ihren Tischen und lasen Zeitung, konzentrierten sich auf ihre Laptops oder aßen etwas. Einige taten alles davon gleichzeitig, doch sie rückten ausnahmslos in den Hintergrund, wenn ich mit ihr an einem Tisch saß. Der Kloß in meinem Hals verwandelte sich in einen Amboss. »Vor mir.« Noch lange nachdem sie gegangen war, hatte mich der Gedanke daran, wie kurz ich davor gewesen war, meine Wut an ihr auszulassen und sie in blindem Zorn zu schlagen, nachts wachgehalten.

Ihr Blick zuckte zu mir herüber, und sie schüttelte den Kopf. »Vor der Situation zwischen uns. Davor, wie sicher du dir warst, dass es all deine Probleme lösen würde, wenn ich bloß bei dir bleiben würde. Den ganzen Monat über ist es mir so vorgekommen, als würde sich deine Lage immer mehr verschlimmern. Und ich wusste nicht, wie ich dem ein Ende setzen sollte, außer indem ich ging. Als wir uns dann wiederbegegnet sind, kamst du mir so verändert vor, und je länger wir zusammen waren, desto mehr fühlte es sich an, als würdest du wieder abrutschen. Als wäre ich dafür verantwortlich.«

Sie stach sich mit dem Finger gegen die Brust. Ihre Kehle

schien sich zu verkrampfen, und sie nahm einen großen Schluck von ihrem Getränk.

»Die Schlägerei … sie war mein Pulverfass.« Sie hätte mein Weckruf sein sollen, doch so war es nicht gewesen.

»Du hast unaufhörlich davon gesprochen, dass es dir egal wäre, wenn du aus dem Team fliegst. Dass du mit mir quer durchs ganze Land fahren würdest – überallhin, wo ich hinmüsste. Doch ich habe dich spielen sehen. Ich habe dich endlich spielen sehen und realisiert, wie glücklich es dich macht. Wie sehr du es geliebt hast, Autogramme zu geben und für Fotos mit Fans zu posieren. Und ich hatte Angst …«

»Vor dem, was passieren würde, wenn das alles ein Ende genommen hätte. Davor, dass ich ausrasten und komplett die Kontrolle verlieren könnte – und es an dir auslassen würde.« Allein der Gedanke daran ließ bittere Galle in meiner Kehle aufsteigen, und in meinem Mund sammelte sich Speichel. Sie hatte sich davor gefürchtet, dass ich ihr noch mehr wehtun würde, als ich es ohnehin schon getan hatte. Und ich hasste es, dass sie damit sehr wahrscheinlich recht gehabt hatte.

Schmerz breitete sich auf ihren Zügen aus, und ihre Lippen bebten, während ihre Nasenflügel sich aufblähten. »Ein bisschen vielleicht. Tut mir leid.«

Ich strich mir mit der Hand über den Nacken und knetete die Muskeln mit meinem Daumen, um ein wenig des Drucks zu lösen.

»Was du getan hast, war schlau.« Mein Kiefer mahlte krampfhaft. Die Geschichten, die ich mir am Anfang unseres gemeinsamen Sommers zusammengereimt hatte, waren das beste Beispiel dafür, warum ich nicht einmal versuchen sollte, etwas mit ihr anzufangen.

»Ich verstehe es.« Ich starrte ihr in die Augen, weil sie begreifen sollte, wie gut ich es verstand. »Ich war viel zu kaputt, und du hättest nie genug Sekundenkleber zusammenkratzen können, um mich zu reparieren. Es war weder mir noch dir gegenüber fair, dass ich erwartet habe, die Sache zwischen uns könnte mein gebrochenes Inneres flicken. Selbst wenn du mich zusammengehalten hättest, hätte es nicht lange gedauert, bevor ich ausgeflippt wäre. Und dann hätte ich nicht nur mein, sondern auch dein Leben in einen Scherbenhaufen verwandelt und außerdem verlangt, dass du alles wieder zusammensetzt, was ich unterwegs zerstört hätte.

Ich mache dir keinen Vorwurf daraus, dass du davongelaufen bist, Bay. Ich vergebe dir. Denn es war vermutlich das Einzige, was mich davor bewahrt hat, zu genau der Person zu werden, die ich immer gehasst habe.«

Ein erstickter Laut entwich ihrer Kehle, und sie bedeckte ihren Mund mit beiden Händen, während ihr die Tränen über das Gesicht liefen. Ihr Körper zuckte.

Hinter mir ertönten die Geräusche von Stühlen, die auf dem Teppichboden ruckartig zurückgeschoben wurden und dabei an Holz stießen.

Das altbekannte Kribbeln kroch mein Rückgrat entlang und sorgte dafür, dass ich mich auf die Gefahr vorbereiten wollte, die auf mich zukam. Vor sechs Jahren hätte ich die Hände zu Fäusten geballt, bis das Blut in meinen Adern heiß pulsiert und der Nebel sich über mir ausgebreitet hätte. Stattdessen legte ich meine Hände flach auf den Tisch und blieb wachsam, ohne kurz vor dem Ausbruch zu stehen.

Bay blickte mit Tränen in den Augen auf und winkte ihre Wachhunde fort. Dann nahm sie sich ein paar Servietten und wischte sich damit über das Gesicht, bis ihre Wangen rot gefleckt waren. Ihre schluchzenden Atemzüge erschütterten den Tisch.

»Ich war damals co-abhängig und ein absolutes Wrack, das

so lange jedes Gefühl tief in sich vergraben hat, bis alles wieder hervorgebrochen ist und der ganze Mist von vorne losging.« Ich war ein verkorkstes Kind gewesen, das verzweifelt so getan hatte, als wäre das nicht der Fall. Dabei hatte ich beinahe meine Zukunft in den Sand gesetzt.

»Ich versuche schon so lange, mich davon zu überzeugen, dass ich das einzig Richtige getan habe. Doch tief in meinem Herzen habe ich mir das, was ich dir angetan habe, nie verziehen.« Sie ließ ihre Hand auf die Tischplatte sinken und knüllte die feuchten Servietten fest zusammen.

Ich strich mit den Fingern über ihre Knöchel, wollte ihre Hand heben und sie an meine Lippen drücken. Ich wollte alles wiedergutmachen. Ihre geschmeidige, tränenbenetzte Haut fühlte sich unter meiner Berührung warm an. Als mir allerdings auffiel, was ich da tat, zog ich meine Hand zurück und ließ sie in meinen Schoß fallen.

Ein Mann stellte sich zu uns an den Tisch. »Entschuldigt die Störung, aber ich war mir bis eben nicht ganz sicher, ob du es wirklich bist. Meine Tochter ist ein großer Fan von dir. Würdest du mir ein Autogramm geben?« Er schob ihr einen Stift und eine Serviette hin.

Als hätte er nicht gesehen, dass wir mitten in einem Gespräch waren. Als hätte sie nicht gerade noch geweint.

Bays Augen wurden groß, und sie starrte zu ihm hoch, als hätte er sie um eine Niere gebeten, bevor sie ihre Maske aufsetzte. Doch ich sah die Risse darin. Die blutunterlaufenen Augen. Das erzwungene Lächeln.

So schnell, wie sie umschalten konnte, passierte ihr so etwas wohl häufiger. Es machte mich wütend und weckte einen Teil in mir, der diesem Typen sagen wollte, dass er sich verpissen sollte.

»Natürlich. Wie heißt sie denn?« Bay nahm den Stift und die Serviette entgegen.

Er räusperte sich. »Michael.«

Dieses Arschloch kam hierher, während sie weinte, um ein Autogramm für sich selbst abzustauben. Ich entspannte meine Hände unter dem Tisch und rieb mir über die Beine, während ich den Blick auf Bay gerichtet hielt. Ein Zeichen von ihr würde genügen, und ich würde den Typen hier nach draußen befördern.

Doch sie gab mir kein Zeichen. Sie behielt das künstliche Lächeln im Gesicht und senkte den Kopf, um ihren Namen kunstvoll unter die Widmung zu setzen.

»Könnte ich auch noch ein Foto haben?«

Sie schob ihren Stuhl zurück. »Klar …«

»Sorry.« Holden, der Typ vom Konzert, ging dazwischen. Er hatte ganz offensichtlich bemerkt, dass das hier zu weit ging. Er war derjenige, der die Grenzen ziehen musste, die Bay selbst offenbar nicht setzen konnte. »Bay muss jetzt los. Aber wenn Sie mir Ihre Adresse geben, schicken wir ein VIP-Backstage-Paket an Si… Ihre Tochter.« Er reichte dem Mann seine Visitenkarte, bevor dieser davonging und noch mehrmals über seine Schulter blickte.

»Bay, wir könnten das hier in die Suite verlegen, wenn das okay für dich wäre.« Er neigte den Kopf in Richtung der Fenster, die auf den Flur hinausgingen. Davor hatte sich eine Menschenmenge gebildet. Als ich vorhin durch den Gang gelaufen war, hatte sich dort niemand befunden.

Nun standen die Security-Mitarbeiter Schulter an Schulter vor den Glasscheiben und hielten die Meute zurück. Der Aufzug öffnete sich, und noch mehr Menschen traten heraus. Einige stürzten regelrecht in unsere Richtung.

»Können wir das hier in meiner Suite zu Ende bringen? Sie ist gigantisch und gar nicht wie ein Hotelzimmer oder so. Es wäre nur ruhiger.« Sie warf einen Blick über ihre Schulter.

Ich wollte sie abschirmen und jedes Handy zerbrechen, das auf sie gerichtet wurde. Nicht weil sie Fotos von ihr machten, sondern weil sie sich offensichtlich unwohl fühlte. Konnte denn niemand sehen, dass sie gerade nicht in der Stimmung dafür war? Sie machte gute Miene zum bösen Spiel, doch ihre Augen waren immer noch geschwollen und rot.

Auch wenn ich wusste, dass es eine schlechte Idee war, ihr in ihre Suite zu folgen, wollte ich einfach, dass sie hier wegkam.

Die Handys der ganzen geistesabwesenden Geschäftsmänner wurden gezückt. Ob sie nun wussten, wer sie war, oder nicht, sie hatten anscheinend mitbekommen, dass hier etwas los war. Und wir beide waren die Einzigen, die sich vom Rest der Lounge-Besucher abhoben.

Ich wollte sie hier rausschaffen, sie hochheben und außer Sichtweite aller Anwesenden tragen. Und genau deshalb musste das Ganze hier auch eine einmalige Sache bleiben, nur ein Gespräch, in dem wir alte Wunden schlossen. Sie brauchte mich nicht, damit ich sie vor ihrem Leben bewahrte.

»Klar.«

Sie entspannte die Schultern, und ich wurde mit einem kleinen Lächeln belohnt, das ganz und gar nicht erzwungen war. »Super, und sorry wegen der Sache hier. Allerdings kennst du so was vermutlich.«

Handylichter blitzten auf, und die Security-Mitarbeiter wirkten zunehmend überfordert. Sorge um ihre Sicherheit kam in mir auf – nicht nur wegen des Auflaufs, sondern grundsätzlich. Unruhe machte sich in meinem Bauch breit, als ich mir vorstellte, dass ihr Leben immer so verlief, jeden einzelnen Tag.

»Nicht in diesem Ausmaß.« Sportfans waren rabiat, vor allem nach dem Championship-Sieg letztes Jahr. Doch von den Mädchen und Frauen, die dort zurückgehalten werden mussten, würdigte mich keine eines Blickes.

Holden tauchte hinter Bay auf. »Folgt mir. Wir gehen durch die Küche zum Personalaufzug und steigen auf einer anderen Etage aus, um zum Penthouse-Aufzug zu gehen.«

Bay schaute mich an und nickte.

»Lass uns gehen.«

Holden führte unseren Trupp an, während ein Mitglied des Hotelpersonals und zwei Security-Mitarbeiter das Schlusslicht bildeten. Emily war an Holdens Seite, und Bay und ich gingen nebeneinanderher.

»Das hier tut mir wirklich leid.« Bay beugte sich flüsternd zu mir herüber, als wir im Personalaufzug waren. »Ist ein Berufsrisiko.« Ihr nervöses Lächeln beruhigte den Aufruhr in mir kein bisschen, wenn ich daran dachte, wie schnell die Situation außer Kontrolle geraten war.

»Passiert das immer, wenn du das Zimmer verlässt?«

»Ich gehe nicht oft raus.«

Wir durchquerten den verlassenen Hotelflur und kamen an einem anderen Aufzug an. »Das kann ich gut nachvollziehen.«

Die Türen eines anderen Aufzugs öffneten sich, bevor unserer angekommen war, und Schreie erfüllten den beengten Korridor.

Gefühlt zwanzig Leute mit Postern, Bildern, Stofftieren und anderen Gegenständen quollen aus dem Fahrstuhl und streckten uns den Kram entgegen, damit Bay alles für sie signierte. Einige lächelten und winkten, während mindestens genauso viele ihren Namen schrien, als könnten sie keinen zusammenhängenden Satz mehr bilden, und auf sie zusprangen.

Ich blickte zwischen den Fans und Bays Team hin und her, um zu sehen, wie sie damit umgehen würden. Bays hauchdünnes Lächeln war fest in ihrem Gesicht verankert, und sie zuckte zusammen, als jemand etwas nach ihr warf, das vor meinen

Füßen landete. Es war eine Wackelkopffigur, die nach ihrem Abbild gefertigt war.

Meine Muskeln verspannten sich, und ich wappnete mich.

Immer wenn ich Fans begegnete, hatten sie mir so einiges zu sagen. Vor allem dann, wenn ich keine gute Arbeit als Glücksbringer des Teams geleistet hatte. An solchen Tagen wurden mir häufig Wörter wie »nutzlos«, »Arschloch« und »Stück Scheiße« entgegengeworfen.

Hinter den drei Typen von der Security und einem anderen Kerl, der mir vorher nicht aufgefallen war, der allerdings immer wieder zu Holden blickte, verteilte Bay Autogramme und kritzelte ihren Namen auf alles, was ihr vor die Nase gehalten wurde.

Schließlich kam unser Aufzug an, und sie entschuldigte sich, bevor wir eintraten und die Security zurückließen.

Nachdem jemand eine Schlüsselkarte vor den Sensor gehalten hatte, ging es auch schon bis ganz nach oben.

»Woher wussten sie, auf welcher Etage du warst?«

Sie lachte leise. »Fans werden kreativ. Erinnerst du dich noch an die in Rom, Holden?«

Er verdrehte die Augen. »Sie haben sich im Putzwagen versteckt und Bay in ihrem Badezimmer überrascht, als wir nach einem zehnstündigen Flug im Hotel angekommen waren, auf dem sie die ganze Zeit über mit einer Lebensmittelvergiftung zu kämpfen hatte.«

Warum taten alle so, als wäre das keine große Sache?

Mit verschränkten Armen schüttelte Bay den Kopf, bevor sie ihn nach hinten warf. »Sagen wir einfach, sie haben eine ganz neue Seite von mir zu Gesicht bekommen. Vermutlich sind den armen Mädchen die Nasenhaare verätzt worden.«

»Und so was passiert häufiger?« Wie zum Teufel wurde für ihre Sicherheit gesorgt?

»Das ist schon einige Jahre her. Seitdem haben wir Eric hier in Vollzeit eingestellt.« Bay klopfte ihm auf die Schulter.

Sein Mundwinkel hob sich um einen Millimeter. Vermutlich sollte das ein Lächeln sein.

Wir verließen den Aufzug und betraten ihre Suite. Sie war neutral gehalten in Creme- und Weißtönen. Große Fenster wie die in meinem Apartment zeigten eine Panoramaaussicht auf die Stadt. Es gab ein Wohnzimmer mit Sesseln und einem quadratischen Kaffeetisch in der Mitte, auf dem ein frischer Blumenstrauß platziert war.

Die Suite war ruhig und, soweit ich es beurteilen konnte, auch leer.

Etwas von der Anspannung fiel von mir ab, als wir nach dem Chaos diese Zuflucht betraten. Es erinnerte mich daran, wenn genau vor einem Field Goal die Musik im Stadion schlagartig ausgemacht wurde. Nach so viel Lärm erschien einem die Stille lauter als das bisherige Dröhnen.

Emily trat vor uns. »Was möchtet ihr gerne bestellen? Irgendwelche Wünsche?«

Sie musterte mich erwartungsvoll. »Nein, ich brauche nichts.«

»Ich auch nicht.«

Also ließ sie ihr Tablet sinken und nickte. »Dann lassen wir euch hier im Wohnzimmer alleine. Holden und ich sind im Arbeitszimmer, falls du uns brauchst. Und Eric ist vor der Tür.«

Bay rang die Hände. »Sorry noch mal wegen vorhin.«

»Ist nicht deine Schuld.«

»Na ja, irgendwie schon.« Sie zog das Haargummi heraus, band ihren Pferdeschwanz neu und lachte schnaubend.

Auch wenn sie da draußen versucht hatte, es zu überspielen, war ihre Nervosität nicht zu übersehen. Vermutlich waren die Fans nicht allein daran schuld, denn die schienen für sie alltäglich zu sein. Das zeigte mir nur, dass wir bereits eine so lange Geschichte miteinander teilten, dass es mir nach wie vor leichtfiel, ihre Emotionen zu deuten.

»Wie ich sehe, machst du das immer noch, wenn du nervös bist.«

Sie ließ die Hände sinken. »Stimmt wohl. Obwohl ich normalerweise eine Tonne Haarspray und ellenlange Extensions in meinen Haaren habe, weshalb ich sie die meiste Zeit nicht anfassen darf.«

»Und ich dachte, die Ausrüstung vor einem Spiel anzuziehen wäre schon schwierig.«

»Plateauschuhe, Kleider, in die ich eingenäht werden muss. Manchmal wird's ganz schön verrückt. Ich habe gedacht, die Lounge wäre relativ sicher, aber irgendwas wird immer geleakt. Das habe ich mit den Jahren lernen müssen.« Traurigkeit überschattete ihr Gesicht.

Das war eine harte Lektion, die niemand lernen müssen sollte. Es gefiel mir absolut nicht, dass sie das Gefühl hatte, keine Privatsphäre haben zu dürfen oder Dinge nicht tun zu können, die alle anderen ganz selbstverständlich taten. Wie zum Beispiel einen Kaffee mit jemandem trinken, den man von früher kennt.

»Wird dein Aufenthaltsort oft von Leuten verraten?«

An ihren Augenwinkeln bildeten sich Fältchen. »So ziemlich immer.« Sie streckte die Hand in Richtung der geschlossenen Tür aus, hinter der Holden und Emily gerade verschwunden waren. »Die beiden sind die Einzigen, die schon von Anfang an dabei sind. Natürlich sind einige auch wegen anderer Jobs gegangen, aber es gibt auch viele, die schnelles Geld machen wollen, indem sie brisante Informationen über mich verkaufen. Auch wenn es da nicht viel zu erzählen gibt.«

»Warum setzen wir uns nicht und führen unser Gespräch

fort?« Ich zeigte auf die vier cremefarbenen Sessel, die um den Kaffeetisch mit der Milchglasoberfläche herum standen.

Bay nickte und setzte sich auf einen davon.

Ich nahm ihr gegenüber Platz.

Dann knabberte sie an ihrer Unterlippe. »Bist du sicher, dass du nichts essen oder trinken möchtest?«

»Ich brauche nichts.«

»Dann vielleicht später?« Ihre Stimme klang hoffnungsvoll.

»Du bist sicherlich sehr beschäftigt, also werde ich dich nicht unnötig lange aufhalten. Es gibt allerdings noch ein paar Dinge, die ich loswerden möchte.« Es gab Sachen, die ich ihr sagen musste, damit ich endlich würde aufhören können, mich davor zu fürchten, ihr gegenüber zuzugeben, dass ich damals total verkorkst gewesen war. Die Angst davor, dass sie es herausfinden könnte, hatte mich panisch gemacht, permanent nervös. Und ich musste das alles rauslassen, um mein Leben fortführen zu können. Ich musste mir selbst beweisen, dass ich weitermachen konnte, auch wenn jede Faser meines Körpers sich danach verzehrte, sie erneut zu berühren.

Bay presste die Hände aneinander, bevor sie sie zwischen ihre Oberschenkel schob und auf die Kante des Sessels rutschte. Dann nickte sie mir zu, damit ich weitersprach. Ihre Füße wippten auf und ab, doch ihr Blick war fest mit meinem verankert.

Mein Herz raste, aber ich behielt es unter Kontrolle und klammerte mich an die Worte, die ich aussprechen musste. Ich leckte mir über die Lippen. Es war genauso schwierig, sie zu äußern, wie alles, was ich ihr damals in Kalifornien hatte sagen wollen.

»Es hat mir Angst gemacht, mich dir gegenüber offen und verletzlich zu zeigen. Und ich habe vieles von dem gefühlt, was ich als Kind nicht habe fühlen dürfen. Denn das hat meistens zu Übergriffen geführt. Diese Gefühle haben es ihm so viel leichter gemacht, mich zu verletzen. Also habe ich sie tief in meinem Inneren vergraben und versucht, sie zu vergessen.«

Ihre Beine hörten auf zu wippen.

»Aber in deiner Nähe zu sein, mit dir zusammen zu sein – so richtig zusammen zu sein –, ließ dieses Gefühl von Kontrollverlust wieder hochkommen, denn ich hatte keine Kontrolle. Ich war verliebt. Und man kann niemanden lieben, wenn man sich verschließt und versucht, sich zu verstecken. Wenn man sich nichts anmerken lassen will und nur so tut, als würde man der anderen Person alles von sich geben und sie in sein Herz lassen.«

»Ich …«

Ich unterbrach sie, da ich alles auf einmal aussprechen musste. »Du konntest nicht die richtige Person für mich sein, weil ich nicht bereit dazu war, die richtige Person für dich zu sein. Also nein …«, ich rieb mir mit den Händen über das Gesicht, »… sosehr ich dich auch hassen wollte, sosehr ich diese Gitarre noch einmal zerschmettern und einfach wegrennen wollte, bis ich in irgendeiner Gosse zusammengebrochen wäre, ich konnte dich nicht dafür verantwortlich machen. Das tue ich auch jetzt nicht. Wie hätte ich von dir erwarten können, mich zu lieben, wenn ich mich selbst gehasst habe?«

»Was ich geschrieben habe …«

»Es geht nicht um das, was du gesagt hast, Bay. Sondern darum, wer ich war und womit ich zu kämpfen hatte. Wir waren zweiundzwanzig, aber wir waren praktisch noch Kinder, und ich habe von dir erwartet, dass du mich heilst. Das war nicht richtig. Ich hatte so starke Versagensängste, dass ich lieber alles hingeschmissen hätte, um dir zu folgen. Ich wollte dich nicht aus den Augen lassen, weil ich befürchtet habe, dass du mich eines Tages ansehen und realisieren würdest, wie verkorkst ich war. Denn weißt du was? Ich war immer noch ziemlich verkorkst.«

Ich atmete tief ein und stieß die Luft dann wieder aus. Es fühlte sich an, als hätte ich alles in einem einzigen Atemzug herausgebracht, aus Sorge, ich könnte kneifen und nicht weiterreden. Ich rieb mir mit meinen feuchten Handflächen über die Knie.

»Ich weiß, das war ganz schön viel. Aber ich denke, du hast verdient, es zu hören.«

Ich zwang mich, die Hände auf meinen Oberschenkeln ruhen zu lassen, und ließ die Anspannung aus meiner Brust entweichen, damit ein Gefühl von Richtigkeit ihren Platz einnehmen konnte, das mich überkam, weil ich diese Worte endlich laut ausgesprochen hatte. Allerdings wäre es auch möglich gewesen, dieses Gefühl darauf zurückzuführen, dass es sich vollkommen richtig anfühlte, hier bei ihr zu sein. Doch ich gehörte nicht hierher, ich gehörte nicht zu ihr. Alte Gewohnheiten ließen sich nur schwer ablegen, vor allem wenn man sich so lange nach ihnen gesehnt hatte. Und ich hatte mich noch nie nach etwas so sehr gesehnt wie nach Bay. Ich spürte sie bis in die Knochen, als wäre sie mit meiner DNA verwoben. Und das selbst nach all meinen Gesprächen mit Monica und meiner Verlobung mit Alice. Allerdings brachte ihr hektisches Leben Dinge in mir wieder zum Vorschein, zu denen ich nicht zurückkehren wollte. Und dies bedeutete, dass mir nur eine Wahl blieb: Ich musste gehen.

Ich stand auf. »Danke für die Einladung zum Kaffee.«

Sie sprang auf. »Warte! Du gehst? Das war's?« Ihre Hände hoben und senkten sich an ihren Seiten, wie der Flügelschlag eines hilflosen Vogels.

»Mehr als einen Seelen-Striptease am Tag schaffe ich nicht.«

»Wir könnten einfach ein bisschen Zeit miteinander verbringen. Ich würde gerne mehr über dein Leben erfahren. Oder wir könnten *Stirb langsam* gucken. Holden kann das Telefonat, das für später angesetzt ist, verschieben.« Ihr breites Lächeln und die hektischen Bewegungen zeigten mir, wie sehr sie wollte, dass ich blieb.

»Das halte ich für keine gute Idee.«

Die Tür zum Arbeitszimmer wurde geöffnet. »Lasst euch nicht stören.« Emily schlich so leise wie möglich von einer Tür zur nächsten.

»Du hast vermutlich eine Million Dinge zu erledigen. Und das erste Spiel der Saison findet am Sonntag statt.« Nicht dass es mich Anstrengung kostete, die Uniform anzulegen und drei Stunden lang herumzusitzen. Allerdings war ich lieber auf alles vorbereitet.

In meinem Inneren verspürte ich den Drang nachzugeben. Hier mit ihr zu sitzen und bis tief in die Nacht zu plaudern. Damit wir uns wieder kennenlernen konnten.

Aber ich ging dennoch auf die Tür zu.

Ich hörte Bays Schritte dicht hinter mir.

So viele Nächte hatte ich davon geträumt, Zeit mit ihr zu verbringen. Ich befand mich jedoch nach wie vor auf dünnem Eis. Es war nicht mehr so dünn wie früher, sondern bestand inzwischen aus einer stabilen Schicht, aber ich konnte immer noch hindurchsehen und den Abgrund erkennen, in den ich nicht erneut stürzen wollte. Und sie war wie ein Vorschlaghammer.

»Wie wäre es denn mit einem Abendessen?«

Sie führte das Leben, das sie verdient hatte. Und ich würde nicht der Typ sein, der es ihr verdarb. Ich war mir nicht sicher, ob ich der Mann sein konnte, den sie brauchte, wenn es mir schon bei Alice nicht gelungen war.

»Das wäre sicher keine gute Idee. Bis Januar wird mein Leben aus Training und Spielen bestehen, vielleicht sogar bis Februar, wenn meine Magie weiterhin anhält.«

Im Zimmer wurde es so still wie im Stadion, wenn ein Spieler einen schweren Schlag abbekommen hatte.

Sie trat einen Schritt zurück und ließ den Kopf hängen.

»Du hast recht. Sorry, dass ich so aufdringlich bin.« Sie setzte das gleiche Lächeln auf, das sie dem Arschloch vorhin in der Lounge geschenkt hatte. »Danke, dass du dich mit mir getroffen hast. Und danke, dass du mir vergibst.« Bei dem letzten Wort versagte ihre Stimme ein wenig. Ihre Augen wurden feucht, und ihr Lächeln geriet ins Wanken. »Und dafür, dass du so ehrlich zu mir warst. I… ich weiß das zu schätzen.« Sie zog die Tür auf und trat beiseite, um mich gehen zu lassen.

Ihr Security-Kerl erhob sich neben dem Aufzug von seinem Stuhl.

Ich trat auf sie zu und legte die Arme um sie. Sie roch anders. Ein Hauch Himbeere war allerdings noch vorhanden. Vergraben unter anderen Düften, aber präsent. Ich gestattete mir ganze drei Sekunden, bevor ich sie losließ und zurücktrat. »Bye, Bay.«

Rasch schloss sie die Tür, doch der Luftzug trug noch ein geflüstertes »Bye, Keyton« an mein Ohr.

7

Bay

Ich stand mit dem Rücken zur Tür.

Er hatte seine Chance gewittert und bei der ersten Gelegenheit die Flucht ergriffen.

Nach dem, was ich getan hatte, konnte ich ihm daraus keinen Vorwurf machen. Als wir uns in Kalifornien das erste Mal wiederbegegnet waren, hatte ich ihn deutlich spüren lassen, dass ich ihm nichts zu sagen hatte.

Und hier stand ich nun und hatte tatsächlich geglaubt, ein paar nette Worte würden ausreichen, damit wir dort weitermachen konnten, wo wir aufgehört hatten – wo ich aufgehört hatte. Weil ich gegangen war.

»Bay, entschuldige die Störung, aber das Telefonat …« Holden sah von seinem Tablet auf und ließ es dann sinken. »Er ist schon weg?«

»Ja, hat noch einiges für den Saisonstart zu erledigen.« Es klang, als würde jemand anderes sprechen – jemand, der nicht gerade das erste aufrichtige Gespräch seit Langem geführt hatte und noch dabei war, die Stücke seines zerschmetterten Herzens vom Boden aufzuklauben. Mehrmals strich ich mir mit den Händen über die Arme und versuchte damit, die Kälte in dem perfekt klimatisierten Raum zu vertreiben.

Er durchquerte das Zimmer und legte das Tablet beiseite,

das sonst stets an seiner Hand festgeklebt zu sein schien. »Und das macht dich unglücklich.«

Stand mir das auf der Stirn geschrieben?

Ich setzte mich auf die Armlehne eines Sessels. »Es hat sich so endgültig angefühlt. Er hat vorher noch nie so offen über seine Gefühle geredet. Nichts an ihm wirkte verschlossen oder vorsichtig. Stattdessen ist er mir vorgekommen wie ein offenes Buch. Das habe ich mir immer erhofft, aber er hat sofort die Flucht ergriffen, als ich Abendessen oder einen Film vorgeschlagen habe.«

»Vielleicht muss er morgen früh raus.« Holden klang, als wäre ich jemand, der ganz allein auf seiner eigenen Geburtstagsparty herumsaß. »Du kannst nicht behaupten, dass du noch nie früh gehen musstest, weil du am nächsten Tag arbeiten musstest.«

Ich strich mir mit den Fingern über die Lippen und dachte an das letzte Mal, als mein Mund seinen berührt hatte, während er geschlafen hatte. »Er hat ›Bye, Bay‹ gesagt, und es hat nicht nach ›Bis bald‹ geklungen. Sondern eher wie ›Schönes Leben noch‹.« Ich ließ die Schultern sinken und rutschte von der Armlehne, als hätte mich jemand k. o. geschlagen. Ich fühlte mich, als wäre ich den ganzen Tag über gesprintet und würde jetzt zusammenbrechen.

»Möchtest du denn eine Beziehung mit ihm eingehen?« Holden setzte sich auf die Kante des Kaffeetisches und musterte mich eingehend. »Ich werde das Telefonat absagen.«

Sein Tablet schien ihn magisch anzuziehen, doch er widerstand dem Drang und konzentrierte sich allein auf mich.

»Nein, schon gut.« Ich versuchte, mich im Sessel aufzusetzen, doch die Schwere in meiner Brust ließ nicht nach. Wahrscheinlich konnte man mir meine Gefühle in diesem Moment problemlos vom Gesicht ablesen. Holden und ich hatten eine unausgesprochene Vereinbarung darüber, dass ich alles in meiner Macht Stehende tun würde, damit meine Karriere erfolgreich verlief.

»Ist ziemlich schwierig, eine Beziehung mit jemandem einzugehen, der nichts mit dir zu tun haben will.« Ich hatte schon lange keine Gedanken mehr an Dates verschwendet. Wenn man im Musik-Business versuchte, eine Beziehung zu führen, endete das bloß im Desaster. Das hatte ich bereits oft genug miterlebt. Und genau deshalb schockierte es mich so, dass ich überhaupt etwas mit Keyton anfangen wollte. Nach allem, was zwischen uns vorgefallen war, würde ich lügen, wenn ich behauptet hätte, dass keine Hoffnung in mir aufgekeimt war, als er mir mitgeteilt hatte, dass er nicht länger mit Alice zusammen war.

Abgrundtiefe Verzweiflung war allerdings kein guter Look für mich. Also würde ich die Zähne zusammenbeißen und die ganze Sache vergessen müssen. Wir hatten beide sagen können, was uns auf dem Herzen gelegen hatte. Es wäre ein gutes Ende.

»Aber du würdest eine wollen, wenn er auch bereit dazu wäre?«

»Warum stellst du mir diese ganzen Fragen?«, blaffte ich.

Seufzend schüttelte Holden den Kopf. »Wann warst du das letzte Mal auf einem Date, Bay?«

Ich gestikulierte wild in seine Richtung. »Das weißt du sicher besser als ich.«

Er hielt sich die Hand vor den Mund und hustete, um sein Lächeln zu verbergen. »Juli, letztes Jahr.«

»Ding, ding, ding. Dafür hast du dir einen Preis verdient.« Meine Worte trieften geradezu vor Sarkasmus. Es war besser, mich auf Holden zu konzentrieren statt auf mich.

Er bedachte mich umgehend mit einem durchdringenden

Blick. Immer wenn er das tat, musste ich mich krampfhaft zusammenreißen, um mich nicht zu winden. Er hatte mich sofort durchschaut.

»Was willst du damit sagen?«

Er rückte näher zu mir heran. »Vielleicht, nur vielleicht, bist du noch nicht bereit dazu, die Sache mit ihm komplett zu beenden.«

»Du meinst also, ich sollte mir einen Jutesack besorgen, um ihn zu kidnappen und zu einem Abendessen mit mir zu zwingen?« Ich hatte doch gar keine Wahl. Keyton ließ mir keine Wahl. Es gab einfach Dinge auf der Welt, die man mit Ruhm und Reichtum nicht kaufen konnte.

»Ich möchte damit nur sagen, dass du Leute hast. Unfassbar gut aussehende, makellos gekleidete, wahnsinnig charismatische Leute, die schrecklich gut in ihrem Job sind.« Er rückte seine imaginäre Krawatte zurecht. »Deine Leute könnten seine Leute anrufen und etwas organisieren.«

»Hier geht es nicht um Fotos oder einen Gang über den roten Teppich.« Ich blickte über meine Schulter zur Tür, die hinter Keyton ins Schloss gefallen war. »Und ich glaube, ich habe meine Chance verpasst.« Mein Körper sackte in sich zusammen, als hätte mein Akku soeben das letzte Prozent Energie aufgebraucht.

»Es war ein langer Tag. Du hast recht mit dem Telefonat. Wir sollten es absagen. Ich gehe ins Bett.«

»Wir fliegen morgen nach Atlanta. Wir müssen um fünf Uhr früh am Flughafen sein. Dort verbringen wir drei Tage, und dann kommen wir zurück.«

Ein weiterer Tag, ein weiterer Flughafen. »Kann ich meine Sachen hierlassen, oder muss ich packen?« Ich quälte mich aus dem Stuhl hoch wie eine Schnecke, die Schlafmittel genommen hatte.

Holden legte den Kopf schief. »Du kannst ruhig alles hierlassen, was du in Atlanta nicht brauchst. Ich kläre den Rest mit dem Hotel. Ruh dich aus. Du scheinst es nötig zu haben.«

»Wow. Nacht, Holden.«

In meinem Zimmer angekommen zog ich mir meinen Pyjama an. Was für eine trübselige Nervensäge ich doch war. Dies war der verdammte Traum. Ich durfte meine Musik mit der Welt teilen. Menschen wussten nicht nur, wie ich hieß, sie schrien meinen Namen, umzingelten meinen SUV und verloren förmlich den Verstand, wenn sie mir begegneten.

Warum also war die Stunde mit Keyton seit Langem das Einzige gewesen, was sich echt angefühlt hatte?

Das Licht in der Tonkabine war gedämpft, und nur eine schwache Glühbirne hing über mir und dem Mikrofon. An den Wänden war eine cremefarbene geräuschisolierende Verkleidung angebracht, die um einiges eleganter aussah als die grauen Eierkartonwände, die man aus den meisten Studios kannte.

Es war ein himmelweiter Unterschied zu dem nasskalten Kellerstudio, in dem ich während des Colleges gearbeitet hatte. Und wesentlich besser ausgestattet als Freddys Studio in Greenwood.

Ich schwankte, und mein Kopf sackte nach vorn, bevor ich zurückstolperte. Dann zuckte ich wieder nach vorn und hielt mich am Mikrofonständer fest, wobei ich ihn beinahe mit mir umriss.

»Bay! Alles in Ordnung?« Holdens eindringliche und besorgte Stimme dröhnte durch die Sprechanlage der Kabine.

»Mir geht's gut!« Ich bedeckte den Mund, bevor ich so weit gähnte, dass mir der Kiefer wehtat.

»Lass uns für heute Schluss machen.«

»Nein, einmal kann ich noch.«

»Du warst gut. Es liegt am Soundboard. Sorry, dass alles so lange dauert. Du hättest mir sagen sollen, dass du müde bist.«

Alle Blicke hinter der Scheibe waren auf mich gerichtet.

»Nein.« Ich unterdrückte ein weiteres Gähnen. »Mir geht's super.«

Er brummte lediglich, bevor er die Sprechanlage wieder abschaltete.

Den Fehler, mich darüber zu beschweren, dass ich müde war, hatte ich in meinem ersten Jahr auf Tour gemacht, noch bevor mein erstes Album erschienen war. Dadurch, dass ich als Opening Act für *Without Grey* aufgetreten war und zusätzlich noch meine eigenen kleineren Gigs gehabt hatte, war ich siebenunddreißig Tage lang einer Doppelbelastung ausgesetzt gewesen, die mit einer Pressetour und Aufnahmen im Studio geendet hatte. Wenn ich mir den Luxus eines Nickerchens hatte gönnen können, dann nur mit einem zusammengeknüllten T-Shirt als Kissen auf dem Boden oder jeder anderen Oberfläche, die es mir erlaubte, mich zusammenzurollen und für nicht länger als zwanzig Minuten die Augen zuzumachen.

Holden hatte gewollt, dass ich einen Gang zurückschaltete, doch wir hatten uns beide noch beweisen müssen. Wir hatten uns mehr angestrengt als je zuvor, was dazu geführt hatte, dass ich genau am Anfang der zwei Monate, die für die Aufnahme meines nächsten Albums vorgesehen waren, kurz vor einem Burnout gestanden hatte.

Gerüchte über meine mangelnde Professionalität und mein Diva-Gehabe hatten die Runde gemacht, die genau vor dem Release meines Albums um ein Haar das gesamte Ansehen zerstört hätten, das Holden und ich mühsam aufgebaut hatten. In diesem Moment hatte ich gelernt, mich niemals zu beschweren – jedenfalls nicht so, dass es jemand mitbekam. Ich musste stets zu einem weiteren Take, einem weiteren Outfit-Wechsel oder einer weiteren Zugabe bereit sein.

Manchmal war es schlimmer, im kleineren Kreis der Mittelpunkt der Aufmerksamkeit zu sein als auf der Bühne. Im Konzert verschmolzen alle Gesichter zu einem riesigen, schunkelnden Organismus, der mir all meine Liedtexte entgegensang. Hier drinnen konnte ich genau sehen, wie mich alle in Gedanken auseinandernahmen.

Holden, der Manager, der einzuschätzen versuchte, wie weit er mich noch pushen konnte.

Emily, die Assistentin, die versuchte, mit Holden mitzuhalten.

Leon, der erfahrene Produzent, wegen dem wir hergekommen waren, da wir gemeinsam über mein neues Album sprechen wollten.

Der Manager des Labels, der durchrechnete, wie viele Platten und Streams ich für mein letztes Album des aktuellen Vertrags benötigte.

Und der Studioproduzent, der einfach nur froh war, dabei zu sein. So hatte ich mich auch gefühlt, als ich damals im Studio gearbeitet hatte. Manchmal zogen sich die Sessions wie Kaugummi, doch dann gab es da noch diese magischen Momente, in denen es sich anfühlte, als würde man über den Wolken schweben und einer Gruppe von Leuten dabei zusehen, wie sie einer einzigartigen Schöpfung Leben einhauchten.

Mein Dad hätte jede einzelne Minute davon geliebt. Es fühlte sich nach wie vor absolut surreal an, dass das hier tatsächlich mein Leben war. Das Einzige, was er immer gewollt hatte, war, auf der Bühne zu stehen und Musik zu machen. An manchen Abenden war ihm das gelungen, bevor er am nächsten Morgen wieder ins Büro hatte gehen müssen. Er wäre zu jedem meiner Auftritte gekommen und hätte sich jedes Album in Dauerschleife angehört. Ich wusste, dass er stolz auf mich gewesen wäre. Dies war eine einmalige Gelegenheit, die ich weiterhin nicht vergeuden wollte.

Meine Vorschläge und Gedanken zum Album wurden mit einem einzigen Wort von Leon abgelehnt, da er sie für einfallslos und unoriginell hielt. Seit Monaten spukten sie nun schon in meinem Kopf herum. Endlich hatte ich sie aussprechen können, doch ein Mann, der für seine Arbeit als Produzent mehr Grammys erhalten hatte als so gut wie jeder andere, der noch am Leben war, hatte mir unmissverständlich klargemacht, dass sie absolut scheiße waren.

Doch statt mich unter dem Mischpult zu verkriechen, hatte ich mich mit erhobenem Haupt dem Meister untergeordnet und mich auf meinen Platz hinter dem Mikrofon gestellt.

Auf dieser Seite der Scheibe war es immer hart, da ich nicht nur neue Songs ausprobierte, sondern auch mit neuen Leuten zusammenarbeiten musste und wir noch nicht wussten, wie gut uns das gelingen würde. Zum einen Teil kam ich mir vor wie ein Tier im Zoo und zum anderen Teil wie ein Kind, das in der Ecke stand, während ich darauf wartete, dass mir jemand etwas durch die Sprechanlage mitteilte.

Leon sprang aus seinem Stuhl auf. Die Adern an seinem Hals traten deutlich hervor. Dann warf er die Hände in die Luft und stürmte aus dem Raum.

Er wurde seinem Ruf absolut gerecht. Er mochte zwar ein musikalisches Genie sein, doch er war außerdem auch ein Arschloch. Ich würde allerdings mit ihm zusammenarbeiten, wenn dabei das beste Album für die Fans entstehen würde.

Mein Magen rumorte wie ein Kessel voller Groll, weil ich seinen Wutanfällen ausgesetzt war. Es wäre jedoch nicht das erste Mal, dass ich so jemanden duldete, um meine Arbeit zu erledigen. So handhabten Profis das nun mal, nicht wahr?

Ich schob mir den Kopfhörer von den Ohren und schaute Holden an.

Da ging die Sprechanlage wieder an. Holden beugte sich über das Mischpult und begegnete mit geschürzten Lippen und angespanntem Kiefer meinem Blick. »Wir machen für heute Schluss.«

Oh Mist. Jetzt kochte der Kessel vor Sorge über.

Ich hängte den Kopfhörer an den Haken des Mikrofonständers. Anschließend eilte ich in den Flur, wo ich Holden gegenüberstand, hinter dem sich gerade die Studiotür schloss.

»Was ist passiert? Ich habe doch gesagt, ich mache noch eine Aufnahme, wenn es nötig ist.« Ich spähte den Flur entlang, der nun menschenleer war. »Ist er so sauer?«

»Leon ist Leon, und du bist müde.«

»Bin ich nicht.« Ich hielt mir beide Hände vor den Mund und versuchte, ein Gähnen zu unterdrücken.

»Du bist nur einen Red Bull vom Koma entfernt. Lass uns ins Hotel fahren.«

»Warum ist er so ausgeflippt?«

»Mach dir deswegen keine Sorgen.«

Emily kam mit unseren Taschen aus dem Studio.

Auf dem Weg zum Hotel tippten die beiden hektisch auf ihren Handys herum und kitzelten auf ihre Tablets. Vermutlich tauschten sie sich untereinander aus.

Ein Geräusch ertönte im Inneren des schwarzen SUVs. Ich starrte aus dem Fenster. Auf dem Hinweg hatte die Sonne noch geschienen. Nun hatte das Nachtleben die Stadt vereinnahmt. Keyton hatte morgen ein Spiel. Ich hatte vorgehabt, den Punktestand im Anschluss daran zu checken, hatte mich dann aber doch eines Besseren belehrt.

Am Anfang hatte ich seine Karriere noch verfolgt. Ich war ganz schön enttäuscht gewesen, als mir klar geworden war, dass er aus dem Team geflogen und in die Trainingseinheit versetzt worden war. Als hätte mir jemand eine E-Gitarre gegen die Brust geschlagen. Seine Karriere war ins Straucheln geraten, während meine kurz vorm Abheben gestanden hatte. Das hatte es mir nur noch schwerer gemacht, ihn anzurufen. Was hätte ich denn sagen sollen?

Inzwischen war er sicher auf beiden Füßen gelandet, doch die Frage hallte immer noch in meiner Brust nach.

»Bay, dein Handy klingelt.«

Ich zuckte zusammen und blickte zur Tasche auf meinem Schoß. Nachdem ich kurz darin herumgewühlt hatte, fand ich das Gerät eingeklemmt zwischen meinen Notizblöcken eingeklemmt.

Erleichtert tippte ich auf den Bildschirm. »Hi, Mom.«

»Hey, Superstar.«

»Bäh, ich hasse es, wenn du mich so nennst.«

»Wie soll ich dich denn sonst nennen, wenn ich dich alle drei Monate auf einer neuen Nummer anrufen muss?« Ich hatte kaum mehr als drei Kontakte in meinem Handy eingespeichert. Mom. Holden. Und Emily. Und ich rief so gut wie nie jemanden an. Außerdem war keine meiner Nummern jemals direkt auf meinen Namen angemeldet, aber dennoch vergingen höchstens sechs Monate, bevor die Nummer geleakt wurde und ich haufenweise seltsame Anrufe und Nachrichten erhielt. Total nervig!

»Deine Tochter oder Bay?«

»Diese Bezeichnungen kennst du doch schon. Aber manchmal musst du daran erinnert werden, dass du mein Superstar bist.«

Ich grinste. »Danke, Mom. Wie geht's dir?«

»Gut. Ich genieße meine Frührente. Habe einen neuen Mann kennengelernt.«

Ein Stich schoss durch meine Brust. Eine Zeit lang konnte man alte Wunden vergessen, doch dann passierte etwas, und der Schmerz traf dich aufs Neue. Ich vermisste meinen Dad, und ich wusste, sie tat es auch. Aber sie hatte es verdient, glücklich zu sein. »Wann darf ich ihn kennenlernen?«

»Bald, wenn du zu Thanksgiving nach Hause kommst.«

Ich bedeckte den unteren Teil des Handys und flüsterte Holden zu: »Thanksgiving?«

Er hob die Hand hoch und machte eine Geste, die erkennen ließ, dass er sich unsicher war. »Kommt drauf an, ob wir noch Shows hinzufügen oder nicht. Alle Konzerte sind ausverkauft, und die Arenen schauen aktuell, ob sie noch ein bisschen was verschieben können, um mehr Leute reinzubekommen. Für die meisten Shows waren die Tickets nach nur zwei Stunden ausverkauft.«

Ganze Arenen an Leuten wollten meine Songs hören. Ich erinnerte mich noch daran, wie es war, wenn man mit dem Handy vor dem Laptop saß und sich darauf vorbereitete, schnell auf eine Schaltfläche zu drücken, damit man noch ein Ticket für den Künstler ergattern konnte, den man so liebte. Und wie beschissen es war, wenn sie ausverkauft waren. Ich war hin- und hergerissen, da ich niemanden enttäuschen wollte.

»Steht noch in den Sternen. Wir fliegen Ende Oktober für den europäischen Teil der Tour rüber. Wir könnten euch beiden einen Flug in die Stadt buchen, in der ich dann sein werde.«

»Nicht mal das weißt du?« Sie klang, als hätte ich meinen eigenen Namen vergessen.

»Ich weiß ja kaum, welcher Tag heute ist.« Ich lachte leise und zupfte an meinem Pferdeschwanz. Es war Sonntag, richtig? Nein, Samstag.

»Richte Holden aus, dass er aufhören soll, dich so in die Mangel zu nehmen.« Ihr tadelnder Mom-Tonfall legte sich um mich wie eine Schmusedecke.

Ich unterdrückte ein weiteres Gähnen. »Er nimmt mich nicht in die Mangel. Mir geht's bestens.«

»Sagt die junge Dame drei Minuten, bevor sie auf der Rückbank ihres schwarzen SUVs ins Koma fällt.«

»Woher weißt du das?«

»Du reist heutzutage doch nur noch so. Nicht dass ich dir daraus einen Vorwurf machen kann. Das Konzert in Rio war ganz schön verrückt.«

Eine Fehlkommunikation innerhalb des Security-Teams hatte uns in eine falsche Straße geführt, wodurch wir den Fans, die auf dem Weg zum Konzert waren, geradewegs in die Arme gelaufen waren. Sobald sie gemerkt hatten, dass ich in dem Wagen saß, wären wir beinahe umgestoßen worden, weil alle Fotos und Autogramme hatten ergattern wollen.

»Das stimmt. Aber ich war selbst schuld, weil ich versucht habe, in so einer großen Menge Autogramme zu verteilen.«

»Ich hoffe, du passt auf dich auf.«

Es gefiel mir gar nicht, dass sie sich Sorgen um mich machen musste, allerdings lief momentan alles glatt, was meine Sicherheit anging. Seit über einem Jahr hatte ich keine seltsamen Briefe oder Geschenke mehr erhalten. Es handelte sich größtenteils um standardmäßigen Fanatismus und nichts, was auch nur annähernd gefährlich gewesen wäre. Sogar Eric konnte sich inzwischen ein wenig mehr entspannen.

»Immer doch.«

»Nun, ich habe zu Thanksgiving Zeit. Allerdings werde ich Ray fragen müssen, wie es bei ihm aussieht. Er hat Kinder in der Gegend, also weiß ich nicht, ob er da reisen möchte. Wirst du noch irgendjemanden zu unserem Abendessen einladen, unabhängig davon, wo es stattfinden wird?« Die Art, wie sie nach Informationen fischte, wirkte ungefähr so subtil, als hätte sie mir einen fünfzehn Kilo schweren Lachs ins Gesicht geworfen.

»Nein, Mom. Keine weiteren Gäste.«

»Warum denn nicht? Wie wäre es mit diesem Mark, der auf den ganzen Parfümwerbungen mit dir zu sehen ist?«

Ich lachte. »Solche Fotoshootings bedeuten doch nicht, dass wir zusammen sind.« Außerdem hatte sein Atem gerochen, als hätte er nichts als eine Woche alten Thunfisch gegessen, bevor wir uns mitten in der Wüste eine weiße Chaiselongue hatten teilen müssen. Er mochte vielleicht gut aussehend gewesen sein, hatte sich jedoch nicht gerade als aufregender Gesprächspartner entpuppt. Was vermutlich auch der Grund dafür gewesen war, dass ich nach dem Shooting noch alle meine Nasenhaare gehabt hatte.

»Aber ihr beiden habt auf den Fotos so verliebt ausgesehen.«

»Weil wir unseren Job gemacht haben.«

»Was ist mit dem Typen aus deinem Musikvideo? Der Blonde?«

»Ist ein Schauspieler. Und wurde für das Video angeheuert.« Er war nett gewesen. Kein Thunfischatem, dafür allerdings verlobt. Seine unfassbar freundliche Verlobte hatte mich nicht einmal wütend angefunkelt, als wir einige furchtbar verfängliche Szenen gedreht hatten.

»So wie ihr beide euch zusammen unter den Laken geräkelt habt, dachte ich vielleicht …«

Ich schlug mir die Hand vor die Augen und versuchte, die Blamage auszublenden. »Hör auf, dir meine Sachen anzugucken.«

»Wie soll ich dem denn entkommen? Es wird mir immer bei YouTube vorgeschlagen.«

»Aber nur, weil du dir die Videos auch anguckst.«

»Tja, wie sollte ich sonst meine Tochter sehen?« Sie lachte, doch in dem melodischen Laut schwang ein Hauch Wahrheit mit.

Seitdem ich meinen College-Abschluss gemacht hatte, hatte es keine morgendlichen Mutter-Tochter-Momente mit Cookies und heißer Schokolade mehr gegeben. In meinen College-Ferien waren wir immer viel zu lange wach geblieben – abends oder morgens, je nachdem, welche Schicht sie auf der Arbeit übernommen hatte –, hatten Filme geschaut und viel zu viele Cookies gegessen. Wegen des hektischen Ablaufs, zu dem ich mich gezwungen hatte, hatte ich so vieles aus meinem früheren Leben hinter mir lassen müssen. Es war schwierig, einen außer Kontrolle geratenen Zug aufzuhalten, und nichts in meinem Leben fühlte sich noch so an, als hätte ich es wirklich in der Hand.

»Ich vermisse dich auch, Mom.«

»Als Mom ist es mein Job, mir Sorgen um dich zu machen. Auf der ersten Seite der Anleitung, die man im Krankenhaus in die Hand gedrückt bekommt, steht: ›Bereite dich darauf vor, dir mehr Sorgen zu machen als je zuvor in deinem Leben.‹«

»Danke für die Vorwarnung.«

»Ist bei dir alles okay?«

»Mir geht's gut. Bin müde, aber alles ist bestens. Ich freue mich schon auf die Pause nach dem Ende der Tour. Dann können wir einen Mädels-Ausflug irgendwohin machen. Wohin du willst. Nur du und ich, für ein paar Wochen.« Ich blickte nicht auf, um mir die nackte Panik in Holdens Gesicht anzusehen.

»Das klingt wunderbar. Ich werde dich daran erinnern.«

»Das weiß ich doch. Hab dich lieb, Mom.« Der SUV hielt vor dem Hotel.

»Hab dich lieb, mein Superstar.«

Ich legte auf und steckte mein Handy wieder in die Tasche.

Irgendwo zwischen dem Wagen und dem Aufzug traf mich die Müdigkeit wie ein überlasteter Verstärker. Sie überkam mich so plötzlich, dass es mich beinahe in die Knie zwang.

Meetings über Meetings. Anproben. Interviews. Stundenlange Sessions im Studio. Das war nicht das Leben, das ich mir immer vorgestellt hatte. Ich hatte angenommen, ich würde in verrauchten Bars auftreten, vielleicht auch mal in einem ehemaligen Kinosaal, der zu einer Konzerthalle umfunktioniert worden war. Und dass ich meine Ausrüstung selbst durch alle möglichen Städte des Landes schleppen würde.

Das hier war ein Leben, das meine Vorstellung weit überstieg, und ich lebte es jeden Tag. Allerdings wurde ich dieses nagende Gefühl in mir einfach nicht los, das mich nachts wachhielt und das ich mit dem Geplapper der Heimwerker im Fernsehen zu übertönen versuchte, damit ich nicht mit meinen eigenen Gedanken einschlafen musste.

Denn dieses Gefühl brüllte mich an, wenn ich auch nur im Geringsten undankbar für all das war, was mir ermöglicht worden war, und für all die Leute, die sich auf mich verließen. Doch wenn ich mich am Ende des Tages ins Bett schleppte, dann überkam mich ein anderes Gefühl, von dem ich immer gedacht hatte, es würde kein Problem für mich darstellen: die Einsamkeit.

Sie zu verdrängen fiel mir schwer. Die stillen Momente dröhnten mir angesichts der Leere in dem Leben, das ich mir erschaffen hatte, in den Ohren – das Leben, in dem zwar alle meinen Namen kannten, doch niemand wirklich wusste, wer ich war.

8

Keyton

Vom Laufband aus starrte ich auf die Stadt hinab, die von der Morgensonne in warmes Licht getaucht wurde. Laufen stellte nicht länger eine Art Realitätsflucht für mich dar – stattdessen war es der Start in den Tag für mich. So konnte ich etwas Energie loswerden, während ich den Ablauf durchging, den Gwen mir jeden Morgen zuschickte.

Ich musste die Gelassenheit in meinem Leben wahren, damit alles gemäßigt und ruhig verlief. Wenn ich wusste, was anstand, konnte ich die alten reflexartigen Reaktionen, die aus mir herausbrachen, wenn ich nicht wusste, was um mich herum geschah, in Schach halten. Ich konnte nicht alles kontrollieren, allerdings konnte ich sicherstellen, dass unerwartete Situationen nicht dazu führten, dass ich kurz vorm Ausrasten war. Und diese Methode funktionierte – meistens.

Heute Morgen fühlte ich mich jedoch seltsam unruhig. Als ich Bay letztens verlassen hatte, war mir ihr Gesichtsausdruck im Gedächtnis hängen geblieben und hatte mich im Fahrstuhl auf dem Weg zu meinem Apartment begleitet. Das Hotel war von Fans überflutet gewesen. So viel Sicherheitspersonal hatte ich noch nie gesehen.

War sie da oben sicher? Auf ihrer Etage war es ruhig gewesen, doch irgendwann musste sie sie verlassen. War sie schon fort?

Ich wollte zu ihr gehen. Länger mit ihr reden. Ihre Einladung zum Abendessen annehmen. Von den Lippen kosten, an denen sie geknabbert hatte.

Ich rammte meinen Finger auf den Stopp-Knopf und knurrte mich selbst an. *Lass das.*

Es hatte keinen Sinn, wieder diesen Gedanken nachzuhängen. Bay hatte ihr Leben, das besser war, als sie sich jemals hätte erträumen können. Warum also hatte sie diesen traurigen Glanz in ihren Augen gehabt?

Vermutlich, weil sie mir gegenübergesessen hatte, dem Typen aus ihrer Vergangenheit, der ihr schon immer nichts als Ärger gebracht hatte. Doch seitdem ich ihr Hotelzimmer verlassen hatte, musste ich ständig an ihren Gesichtsausdruck denken. Dauernd erinnerte ich mich daran, wie gut es sich angefühlt hatte, mit den Fingern über ihre Haut zu streichen. Auch wenn es nur ihre Fingerknöchel gewesen waren.

In den letzten sechsunddreißig Stunden war ich mehr als einmal zu meiner Apartmenttür marschiert, bevor ich es mir wieder ausgeredet hatte.

Nachdem ich geduscht hatte, war es an der Zeit, die schweren Geschütze aufzufahren. In meinem Arbeitszimmer machte ich meine Schreibtischschublade auf und holte alles heraus, was ich brauchte. Das Sonnenlicht strahlte durch die offenen Vorhänge herein.

Ich öffnete die Holzbox und suchte nach dem richtigen Bleistift.

Dann klemmte ich ihn mir zwischen die Zähne und schlug den Skizzenblock auf.

Das Zeichnen half mir. Allerdings zeichnete ich nicht länger ausschließlich Bay, wie ich es im College getan hatte, sondern die Dinge, die mich umgaben. Szenen, die mir im Kopf hängen geblieben waren. Szenen aus meiner Vergangenheit. Szenen aus meiner Gegenwart. Das Kratzen von Grafit oder Kohle auf dem Zeichenpapier half mir dabei, viel von dem Mist zu verarbeiten, der mir mit hundertfünfzig Stundenkilometern durchs Gehirn raste.

Heute jedoch zeichnete ich sie. Ich verlor mich in der Erinnerung daran, sie seit sechs Jahren zum ersten Mal wirklich vor mir gesehen zu haben. Nicht die Bay, die bereit war, die Bühne zu betreten. Sondern die Bay, die mir mit heißer Schokolade auf den Lippen gegenübergesessen hatte.

Die Zeichnung nahm so viel Zeit in Anspruch, dass mir der Finger vom Halten des Bleistifts wehtat. Als ich ihn ablegte, spähte die Sonne nicht länger schüchtern hinter dem Horizont hervor – sie brannte hoch am Himmel.

Ich schreckte auf und warf einen Blick auf die Uhr. Dann beruhigte sich mein hämmernder Herzschlag wieder. Noch drei Stunden, bis ich beim Stadion sein musste.

Ich strich mit dem Finger über die Stelle, an der ihr Haar einen Schatten auf ihre Stirn warf, um die Linien dort zu verwischen, bevor ich das Blatt Papier hochhielt.

Sie starrte mir entgegen. Die Traurigkeit in ihrem Blick hatte ich mir nicht eingebildet. Sie war da gewesen. Und ich würde nichts dagegen tun können – ich sollte nichts dagegen tun.

Wir hatten beide unsere Entscheidungen getroffen. Es war nur gerecht, wenn wir nun mit ihnen lebten. Egal, wie sehr wir uns wünschten, dass wir alles ändern könnten. Die Vergangenheit konnte niemand auslöschen.

Nach einer Dusche bereitete ich mir mein Frühstück zu und ging zur Arbeit, wo ich auf meinem Hintern sitzen und nichts tun würde, außer hoffen, dass das Glück weiterhin anhielt – wo auch immer es herkam. Manchmal fühlte ich mich geradezu wie gelähmt, weil ich befürchtete, dass jede Änderung meiner Routine an einem Spieltag dem Zauber, der meine Präsenz im

Stadion umgab, ein Ende setzen könnte. Dennoch hatte ich sie aufgegeben, denn die Rituale waren zu obsessiv geworden. Ich hatte keine Kontrolle über das Spiel. Auch wenn alle anderen das glaubten. Allerdings hieß das nicht, dass ich mir keinen Sieg für sie wünschte. Ich hätte nur gerne etwas getan, das tatsächlich dazu beitrug.

Das erste Spiel einer neuen Saison. Meine Nervosität führte dazu, dass mein Bein auf und ab wippte, was mich wiederum dazu veranlasste, angespannt umherzutigern. Innerhalb weniger Stunden war die gesamte Ruhe, die mir das Zeichnen gebracht hatte, komplett verpufft. Ich verließ mein Apartment, als das Warten schließlich unerträglich wurde.

Im Umkleideraum zog ich mich früh um.

Das Betreuungspersonal und die Trainer schritten entschlossen durch den Raum, der inzwischen eher einem Bienenstock ähnelte. Die Physio-Räume grenzten an die Hauptumkleide, in der sich keine tatsächlichen Spinde befanden, sondern vielmehr übergroße Regalfächer. Die Konditions- und Reha-Räume verfügten über modernste Gerätschaften zur körperlichen Regeneration.

Es gab Eisbäder, die sich anfühlten, als würde der ganze Körper von Eiszapfen aufgespießt werden. Angesichts meiner kaum vorhandenen Spielzeit hatte ich die allerdings nicht nötig. Als ich für L.A. gespielt hatte, war ich einmal vor einem Spiel in eins gesprungen. Daraufhin hatte ich das vor jedem Spiel getan, um mein Glück nicht zu verlieren. Als ich dann zu Phoenix gewechselt war, hatte ich dieses Ritual geflissentlich sein lassen.

Die Zeiten, als ich meine Ausrüstung noch selbst waschen und pflegen musste, waren lange vorbei. Sie wurde mir immer vor der Plakette mit meinem Namen auf dem breiten gepolsterten Sitz bereitgelegt.

Die Geschäftigkeit nahm zu, als würden sich die Bienen um ihre Honigwaben scharen. Da ich in den letzten Jahren kaum länger als eine oder zwei Saisons in einem Team geblieben war, bedeutete das, dass ich beim Saisonstart häufig einige Zeit brauchte, um mich an ein neues Stadion, neue Coaches und ein neues Team zu gewöhnen. Weil dies jedoch meine zweite Saison in Philly war, war es diesmal nicht ganz so schlimm gewesen wie sonst.

Die Tür zur Umkleide wurde aufgestoßen, und die Gruppe aus Typen, die abgesehen von Knox und seinen Eltern einer Familie am nächsten kamen, platzten in den Raum.

»Keyton«, riefen sie alle gleichzeitig, als hätten wir uns nicht vor einigen Tagen erst bei einem Vorsaison-Spiel gesehen.

Ich zog den Kopf ein und bereitete mich auf den Ansturm vor.

Sie fielen über mich her, drückten mich und johlten etwas davon, dass wir in dieser Saison richtig reinhauen würden. Das hatten sie alle schon im Trainingslager und während der Vorsaison-Spiele getan.

»Jungs, ihr solltet an eurer Begrüßung arbeiten. Wenn ihr den Glücksbringer hier beschädigt, gibt's vielleicht keine weiteren Ringe für euch.« Ich schüttelte sie lachend ab, bevor ich mir über das Haar strich, das sie verwuschelt hatten. Für meine Rolle hier war es wichtig, dass ich Vertrauen in meine Fähigkeiten zeigte. Wenn ich darauf schwor, dass ich Glück brachte, glaubten auch alle anderen daran.

Reece grinste, seine grünen Augen funkelten schelmisch. »Kommen wir nicht genau so an das Glück ran? Indem wir die Finger durch deine vollen Locken gleiten lassen?« Erneut streckte er die Hand nach meinem Kopf aus.

Ich schlug sie beiseite. »Nicht wenn du diese Hand noch benutzen willst, um damit Pässe zu fangen.«

Er grinste und schnürte seine rot-weißen Adidas-Schuhe auf, bevor er sie sicher in seinem Regal verstaute. Seine Obsession mit diesen Turnschuhen hatte auch nach dem College nicht nachgelassen.

»Danke, dass du dich für mich um diese Nummer kümmerst, Mann.« Berk boxte mir mit der Faust gegen die Schulter.

Bevor ich dem Team beigetreten war, war es seine Spielernummer gewesen – eine Nummer, die ihm viel bedeutet hatte.

»Du weißt, dass ich nicht darum gebeten habe, sie zu bekommen.« In der letzten Saison hatte er das Thema nicht angesprochen, doch ich hatte gewusst, dass es schwierig für ihn gewesen sein musste.

Er schnaubte und hob das Kinn. »Ich weiß. Wenn es uns zum Sieg verhilft, komme ich damit klar.« Sein schiefes Lächeln beruhigte meine Nerven.

»Wenn ich weg bin, bekommst du sie wieder.« Meine Nummer blieb bei jedem Trade dieselbe, da niemand riskieren wollte, das unsichtbare Gleichgewicht durcheinanderzubringen.

Meine drei Freunde, die alle gerade dabei waren, sich umzuziehen, wirbelten herum.

Berk hörte auf, sich die abgewetzten Schuhe von den Füßen zu schieben. »Hast du etwa schon vor, uns zu verlassen?«

»Vier Teams in sechs Jahren. Bin daran gewöhnt.«

»Aber du hast uns letztes Jahr zur Championship gebracht.« LJ starrte mich mit großen Augen an, als wäre es purer Wahnsinn. Er war der Einzige, der möglicherweise auch nur im Geringsten nachvollziehen konnte, wie es sich anfühlte, wenn man Teil eines Teams war, das einen nicht zum Spielen einsetzte. Unser Coach am College hatte LJ wegen seiner besten Freundin, die zufällig die Tochter des Coaches war, die letzten zwei Jahre beinahe durchgehend auf der Bank sitzen lassen. Zuerst waren LJ und Marisa nur Freunde gewesen, doch das musste sich etwa zu der Zeit geändert haben, als ich die beiden dabei erwischt hatte, wie er auf Knien vor ihr gesessen und ihr den Rock bis zur Taille hochgeschoben hatte, um nach einem »Bienenstich« zu sehen. Eine Zeit lang hatten sie dann noch vorgegeben, nur Freunde zu sein, bevor alles herausgekommen war.

Er war am Boden zerstört gewesen, als er während der Saison damals kaum ein Viertel der Zeit hatte spielen dürfen.

Da sollte er es mal mit einem Durchschnitt von weniger als einem Spielzug pro Spiel probieren.

»Ich weiß, dass es großartig sein wird, in dieser Saison wieder mit euch aufs Feld zu dürfen.«

Reece zupfte an seinem Funktionsshirt. »Du hast während des Trainingslagers eine super Figur abgegeben. Ich kapier nicht, warum du nicht in der Startaufstellung bist.«

Ich schon. Ich war unerprobt. Ein unerprobter Veteranspieler. »So ist eben das Leben als menschlicher Glücksbringer.« Ich legte den Rest meiner Uniform an, auch wenn ich wohl kaum weiter als bis zur Seitenlinie kommen würde. Es fühlte sich falsch an, deswegen zu jammern. Viele würden für meine Stellung töten. Wie viele schafften es mit nur einer Verletzung bis zu ihrer fünften Saison?

Alle legten einen Stopp bei den Kraft- und Konditionstrainern oder den Physiotherapeuten ein. Reece hatte Probleme mit der Schulter. Berks Oberschenkel verheilte noch, und LJs linkes Knie machte ihm Ärger. Nach meiner Verletzung in Charlotte hatte ich mir keine weiteren zugezogen. Seit drei Jahren hatte ich nicht einmal eine Muskelzerrung gehabt.

In einem Alter, in dem die meisten am Ende ihrer Karriere angekommen waren, besaß ich noch voll funktionstüchtige Arme und Beine – verdammt, mein Körper war quasi nach wie vor mit dieser Schutzfolie bedeckt, die immer auf neuen Handys angebracht war.

Der Coach betrat die Umkleide und hielt eine Motivationsrede, in der er verkündete, dass dies erneut unsere Saison werden würde. Diese Ansprache hatte ich schon oft genug gehört, und mir entgingen die Blicke nicht, die in meine Richtung huschten.

Keine Miene verziehen. Ich durfte die Jungs nicht am Sieg zweifeln lassen. Das war meine Aufgabe. Mehr nicht. Innerlich raste mein Herz, als würde ich gleich aufs Feld laufen und eine Interception aus der Luft ausführen. Doch äußerlich blieb ich ruhig und zuversichtlich.

»Macht euch bereit, um allen da draußen zu zeigen, woraus wir gemacht sind!«

Bei seinem letzten entschlossenen Ausruf schoss mir das Adrenalin durch die Adern, obwohl ich nicht spielen würde. Die Gerüche von schmerzlindernder Salbe, Leder, Kunststoffpads und Entschlossenheit hingen in der Luft, und alle standen unter Strom.

Wenige Minuten später war es so weit, und wir stellten uns auf, um hinaus Richtung Seitenlinien zu marschieren. Einige der Jungs wippten auf den Fußballen auf und ab, andere sprangen in die Luft oder wiegten sich vor und zurück, während sie den Blick fest auf das Licht am Ende des Tunnels gerichtet hielten, in dem das Stadion-Personal aufgereiht stand.

Die Ansagen hallten im Tunnel wider und prallten von der gestrichenen Betonwand ab. Ich legte meine Fingerspitzen an die Wand und spürte die Energie des Stadions. Alle hinter mir taten es mir gleich, und als die Jungs vor mir es mitbekamen, streckten auch sie die Hände aus.

Jede meiner Bewegungen vor einem Spiel wurde zum Team-Ritual. Manchmal war ich kurz davor, den Ententanz zu machen.

LJ stieß gegen meine Schulter. »Bereit?«

Ein Lachen stieg in meiner Brust auf. »Ich bin immer bereit.« An der Seitenlinie zu sitzen.

Vor mir setzten sich die Spieler in Bewegung, und wir folgten ihnen, wobei wir unentwegt den Kontakt zur Wand beibehielten, bis wir aus dem Tunnel kamen und durch das riesige Banner liefen, um die Saison zu eröffnen, bevor wir unsere Plätze an der Seitenlinie einnahmen.

Um mich herum erwachte das Stadion zum Leben wie eine sich windende Bestie. Die Fans waren auf den Beinen und brüllten von dem Moment an, in dem sie das Stadion betraten, bis zu dem, wenn sie es wieder verließen. Diese Stadt hatte definitiv eine besondere Art, ihre Sporthelden zu begrüßen.

Auf meinen Armen breitete sich Gänsehaut aus.

Ich starrte zu den Tribünen hoch und nahm den Anblick und die Geräuschkulisse in mich auf. Das ganze Stadion wurde lebendig.

Das Team bildete einen Huddle, und ich nahm meinen Platz darin ein. Langsam bildete sich ein Pfad in der Mitte, und ich wurde an die Spitze geschoben. Mein Helm wackelte und klapperte, als die Jungs ihn rieben und tätschelten, als wäre ich ein Glücksbringer. Nach meiner ersten Saison hatte ich gelernt, dass es besser war, den Helm während des Huddles zu tragen, da ich mir sonst schnell eine kahle Stelle auf dem Kopf eingehandelt hätte.

Der Coach schob sein Headset nach unten und klatschte mit der Hand gegen sein Klemmbrett, bevor er sich an das Team wandte: »Lasst uns da rausgehen und die Saison auf die richtige Art starten. Keyton ist wieder dabei, und das heißt, wir holen den Ring im Februar erneut nach Hause. Tut, was getan werden muss, um uns ans Ziel zu bringen, und macht diese Stadt stolz!«

Das Team rückte noch näher zusammen und brüllte: »Wir

sind hier, um zu gewinnen!« Danach löste sich der Huddle auf. Die Offensiv- und Defensivspieler trennten sich und fanden sich bei den jeweiligen Coaches zusammen. Die Offense lief aufs Spielfeld.

Ich setzte meinen Helm ab und nahm meinen Platz am Ende der Bank ein.

Berk, Reece und LJ bekamen alle ihre Gelegenheit, auf dem Spielfeld zu glänzen.

Doch zum Ende hin wurde es knapp. In den letzten sieben Sekunden hätte das gegnerische Team uns den Sieg fast aus den Klauen gerissen, indem es beinahe ein Field Goal erzielt hätte. Als der Ball durch die Luft segelte, war es mucksmäuschenstill im Stadion.

Doch die Windgötter waren auf unserer Seite, denn er flog zu weit und prallte am linken Pfosten ab.

Die Anspannung an den Seitenlinien verwandelte sich in Jubel. Handtücher wurden über dem Kopf geschwungen, und gutturales Geschrei ging durch die Tribünen. Ich hätte nicht miterleben wollen, was bei einer Niederlage passiert wäre. Allerdings fühlte es sich unausweichlich an, wie eine tickende Zeitbombe, die über meiner Profi-Karriere hing.

Nach der Abschlussbesprechung duschte ich, zog mich um und hatte mein Auto erreicht, bevor die Fans überhaupt das Stadion verlassen hatten. Das gesamte Team traf sich zum Abendessen im *Tavola*, wo es schwieriger war, einen Tisch zu ergattern, als bei jedem anderen Drei-Sterne-Restaurant. Gut, dass wir den Besitzer kannten. Nix hatte den »Puff« – unsere gemeinsame College-Bude – verlassen, bevor ich eingezogen war, doch er hatte unser Haus voller Football-Spieler durchgehend mit leckerem Essen versorgt.

Ich würde mich mit einer weiteren Saison zufrieden geben müssen, in der ich mir Tapes von Spielen ansah, in denen ich nicht auf dem Feld war, genau wie Aufnahmen von gegnerischen Teams, gegen die ich nicht spielen würde. Doch die Hoffnung darauf, dass ich in dieser Saison würde spielen dürfen, war noch nicht gestorben. Nicht hier, in der einzigen Stadt, in der ich mich zu Hause fühlte, sondern in Wisconsin.

Als ich in meinem Auto saß, checkte ich meine Nachrichten. Ich hatte eine von Gwen.

Gwen: Die Headstrong Foundation *war völlig von den Socken, als sie die Fotos von dir und Bay gesehen haben. Kleine Vorwarnung: Sie haben sie um einen Auftritt beim* SeptemberWeen Carnival *gebeten.*

Ich starrte auf den Bildschirm, während mein Herz mir fast aus der Brust sprang. Erstens, es gab Fotos von Bay und mir im Internet. Sie konnten nur von unserem Kaffee-Date stammen. Und inzwischen waren sie überall. Wirkte ihr schmerzerfüllter Ausdruck darauf genauso herzzerreißend, wie ich ihn in Erinnerung hatte? Wie ich ihn gezeichnet hatte? Wie verkorkst war es, dass Menschen diese Fotos teilten, als wäre es keine große Sache?

Zweitens ...

Ich: Hat sie schon geantwortet?
Gwen: Sie warten noch auf eine Reaktion von ihren Leuten.

Ich ließ den Kopf gegen die Rücklehne sinken.

Sicher wurde sie von solchen Anfragen überflutet. Es war unwahrscheinlich, dass sie sich den Namen meiner Stiftung gemerkt hatte. Ihre Leute würden es ausschlagen. Die *Headstrong Foundation* war eine kleine, neue Organisation. Es gab Hunderte, wenn nicht Tausende, die das Gleiche taten und etwas verändern wollten – Bay hatte jedoch nicht unbegrenzt Zeit. Es bedeutete auch nicht, dass sie sich die Zeit extra für mich nehmen würde.

Darauf zu hoffen war gefährlich. Als sich die Tür am Freitag hinter mir geschlossen hatte, hatte ich mich damit abgefunden, dass es das letzte Mal sein würde, dass ich sie sah. Der Beschützerinstinkt und meine alten Gedankengänge hatten mir gezeigt, dass ich noch nicht so weit gekommen war, wie ich gedacht hatte.

Doch das hier war anders. Wenn sie zustimmte, hätte das womöglich gar nichts mit mir zu tun. Es könnte auch einfach nur ihre gute Tat für dieses Jahr sein. Möglicherweise würde sie zuerst zustimmen und dann doch absagen, wenn ihr auffiel, dass ich involviert war. Oder vielleicht gab uns das Universum tatsächlich eine weitere Chance. Eine zweite Chance auf eine zweite Chance.

Und womöglich würde ich dieses Mal bereit für sie sein.

9

Bay

Mein Rückflug von Atlanta ging pünktlich, obwohl es Verzögerungen auf den Hauptlandebahnen gab. Ein Privatjet hatte schon seine Vorteile. Auch wenn ich mich manchmal danach sehnte, in einem mittleren Sitz eingezwängt zu sein, nur um einen Hauch der Normalität zu spüren, die ich früher als selbstverständlich betrachtet hatte.

Die Session mit Leon heute war besser gelaufen als am Samstag und Sonntag, doch irgendetwas hatte sich seltsam angefühlt. Ich war schweißgebadet aufgewacht und hatte darüber nachgedacht, dass ich zwei weitere Monate mit ihm würde arbeiten müssen, bevor ich mit einer neuen Tour startete. Er war einer der Besten und uns nachdrücklich empfohlen worden. Jedes Album, an dem er mitgearbeitet hatte, erhielt Platin. Es wäre dumm von mir auszusteigen. Ich würde die Zähne zusammenbeißen und meinen Job erledigen.

Ich vertraute Holden, wenn es um meine Karriere ging. Manchmal sogar, wenn es um mein Leben ging. Ich vertraute darauf, dass er mich auf die richtigen Bahnen lenkte, doch es war mir schwergefallen, mich während der beiden Sessions mit Leon wirklich wohlzufühlen. Allerdings brauchte es manchmal einfach länger, bis es klick machte. Ich würde mich mehr anstrengen und tun, was nötig war, um mich anzupassen. Leon hatte schließlich ein ganzes Zimmer voller Grammys, weil er wusste, was er tat.

»Erde an Bay, schließt du dich uns heute Abend an?« Holden saß mir gegenüber am Tisch für vier, der sich hinter der langen Couch befand, die sich auf einer Seite des Flugzeugs erstreckte.

»Weißt du, als ich das erste Mal so einen Flieger betreten habe, dachte ich, es würde das einzige Mal bleiben.« Die Ausstattung in Cremetönen und Goldakzenten strahlte subtile Eleganz aus wie die Szene von dem Polo-Spiel in *Pretty Woman*. Ein frisches Blumenarrangement stand in einer gläsernen Vase auf dem Tisch. In dieser Blase zu leben war seltsam.

»So hast du dich damals definitiv nicht verhalten. Du hast eher abgelenkt gewirkt.« Er legte sein Tablet ab und faltete die Hände darauf. Wir hatten uns beide in den letzten Jahren stark verändert. Er war von dem unerfahrenen Manager unter Maddys Aufsicht zum alleinigen Leiter der Bay-Show geworden. Maddy kümmerte sich um die großen Angelegenheiten, doch Holden war meine Nummer eins, wenn es um das Alltägliche ging. Wir waren ein Team. Die Situation überforderte uns beide, und dennoch hielten wir das Boot auf Kurs, auch wenn keiner von uns wusste, wo wir am Ende landen würden.

Die Armbanduhr, die er bei unserem Aufenthalt in Paris gekauft hatte, lugte unter dem Ärmel seines gestärkten weißen Hemds hervor. Keine Rolex – so was wäre zu gewöhnlich für Holden. Es handelte sich um eine Patek Philippe; das Ding hatte mehr gekostet als meine Studiengebühren für ein ganzes Jahr am College, doch sie passte zu ihm.

Er wirkte, als wäre er in einem Privatjet geboren worden. Ich konnte mich nicht erinnern, ihn je in Jeans gesehen zu haben.

»Das war ich auch.«

»Ganz ähnlich wie jetzt.« Er gestikulierte in meine Richtung.

»Mir spukt vieles im Kopf rum.« Mein Spiegelbild starrte mir von der Fensterscheibe aus entgegen.

»In zwei Monaten gehen wir den zweiten Teil einer Tour an, die sich über drei Kontinente und achtundvierzig Städte erstreckt. Davor müssen wir die ganze Vorarbeit für das neue Album erledigen, die Daten für die Promo-Tour festlegen, und Maddy wird mit dir über die Vertragsverhandlungen für den neuen Deal sprechen wollen, der mehrere Alben voraussetzt. Da bleibt nicht viel Zeit für Ablenkungen.«

»Das weiß ich.« Hinter meinem Spiegelbild war der Nachthimmel mit Wolken bedeckt, und die wenigen Sterne sahen aus, als wären sie fest am Horizont verankert. Es gab immer viel zu tun. Die Hälfte der Zeit hatte ich kaum eine Ahnung, was für den kommenden Tag anstand, wenn Holden und Emily mich nicht von einer Location zur nächsten lotsten. Ich wusste immer erst, was genau mich erwartete, wenn ich am Ziel ankam. Es war einfach nie genug Zeit.

Er stieß einen dieser langen, tiefen Atemzüge aus, die mir immer verrieten, dass sich etwas Großes anbahnte. Einen von ihnen hatte ich gehört, bevor er mir mitgeteilt hatte, dass mein Album auf Platz eins gelandet war. Er hatte allerdings auch davon Gebrauch gemacht, als er mir vor einigen Jahren von Drohbriefen erzählt und entschieden hatte, dass Eric einige Monate lang Verstärkung brauchen würde, um meine Sicherheit zu garantieren. Es war also stets ungewiss, was so ein Seufzer mit sich brachte.

»Raus damit.« Ich wackelte mit den Fingern beider Hände. »Hör auf, dich zurückzuhalten und mich damit ganz verrückt zu machen.«

»Wir bekommen viele Anfragen von Stiftungen, die dich

um öffentliche Auftritte bei ihren Benefiz- und Wohltätigkeitsveranstaltungen bitten.« Er tippte sich mit dem Daumennagel an den Mund.

Das tat er immer, wenn er tief in Gedanken versunken war. Die Information war weder gut noch schlecht. Von diesen Anfragen wusste ich bereits. Angesichts meines straffen Zeitplans versuchten wir stets, so viele wie möglich unterzukriegen, auch wenn natürlich nicht alle machbar waren. Doch der eigentliche Hammer stand noch bevor. Ich konnte mich noch nicht entspannen.

Normalerweise war Holden nie um eine Absage verlegen, wenn es einfach nicht passte. »Es sind einige neue Anfragen reingekommen, und ich dachte mir, diesmal solltest du vielleicht die Entscheidungen treffen.«

Also steckte tatsächlich mehr dahinter. Er setzte diese ernste Miene nur auf, wenn er besorgt war. Das Dröhnen der Motoren übertönte das unregelmäßige Pochen meines Herzens.

Holden beobachtete mich, als er mir das Tablet zuschob.

Was befand sich auf dieser Liste, das sein seltsames Verhalten erklären könnte? Die Namen ganz oben kannte ich, da wir schon zuvor mit ihnen zusammengearbeitet hatten. Sein aufmerksamer Blick machte mich nervös.

Ich überflog die Liste weiter. Die meisten Termine waren nicht kompatibel mit meinen anderen. »Können wir ihnen nicht ein nettes Paket mit signiertem Merchandise schicken, das sie bei ihren Auktionen versteigern können? Vielleicht könnte ich noch einen Videoanruf oder so zusätzlich machen.«

»Für alle von ihnen?« Sein eindringlicher Blick ließ mich die Liste noch einmal durchsehen.

Warum rückte er nicht einfach mit der Sprache heraus? Ich funkelte ihn an, bevor ich erneut jeden einzelnen Namen las.

Und da erst fiel mir auf, dass sich eine neue Stiftung zwischen den altbekannten befand. Allerdings war sie mir nicht wirklich neu. Ich hatte ihren Namen bereits einmal gehört.

Mein Kopf schnellte hoch. »Ist das seine Stiftung? Keytons?

Holden nickte. »Ja.«

»Hat er mich angefragt?« Hoffnung keimte in mir auf. »Warst du das? Hast du seine Leute kontaktiert?«

Seufzend schüttelte er den Kopf. »Ich habe nichts getan, nachdem du gesagt hast, ich soll es lassen.« Seine Worte trieften vor Missbilligung.

»Allerdings habe ich sie auf die Liste setzen lassen, nur für alle Fälle. Jemand von ihrem Eventmanagement hat Emily kontaktiert, vermutlich nachdem die Fotos von euch beiden im Netz gelandet sind.«

In Windeseile wurde meine Hoffnung wieder erstickt. Er hatte mich vermutlich gar nicht angefragt, damit er mich wiedersehen konnte. Seine Leute hatten das garantiert von sich aus getan.

Die Fotos von uns kursierten bereits im Internet. Sein Abschied hatte sich endgültig angefühlt. Ich starrte auf das Datum. Ende nächster Woche. Meine restlichen Termine standen schon fest. Die Veranstaltung zu besuchen würde meinen Zeitplan extrem knapp werden lassen. Das hieß, ich würde eine Woche lang von Red Bull und Kaffee leben müssen. Doch ich musste es tun. Ich musste ihm und mir beweisen, dass wir alles geklärt hatten und es somit hinter uns lassen konnten. Ich wollte, dass wir beide diese Last nicht länger mit uns herumtragen mussten.

»Ich möchte es machen.«

»Das dachte ich mir.« Sein Nicken wirkte entschlossen. »Ich bin schon dabei, deine Termine zurechtzuschieben.«

Eine Woche.

»Es gibt einige Presseveranstaltungen, die sie etwa eine Woche vorher von dir erwarten.«

»Was immer nötig ist.« Ich strich mit den Fingern über die glatte Kante des Tisches. »Weißt … weißt du, ob er da sein wird?« Ich war eine dumme, verzweifelte Idiotin, weil ich mir davon erhoffte, ihn wiederzusehen und eine Ausrede zu haben, um mit ihm zu reden. Möglicherweise würde mir das Wissen, dass es unsere letzte Begegnung sein würde, es mir leichter machen, ihn gehen zu lassen.

Seine Stiftung zu unterstützen war das Mindeste, was ich tun konnte. Keine Erwartungen. Und keine Bedingungen.

»Das weiß ich nicht. Ich kann nachfragen, bevor wir eine Antwort geben.«

Kopfschüttelnd blickte ich aus dem Fenster. Plötzlich erschien mir das Wetter nicht länger so trostlos wie zuvor. »Nein, schon okay. Ich mache es so oder so.«

Selbst wenn er nicht da sein würde. So würde ich wenigstens eine Sache unterstützen, die ihm eine Menge bedeutete. Mein Gesicht und mein Name würden zur Abwechslung mal etwas anderem dienen als dem Verkauf von Alben oder Zeitschriften.

»Was ist mit den Aufnahmen in Philly? Bist du bereit dazu, zumindest einen Teil des Albums hier aufzunehmen?«

»Ich dachte, das wollten wir in Atlanta machen?« Wir hatten schon nach Mietwohnungen gesucht, damit wir nicht die ganze Zeit über in einem Hotel unterkommen mussten. Und wir hatten sogar bereits über Kollaborationen mit Künstlern aus der Gegend gesprochen. Das ergab überhaupt keinen Sinn.

Holden neigte den Kopf und bedachte mich mit einem langen, abschätzenden Blick. »Ich denke, Philly wäre besser für dich. Außerdem haben *Without Grey* ihr letztes Album dort aufgenommen und damit gerade doppelt Platin eingefahren.«

»Was ist mit allem, was wir schon für Atlanta geplant hatten?« Panik stieg in mir auf. »Ist Leon von dem Deal zurückgetreten? Möchte er nicht mit mir arbeiten?«

Wir hatten ein zweistündiges Meeting gehabt, bevor wir einen riesigen Stapel Formulare unterschrieben hatten. Ich hatte meine Initialen auf jede einzelne Seite setzen müssen, bevor ich sie an Holden hatte weiterreichen können.

»Das hat nicht er so entschieden. Sondern ich. Es ist mein Job, mich um solche Dinge zu kümmern, nicht wahr? Er hat ein aufgeblasenes Ego und eine miserable Einstellung.«

»Aber …« Der Einwand erstarb auf meiner Zunge, weil ich einfach nur erleichtert war. Der Gedanke daran, so eng mit Leon zusammenzuarbeiten, hatte mich kein bisschen beruhigt. Wenn wir die Aufnahmen in Philly machten, hieße das, ich wäre in Keytons Nähe. Allerdings war noch nicht ganz sicher, ob das nun gut oder schlecht war.

»Er hätte es dir mit dem Album nicht leichter gemacht.«

»Er ist einer der Besten im Business.«

»Genau wie du.« Er zwinkerte mir zu. »Außerdem wirst du mir eine neue Uhr zu Weihnachten schenken, um mich für die ganze Organisation zu entlohnen.«

»Hast du nicht schon eine?« Ich tippte mit dem Finger auf das Glas seiner Patek Philippe.

Er fauchte mich an und zog den Arm weg, bevor er den gebürsteten Stahl tätschelte. »Fass die Uhr eines Mannes niemals so an.« Dann holte er ein Tuch aus der Innenseite seines Jacketts und begann, die Oberfläche zu polieren.

Obwohl er so viel Wert auf Kleidung und Uhren legte, wirkte er äußerlich wie ein Sportler. Allerdings ein sehr vornehmer. Als würde er Polo spielen oder rudern. Irgendetwas Kultiviertes, das für Menschen, die keinen mehrstelligen Betrag auf ihrem Bankkonto hatten, unerschwinglich war.

»Wo soll ich dein Weihnachtsgeschenk hinschicken? Wirst du deine Familie besuchen?«

Auf sein trockenes Lachen folgte eine erhobene Augenbraue. »Fischt du schon wieder nach Informationen?«

Ich stützte die Ellenbogen auf den Tisch und beugte mich vor. Endlich lag die Aufmerksamkeit nicht mehr auf mir. »Dir ist doch klar, dass ich einfach einen Privatdetektiv anheuern könnte, oder? Um die ganzen Geheimnisse von Holden Yates herauszufinden.«

»Das schon wieder.« Er schüttelte den Kopf und konnte sein Augenrollen kaum zurückhalten.

Er hatte den Mann-im-Schatten-Modus eines Managers perfektioniert.

»Du weißt alles über mich. Aber manchmal fühlt es sich an, als hätten wir uns gerade erst kennengelernt, weil ich rein gar nichts über dich weiß.«

»Du weißt genug. Ich kleide mich tadellos.« Er zog an seinem Revers. »Ich stemme 90 Kilo beim Bankdrücken. Ich habe einen hervorragenden Geschmack, was Uhren, Wein und Frauen angeht.«

»In genau der Reihenfolge.«

Sein Blick verengte sich. »Noch ein Wort, und ich lasse dich auf der Rollbahn stehen. Dann wirst selbst zusehen müssen, wir du zum Hotel kommst.«

Ich schlug den Notizblock vor mir auf und kritzelte einige Worte oben auf eine neue Seite. »Leere Drohungen.«

»Oh, nein.« Er griff nach dem Block. »Wag es ja nicht.«

»›Finstere Blicke und fieses Knurren.‹ Die Fans werden es lieben.« Ich hielt den Block weiterhin außer Reichweite. »Ein Song über einen draufgängerischen Herumtreiber, der durch das Land reist, immer auf der Suche nach Secondhand-Kleidung und -Schuhen.«

Er ließ sich in seinen Sitz zurückfallen und verschränkte die Arme vor der Brust. Er war kurz davor, einen Schmollmund zu ziehen. »Das würdest du nicht tun.«

»Oh doch. Und zwar wenn du nicht ganz schnell einen auf Piñata machst und mit ein paar süßen Geheimnissen rausrückst. Wenigstens eine Information musst du mir geben. Ich weiß, dass du einen älteren Bruder und eine jüngere Schwester hast. Beide Elternteile sind am Leben. Jedenfalls waren sie das vor zwei Jahren noch. Abgesehen davon weiß ich praktisch nichts über dich.«

»Wir verbringen achtzehn Stunden pro Tag miteinander. Du weiß alles, was es zu wissen gibt.« Das sagte er, als hätten wir nicht alle eine Vergangenheit. Eine, die uns geformt und geleitet hatte, egal, wie sehr wir auch vorgeben mochten, dass es nicht so war.

»Ich kenne dein jetziges Ich. Aber du kennst alle meine Probleme und Geheimnisse.«

»Ist auch schwer, die nicht zu kennen, wenn du drei Alben geschrieben hast, in denen du der ganzen Welt davon erzählst hast.«

»Bist du von London direkt nach L.A. gekommen? Bist du in Großbritannien auf die Uni gegangen?«

Sein Kopf schoss hoch. »Woher weißt du, dass ich in London gelebt habe?«

Ich verdrehte die Augen. »Es ist die einzige Stadt, in der du stundenlang verschwindest, wenn du frei hast. Außerdem habe ich dich beim letzten Mal vom Balkon aus gesehen. Du hast dich von vier oder fünf Personen verabschiedet. Da du dort so viele Leute kennst, bin ich davon ausgegangen, dass du dort gelebt haben musst.«

»Ausgerechnet der eine Abend, an dem du mal nicht *House Hunters* geschaut hast ... Ja, ich habe da gelebt. Bin mit vierzehn dort ins Internat gekommen. Bin aber nicht lange genug geblieben, um mir den Akzent anzueignen.«

»Stattdessen hast du dir einen zugelegt, der nach altem Geldadel aus dem Nordosten klingt.«

»Ich habe keinen Akzent.«

»Weniger einen Akzent als vielmehr ein bestimmtes Auftreten. Sorgfältig kultiviert.«

Sein amüsiertes Schnauben verwandelte sich in ein Lächeln. »Na, sieh einer an. Jetzt hast du deine Information bekommen. Ich habe in London gelebt.«

»Was? Nein, das habe ich selbst rausgefunden. Du musst mir was anderes erzählen. Komm schon, ich hungere nach Details.«

»Na gut, ich hasse Pizza.«

Ich keuchte. »Ist nicht wahr! Raus hier!« Ich zeigte auf die luftdicht verschlossene Flugzeugtür. »Wer bist du, und was hast du mit Holden gemacht?« Ich presste den Notizblock an meine Brust und schüttelte den Kopf, während ich diesen außerirdischen Hochstapler anstarrte, der mich die letzten sechs Jahre begleitet hatte.

»Aber ich habe dich welche essen sehen.«

»Weißt du, was passiert, wenn man Pizza ausschlägt, weil man sie nicht mag? Es werden Tausende von Fragen gestellt. Für gewöhnlich zwänge ich sie mir rein oder nehme ein paar Bissen und schmeiße den Rest weg, wenn sich die Gelegenheit ergibt.«

»Ich habe das Gefühl, als würde ich dich gar nicht kennen.«

»Mein schmutziges Geheimnis ist ans Licht gekommen.«

»Ich werde dich nie wieder mit denselben Augen sehen können.«

»Du wolltest, dass ich dir reinen Wein einschenke. Jetzt, da ich das getan habe: die Seite, bitte.« Er streckte auffordernd die Hand aus.

Ich löste die Seite aus meinem Block und gab sie ihm.

Holden zerriss sie und steckte sich die Papierfetzen in die Tasche.

Ich griff nach meinem Stift und schrieb oben auf die nächste Seite: »Pizza Hater«.

»Was machst du da?«

Wieder drückte ich mir den Block an die Brust. »Nichts.«

Er erhob sich aus seinem Stuhl und bedeutete mir mit zwei Fingern, dass er mich im Blick hatte.

Ich hielt meine unschuldige Miene aufrecht und blickte erst nach unten, als er im Badezimmer verschwunden war.

Er war momentan der einzige Mensch, den ich als Freund bezeichnen würde. Piper schickte mir ab und zu eine E-Mail oder eine Textnachricht, manchmal trafen wir uns auch, wenn ich gerade in der Stadt war. Doch sie hatte ein Leben und eine Familie. Immer wenn ich auftauchte, fühlte ich mich, als wäre der Zirkus in der Stadt. Ich wollte sie nicht verlieren. Sie war einer der wenigen Menschen, der mich noch normal behandelte – wie die alte Bay, die ich gewesen war, bevor dies mein Leben geworden war. Bei Felicia war es das Gleiche. Die Wohnheimleiterin, auf deren Bett ich immer gesessen hatte, während ich versucht hatte, mir wegen meiner Wirtschaftshausaufgaben nicht alle Haare vom Kopf zu reißen, war jemand, auf den ich mich immer verlassen konnte. Auch wenn die Nachrichten weniger geworden waren.

Zeitzonen und das viele Reisen machten es mir schwer, mich um Freundschaften zu kümmern.

Ich fühlte mich wie die schlechteste Freundin der Welt, wenn ich ständig in ihr Leben platzte, weil es mir gerade passte. »Hey, ich habe Zeit. Lass alles stehen und liegen, um mit mir abzuhängen. Ich habe dich nämlich vermisst.« Das kam nicht gut an.

Selbst meine Nachrichten an Spencer waren unregelmäßig. Er war mit seiner eigenen Tour beschäftigt. Er bat mich nie um etwas – keine Bitten um Tickets oder Connections. Seit unserem letzten Telefonat hatte ich bereits zweimal die Handynummer gewechselt. Es hatte mich ein wenig verletzt, dass er so schockiert gewesen war, als ich ihn kontaktiert hatte. Das hatte sich angefühlt, als hätte er vergessen, dass wir uns mal gekannt hatten. Ganz zu schweigen davon, dass wir Freunde gewesen waren.

Holden und Emily waren jeden Tag an meiner Seite und Teil des Wahnsinns, der mein Leben darstellte.

Doch sollten Freunde nicht Menschen sein, die man nicht bezahlen musste, damit sie bei dir blieben?

Morgen würden wir eine Rückmeldung von der *Headstrong Foundation* bekommen.

Ich würde mir überlegen müssen, wie ich Keyton dazu bringen konnte, dass er noch einmal etwas Zeit mit mir verbrachte. Und wie ich es hinbekommen konnte, den einzigen Mann gehen zu lassen, den ich je geliebt hatte.

10

Keyton

Die Saisoneröffnung und ein weiteres Spiel. Die Vorstandstreffen der *Headstrong Foundation*. Meetings mit meinem Agenten und den Coaches aus Wisconsin. Die letzten Tage waren ziemlich vollgepackt gewesen, und der *SeptemberWeen Carnival* würde bereits in vier Tagen stattfinden.

Die Gespräche mit Wisconsin waren gut vorangeschritten. Der Deal war allerdings noch lange nicht unter Dach und Fach, und das Zeitfenster für den Trade schloss sich in zwei Monaten. Damit würde ich eine weitere Saison verlieren. An jeder Ecke wurde mir gesagt, wie unsagbar dumm ich war, weil ich das bequeme Plätzchen verlassen wollte, das ich mir eingerichtet hatte.

»Du bist verrückt, Junge.«

»Vielleicht, aber es ist eben das, was ich will.«

Am anderen Ende der Leitung ertönte eine Menge Grummeln.

»Wenn sie meine Mindestforderung akzeptieren sollten, nimm den Deal einfach an. Verhandle nicht. Wende dich nicht an mich. Sag einfach Ja. Du bist mein Agent, und das sind meine Anweisungen als dein Klient.«

Es folgten noch mehr unverständliches Murren und einige Schimpfwörter. »Du bist der Boss.«

Ich legte auf und blickte aus dem Fenster auf die zarten Sonnenstrahlen, die über dem Horizont hervorbrachen.

Jeden Morgen stand ich mit der Sonne auf und begab mich auf das Laufband in meinem leeren Trainingsraum in meinem verlassenen Apartment. Ich lief zwar mittlerweile nicht mehr, um mich auszupowern, bis meine Beine nachgaben und meine Lunge brannte, doch das machte mein Training nicht weniger essenziell. Schließlich kam ich auf dem Spielfeld nicht zu meinem Workout.

Mein Skizzenblock hatte allerdings einige Workouts bekommen. Ich war sogar zu Kohle und größerem Papier übergegangen. Neben meiner Eingangstür standen ausgepackte Leinwände. Die Gefühle in mir wuchsen und mit ihnen auch der Drang danach, immer größere Zeichnungen anzufertigen.

Nachdem ich mich auf die Holzbank neben meinen Gewichten gesetzt hatte, tippte ich auf einen Namen in meinen Handykontakten und wartete auf eine Verbindung.

»Hey, Keyton. Lange nichts von dir gehört.« Beinahe drei Monate. Als ich mich von Alice getrennt hatte.

»Hey, Monica. Die Saison hat angefangen. Da wird's immer stressig.«

»Wie ist das Laufen so?«

»Bin gerade damit fertig.«

»Okay, gut. Ich hatte gehofft, dass das der Grund für dein Keuchen ist und nicht was anderes …« Sie brach ab.

»Ach, Monica, komm schon.«

»Nein, bitte nicht.« Flach und trocken wie eine zehn Jahre alte Rosine.

Ich warf mein Handtuch in den Wäschekorb und lachte. »Deine schmutzigen Gedanken können es locker mit denen der Jungs im Team aufnehmen.«

»Höre ich nicht das erste Mal. Ist das der Grund für deinen Anruf?«

»Nein, es geht um Bay.«

»Ah, Bay. Diesen Namen habe ich schon lange nicht mehr gehört.«

Ich hätte schwören können, dass das Klicken ihres Kugelschreibers zu hören war. Vermutlich schlug sie gerade einen Notizblock auf. »Ich habe sie gesehen. Vor einer Woche.«

»Und du hast eine ganze Woche mit dem Anruf bei mir gewartet? Beeindruckend.«

»Unsere erste Begegnung war Zufall, am nächsten Tag haben wir uns dann auf einen Kaffee getroffen. Es sollte eine einmalige Sache sein, aber … Ich habe das Gefühl, es gibt noch was zu sagen.« Gwen hatte mir nicht mitgeteilt, ob Bay die Einladung angenommen hatte. Angesichts der Art und Weise, wie ich aus ihrer Suite geflüchtet war, hatte sie Holden vermutlich darum gebeten, die Einladung zu verbrennen, als sie gesehen hatte, dass es sich um meine Stiftung handelte.

»Warum triffst du dich dann nicht noch mal mit ihr?«

»So einfach ist das nicht.«

»Könnte es aber.«

»Könntest du versuchen, nicht wie eine weise, alte Eule zu klingen?«

»Nein.« Wie schön, dass sie mir helfen wollte. »Erzähl mir, warum es dich so nervös macht, mit ihr zu reden.«

»Weil ich in alte Muster zurückfallen und wieder komplett ausrasten könnte.« Weil ich unser beider Leben zerstören könnte. Vor sechs Jahren in Kalifornien waren wir nur knapp einer Kugel in Dare-Größe entkommen.

»Sie ist nicht Alice. Mir ist bewusst, dass du das weißt. Aber du hast dich verändert, oder? Genau wie sie. Warum versuchst du das Ganze nicht so anzugehen, als würdest du jemand Neues kennenlernen? Eure Vergangenheit wird immer da sein, doch du musst dir nicht schon im Vorhinein einreden, dass ein Gespräch mit ihr zwangsläufig zur Katastrophe führen wird. Du kennst sie nicht mehr, und sie kennt dich nicht. Vielleicht werdet ihr euch gar nicht leiden können.«

»Das halte ich für unwahrscheinlich.«

»Wäre aber möglich, genau wie die Tatsache, dass es gut ausgehen könnte. Immer wenn du dir das Schlimmste vorstellst, solltest du dir auch das Gegenteil ins Gedächtnis rufen.«

Ich stellte mir vor, wie es sein könnte. Und es machte mir Angst, wie sehr ich mich danach sehnte.

»Ich bin ganz neidisch wegen der Party, die du Ende der Woche veranstaltest. Ist meine Einladung bei der Post verloren gegangen?«

»Nimm den Flieger hierher, und ich lege eine Eintrittskarte für dich beiseite.«

»Arschloch, du weißt ganz genau, dass ich nicht fliege.«

»Vielleicht solltest du mal mit jemandem über deine Ängste sprechen …«

»Der Höhepunkt meines Tages: Du machst mich wegen meiner Flugangst fertig.«

»Sie ist dein einziger Makel.«

Sie schnaubte. »Stets der Charmeur. Wenn du noch etwas mehr darüber sprechen möchtest, bin ich für dich da. Nur lass nicht zu, dass deine Angst vor den Möglichkeiten das zerstört, was ein Neuanfang für euch beide sein könnte.«

»Es geht nur um ein einziges Treffen. Wenn überhaupt.«

»Vielleicht aber auch nicht.«

»Bye, Monica.«

»Bye, Keyton.«

Die nächsten Tage vergingen wie im Flug. Das Spiel gegen Texas hatte Stunden in Anspruch genommen, aber wir hatten gewonnen. Dann hatte ich noch mit den Jungs von der Fulton U abgehangen, stundenlang Tapes für unsere bevorstehenden Spiele und Trainingseinheiten angesehen und für die *Headstrong Foundation* gearbeitet. Während der ganzen Zeit hatte ich versucht, mich auf das zu konzentrieren, was mir bevorstand.

Und versucht, nicht an Bay zu denken.

Die Eintrittskarten für *SeptemberWeen* hatten sich gut verkauft. Wer mochte es nicht, sich gut zu fühlen, weil man einer Wohltätigkeitsorganisation spendete, wenn man sich dabei auch noch abschießen konnte? Heute hatten alle noch einmal die Gelegenheit, Tickets zu ergattern, bevor wir am Freitagmorgen den Verkauf einstellten.

Wie auch die letzten Jahre hatten wir die Location der Veranstaltung geheim gehalten, um für mehr Gesprächsstoff zu sorgen. Sämtlichen Beteiligten wurde ein Ort mitgeteilt, an dem sie sich versammeln sollten, wo ihnen dann dreißig Minuten vor Beginn der Party die Adresse geschickt wurde.

Es sorgte stets für Aufregung, wenn man in ein Geheimnis eingeweiht war, von dem sonst niemand wusste. Sobald bekannt geworden war, dass Bay zu einem Auftritt eingeladen worden war, war die Geheimhaltung der Location aufgrund von Sicherheitsmaßnahmen ein Muss geworden. Ich hoffte nur, die Enttäuschung würde nicht dermaßen groß sein, dass die Leute ihr Geld zurückverlangen würden, falls sie die Einladung nicht annahm. Natürlich würde sie sie nicht annehmen. Nicht nachdem ich ihre Suite fluchtartig verlassen hatte.

Das *SeptemberWeen*-Team hatte die vergangene Woche damit zugebracht, eine neue Location zu finden, für den Fall, dass sie zusagte. Daher standen nun noch einige Karten mehr zur Verfügung. Hoffentlich hatte ich nicht die ganze Veranstaltung mitsamt der harten Arbeit des Teams durch mein Verhalten verdorben.

Heute war jedoch nicht der Tag, an dem *SeptemberWeen* stattfinden würde. Allerdings würden wir heute noch einmal betonen, wie viel Gutes bereits durch Menschen erreicht worden war, denen die Stiftung am Herzen lag. In meiner Kindheit und Jugend hätte ich nie damit gerechnet, dass es so viele Leute da draußen gab, die sich um Kinder sorgten, die nicht ihre eigenen waren. Knox' Eltern hatten sich wie eine Anomalie angefühlt, aber es gab noch wesentlich mehr wunderbare Menschen da draußen.

Und sie brauchten so viel Unterstützung wie möglich, um noch mehr Kindern wie mir zu helfen.

An manchen Tagen fühlte ich mich so weit entfernt von dem Teenager, der ich in Greenwood gewesen war. An anderen wiederum hatte ich das Gefühl, ich müsste nur die Augen aufmachen und würde mich wieder in meinem alten Zimmer mit dem Vorhängeschloss an der Tür befinden.

In diesem Moment kam ich mir allerdings nicht wie jener Teenager vor.

Die Konferenzräume der *Headstrong Foundation* auf den zwei Etagen, die wir einnahmen, waren in ein Fernseh- und Foto-Studio verwandelt worden, damit wir die ganzen Werbeaktionen filmen konnten. Die Wände waren mit Stoff abgedeckt, alles außerhalb der Beleuchtung wirkte schwarz, zusätzliche Elektrokabel waren verlegt und auf dem Boden festgeklebt worden.

Die offene Tür, die in den Flur führte, bildete die einzige andere Lichtquelle, wenn man von den Vorrichtungen absah, die die Räumlichkeiten mit Scheinwerferlicht fluteten.

Mein Anzug war maßgeschneidert. Nicht einfach nur angepasst, sondern komplett auf meinen Körper zugeschnitten – aber jetzt gerade fühlte ich mich, als hätte man mich in Klamotten mit Frauengröße vierunddreißig von Gap gezwängt.

Wenigstens trug ich keine Krawatte. Auch wenn es das Ganze nicht viel besser machte.

Interviews fielen mir mittlerweile nicht mehr schwer. Jedenfalls hatte ich angenommen, dass es so wäre. Allerdings war es dann doch etwas ganz anderes, wenn ich über mich selbst sprechen musste statt über Football. Monica und ich hatten viel darüber geredet, und nun war es so weit. Ich würde mich nie von meiner Vergangenheit befreien können, wenn ich immer so tat, als hätte sie nie existiert.

Einer der Tontechniker befestigte das Mikrofon an meinem Revers.

Gwen stand so dicht hinter ihm, als wäre sie sein Schatten. »Als Erstes steht das Interview mit *Sports Central* an, und im Anschluss drehst du einen Werbespot, den wir heute Abend ausstrahlen werden. Außerdem stellen wir online, dass noch VIP-Karten verfügbar sind und Bay auftreten wird.«

Mein Kopf schoss in die Höhe. »Bay?« Sie hatte die Einladung angenommen.

Nachdem Gwen sich nicht zurückgemeldet hatte, war ich davon ausgegangen, dass der Abschied in Bays Hotelsuite unsere letzte Begegnung gewesen war. Ich hatte mich darauf eingestellt und meinen Frieden damit geschlossen. Doch das war gar nicht nötig gewesen.

»Ich weiß! Es ist der Wahnsinn. Die Stiftung hat einen Eventplaner angeheuert – Everest –, der Connections zu ihren Leuten besitzt und auf gut Glück eine Einladung rausgeschickt hat. Es hat ein wenig Hin und Her gegeben, aber am

Ende hat sie zugestimmt. Kannst du das glauben? Wir hätten mehr für die Tickets verlangen sollen.« Gwen vibrierte förmlich vor Aufregung. Sie war enttäuscht gewesen, als sie Bay beim Konzert verpasst hatte.

Mein Gehirn arbeitete auf Hochtouren. Ich würde sie wiedersehen. Mindestens zweimal. Mein Herz hämmerte laut in meiner Brust. »Bay kommt heute her und tritt beim *September-Ween Carnival* auf.«

Gwen prüfte etwas auf ihrem Tablet. »Ja. Sie sollte jede Minute hier eintreffen. Ihr Manager Holden hat angekündigt, dass sie ein paar Minuten später kommen, weil sie im Studio länger gebraucht haben. Wir haben mit Bays Team abgeklärt, dass wir weitere Tickets für ein Meet-and-Greet mit ihr anbieten dürfen.«

»Es ist schon verdammt großartig, dass sie so kurzfristig zugesagt hat. Wir sollten sie nicht noch mit Extrawünschen belästigen.« Der Schock, den Gwens Ankündigung ausgelöst hatte, hatte noch nicht nachgelassen. Meine Lippen waren taub. Ich hatte mich nicht auf die Begegnung vorbereitet. Ich war nicht gedanklich durchgegangen, wie der Tag ablaufen würde, wenn ich Bay wiedersah.

»Das war Holdens Vorschlag, um die Einnahmen für das Event zu steigern. Wir können es als Zusatz anbieten, für Leute, die bereits ein Ticket gekauft haben.«

Holden bot mehr an als das, worum wir gebeten hatten? Wie stark wollte er sie denn noch beanspruchen?

Bay würde hier sein. Und auch beim *SeptemberWeen*.

Ein Typ mit einem Headset trat vor Gwen. »Mr Keyton, wir wären dann jetzt so weit.«

Ich setzte mich unter einen mit silbernem Stoff bezogenen Schirm. Das Licht blendete alles andere im Raum aus, allerdings konnte ich die Blicke auf mir spüren. Es befanden sich sieben Menschen im Raum: diejenigen, die für die Kameras und den Ton zuständig waren, Gwen, der Reporter sowie einige andere, die dafür Sorge trugen, dass alles glattlief.

Mein Nacken wurde heiß unter dem Hemdkragen, und ich spannte die Hände auf meinen Beinen an.

Zusätzlicher Lärm drang aus dem Flur herüber, und eine Horde von Leuten kam in Sicht. Sie traten durch die Tür, zogen sich dann jedoch wieder zurück.

Im Zentrum der Meute mit Handys und Tablets stand Bay. Sie wurde von hinten angestrahlt, weshalb ihr Gesicht im Schatten verborgen lag. Sie war hier.

Jedes Mal, wenn ich sie sah, fühlte es sich wieder genauso an wie damals, als ich sie das erste Mal auf ihrer Hintertreppe hatte sitzen sehen. Sie lenkte mich stets von dem ab, was ich gerade tat, da sie mich magisch anzog. Ich wollte einfach in ihrer Nähe sein.

Gwen hastete hinüber und sprach im Flüsterton mit den Neuankömmlingen.

Der Reporter mit dem perfekt gestylten Haar und dem Country-Club-Look setzte sich mir gegenüber. Er hielt ein paar Karteikarten in der einen Hand, während er sich mit der anderen den Ohrhörer zurechtrückte. Anschließend stellte er sich mir freundlich vor und nannte mir die Stichpunkte für das Interview.

»Wir sind heute hier, um eine großartige Sache zu unterstützen, und wir haben den sprichwörtlichen Ballkönig des Footballs bei uns: Darren Keyton. Danke, dass Sie heute mit uns sprechen. In den letzten fünf Saisons haben Sie schon viele Spitznamen gehabt: Die Championship-Kuriosität, das Winning Wonder und mein Favorit: das vierblättrige Kleeblatt des Footballs.«

»Das habe ich im Laufe meiner Karriere schon einige Male

gehört.« Wenigstens hatte er glorifiziertes Maskottchen und überbewertetes Aushängeschild nicht erwähnt.

»Wir könnten jetzt natürlich endlos über Ihre spezielle Championship-Magie reden, doch wir sind eigentlich hier, um über die Wohltätigkeitsstiftung zu reden, die Sie kurz nach Ihrem Trade nach Philadelphia vor gut zwei Jahren gegründet haben. Warum ist Ihnen die Sozialarbeit mit Jugendlichen ein solches Anliegen? Und warum gerade in Philadelphia und nicht vorher, als Sie für die Teams in L.A., Miami und Charlotte gespielt haben?«

»Ich bin hier zur Uni gegangen und habe Freunde in der Gegend, daher hat es sich einfach am natürlichsten angefühlt, hier mit der Arbeit für die *Headstrong Foundation* anzufangen. Es gibt sehr viele Dinge auf der Welt, die es wert sind, dass man sich für sie einsetzt, deshalb ist es schwierig, sich auf eines festzulegen. Also habe ich mit einem Team zusammengearbeitet …« Mir schnürte sich die Kehle zu. Ich konnte spüren, wie Bay mich von ihrer Position hinter den ganzen Lichtern und Leuten im Raum aus beobachtete.

Die Antworten, die ich mit dem Public-Relations-Team der Stiftung abgesprochen hatte, fühlten sich nicht richtig an. Monica und ich hatten darüber gesprochen. Es gab nichts, was ich verbergen musste.

»Für mich ist die Angelegenheit sehr persönlich. Während ich aufgewachsen bin, habe ich selbst unter Übergriffen durch meinen Vater gelitten.« Es fühlte sich an, als würden sich die Scheinwerfer in meine Haut brennen. Unter meinem Hemdkragen kochte es förmlich. Ich rieb mir mit den Händen über die Beine. »Sowohl körperlich als auch seelisch. Und ich habe sehr lange gebraucht, damit zurechtzukommen, wie dieser Missbrauch mich als Mensch und auch als Mann beeinflusst hat.« Ich leckte mir über die Lippen.

Als ich aufblickte, sah ich Bay, die aus den Schatten weiter in den Raum trat. Ihr Blick wirkte noch schockierter als der aller anderen.

Ich strich weiterhin mit den Händen über meine Oberschenkel, ließ meine Finger über den weichen Stoff gleiten. Dann atmete ich tief und kontrolliert ein, obwohl ich am liebsten geschnauft hätte, als wäre ich kurz davor, einem Gegner auf dem Spielfeld zu begegnen. Nach einem weiteren Atemzug konzentrierte ich mich wieder auf den Reporter.

»Es hat mich eine Menge Zeit gekostet, und ich habe so einige Fehler gemacht, bis ich mit meiner Kindheit ins Reine gekommen bin. Auf dem Weg dorthin habe ich auch viele Menschen verletzt, Menschen, die es nicht verdient hatten und die ich nicht mit meinen Problemen hätte belasten sollen. Hätte ich nicht auch Leute in meinem Leben gehabt, die an mich geglaubt und mich auf meinem Weg unterstützt haben, wäre ich nicht da, wo ich heute bin.

Ich möchte nicht, dass die Kinder da draußen, die mit Schwierigkeiten zu kämpfen haben, das Gefühl haben, sie könnten oder sollten nicht über ihre Probleme sprechen. Und ich möchte alles in meiner Macht Stehende tun, um ihnen zu helfen, damit ihnen alle Mittel zur Verfügung stehen, die sie brauchen, um ein gesundes und glückliches Leben zu führen.«

Im Raum war es so still, dass man eine Stecknadel hätte fallen hören. Einige Mitarbeiter der Stiftung tauschten sogar Blicke aus. Ich hatte noch nie so offen über das gesprochen, was mir widerfahren war, doch der letzte Schritt bestand darin, meine Geschichte zu teilen, damit die Emotionen, die immer wieder in mir hochkamen, nachlassen würden. Erleichterung stieg in mir auf, ich fühlte mich freier, weil ich nicht länger so krampfhaft an meiner Vergangenheit festhalten musste. Diese Vergangenheit hatte ich nur mit wenigen Menschen geteilt, doch möglicherweise würde sie einem anderen Kind helfen. Oder jemanden mit einem dickeren Portemonnaie, als ich es hatte, dazu bewegen, ihnen zu geben, was sie benötigten.

»Es ist wichtig, dass andere Menschen da draußen wissen, dass ihre Erfahrungen keine Schande für sie darstellen und dass sie sie nicht allein durchstehen müssen.«

Der Reporter schien sich von seinem Schock erholt zu haben und schloss den Mund wieder. »Danke, dass Sie heute Ihre Geschichte mit uns geteilt haben.«

»Ich danke Ihnen dafür, dass Sie die Arbeit beleuchten, die hier nicht nur von mir, sondern von allen bei der *Headstrong Foundation* geleistet wird.«

»Ihre Arbeit wird Leben verändern.«

Ich nickte und hoffte, dass er recht haben würde. Womöglich würde es Kindern dort draußen genug Hoffnung darauf geben, dass es ein Leben jenseits ihrer momentanen Situation gab. Eines, in dem sie nicht ständig das Gewicht von so viel Angst, Schuldgefühlen und Traurigkeit mit sich herumschleppen mussten. Daran arbeitete ich nach wie vor jeden Tag. Ich räusperte mich und versuchte, gegen die Enge in meiner Kehle anzukämpfen. »Wir versuchen einfach nur, den Jugendlichen die Unterstützung und Mittel zu geben, die sie benötigen, um aus der Lage auszubrechen, in der sie sich befinden.« Meine Kehle fühlte sich an, als wäre sie kurz davor, sich selbst zu erdrücken.

»Vielen Dank an Sie und alle Zuschauer da draußen. Mir wurde mitgeteilt, dass es noch einige wenige freie Plätze gibt. Allerdings kann ich mir vorstellen, dass es noch weniger sein werden, wenn das hier ausgestrahlt wird. Denn dann sollte bereits bekannt sein, dass Bay auftreten wird.«

Während der Reporter die Details für das Event herausgab, war ich mit den Gedanken schon bei der Frau in der Ecke.

Die gerade Autogramme an die Leute verteilte, die aus allen Richtungen auf sie zuströmten.

Mit der ich gleich im Raum nebenan für Fotos würde posieren müssen würde.

Und die mir unaufhörlich kurze Blicke zuwarf.

Nachdem ich dem Reporter die Hand geschüttelt hatte, erhob ich mich und ließ mir das Mikrofon abnehmen. Das Journalistenteam verließ den Raum, doch Bay wurde immer noch von mehr Leuten umschwärmt, als ich in den letzten zwei Stunden zu Gesicht bekommen hatte.

Hatte sie je mehr als ein paar Minuten für sich?

Gwen wartete im Schatten hinter der Beleuchtungsanlage. »Jetzt ist das Shooting für die Onlinekampagne dran.« Sie sah zu Bay und ihrem Team. »Ein paar Minuten haben wir aber noch. Ich mache den Weg frei.« Sie befreite Bay aus der Menschenmenge, indem sie alle anderen fortscheuchte, bevor sie die Tür schloss und mit Holden verschwand. Nun war Bay allein hier drinnen. Und ihre gesamte Aufmerksamkeit lag auf mir.

Die Wärme der Beleuchtung, die für das Interview aufgestellt worden war, erhitzte meinen Körper nicht annähernd so stark wie der Umstand, dass ich mich mit ihr allein in diesem Zimmer befand.

Bay durchquerte den Raum, indem sie sich unter den Lampen und Reflektoren hindurchbeugte, die für die perfekte Aufnahme eingestellt waren.

»Das war mutig.« Sie starrte mich mit einem Hauch von Sorge an, so als wäre sie nicht ganz sicher, wie ich mich nach dem öffentlichen Bekenntnis fühlte.

Ein wenig besorgt, allerdings auch erleichterter denn je.

»Es war nicht mutig. Es war die Wahrheit. Ich hätte mich nie vor der Wahrheit fürchten sollen.«

»Es ist verdammt schwierig, anderen Menschen gegenüber so offen zu sein.«

»Du stellst dich jeden Abend auf die Bühne und singst Songs, die geradewegs deinem Herzen entsprungen sind.« Songs über mich.

»Klar, aber ich kann so tun, als würden sie aus meiner Vorstellung stammen. Als wären es Dinge, die sich eine Muse ausgedacht und hübsch verpackt mit einer Schleife daran vor meiner Haustür abgestellt hätte.« Sie schenkte mir ein kleines Lächeln.

»Ich bin mir sicher, dass sie schon jemandem geholfen haben. Genau wie ich hoffe, dass meine Worte von eben einem Kind wie mir helfen werden.«

»Da bin ich mir sicher. Wie sollte es anders sein? Sie kamen von Herzen. Gwen hat mir gesagt, dass du gerade erst von meiner Zusage gehört hast. Sorry, wenn das so plötzlich …«

Die Tür hinter ihr wurde aufgestoßen. Ich spannte mich an und war bereit dazu, jeden abzublocken, der hereinplatzte.

Gwen stand in der halb geöffneten Tür. »Wir wären dann so weit.« Ihr Blick ging zwischen uns hin und her. »Wenn ihr auch bereit wärt …«

Bay wandte sich ihr zu. »Ja, natürlich. Bist du bereit?« Ihre Augen suchten meine.

»Ja, lass uns gehen.« Mit einer hauchzarten Berührung an ihrem unteren Rücken führte ich sie in den angrenzenden Raum, wo wir für eine ungewisse Zeit einem Fotoshooting ausgesetzt sein würden – gemeinsam.

11

Bay

Keytons Assistentin begleitete uns in den Raum, in dem das Fotoshooting stattfinden würde. Seine Hand lang sanft an meinem Rücken, was dafür sorgte, dass mir seine Anwesenheit noch stärker bewusst war und meinen Körper vor kribbelnden Empfindungen regelrecht glühen ließ. Wenn ich mit anderen Leuten zusammenarbeitete, überkamen mich nie solche Gefühle, selbst dann nicht, wenn wir uns aneinander räkelten. Allerdings war auch keiner von ihnen Keyton.

Ich musste mich wirklich zusammenreißen. Niemand hatte mir mitgeteilt, dass er heute hier sein würde. Allerdings hätte ich damit rechnen sollen, dass ich ihm irgendwann begegnen würde, wenn ich für eine Stiftung auftrat, die er gegründet hatte.

Irgendwie war ich davon ausgegangen, dass ich besser darauf vorbereitet sein würde. Ich war schon oft genug mit Situationen konfrontiert worden, in denen ich nur drei Minuten Vorbereitungszeit hatte und aus dem Bauch heraus handeln musste. Das hier war nichts anderes. Diesen Satz würde ich jetzt so oft im Kopf wiederholen, bis ich es selbst glaubte.

Tja, leider war das verdammt unwahrscheinlich.

Sein Interview hatte mich unvorbereitet getroffen. Die Offenheit, die er im Hotel an den Tag gelegt hatte, schien keine einmalige Sache gewesen zu sein. So unverblümt über die Erfahrungen seiner Kindheit zu sprechen – wieder einmal hatte sich mein Herz schmerzhaft zusammengezogen, als ich an den verängstigten kleinen Jungen hatte denken müssen, der zu einem wütenden Teenager und dann zu dem Typen herangewachsen war, dem ich in Kalifornien begegnet war. Nun war er zu dem Mann geworden, den ich unentwegt ansehen musste.

Sein Kiefer war nicht angespannt, und auch seine Nackenmuskulatur zeigte keinerlei Anzeichen von Stress.

Er wandte mir das Gesicht zu, und seine Augen wurden groß, als er mich dabei erwischte, wie ich ihn anstarrte. »Sorry, dass wir dich so kurzfristig angefragt haben.«

»Ich ... Schon okay. Ich habe deinen Leuten gesagt, dass ich alles mache, wofür sie mich brauchen.«

Jetzt verspannte sich sein Kiefer. »Ist Ja die einzige Antwort, die du kennst?« Es lag eine seltsame Gereiztheit in seiner Frage. Wäre es ihm lieber, wenn ich eine Primadonna wäre, der man sämtliche Anfragen eine Woche im Voraus schriftlich und in dreifacher Ausführung zusenden musste?

»Nein.« Meine Lippen zuckten.

Er entspannte sich. »Danke, dass du heute hier bist. Das bedeutet mir sehr viel.«

Atemlosigkeit raubte mir die Fähigkeit zu sprechen, also nickte ich bloß.

Gwen trat vor uns. »Wir stellen euch beide mit ein paar Requisiten nebeneinander. Zuerst kommt ein Video, und dann folgen einige Fotos. Wir brauchen ein paar Minuten, um die Beleuchtung zu ändern. Ihr müsst ein paar kurze Texte sprechen, und dann wird die Fotografin versuchen, euch beide so schnell wie möglich und mit möglichst wenig Unannehmlichkeiten hier rauszulassen.« Sie reichte uns jeweils eine Karte und ließ uns dann mit einem etwas hysterischen Lachen allein. Es war nicht das Lachen eines begeisterten Fans, denn dieses Geräusch kannte ich. Hierbei handelte es sich um etwas anderes.

Wie an jedem Set wimmelte es auch an diesem nur so vor Menschen. Außer der Fotografin waren noch jede Menge andere Leute an einem Shooting beteiligt, die sich um Haare, Make-up, Licht und Ton kümmerten.

»Sie wirkt nett.« Ich las die Zeilen auf der Karte, die in Schriftgröße zweiundzwanzig geschrieben waren. Dann prägte ich sie mir auf die Art ein, wie ich es mit meinen eigenen Texten machte: Ich dachte mir eine Melodie für sie aus. Auf diese Weise würden nicht alle darauf warten müssen, dass ich mich korrekt an meinen Text erinnerte.

»Gwen ist meine rechte Hand. Sie arbeitet jetzt schon seit drei Jahren für mich.« Er warf einen suchenden Blick über seine Schulter.

War aus dieser Arbeitsbeziehung je mehr geworden? Es gab oft Vermutungen, was Holden und mich betraf. Der befand sich gerade in einer Ecke und tat so, als hätte er kein wachsames Auge auf alles, was im Raum vor sich ging, während er auf seinem Tablet herumscrollte.

»Es ist schwer, gute Leute zu finden.«

»Sie hat mich bis jetzt bei drei Umzügen begleitet.«

»Und es macht ihr nichts aus, dir quer durchs Land zu folgen?«

»Nicht bei dem, was ich ihr zahle. Diese Schuhe mit den roten Sohlen waren nicht billig.«

Bei jedem ihrer Schritte blitzte das grelle Rot auf. Nein, ich war überhaupt nicht eifersüchtig. Er konnte schlafen, mit wem er wollte. Warum also fühlte es sich an, als hätte jemand mir mit einem Mikrofonständer gegen die Brust geschlagen?

»Das ist wie bei Holden und seinen Uhren.«

Keyton warf mir einen Blick zu.

Gwen kehrte zurück. »Die hier sind für euch. Sie passen zu euren Outfits, also müssen wir uns keine Sorgen wegen möglicher Farbkonflikte machen.« Sie überreichte mir einen flauschigen Einhornkopf.

Nun ergab ihr Gelächter absolut Sinn. Sollte das hier eine seltsame Blamage-Aktion werden? Damit ich mich unwohl fühlte und am Ende wie eine Vollidiotin dastand?

Das Gewicht des Kostümteils landete in meinen Armen und ließ mich leicht nach vorn kippen. Keyton und Gwen sprangen beide vor, um mich zu stabilisieren. »Und so was tragen Menschen auf ihrem Kopf? Das Ding ist so schwer.«

Ich verlagerte das Gewicht und stellte mich aufrecht hin. Erst dann ließen mich die beiden los, wobei Keytons Hände länger verweilten als Gwens.

Sie hatte beide Köpfe getragen, als wären sie nur aus Pappmaschee. Holden sollte sich in Acht nehmen. Sie könnte ihn bei einer Challenge im Bankdrücken vermutlich fertigmachen.

»Und der hier ist für dich, Boss.« Sie hielt ihm den flauschigen Krokodilskopf mit nur einer verdammten Hand hin.

Er nahm ihn ihr ab, als würde er absolut nichts wiegen.

Alles Angeber. Ich musste mir ein Grummeln verkneifen.

»Veranstalten wir eine Plüschtier-Convention oder eine Kostümparty?« Er musterte den moosgrünen Kopf.

»Wir improvisieren mit den Dingen, die wir haben.« Sie ging zurück zum Tisch. »Oder hättet ihr lieber die Bondage-Montur aus Leder?« Die Silberringe an dem Outfit klimperten, als würde es sich um die Heavy-Metal-Version eines Windspiels handeln. Sie brummte vor sich hin: »Das passiert, wenn man einen neuen Praktikanten ohne genaue Vorgaben losschickt. Also bleibt uns nichts anderes übrig als diese …«

Keyton starrte mich mit großen Augen an.

»Plüschtiere«, sagten wir im Chor.

Das Lachen, das mit Verlegenheit durchtränkt war, löste einen Teil der Anspannung.

Der Regisseur für unser spontanes Shooting kam herüber und zeigte uns, wo wir stehen mussten.

Wir sagten unsere Texte zehn- oder zwanzigmal auf, bevor sie alles im Kasten hatten. Nach jeder Aufnahme gab Gwen uns eine neue Requisite. Sie nahm Keyton das Jackett ab und reichte ihm ein neues.

All ihre Bewegungen waren aufeinander abgestimmt. Er gab ihr seine Manschettenknöpfe und krempelte die Ärmel seines Hemdes bis zu den Ellenbogen hoch.

Mein Anflug von Eifersucht war schwer zu erklären. Schwer zu unterdrücken. Schwer zu ignorieren.

Ich hatte keinerlei Anspruch auf ihn. Anders als er, der nach all den Jahren immer noch einen auf mich hatte. Die unauslöschlichen Spuren, die er in Greenwood in mir hinterlassen hatte, waren in L.A. nur verstärkt worden. Wohingegen ich nur eine von vielen für ihn war, die er hinter sich gelassen hatte.

Er war verlobt gewesen. Wenn das nicht deutlich zeigte, dass er über mich hinweg war, dann wusste ich auch nicht. Verdammt, es kam mir so vor, als würde man mir diese Tatsache förmlich durch ein Megafon entgegenbrüllen.

Emily und Holden kamen zwischendurch immer wieder zu uns herüber, um etwas an unseren Outfits zu ändern oder Haare und Make-up nachbessern zu lassen.

»Bay?« Keyton berührte meine Schulter.

Ich zuckte zusammen, bevor ich mich wieder auf ihn konzentrierte. Einfach nach Schema F zu verfahren war mir in Fleisch und Blut übergegangen. Mir war nicht einmal aufgefallen, dass die Lichttechniker begonnen hatten, die Beleuchtung zu wechseln, während die Videokamera weggeräumt wurde.

»Sorry, was hast du gesagt?«

»Wir können uns für ein paar Minuten hinsetzen, während die Beleuchtung geändert wird.« Er zeigte auf zwei Klappstühle, die neben dem Klapptisch mit einigen der Requisiten standen.

Ich setzte mich und klemmte mir die Hände zwischen die Beine, während ich versuchte, nicht von der unangenehmen Situation verschlungen zu werden.

»Es ist schön, dass du Gwen hast, die sich um all deine Bedürfnisse kümmert.« Mein Lächeln war so dünn wie Seidenpapier.

Er neigte den Kopf. Eine Augenbraue hob sich leicht. »Sie ist unverzichtbar. Ohne sie wäre vieles nicht möglich.«

»Muss toll sein, wenn man jemanden hat, auf den man sich immer verlassen kann, ganz egal, was passiert.« Warum sagte ich das? Warum zum Teufel sollte ich wissen wollen, ob er mit Gwen zusammen war? Es ging mich nichts an. Ich hatte keinen Anspruch auf ihn.

Er schuldete mir nichts.

Ich war wegen seiner Stiftung hier, mehr nicht.

Keyton verengte die Augen. »Sie ist großartig in ihrem Job. Warum stellst du mir so viele Fragen zu Gwen? Was ist mit Holden? Wie lange seid ihr beide schon zusammen?«

»Wir sind uns in der Nacht begegnet, in der ich L.A. verlassen habe.« Ein ungutes Gefühl machte sich in meinem Bauch breit. Das war Teil unserer Story. Ich hatte sie Reportern und Interviewern erzählt, ebenso wie anderen Managern, die versucht hatten, mich für sich zu gewinnen, als ich an Berühmtheit gewonnen hatte. Die Geschichte darüber, dass Holden und ich von Anfang an ein Team gewesen waren. Allerdings hatte ich vergessen, dass ich nicht einfach mit irgendjemandem sprach. Sondern mit ihm.

Seine nackten Unterarme spannten sich an. »Du hast mich

schlafend in deinem Apartment zurückgelassen und bist dann direkt mit ihm in einen SUV gesprungen?«

Ich starrte auf meine Hände hinunter, die zwischen meine Schenkel geklemmt waren. Das hatte ich nun davon, dass ich die Büchse der Pandora geöffnet hatte. »Nein.« Ich blickte auf. »Er hat im Flugzeug nach Seattle gewartet, das Maddy für mich bereitgestellt hatte.«

»Wow, also ganze dreißig Minuten bis zum Flughafen.« Sein Tonfall grenzte an ein Knurren.

»Vierzig, wenn man den Abstecher zu Felicia mitzählt, bei dem ich ihr den Brief gegeben habe.« Ich wollte ihn mit Fragen löchern. Immer tiefer bohren. Nachhaken. Ich konnte nicht anders. Wie lange lief die Sache mit Gwen schon? Hatte er nicht bis eben noch eine Verlobte gehabt?

Er spannte den Kiefer an. »Wie ist es denn so gewesen, ihn die ganzen Jahre über bei dir zu haben, in denen er sich um dich gekümmert hat, während du die Leiter des Ruhms hochgeklettert bist?«

Als hätte er nicht auch jemanden, der sich um all seine Bedürfnisse kümmerte. »Es war wunderbar, ihn während der ganzen stressigen Situationen in den letzten Jahre dabeizuhaben.«

Keyton zuckte zurück, als hätte ich ihn geschlagen.

Oh Mist. »Ich meinte nicht … Ich habe nicht …« Und nun war ich das Arschloch – schon wieder. Hatte ich jemals damit aufgehört? »Das war nicht als Vergleich gemeint.«

Ein Muskel an der Seite seines Kiefer zuckte. »Mach dir keine Gedanken deswegen.«

Er hatte bis jetzt so gefasst gewirkt. Als hätte er sich stets unter Kontrolle und das zwischen uns längst hinter sich gelassen. Als hätte ihn das Ganze nicht auf zellularer Ebene verändert, so wie es bei mir der Fall war. Es hatte mich aus der

Bahn geworfen. Und das Einzige, was mich wieder davon abgehalten hatte, komplett zusammenzubrechen, war, mich kopfüber in die Arbeit zu stürzen.

Die harte Zeit, die er beim Kaffeetrinken erwähnt hatte, war in seinem Blick nicht zu erkennen gewesen, doch nun war er vollkommen angespannt und verkrampft.

Mich überkamen Schuldgefühle, weil ich nach Rissen in der Fassade seines neuen Ichs suchte, anstatt mich darüber zu freuen, dass er den Weg aus dem Nebel gefunden hatte, der so oft Besitz von ihm ergriffen hatte.

Denn ich freute mich wirklich für ihn.

»Das sollte kein Seitenhieb sein.« Ich streckte die Hand nach ihm aus, bevor ich sie wieder zurückzog. So nahe standen wir uns nicht länger.

»Schon okay.« Er warf mir einen flüchtigen Seitenblick zu, so als könnte er mich nicht richtig ansehen.

Dass er nicht in der Lage war, einen innigen Moment mit mir zu teilen, erfüllte mich mit seltsam irrationaler Verärgerung. Er konnte so offen mit mir sprechen, ohne dass es ihm mehr bedeutete als ein Gespräch, um die Vergangenheit hinter sich zu lassen.

»Wir wären dann so weit, ihr beiden.« Gwen stellte sich vor Keyton und hielt ihm sein Jackett hin.

Er lächelte sie an, bevor er die Hemdsärmel wieder herunterkrempelte und die Manschettenknöpfe von ihrer Handfläche nahm. Er befestigte sie und nahm sein Jackett entgegen, um hineinzuschlüpfen.

Wir standen nebeneinander wie Spielzeugsoldaten. Und ich hasste es. Sosehr ich mir auch geschworen hatte, dass ich nur wegen der Stiftung hier war, ich wusste, dass ich auch gekommen war, um ihn wiederzusehen. Um in seiner Nähe zu sein. Erneut mit ihm zu reden.

»Warum fragst du nicht einfach, was du wissen willst?« Er legte einen Arm um meine Schulter.

Die Wärme seiner Finger an meiner Schulter jagte mir heiße Schübe durch den Arm.

Meine Schulter war an seine Brust gepresst, und ich musste gegen den Drang ankämpfen, mich gegen ihn zu lehnen, wie ich es früher so oft getan hatte. Ich wollte meine Arme um seine Taille schlingen und meine Wange an seine Brust drücken, während ich seinem Herzschlag lauschte.

Der Kamerablitz leuchtete auf. Wir lächelten beide in die Linse, während ein spürbares Knistern durch das Set ging.

Ich stellte mich auf die Zehenspitzen und lächelte so breit, dass meine Wangen schmerzten. »Was glaubst du denn, was ich fragen will?«

Sein Arm wand sich um meine Taille, und er zog mich näher an sich heran.

Die Berührung seiner Finger verfehlte nur knapp die freie Stelle zwischen meinem Pullover und meinem Hosenbund. Ich fluchte innerlich, weil ich nur zu gerne seine Haut auf meiner gespürt hätte.

Mit leicht geöffneten Lippen beugte er sich zu mir herunter. Die Hitze seines Atems strich über meine Wange. »Du willst wissen, ob Gwen und ich miteinander schlafen.«

»Du kannst schlafen, mit wem auch immer du willst. Ich bin sicher, das tust du ohnehin«, blaffte ich zu schnell, gerade so, als hätte ich die Bemerkung bereits gedanklich vorbereitet. Er war mir so nah, dass der rasende Zorn mit meinen blanken Nerven rang, und dies machte mich nur noch ungehaltener.

Das Licht blitzte weiterhin auf, und wir posierten so, wie es die Fotografin verlangte, ohne ihr richtig zuzuhören. Mein Körper lief auf Autopilot, während mein Verstand auf den Mann neben mir fixiert war. Jedes Streichen, jede Berührung, jeder Blick machte es mir nahezu unmöglich, mich daran zu erinnern, dass sich noch andere Menschen im Raum befanden – wie Gwen zum Beispiel.

Warum machte ich so eine große Sache daraus? Er könnte die halbe Ostküste vögeln, und es würde mich nichts angehen. Warum also fühlte es sich dann so an, als würde jemand versuchen, mir mit einem rostigen Löffel das Herz aus der Brust zu kratzen?

Möglicherweise weil ich gedacht hatte, dass ich über ihn hinweg wäre. Ich hatte geglaubt, es wäre in Ordnung für mich, dass er verlobt war und mich vergessen hatte. Ich hatte es mir eingeredet. Und als ich schließlich erfahren hatte, dass er nicht länger verlobt war, hatte ich angenommen, es gäbe noch eine Chance. Es war wie ein dummes Leuchtfeuer der Hoffnung gewesen, ausgesandt von meinem kleinen Boot, das einsam auf See inmitten in der tintenschwarzen Nacht dahintrieb. Ich hatte gehofft, es gäbe einen Grund dafür, dass ich ihm erneut begegnet war. Dass wir einen Weg finden könnten, wieder zusammen zu sein. Doch vielleicht war das bloß Wunschdenken.

Ein bitteres Lachen bildete sich in meiner Brust. Wie es schien, bekam die Pop-Prinzessin doch nicht alles, was sie sich wünschte.

Ich wandte mich ihm zu, weil ich dieses Schauspiel nicht länger aufrechterhalten konnte und endlich wissen musste, worauf ich mich mit dem Auftritt beim *SeptemberWeen* eingelassen hatte. Ich musste dieses Pflaster der Erwartung jetzt sofort abreißen.

Also senkte ich die Stimme noch mehr und flüsterte die Frage, deren Antwort ich nicht hören wollte: »Schläfst du nun mit Gwen oder nicht?«

Sein Blick bohrte sich in meinen. »Und du und Holden? Habt ihr je …«

Am liebsten hätte ich gesagt: »Ich habe zuerst gefragt.« Doch als ich in seine Augen blickte, erkannte ich, dass er die Antwort genauso dringend hören musste wie ich. Und das gab mir dummerweise erneut Hoffnung. »Nein. Nie. Mittlerweile ist er mein bester Freund, aber diese Grenze zu überschreiten ist uns nie in den Sinn gekommen.«

Er richtete den Blick wieder nach vorn und legte den Arm erneut um meine Schultern, bevor er sich dicht zu mir herabbeugte. Dieses Mal streiften seine Lippen meine Ohrmuschel. »Dito.«

Erleichterung erfüllte mich von Kopf bis Fuß. Die Anspannung, von der ich nicht einmal gemerkt hatte, dass sie sich in mir aufgebaut hatte, entlud sich in meinem Inneren. Allerdings nicht als Schmerz, sondern in Form von ungezügelter Freude. »Okay.«

»Okay«, wiederholte er.

Ich öffnete den Mund, doch die Worte wollten nicht herauskommen. Was gab es auch schon zu sagen? Vielleicht sollte ich ihn packen und mit ihm in einem Wandschrank verschwinden?

Die Fotografin betätigte noch ein letztes Mal den Auslöser. Ich war sicher, dass ich auf diesem grandiosen Foto wie ein Fisch aussehen musste. »Vielen Dank.« Sie kam herüber und schüttelte uns beiden die Hand. »Es war unglaublich, euch zu treffen. Ich fühle mich so geehrt.«

Wir gingen beide in den Profi-Modus über, bedankten uns bei ihr und allen anderen im Raum. Ach ja, es waren auch andere Menschen anwesend. Meine Augen huschten immer wieder in D… Keytons Richtung. Jedes Mal beanspruchte jemand meine Aufmerksamkeit genau in der Sekunde, wenn sich unsere Blicke trafen. Dies waren flüchtige Momente. Gestohlene Augenblicke.

Eine Gruppe von Leuten kam herein, um alles abzubauen und uns Dokumente zum Unterzeichnen zu geben. Ab und zu entstand eine Lücke zwischen meinen Leuten, und ich konnte einen Blick auf ihn erhaschen, wie er mit seinen eigenen Leuten beschäftigt war.

Holden berührte mich am Ellenbogen und führte mich zur Tür. »Wir müssen zum Hotel zurück, du musst heute Abend noch ins Studio. Und wir haben es nur für vier Stunden gebucht.«

Ich stemmte mich gegen ihn und drehte mich um, um Ausschau nach Keyton zu halten, der allerdings ebenfalls von seinen Leuten aus dem Raum gebracht wurde. Enttäuschung machte sich in mir breit.

Immer dieses Timing. Manchmal fühlte es sich an, als würden wir es einfach niemals hinbekommen. Als würden wir nie mehr als einige Minuten miteinander reden können, bevor wir unterbrochen wurden und einer von uns irgendwo anders hingeschleppt wurde.

Allerdings stand immerhin noch das *SeptemberWeen* an. Möglicherweise würden wir dort mehr als nur ein paar gemeinsame Momente stehlen können. Wofür? Da war ich nicht sicher, doch die Hoffnung, dass ich genau das herausfinden würde, leuchtete heller als seit Langem.

12

Bay

Ich stand über das Waschbecken in meiner Hotelsuite gebeugt und wischte mir mit einem Lappen über das Gesicht. Er gehörte nicht dem Hotel, da ich dem armen Putzpersonal die vielen Liter an Bleiche ersparen wollte, die benötigt sein würden, um die Tonnen an Make-up aus dem Stoff zu bekommen.

Das ganze Badezimmer war in Marmor und Gold gehalten und besaß sowohl eine Dusche als auch eine Badewanne. Am liebsten hätte ich heute ein Bad genommen, allerdings befürchtete ich, dass ich dabei einschlafen könnte.

In dieser Woche fand das *SeptemberWeen* statt. Ich würde Keyton wiedersehen. Es gefiel mir gar nicht, dass ich keine Möglichkeit hatte, ihn zu kontaktieren. Die Nummer, die er damals in L.A. gehabt hatte, hatte sich schon lange geändert. Das hatte ich auf die harte Tour herausgefunden, als eine meiner letzten Nachrichten bei einer neuen Person gelandet war und ich von jemandem aufgefordert worden war, endlich aufzuhören, seinem Großvater zu schreiben.

Bis jetzt hatte ich noch nie Probleme damit gehabt, jemanden zu kontaktieren. Normalerweise besorgte Holden mir die entsprechende Nummer, oder es handelte sich ohnehin um eine der vier Personen, mit denen ich halbwegs regelmäßig zu tun hatte. Allerdings wollte ich nicht, dass Holden Keytons

Nummer für mich herausfand. Ich wollte ihn selbst danach fragen. Noch besser wäre es natürlich, wenn er sie mir von sich aus geben würde.

Ich schüttelte den Kopf und legte den schwarzen Waschlappen beiseite, bevor ich nach dem Handtuch griff. Nein, das war nicht der Grund, warum ich bei diesem Event auftrat.

Wasser tropfte mir vom Kinn auf das T-Shirt.

Durch den Spiegel nahm ich eine Bewegung hinter mir wahr.

Holden stand in der Tür; er hatte seine Anzugjacke ausgezogen, und der oberste Knopf seines Hemdes war offen. Er sah zerzaust aus.

Ich drehte mich zu ihm, während sich ganz langsam ein ungutes Gefühl in mir breitmachte. »Was ist los?«

Er seufzte. Dann presste er die Lippen zu einer schmalen Linie zusammen. »Ich habe jetzt über eine Woche daran gearbeitet.« Er ließ sich auf den Rand der Badewanne sinken, in die locker drei Leute gepasst hätten.

»Sag schon.«

Mit Sorge und Enttäuschung in den Augen blickte er zu mir hoch.

»Du machst mir Angst.« Mein Kiefer verspannte sich. Ich klammerte mich an die Kante des Badezimmerschranks. »Ist meiner Mom irgendwas zugestoßen?«

Er lockerte seine Krawatte. »Es geht um Pipers Geburtstag.«

Ich sackte erleichtert zusammen, bevor ich mich wieder umdrehte.

»Du hast mir eine Heidenangst eingejagt.« Ich tupfte mir mit dem Handtuch das Gesicht ab, sodass mein Lachen gedämpft klang. »Der ist am zwölften Dezember. Mark hat schon alles geplant.« Ich musterte sein Spiegelbild.

Ein Muskel in seinem Kiefer zuckte. »Und du wirst nicht hingehen können.«

Ich ließ abrupt das Handtuch auf die Ablage fallen und wirbelte zu Holden herum. »Nein. Nein. Darüber haben wir gesprochen. Der Geburtstag steht seit Monaten im Kalender. Seitdem ich den letzten verpasst habe. Ich habe Mark versprochen, dass ich komme.« Nachdem ich Parkers dritten Geburtstag verpasst hatte, während ich in der Stadt gewesen war, ebenso wie ihren letzten Geburtstag und schließlich sogar die Feier von meinem eigenen, obwohl ich sie dazu eingeladen und ihr dann in letzter Minute hatte absagen müssen, würde ich diesen nicht verpassen.

Er raufte sich die Haare und löste den Knoten seiner Krawatte komplett, sodass sie ihm um den Hals hing. »Ich weiß. Es ist ein Datum mit einem großen roten Kreuz. Aber wegen den Planänderungen und dem ganzen Verschieben … Du bist vertraglich dazu verpflichtet, den Termin in Sydney wahrzunehmen, und die Änderungen der letzten Wochen haben einen Dominoeffekt ausgelöst.« Er zuckte die Achseln, als würde er sich nach einem langen Kampf geschlagen geben. »Der Zwölfte ist das einzige Datum, das vor Ende des Jahres noch dafür möglich ist.«

»Aber … Australien ist zeitlich vor Seattle. Wir können in einen Flieger springen und rüberdüsen.«

Er schüttelte den Kopf.

»Schüttle nicht einfach den Kopf. Wir müssen es versuchen.« Ein Hauch von Verzweiflung stahl sich in meine Stimme, als würde sie den Frust und die Traurigkeit verbergen wollen. Ich hatte es versprochen. Allerdings waren meine Versprechen mittlerweile kaum noch etwas wert. Außerhalb der Arbeit brach ich mehr davon, als ich einhielt.

»Das habe ich!« Er stieß sich vom Badewannenrand ab und sprang auf. »Das habe ich, Bay.« Seine Stimme wurde weicher.

»Vielleicht …« Ich leckte mir über die Lippen und griff nach

Strohhalmen. Es musste doch eine Möglichkeit geben. Allerdings hatte ich ja nicht mal mehr als eine vage Ahnung, wo ich morgen sein würde, wie sollte ich da wissen, wie man die gefühlt fünftausend Termine umplanen sollte, die jeden Tag anstanden. Ich verschränkte die Hände ineinander und schlug mir mehrmals damit an die Stirn. *Denk nach, Bay. Denk nach.*

»Vertrau mir. Ich bin das Ganze schon hundertmal durchgegangen. Ich habe mir die Flugrouten angesehen, aber selbst ein Privatflugzeug hilft nicht. Wir schaffen es nicht dorthin und dann rechtzeitig für den Termin am Dreizehnten nach Wien.«

Ich sackte gegen das Waschbecken. »Aber ich habe es Mark versprochen.« Die Worte klangen schwach und kläglich, genau wie all meine Versprechen.

»Ich weiß. Und es tut mir leid, dass ich es nicht hinbekommen habe.« Schmerz huschte über seine Züge. »Ich weiß, du versuchst seit zwei Jahren, es dahin zu schaffen.«

»Drei.« Ich starrte auf das graue Splittermuster der weißen Marmorfliesen hinab. »Damit werde ich ihren Geburtstag zum dritten Mal verpassen.« Ich zog an meinem Pferdeschwanz. »Weißt du, wo mein Handy ist?« Als ich den Kopf hob, zuckte ich beinahe zusammen, weil er so traurig aussah. Spiegelte sein Ausdruck meinen wider?

Er nickte und verließ das Zimmer.

Auf dem Weg zu dem grünen Sessel in der Sitzecke meines Zimmers schlurften meine Füße über den Teppich.

Holden war im Handumdrehen zurück und hielt mir mein Handy hin. »Ich kann das auch machen. Mark anrufen.«

»Nein, ich muss das selbst tun. Sie ist meine Freundin, weißt du noch?« Es würde alles noch schlimmer machen, wenn ich jemand anderes die Drecksarbeit für mich erledigen ließe.

»Brauchst du sonst noch irgendwas?«

»Eine Zeitmaschine?«

Er tastete seine Taschen ab, bevor er mir seine leeren Hände präsentierte.

Wir lachten beide kurz und ohne jeglichen Humor.

»Nein, alles gut. Ich gehe anschließend schlafen.«

»Der Trainer wird morgen früh um fünf hier sein, und wir haben einen vollen Tag.«

»Wann haben wir das nicht?«

Er blieb stehen und hielt sich am Türrahmen fest, als wollte er noch etwas sagen.

»Ist okay, Holden. Ich mache das schon.« Ich zog die Schultern zusammen und packte das Handy fester.

Er ließ den Kopf hängen und verließ den Raum, ließ jedoch die Tür nicht hinter sich ins Schloss fallen. Stattdessen machte er sie leise zu und ließ mich allein im Raum zurück.

Ich lief auf und ab, während ich so lange auf mein Handy starrte, dass der Bildschirm ausging. Also tippte ich mein Passwort erneut ein und schloss die Augen. Sie war meine älteste Freundin. Einst sogar meine beste Freundin. Es dauerte nicht mehr lang, dann wäre ich nur noch jemand, den sie mal gekannt hatte.

Mark hob beim ersten Klingeln ab. Im Hintergrund hörte ich Kinder lachen und kreischen, was das Gefühl von glücklicher, lebhafter Familie nur noch verstärkte. Er rief Piper zu: »Hey, Süße. Ich muss da kurz rangehen. Bin gleich zurück.« Eine Tür wurde geschlossen. »Hey, Bay. Wie geht's?«

Ich griff nach meinem Pferdeschwanz und fuhr mit den Fingern hindurch. »Hey, Mark.«

»Du schaffst es nicht, oder?« Seine Worte trieften geradezu vor Enttäuschung.

Er wusste es schon. Denn so war ich inzwischen: Ich brach alle meine Versprechen. Man konnte sich nicht mehr auf mich verlassen. Kein Wunder also, dass er sie damit überraschen wollte. Er verhielt sich wie ein guter Ehemann und beschützte seine Frau vor Enttäuschungen und Traurigkeit.

Hastig ging ich in den Entschuldigungsmodus über. Mehr blieb mir nicht übrig. »Wir haben alles versucht. Absolut alles. Es tut mir so leid.«

»Ich weiß. Und sie weiß, dass du sehr beschäftigt bist. Sie hätte dich wahnsinnig gerne gesehen, aber sie wird es verstehen.«

»Sobald diese Tour hinter mir liegt, werden wir uns länger als ein paar Minuten backstage treffen, versprochen. Wann steht bei euch der nächste Einsatz an?« Und schon wieder gab ich Versprechen.

»Januar.«

Meine Tour war erst im Juli zu Ende. Keiner von uns würde sich momentan besser fühlen, wenn ich schon wieder Dinge versprach, die ich nicht würde einhalten können. »Wir werden sehen, was danach möglich ist.«

»Parker ist von seiner Spielzeuglokomotive total begeistert. Danke dafür.« Seine Nettigkeit tat nur noch mehr weh. Nachdem ich seine Frau und die Mutter seiner Kinder enttäuscht hatte, versuchte er auch noch, mich aufzumuntern, weil ich es mal wieder verbockt hatte.

»Gerne.« Ich musste dagegen ankämpfen, dass meine Stimme brach. »Das Geburtstagskind hatte doch ein ganz besonderes Geschenk verdient. Und ich übernehme die Kosten für die Party.«

»Das musst du nicht tun. Du weißt schon, dass wir dich nicht nur einladen, damit du uns alles bezahlst.«

»Natürlich.« Und dann brach meine Stimme doch. Ich stellte das Handy auf stumm und räusperte mich, während ich an die Decke starrte und die Tränen wegblinzelte.

»Wir vermissen dich. Parker fragt ständig, wann du das nächste Mal bei uns übernachtest.«

Ein ersticktes Lachen kam mir über die Lippen. »Parker steht gerne um fünf Uhr auf. Nicht dass mich das stören würde.« Letztes Jahr hatte ich ein Wochenende bei ihnen verbracht – nichts weiter als ein ruhiges Wochenende zu Hause. Wir hatten gegrillt. Die Kinder hatten mit der Wasserrutschmatte gespielt, und wir hatten alle einfach ganz normal Zeit miteinander verbracht. Da ich sonst immer um fünf Uhr morgens aufstand, waren Parker und ich Frühaufsteherkumpels geworden. Wir hatten gelesen, Pancakes für alle gemacht und herumgealbert.

»Es tut mir leid, Mark.« Tränen brannten mir in den Augenwinkeln.

»Ich weiß, Bay.« In seiner Stimme schwang so viel Verständnis mit, dass ich es kaum aushalten konnte.

Ich beendete das Telefonat und ließ mich auf einen Sessel fallen, von wo aus ich mein Handy quer durchs Zimmer warf, als wäre das Gerät aus Glas und Metall an allem schuld. Ich zog die Beine an, schlang die Arme darum und vergrub das Gesicht in den Knien.

Wenn ich zu laut weinte, dann würden Holden oder Emily es hören und ins Zimmer platzen, damit sie versuchen könnten, alles wieder zu richten. Doch das war nicht möglich. Ich würde nicht zur Geburtstagsfeier meiner besten Freundin gehen können. Ich konnte nicht einmal garantieren, dass ich meine Mom zu Thanksgiving sah.

Nachdem ich wieder zurück ins Badezimmer gegangen war, wusch ich mir erneut das Gesicht. Dieses Mal benutzte ich allerdings den Waschlappen des Hotels. Schließlich starrte ich mich im Spiegel an.

Ich war auf der ganzen Welt berühmt. Hatte mehr Geld, als

ich mir je hätte wünschen können. Und doch befand ich mich ganz allein in meinem Hotelzimmer.

Ich setzte mich auf die Bettkante und wühlte in meiner Tasche herum, bis meine Finger den abgegriffenen Notizblock streiften. Er war kaum ein paar Monate alt und fühlte sich schon jetzt wie der an, den ich damals über Jahre hinweg gefüllt hatte.

Ich fischte ihn heraus, bevor ich mir einen Stift nahm und den Deckel mit den Zähnen abzog.

Dann kritzelte ich den Titel oben auf die Seite: *Lost.*

Nachdem ich so lange schrieben hatte, dass mir der Kopf brummte, hob ich mein Handy vom Boden auf und kuschelte mich ins Bett.

Vermutlich machte mich das zu einem narzisstischen Arschloch, doch ich öffnete YouTube und tippte meinen Namen zusammen mit dem Wort »Cover« ein. Es erinnerte mich immer daran, warum ich das alles tat, warum ich es liebte, Musik zu machen. Warum ich nicht aufhören konnte.

Mehr als hunderttausend Ergebnisse wurden aufgelistet. Da ich hören musste, wie jemand anderes die Worte sang, tippte ich den Titel des Songs ein, der in letzter Zeit immer lauter in meinem Kopf herumspukte. *Dare.*

Um ein Haar hätte ich das Handy fallen lassen, als mein Blick auf einem der obersten Beiträge landete. Spencer hatte ihn vor nur wenigen Tagen bei einem Auftritt gesungen.

Ich setzte mich auf und lehnte mich mit dem Rücken ans Kopfteil des Bettes.

»Heute Abend habe ich einen Song für euch, den vielleicht einige von euch kennen.« Spencer besaß eine einnehmende Bühnenpräsenz, die Spaß bereitete. Seine Gitarre hing von seiner Schulter. Es sah aus, als gäbe es nur Stehplätze in der Halle. Selbst auf einer unscharfen Aufnahme mit einer leicht wackelnden Kamera war seine Freude, auf der Bühne zu stehen, unübersehbar. »Er ist schon etwas älter, aber hat ganz schön Tiefe und war Teil eines Albums, das ich liebe, seitdem es erschienen ist. Daher wollte ich den Song heute für euch spielen.«

Er spielte ihn als Akustikversion, sehr ähnlich wie jene, die ich damals an der Greenwood High gespielt hatte. Doch sein Cover war wesentlich besser und klang ganz und gar nicht wie die Aufnahme auf dem Album.

Nach nur wenigen Akkorden auf der Gitarre setzte seine Stimme ein, raunte mir ins Ohr und verursachte mir Gänsehaut.

Als die Menschen in der Menge merkten, um welchen Song es sich handelte, pfiffen einige, während andere klatschten.

Er traf die hohen Töne in seiner Oktave, und seine Finger flogen förmlich über die Saiten. Er hauchte meinem Song Leben ein und machte ihn sich zu eigen. Er drückte ihm seinen eigenen Stempel auf, indem er die Zeilen und die Geschichte mit seiner eigenen Stimme sang und sie dadurch zu etwas ganz Neuem machte.

Als er zum Ende kam, hatte ich ganz vergessen, dass der Song einmal meiner gewesen war.

Ich öffnete meine Nachrichtenapp.

Ich: Kann ich Ihr Interesse an einer Piratenparty wecken?

Bis seine Antwort kam, war ich beinahe in den Schlaf abgedriftet.

Spencer: Bay?

Ich hatte ganz vergessen, dass er wohl kaum meine neue Nummer hatte.

Ich: Ja! Außer du wirst mittlerweile regelmäßig zu Piratenpartys eingeladen.
Spencer: LOL! Nicht allzu oft. Wie geht's dir?
Ich: Ganz gut. Großartiges Cover von Dare! Das war der Wahnsinn.

Die Menge war begeistert gewesen. Seine Stimme hatte dem Text ein ganz anderes Gefühl verliehen. Ein hoffnungsvolleres. Vielleicht hatte es mir deshalb so gefallen.

Spencer: Oh Mist. Woher weißt du das? Nicht dass ich versucht hätte, es zu verheimlichen oder so. Werde ich demnächst eine Unterlassungsklage erhalten?

Dass er sich überhaupt Sorgen darum machte, zeigte nur noch deutlicher, was für eine schreckliche Freundin ich gewesen war. Früher hatte er es immer im Studio gesungen, um mich dazu zu bekommen, dass ich mich ihm anschloss.

Ich: Nein! Natürlich nicht. Ich habe es auf YouTube gesehen.
Spencer: Du findest es okay, wenn ich den Song singe?

Seine Unsicherheit tat weh.

Ich musste wirklich eine bessere Freundin werden, egal wie.

Ich: Natürlich. Ich fand es toll, was du aus dem Refrain gemacht hast.
Spencer: Ich wollte kein allzu offensichtlicher Song-Räuber sein.
Ich: Bist du nicht. Ich liebe deine Version. Du bist noch auf Tour, oder? Wo bist du gerade?
Spencer: Jetzt gerade sitze ich hinten im Van eingequetscht zwischen ein paar Verstärkern und bin auf dem Weg zum

Motel. Bin gerade erst mit dem Abbau nach der Show fertig geworden.

Ein Teil von mir wünschte sich, dass ich diese Momente nicht verpasst hätte – die chaotischen, späten Nächte, die in einen zu frühen Morgen übergingen und nur mit Adrenalin zu bewältigen waren. Ich war von Anfang an in Tourbussen unterwegs gewesen, während die Bühnen zunehmend größer geworden waren und nur noch mehr Raum für Fehler geboten hatten.

Ich: Bist du an der Ostküste?
Spencer: Auf dem Weg dahin. Bist du gerade dort?
Ich: Bin einige Wochen lang größtenteils in Philly. Danach geht's nach Europa, für den letzten Teil meiner Tour.
Spencer: Wahnsinn, Bay! Ich glaube, ich bin auch bald in Philly. Nach meinen Auftritten in Richmond und DC. Manchmal ist der Terminplan ganz schön verrückt.

Ich würde Holden damit beauftragen müssen, dass er Spencers Auftritte heraussuchte. Vielleicht würden wir uns sehen können, wenn er auf seiner Reise hier vorbeikam. Bekannte Gesichter bekam ich seit einer ganzen Weile nur noch selten zu sehen.

Ich: Da sagst du was.
Spencer: Ich bin sicher, deiner beinhaltet mehr als einen runtergekommen Van und den Verkauf von Merchandise bis zwei Uhr nachts.
Ich: Du weißt, dass nichts von alldem hier möglich gewesen wäre, wenn du Walter nicht von Without Grey erzählt hättest.
Spencer: Quatsch, er war schon vorher interessiert. Aber ich wusste einfach, dass du im Gegensatz zu mir nicht auf das Mischpult springen und ihm davon erzählen würdest. Wir sind

beim Motel angekommen. Ich muss mein Zeug auf den Hänger schleppen. War schön, von dir zu hören.
Ich: Sorry, dass ich mich nicht gemeldet habe.
Spencer: Ich verstehe schon. Du bist beschäftigt. Mach dir deswegen keine Gedanken.
Ich: Gute Nacht.

Der Nostalgie-Zug war am Bahnhof angekommen und wollte nicht mehr abfahren. Ich schnappte mir erneut meinen Notizblock und dachte an die späten Nächte im beengten Studio, in dem wir uns bei stickiger Luft stundenlang Gekreische hatten anhören müssen.

Ich dachte daran, wie Spencer einmal mitten im Mai eine ganze Packung Eiscreme unter seinem T-Shirt hineingeschmuggelt hatte.

Damals war alles noch einfacher gewesen. Erwachsen zu sein war ganz anders, als ich es mir vorgestellt hatte – damals, als ich mich noch davor gefürchtet hatte, für den Rest meines Lebens an einem Schreibtisch im Großraumbüro an Tabellen arbeiten zu müssen.

Nun war das hier das Einzige, was ich kannte. Das einzige Leben, das ich je gelebt hatte. Was konnte ich überhaupt außer singen und auftreten? Ich konnte definitiv nicht in eine Buchhaltungsfirma gehen, um dort Gewinn- und Verlusterklärungen aufzustellen. Die nächsten fünfzig Jahre herumzusitzen und nichts zu tun klang nicht sehr reizvoll. Es Mick Jagger gleichzutun und diesen Lebensstil für die nächsten fünf Jahrzehnte aufrechtzuerhalten allerdings ebenfalls nicht.

Die Komplikationen hatten bloß zugenommen seit jenem schicksalhaften Sommer, in dem sich mein Leben unwiderruflich verändert hatte. Die größte Veränderung war der Mann gewesen, den ich in zwei Tagen wiedersehen würde.

Das Wissen, dass ich Keyton bald noch einmal begegnen würde, hatte all die Erinnerungen von damals in mir aufkommen lassen. So vieles an der Zeit, die wir getrennt voneinander verbrachten, wurde von unserer gemeinsamen Zeit beeinflusst.

Doch dieses Mal würde ich nicht überrascht sein, wenn ich ihn sah. Ich hatte ein Datum und eine Uhrzeit. Erwartungen krochen mir unter die Haut und infiltrierten mein Gehirn.

Die Art, wie Spencer meinen Song verändert hatte, kam mir erneut in den Kopf, und ich schrieb noch einige Textzeilen auf. Allerdings schrieb ich sie nicht für mich, sondern im gleichen Stil, wie Spencer ihn gesungen hatte.

Vielleicht würde ich ihm den Text geben, wenn ich Spencer das nächste Mal traf. Ein Geschenk dafür, dass er mein Freund war, auch wenn ich eine schlechte Freundin war. Zur Hölle, vielleicht waren ja sogar meine Songs schlecht.

Ich begab mich auf Gedankenreise in die Vergangenheit, dabei dachte ich darüber nach, wie schwierig es war, zurückzublicken und zu realisieren, dass man nicht hatte ahnen können, wie wichtig ein Moment sein würde. Und darüber, dass wir dazu bestimmt waren, immer wieder die gleichen Fehler zu wiederholen.

13

Keyton

Die gelben Schulbusse fuhren langsam auf dem Parkplatz ein, wo sich der Treffpunkt befand. Sie wurden als urig und kitschig bezeichnet, waren allerdings auch verdammt günstig, was wiederum bedeutete, dass mehr Geld für den Rest des *SeptemberWeen Carnival* und unsere Initiativen übrig blieb.

Auch wenn der heutige Abend eine Menge Gutes bewirken würde, war die Veranstaltung nicht das, was mich am meisten beschäftigte. Diese Tatsache war vermutlich ein weiterer Punkt auf der Liste von Gründen, warum ich ein schlechter Mensch war. Doch heute Abend würde ich Bay wiedersehen. Ihre Verärgerung beim Fotoshooting war für mich unerwartet gekommen. Was mich noch mehr überrascht hatte, war allerdings der Umstand, wie schnell und mühelos ich ihrer mit meiner eigenen begegnet war – einer Frage, bei der ich vorgegeben hatte, dass sie mir nicht schon die ganze Zeit über im Kopf herumgespukt war.

Wie nahe stand sie Holden? Ich hatte nicht damit gerechnet, dass sie sich das Gleiche im Bezug auf Gwen und mich fragte. Zwar hatten wir die Angelegenheit klären können, doch wie immer hatten wir nicht genug Zeit gehabt.

Als ich in den Raum zurückgekehrt war, in dem Bay und ich fotografiert worden waren, war sie bereits fort gewesen.

Noch war sie nicht hier, was bedeutete, dass ich den freundlichen Gastgeber spielen musste. Die Gäste zu begrüßen und für Fotos zu posieren gehörte zum Job. Gwen hatte mein Men-in-Black-Kostüm als billige Ausrede bezeichnet, so hatte ich mir jedoch nicht extra etwas suchen oder sie noch zusätzlich damit beauftragen müssen.

Sie hatte nicht nur mit dem Veranstaltungskomitee zusammengearbeitet, sondern auch mit SWANK, der Firma für Veranstaltungstechnik, die mit ins Boot geholt worden war, um sich um die Logistik und den Rahmen des Events zu kümmern, das von über sechshundert Gästen besucht werden würde.

Knox kam auf den Parkplatz gefahren, und nachdem er ausgestiegen war, warf er mich mit seiner Umarmung beinahe um. Seine Perücke kitzelte mich an Gesicht und Nacken. »Eine ganz schön krasse Party hast du hier am Laufen.« Er schaute sich auf dem Parkplatz um, auf dem sich lauter Autos tummelten.

»Schön, dass du kommen konntest, Mann.« Ich klopfte ihm auf den Rücken.

»Ich war schon letztes Jahr nicht dabei, noch mal wollte ich das Spektakel nicht verpassen.« Er grinste und breitete die Arme zu beiden Seiten aus.

»Wen zur Hölle stellst du dar?«

Er blickte an sich hinunter und dann wieder hoch. »Ich bin Jareth, der Koboldkönig.«

»Sieht aus, als hättest du dir einen Kobold in die Strumpfhose gesteckt. Wie zur Hölle bist du da überhaupt reingekommen?«

Er rückte die Schamkapsel zurecht und funkelte mich wütend an. Das Britischer-Aristokrat-trifft-auf-Achtzigerjahre-Glam-Rocker-Outfit, das mit einer Strumpfhose ausgestattet war, in die sich kein Football-Spieler je zwängen sollte, bot wahrlich einen Anblick für die Götter. »Sie ist ein authentischer Bestandteil des Kostüms, und ich habe ein ganzes Döschen Babypuder gebraucht, um reinzukommen. Aber es hat sich gelohnt. Jetzt sieh dir das an.« Er holte eine durchsichtige Kugel hervor und rollte sie in den Händen. Das Ding sah aus wie eine kleinere Version jener Kristallkugeln, die von Hellsehern benutzt wurden.

»Wie lange hast du dafür geübt?«

Er ließ den Kopf hängen und schüttelte ihn. »Stunden. Aber ohne Training und Spiele werde ich zu Hause fast wahnsinnig.« Der Ball – der definitiv nicht aus Glas bestand – fiel auf den Boden und rollte unter einen benachbarten Wagen.

Die Leute trugen Kostüme, die von unoriginell bis unglaublich detailliert reichten. Zu diversen mit Bettlaken bewehrten Geistern gesellten sich außerirdische Invasoren, deren Looks mit Body-Painting und Latexteilen abgerundet wurden.

Nachdem Knox' Mini-Performance vorüber war, wurde sein Ausdruck nüchtern. »Ich habe gesehen, dass Bay hier auftreten wird.«

Ein wenig überrascht lächelte ich und schüttelte einigen Fans im Vorbeigehen die Hand. »Das ist richtig.«

Er lehnte sich zu mir herüber. »Wie fühlst du dich damit?«

»Bist du deshalb hergekommen? Um nach mir zu sehen?« Wieder einmal gab Knox auf mich acht. Mein altes Ich wäre jetzt in die Defensive gegangen oder wütend geworden. Ich würde es nie für selbstverständlich halten, dass ich Menschen um mich hatte, die sich um mich sorgten. Allerdings gefiel es mir gar nicht, dass er nach wie vor das Gefühl hatte, mein neues Ich könnte sich jeden Moment auflösen, also war es durchaus möglich, dass ich ein wenig genervt war.

»Nein, aber ich weiß noch, wie es beim letzten Mal ausgegangen ist, als ihr beide zusammen wart.« Und er war da gewesen, um mich so weit zusammenzukitten, dass ich nicht komplett auseinanderbrach, bis ich aus dem Gröbsten raus war. Er hatte gesehen, wie schlimm es werden konnte.

»Vor etwas über einer Woche haben wir zusammen Kaffee getrunken und kurz darauf gemeinsame Fotos für die Werbekampagne für heute Abend machen lassen. Zwischen uns ist alles gut.« Weniger gut als vielmehr ein Drahtseilakt der Was-zur-Hölle-passiert-hier-eigentlich-Show. Bis jetzt hatte ich versucht, so zu tun, als wäre es keine große Sache, sie wiederzusehen, und als würde ich damit klarkommen. Doch in diesem Moment hatte ich nicht das Gefühl, einschätzen zu können, wie der heutige Abend verlaufen würde.

»Wie du meinst. Aber denk daran, dass ich für dich da bin, falls du mich brauchst.«

»Das weiß ich, Mann.« Ich griff nach seiner Hand und verschränkte unsere Daumen, bevor ich ihn für eine weitere Umarmung heranzog. »Du bist mein bester Freund, natürlich weiß ich das.«

»Wollte nur sichergehen.« Er musterte mich.

Gwen, die eine rote Perücke und ein perfektes Miss-Frizzle-Kleid trug, das durch eine Magic-School-Bus-Handtasche komplettiert wurde, in der sie alles verstaut hatte, was eine Assistentin so benötigte, kam zu mir herüber. »Die ersten Busse fahren in zehn Minuten ab. Die Fahrt dauert dreißig Minuten. Möchtest du im ersten Bus mitfahren oder im letzten?«

»Ich nehme den letzten.« Es war geplant, dass Bay dem letzten Bus zur Location folgte. Ihr Terminplan war die letzten Tage über sehr voll gewesen, und da wir nicht riskieren wollten, dass sie und ihre Leute sich auf dem Weg zum abgeschiedenen Veranstaltungsort verfuhren, hatten wir angeboten, sie hinzuführen.

Ich wollte bloß sicherstellen, dass sie es sicher zur Location schaffte. Das hätte ich für jeden getan, der mir dabei half, dies zur besten Wohltätigkeitsveranstaltung des Jahres zu machen.

»Everest von SWANK und Gale regeln alles auf der Farm, daher werde ich in einen der ersten Busse springen und nachsehen, ob sie noch irgendwo Hilfe brauchen.«

Ich beugte mich zu ihr hinab. »Du darfst heute auch etwas Spaß haben. Stell sicher, dass du das auf deinen Plan setzt.« Dabei tippte ich auf ihr Tablet und versuchte nicht einmal, mein Lächeln zu verbergen.

Sie lächelte ebenfalls – kaum merklich. »Keine Sorge, du bezahlst mir das Doppelte für die ganze Hilfe hier.«

»Dann lohnt es sich erst recht, wenn du dir während der Arbeitszeit auch noch ein paar Drinks genehmigst.«

»Ich werde drüber nachdenken.« Sie marschierte auf die Schlangen zu, die sich vor den drei Bussen gebildet hatten. Einige der Gäste, die in die Busse stiegen, trugen so ausladende Kostüme, dass man für sie Leitern an den Notausgängen am Ende der Busse hatte aufstellen müssen.

»Hey, Keyton«, rief eine vertraute Stimme quer über den Parkplatz, sodass sich so einige nach ihr umsahen.

LJ und Marisa trugen aufeinander abgestimmte Zombie-Kostüme mit dazugehörigem Untoten-Make-up, Kunstblut und einem Sack voller matschiger Gehirne. Berk und Jules waren als Captain America und Peggy Carter verkleidet. Sie schlängelten sich zwischen den geparkten Autos hindurch, um zu mir zu gelangen. »Leute, erinnert ihr euch noch an Knox?« Mein ältester Freund, der wie eine Familie für mich war, begrüßte die Leute, die ich noch nicht ganz so lange zu meiner Familie zählte.

Berk umarmte mich und klopfte mir dabei auf den Rücken. »Wo ist der Bus für die VIPs?!«

»Eure Kutsche erwartet euch.« Ich zeigte auf die gelbschwarzen metallenen Ungetüme, die mit brummendem Motor auf der anderen Seite des Parkplatzes standen.

»Keine Sorge, Keyton. Ich habe einen Dosenöffner dabei, mit dem ich ihn am Ende der Fahrt wieder aus einem der Sitze da rausbekommen werde.« Jules schlang kurz die Arme um mich. »Du hast dich dieses Jahr selbst übertroffen. Es war mit Sicherheit wesentlich einfacher, das Ganze von hier aus zu planen und nicht von der anderen Seite des Landes aus.«

LJ und Marisa umarmten mich ebenfalls. Nachdem LJ wieder zurückgetreten war, legte er einen Arm um Marisas Schulter. »Ich habe das Gefühl, das Ding hier wird immer größer.«

»… sagt sie im Bett zu ihm«, flüsterte Marisa LJ zu, allerdings lauter, als sie vermutlich gedacht hatte. Möglicherweise war das aber auch volle Absicht.

Ich hatte sie alle vermisst. Doch egal, ob ich nach Wisconsin oder zu einem anderen Team wechseln würde, lange würden wir nicht mehr zusammen spielen können. Auch würden wir bald nicht länger in derselben Stadt wohnen. Es würde schrecklich sein, sie wieder verlassen zu müssen.

»Heilige Scheiße, das ist der Koboldkönig.« Bei Jules' erstauntem Aufschrei wandten so einige den Kopf in unsere Richtung. »Bravo. Das nenne ich mal richtige Hingabe. Mir gefällt der Eyeliner.«

Knox streckte stolz den Rücken durch, wobei seine ohnehin schon beeindruckende Brust noch zusätzlich anschwoll. »Vielen Dank, Mylady.« Eine ausladende Verbeugung setzte dem Ganzen noch die Krone auf.

Berk starrte auf die vielen Menschen, deren Eintrittskarten überprüft wurden, bevor sie in die Busse steigen durften. »Niemand wird je bezweifeln können, dass du weißt, wie man eine Party schmeißt.«

»Ich habe damit nichts zu tun. Die *Headstrong Foundation* leistet die ganze Arbeit. Ich bin einfach nur anwesend.«

Berk tätschelte mir die Schulter, bevor er sie drückte. »Diese ganze Selbstabwertung ist so süß, dass es wehtut. Da du die ganze Arbeit finanzierst, bekommst du auch einen Teil des Lobs ab. Komm damit klar.«

»Das Gleiche könnte ich auch über euch sagen. Danke für die großzügigen Spenden.«

LJ boxte leicht gegen meine andere Schulter. »Ach komm, du weißt doch, dass wir das nur machen, weil wir es von der Steuer absetzen können.«

Marisa schlug LJ gegen den Arm. »Ignorier ihn. Wir freuen uns, wenn wir irgendwie helfen können. Es gibt sogar ein paar Kinder, denen ich für nächstes Jahr ein Praktikum im Museum organisiert habe. Alle sind froh, einen Beitrag zu leisten.«

»Nix hat ein paar im Restaurant angestellt und sagt, es läuft großartig.«

Wenn man Teil der *Headstrong Foundation* war, gehörte es zum Berufsrisiko, dass die Hilfe anderer Menschen einen emotional werden ließ. Aber mitzubekommen, wie meine Freunde hier die Stiftung unterstützten, sorgte dafür, dass der kleine Junge aus meiner Vergangenheit sich um einiges weniger einsam fühlte.

Der nächste Konvoi an Bussen verließ den Parkplatz.

»Ihr könnt euch jederzeit in einen der Busse setzen, Leute. Das gilt auch für dich, Knox.«

»Ich hänge noch ein bisschen mit dir ab«, meldete sich dieser zu Wort. Vermutlich wollte er nur sehen, wie es mit Bay lief.

Ich liebte ihn, allerdings fand ich seine Besorgnis übertrieben. Schließlich würde ich nicht zum Werwolf mutieren, sobald ich sie sah. Es wäre nun schon das dritte Mal, dass wir uns trafen, und ich hatte die letzten beiden Begegnungen auch überstanden, ohne den Mond anzuheulen.

Marisa verschränkte die Hände mit LJs und lehnte sich an seine Schulter, bevor sie zu mir schaute. »Was ist mit dir?«

Ich trat von einem Fuß auf den anderen, während ich den Eingang zum Parkplatz im Blick behielt. »Ich nehme den letzten Bus, aber ihr müsst nicht auf mich warten.«

Einige der Partygäste kamen auf uns zu und baten um Fotos. Also posierten wir drei für einige Bilder und verteilten Autogramme. Mir fiel erneut auf, wie sehr sich diese Interaktion von Bays Zusammentreffen mit Fans unterschied. Wir waren Teil eines Teams. Klar, einer von uns hatte beim letzten Spiel möglicherweise eine besonders gute Figur gemacht – nicht ich, aber einer von den anderen –, doch sie wollten Autogramme, weil wir Teil des Teams waren, das sie liebten. Wegen meines Status als Glücksbringer wurde ich etwas häufiger erkannt, ich bekam jedoch nie die Art von gezielter, oft geradezu geifernder Aufmerksamkeit, die Bay zuteilwurde.

Berk schlang einen Arm um Jules' Taille. »Wir warten auf dich.« Er rieb seine Wange an ihrer, und ich konnte die aufflackernde Traurigkeit und Eifersucht, die mir unter der Haut kribbelten, nicht unterdrücken.

Meine beiden Freunde hatten die Frauen gefunden, ohne die sie nicht leben konnten. Für sie war es normal, jeden Morgen neben einer wunderbaren Person aufzuwachen, die immer an ihrer Seite sein würde.

Während wir auf dem Parkplatz abhingen, tauchten noch ein paar weitere Fans auf und baten um Autogramme. Es fühlte sich ein wenig wie ein Zeitsprung an, so als wäre ich in der Zeit zurückgereist und stünde nun wieder an Autos gelehnt auf dem Parkplatz der Greenwood High, während ich mit Teamkollegen und Freunden redete und lachte. Allerdings fehlte die

Last, die ich damals mit mir herumgeschleppt hatte. Es war ein völlig anderes Leben.

Die letzten beiden Busse warteten noch auf Nachzügler. Allerdings gab es dieses Jahr keine davon. Anscheinend sorgte der Auftritt einer Pop-Gigantin, die mit mehreren Grammys ausgezeichnet worden war, dafür, dass selbst die Leute, die für gewöhnlich stilvoll zu spät kamen, früher auftauchten.

»Sollen wir dann …?« Jules zeigte mit dem Daumen auf die gummierten Treppenstufen, die zu den gepolsterten Sitzbänken führten.

Das Geräusch von Rädern, die langsam über Kies fuhren, ertönte, bevor ein schwarzer SUV auf den Parkplatz fuhr.

Die angespannte Enge in meiner Brust löste sich, bevor sie mit doppelter Kraft zurückkehrte.

Meine Gruppe musterte mich, und mir fiel auf, dass ich den Seitenspiegel des Autos, an dem ich lehnte, mit der Hand gepackt hatte. Sie war hier.

Die Hintertür auf der Beifahrerseite wurde geöffnet. Bays Security-Typ musterte uns vom Beifahrersitz aus.

Holden stieg aus dem Wagen, gefolgt von Bay. Sie trug einen glänzenden Rock, der einem Fischschwanz ähnelte und ihr bis zu den Knöcheln reichte. Der Seitenschlitz, der unter ihrem Mantel verschwand, ließ einen zweimal hingucken. Ihr schwarzer Marinemantel reichte ihr knapp bis unter die Hüfte und verbarg den Rest.

Glitzer schimmerte um ihre Augen und überall auf ihrem Gesicht. Umrisse von Seesternen und korallenroten Seepferdchen waren über ihre Wangen und Stirn verteilt.

Atemlos und mit einer entschuldigenden Miene kam sie herangeeilt. »Tut mir leid, dass wir spät dran sind. Es blieb nicht mehr viel Zeit, mich fertig zu machen, nachdem wir die Anproben für die Tour erledigt hatten.« Eine überwältigende, atemberaubende Schönheit, die Menschen für selbstverständlich hielten, bis sie sie aus nächster Nähe sahen.

Möglicherweise waren es aber auch diese alten Highschool-Gefühle, die dafür sorgten, dass ich sie gegen das Auto drücken und sie küssen wollte, so wie damals vor viel zu langer Zeit.

Ihr Blick huschte über die kleine Gruppe, die sich um mich versammelt hatte, und ihre Augen wurden groß, als sie Knox entdeckte.

»Schön, dich wiederzusehen, Knox.« Sie wollte ihm gerade die Hand für eine halbe Umarmung mit Handschlag geben, als er die Arme ausbreitete.

Kurz zögerte sie, trat dann jedoch auf ihn zu, damit er sie in eine feste Umarmung ziehen konnte.

Ich wünschte, es könnte auch für uns so einfach sein.

»Ich freu mich auch, dich zu sehen, Bay.« Er löste sich von ihr, und sie blickte mich an.

Der Rest meiner Freunde stand mit offenem Mund da, und so mancher boxte dem anderen gegen den Arm, was mir verriet, dass niemand damit gerechnet hatte, dass Bay hier auftauchen würde. Oder Knox kannte. Er war zu einigen unserer Veranstaltungen eingeladen worden, zu Urlauben und anderen Events, doch dies stellte eine ganz andere Seite meines Lebens dar, von der ich nie jemandem erzählt hatte.

Ich hatte sie vor ihnen verborgen. Mein Nacken brannte dank der starrenden Blicke, denen ich in diesem Moment ausgesetzt war.

»Ihr hättet auch direkt zur Location fahren können, wenn das hier ein Umweg für euch war.« Der Anzug war mir wie eine gute Idee erschienen, aber jetzt fühlte sich die Krawatte an, als würde sie mich erdrosseln. Ich schob einen Finger unter den Knoten, der auf meinen Adamsapfel drückte. Die alten Verhaltensmuster waren in ihrer Nähe viel zu schnell und leicht wieder aufgekommen, genau wie die Angst davor, dass mit dem Guten auch das Schlechte wiederkam.

»Mist, sorry. Bringe ich den ganzen Ablauf durcheinander? Ich dachte, Gwen hätte gesagt, wir könnten uns hier treffen, um euch mit dem Auto zu folgen.« Sie warf einen unsicheren Blick über ihre Schulter in Holdens Richtung.

Hinter mir ertönte ersticktes Japsen.

»Nein, alles in Ordnung. Wir wollten gerade mit dem letzten Bus abfahren. Wir sind die Einzigen.« Ich zeigte auf die anderen beiden Paare. »Das sind einige der Leute, die ich damals im Trainingslager erwähnt habe. Die Jungs, mit denen ich an der Fulton U Football gespielt habe. LJ und Berk. Und ihre Ehefrauen Marisa und Jules. Wir sind alle zusammen aufs College gegangen. Leute, das ist Bay.«

Die vier Personen, die nicht aus Greenwood kamen, winkten. Mir entgingen die schockierten Blicke nicht, die zwischen Bay und mir hin und her zuckten. Möglicherweise hatte ich vergessen zu erwähnen, dass ich sie kannte. Ich hatte einfach nie gewollt, dass mir Fragen dazu gestellt wurden, was zwischen uns vorgefallen war. Außerdem hatte ich vermeiden wollen, dass es so wirkte, als wollte ich damit angeben, dass ich früher mit ihr zusammen gewesen war. Das zwischen uns war mehr gewesen als nur eine lockere Beziehung, und dann war es vorbei gewesen. Ich konnte es nicht gebrauchen, noch mehr Leute dem Chaos auszusetzen, das jahrelang in meinem Kopf geherrscht hatte.

»Wenn du möchtest, kannst du mit uns fahren. Oder du kannst uns im SUV folgen, falls du unterwegs noch was erledigen musst.« Ich wollte, dass sie mit uns mitfuhr. Nicht allein im SUV – nun ja, nicht allein, aber mit ihren Leuten. Ich hatte sie noch nie mit anderen Leuten gesehen, immer nur mit Holden und dem Rest ihres Teams. Außerhalb von offiziellen Events hatte ich sie natürlich ohnehin kaum gesehen, doch an ihr haftete stets eine gewisse Einsamkeit. Sie hatte in den letzten Jahren eine Abgeschiedenheit entwickeln müssen, die mich dazu veranlasste, dass ich ihr nur noch näher sein wollte.

Bay warf erneut einen Blick über ihre Schulter.

Mir gefiel es überhaupt nicht, wie sie ständig nach Holden Ausschau hielt, damit er ihr Sicherheit gab und ihr sagte, was sie tun sollte. Ich hasste es, dass sie dies nicht bei mir suchte. Hasste es, dass ich diese Person für sie sein wollte.

Holden nickte. »Du solltest den Bus nehmen.«

»Bist du sicher?«

»Klar. Wann hattest du das letzte Mal die Gelegenheit, mit anderen abzuhängen? Es war ein langer Tag. Entspann dich etwas vor deinem Auftritt.« Holden scheuchte sie mit einer Handbewegung in unsere Richtung.

Ihr unsicheres Lächeln zuckte. »Sieht aus, als würde ich bei euch mitfahren. Geht voran.«

»Wir nehmen den letzten Bus da drüben.« Er stand weniger als fünfzehn Meter entfernt.

Bay ging mit Knox zusammen los, doch dann schloss sich Holden den beiden plötzlich an und begleitete sie zum Bus.

Mein Kiefer mahlte, und ich musste mich zwingen, ihn zu entspannen. Ich wollte nicht, dass Holden mitkam. Ich wollte nicht, dass er ständig an ihrer Seite war.

Auf dem Weg flüsterten die anderen »Heilige Scheiße« und warfen mir perplexe Blicke zu, weil wir alle zusammen im Bus sitzen würden.

»Entspannt euch mal«, presste ich hervor. »Wenn ihr nicht aufhört, euch wie Idioten zu benehmen, dann dreht sie gleich wieder um. Ihr benehmt euch, als wärt ihr noch nie einer Berühmtheit begegnet.«

»Nicht Bay. Sogar Berk singt Songs von ihr unter der Dusche.« Jules griff nach meinem Arm.

»Na schön. Gönnt euch euren kleinen Ausraster, aber dann versprecht ihr mir, dass ihr sie wie einen normalen Menschen behandelt.« So wie sich ihr Leben verändert hatte, schien das das Einzige zu sein, was fehlte. Normalität. Nicht dass mein Leben normal war, allerdings konnte ich meinen Alltag mit nur wenigen Fotos und Autogrammen bestreiten. Sie schien keinerlei zwischenmenschliche Interaktionen zu kennen, die irgendjemand als normal bezeichnet hätte.

Wir stiegen in den Bus, und der Fahrer schloss die Tür hinter uns.

Knox wanderte durch den Bus, als wäre das Fahrzeug ein Relikt aus der Vergangenheit, das erkundet werden musste. Bay setzte sich auf einen Zweisitzer drei Reihen hinter dem vordersten Platz.

Ich setzte mich auf den Dreisitzer daneben, der sich auf der anderen Seite des Ganges befand.

Berk und Jules wählten Plätze direkt hinter mir, während LJ und Marisa ganz nach hinten liefen, um sich Knox bei seiner Erkundungstour ins Reich der Schulnostalgie anzuschließen.

Bay beugte sich vor, und ihr Blick zuckte zum Ende des Busses. »Sorry, falls ich für unangenehme Stimmung sorge. Ich kann auch mit dem SUV fahren. Ich möchte dir nicht den Spaß mit deinen Freunden verderben.«

»Du verdirbst gar nichts. In ein paar Minuten haben sie sich wieder beruhigt. Sie haben mir versprochen, dass sie gleich aufhören werden, sich so seltsam zu verhalten. Ich schwöre dir, sie sind normalerweise nicht so.«

Ich hatte mich seitlich auf meinem Sitz niedergelassen, sodass meine Schultern auf der einen Seite das Rückenteil meines Sitzes und auf der anderen das vom Sitz vor mir berührten.

Ich hob die Arme, um sie auf die gepolsterten Kopfteile aus Vinyl zu legen. Waren diese Sitze schon immer so unbequem gewesen? Oder lag es daran, dass ich Bay so nahe war, ohne dass wir unter Beobachtung standen, und das an einem Ort, der all die Erinnerungen aus Greenwood wieder aufleben ließ?

Sie hatte ihre Beine ordentlich vor sich gestellt. Wenn sie sie wie ich in den Gang ausgestreckt hätte, dann würden sie meine streifen. Oder ihre Knie würden sich zwischen meinen befinden.

Sie zuckte die Achseln. »Berufsrisiko. Bin daran gewöhnt.«

Ich spürte einen Stich in der Brust.

Die Art und Weise, wie leicht sie es hinnahm, dass man sie nicht wie eine normale Person behandelte, tat mir im Herzen weh.

Also versuchte ich, mich an so etwas wie Normalität zu klammern.

»Wie war dein Tag?«

Sie klemmte die Hände zwischen ihre Knie. »Arbeit. Meetings. Telefonate. Wie immer halt. Und bei dir?«

»Ich habe morgens trainiert. Dann hatten wir ein Team-Meeting. Den Rest des Tages über hab ich versucht, den Leuten, die den heutigen Abend geplant haben, nicht im Weg zu stehen.«

»Die Arbeit, die deine Stiftung leistet, ist wirklich unglaublich. Es gibt so viele Kinder da draußen, die Hilfe brauchen.«

»Leider.« Ich sackte auf dem gepolsterten Sitz zusammen. Die Stiftung sollte gar nicht existieren müssen. Sie hätte überflüssig sein sollen, doch das war nicht der Fall. Ich hasste mich ein wenig dafür, dass ich in Kauf nahm, weniger zu verdienen, um in Wisconsin spielen zu können. Meine Antrittsboni steckte ich immer in die Stiftung. Wenn ich weniger Geld bekam, nur um endlich aufs Spielfeld zu dürfen, enthielt ich der

Stiftung damit Einnahmen vor, die für einen guten Zweck verwendet werden könnten.

Mein Egoismus gewann zwar, doch der Konflikt in meinem Inneren blieb bestehen. Vielleicht machte ich mir auch nur etwas vor. Womöglich war der Typ, für den ich mich hielt, nicht so toll, wie ich glaubte. Möglicherweise hatte ich die Dinge, die ich hatte überwinden wollen, gar nicht wirklich hinter mir gelassen.

Hier mit Bay zu sitzen holte die ganzen Risse und Fehler in den Fokus, dennoch fühlte ich mich unaufhaltsam von ihr angezogen. Ihre Anziehungskraft auf mich wirkte so unentrinnbar wie die Schwerkraft eines Planeten, und ich war nicht sicher, ob ich ihr entkommen wollte. Entweder würde ich sicher landen oder in ihrem Orbit verglühen.

Es wurde zunehmend schwerer, meine Vergangenheit zu verleugnen und damit auch die Gefühle, die sie in mir entfachte.

14

Bay

Die Fahrt im Schulbus brachte viele Gefühle aus der Highschool zurück. Ich war zwar meistens mit dem Fahrrad gefahren, allerdings hatte es da noch die heiß ersehnten Schulausflüge gegeben, für die die ganze Klasse in Sitze gezwängt wurde, die für Grundschüler gedacht waren. Das Geplapper hatte von den Metallwänden widergehallt, und die Aufregung darüber, einen ganzen Schultag zu verpassen, hatte die Luft scheinbar elektrisch aufgeladen.

Das gesamte Fahrzeug roch vertraut: nach dem Algebra-Unterricht der achten Klasse und Pausenbroten belegt mit Aufschnitt. So schrecklich das auch war, wirkte die Abwechslung dennoch erfrischend. Mit nur einem Dufthauch von Kantinen-Pizza verwandelte die Nostalgie mich in die siebzehnjährige Version meiner selbst.

Allerdings war die Fahrt heute Abend um einiges weniger laut als unsere damaligen Ausflüge zu Bauernhöfen oder Freizeitparks in der Umgebung.

Ich hatte nicht erwartet, Knox' vertrautes Gesicht zu sehen, doch aufgrund seiner Verbindung zu Keyton ergab es natürlich Sinn, dass er hier war. Er unterstützte seinen Freund.

Holden und Eric folgten uns im SUV. Ich fühlte mich ein wenig albern, dass ich darum gebeten hatte, mit den anderen im Bus zu fahren, während meine Aufpasser hinter uns herfuhren wie überfürsorgliche Eltern.

Doch der Bus war eine sichere Zone. Nur Keyton und seine Profi-Footballer-Freunde. Keine verrückten Fans oder Probleme mit Menschenmengen.

Unser Fahrer war allerdings ein Fan und fragte nach einem Autogramm. Das brachte ich schnell hinter mich und blickte dabei über meine Schulter, während der Rest noch auf dem Weg zum Bus war. Ich wollte auf keinen Fall, dass sie sich noch seltsamer in meiner Gegenwart fühlten, wenn wir doch bloß eine zwanglose Busfahrt zu einem meiner Auftritte machten … Okay, vielleicht nicht ganz so zwanglos, wie ich es gern gehabt hätte.

Nachdem alle eingestiegen waren, klopfte Holden an mein Fenster, um sicherzugehen, dass mit mir alles in Ordnung war. Das war die einzige Bodenwelle dich ich auf dem Weg zur Normalität noch nehmen musste. Wenn man einmal von der tatsächlichen Bodenwelle absah, die LJ und Marisa ordentlich durchschüttelte, weil sie auf den Sitzen direkt über dem Radkasten saßen und versuchten, durch das offene Fenster so viel Fahrtwind wie möglich abzukriegen. Sie lachten und zankten sich mehr, als ich es je bei einem Pärchen erlebt hatte. Doch der Ring an Marissas Finger und die vertraute Art, wie sie miteinander sprachen, löste eine Sehnsucht tief in meinem Herzen aus.

»Er hat uns erzählt, dass er dich kennt. Aber es hat eher so geklungen, als wärt ihr euch mal über den Weg gelaufen.« Berk mit den zerzausten Haaren und dem jungenhaften Benehmen, der wirkte, als hätte man einen Jugendlichen in den beeindruckenden Körper eines ausgewachsenen Mannes gesteckt, stützte seinen Arm auf dem gepolsterten Sitz vor sich ab. Sein Captain-America-Kostüm passte zu ihm, auch wenn es etwas zu eng schien. Jules saß neben ihm in einem krassen Vierzigerjahre-Peggy-Carter-Kostüm.

Knox hatte den Dreisitzer hinter Berk und Jules für sich beansprucht und die Beine auf der Sitzbank ausgestreckt.

»Wir kannten … kennen uns. Wir sind zusammen auf die Highschool gegangen. Ich, Keyton und Knox.« Ich zeigte auf Knox, der mit zwei Fingern salutierte. »Es ist großartig, dass ihr alle selbst nach dem College noch Freunde geblieben seid.«

LJ kam mit Marisa wieder zu uns nach vorne. »Wir haben im Senior Year zusammengewohnt. Wir vier.« Er zeigte auf Keyton, sich selbst, Berk und Marisa.

Ich wandte mich Marisa zu. »Wie war es so, mit drei Kerlen in einem Haus zu wohnen?«

»Es gab definitiv Höhen und Tiefen.« Sie lachte. »Für Keyton war es vermutlich am schlimmsten, oder? LJ und ich sind uns in dem Jahr ziemlich nahegekommen.«

Selbst im dunklen Bus konnte ich erkennen, wie Keyton knallrot anlief. »Ich habe keine Ahnung, wovon du sprichst.«

»Ach, komm schon. Keine einzige Erinnerung?« Grinsend beugte LJ sich über seinen Sitz zu Keyton hinüber.

Dieser warf sich den Arm vor das Gesicht und bedeckte sein rechtes Ohr, bevor er die andere Hand auf das linke legte. »Hör auf damit. Ich hasse euch beide.«

Ich stimmte in das Lachen mit ein und versuchte dabei, den anderen nicht den Spaß zu verderben, weil ich mich ausgeschlossen fühlte. Abgesehen von Spencer und Felicia hatte ich keinen Kontakt mehr zu Leuten aus dem College. Es war schwierig, mit Menschen befreundet zu sein, wenn jedes Gespräch damit anfing oder endete, dass sie mich um etwas baten. Felicia arbeitete als Professorin in New Orleans. Sie und Ethan hatten beide eine Stelle ergattert. Spencer hatte vor einem Jahr ein Demo-Tape aufgenommen, und seine Tour schien gut zu laufen.

Keyton hingegen hatte eine ganze Mannschaft an Gleichgesinnten, die ähnliche Erfahrungen gemacht hatten wie er und auf die er sich verlassen konnte.

Das zu wissen verstärkte lediglich mein Gefühl, wie viel ich verpasst hatte, weil ich ohne solche Menschen erwachsen geworden war. Ich war vom *Rolling Stone* nach dem Release meines letzten Albums als »ohnegleichen« bezeichnet worden – doch das war nicht immer etwas Gutes.

»Heilige Scheiße.« Marisa sprang auf und starrte mich mit großen Augen an. »Du bist das Mädchen.«

Ihr Ausruf schien alle zu verwirren, mich selbst eingeschlossen. Normalerweise wurde mir so eine Reaktion zuteil, nachdem es bei jemandem klick gemacht und man mich erkannt hatte. Jedoch nicht, nachdem so viel Zeit vergangen war, seit wir uns vorgestellt worden waren, und alle bereits wussten, dass ich tatsächlich *die* Sängerin war.

Jules hüpfte in ihrem Sitz auf und ab, während sie sich die Hände auf den Mund presste, nur um sie dann grinsend wieder sinken zu lassen. »Du bist diejenige, die Keyton ständig gezeichnet hat.«

Berk und LJ drehten sich zu mir um und sahen mich mit ganz neuen Augen. Dies war nicht der Fan-Blick von Fremden, den ich gewohnt war, sondern ein Du-bedeutest-jemandem-den-ich-kenne-sehr-viel-Blick. So war ich bis jetzt noch nie angeschaut worden.

Er hatte mich auf dem College so oft gezeichnet, dass andere mich allein anhand der Bilder erkennen konnten. Das erschütterte mich bis ins Mark. Unsere gemeinsame Zeit in L.A. war von so kurzer Dauer gewesen – kaum mehr als ein Wimpernschlag, wenn man die letzten sechs Jahre sowie die vier dagegenhielt, die wir auf dem College verbracht hatten. Doch sie hatte tiefe, wenn auch unsichtbare Spuren in mir hinterlassen. In ihm anscheinend ebenfalls. Dachte er noch genauso viel an mich wie damals?

Zeichnet er mich nach wie vor?

So viele meiner Songs handelten von ihm, und es verging kein Tag, an dem ich nicht an ihn dachte. Doch ich hatte das Gefühl, dass er über mich hinweg war. Dass er dazu entschlossen war, uns hinter sich zu lassen. Nun war mir nichts geblieben, außer mich selbst zu fragen, was aus uns hätte werden können.

Ich musste mich zusammenreißen, um nicht unangenehm berührt auf dem Sitz hin und her zu rutschen.

LJ fand zuerst seine Stimme wieder und schnippte mit den Fingern. »Das war *deine* Gitarre, mit der er immer rumgelaufen ist.«

»Du bist mit meiner Gitarre rumgelaufen?« Ich wandte mich an Keyton, der sich auf seinem Sitz wieder in den Schatten verkrochen hatte.

Seine Worte klangen gehetzt: »Nicht ständig. Manchmal habe ich sie zu Instrumentenbauern gebracht, um nachzufragen, ob sie sie reparieren könnten. Oder ich habe an anderen Gitarren geübt, damit ich deine nicht noch schlimmer zurichte, als ich es ohnehin schon getan hatte.«

»Du hast meine Gitarre repariert?« Mein Herz zog sich noch weiter zusammen. »Ich dachte, du hättest jemanden dafür bezahlt.«

Er zog den Kopf ein. »Die meisten haben gesagt, es wäre vergebene Liebesmüh und man könnte da nichts machen. Also habe ich das Ganze eben selbst in die Hand genommen.« Eine Schulter wurde gezuckt.

»Das muss ewig gedauert haben.« Ich hätte nur zu gerne meine Hand nach seiner ausgestreckt, um mit meinen Fingern über seine zu streichen, als wären die Splitter und Schrammen, die er sich bei der Arbeit zugezogen haben musste, noch immer sichtbar.

»Es hat viel zu lange gedauert. Ich habe ewig gebraucht, um überhaupt den Mut zusammenzunehmen und es zu versuchen.« Er starrte mich an, sein Blick durchschnitt das dämmrige Innere des Busses. Es war klar, dass er damit nicht all die Stunden meinte, die er über die zersplitterten Holzteile gebeugt verbracht hatte, um sie wieder zusammenzusetzen.

Berk stützte den Ellenbogen auf sein Knie, um das Kinn in die Hand zu legen und mich eindringlich zu mustern. »Ich kann einfach nicht glauben, dass mir nie aufgefallen ist, dass du das Skizzen-Mädchen bist.«

Marisa lehnte sich vor und ließ das Kinn auf der Rückenlehne des Sitzes hinter mir ruhen, keine dreißig Zentimeter von meinem Kopf entfernt. »War ja nicht so, als hätte er ständig mit seinem Skizzenblock herumgewedelt.«

»Ich habe nicht nur sie gezeichnet«, stellte Keyton klar. In jeder einzelnen Silbe schwang Unbehagen mit.

Also versuchte ich den Fokus des Gesprächs ein wenig umzulenken. »Zeichnest du noch?«

Er hörte auf, seine Freunde anklagend anzustarren, und seine Miene entspannte sich ein wenig. Sie taten schließlich nur das, was Freunde eben am besten können: dich bis auf die Knochen blamieren. »Ja. Manchmal male ich auch.«

Marisa lehnte sich wieder vor, diesmal klang sie allerdings vorwurfsvoll. »Du malst und erzählst mir nichts davon?«

Keyton lachte. »Meine Gemälde sind nicht gerade Galerie-Qualität. Wann glaubst du mir endlich, dass niemand was dafür zahlen würde?«

»Wenn es für einen guten Zweck wäre, vielleicht schon«, entgegnete sie hitzig.

»Sie sind nichts Besonderes. Ich mache das nur zur Entspannung.« Die Schüchternheit war zurück.

Ich ließ den Kopf gegen die Rückenlehne fallen. Wir hatten so viele Stunden in seinem oder meinem Zimmer verbracht, in denen er gezeichnet und ich in meinen Notizblock geschrieben hatte. Wir waren beide in der Lage gewesen, uns in unserer Kreativität verlieren zu können, ohne etwas voreinander verbergen zu müssen. »Du hast schon immer ein Talent dafür gehabt, einen Moment mit nur wenigen Bleistiftstrichen festzuhalten.«

LJ legte einen Arm um Marisas Schulter. »Du hast andere Zeichnungen von ihm gesehen? Uns zeigt er kaum was.«

Keyton musterte seine Freunde mit verengten Augen und erwiderte trocken: »Woran das wohl liegen könnte?«

Doch ich wollte, dass sie wussten, wie talentiert er war. Und ihm sollte das ebenfalls klar sein. »Wenn er nach der Highschool nicht mit dem Zeichnen aufgehört hat, dann müssen seine Skizzen inzwischen unglaublich sein. Er hat ganz alltägliche Dinge gezeichnet und genau das eingefangen, was sie besonders gemacht hat.«

»Ich habe einfach gezeichnet, was ich gesehen habe.« Mehr als einen Seitenblick wagte er nicht.

Berk rutschte vor und nahm dabei Jules mit sich, als wären sie an der Hüfte zusammengewachsen. »Wenn ich mit Bay zur Highschool gegangen wäre, würde ich jedes Gespräch mit dieser Information beginnen.«

»Mein erstes Album ist erst rausgekommen, nachdem wir das College abgeschlossen hatten. Damals hätte niemand einen Schimmer gehabt, wer ich war.«

Keytons Blick schnellte zu mir, und ich spürte, wie er über meine Haut wanderte. Nun war ich diejenige, die froh war, dass die schummerige Beleuchtung im Bus für genug Schatten sorgte, damit die Röte auf meinen Wangen nicht erkennbar war. Und sein Blick verriet mir, dass er gewusst hatte, wer ich war. Er hatte es immer gewusst.

»Wie läuft es so in dieser Saison?«

Marisa und Jules stöhnten. »Lass sie bloß nicht damit anfangen. Von der Sekunde an, als Keytons Trade vor der letzten Saison bekannt gegeben wurde, sind sie alle total aufgedreht, und zwar vor jedem Training und jedem Spiel. Ich schwöre dir, einige der Jungs haben auf ihren Regalen schon Platz für einen weiteren Championship-Ring geschaffen.«

»Bloß kein Druck«, murmelte Keyton vor sich hin.

»Alle sind sich in Bezug auf dich ziemlich sicher.« Ich senkte den Kopf, um ihm in die Augen sehen zu können. »Das muss ein großartiges Gefühl sein.«

»Wohl eher angsteinflößend. Ich möchte mein Team nicht enttäuschen. Vor allem möchte ich meine Freunde hier nicht enttäuschen, aber ich kann rein gar nichts tun, wenn ich nicht auf dem Feld bin.«

»Versprüh einfach weiterhin deine guten Vibes.«

Den Rest der Fahrt über bewegte sich das Gespräch von einem Thema zum nächsten: Filme, die Saison, Fernsehsendungen. Gewöhnliche Dinge, die ich einst für selbstverständlich gehalten hatte.

»Wir haben *House Hunters International* geguckt, und da wollte jemand ernsthaft wissen, ob ihre fahrstuhllose Pariser Wohnung aus dem 19. Jahrhundert ...«

»Einen Abfallschacht hat«, meldete ich mich zu Wort.

Marisa schlug auf die Stuhllehne. »Ja! Wie verrückt sind diese Leute?«

»Ich habe ein Budget von dreitausend Dollar und hätte gerne ein Haus am Strand ... Na, da hoffen wir doch sehr, dass du Buden von der Größe eines Schuhkartons magst.«

Der ganze Bus brach in Gelächter aus. Mit jedem Kilometer fiel die Anspannung weiter von mir ab, bis das Fahrzeug langsamer wurde und der Kies unter den Rädern knirschte.

Der Weg zur Farm war von Bäumen gesäumt gewesen, doch nun wurde der dunkle Kokon von Scheinwerfern durchbrochen, die ihr Licht hoch in den Nachthimmel warfen. Fahrgeschäfte, Zelte und eine Bühne hatten die flache Landschaft transformiert.

Es war beinahe Showtime. Für ein paar Minuten hatte ich vergessen, warum ich hier war, warum ich eingeladen worden war. Ich gehörte nicht zu der Freundesgruppe, die auf dem Weg zu einem unterhaltsamen Abend war. Ich war die Hauptattraktion dieses ganzen Zirkus, und Keytons Job bestand darin, sicherzustellen, dass ich auftrat.

Mehr war das Ganze nicht.

Doch im Bus hatten wir uns so locker unterhalten und gelacht. Sein Blick hatte meine Haut erhitzt. Sosehr ich das auch leugnen und vorgeben wollte, dass ich aus rein selbstlosen Gründen hier war, wünschte ich mir dennoch, dass er mich immer noch begehrte. Denn ich wollte ihn nach wie vor.

15

Bay

Holden, Emily, Gwen und Eric warteten am Fuß der Treppe. Ich verzog das Gesicht, da ich es hasste, wie sehr so etwas stets dafür sorgte, dass ich wie eine Diva wirkte und mich auch so fühlte. Ich wollte aus dem Bus steigen wie alle anderen auch und mich den zahlreichen Grüppchen von Gästen anschließen, die auf der anderen Seite des Farmgebäudes lachten, sangen und brüllten. Der Catering-Bereich und die übergroßen Klimaanlagen im hinteren Teil machten deutlich, dass es oft als Veranstaltungsort fungierte.

»Bay, Gwen kennst du ja bereits.«

Ein weiterer Mann kam durch die Hintertür herausgeeilt. Von Minute zu Minute wurde es hier voller.

»Und das sind Everest und Hunter von SWANK, der Firma für Veranstaltungstechnik.«

»Hey, Everest. Lange nicht gesehen.« Mein Lächeln wurde breiter, und ich umarmte ihn.

»Schön, dich zu sehen, Bay.« Er löste sich von mir. »Ich bin überrascht, dass du dieses Event noch dazwischenquetschen konntest. Ich weiß doch, wie sehr Maddy und Holden dich einspannen.« Als er Maddys Namen erwähnte, leuchteten seine grünen Augen auf. Irgendwann in nächster Zeit würde ich mich mal mit Maddy zusammensetzen müssen, um ihr all die

Details darüber zu entlocken, wie die beiden wieder zueinandergefunden hatten.

»Sie geben sich dabei alle Mühe.«

Holden räusperte sich. Richtig, wir mussten uns an den Zeitplan halten.

Ich schüttelte dem Rest der Anwesenden die Hand.

Gwen und Holden scheuchten uns alle ins Gebäude, und innerhalb weniger Minuten waren meine neuen Bus-Freunde verschwunden. Ich hatte gehofft, wir würden noch ein wenig zusammen abhängen können, aber der Zirkus um mich herum nahm kein Ende. Und ich konnte ihnen nicht verübeln, dass sie ihren Abend ohne das ganze Theater und den Aufruhr genießen wollten.

Zwischen all den Leute, die um mich herumwuselten, erspähte ich Keyton. Das ergab natürlich Sinn, schließlich handelte es sich um seine Veranstaltung. Kein Grund, sich etwas darauf einzubilden, dass er den freundlichen Gastgeber mimte.

Im Aufenthaltsraum legte ich meinen Mantel ab. Obwohl es ein wenig frisch im Zimmer war, schwitzte ich leicht. Tontechniker kamen herein, um alles mit mir abzusprechen. Ohne richtigen Soundcheck aufzutreten war riskant, doch wir hatten keine Zeit mehr dafür.

Also würde ich improvisieren müssen.

Ich wurde verkabelt und war wenig später bereit für die Bühne. Emily überprüfte noch kurz mein Make-up.

Jemand drückte mir ein Mikrofon in die Hand. Ich umklammerte das kühle Metall und wärmte es innerhalb weniger Sekunden mit meiner heißen Hand auf.

Es mochte zwar bereits Mitte September sein, sodass die Temperatur draußen entsprechend frisch war, aber ich glühte förmlich. Meine Nerven lagen blank. Mein Magen krampfte sich zusammen.

In diesem Augenblick wünschte ich mir, Keyton wäre nicht hier.

Holden hielt mir blitzschnell einen Abfalleimer hin.

Ich beugte mich vor. Das wenige Essen, das ich im Wagen zu mir genommen hatte, kam wieder hoch und brannte mir in Mund und Nase. Nachdem ich den Kopf aus dem Eimer gezogen hatte, nahm ich ein Taschentuch von Emily entgegen.

Bevor ich nach der Wasserflasche greifen konnte, wurde mir sanft eine Hand auf die Schulter gelegt. »Bist du in Ordnung?« Keyton starrte mich an, Sorge stand ihm ins Gesicht geschrieben.

»Wird schon. Ich kann trotzdem auftreten.« Ich nahm einen Schluck Wasser und spuckte ihn anschließend in den Eimer.

»Der Auftritt ist mir egal. Bist du in Ordnung? Fühlst du dich nicht gut?«

Emily gab mir ein Pfefferminzdragee und half mir mit meinem Lippenstift.

»Berufsrisiko.« Ich steckte mir das Dragee in den Mund und war froh darüber, dass der korallenrote Glitzer und das Makeup zumindest ein wenig der Schamröte überdeckten, die gerade über meinen gesamten Körper kroch.

»Wie oft kommt das vor?« Er blickte von mir zu Holden und Emily.

Beide schauten weg, da sie urplötzlich einen Platz für den Abfalleimer finden mussten.

»Fast vor jedem Auftritt.« Ich lachte leise, um die nicht gerade unerhebliche Demütigung zu überspielen, die ich empfand, weil ich mich vor ihm übergeben hatte.

»Fast?«

Ich zog den Kopf ein und zupfte an den Schuppen meines Kleides herum. »Vielleicht auch jedes Mal …«

»Du musst dich vor jedem Auftritt übergeben?«

»Ist keine große Sache, und es beeinträchtigt meine Performance nicht.« Ein kurzer Blick in den Spiegel. »Siehst du? So gut wie neu!« Ich klatschte seitlich in die Hände und setzte ein strahlendes Lächeln auf.

»Wir können noch etwas warten, wenn du Zeit brauchst.«

Das würde nur dazu führen, dass ich mich ein weiteres Mal übergab. Es war besser, wenn wir das Ganze so schnell wie möglich über die Bühne brachten. »Nein, lass uns loslegen.«

Das Bühnenpersonal und die Tontechniker machten einen kleinen Soundcheck durch den Ohrhörer, da wir den nicht auf der Bühne vornehmen konnten, weil das Publikum bereits anwesend war.

Keyton blieb in meiner Nähe.

Allerdings schien mein optimistisches Lächeln ihn nicht zu überzeugen.

Ich versuchte, es nicht zu sehr zu genießen, dass er sich um mich sorgte. Stattdessen redete ich mir ein, er wolle einfach verhindern, dass die Künstlerin, die bei seinem großen Event auftreten und anschließend noch ein Meet-and-Greet abhalten sollte, in letzter Minute absprang.

Je näher wir der Bühne kamen, desto kühler wurde es. Türen wurden aufgehalten, und ich wippte auf meinen Fußballen auf und ab, um mich ohne den Mantel, den ich auf dem Weg hierher getragen hatte, aufzuwärmen. Der Schweißfilm auf meiner Haut kühlte mich zusätzlich aus. Ich schwitzte, obwohl mir kalt war.

Keyton erkundigte sich ein weiteres Mal nach meinem Wohlbefinden.

Mit einem Lächeln nickte ich ihm zu. Vor den sieben Stufen, die auf die frisch aufgebaute Bühne führten, befand sich ein Vorhang. Die Begleitband bestand aus Leuten, mit denen ich schon einmal aufgetreten war.

Keyton blieb auf der obersten Stufe stehen und blickte zu mir zurück.

Mehr als einen Daumen hoch konnte ich nicht aufbringen. Gwen lief hinter ihm die Treppe hinauf. Von der Sekunde an, als der Vorhang zurückgezogen wurde, jubelte das Publikum, und Keyton betrat die Bühne.

Obwohl der Bereich offen gehalten war und die Veranstaltung nicht vor Leuten überquoll, wurden die Anfeuerungsrufe stetig lauter, während Keyton mich ankündigte.

»Bay!« Die Bühnenmitarbeiter hielten mir den Vorhang auf, und ich joggte auf die Bühne, wobei ich die Galle hinunterschluckte, die mir bei einer Solo-Performance wie dieser stets im Rachen brannte.

Es gab nichts zu befürchten, trotzdem konnte ich die panische Angst nicht vor dem ersten Song abschütteln. *Konzentrier dich auf die Musik.* Zügig brachte ich die Begrüßung und den Dank hinter mich, bevor ich mit dem ersten Song startete.

Die ganze Veranstaltung war um die Bühne herum aufgebaut worden. Fahrgeschäfte, Spiele, Essen und Bars umgaben den Bereich.

Der Auftritt verlief nahtlos. Obwohl ich keine Probe mit der Begleitband gehabt hatte, hatten sie keinen einzigen Takt vergeigt.

Das gesamte Publikum war auf den Beinen. Vom Riesenrad aus schrien und pfiffen Leute, die mit ihren Handykameras die Performance filmten. Diese Art von Party traf genau meinen Geschmack. Alle trugen Make-up und Masken, sodass es sich nicht anfühlte, als würden mich Hunderte von Menschen anstarren. Es handelte sich einfach um freundliche, schaurige und pelzige Freunde, die hier waren, um Spaß zu haben. Der Überfluss an Alkohol schadete ebenfalls nicht, und als ich bei meinem letzten Lied ankam, sangen alle lautstark mit.

Ich war noch nie auf einem vergleichbaren Event gewesen. In der Ferne startete ein Helikopter, um Partygäste auf einen Rundflug mitzunehmen. Die Lichter der Fahrgeschäfte brachten alles zum Leuchten. Es war ein Sommerjahrmarkt, eine Party und Halloween in einem.

Wir spielten fünf Songs, bevor ich die Ankündigung verlas, die auf der Karte stand, die Gwen mir gegeben hatte. Die stille Auktion würde bald enden, und ich warf noch einige zusätzliche Preise in den Topf: eine All-inclusive-Reise zu einem meiner anstehenden Konzerte und Tickets für die erste Reihe.

Ich blickte zur Seitenbühne hinüber. Holden verdrehte lachend die Augen und beugte sich zu Emily hinab, um ihr etwas ins Ohr zu flüstern. Daraufhin setzte sie sich umgehend in Bewegung, um irgendetwas zu organisieren. Und genau deshalb waren sie einfach die Besten.

Womöglich hatte meine Ankündigung dazu geführt, dass nun so einige Leute hastig zum Bereich der stillen Auktion liefen, der sich zwischen dem Skee-Ball- und dem Basketball-Stand befand. Der ultimative Preis für diese Spiele waren ein Stofftier-Einhorn und ein Plüsch-Taco in der Größe eines Erwachsenen.

Nachdem ich bereits zwei Zugaben gegeben hatte, verlangte das Publikum jubelnd nach einer weiteren. Ich wandte mich an die Band, und wir konnten uns auf einen Song einigen, den alle kannten. Völlig verschwitzt vom Auftritt – und nicht wegen meiner vorhergehenden Panik – verließ ich atemlos die Bühne und vibrierte förmlich vor Aufregung und Erleichterung. Eine weitere erfolgreiche Show mit einem zufriedenen Publikum.

Emily drückte mir eine Flasche Wasser in die Hand, und Holden reichte mir ein Handtuch.

Ich tupfte mir das Gesicht ab, damit ich das Make-up nicht

verschmierte, und trank die Wasserflasche in wenigen Schlucken aus.

»Jetzt noch das Meet-and-Greet und wir sind fertig.« Holden klappte das Cover seines Tablets zu. »Großartige Arbeit da draußen. Sie mussten zwei Zettel an die Liste für die Versteigerung deines Tour-Pakets dranhängen, weil die Leute immer weiter geboten haben.«

»Wahnsinn.« Ich stemmte die Hände in die Hüften und suchte den äußeren Backstage-Bereich nach Keyton ab, doch der Mann, der alle um einen ganzen Kopf überragte, war nirgendwo zu entdecken.

Er hatte heute viel zu tun, und mir musste nicht andauernd jemand die Hand halten.

Ich war voller Energie, also betrat ich den Meet-and-Greet-Bereich, um Hunderte von Fotos von mir machen zu lassen. Da ich all den Fans haufenweise fröhliche Fotos mitgeben wollte, schmerzten meine Wangen, als die Stunde vorüber war. Es war ein langer Tag gewesen, und ich konnte das Pochen in meinen Füßen nicht länger ignorieren.

Im inzwischen verlassenen Aufenthaltsraum ließ ich mich auf einen Sessel fallen. Seitdem Keyton mich auf der Bühne angekündigt hatte, hatte ich ihn nicht mehr gesehen. Ich wollte mich noch verabschieden. Vielleicht war es meine Art, dieses Mal zuerst zu gehen. Wir besaßen beide ein Talent für ziemlich dramatische Abgänge.

Ich wollte nicht einfach verschwinden.

Holden und Emily zeigten unentwegt auf das Tablet des jeweils anderen. Ich sank tief genug in den Sessel, um meinen Kopf anzulehnen und die Augen zu schließen. »Der Fahrer ist auf dem Weg zum Seiteneingang.«

Wenn ich jetzt meine Schuhe auszog, würde ich barfuß zum Wagen gehen müssen, denn meine Zehen würden eine Meuterei anzetteln, wenn ich versuchen würde, sie wieder einzusperren. Immer diese Entscheidungen.

Die Tür wurde geöffnet, und der gedämpfte Lärm der Party drang herein.

»Sorry.« Es war Keyton.

Das melodische Raunen seiner Stimme stellte verrückte und schmutzige Dinge mit mir an. Ich schoss kerzengerade nach oben und öffnete die Augen. »Hey.«

»Hey.« Er blickte zu Holden und Emily hinüber. »Gehst du schon, oder möchtest du dir noch die Party ansehen?«

Aufregung keimte in mir auf, wurde allerdings rasch wieder erstickt. So unterhaltsam das Ganze von der Bühne aus auch ausgesehen haben mochte, ich war praktisch ein Ein-Frau-Rollkommando, was ruhige Momente der Freude anging. »Schon okay. Ich möchte da draußen keine Szene verursachen. Ich bin nicht gerade unauffällig.« Vor allem nicht, nachdem ich heute Abend bereits in diesem Kostüm auf der Bühne gestanden hatte.

Hinter ihm wurde die Tür erneut geöffnet, und Gwen trat ein. Sie, Holden und Emily mussten auf eine ganz spezielle Schule für die Betreuung von Stars gegangen sein, da sie stets so wirkten, als wüssten sie exakt, was als Nächstes zu tun war.

»Das wird kein Problem sein.« Er spähte über seine Schulter. »Gwen, haben wir noch irgendwelche Kostüme übrig? Irgendwas, das Bay tragen kann, um unerkannt zu bleiben?«

Sie nickte. »Dafür kann ich sorgen.«

»Das ist wirklich nicht nötig. Ich weiß doch, dass du schon genug zu tun hast«, rief ich ihr nach, doch sie war bereits verschwunden. »Ich würde wahnsinnig gern noch bleiben, aber ich möchte niemandem zusätzliche Arbeit machen. Da draußen sind Hunderte von Leuten, und es gibt bestimmt genug Probleme, um die sie sich kümmern muss. Sie muss das nicht machen. Ich bin sicher, sie hat auch so alle Hände voll zu tun.«

»Ich weiß. Gwen ist mehr als zuverlässig, und SWANK kümmert sich um sämtliche Probleme – ob groß oder klein. Du hast uns einen riesigen Gefallen getan, und ein bisschen Spaß wäre das Mindeste, was dir zusteht. Wenn das okay ist …« Sein Blick driftete von mir zu Holden.

»Sehr gerne.« Ich stand auf und verzog vor Schmerz das Gesicht. Meine Zehen waren offenbar erbost über meine verfrühte Feier der Freiheit. Ich wünschte, ich hätte bequemere Schuhe mitgebracht.

Holden trat vor und nickte in Keytons Richtung, während der zu den Sofas auf der anderen Seite des Raums ging. »Bist du dir ganz sicher?« Er warf einen Blick über seine Schulter. »Als wir euch beide das letzte Mal alleine gelassen haben, sahst du im Anschluss nicht besonders glücklich aus.« Der brüderliche Beschützerinstinkt, den ich so an ihm liebte, meldete sich anscheinend lautstark zu Wort.

»Ich weiß. Aber Holden, wenn ich heute nicht mit ihm gehe, werde ich immer zurückblicken und diesen Moment bereuen. So angsteinflößend es auch ist und sosehr ich vielleicht riskiere, verletzt zu werden, ich kann das hier nicht *nicht* tun.« Mein Herzschlag beschleunigte sich. Mir wurde ein wenig schwindelig, wenn ich daran dachte, Zeit mit Keyton zu verbringen.

»Solange du nur nicht bereust, dass du nicht mit mir und Emily ins Auto gestiegen bist.«

Ich spähte zu Keyton hinüber, der sein Bestes dabei gab, so zu tun, als würde er uns nicht beobachten. »Werde ich nicht.« Ich klang wesentlich zuversichtlicher, als ich mich fühlte. Möglicherweise würde ich es bereuen, doch es gab keine andere Möglichkeit. Ich würde den Sprung wagen und mir später Gedanken um den Rest machen müssen.

»Dachte ich mir.« Er hielt mir mein Handy hin. »Das wirst du brauchen.«

Gwen kehrte mit verschiedenen Kostümen zurück. Zur Auswahl standen einige venezianische Halbmasken, eine Catwoman-Maske und eine Plastikmaske mit dazugehörigem Plüsch-Jumpsuit. Er war weich, warm und gemütlich – Wonder Woman in Form eines Schlafanzugs, komplett mit ihrem Kostüm und hautfarbenem Stoff an Armen und Beinen. Vielleicht sollten alle meine Bühnenoutfits ab jetzt so aussehen. »Das hier.«

Im Badezimmer zog ich schnell mein Kostüm aus und schlüpfte in das andere, das sich anfühlte wie eine warme Umarmung. Ich steckte mein Handy in die Tasche – ja, es hatte Taschen! – und machte den Reißverschluss zu. Mit einem Haargummi aus Emilys Zaubertasche band ich mir die Haare hoch. Meine Füße schrien vor Schmerz, als ich sie zurück in die Pumps schob. Vielleicht würde ich sie später ausziehen und meine Füße vom kalten Boden betäuben lassen.

Ich schälte mir die großen Glitzerdekorationen vom Gesicht und schrubbte das Make-up mit Wasser und Seife ab. Allerdings hatte ich schon vor langer Zeit gelernt, dass Glitzer dazu gemacht war, die Ewigkeit zu überdauern. Ich tat, was ich konnte, ohne den industriellen Make-up-Entferner zur Verfügung zu haben, der sich in meinem Hotelzimmer befand.

Als ich die Tür öffnete, blieb ich abrupt stehen.

Keyton wartete davor. Seine breiten Schultern füllten den Türrahmen aus. Seine Anwesenheit brachte mein Herz wie immer zum Rasen. Er ließ sich vor mir auf die Knie sinken. »Ich dachte mir, du könntest die hier vielleicht gebrauchen.« In seiner linken Hand hielt er ein paar flache Schuhe.

Ich hätte weinen können.

Er nahm meinen rechten Fuß in eine Hand und zog den Pumps aus. Die Erleichterung war umgehend zurück.

Seine starken Finger kneteten meine Fußsohle in einer viel zu kurzen Massage. Auch meine Zehen bekamen ein wenig Aufmerksamkeit.

Er ließ meinen Fuß in den schwarzen, gepolsterten Schuh gleiten und wiederholte die angenehme Tortur an meinem linken Fuß. Nachdem er meine Pumps aufgehoben hatte, trat er zurück, damit ich an ihm vorbeigehen konnte.

Ich wollte nicht an ihm vorbeigehen. Ich wollte mit ihm in der kleinen dunklen Nische vor dem Badezimmer bleiben.

Doch auf der anderen Seite der Wand befand sich ein Raum voller Leute, und mir blieb sicher nicht viel Zeit, bis irgendetwas passierte, das dafür sorgen würde, dass ich das Event verlassen musste.

Da ich keine Minute verschwenden wollte, eilte ich zurück in den Aufenthaltsraum.

Alle standen wartend da und beobachteten uns.

Keyton überreichte Emily die Pumps.

Bitte lass sie nicht sagen, dass ich da nicht rausdarf.

Ich rieb mit den Händen über meine flauschigen Wonder-Woman-Beine. »Kann's losgehen?«

»Wenn du dir ganz sicher bist.« Holden steckte sein Handy weg. »Wir können noch eine Weile bleiben, wenn du möchtest. Falls du Verstärkung brauchst.«

Keyton trat vor. »Sobald der SUV wegfährt, werden alle denken, Bay wäre ebenfalls weg. Ich lasse nicht zu, dass dir was passiert.« Er streckte mir eine Hand entgegen. »Vertrau mir.«

Ich sah ihm in die Augen und legte meine Hand in seine. »Ich komme klar, Holden.« Ich konnte den Blick nicht von Keyton abwenden.

Seine Fingerspitzen strichen über die Innenseite meines Handgelenks. Sein Ausdruck sagte mir alles, was ich wissen musste. Ich konnte ihm vertrauen. Er würde nicht von meiner Seite weichen. Und ich würde es bereuen, wenn ich jetzt ging, ohne diese Zeit mit ihm zu nutzen.

Wir schlenderten zur Tür, von wo aus ich noch über meine Schulter rief: »Ich habe mein Handy dabei, Holden. Wird schon schiefgehen.«

Ohne auf eine Antwort zu warten, traten wir durch die Tür nach draußen. Keyton ging vor.

Eric und Holden blieben zurück. Die Tür zum Aufenthaltsraum schloss sich hinter uns.

Aufregung und Nervosität lieferten sich einen verbissenen Kampf in meinem Bauch.

Keyton marschierte mit erhobenem Haupt durch das Farmgebäude und verschwendete keinen Gedanken daran, was auf der anderen Seite der Tür lauern könnte.

Erst da fiel mir auf, wie sehr ich mich von dem Leben entfernt hatte, das ich früher einmal geführt hatte. Die meisten Leute rechneten nicht jederzeit mit einem Desaster, nicht einmal berühmte Menschen wie Keyton.

Die Geräusche von draußen wurden lauter, als wir uns näherten. Er schob die Türen auf und bedachte mich grinsend mit einem Blick über die Schulter.

Ich packte seine Hand fester und bedeckte sie mit meiner anderen. Es war, als säße ich in einem Auto, das gerade auf den Parkplatz eines Freizeitparks fuhr, die Hände im Sitz festgekrallt und hibbelig vor Aufregung, weil ich gleich einen Riesenspaß haben würde – endlich.

Auf dem Rasen draußen funkelten die Lichter, Lachen und Schreie erfüllten die Luft. Der Rest der Gang stand in der Nähe.

Keyton flüsterte mir ins Ohr: »Ich habe ihnen gesagt, dass du noch bleibst. Ich hoffe, das war okay.«

Die Haare an meinen Armen stellten sich auf, weil er mir beim Sprechen so nahe kam und ich seinen vertrauten Geruch wahrnahm. »Wird bestimmt lustig. Ich bin sicher, du möchtest auch mit deinen Freunden abhängen.«

»Und mit dir.« Er hatte meine Hand noch immer nicht losgelassen, und ich hatte ebenfalls keinerlei Anstalten gemacht, ihm meine Finger zu entziehen. Allerdings waren seine Freunde nicht weit entfernt, und die vertraute Geste könnte zu Fragen führen, die zu beantworten ich nicht bereit war.

Neben den Fahrgeschäften war ein richtiger Jahrmarkt aufgebaut worden, mitsamt manipulierten Spielen und haufenweise Junkfood. Mein Kopf füllte sich mit Bildern von frittierten Köstlichkeiten, und mir lief das Wasser im Mund zusammen.

Marisa zeigte auf mein Outfit. »Du bist die kuscheligste Wonder Woman, die ich je gesehen habe.«

»Warm ist es auch. Und ich habe Taschen.« Ich entzog mich Keytons Griff und steckte beide Hände in die Taschen.

Die Körperhaltung, mit der er neben mir stand, kam einer Ansage gleich, so als wollte er mich herausfordern, weil ich ihm meine Hand entzogen hatte. Normalerweise war mein Leben komplett durchgeplant, wobei ich meistens wenig Ahnung hatte, was als Nächstes anstand. Doch heute Abend gab es keinen Plan, und ich wusste nicht, was das hier bedeuten würde. Das hieß allerdings nicht, dass ich keinen Spaß haben oder nicht jeden einzelnen Moment genießen konnte, egal was die Morgensonne bringen würde.

»Was möchtest du zuerst machen?«

Hinter jeder Ecke warteten bunte Lichter, Lachen und Kindheitserinnerungen. »Irgendwas. Alles.«

Mit einer kompletten Gruppe von Freunden, wie ich sie in der Highschool nie gehabt hatte, liefen wir über den Jahrmarkt.

Wir benötigten kein Geld für die Fahrgeschäfte, und das hellgrüne Schlüsselband diente als VIP-Pass für Getränke. Wir stellten uns für das Round-up an, das manche auch Affenkäfig nannten und wie eine Zentrifuge funktionierte. Kurz darauf wurden wir durch die Fliehkraft mit dem Rücken gegen das Gitter gepresst, während »Welcome to the Jungle« aus den Lautsprechern dröhnte.

Wir rannten von einer Attraktion zur nächsten und erzählten uns Witze und Geschichten zur Unterhaltung, während wir warteten, bis wir an der Reihe waren, das nächste übelkeiterregende Fahrgeschäft zu besteigen. Meine Wangen schmerzten vor Lachen, auch wenn meine Verkleidung das meiste davon verbarg. Dank meiner Maske konnte ich Keyton beobachten, ohne das Gefühl zu haben, dass es alle mitbekamen.

Ich musste mein Lächeln nicht verbergen, als ein paar Partygäste mich darum baten, ein Foto von ihnen mit Keyton und den anderen Jungs zu machen. Es war schön, zur Abwechslung mal auf der anderen Seite der Kamera zu stehen.

Es war deutlich zu erkennen, wie wohl er sich inzwischen in seiner Haut fühlte, wie unbeschwert er lachen konnte, wie wichtig er seinen Freunden war und wie viel sie ihm bedeuteten.

Tränen traten mir in die Augen, doch ich blinzelte sie fort und zwang mich dazu, nicht emotional zu werden. Endlich hatte er eine Familie gefunden, die nicht einmal durch eine sechsjährige Trennung und diverse Umzüge quer durchs Land hatte entzweit werden können. Endlich hatte er ein wenig Frieden gefunden.

Wir saßen nebeneinander in der Achterbahn und hatten die Hände in die Höhe gestreckt. Ich saß neben ihm eingezwängt auf der Sitzbank, legte den Kopf auf seine Schulter und sog jeden einzelnen Moment in mich auf.

Daraufhin ließ er seinen Kopf auf meinen sinken. Ein sanftes Gewicht. Worte, die ausgesprochen wurden, ohne dass wir den Mund öffnen mussten.

Ich habe dich so sehr vermisst.

Eine Sehnsucht, die ich die ganze Zeit über nicht hatte zulassen wollen, traf mich voller Wucht – wie zwei Trucks, die mit hundert Stundenkilometern aufeinanderprallten. Ich vermisste ihn. Ich vermisste es, mit ihm zusammen zu sein, mit ihm zu lachen, ihn zu kennen.

Meine Füße rebellierten nicht länger, dafür jedoch meine Beine. Und dennoch wollte ich auf keinen Fall aufhören. Dies war einer der wenigen Momente, bei denen ich mal nicht von meinem Team umgeben war oder allein in meinem Hotelzimmer hockte. Das letzte Mal war so lange her, dass ich mich kaum noch erinnern konnte.

Der Stand mit den Beignets und den Crêpes würde mein Tod sein. Und vermutlich hätte ich nicht auf den Tilt-A-Whirl gehen sollen, nachdem ich schätzungsweise ein halbes Kilo Puderzucker und Nutella verspeist hatte.

Wir brachen alle auf Bänken zusammen. Keyton saß neben mir, ein wenig verschwitzt und sehr glücklich.

So glücklich war ich schon lange nicht mehr gewesen.

Ich wollte nicht, dass dieser Abend zu Ende ging. Ich wollte nicht, dass meine Zeit mit ihm ein Ende nahm, doch würde sich das alles bei Tageslicht noch genauso magisch anfühlen wie in diesem Augenblick?

16

Keyton

Bay musste müde sein. Im Aufenthaltsraum hatte sie gewirkt, als wäre sie kurz vorm Einschlafen. Ich hatte dort nach ihr gesehen, mit der Angst im Nacken, dass sie schon gefahren sein könnte. Doch so erschöpft sie auch ausgesehen hatte, ich hatte nicht gewollt, dass der Abend mit einem Handschlag und einem »Danke fürs Kommen« endete.

Also hatte ich sie darum gebeten, mit mir nach draußen zu gehen. Ich hatte fest damit gerechnet, dass einer ihrer Aufpasser dazwischengehen und es verbieten würde. Doch sie hatte sich zuerst zu Wort gemeldet.

Zu sehen, wie sie ohne die Last der Persönlichkeit, zu der sie geworden war, Spaß hatte, sprach einen Teil von mir an, der sich danach sehnte, ihr die Welt zu Füßen zu legen. Ihr etwas zu geben, was ihr niemand sonst bieten konnte. Das hier war allerdings nur ein Abend.

Ein Abend, an dem sie mit meinen Freunden abhängen konnte und mich mit ihrem Geschrei auf dem Free-Fall-Tower beinahe taub hatte werden lassen. Ein Abend, an dem wir uns nahe sein konnten.

Während ich mit Bay, Knox, LJ und Marisa sowie Berk und Jules über das Veranstaltungsgelände lief, fühlte es sich an, als würden wir uns in einem Paralleluniversum befinden, in dem wir alle gemeinsam aufgewachsen waren. Wir waren wieder achtzehn und hingen auf dem Herbstjahrmarkt ab, lachten und alberten herum, ohne uns um irgendetwas Gedanken machen zu müssen.

Genau diese Vergangenheit wünschte ich mir, es war jedoch meine wahre Vergangenheit, die mich zu diesem Moment geführt hatte.

Der Lärm der Rotoren des Hubschraubers auf der anderen Seite der Farm jagte mir einen Schauer über den Rücken. Meine Muskeln verkrampften sich, und ich kämpfte gegen die Säure an, die aus meinem Magen aufstieg.

Bay hüpfte auf und ab und drückte meinen Arm. »Ein Helikopter-Labyrinth? Kann mir jemand erklären, was genau das ist?« Hinter der Maske weiteten sich ihre Augen.

Marisa zog sie nach vorn. »Keine Ahnung. Lass es uns rausfinden.«

»Ich dachte, es wäre einfach nur ein Rundflug. Aber das klingt großartig. Lasst uns gehen.« Sie versuchte, mich in den abgesperrten Landebereich zu ziehen, doch meine Beine rührten sich nicht.

Knox sprang dazwischen. »Bay, ich habe schon den ganzen Abend versucht, dich mal für ein paar Minuten für mich zu haben, um mit dir zu quatschen. Wie wär's, wenn wir das zusammen machen?«

Mein Blick konzentrierte sich auf die surrenden Rotorblätter des Hubschraubers. In meinem Magen brodelte es, mein Atem ging schneller, und mein gesamter Körper versteifte sich. Der Helikopter schwankte vor und zurück, schwebte kurz in der Luft, bevor er mit seinen Kufen auf dem provisorischen Landeplatz aufkam.

Panik stieg in mir auf und wickelte ihre Finger der Furcht fest um meine Kehle.

Marisa meldete sich zu Wort, ihre übermäßig fröhliche Stimme klang, als käme sie vom anderen Ende eines Tunnels. »Lasst uns ein Mädels-Ding daraus machen. Die Männer können uns mehr Funnel Cake holen.«

Bay musterte mich. »Ist es okay, wenn ich mit ihnen gehe? Knox, für dich auch? Danach können wir uns unterhalten.«

Er nickte. »Keine Sorge. Wollte nur ein bisschen quatschen, das können wir auch ein anderes Mal machen.«

»Keyton?«

»Alles gut. Hab Spaß mit den beiden. Im Anschluss können wir euch beim Skee-Ball fertigmachen und den riesigen Plüsch-Taco gewinnen.« Meine Stimme war angespannt.

Der Hauch einer Frage lag in ihrem Blick.

Mir stockte der Atem, und ich versuchte, die Anspannung in meinen Muskeln zu lösen. Ich schenkte ihr ein Lächeln, um meine Panik zu überspielen, doch vermutlich erinnerte der Ausdruck eher an ein Serienkillergrinsen. Ich leckte mir die Lippen und räusperte mich.

»Im Ernst, wir stehen hier mit glühend heißem Funnel Cake bereit, sobald ihr landet.«

Sie lächelte und ließ sich von Marisa und Jules mitziehen. Ihre Finger strichen kurz über meine Anzugjacke.

Ich wünschte, es wäre meine nackte Haut gewesen.

Sie rannten unter den surrenden Rotorblättern hindurch zum Hubschrauber, und schon wurde die Tür hinter ihnen geschlossen.

Ich war kurz davor, die Hände auf die Knie zu stützen, um nicht das Bewusstsein zu verlieren.

Knox legte mir eine Hand auf die Schulter. »Ihr passiert nichts. Sie ist absolut sicher.«

»Immer noch nicht bereit für einen Helikopterflug?« LJ drückte seinen Arm gegen meinen.

»Eine Nahtoderfahrung reicht mir fürs ganze Leben.«

Berk stellte sich auf meine andere Seite, als würde er befürchten, dass meine Beine unter mir nachgeben würden, nur weil ich mich in der Nähe eines Hubschraubers aufhielt. »Du hast immer noch Angst, in einen Helikopter zu steigen, nachdem du mit so einem Teil Tausende von Metern in die Tiefe gestürzt bist, weil der Motor versagt hat?« Sein Versuch, einen Witz zu reißen, scheiterte.

»Ich bleibe lieber bei kommerziellen Flugzeugen mit mehreren Motoren.« Nachdem die Sightseeing-Tour über den Grand Canyon vor drei Jahren fast in einer Katastrophe geendet war, hatte es sich angefühlt, als hätte ich eine ganze Woche lang meine Finger nicht mehr entspannen können. »Lasst uns den Funnel Cake für die Mädels holen.«

Ich behielt den Blick gen Himmel gerichtet. Die Angst schnürte mir die Kehle so fest zu, dass ich nicht sprechen konnte. Lauter Szenarien darüber, was alles schiefgehen konnte, spukten mir im Kopf herum, und mir platzte fast der Schädel. Wenn ihr etwas zustieß …

Knox' Griff an meiner Schulter wurde fester. »Atme, Mann. Ihr geht's gut.«

Ich riss den Blick vom Himmel los und starrte Knox entgegen. »Das kannst du nicht wissen.«

»Du hast recht. Tue ich nicht, das kann keiner von uns. Aber sie wird sicher landen. Und du wirst ihr bloß einen riesigen Schreck einjagen, wenn du sie umwirfst, sobald sie aus dem Helikopter steigt. Beruhig dich.«

Ich schloss die Augen und atmete die irrationale Panik weg, indem ich jedes einzelne der Szenarien beiseiteschob. Niemandem wäre geholfen, wenn ich in den wenigen Minuten, die sie unterwegs war, durchdrehte.

Der Lärm der Menschenmenge drang allmählich wieder

zu mir durch, und die hektischen, knappen Atemzüge wurden langsamer und gleichmäßiger. Die Partygäste um mich herum drifteten immer weiter in die Betrunkenheit ab, während sie ihre eigene Großzügigkeit feierten. Ich nahm es ihnen überhaupt nicht übel, denn das Geld, das wir einnahmen, während sie ihre Hemmungen beim Auktionsstand verloren, würde im kommenden Jahr – und vielleicht sogar darüber hinaus – viel Gutes bewirken.

Eine Weile lang hatte ich mir Sorgen darum gemacht, was passieren würde, wenn ich die Stadt mitten in der Saison verließ. Die Jungs im Regen stehen zu lassen war ganz und gar nicht meine Absicht, doch ich musste diesen Schritt wagen. Es gab ohnehin keine Garantie dafür, dass wir nach dieser Saison noch zusammen spielen würden.

Allerdings musste ich mir darüber nicht länger den Kopf zerbrechen. Ernie hatte mich angerufen und mir mitgeteilt, dass Wisconsin bereits die Gehaltsobergrenze für dieses Jahr erreicht hatte und selbst meine Mindestforderung nicht würde erfüllen können. Damit waren meine Hoffnungen dahin. Das Geld, das ich hier einnahm, würde gut angelegt werden, und die Stiftung würde mit dem Planen anfangen, sobald die Einnahmen gezählt waren.

Hier mit den Jungs, Marisa und Jules abzuhängen war nicht das Schlimmste auf der Welt. Sondern das Beste. Möglicherweise war dies das Zeichen, das ich brauchte, um endlich damit aufzuhören, nach meiner Chance Ausschau zu halten, mich auf dem Feld zu beweisen, und mich stattdessen auf das zu konzentrieren, was mir am wichtigsten war.

Als der Hubschrauber landete, stand ich neben dem abgesperrten Bereich.

Bay kam auf mich zugerannt und warf die Arme um mich. »Wir haben es gelöst!« Sie presste ihr Gesicht gegen meine Schulter und zerdrückte dabei ihre Maske ein wenig. Sie hob den Kopf, schob sich das Ding auf die Stirn hoch und strahlte mich vor Begeisterung an. »Wir haben unsere Leute am Boden durch das Labyrinth geführt und das ganze Team durchbekommen, ohne einmal zurückgehen zu müssen.« Sie warf die Hände in die Luft und imitierte eine jubelnde Menge.

Hinter uns gingen Menschen vorbei.

Ich spannte den Rücken an, da ich sie abschirmen wollte.

»Freut mich, dass du Spaß hattest.« Ich schob ihre Maske wieder an ihren Platz.

Ihre Finger flogen zu ihrem Gesicht, und ihr Blick zuckte wild.

»Keine Sorge, niemand hat was gesehen.«

Sie nickte. »Einen Moment lang habe ich nicht dran gedacht.«

Mein Herzschlag beschleunigte sich angesichts des Frusts darüber, dass sie überhaupt an so etwas denken musste.

Knox verabschiedete sich als Erster, da er für eine Show morgen Nachmittag zurück nach Hause musste. Noch dazu würde er von den ganzen Schoko-Cookie-Martinis, die er getrunken hatte, einen ordentlichen Kater haben.

Ich umarmte ihn.

Er klopfte mir auf den Rücken. »War schön, dich zu sehen, Mann. Lass es mich wissen, wenn du irgendwas brauchst, und berichte mir ab und zu, wie es dir geht.« Er ließ mich los und blickte zu Bay. Seine Skepsis war nachvollziehbar, wenn man bedachte, dass er das Einzige gewesen war, was mich vom kompletten Zusammenbruch abgehalten hatte, nachdem sie mich das letzte Mal verlassen hatte. Dieses Mal befand ich mich allerdings nicht in dem absolut desaströsen Zustand wie damals. Ich war zwar immer noch kein Paradebeispiel für Gelassenheit und psychische Gesundheit, aber wenigstens stand ich nicht ständig kurz vor dem Sturz in den Abgrund.

»Ich komm klar. Versprochen.«

Er stieß einen Laut aus, der nicht sehr überzeugt klang, beließ es jedoch dabei.

Der Abend steuerte auf das Ende zu. Als Marisa auf den Tilt-A-Whirl ging, nachdem sie ihre dritte Portion Zuckerwatte verputzt hatte, entgleiste das Ganze ein wenig.

LJ legte ihr einen Arm um die Schulter. »Ich sollte sie nach Hause bringen. Danke für den schönen Abend. Und war nett, dich kennenzulernen, Wonder Woman.«

Während Marisa sich an ihn kuschelte, wirkte sie, als wäre sie nur einen Dufthauch von Funnel Cake davon entfernt, den Boden mit einem beeindruckenden kulinarischen Comeback neongrün einzufärben. Sie murmelte einen Abschied.

»War auch schön, euch kennenzulernen. Gute Besserung, Marisa.« Bay stand seitlich vor mir. So nahe, dass meine Brust bei jedem Atemzug ihren Arm berührte.

»Wir machen uns auch auf den Weg.« Berk nahm Jules' Hand und verschränkte ihre Finger miteinander. »Wir sehen uns beim Training.«

»Bye, Keyton und Wonder Woman. Wir hatten sehr viel Spaß.«

»Ich ebenfalls. Und ich bin froh, euch beide kennengelernt zu haben. Vielleicht sehen wir uns irgendwann wieder.« Ihr Kinn bewegte sich in Richtung ihrer Schulter, so als würde sie meine Reaktion darauf sehen wollen, doch ihre Maske hinderte sie daran, Blickkontakt zu mir herzustellen.

»Das wäre der Wahnsinn.« Jules strahlte.

Sie verschwanden in der Menschenmenge, die sich trotz der frühen Morgenstunde noch hier tummelte und sich kein bisschen von den fallenden Temperaturen beirren ließ.

Als ich meine Hand in Bays gleiten ließ, schoss mir ein Stromschlag den Arm hinauf, und ein erwartungsvolles Kribbeln machte sich unter meiner Haut breit. Ich begleitete sie zum Veranstaltungszentrum zurück.

Ihre Schritte waren genauso schnell wie meine. Wir eilten auf irgendetwas zu. Auf was, wusste ich nicht, und ich war auch nicht sicher, ob ich eine Vorwarnung wollte.

Mit einer Hand schickte ich Gwen eine Nachricht, damit sie uns einen Wagen besorgte.

Sie antwortete umgehend. Wir hatten noch fünf Minuten, bevor uns der Wagen abholen und der Moment vorüber sein würde. »Der Wagen ist in fünf Minuten hier.«

Fünf Minuten.

Der Aufenthaltsraum war leer und dunkel, bereit für das Putzkommando, das morgen früh hier einfallen würde.

Nachdem ich die Tür geschlossen hatte, wirbelte ich sie herum und drückte sie mit dem Rücken an die Wand. Ich strich mit den Fingern über ihr Kinn, bevor ich ihr die Maske hochschob.

Mit einem ausgehungerten Blick in den Augen starrte ich in ihre, in denen der gleiche Hunger zu erkennen war.

Ich stützte meine Arme neben ihrem Kopf an der Wand ab.

Ihre weichen, glänzenden Lippen schienen mich magisch anzuziehen. An ihrem Mundwinkel klebten ein paar Körner vom Zimt-Zucker, um mit der Süße ihrer Lippen zu konkurrieren. Jener Lippen, die ich seit über sechs Jahren nicht geküsst hatte, von denen ich jedoch immer noch träumte. »Wann bist du das letzte Mal geküsst worden?«

»Vor oder hinter der Kamera?« Ihr Blick huschte von meinem Mund zurück zu meinen Augen.

»Ein richtiger Kuss.« Ich senkte die Stimme. Schauspieler aus Musikvideos oder Parfümkampagnen interessierten mich nicht. Ich wollte wissen, wann ein Mann ihr das letzte Mal dieses Gefühl beschert hatte, das nur von weiteren Berührungen befriedigt werden konnte.

»Ein Kuss, der auf deinen Lippen verweilt und sich in deine Erinnerung einbrennt.«

Ihr Atem stockte. »Vor sechs Jahren, zwei Monaten und achtundzwanzig Tagen. In der Nacht …« Sie bekam nicht die Chance, den Satz zu beenden.

Mein Mund kollidierte mit ihrem. Hitze flammte zwischen uns auf, angestaute Leidenschaft, die ich zu verleugnen versucht hatte, seitdem ich sie das erste Mal gesehen hatte. Ein hungriges Drängen hämmerte in meiner Brust, als würde mein Herz versuchen, einen Putsch durchzuführen, um auszubrechen.

Ihre Finger zogen an den Haaren in meinem Nacken, und ich presste sie stärker an die Wand, in dem Versuch, uns miteinander zu verschmelzen.

Meine Hüften drückten gegen ihre.

Sie wand sich und schlang die Beine um meine Taille.

Ich wiegte mich an ihr, und die Reibung erhitzte meinen Körper nur zusätzlich. Meinem Schwanz gefielen die Barrieren zwischen uns ganz und gar nicht.

»Ich hätte den Rock anbehalten sollen«, hauchte sie zwischen den sengenden Küssen an meinem Mund.

Mir war so heiß, dass es sich anfühlte, als hätte mir jemand flüssiges Feuer in die Adern gespritzt.

Mit den Händen an ihrem Po hielt ich sie fest an mich gepresst und rieb mich an ihr.

Ihr Keuchen verwandelte sich in Stöhnen, und ihr Griff an meinem Nacken wurde fester. »Das wollte ich schon den ganzen Abend über machen«, flüsterte ich heiser an ihrer Wange.

»Ich wollte schon den ganzen Abend über, dass du genau das machst.« Sie klammerte sich an mich und blickte mir in die Augen. »Nimmst du mich mit zu dir?« Eine Frage, die so direkt war, dass wir genauso gut splitternackt draußen in der kalten Herbstnacht hätten stehen können.

Hatten wir für heute Abend Feuerwerk bestellt, oder spielte sich das Ganze nur in meinem Brustkorb ab? Ich kam mir vor wie bei einer National Championship mit Konfettikanonen, die in alle Richtungen abgefeuert wurden. Sie war die wunderschönste Frau, die ich je gesehen hatte. Und ich würde auch nie einer schöneren begegnen.

»Das musst du gar nicht fragen.« Ich überfiel ihre Lippen mit einer Wildheit, die nur sie in mir hervorbrachte. Unsere Körper bebten, Vibrationen wanderten an meinem Schaft entlang und machten es mir fast unmöglich, daran zu denken, dass wir jederzeit erwischt werden konnten.

»Ich glaube, das ist dein Handy. Außer du schleppt einen Vibrator in deiner Hosentasche rum.« Sie grinste und löste die Beine von meinen Hüften.

Das hartnäckige Brummen in meiner Hosentasche war mir völlig entgangen. Ich knurrte mein Handy an, als ich es aus der Tasche zog. »Der Wagen ist da.«

»Dachte ich mir.« Sie lächelte und hob ihre Maske auf, die auf den Boden gefallen war.

Im Auto pressten wir uns aneinander, als säßen wir in einem zweitürigen Honda aus den Neunzigern. Unsere Finger streiften sich.

Sie spähte zu mir herüber. Mit nur einem Blick brachte sie mein Herz zum Stocken, mein Blut zum Kochen und stachelte den Hunger in mir bis ins Unermessliche an.

Ich behielt den Blick auf den Fahrer gerichtet, als ich mich zur ihr hinüberbeugte, mit meinen Lippen ihr Ohrläppchen liebkoste und ihre Ohrmuschel kitzelte, während ich flüsterte: »Nur gut, dass du einen Ganzkörperoverall anhast.«

Sie zitterte, obwohl die Heizung voll aufgedreht war. Auch ihr Blick huschte zum Fahrer, während sie sich auf die Lippe biss.

»Willst du damit sagen, du willst nicht, dass ich dir hier mit der Hand einen runterhole?« Ihr unschuldiger Tonfall ließ das bisschen Blut, das sich noch in meinem Kopf befunden hatte, geradewegs in meinen Schwanz schießen.

Ihre Worte waren neckend, doch ich würde nichts tun, was das Rampenlicht, in dem sie sich pausenlos befand, noch intensiver wurde. Etwa indem der Fahrer Infos an die Presse weitergab, dass sie dem Glücksbringer von Philly auf der Rückbank seines Autos einen runtergeholt hatte.

»Was ich will und was ich tue, sind zwei sehr unterschiedliche Dinge. Zumindest bis wir in meinem Apartment ankommen.«

Den Rest der Fahrt verbrachten wir in qualvoller Zurückhaltung. Jeder Blick und jede Berührung war eine Einladung dazu, sie zu packen und zu küssen, bis sie nach Atem rang.

Doch ich würde warten können, bis sie sich sicher in meiner Wohnung befand.

Für den Weg durch die Lobby setzte sie ihre Maske wieder auf. Ich sah aus wie ein Agent vom Secret Service, der eine Plüschversion von Wonder Woman beschützte. Wir schafften es zu den Aufzügen auf der Seite des Gebäudes, die für Dauergäste da war. Selbst nachdem die Türen sich hinter uns geschlossen hatten, unterdrückte ich den Drang, ihr die Maske vom Gesicht zu reißen und sie an die Wand zu drücken. Im Fahrstuhl gab es Kameras, und irgendjemand würde uns filmen und die Aufnahme sofort verkaufen.

Auf dem Weg nach oben konnte ich ihren Gesichtsausdruck

nicht lesen, doch ihre Finger waren nach wie vor mit meinen verschränkt, ihr Daumen zeichnete unerträgliche Kreise auf meiner Haut. Die Bewegung wurde mit jeder Sekunde fester, bis sie mit dem Daumen über die Seite meines Handgelenkes rieb, als wäre die Berührung ein ablaufender Countdown, der zu einer unausweichlichen Explosion führen würde.

Die Türen öffneten sich, und wir platzten hinaus und in den Flur, wo wir beide versuchten, so zu tun, als hätten wir es nicht eilig, während wir auf meine Wohnungstür zuhasteten.

Wir stürzten in mein Apartment. Ich machte mir nicht einmal die Mühe, das Licht einzuschalten, sondern schloss lediglich die Tür hinter mir.

Klamotten landeten ohne Umschweife auf dem Boden, und eine oder zwei Lampen fielen der Aktion zum Opfer.

Das Mondlicht strahlte sie von hinten an, als sie das letzte Kleidungsstück an ihrem Finger baumeln ließ, bevor sie es fallen ließ. Mein Herz raste, das Blut pochte in meinen Adern, und meine Finger sehnten sich danach, sie zu berühren und nie wieder loszulassen.

Ich hob sie in die Arme und ging mit ihr zur Couch.

Dort angekommen spannte ich die Muskeln an, um unsere Landung so sanft wie möglich zu gestalten – sie landete auf der Couch und ich auf ihr.

Meine Finger strichen von ihren Schlüsselbeinen hinunter zu ihrer Brust und weiter über die sanften Rundungen, bis sie ihre Taille passierten und unterhalb ihrer Hüfte ankamen. Ich hob eins ihrer Beine und legte es um meins, bevor ich ihren Po packte. Und zudrückte.

Sie wand sich unter mir, stöhnte und ließ ihre Hände über meinen Körper wandern.

Nun, da ich mich endlich wieder an sie schmiegen konnte, fiel mir auf, wie richtig es sich anfühlte. Ich konnte nur noch daran denken, dass dieser Moment niemals aufhören sollte. Dabei ging es nicht allein um Sex und darum, ihren Körper an meinem zu spüren, oder die herrlich qualvolle Art und Weise, wie mein Schwanz unaufhörlich pochte und nach Erlösung verlangte, sondern einfach alles. Ich wollte jeden einzelnen Augenblick mit ihr ausdehnen, bis zu einem Sonnenaufgang, der nie enden würde.

Ich griff nach der Hose, die ich über die Rückenlehne der Couch geworfen hatte, und wühlte in der Tasche nach meinem Portemonnaie, um ein Kondom herauszufischen. Wie ein Besessener riss ich die Folie auf und atmete tief durch, bevor ich es überzog.

»Keyton, ich brauche dich.« Sie ließ die Hand zwischen uns gleiten und legte die Finger um meinen Schwanz, um ihn zu ihrer feuchten Mitte zu führen.

Ich erbebte und hätte um ein Haar sämtliche Kraft in meinen Armen verloren. Ich stützte die Ellenbogen neben ihrem Kopf auf und küsste sie, als ich die Hüfte zurückzog und wieder nach vorn schob, damit ihre Hitze meine Eichel umschloss. Während ich in ihre Augen blickte, ließ ich mein Gewicht auf sie sinken und drang tief ein.

Ihre Muskeln zogen sich zusammen, und ich sog mit zusammengebissenen Zähnen scharf die Luft ein.

Sie bog den Rücken durch, sodass ihre Brüste an mich gepresst wurden. Ihre harten Brustwarzen streiften meine Haut, kitzelten und neckten mich.

Ich verlagerte das Gewicht meiner Hüfte und versank komplett in ihr.

Wir passten perfekt ineinander. Sie war eng, so verdammt eng. Ich wurde von den Wogen der Lust mitgerissen, die mein Rückgrat entlangrasten und von meinen Fußsohlen hinaufschossen.

Sie zuckte an meinem Schwanz, und mir entfuhr ein Stöhnen.

Dann klammerte sie sich an mich und nahm jeden meiner Stöße in sich auf. So dicht vor dem Abgrund war ich nicht sanft oder behutsam, sondern wild und ungezähmt.

Ihr Stöhnen, Japsen und Keuchen gab meinen Bewegungen den Takt vor und drängte mich dazu, diese Nacht für sie unvergesslich zu machen.

Ich würde sie definitiv nie vergessen. Ich wollte den Sonnenaufgang aufhalten und sie für immer hier bei mir behalten.

Jedes Keuchen an meinem Ohr jagte mir kribbelnde Erregung von der Wirbelsäule bis in die Zehenspitzen.

Sie schlang die Beine fester um meine Hüfte, ihre Muskeln zuckten, und sie zog sich in einem Rhythmus um mich zusammen, der zu süß war, um ihm zu widerstehen. Wir rieben uns aneinander, kollidierten miteinander, und unsere Körper erschufen ihre eigene Symphonie.

Ich knurrte ihren Namen, und Lichter tanzen vor meinen Augen, bevor ich mich nicht länger zurückhalten konnte und mich in das Latex zwischen uns ergoss. Mein Herz hämmerte so laut in meinen Ohren, dass alle anderen Laute ausgeblendet wurden.

Schließlich ließ ich den Kopf auf ihre Schulter sinken und wiegte mich noch an ihr, wobei ich die Zähne angesichts der exquisiten Überempfindlichkeit zusammenbeißen musste.

Verschwitzt und schwer atmend legte ich mich neben sie und hielt sie fest.

Wir verfielen beide in den Erholungsmodus, schweigend und erfüllt.

Sie strich mit den Fingern über meinen Rücken. »Wann wolltest du mir eigentlich sagen, dass du in dem Hotel wohnst, in dem ich übernachte?«

17

Bay

»Ich war mir nicht sicher, ob es dir aufgefallen ist.« Er rückte von mir ab, um aufzustehen und das Kondom zu entsorgen. Die Kälte nahm ich kaum wahr, da sich meine Haut durch die überhitzte Wonne anfühlte wie ein Leuchtfeuer, das hell genug brannte, um den Nachthimmel erstrahlen zu lassen.

Ich stützte meinen Kopf auf dem Arm ab und beobachtete ihn. »Ist kaum zu übersehen, wenn überall das große Four-Seasons-Logo drauf ist. Du hast gar nicht im Stau gesteckt, als wir zum Kaffee verabredet waren, oder?« Ich schwang die Beine auf den Boden und war mir nicht sicher, was ich davon hielt. Die ganzen letzten Wochen über war er direkt in meiner Nähe gewesen, praktisch nur einen kurzen Fußweg entfernt.

Er setzte sich neben mich, sodass das Polster unter mir nachgab. Dann stützte er die Unterarme auf seinen muskulösen nackten Oberschenkeln ab, presste die Handflächen aneinander und legte den Kopf schief, um mich anzusehen.

»Ich hatte Angst vor dem Treffen.«

Seine Ehrlichkeit traf mich nach wie vor völlig unvorbereitet. Sie schnitt durch all die Gedanken, die mir durch den Kopf gingen, während ich mich fragte, was sein Verhalten wohl wirklich zu bedeuten hatte.

»Ich habe befürchtet, dass ich wieder der Typ von damals werden würde, wenn ich dich wiedersehe. Der Typ aus Greenwood und L.A.«

In diesem Moment wünschte ich mir, ich hätte eine Decke oder wäre bekleidet. Ich spürte die Nacktheit nun bis in die Knochen, die Verletzlichkeit saß so dicht unter der Oberfläche. Ich hatte ein wenig Angst davor, die Frage zu stellen. Doch ich schluckte und stählte mich.

»Und jetzt?«

Er wandte sich mir zu und strich mit einem Finger seitlich an meinem Hals entlang. Die Hitze flammte wieder auf, sprühte Funken, glühte heißer und tiefer denn je.

»Und jetzt versuche ich, den heutigen Abend nicht zu verderben.« Er fuhr mit dem Daumen über meinen Mund.

»Ich auch.« Der Morgen würde bald anbrechen und der Traum verblassen. »Aber wir haben noch ein paar Stunden, bis die Sonne aufgeht. Die sollten wir nicht verschwenden.« Ich griff nach seiner Hand und nahm seinen Daumen in meinen Mund.

Seine Pupillen weiteten sich und verschlangen die Farbe seiner Iris. Seine Muskeln spannten sich an, und an meinem Bein spürte ich, wie sein Schwanz steif wurde. Das ganze Training auf dem Übungsfeld und im Fitnessraum hatte sich eindeutig gelohnt. Ausdauer, die tagelang anhielt – oder besser gesagt nächtelang.

Noch bevor ich zu Atem kommen konnte, schob er eine Hand unter meine Beine und legte die andere an meinen Rücken, um mich an seine Brust zu ziehen.

Mit mir auf dem Arm eilte er durch sein Apartment, als würde es brennen, bevor er mit der Schulter eine Tür aufstieß.

In dem Zimmer dahinter roch es nach ihm, stärker als im Eingangsbereich des Apartments, wo wir uns unserer Kleidung entledigt hatten. Möglicherweise war ich da aber auch einfach ein wenig abgelenkt gewesen.

Mein Rücken landete auf der weichen Matratze, und sein Körper bedeckte meinen, hüllte mich wie eine Decke in seine Wärme und Kraft.

Er ließ seine rauen Finger über meine Haut gleiten. Seine Hände hatten Schwielen, und ihre Rauheit jagte mir Schauer über den Rücken.

Sein Hunger war unvergleichlich, nicht einmal meiner konnte da mithalten. Unser letztes Aufeinandertreffen hatte ihn kein bisschen gedämpft, sondern höchstens noch ein wenig Benzin ins lodernde Feuer geschüttet. Keyton wühlte in der Schublade des Nachtschranks herum und hob meine Beine an, bis meine Fersen sich auf seinen Schultern befanden.

Die kühle Luft strich über meine entblößte Mitte, und ich wand mich, da ich mich nach seiner Berührung verzehrte.

Mit der Matratze im Rücken und meinen Beine auf seinen Schultern spürte ich, wie mein Körper vor Erwartung summte.

Sein Schwanz streifte meinen Po, schwer und groß, genau wie in meiner Erinnerung. Davon hatte ich in einsamen Nächten geträumt, wenn ich an ihn gedacht hatte: an das rohe, tiefgreifende Vergnügen, das mit diesem Blick einherging, mit dem nur er mich anschauen konnte. Ein Blick, der Songs ohne ein einziges Wort komponierte. Ich konnte nicht wegsehen und wollte es auch nicht.

Er stützte sich neben mir auf und starrte in meine Augen, während das gedämpfte Licht durch die angelehnte Tür auf uns fiel.

»Ich habe dich vermisst.«

Mein Atem stockte, und Tränen stiegen mir in die Augen.

Ich blinzelte sie fort und nickte, da ich meiner Stimme nicht traute.

Dann ließ ich meine Hand zwischen uns hinuntergleiten und legte die Finger um seinen Schwanz, bevor ich über seine umfangreiche Eichel strich.

Das Erbeben seines Körpers erfüllte mich mit einem unvergleichlichen Gefühl.

Ich platzierte ihn an meiner Pforte und zog zischend die Luft ein, als er behutsam vorwärtsdrängte und mich mit seinem langsamen Eindringen dehnte. »Ich habe dich auch vermisst.«

Ich biss in seine Schulter, als er den Kopf an meiner Halsbeuge ablegte und mit einer Hand meinen Po packte. Meine Finger spannten sich an, und ich presste die Handflächen auf seinen Rücken, während mein Körper angesichts des Vergnügens, das meine Wirbelsäule entlangfuhr, dahinschmolz. Ich schlang die Beine fester um seine Taille. Alles in mir sehnte sich danach, dass unsere gemeinsame Zeit niemals ein Ende nahm – nicht allein wegen der absoluten Befriedigung, sondern auch wegen der Nähe zu ihm.

Ich wiegte meine Hüfte, um ihm zu bedeuten, dass er sich bewegen sollte. Es war eine nachdrückliche Aufforderung, all das, was wir eben im Wohnzimmer gemeinsam erlebt hatten, zu wiederholen. War das nur drei Minuten oder schon drei Stunden her? Während ich mich in den Wogen der Lust verlor, stürmten von allen Seiten Gefühle auf mich ein: Genuss, Aufregung und tiefgehende Emotionen, die zu berühren ich nicht wagte, die aber dennoch existierten.

»Lass mich das hier auskosten«, murmelte er an meinem Nacken; sein Atem kitzelte meine Haut.

Ich wollte nicht, dass er es auskostete. Ich wollte nicht, dass er es sich einprägte. Ich wollte nicht, dass er mich nahm, als wäre es eine einmalige Sache, auf die er später zurückblicken würde. Ich wollte, dass er von meinem Geschmack und meinen Berührungen abhängig wurde und sich nach mir verzehrte, so wie ich mich nach ihm verzehrte.

Mit beiden Händen an meinem Po hob er mich vom Bett und ließ gleichzeitig seine Hüften sinken, sodass er mich mit seiner harten Länge aufspießte.

Ich bog den Rücken durch und stöhnte, keuchte und klammerte mich an ihn.

Während ich seinen Schwanz weiterhin fest umschloss, neigte er seine Hüften und veränderte den Winkel seiner Stöße. Seine Bewegungen wurden intensiver, er drang tief und hart in mich ein, wodurch heiße Lust durch meinen Körper strömte und sich in meiner Mitte sammelte. Als er komplett in mir versank und sein Rhythmus drängender wurde, löste das scharfe Empfindungen aus, die an Schmerz grenzten und in mir widerhallten.

Seine Finger strichen über meine Taille und Rippen, bevor seine Hände die Unterseite meiner Brüste berührten. Seine Berührung wurde wilder, als er an meinen Brustwarzen zog und sie neckte, während er meinen Mund verschlang.

Es war zu viel. Und gleichzeitig nicht genug. Ich hielt mich an ihm fest, während er mit ungezügelter Wildheit in mich stieß.

Mein Höhepunkt war wie eine Explosion, die meinen gesamten Körper erschütterte.

Vor meinen Augen tanzten Sterne, und ich bog den Rücken durch, während mich der Höhepunkt der Lust ereilte und all meine anderen Sinne übertönte. Mein Aufschrei endete in einem atemlosen Keuchen, und ich ritt die Wellen der Wonne, während meine Muskeln sich um ihn herum zusammenzogen.

Er schwoll in mir an und stöhnte, seine Stöße waren nun unregelmäßig und weniger präzise als die, mit denen er mich auf den Gipfel getrieben hatte.

Schließlich sank er auf mir zusammen, stützte sich aber weiterhin auf die Ellenbogen.

Ich umschlang ihn mit Armen und Beinen, weil ich ihn einfach nicht gehen lassen wollte. Nicht wollte, dass dieser Augenblick endete.

Er verweilte auf und in mir, wobei seine Erektion nicht ganz nachließ.

Von mir würde er keine Beschwerden darüber hören.

Unsere Atmung wurde ruhiger, der Schweiß kühlte auf unserer Haut, und mit einem gemurmelten Fluch zog er vorsichtig seine Hüfte zurück.

Wir stöhnten beide auf, als er aus mir herausglitt. Danach ging er ins Badezimmer.

Ich ließ mich in die Kissen sinken. Der Anblick seines Pos gefiel mir, dass er sich von mir entfernte, allerdings weniger.

Seid wann war ich denn bitte jemand, der derart anhänglich war? Ich war Bay, die Unberührbare, die tatsächlich den Großteil ihrer professionellen Karriere unberührt gewesen war. Verglichen mit einer Nacht mit ihm verblasste alles andere.

Ich stemmte mich hoch, rutschte auf der Matratze nach oben, um mich ans Kopfteil zu lehnen, und wartete auf seine Rückkehr. Der Wasserhahn wurde abgestellt, und er kam mit einem Waschlappen zurück.

Der feuchte Frotteestoff strich über die Innenseiten meiner Schenkel, und ich machte nicht einen Finger krumm.

Er beobachtete mich, während er meine Beine teilte und mich neckte. Jede Berührung goss noch ein wenig Benzin auf die schwelende Glut, die gerade erst unter Kontrolle gebracht worden war.

Genauso schnell, wie er mich sauber gemacht hatte, waren wir wieder verschwitzt, und ich hatte die Beine um ihn geschlungen, während er erneut in mir versank.

Nachdem wir ein weiteres Mal zusammengesackt waren und uns sauber gemacht hatten, hielt er mich fest an seine Brust gedrückt und strich mir das Haar aus dem Gesicht, bevor er mit den Fingern über meine Wangen fuhr.

»Hat dir je jemand gesagt, wie schön du bist?«

Es gab Posts in den sozialen Medien und einige Artikel, in denen etwas Ähnliches stand, doch irgendwie fühlte dies hier sich echter an. Wie alles, was ich mit ihm tat. Auf eine unheimliche Art und Weise real, wobei klar war, wenn man diese Echtheit in sein Inneres ließ, würde sie dort großen Schaden anrichten können. Dies war eine neue Realität – eine, in der ich jemandem nahe genug war, dass diese Gedanken aufkamen, von denen ich mich so lange isoliert gefühlt hatte. Und ich hatte den Eindruck, dass er der Einzige war, der mich erreichen konnte. Der Einzige, den ich je wirklich an mich heranlassen wollte.

»Ist schon eine Weile her.«

So lange hatte ich geglaubt, dass er mich nicht mehr wollte. Dass der Platz, den ich in seinem Herzen gehabt hatte, gesperrt worden sei, doch nun, da er auf mich herunterblickte und mir die Tränen fortwischte, wusste ich, dass es auf dieser Welt einen Ort gab, an dem jemand mein wahres Ich liebte. An dem er die gleiche Liebe für mich empfand wie ich für ihn. Die Art von Liebe, die einem Angst einjagte, sodass es einem einfacher erschien, davor wegzulaufen, als zuzulassen, dass sie einen vollkommen verschlang und veränderte. Allerdings war ich mir sicher, dass ich sie dieses Mal nicht würde aufhalten können. Und das wollte ich auch gar nicht.

»Dann werde ich es wohl öfter sagen müssen.«

In dieser Sekunde traf es mich wie ein Schlag, mein Herz stockte regelrecht, und ich sah Sterne.

Ich liebte ihn. So wie damals in meinem Zimmer auf der

Highschool. Wie damals, als ich ihn in Kalifornien zum letzten Mal geküsst hatte. Ich liebte ihn, und diese Liebe strahlte genauso hell in meiner Brust wie ein Sonnenuntergang am Ende des Sommers, bittersüß, und doch erfüllt von so vielen glücklichen Erinnerungen. Ich wollte nicht mit Reue darauf zurückblicken, weil sie Vergangenheit waren.

Ich saß mit dem Rücken eng an ihn gekuschelt, und das war alles, was ich je brauchen würde. Wie hatte ich so lange ohne dieses Gefühl leben können?

Sein Griff an meiner Schulter wurde fester. »Wann kommt dein Wagen?«

Meine Kehle schnürte sich zu. Einen Moment lang hatte ich vergessen, dass ich mich an einen Zeitplan halten musste. Dass es Forderungen gab, die nicht daraus bestanden, dass Keyton mir einen weiteren Orgasmus entrang.

Ich blickte zu ihm auf und strich mit den Fingern über seine muskulöse Brust. Die Haare dort in der Mitte waren neu. Er war nun älter, genau wie ich. Was waren schon ein paar Stunden? Oder ein Tag?

»Warte kurz.« Ich sprang vom Bett und lief ins Wohnzimmer, um auf dem Boden nach meinem bunten Jumpsuit zu suchen. Ich griff danach und wühlte in der Tasche nach meinem Handy. Auf dem Weg zurück ins Schlafzimmer schickte ich Holden eine Nachricht.

Daraufhin kam ein Ansturm an Nachrichten herein.

Ich: Ich brauche das.
Holden: Wenn du es brauchst, dann lass mich alles regeln. Soll ich Spencer auch absagen?

Keyton setzte sich auf.

Ich: Nein, Spencer nicht. Sag alles andere ab.
Holden: Dein Wunsch ist mir Befehl.

Ich kam in das Zimmer und lehnte mich mit dem Rücken an den Türrahmen. »Vierundzwanzig Stunden. Ich habe die nächsten vierundzwanzig Stunden frei.« Ein albernes Kichern stieg in mir auf, und ich hüpfte mit den Knien voran auf das Bett, bevor ich mich auf meinen Hintern setzte. »Ist das okay?«

Er streckte eine Hand aus und legte sie in meinen Nacken. »Was hat dich das gekostet?«

Seine Sorge und sein Verständnis trieben mir beinahe erneut die Tränen in die Augen. Es gab immer Kompromisse. Wenn Vereinbarungen Monate oder Jahre im Voraus getroffen wurden, wurden dabei die Dominosteine aufgestellt, und jede noch so kleine Änderung konnte alles ins Chaos stürzen – wie es bei Pipers Geburtstag der Fall gewesen war. Doch wie oft tat ich etwas für mich? Wie oft bekam ich die Chance dazu?

Wenn ich meine Periode hatte, verbrachte ich viel Zeit im Bett und futterte so viel Junkfood in mich hinein wie möglich. Aber abgesehen davon ließ mir mein Terminplan nicht viel Raum für Freizeit. »Ich hatte schon ewig keinen freien Tag mehr. Das wird es wert sein.«

Ein Moment der Stille dehnte sich zu einem kompletten stillen Solo aus, bevor er mich zu sich nach unten zog und die Arme um mich schlang. Sie lagen fest um meinen Körper. Nicht so, als würde er denken, dass ich davonlaufen könnte, sondern so, als würde er keinen Zentimeter Luft zwischen uns dulden.

Sein berauschendes Gewicht auf mir, warm und stark, war wie ein Traum – einer, aus dem ich nicht erwachen wollte, doch die Kutsche verwandelte sich bereits in einen Kürbis zurück, und meine Augenlider wurden schwer. Ich hätte keinen Muskel mehr bewegen können, selbst wenn ich es gewollt hätte.

Er zog die Decke über uns beide und vergrub das Gesicht in meinem Haar.

Ich rieb mich an ihm wie eine Katze auf der Suche nach Katzenminze.

»Dann sollte ich wohl dafür sorgen, dass es sich auch tatsächlich für dich lohnt, wenn wir aufwachen.«

18

Keyton

Die Morgensonne schien durch die dünnen zugezogenen Vorhänge in meinem Schlafzimmer. Normalerweise würde ich jetzt aufstehen und in meinen Fitnessraum gehen. Dort würde ich meine Termine durchgehen, ein paar Anrufe tätigen und mir überlegen, was ich zum Frühstück essen wollte.

Heute sorgte das Gewicht an meiner Brust allerdings dafür, dass ich die Fernbedienung für die dunklen Jalousien suchte und so tat, als wäre der Morgen noch nicht angebrochen. Wir hatten genau einen Tag zusammen.

Einen Tag, den wir gemeinsam damit verbringen konnten, so zu tun, als würde Bay danach nicht in ihre Welt zurückkehren müssen und ich in meine.

»Morgen«, murmelte ich und rieb meine Wange an der Seite ihres Gesichts. Sie hatte sich im Schlaf herumgerollt, war jedoch nie weiter als wenige Zentimeter von mir abgerückt, weil sie die Nähe meiner Wärme und Berührung gesucht hatte.

So lange schon suchte ich nach Zufriedenheit, den stillen Frieden, den ich als Kind nie gehabt hatte. Doch nun, da ich hier mit ihr im Bett lag, fühlte sich alles strahlend hell an und ließ mein Herz höherschlagen. Dieses Gefühl war unvergleichlich und unübertrefflich, was nur dazu führte, dass ich nach weiteren solchen Momenten hungerte. Diese Glückseligkeit entfachte ein Feuer in meiner Seele und erfüllte mich, nicht wie ein ruhiger See, sondern wie die Aussicht und die frische Luft auf einem Berg, den man erklommen hatte.

»Morgen«, grummelte sie an meiner Brust. »Woher wusstest du, dass ich wach bin?«

Ich rückte ab, um ihr die Haare aus dem Gesicht zu streichen und ihr in die Augen zu blicken. »Du hast aufgehört zu schnarchen.«

Ihr fiel die Kinnlade runter, und sie presste die Handflächen gegen meine Brust, um mich von sich wegzuschieben. »Ich schnarche nicht.«

Lachend schlang ich die Arme um sie und hielt sie fest. »Wer sollte dir davon erzählen?«

Sie wand sich in meinem Griff und kitzelte mich an den Rippen. »Ich habe mein ganzes Leben über nicht geschnarcht.«

Angesichts ihrer qualvollen und hinterhältigen Kitzelattacke rang ich mit ihr, bis wir beide schwer atmeten und mehr als hellwach waren.

An Ende landete sie auf mir, und es befand sich lediglich ein dünnes weißes Laken zwischen uns. Die Ursache für meine Morgenlatte war schon lange nicht mehr allein die Tageszeit. Am liebsten hätte ich das Laken zwischen uns weggezerrt, meine Hände an ihre Taille gelegt und wäre in ihr versunken. Ich wollte heute nicht eine Sekunde verstreichen lassen, ohne sie zu berühren. Ich wollte die Tür verbarrikadieren.

Allerdings wollte ich nicht, dass es heute nur um Sex ging. Es würde definitiv um Sex gehen, aber nicht *ausschließlich* um Sex.

Sie beugte sich vor, und ihr Haar fiel wie ein Vorhang zwischen uns herab. Ihre Lippen streiften meine, unsagbar zart und süß.

Ich ließ meine Hand über ihren Nacken gleiten, meine Finger streichelten ihre weiche Haut. Dann lehnte ich meine Stirn an ihre.

Ihr Magen knurrte.

»Wir sollten zusehen, dass du was zu futtern bekommst.« Ich hob sie von mir herunter, bevor ich mich zur Seite rollte und die Beine über die Bettkante schwang, obwohl mein Körper nach ihrer Berührung schrie. Aber ich durfte die Versuchung nicht die Oberhand gewinnen lassen, also setzte ich einen Fuß vor den anderen. Ich wollte, dass sie glücklich war und ihr Magen voll. Ich wollte mich um sie kümmern und ihren freien Tag zu einem Erlebnis machen, das sie nicht so schnell vergessen würde – danach würde ich wieder darüber nachdenken können, wie ich sie ins Bett bekam.

»Was zu futtern?« Sie strich sich die Haare nach hinten, während sich Verwirrung auf ihrem Gesicht breitmachte.

»Wir haben noch den ganzen Tag für uns. Es sei denn, du möchtest, dass wir beide am Ende unserer gemeinsamen Zeit nicht mehr laufen können.«

Ihre Lippen zuckten, und mit einem schelmischen Funkeln gespielter Unschuld in den Augen hob sie die Schultern. »Also ich hätte da nichts dagegen.«

»Dann muss ich dich anscheinend vor dir selbst schützen.« Ich betrat meinen Kleiderschrank und holte ein T-Shirt und Shorts für sie heraus, außerdem eine kurze Jogginghose für mich.

Bay stieg aus dem Bett und wanderte durch mein Schlafzimmer. Sie war die ultimative Versuchung.

Am liebsten hätte ich mir selbst in den Hintern getreten, weil ich nicht vorgeschlagen hatte, dass wir uns in meinem Schlafzimmer einsperren und nur an die Tür gehen sollten, um Essen entgegenzunehmen.

Allerdings ging es heute nicht nur um Sex, wie ich mich selbst noch einmal ermahnte. Es ging um uns und darum, wer wir jetzt waren. Ich rieb mir die Brust, wo die Wärme sich in einen Kloß zu verwandeln drohte. Was auch immer morgen passieren würde, würde passieren. Doch heute gehörte sie mir.

Mein T-Shirt reichte ihr bis über den Po, und die zu weiten Shorts musste sie oben eng zusammenschnüren, bevor sie mir aus dem Schlafzimmer folgte.

»Das ist wirklich ein schönes Apartment.« Auf dem Weg in die Küche spähte sie durch die offenen Türen in die anderen Räume. Es war nicht nötig, sie zu schließen. »Wie lange wohnst du schon hier?«

»Ich habe es vor etwas mehr als einem Jahr gekauft. Als ich nach Philly gezogen bin.«

»Kaufst du immer ein Apartment, wenn du das Team wechselst?«

»Nein.« Ich schluckte den Drang herunter, mich zu verschließen und Dinge aus meiner Vergangenheit zu verheimlichen, die ihr womöglich nicht gefielen. »Es war ein trauriger Versuch, Alice glücklich zu machen. Sie wollte sich häuslich niederlassen und sich weniger wie auf der Durchreise fühlen. Aber es war nicht das, was wir gebraucht haben.«

Sie blieb hinter mir zurück. Ihre Worte erklangen leise und schwach hinter mir. »Was habt ihr denn gebraucht?«

Dich. Das wäre die richtige Antwort gewesen. Die Antwort, vor der ich mich zu verstecken versucht hatte und die ich hinter mir lassen wollte. Allerdings gab es nichts, was ich hinter mir lassen konnte, wenn sie alles war, was ich brauchte.

»Eine Trennung.«

»Lief … lief es sehr schlecht?« Ihre Schritte wurden langsamer.

Ich wandte mich ihr zu, ohne zu wissen, wie ich darüber sprechen sollte, dass ich mit einer anderen Frau zusammen gewesen und sogar mit ihr verlobt gewesen war und dennoch nicht einmal ein Zehntel von dem empfunden hatte, was ich für Bay empfand. »Nein, schlecht lief es nie. Wir haben nicht gestritten. Manchmal gab es Meinungsverschiedenheiten, aber keinen Streit. Es lief nie schlecht. Manchmal lief es sogar gut, die meiste Zeit war alles bestens. Es lief bestens.«

»Was ist denn passiert?« Sie hatte die Augenbrauen nachdenklich zusammengezogen und wirkte neugierig.

»Eines Tages bin ich aufgewacht, habe sie angesehen und konnte es nicht länger über mich bringen, ihr ein Leben lang Freude vorzuenthalten, nur damit ich mir selbst beweisen konnte, dass ich eine stabile Beziehung führen kann. Sie hat jemanden verdient, der den Blick nicht von ihr abwenden kann. Der nicht aufhören kann, an sie zu denken. Der sie zu schätzen weiß und ihr das Gefühl gibt, dass jeder ihrer Atemzüge allein dafür verantwortlich war, dass die Sonne auf- und untergeht.«

Sie zupfte an einer Haarsträhne, die über ihre Schulter gefallen war. Ihre Stimme war kaum mehr als ein Flüstern. »Und das hast du ihr gegenüber nicht gefühlt?«

»Sosehr ich es auch wollte«, erwiderte ich und wandte den Blick ab, während meine Ohren vor Scham rot anliefen. »Nein, habe ich nicht. Das konnte ich nicht.«

»Warum nicht?«

Wenn ich Bay wissen ließ, dass sie immer in meinen Gedanken geblieben war, in meinen Träumen, dann würde ich ihr meine Erwartungen aufdrücken. Ich würde Dinge zu erzwingen versuchen, obwohl sie gerade vor wenigen Wochen erst mit ihren Schuldgefühlen ins Reine gekommen war. Ich würde sie nicht manipulieren. Ich würde dies nicht zu etwas Hässlichem verzerren, das ihr das Gefühl gab, dass ich mich wieder an sie klammern wollte. »Das sind Gefühle, die nur einmal im Leben vorkommen.«

Wir standen im schattigen Bereich des Flurs zwischen den Sonnenstrahlen, die durch zwei offene Türen hereinfielen. Von ihr strömte kribbelnde Energie aus, die kurz davor war, die Barriere zwischen uns zu durchbrechen, die wir aufgebaut hatten.

Diese Barriere existierte, um uns vor Erwartungen und der Realität zu schützen. Um die Blase aufrechtzuerhalten, in der wir uns befanden. Aber ich wollte, dass dies hier auch außerhalb meines Apartments real war. Ich wollte ihr das Gefühl geben, dass unsere gemeinsame Zeit mehr als ein Fiebertraum von Sex war, bevor sie ohne mich wieder in ihr altes Leben zurückverfiel. »Na komm, lass uns was essen.«

Ich nahm ihre Hand, verschränkte ein weiteres Mal unsere Finger miteinander, bevor wir an den Beweisstücken für die Leidenschaft von gestern Nacht vorbei in die Küche gingen.

»Pancakes? French Toast? Bacon? Würstchen? Was hättest du gerne?« Ich öffnete den Kühlschrank und holte eine Flasche Orangensaft heraus.

»Hast du vor zu kochen oder was vom Zimmerservice zu bestellen?« Sie lehnte sich neben mir gegen die Küchentheke.

Ich grinste. »Auch wenn das einer der Vorteile ist, wenn man im Hotel wohnt …«, ich trat um sie herum und presste sie an die Arbeitsplatte aus Granit, ohne die offene Kühlschranktür loszulassen, »… dachte ich mir, dass wir vielleicht selbst was kochen könnten.«

Das zarte Lächeln auf ihrem Gesicht breitete sich zu einem strahlenden Grinsen aus. »Das würde mir gefallen.«

Ich nahm einen Brotlaib heraus und legte ihn neben ihr ab. »Hast du ein Rezept, oder soll ich eins raussuchen?«

Ihr Kopf wirbelte zu mir herum. »Ich dachte, du hättest ein Rezept.«

»Na, dann suche ich mal eins raus.« Wir scrollten uns durch einige Rezeptseiten, bis wir eins mit guten Bewertungen fanden. Dann durchstöberten wir meine Küche nach den passenden Zutaten.

Ich holte alles aus dem Kühlschrank, was wir brauchen würden, und legte es neben ihr auf die Theke.

Währenddessen durchwühlte sie die Schränke nach Schüsseln und Pfannen.

Mir gefiel es, dass sie sich wohl genug fühlte, um meine Küche zu durchforsten, als würde sie alles erkunden und mehr Zeit hier verbringen wollen.

Gemeinsam bereiteten wir alles vor und fingen mit dem Kochen an.

Ich hockte vor dem Ofen und wendete den Bacon und die Würstchen mit einer Zange. Der salzige Fleischgeruch wetteiferte mit dem süßen Duft des French Toasts, der das Apartment erfüllte.

Zuerst kümmerte sie sich um den Toast, doch nachdem sie einige der Brotscheiben hatte anbrennen lassen, übergab sie mir den Pfannenwender.

Kurz darauf hatten wir Erdbeeren, Schlagsahne, Sirup, Würstchen, Bacon und French Toasts fertig angerichtet und bereit zum Verzehr. Mein Essensvorrat hatte sich als praktisch erwiesen. Genau wie die Schränke war auch der Gefrierschrank stets gut gefüllt, obwohl ich während der Saison hauptsächlich bei proteinhaltigen Gemüsegerichten blieb. Nun, da alles vor uns ausgebreitet war, überkam mich ein Gefühl von Stolz darüber, dass ich alles zu Hause gehabt hatte, damit wir eine Mahlzeit für uns hatten herrichten können. So fühlte es sich an, als wäre ich noch weiter von dem Jugendlichen entfernt, den sie in Greenwood gekannt hatte und dessen Kühlschrank und Küchenschränke immer leer gewesen waren.

Bay goss uns beiden Orangensaft ein und stellte die vollen Gläser auf den Tisch. »Brauchst du Hilfe?«

»Nein, bin schon fertig.« Nachdem ich alles angerichtet hatte, setzte ich mich neben sie und nicht ihr gegenüber. Der Tisch hatte sich immer zu klein für das Apartment angefühlt, aber als ihr Bein meins streifte, schien er mir genau die richtige Größe zu haben.

»Ich habe keine Hausmannskost mehr genossen, seitdem ich das letzte Mal bei meiner Mom war.« Sie überschlug die Beine und zog den Teller mit dem Fleisch näher zu sich heran.

»Kochst du zu Hause nicht?« Vielleicht hatte sie ja einen Koch eingestellt. Ich stellte mir ein Haus aus Chrom und Glas am Strand vor, wo sie auf dem Balkon stand und den Wind durch ihre Haare peitschen ließ. Oder ein Hightech-Gebäude, in dem Holden und Emily inklusive ihrer Tablets jeden Abend in ihre Ladestation zurückkehrten.

»Wo ist zu Hause?« Sie lachte schnaubend, während sie eine geradezu lächerliche Menge Sirup auf allem verteilte, was sie auf ihren Teller geladen hatte.

»Hast du kein Haus? Oder ein Apartment irgendwo?«

»Ich war in den letzten sechs Jahren nie länger als ein paar Wochen in derselben Stadt.« Sie tippte sich mit der Gabel an die Lippe.

»Es gibt keinen Ort, den du als Zuhause betrachtest?«

»Ich wollte kein Vermögen für ein Haus ausgeben, das dann von einer Sicherheitsfirma beaufsichtigt wird, während ich weg bin. Es ist einfacher, in Hotels zu wohnen. Manchmal mieten wir ein Haus. Damals im Trainingslager hast du gesagt: ›Es ist schwierig zu erkennen, wer dich tatsächlich mag und wer nur was von dir will.‹ Je weniger ich also besitze, desto weniger kann man mich ausbeuten. So läuft's in meinem Leben.«

Ihre schmerzliche Einsamkeit war nahezu greifbar. Die brennende Bitterkeit darüber erfüllte die Luft.

»Ich habe ja kaum noch ein Handy. Das, das ich besitze, benutze ich so gut wie gar nicht. Ständig finden die falschen Leute meine Nummer heraus und machen mir das Leben zur Hölle. So ist es einfacher. Ich muss meiner Mom alle paar Monate eine neue Nummer schicken, weil die alte geleakt wurde.«

Nun ergab ihre Schüchternheit von gestern mehr Sinn, sie hatte sich gefühlt wie ein Kind, das nach draußen durfte, um mit den anderen zu spielen. Anstatt Spaß dabei zu haben, bis zum Sonnenuntergang mit dem Fahrrad unterwegs zu sein, verbrachte sie die meiste Zeit unter Leuten in der Hoffnung, dass niemand sie filmte und die Aufnahme an den Höchstbietenden verkaufte. Sie war allein.

»Du bist von allen abgeschnitten.«

Sie verzog das Gesicht und rümpfte die Nase. »Armes kleines berühmtes, reiches Mädchen. Die meisten Menschen würden mir dafür ins Gesicht schlagen, dass ich mich über alles beschwere, was ich besitze. Was ich erlebt habe. Ich habe die Welt bereist, singe vor vollen Stadien, treffe Stars und Adlige. Dieses Leben übersteigt alles, was ich mir je hätte vorstellen können.«

»Nervt es dich manchmal? Das ständige Reisen? Das ganze Trara?« Ich fand es an manchen Tagen äußerst anstrengend, allerdings musste ich das alles nur für die Hälfte des Jahres aushalten, nicht jede Woche. Und wenn ich außerhalb von Football-Städten unterwegs war oder das Land verließ, war ich bloß der große Typ, der zu viel Platz auf dem Gehweg einnahm. Dennoch wurden die Reisen, Flugzeuge und Busse nach einer Weile monoton. Ein Hotelzimmer sah aus wie das nächste, und innerhalb der ersten Saison verlor selbst der Zimmerservice seinen Reiz. Lauwarme Fritten und labberige Brötchen waren nicht besonders appetitlich.

»Manchmal schon. Aber es verlassen sich eine Menge Leute auf mich. Nicht nur Holden und Emily, sondern auch Maddy, die für meinen ersten Deal alles gegeben hat. So viele Künstler werden am Anfang ihrer Karriere übers Ohr gehauen, aber sie hat die Verbindung zu *Without Grey* genutzt, um einen beispiellosen Vertrag für mich auszuhandeln. Dann sind da noch die ganzen Background-Tänzer und -Sänger. Die Bühnen- und Tontechniker. An jedem Auftritt sind rund zweihundert Leute beteiligt.«

»Das ist eine Menge Druck.« Wie bei meiner Saison. Ein ganzes Stadion voller Leute hatte Arbeit, wenn wir es zu den Play-offs schafften, und bekamen Boni, wenn wir erneut gewannen.

»Es ist das, was ich gewollt habe.« Die Worte klangen nicht nach träumerischer Begeisterung – sondern eher nach Resignation. Sie schob sich eine Gabel French Toast in den Mund.

»Denkst du, dass du irgendwann demnächst mal eine Pause machst?«

»Machst du eine?« Ihre Worte klangen spitz.

Ich schüttelte den Kopf. Es war die Wahrheit. Football würde mir den Rücken kehren, lange bevor ich ihm den Rücken kehren konnte. Es brauchte vermutlich nur eine einzige schlechte Saison, und ich wäre raus. »Nein. Wenn ich während der Saison nicht im Stadion auftauchen würde … wüsste ich gar nicht, was ich mit mir anfangen sollte.«

»Genau so geht es mir mit der Musik. Wenn ich Songs in mein Notizbuch schreibe oder im Studio bin – wenn sie dort zum Leben erwachen, dann spüre ich diese Erleichterung. Als wäre die Geschichte erzählt und ich könnte diesen Teil von mir ruhen lassen, bis mir ein neuer Song im Kopf herumspukt.« Sie starrte ins Leere, bevor sie die Augen schloss, als würde allein der Gedanke daran sie an einen anderen Ort transportieren.

Ich war froh darüber, dass ihr das so viel bedeutete. Und dass sie die Gelegenheit hatte, an dieser Liebe zur Musik festzuhalten und sie mit der Welt zu teilen. Ich hasste die Vorstellung, dass ich ihr das vier Jahre lang genommen hatte.

»Wenn du so von deiner Musik sprichst, klingt es, als würde sie dich heimsuchen.«

Sie wandte sich mir mit einem schiefen Lächeln zu. »Manchmal fühlt es sich auch so an. Früher konnte ich die Songs einfach ignorieren. Zuerst hat es schon gereicht, wenn ich sie aufgeschrieben habe, dann musste ich die Melodie anpassen und sie spielen. Jetzt wollen sie gehört werden.«

»Sie haben die richtige Person ausgewählt, um ihnen Leben einzuhauchen.«

»Es ist das einzige Leben, das ich jetzt kenne.«

»Vielleicht sollte ich einen Gefallen einfordern und mir Tickets in der ersten Reihe für eins deiner Konzerte geben lassen.«

Sie leckte sich die mit Sirup bedeckten Lippen. »Du hast Connections.«

»Womöglich kann ich ja sogar eine alte Handynummer rauskramen.«

Sie lachte. »Diese Nummer ist schon lange außer Betrieb. Aber ich kann dir die neue geben.« Sie sprang vom Tisch auf und kehrte kurz darauf mit ihrem Handy zurück, das sie mir über den Tisch zuschob.

In ihren Kontakten befanden sich genau sechs Einträge: Ihre Mom, Holden, Emily, Piper, Felicia und Spencer. Nur eine Handvoll Leute für jemanden, der von Millionen von Menschen erkannt wurde. Und nun kam ich dazu. Ich war einer der wenigen, die sie in den letzten sechs Jahren in ihr Leben gelassen hatte. Ich musste meine Emotionen zügeln, damit sie mich und sie nicht überwältigten.

Ich speicherte meine Nummer ein und hielt ihr das Handy wieder hin.

»Ich bin Teil einer kurzen Liste.«

Sie leckte sich etwas Sirup vom Daumen.

Mein Blick fiel auf ihre Lippen, die sich um ihn schlossen. Ein Stromstoß jagte mir durch den Unterleib.

»Liegt am Job. Nicht viele Menschen schaffen es in den inneren Kreis.«

»Dann bin ich froh, dass ich es geschafft habe.«

Sie neigte den Kopf und strich mit den Fingern über meinen Handrücken. Sie fuhr die Linien meiner Adern vom Handgelenk bis zu den Knöcheln nach. »Du bist immer Teil davon gewesen.«

Es fühlte sich an, als würden wir beide uns bei dieser Sache auf dünnem Eis bewegen. Darauf hin und her rutschen, ohne genau zu wissen, worum es sich handelte oder wie lange es anhalten würde.

Ich versuchte, die Stimmung aufzulockern, weil ich erleichtert darüber war, dass wir beide im selben Boot saßen, auch wenn wir einem unbekannten Ziel entgegenruderten. »Ich würde sagen, es gab vier ganze Jahre, in denen du mich lieber in Brand gesetzt hättest, als mit mir zu frühstücken.«

Ihre Finger hielten inne, und sie nickte lachend. »In der Geschichte, die wir im letzten Jahrzehnt gemeinsam geschrieben haben, befinden sich definitiv ein oder zwei schwierige Stellen.«

So viel verlorene Zeit, die wir nachzuholen hatten. Ich wollte ihr einen Tag lang alles geben, was sie wollte. Ihr würde alles gehören, was ich ihr geben konnte. Ich zog sie von ihrem Stuhl auf meinen Schoß. Dann schlang ich die Arme um sie, während sie ihre Knie gegen meine Hüften presste. »Was möchtest du heute machen?«

Ihr Blick zuckte zum Flur, der zu meinem Schlafzimmer führte.

»Was hast du schon lange nicht mehr gemacht? Etwas, das du schon immer tun wolltest?«

»Ganz ehrlich?«

»Absolut.«

»Ich wollte immer schon immer mal einen Tag mit dir verbringen und alles machen, was du willst. Zeig mir dein Leben.«

Ich küsste sie auf die Nasenspitze und hielt ihr meine Hand hin. »Das lässt sich einrichten. Vergiss nur nicht, dass du es so wolltest.«

Sie zog die Augenbrauen zusammen und lehnte sich zurück, bevor sie ihre Hand in meine legte. »Ich bin nicht sicher, auf was ich mich da gerade eingelassen habe.«

19

Bay

Schweiß lief mir in Strömen über das Gesicht. »So hatte ich mir das nicht vorgestellt.«

Keyton lachte, während er sich neben mir auf dem Rudergerät abplagte. »Ich weiß, aber es hilft mir, gut in den Tag zu starten. Allerdings mache ich das sonst vor dem Frühstück.«

Nach dem Essen hatte er mir seinen Fitnessraum gezeigt. Meine Ausrede, dass ich keine geeigneten Schuhe fürs Training dabeihatte, waren rasch ausgehebelt worden, als ein Mann in Hoteluniform mit einem Paar Turnschuhe und flauschigen Socken vor der Tür aufgetaucht war. Und sie passten auch noch perfekt. Verdammt! Der Versuch, meine vorschnelle Behauptung, dass ich alles tun wollte, was er für gewöhnlich tat, rückgängig zu machen, hatte nicht funktioniert.

Alles nur wegen dieses doofen Hotels mit Rundumservice, der sogar für die Apartments galt. Das Gebäude war in der Mitte geteilt, sodass die Apartments und die Hotelzimmer nur durch eine Tür in der Lobby verbunden waren.

»Ich dachte, so wäre es einfacher, als wenn du zurück in deine Suite gehen müsstest, wo Holden oder Emily eins der tausend Dinge aus deinem Terminplaner erwähnen könnten und damit unsere gemeinsame Zeit verkürzen würden.« In seinen Worten lag eine gewisse Schüchternheit.

Eine süße Schüchternheit, die dazu führte, dass ich am liebsten über ihn hergefallen wäre. Er wollte mich genauso wenig verlassen wie ich ihn. Es bestand kein Zweifel daran, dass man mich – wenn ich in meine Suite zurückkehren würde – für irgendeine Notfallbesprechung, einen Konferenzanruf oder eine Anprobe einspannen würde. Oder sonst irgendetwas, das wesentlich unwichtiger war als dieser Tag. Daher war es besser, wenn ich mein Handy ausgeschaltet ließ und es erst wieder anmachte, wenn die Uhr zwölf schlug – oder sechs, in meinem Fall.

»Gute Idee. Die siebenunddreißig Streifen Bacon waren allerdings eher ein Fehler.« Das Workout war ganz ähnlich wie das, was mein Trainer mich normalerweise leisten ließ, doch da hatte ich vorher kein herzhaftes Frühstück mit Sirup verdrückt. Die salzige Köstlichkeit war jetzt gerade mein Untergang.

Sein Gerät piepte und kündigte damit triumphierend den Abschluss seines Workouts an.

Meins ging in den Cool-down-Modus über. Ich musste zugeben, dass ein Workout mit ihm um ein Vielfaches besser war als die mit meinem Trainer. Und auch besser als die Einheiten, die ich auf einem Laufband im Backstage-Bereich einer Arena vor einer Show absolvierte oder im Fitnessstudio eines Hotels.

Schließlich wurde das Gerät so langsam, dass es sich anfühlte, als würde ich auf einer dieser Rollbahnen am Flughafen stehen. Erleichterung überkam mich. Ich wollte mich auf den Boden fallen lassen und den stillstehenden Untergrund küssen.

Keyton sprang hinter mir auf das Laufband und passte sich umgehend der Geschwindigkeit an. Er legte die Arme um mich und ließ die Hände auf meinen Hüften ruhen, wobei er mich an seine Brust drückte, um mich aufrecht zu halten. Seine

Lippen kitzelten mein Ohr, was dazu führte, dass meine Beine ganz weich wurden und beinahe nachgaben.

»Und jetzt …« Seine morgendlichen Bartstoppeln kratzten über die empfindliche Haut meiner Halsbeuge.

Meine Atmung wurde schneller, so als liefe ich wieder mit voller Geschwindigkeit.

Er drückte auf Stopp, während ich alles andere als aufhören wollte. »Zeit zum Duschen.«

Ich wirbelte herum und verpasste ihm einen Stoß gegen die Brust. »Du Fiesling.«

Mit einem Zwinkern hüpfte er vom Laufband hinunter und hielt mir eine Hand hin. »Tu nicht so, als würde dir das nicht gefallen.«

Das stand gar nicht zur Debatte, dennoch funkelte ich ihn an und schwor mir innerlich, mich später zu revanchieren.

Unsere Dusche war weder schnell noch effizient, sondern vielmehr gemächlich und gründlich. So gründlich, dass ich dankbar für die vorgewärmte Marmorbank war und noch dankbarer für Keytons Auge fürs Detail, während er mich überall einseifte. Ganze dreimal.

Jegliche Gedanken an eine Revanche verpufften natürlich, während meine Finger über die Fliesen strichen.

Selbstverständlich erwies ich mich erkenntlich.

Er hatte eine Hand am Glas abgestützt und die andere in meinem Haar vergraben, als er sich in meinen Mund ergoss und dabei meinen Namen stöhnte.

Während wir uns gegenseitig abtrockneten, hatten wir genauso viel Spaß wie beim Waschen. Allerdings schob er allen weiteren Handlungen, die unterhalb der Gürtellinie stattfanden, einen Riegel vor, bis wir es erfolgreich aus dem Gebäude geschafft hatten. Für gewöhnlich beinhaltete mein Tagesablauf, dass ich von einem Ort zum nächsten kutschiert wurde und nur ein paar kurze Infos bekam, bevor der Anruf, das Interview oder das Fotoshooting losging. Der heutige Tag hielt lauter ungeahnte Möglichkeiten bereit, was mich vor Aufregung ganz kribbelig machte.

Noch ein paar weitere Lieferungen vom Hotelshop, und ich war vollständig für den Tag ausgestattet.

Zu meiner Verkleidung gehörte eine graue Wollmütze, eine Sonnenbrille mit Schildpatt, die groß genug war, um mein halbes Gesicht zu bedecken, ein unfassbar geschmeidiger grauer Schal, ein weicher Pullover in Rosa und Grau, Jeans und warme, bequeme Schuhe. »Wie sehe ich aus?«

Er hielt mich fest und betrachtete mich mit einem Ausdruck, der die tiefgründigen Emotionen erahnen ließ, die unter der Oberfläche brodelten.

All die elektrisierenden Gefühle aus der Dusche verblichen im Vergleich zu seinem atemraubenden Blick, der durch Raum und Zeit wanderte und meinen Eindruck bestätigte, wie richtig sich dieser Moment – dieser Tag – anfühlte.

»Du siehst perfekt aus. Wir haben noch sechs Stunden Tageslicht, und uns steht die ganze Stadt offen, um sie nach deinem Belieben zu erkunden.« Er verschränkte seine Finger mit meinen, und wir verließen das Apartment.

Die Tür fiel hinter uns ins Schloss, und bei dem Gedanken, dass unsere glückliche kleine Blase platzen könnte, stieg ein wenig Panik in mir auf. Seit Langem war ich das erste Mal ohne Security oder Holden unterwegs. Was, wenn es total schiefging und jemand mich erkannte? Früher hatte ich mir Sorgen darüber gemacht, ob ich überhaupt in der Lage sein würde, die Aufmerksamkeit der Leute zu erlangen. Würde irgendjemand zu meinen Auftritten kommen? Nun konnte diese Aufmerksamkeit schnell zu gefährlichen Situationen führen. Nicht nur für mich, sondern auch für andere. War dies hier dumm und unverantwortlich? Setzte ich mich einem Risiko aus? Doch viel wichtiger noch: Brachte ich Keyton in Gefahr?

Als wir im Aufzug waren, kam ein Mann auf die sich schließenden Türen zugelaufen.

Ich machte mich klein und versuchte, unsichtbar zu werden.

Keyton musterte mich kurz. Die Muskeln in seinem Nacken waren angespannt, nicht verkrampft, sondern bereit.

Sorge und eine Welle tröstlicher Wärme rangen in meiner Brust miteinander, wenn ich daran dachte, dass er mich beschützen würde – dass er das Gefühl hatte, mich beschützen zu müssen.

Der ältere Herr lächelte uns beide freundlich an und drückte dann auf einen der Knöpfe, bevor er sich mit einer Zeitung in der Hand nach vorn drehte.

Mein Herz setzte einige Schläge aus.

Plötzlich fühlte ich mich nackt, bis Keyton sich vor mich stellte und sein Arm dabei meine Brust streifte. Seine breiten Schultern schirmten mich ab.

Der Aufzug hielt im Erdgeschoss.

Ich hielt den Atem an und wartete auf den Ansturm. Doch die Türen öffneten sich, und es passierte nichts Ungewöhnliches.

Der ältere Mann winkte mit seiner Zeitung in unsere Richtung, bevor er aus dem Fahrstuhl stieg. »Einen schönen Tag wünsche ich.«

Ein paar Leute warteten draußen, um einsteigen zu können, doch niemand würdigte mich eines Blickes. So lange hatte ich die Unsichtbarkeit durchbrechen wollen, doch nun war die Angst davor, gesehen zu werden, viel schlimmer.

Keyton nahm meine Hand und zog mich aus dem Fahrstuhl. »Alles wird gut gehen.« Er küsste mich auf eine beruhigende Art und klang weder herablassend noch so, als würde er mich für eine absolute Idiotin halten, weil ich mich davor fürchtete, nach draußen zu gehen. »Was möchtest du als Erstes machen?«

»Wir wollten doch tun, was du sonst immer machst. Solange du bei mir bist, wird es ein schöner Tag.«

Auf der anderen Seite der Fensterscheiben in der Lobby spazierten Menschen in dünnen Jacken und Mänteln vorbei. Geschäfte hatten geöffnet, und Leute gingen dort ein und aus. Imbisswagen säumten die Straße, und es wimmelte vor Autos und Passanten.

»Und ich will das machen, was du möchtest. Also gewähr mir den Wunsch.«

Ich verengte den Blick, da mir seine Begründung missfiel. Ich fühlte mich ohnehin schon egoistisch genug, jedoch wollte ich nicht, dass diese Diskussion hier in aller Öffentlichkeit zu einem Streit ausartete. Mein Trainer würde sauer sein, und ich würde noch mehr Zeit auf dem Laufband verbringen müssen, aber was soll's. »Nach unserem Workout denke ich, dass wir uns was Süßes verdient haben. Ein Eis.«

»Ende September?«

»Du hast gesagt: alles, was ich möchte.«

Wir verließen das Gebäude und betraten den Gehweg. Draußen traf uns sofort der frische Herbstwind, der durch die Straßen fegte. »Ich weiß, wo ein guter Laden ist.«

»Da ist aber nicht viel los, oder?« Der Wunsch, den heutigen Tag nicht zu verderben, stand ganz oben auf meiner Liste. Holden anrufen zu müssen, damit er mich aus einer brenzligen Situation rettete, entsprach absolut nicht meiner Vorstellung von Spaß. Hinzu kam, dass vor einer Weile zwei Teenager beinahe zertrampelt worden waren, weil die Menschenmenge, die sich wegen mir gebildet hatte, unterschätzt worden war. Ihnen war nichts passiert, doch die Angst, dass ich – oder noch schlimmer – jemand anders wegen mir verletzt werden könnte, hing wie eine graue Wolke über diesem Tag, der eigentlich ganz im Zeichen von unbekümmertem Spaß stehen sollte.

In seinem Kiefer zuckte ein Muskel. »Nein, keine Sorge.«

Ein aufgeregtes Kribbeln strömte durch meinen Körper. Wir taten es wirklich.

Ich bedeckte unsere verschränkten Finger mit meiner anderen Hand und drückte den gesenkten Kopf gegen seine Schulter. Hinter der Sonnenbrille huschte mein Blick hin und her. Obwohl mein Gesicht größtenteils verdeckt war, fühlte ich mich dennoch ungeschützt. Ich konnte nicht zulassen, dass die Panik mir den heutigen Tag verdarb.

Er befreite seine Hand aus meinem Griff und legte den Arm um meine Schulter, um mich dicht an sich gedrückt zu halten.

Das beruhigte meine Nerven, die nun ein Stückchen weniger blank lagen. Meine Finger, die ich unter der Jacke in seinen Pullover gekrallt hatte, entspannten sich auf dem Weg zum Eiscafé zunehmend, sodass ich mich nicht länger an ihn klammerte, als wir dort ankamen.

Das Lokal war klein, hatte in etwa die Größe eines Imbisswagens und besaß zwei Bestellfenster. Eins davon war geschlossen, aber ein Pfeil zeigte auf das benachbarte. Dieses war mit einer Metallblende ausgestattet, die die Mitarbeiterin gerade hochschob. Es war ein ruhiger Ort in der Nähe eines Parks und an wärmeren Tagen vermutlich ein Hotspot, doch im Moment gab es nicht viele Besucher.

Zwei Picknicktische aus Metall standen neben dem Gehweg genau vor dem Bestellfenster. An einem davon saßen zwei Personen, die ihr Eis schon fast komplett aufgegessen hatten.

Keytons Brust rumorte an meiner Seite.

Ich zuckte zusammen und starrte zu ihm hoch.

Er und die Eisverkäuferin schauten mich erwartungsvoll an. »Sorry, was hast du gesagt?«

»Welche Sorte möchtest du?«

Ich leckte mir die Lippen. »Kaffee.«

Er ließ seine Hand auf meinem unteren Rücken ruhen. »Nur eine Kugel im Becher? Keine Waffel?«

Ich schindete Zeit und versuchte, mich nicht allzu sehr davon ablenken zu lassen, wie gut er in seinem schwarzen Wollmantel aussah. Der Stoff war nicht kratzig, sondern butterweich, sodass man sich daran reiben wollte wie eine Katze – vielleicht war das aber auch nur etwas, das ich tun wollte. »Was nimmst du?«

»Heute ist mir nach einem großen Becher mit allem Drum und Dran.« Er lehnte sich gegen die metallene Ablage vor dem Fenster, um mit der Frau auf der anderen Seite zu sprechen. Kurz blickte er zu mir nach hinten. »Ich nehme das Cookie-Chaos mit Schoko-Jimmies.«

An meiner Miene musste erkennbar sein, dass ich keine Ahnung hatte, wovon er sprach.

Er lachte. »Die Leute hier reagieren ein wenig gereizt, wenn man sie Streusel nennt.«

»Okay, Jimmies.« Es fühlte sich so unwirklich an, mit ihm hier zu sein. Mit ihm Eis zu essen, als täten wir das jeden Tag.

Er gab auf eine lockere Art den Ton an. Ich wusste nicht, ob er immer so war oder ob er das nur für mich tat. Doch es half ein wenig.

»Bleibst du bei deiner Kugel Kaffee im Becher, oder willst du doch was anderes bestellen?« Er beugte sich zu mir herab. Sein warmer Atem streifte meine Haut und jagte mir Schauer über den Rücken, als ich ihn einatmete. »Der Karamellbecher sieht auch gut aus.«

Ich starrte ihn an. Am Ende waren ein breites Lächeln und ein sanftes Tippen auf meine Hand nötig, um mich daran zu erinnern, warum wir überhaupt hier waren.

»Kaffee-Eis …«, setzte er mit zuckendem Mund an.

»Richtig, sorry.« Ich rückte ein wenig vom Fenster ab, um einen Blick nach oben auf die Karte werfen zu können. »Ich nehme das Karamelleis im Waffelbecher mit zwei Kugeln Kaffee, Erdnüssen, Peanut-Butter-Cups und Regenbogen-Jimmies.« Als ich bemerkte, wie sich seine Miene mit Belustigung und Ermutigung füllte, schmolz meine Nervosität dahin. »Dazu Schlagsahne mit einer Kirsche obendrauf.«

Die Frau mit dem rosafarbenen Berries-and-Cream-T-Shirt über dem langärmeligen Shirt nickte und schloss das Fenster wieder, bevor sie damit begann, unsere Zuckerbomben im Becher zusammenzustellen.

Ich hätte nicht aufgeregter sein können, und mir lief bereits das Wasser im Mund zusammen.

»Darf ich bei dir probieren?« Er nahm meine Hände in seine.

Während ich in seine Augen schaute, in denen sich Ausgelassenheit und kaum verhohlene Begierde zeigte, wollte ich den Tag am liebsten von vorn beginnen, um all die bereits vergangenen Stunden erneut zu erleben. Der Nachmittag war viel zu schnell gekommen, und ich musste unentwegt daran denken, dass unsere Zeit unaufhaltsam verrann.

»Nur, wenn ich auch bei dir naschen darf.«

Er strich mit dem Daumen über meine Wange. »Natürlich.«

Wir traten beiseite, damit eine andere Gruppe ihre Bestellungen aufgeben konnte.

Niemand warf uns skeptische Blicke zu oder schenkte uns besondere Beachtung. Ein paar Leute schauten kurz zu Keyton herüber, doch niemand sprach uns an.

Das erste Mal seit Langem fühlte ich mich normal. Es war erfrischend und angsteinflößend zugleich. Eine Gelegenheit, Zeit mit jemandem zu verbringen, der meinen Vornamen gekannt hatte, bevor ich international bekannt geworden war.

Solche Tage würden wir immer haben können, wenn ich

tagsüber Buchhalterin und abends Songwriterin wäre. Dann würde ich vielleicht in örtlichen Coffeeshops auftreten oder – noch besser – in einem Studio abhängen, bis ich die Schlafenszeit einer verantwortungsvollen Erwachsenen weit überschritten hätte, und dort an Musik-Tracks arbeiten, bis sie vor künstlerischer Elektrizität förmlich surrten.

»Glaubst du, dass wir den Tag heute wirklich durchziehen können?«

»Natürlich. Und wenn nicht, dann kümmere ich mich um alles und bringe dich in mein Apartment zurück. Dort können wir Essen bestellen und fernsehen.« Er sagte das, als hätte er kein Problem damit, sich durch Menschenmassen zu kämpfen, als wären sie gegnerische Football-Spieler, nur um mich in Sicherheit zu bringen.

Und ich glaubte ihm.

Angesichts der Bestimmtheit, die in seinen Worten mitschwang, ließ meine Nervosität wieder ein bisschen mehr nach. »Das hört sich gar nicht mal so schlecht an.«

»Aber nur, wenn unser Tag draußen nicht funktioniert. Was möchtest du noch unternehmen?«

»Etwas, was du vermutlich nicht machen möchtest.«

»Ich folge dir überallhin.« Die Überzeugung in seiner Stimme wirkte so durchdringend wie ein Power-Akkord auf einem Verstärker, der voll aufgedreht war. Es fühlte sich nicht so an, als würde er nur vom heutigen Tag sprechen.

Anstatt mich an seine Worte zu klammern und ihnen mehr Bedeutung zu geben, als er beabsichtigt hatte, öffnete ich den Mund.

Das Fenster ging auf, und zwei Becher, auf denen sich Berge an zuckrigen Leckereien türmten, wurden uns zugeschoben. »Einmal Cookie-Chaos und einmal Karamellbecher mit Kaffee-Eis.«

Wir setzten uns an den leeren Tisch. Der kühle Metallsitz ließ meinen Hintern innerhalb von fünf Sekunden taub werden, aber ich stürzte mich auf das Eis und ließ die Kombination aus heißer Karamellsoße und Erdnüssen mein Inneres wärmen, während mein Äußeres gefror.

Keyton setzte sich mir gegenüber und schob seine Knie vor, bis meine Beine zwischen seinen gefangen waren, was mich mit zusätzlicher Hitze versorgte.

»Weißt du, wie lange es her ist, dass ich irgendwo ohne einen meiner Mitarbeiter war?«

»Du hast keine Freunde, mit denen du abhängst?«

»Keine, die ich nicht bezahle.« Ich lachte und rammte meinen Plastiklöffel in die Karamellsoße, um noch mehr Erdnüsse darauf zu schaufeln. »Piper kommt immer zu meinen Shows, wenn ich durch Seattle toure. Sie, Felicia und ich haben einen Mädels-Trip zu den Fidschi-Inseln gemacht, als ich vor ein paar Jahren die Tour mit *Without Grey* beendet habe. Piper ist inzwischen verheiratet.«

Keyton stieß einen tiefen Pfiff aus. »Wow, schon?«

»Ja. Ich war bei der Hochzeit. Sie wollte, dass ich eine der Brautjungfern bin, aber das hätte nur Probleme bereitet. Niemand will Paparazzi-Fotos von seinem großen Tag auf Klatschseiten im Internet sehen. Allerdings hab ich einen verdammt geilen Junggesellinnenabschied für sie ausgerichtet.« Ich spürte ein Stechen in meiner Brust, weil ich Pipers Geburtstagsfeier verpassen würde. Die Götter der Terminpläne waren in dieser Hinsicht gegen mich gewesen. Doch sie nahmen und gaben, wodurch der heutige Tag möglich geworden war. Ich schob die Gedanken daran beiseite, welche Konsequenzen das für meine anderen Termine haben würde.

Er schob einen Haufen von seinem Eis mit einem der Oreos und Karamellsoße auf seinen Löffel und hielt ihn mir hin.

Ich hatte nicht mal fragen müssen.

Warum machte ihn das noch zehnmal heißer? Wenn er noch heißer wurde, dann würde er spontan in Flammen aufgehen – oder ich.

Ich öffnete den Mund und legte die Lippen um den Löffel.

Sein Griff am Löffelstiel wurde fester. Er drückte die Beine unter dem Tisch zusammen, sodass meine aneinandergepresst wurden, was ein kribbelndes Pochen in meine Mitte wandern ließ.

Ist es hier draußen plötzlich wärmer geworden?

Er zog den Löffel zwischen meinen Lippen hervor – auf eine Art, die aus dem Kribbeln ein Brodeln machte.

Wir befanden uns immer noch in der Öffentlichkeit.

Ich unterbrach den Blickkontakt und konzentrierte mich auf mein Eis. Dekadent. Göttlich. Köstlich. Ganz ähnlich wie Keyton.

»Sie hat zwei Kinder. Ein vierjähriges Mädchen und einen dreijährigen Jungen.« Ich biss in einen Peanut-Butter-Cup. »Sie sind zuckersüß. Und urkomisch. Ich bin die Patentante ihres Sohnes.«

»Es ist großartig, dass ihr euch noch so nahesteht.«

Wenn er damit meinte, dass ich sie seit über einem Jahr nicht gesehen hatte und ihren Geburtstag verpassen würde, dann standen wir uns tatsächlich nahe. Ich würde mir etwas überlegen, ein Datum festsetzen und sie fragen, ob wir einen Tag zusammen verbringen könnten, ohne mich dabei zu fühlen, als würde ich in ihr Leben platzen oder sie dazu zwingen, all ihre Pläne für mich über den Haufen zu werfen. Möglicherweise würde ich ein paar mögliche Termine für nach der Tour festlegen können. Ein weiterer Mädelsausflug. Yeah! Ich musste vorausschauend sein und ihr genug Vorwarnung geben, damit ich sichergehen konnte, dass ich sie nicht in allerletzter Minute damit überrumpelte.

»Wie oft siehst du Felicia? Ich habe ihren Namen gestern in deinen Handykontakten gesehen. Sie hat nett gewirkt.«

Mein Kopf schoss hoch. »Woher kennst du …«

Er bedachte mich mit einem vielsagenden Blick.

Und mich überkam ein Hauch von Schuld.

»Oh. Das hatte ich vergessen.« Natürlich. Sie hatte ihm den Brief gegeben. Und mir meine Gitarre geschickt, nachdem er sie ihr überlassen hatte.

»Sie hat ihre Doktorarbeit beendet. Genau wie ihr Mann. Die beiden unterrichten jetzt in New Orleans. Sie sind letztes Jahr zu einem meiner Auftritte gekommen, aber wir haben uns im Anschluss daran nicht mehr als ein paar Minuten gesehen. Ich musste zu einen Meet-and-Greet und sie zu ihren Kindern.«

»Was ist mit anderen Freunden?« Er spähte zu mir herüber.

Ich zuckte mit den Schultern. Wie sollte ich auch sonst darauf reagieren? »Spencer. Ihn kennst du. Wir treffen ihn heute Abend. Das war's. Alle anderen, die ich kannte, sind nach dem College in unterschiedliche Richtung abgedriftet. Und von den letzten zweitausend Tagen war ich fast eintausendfünfhundert unterwegs. Die meisten von den Leuten, die in Kontakt geblieben sind, wollten nur irgendwas für sich herausschlagen. Tickets für ein Konzert. Eine Videobotschaft, um ihre Freundin zu beeindrucken. So was eben.« Es war schrecklich, dass es in neunundneunzig Prozent der Nachrichten, die Holden und Emily für mich abfingen, darum ging, dass jemand etwas haben wollte. Früher hatte es mich mehr gestört, mittlerweile hatte ich mich allerdings darauf eingestellt, ständig mit solchen Anfragen zu rechnen.

»Ich schreibe jeden Tag Songs. Optimiere sie. Probiere rum, was am besten passt. Wenn ich nicht auf Tour bin, bin ich im

Studio und nehme ein neues Album auf oder mache Werbung, um alles am Laufen zu halten. Es bleibt nicht viel Zeit, neue Freunde kennenzulernen, wenn man kaum eine Ahnung hat, in welcher Stadt man sich gerade befindet. Außerdem ist es schwierig, wirklich mit jemandem befreundet zu sein, wenn man das Gefühl hat, dass alle bloß aus Eigennutz handeln.« Ich schluckte die Bitterkeit mit einem großen Löffel Karamellsoße und Regenbogenstreuseln herunter.

»Liebst du sie?« Der Löffel erstarrte vor seinem Mund, als wäre ihm die Frage gerade erst in den Sinn gekommen.

Niemand hatte mich das je auf diese Art und Weise gefragt. Normalerweise formulierten sie das Ganze in der Annahme, dass ich ihre Meinung darüber, wie sehr ich die Musik und dieses Leben liebte, bestätigen würde. Die Wahrheit wollten sie nie wirklich hören.

»Die Musik?« Ich lächelte und dachte an die ersten zwanzig Konzerte. »Als ich das erste Mal auf der Bühne stand und dem Publikum das Mikrofon entgegengehalten habe, damit es den Refrain ohne mich singt … sind mir die Tränen gekommen. Ich habe daran gedacht, dass ich mir immer vorgestellt habe, wie es wäre, wenn andere Menschen meine Liedtexte mitsingen könnten. Ich habe Leute gesehen, die Zeilen aus meinen Songs auf ihren Körper tätowiert haben. So was flasht mich nach wie vor total. Es kommt mir immer noch so verrückt vor, dass ein Winken oder ein signiertes Blatt Papier anderen den Tag verschönern kann. Zu sagen ich hätte mit alldem großes Glück gehabt, wäre eine absolute Untertreibung.« Wie wäre unser Leben verlaufen, wenn ich geblieben wäre? Diese Frage spukte mir stets im Hinterkopf herum und hallte in meinem Herzen wider.

»Aber für dich gibt es keine Nebensaison, was?« Er nahm einen weiteren Löffel von seinem Eis, und ich bot ihm einen perfekt proportionierten Bissen von meinem an. Er senkte die Hand und ließ mich ihn füttern.

»Absolut nicht. Aber damit kennst du dich aus.« Ich stupste ihn gegen den Arm. »Ich habe dich in einigen Werbespots für Aftershave gesehen.«

Er stöhnte und schlug sich eine Hand vor das Gesicht. »Die habe ich mir nicht bloß eingebildet?«

»Selbst wenn's so wäre, du hast darin verdammt gut ausgesehen.«

Ich bot ihm einen weiteren Löffel Eis an. Die Art, wie er jeden Bissen entgegennahm, hatte eine gewisse Wirkung auf mich, und mein Körper war nicht länger taub. Wir würden gehen müssen, bevor ich über diesen Tisch kletterte und ihn zu Boden riss.

Einige drehten den Kopf in unsere Richtung, daher zog ich meine Mütze tiefer und vermied jeglichen Blickkontakt. Mit einem Typen das Haus zu verlassen, der so groß war wie Keyton, war nicht unbedingt die beste Taktik, um unauffällig zu bleiben, doch aus irgendeinem Grund überkam mich keine Panik, wenn ich neben ihm herging. Ganz anders als wenn ich mit einem Bodyguard unterwegs war. Für gewöhnlich gab es da immer diesen einen Augenblick, in dem mir das Herz beinahe stehen blieb, wenn die Tür des Autos oder eines Gebäudes geöffnet wurde.

Bei ihm fühlte ich mich sicher. Ich spürte die Art von Wohlbefinden, die daraus entstand, wenn man jahrelang alltägliche Momente miteinander teilte, sodass eine Verbindung entstand, die eine Sicherheit bot, die nicht vorgetäuscht oder über Nacht erschaffen werden konnte.

»Wohin als Nächstes, Mylady?« Er hielt mir seinen Arm hin.

»Das wird jetzt wirklich dumm klingen.«

»Das ist unmöglich. Vertrau mir. Sag mir einfach, wo du hinmöchtest, und wir machen uns auf den Weg.«

Ich spähte zu ihm hoch und fragte mich, für wie verrückt er mich gleich halten würde. Dann atmete ich tief ein und ließ meinen Arm in seinen gleiten. »Aber denk dran: Du wolltest es so.«

20

Keyton

Das kastenförmige blau-gelbe Gebäude von der Größe eines Football-Feldes wäre nicht meine erste Wahl gewesen, wenn es um Orte ging, an die ich Bay an ihrem freien Tag hätte bringen wollen.

Doch wir befanden uns im Ikea und wanderten durch die Schlafzimmerabteilung, in der wir Möbel für ein imaginäres Dreizimmerapartment aussuchten, und sie wirkte dabei, als hätte ich sie zu einem Shopping-Trip bei *Tiffany's* mitgenommen. Ihre Freude quoll förmlich über und machte es mir schwer, nicht pausenlos wie ein Wahnsinniger zu grinsen.

»Was hältst du von dem Bingsta-Sessel?« Sie tippte mit dem winzigen Bleistift an ihre Unterlippe. »Strahlt er die Gemütlichkeit eines Schlafzimmers aus?«

Ihr Blick begegnete meinem, um mich nach meiner ehrlichen Meinung zu fragen.

Ich unterdrückte mein Grinsen und nickte. »Er würde jeden Raum perfekt abrunden.«

»Was ist mit dem?« Sie zeigte in eine andere Miniwohnung, zu der ein Badezimmer gehörte, auf dessen Toilette in großen Buchstaben stand, dass dies nicht als echtes Badezimmer zu verwenden sei. Wie viele Vorfälle musste es gegeben haben, damit sie sich dazu genötigt gesehen hatten, dieses Schild anzubringen?

Ich setzte mich in den Sessel, der eine höhere Rückenlehne besaß als die meisten, und legte die Füße hoch.

Bay setzte sich mit dem Maßband um den Hals auf die Kante des Malm-Bettes und tippte mit dem Bleistift auf ihre Bestellkarte.

Eine Sekunde lang konnte ich tatsächlich glauben, dass wir das hier taten, endlich zusammenzogen, nachdem wir das College abgeschlossen hatten. Dass wir unser Leben und unsere Besitztümer miteinander verschmolzen und Möbel aussuchten, die uns beiden gefielen.

Sie betrachtete mich erwartungsvoll.

Ich kehrte in die Realität zurück und zu dem, was wir wirklich taten: so tun, als ob. Wie ich es so oft getan hatte, wenn Bay mir nachts im Traum erschienen war, selbst dann noch, als ich mir geschworen hatte, sie zu vergessen.

»Der Sessel ist gemütlich.«

»Sehr gut.« Ihre Augen funkelten, und ihr Lächeln strahlte, als sie den Namen des Sessels und die Menge auf ihrer Karte vermerkte.

»Was ist mit dem Bett?« Sie ließ sich nach hinten fallen. Ihre Sonnenbrille ruhte auf ihrem Kopf.

Als wir den Laden betreten hatten, waren ihre ersten Schritte zögerlich gewesen, und sie hatte sich an mich geklammert, als würde sie befürchten, dass sie jede Sekunde von einer Menschenmasse davongetragen werden könnte.

Als wir allerdings die Wohnzimmerabteilung hinter uns gelassen hatten, hatte sie die Brille auf ihren Kopf gesetzt, weil ich gesagt hatte, dass sie mehr Aufmerksamkeit auf sich zog, wenn sie sie anbehielt.

Nun, da sie sie ausgezogen hatte, beachtete uns niemand

mehr. Alle waren vielmehr damit beschäftigt, die Namen der Gegenstände richtig auszusprechen, egal ob Ottomane oder Geschirrtuch.

Ich legte mich neben sie, allerdings behielten wir beide die Füße auf dem Boden. Das diente als Erinnerung daran, wie unangemessen es wäre, wenn ich sie so berühren würde, wie ich es in diesem Augenblick am liebsten getan hätte. »Das Bett ist in Ordnung, aber ich denke, wir sollten was wegen der Decke unternehmen. Bei so hohen Räumen wird es schrecklich sein, wenn wir im Winter heizen müssen.«

Lachend drehte sie den Kopf zur Seite. »Dafür sind doch die ganzen Kartons da. Perfekt zum Isolieren.«

»Eine Frau mit einem Plan. Wohin als Nächstes?« Ich würde ihr den ganzen Laden kaufen, wenn sie das wollte.

Sie setzte sich auf und rieb die Hände aneinander. »Zu den Küchen. Wer könnte einem hübschen Spülbecken im Landhausstil widerstehen?«

Dann düste sie in besagte Richtung davon, ohne an meiner Seite zu bleiben. Ihr Verhalten hatte sich um hundertachtzig Grad gewendet, seitdem wir meine Wohnung verlassen hatten. Zuerst hatte sie sich wie ein verängstigter Welpe verhalten, nun sprang sie umher wie ein Pudel auf Red Bull.

Bay ging rückwärts und lockte mich dabei in die Küche mit den grauen Schränken, hinter deren Glastüren weißes Geschirr zu sehen war.

»Die sieht aus wie deine.«

»Nein, tut sie nicht.«

»Die Schränke haben eine andere Farbe, aber deine Küche ist definitiv auch so sauber. Perfekt geordnet.«

»Sie ist nicht perfekt geordnet.« *Oder etwa doch?*

»Ich habe nach Staub Ausschau gehalten, um zu gucken, ob du das Geschirr überhaupt jemals benutzt hast.«

»Ich halte meine Küche sauber. Was ist falsch daran?« Es half, dass ich an den meisten Tagen nur eine Tasse und einen Teller benötigte. Außerdem mochte ich es, wenn meine Schränke gut gefüllt waren, weil ich auf diese Weise immer direkt sehen konnte, wenn etwas nachgekauft werden musste.

»Es ist einfach nur so ganz anders als die versifften Wohnungen, an die ich mich aus College-Zeiten erinnere. Die meisten davon waren absolute Drecksbuden.«

»So ist das, wenn man älter wird. Sobald es dein eigenes Zeug ist, möchtest du, dass es sauber bleibt. Ich bin sicher, du bist auch so ...«

Und da begriff ich plötzlich, warum wir hier waren. Nicht einfach nur, um umherzuwandern und herumzualbern, sondern weil sie das noch nie gemacht hatte. Kein Apartment. Kein Haus. Keine Wohnungssuche im Anschluss ans College, um das erste eigene Heim mit bunt zusammengewürfelten Möbeln und Geschirr auszustatten und mit dem Kram zu füllen, den man vom College mitgenommen hatte und sich mit den ersten Gehaltsschecks als Erwachsener leisten konnte.

Selbst ich hatte diese Erfahrung gehabt. In der ersten Hälfte der Saison war ich im Trainingsteam gewesen und hatte ein entsprechendes Gehalt bekommen. Es war nicht unbedingt wenig gewesen, allerdings auch nicht das, was ein Profispieler verdiente. Auch wenn ich mit Knox zusammengewohnt hatte, hatte ich nicht schmarotzen wollen, und er hatte Geld sparen wollen.

Nachdem sich schließlich mein Status als Glücksbringer gefestigt hatte und die Nullen auf meinem Bankkonto zugenommen hatten, hatte ich jeden Cent auf die hohe Kante gelegt. Mich auf das Geld zu verlassen, das ich mit meinem Touchdown-Mojo verdiente, wäre dumm gewesen. Also waren Knox und ich bis zu meinem Trade im folgenden Jahr Mitbewohner geblieben.

Jeder, der uns besucht hatte, hatte vermutlich angenommen, dass wir zwei Typen waren, die gerade erst das College beendet hatten, und nicht Profisportler. Was hätte Bay gedacht, wenn ich sie an dem Tag hereingelassen hätte, an dem sie so lange geklingelt hatte, dass es einen Kurzschluss gegeben hatte? Das würde ich nie erfahren.

Doch sie hatte keines dieser Rituale des Erwachsenwerdens erlebt. So stolz ich auch auf sie war, ich hasste es dennoch, dass dieses Leben es ihr unmöglich gemacht hatte, die Dinge durchzumachen, die die meisten Leute nach dem College erlebten. Meine Reise mochte ebenfalls nicht normal gewesen sein, ich hatte allerdings noch nie Angst davor gehabt, mein Apartment zu verlassen, weil ich mir Sorgen darum machen musste, was die Fans mir antun könnten.

Wir spazierten durch die Gänge mit den leuchtenden Pfeilen, sprachen darüber, welche Möbel gut in unser imaginäres Apartment passen würden, und Bay schrieb alles auf.

Nachdem sie sich einen Einkaufwagen geschnappt und einige Dinge hineingelegt hatte, sauste sie davon.

Ich blieb vor einem Regal stehen, um mir den Preis anzusehen und es mir für sie zu merken. Allerdings gab es das Ding in drei verschiedenen Farben. Ich hasste die Tatsache, dass ich ihren Geschmack und sie nicht mehr gut genug kannte, um ein Regal aussuchen zu können, ohne sie fragen zu müssen.

Ich hielt nach Bay Ausschau und entdeckte ihre graue Mütze zwischen den anderen Kaufhausbesuchern. Sie war definitiv zu weit entfernt, als dass ich ihren Namen hätte rufen können. Wenn ich das täte und dabei zusah, wie alle sofort in ihre Richtung starrten, hätte ich uns damit garantiert den Tag ruiniert.

Ich zermarterte mir den Kopf, bevor mir die perfekte Lösung einfiel. »Hey, Neue!«

Sie blieb so abrupt stehen, dass ihr Wagen gegen eine Wühlkiste mit Stofftieren prallte und ein lautes metallisches Scheppern ertönen ließ.

Einige Leute musterten mich kurz, bevor sie weitergingen. Mist, nicht ganz so unauffällig, wie ich gedacht hatte. Ich lächelte entschuldigend und richtete den Blick auf Bay.

Wie in Zeitlupe hob sie den Kopf und starrte mich mit großen, ungläubigen Augen an.

Mist. Das war vermutlich nicht der beste Weg gewesen, ihre Aufmerksamkeit zu erregen.

Mit ihrem Wagen und gesenktem Kopf eilte sie zu mir herüber.

»Sorry.« Ich verzog das Gesicht. »Ich wollte irgendwie deine Aufmerksamkeit erregen. Da ich ja nicht einfach so deinen Namen rufen kann, ist mir nichts Besseres eingefallen.«

Ihre Finger tippten auf den Plastikgriff des Einkaufswagens, doch sie blickte nicht auf. »Weißt du, wie lange es her ist, dass mich jemand so genannt hat?«

Verdammt, definitiv die falsche Entscheidung. Hatte ich ihr gerade den Tag verdorben? »Ich würde mal sagen, nicht lange genug.«

Mit einem schwer einschätzbaren Ausdruck im Gesicht blickte sie zu mir auf. »Nicht seit Greenwood.«

»Sorry, ich hätte vorlaufen sollen, um dich zurückzuholen. Aber ich wollte dir ein Regal zeigen, von dem ich dachte, dass es dir gefallen könnte.« Das Ganze klang jetzt total dumm. Warum hatte ich unbedingt ihre Meinung zu einem bestimmten Möbelstück für eine imaginäre Wohnung wissen wollen?

»Ich dachte da an Marineblau.« Ich versuchte, normal zu klingen.

Sie schaute von mir zum Regal, und ein Lächeln umspielte ihre Lippen. »Anscheinend kennst du meinen Geschmack ziemlich gut.« Ihre Finger streiften meine. »Und der Name macht mir nichts aus, wenn du ihn sagst. Es ist eine nette Erinnerung.«

Wer braucht schon eine Erinnerung an so was? Ich hatte ihr diesen Namen vor der ganzen Schule verpasst, und er hatte sie drei Jahre lang verfolgt. Verdammt, ich mochte ja nicht einmal den Namen, den ich selbst in Greenwood getragen hatte. Ich zuckte immer noch zusammen, wenn mich jemand Dare nannte. »Daran, was für ein Arschloch ich in der Highschool war.«

Sie zog mich am Kragen meines Pullovers zu sich herunter, bis sich unsere Lippen berührten. »Nein, an simplere Zeiten.« Nachdem sie das Regal auf ihre Liste gesetzt hatte, gingen wir weiter.

Endlich war es Zeit für die Hauptattraktion des ganzen Ausflugs, also nahm ich zwei Tabletts, und wir stellten uns in die Schlange für die schwedischen Fleischbällchen.

»Kann ein Mensch wirklich so viele Fleischbällchen auf einmal essen?« Sie zeigte mit ihrer Gabel auf meinen Teller, der mit Kartoffelbrei, Soße und einem unfassbaren Haufen an Fleischbällchen gefüllt war.

»Ich bin mir nicht sicher, aber ich werde definitiv versuchen, es herauszufinden.«

»Dir wird nur schlecht davon.« Sie teilte ein Fleischbällchen, bevor sie es in die Soße tunkte und zusammen mit etwas Brokkoli aß. Ihr leises, zufriedenes Summen brachte ein urtümliches Bedürfnis in mir hervor, das ich vorher noch nie gespürt hatte.

»War das Ganze so, wie du es dir vorgestellt hast, nur noch besser?«

Ihr Blick wanderte durch das Restaurant, das mit seinen leicht abwischbaren Plastikstühlen und den Tischen, die alle ein wenig schief waren und jedes Mal wackelten, wenn man den Arm darauf abstützte, an eine billige Cafeteria erinnerte.

Die Plastikbecher, gefüllt mit etwas schaler Cola, waren auch nicht zu vergessen. Sie sah mir in die Augen, bevor sie meine Hand mit ihrer bedeckte und sanft zudrückte. »Es war noch besser, weil ich mit dir hier sein konnte.«

Das Fleischbällchen blieb mir fast im Hals stecken, und mein Herz raste wie ein Field-Goal-Punt von der Zehn-Yard-Linie, der durch den Himmel rauschte.

Ein Blick genügte, und ich glaubte ihr sofort, dass dieser magische Besuch bei Ikea für sie noch besser geworden war, weil sie mich dabeihatte. »Wenn du schon von Ikea so begeistert bist, kann ich es kaum erwarten, dir Target zu zeigen.«

Limonade spritzte aus ihrem Mund, und sie bedeckte ihn lachend. »Wenn du mich mit zu Target nimmst, dann werde ich dich vermutlich heiraten müssen.« Sie wischte die Flüssigkeit vom Tisch und schob die nassen Servietten auf dem Tablett unter ihren Teller.

Ich verbiss mir die Worte, die ich entgegnen wollte: »Dann lass uns das tun.« Alice und ich hatten beinahe ein Jahr gebraucht, um zusammenzuziehen, und weitere sechs Monate, bevor ich es überhaupt für angebracht gehalten hatte, an Ringe zu denken.

Das Wissen, dass Bay morgen nicht mehr in meinem Bett sein würde, fühlte sich falsch an. Die Art von falsch, von der ich vorgegeben hatte, sie würde nicht existieren, und die ich hatte überdecken können, seitdem ich das letzte Mal mit ihr im Arm eingeschlafen war.

Wir hatten nur heute. Was morgen passieren würde, mussten wir noch herausfinden.

Nachdem wir unsere Tabletts auf dem Essensfriedhof abgestellt hatten, drehten sich ein paar Leute zu uns um. Mir stellten sich die Nackenhaare auf.

Es war zunehmend voller geworden. Ihre Nervosität hatte

nachgelassen, doch die Zahl der Blicke, die uns zugeworfen wurden, hatte eindeutig zugenommen. Umgeben von so vielen Leuten würden uns Autogramm- und Selfie-Jäger schnell überwältigen können. Aber ich hatte ihr versprochen, sie zu beschützen, und ich beabsichtigte, dieses Versprechen zu halten. Ich schickte Gwen eine Nachricht, während Bay einen Zwischenstopp bei den Toiletten einlegte.

Als sie zurückkam, holte ich ihre Mütze aus ihrer Tasche und setzte sie ihr auf den Kopf, bevor ich sie weiter nach unten über ihre Augen zog.

Grinsend schob sie sie hoch.

Dann setzte ich ihr die Sonnenbrille auf.

Ich wollte nicht, dass ihr der Tag verdorben wurde, weil jemand sie erkannte. Ich wollte außerdem nicht herausfinden, wie mein rasendes Herz und meine Besorgnis sich verhalten würden, wenn es um Bay ging.

Wir mussten sofort gehen.

In der Nähe der Türen hielten sich noch mehr Menschen auf. Ich hatte ihr versprochen, sie zu beschützen. Meine Muskeln spannten sich an, als Handys gezückt wurden.

Also nahm ich ihre Hand und führte sie durch die automatischen Türen nach draußen. Vor dem Ausgang wartete ein Wagen. »Wohin als Nächstes?«

21

Keyton

Nachdem wir uns in meinem Apartment von dem Fleischbällchen-Koma erholt hatten, begaben wir uns ins Spielzimmer des Hotels. Ich schlug sie beim Poolspielen, und sie machte mich beim Air Hockey fertig. Viel zu schnell war es Zeit für den einzigen Termin des Tages.

Wir saßen in einem Studio, das sich extrem von denen unterschied, zu denen ich sie zuvor begleitet hatte. Der Raum war nicht beengt. Er war nicht dunkel. Die Ausrüstung, die Möbel, selbst die Wände vermittelten nicht den Eindruck, als verweilten sie schon die letzten sechzig Jahre dort.

Alles wirkte sauber und glatt, glänzend und makellos. Auf einem geschwungenen Tisch türmten sich Computer und allerlei Elektronik.

Unsere ergonomischen Drehstühle waren weich und flüsterleise. Weder auf dem Plastik noch auf dem Leder waren Kratzer zu sehen.

Holden war kurz vorbeigekommen, bevor er wieder verschwunden war. Bay spielte mit der Elektronik an den Computermonitoren. Riesige Lautsprecher waren auf dem Soundboard befestigt, und ich hegte keinen Zweifel daran, dass sie mir bei voller Lautstärke die Trommelfelle platzen lassen würden.

Für mich waren die Geräte ein Buch mit sieben Siegeln, doch Bay hatte sie mit einer kurzen Melodie ausprobiert, die sie gesungen hatte, als wir angekommen waren. Der Klang ihrer Stimme, wenn sie vor einem gefüllten Stadion oder auch nur vor einem Publikum von ein paar hundert Leuten auftrat, konnte nicht damit mithalten, wie sie sich anhörte, wenn sie nur für mich sang. Nur wir beide, süße Töne, mühelos und geschmeidig hervorgebracht. Das versetzte mich zurück nach Greenwood, wo ich damals auf ihrem Bett gelegen hatte, oder auch in unsere gemeinsame Zeit in L.A.

Das Verlangen danach, länger mit ihr zusammen zu sein, traf mich mit unerwarteter Heftigkeit. Der Tag hatte einfach nicht genug Stunden.

»Und wenn ich den hier hochschiebe …« Sie berührte den Regler, und ihre Stimme klang wie *Alvin und die Chipmunks* auf Speed.

»Ist das dein Plan für das nächste Album?«

Sie lachte. »Die Fans wären definitiv geschockt.«

Die Tür links von uns wurde geöffnet. Die Silhouette eines Mannes erschien im Türrahmen und zögerte.

»Spencer!« Bay warf die Arme um den Hals des Typen, mit dem sie abgehauen war, direkt nachdem sie mich in Kalifornien das erste Mal wiedergesehen hatte. Und der mir bei dem Abendessen mit ihr damals den Platz gestohlen hatte, bevor er abgezischt war.

Die rasende Eifersucht wollte ausbrechen. Sie wollte toben und ihn anbrüllen, damit er die Hände von ihr nahm. Doch ich riss diese Gefühle auseinander und ließ sie davontreiben.

Bay und ich hatten den ganzen Tag miteinander verbracht. Wir hatten geredet, gelacht, uns geküsst und atemberaubenden Sex auf diversen Oberflächen in meinem Apartment gehabt. Es war ein Tag randvoll mit Erlebnissen gewesen. Sie hatte mir kein einziges Mal den Eindruck vermittelt, dass sie lieber woanders wäre. Er war keine Bedrohung.

Ich entwaffnete die Kriegsschiffe, die durch meine Brust jagten, und atmete tief ein.

»Du erinnerst dich sicher noch an Keyton aus dem Sommer nach unserem Abschluss, oder?« Sie kam zu mir herüber. Spencer hatte hellbraunes Haar, das er oben etwas länger trug und an den Seiten kurz. Er war nicht dürr, aber auch nicht so breit wie die meisten Typen, mit denen ich abhing. Er passte in das Profil eines Rockers, inklusive scharf geschnittenem Kiefer und hohen, sanft geschwungenen Wangenknochen. Er hatte nach einem Auftritt sicherlich keine Probleme mit den Ladys.

Ich streckte ihm eine Hand entgegen und entspannte die Muskeln, um ihm nicht die Finger zu zerquetschen. Wenn ich jetzt in den Zerstörungsmodus verfiel, würde das unserem wunderbaren Tag einen Dämpfer verpassen. Er war Bays Freund, und davon hatte sie nicht viele.

Er weitete die Augen und schüttelte meine Hand zweimal, bevor er losließ. »Ja, ich erinnere mich. Der Football-Spieler.« Er blickte zwischen uns hin und her. »Ich wusste nicht, dass ihr noch in Kontakt steht.«

Bay ging nicht darauf ein, und ich tat das ebenfalls nicht. Ein Teil von mir wollte sich damit brüsten, dass es vieles gab, was er nicht über ihr Leben wusste. Doch woher sollte ich wissen, ob er in diesem Bereich nicht wesentlich mehr Ahnung hatte als ich.

Ich trat zurück und setzte mich auf die Couch an der Wand, um ihnen etwas Raum zu lassen.

»Wie ist es so, auf Tour zu sein?« Bay ließ sich neben mir ins Polster sinken, sodass sich unsere Beine berührten.

Ein weiterer Sieg, den ich auf meine Liste setzen konnte.

Spencer plumpste auf einen der Drehstühle und schob sich

mit den Füßen näher zu uns heran. »Anstrengend. Absolut chaotisch. Eine Plackerei, die alles andere übertrifft.« Ein gigantisches Grinsen breitete sich auf seinem Gesicht aus. »Es ist die beste Zeit meines Lebens. Tausendmal besser als der Job im Vierundzwanzig-Stunden-Fitnessstudio, den ich die zwei Jahre über gemacht habe, während ich mein Demo-Tape aufgenommen habe.«

»Und jetzt bist du bereit für ein ganzes Album?« Bay strahlte und hatte sich nach vorn gebeugt. Die Hände hatte sie zwischen die Beine geklemmt, als würde sie nicht darauf vertrauen, sie im Zaum halten zu können, wenn sie sie nicht einsperrte. Dies war die Aufregung, von der sie beim Eisessen geredet hatte. Sie war nicht nervös oder besorgt, sondern aufgeregt, weil sie mit einem Freund über ihre Arbeit sprechen konnte.

»Ich versuche es. Ich war total schockiert, als du angeboten hast, dass ich herkommen kann.« Er starrte sie an, als wäre er noch immer nicht ganz sicher, was er hier eigentlich tat.

»Nachdem ich mir deine Coverversion angehört habe, habe ich noch ein paar andere rausgesucht, und du hast einen Song gesungen, den du auf deinem nächsten Album haben willst.« Sie klang beeindruckt.

»Behältst mich wohl im Blick, was?«, neckte er.

Ich wiederholte gedanklich immer wieder, dass ihr lockerer Umgang und das Scherzen keine Bedrohung darstellten. Denn das taten sie nicht. Und außerdem: Was gab es schon zu bedrohen? Bay und ich hatten innerhalb der letzten sechs Jahre gerade mal vierundzwanzig Stunden miteinander verbracht. Ich konnte wohl kaum eine Flagge herausholen und in ihrer Vagina platzieren, um sie für mich zu beanspruchen.

»Machen Freunde das nicht so?« Sie lehnte sich an mich und legte eine Hand auf mein Bein; eine beruhigende Geste, die sie völlig unwissentlich machte. Nachdem wir einen Tag lang so entspannt und glücklich Zeit miteinander verbracht hatten, fühlte es sich gar nicht so an, als hätten wir uns weniger als achtundvierzig Stunden lang gesehen, seitdem unsere Leben wieder aufeinandergeprallt waren. Wenn ich in ihrer Nähe war, fühlte es sich an, als hätte es sich bei den sechs Jahren der Trennung bloß um wenige Stunden gehandelt. So als wäre ich an dem einen Morgen in ihrem Apartment aufgestanden und hätte sie geküsst, bevor ich losgezogen war, um mich meinem Schicksal zu stellen. Als hätte ich sie fest im Arm gehalten, nachdem ich die Nachricht über die Entgleisung meiner Karriere bekommen hatte.

Es war verrückt, wie real sich diese Version meines Lebens nach nur wenigen Stunden mit ihr anfühlte.

Spencer senkte den Kopf. »Ich bin froh, dass du mich noch als Freund betrachtest.«

Sie rutschte vor. »Natürlich tue ich das.«

»Bay …« Spencers Mund öffnete und schloss sich wieder. »Ich weiß, dass ich mich zum Ende hin echt mies verhalten habe.« Er rieb sich mit den Händen über die Jeans.

Mein Beschützerinstinkt drohte erneut auszubrechen, nachdem sich all diese Ruhe in mir ausgebreitet hatte. Was zum Teufel hatte er getan, das so mies gewesen war?

»Dich darum zu bitten, Walter mein Demo-Tape zu geben, war unangebracht. Vor allem, da du selbst noch nicht mal irgendeinen Vertrag unterschrieben hattest. Ich hätte dich nicht in diese unangenehme Lage bringen sollen.«

Hatten sie darüber gesprochen, als ich sie bei unserem Abendessen unterbrochen hatte? Sein Verlangen danach, sich zu entschuldigen, erschien mir lächerlich, wenn man bedachte, dass Bay hier neben mir saß, nach allem, was wir einander angetan hatten.

»Wie oft muss ich dir noch sagen, dass es okay ist? Sieh nur, wo du inzwischen stehst.« Jedes ihrer Worte glühte vor Stolz, als würde sie ihrem kleinen Bruder dabei zusehen, wie er die Endzone erreichte.

Würde sie mir auf dem Spielfeld zuschauen? Von der Tribüne aus schreien und mich anfeuern, unfähig, den Blick auch nur eine Sekunde lang abzuwenden? Würde ich je für sie spielen können?

»Sieh nur, was *du* erreicht hast.« Er warf einen Blick über seine Schulter. »Ich kann kaum glauben, dass ich überhaupt hier reingelassen wurde. Ich warte immer noch darauf, dass mich in den nächsten dreißig Sekunden ein Typ von der Security zu Boden wirft.«

»Haha, sehr witzig.«

»Also, was genau *mache* ich eigentlich hier? Als ich die Einladung bekommen habe, hätte ich nicht gedacht, dass wir uns im Studio treffen würden. Nimmst du gerade auf? Dabei würde ich gerne zusehen, wenn ich darf.«

Mir hatte Bay das Ganze auch nicht richtig erklärt. Nicht dass ich unbedingt eine Erklärung für irgendetwas bräuchte, was sie tun wollte. Mit ihr zusammen zu sein war meine oberste Priorität. Ich war zu so ziemlich allem bereit, solange es sich nicht um Bungee-Jumping oder einen Helikopterflug über die Stadt handelte.

Holden kehrte zurück ins Studio.

Bays Kopf wirbelte zu ihm herum. »Großartig, du bist hier.«

»Hast du ihm bereits davon erzählt?« Mit seinem leuchtenden Tablet gestikulierte Holden in Spencers Richtung. »Ich bin hergekommen, um die Tür zu versperren, damit er die Verschwiegenheitsvereinbarung unterschreibt, wenn er einverstanden ist.«

Ich schlang einen Arm um Bays Rücken, sodass meine Finger ihre Hüfte berührten. Ich hasste es, wie viel Macht Holden über ihr Leben hatte. Manchmal fühlte es sich an, als hätte sie überhaupt keine Kontrolle über die Dinge, die mit ihr passierten. Eigentlich sollte er auf sie achtgeben, doch sie war ständig völlig fertig, hatte keine Zeit für sich selbst und kaum eine Ahnung, in welcher Stadt sie sich befand. Und das ärgerte mich ungemein. Sie sollte ein Zuhause haben, einen Ort, an dem sie dem ganzen Wahnsinn der Welt entkommen konnte, in die sie hineingeworfen worden war.

Spencers Blick zuckte zwischen uns dreien hin und her. »Womit einverstanden?«

Bay lehnte sich vor und fischte einen Notizblock aus ihrer Tasche. Es handelte sich nicht um den, in den sie Songs über mich geschrieben hatte, doch er wirkte ebenso abgegriffen. Offenbar wurde er häufig genutzt. »Ich habe ein paar Songs, die ich gerne mit dir teilen möchte. Sie sind mir in den Sinn gekommen, nachdem ich mir deine Auftritte angeschaut habe, und ich wollte wissen, ob sie dir gefallen.«

Spencer fiel geradewegs aus seinem Stuhl. Er prallte gegen das Mischpult hinter ihm, und sein Hintern landete auf dem Boden. »Machst du Witze?« Er schoss in die Höhe, und seine Augen sahen aus, als würden sie ihm gleich aus dem Kopf fallen. Dies war seine große Chance – wie ein Draft in der ersten Runde, nachdem man nicht gut genug für ein College-Stipendium gewesen war.

Ein Geschenk. Sie machte ihm ein Geschenk, das eine Musikerin wie sie niemandem schuldete. Ihre Worte. Ihre Songs. Ihre Stimme.

In den nächsten Stunden arbeiteten Bay und Spencer an ihrer Musik. Wenn ich nach meiner Meinung gefragt wurde, gab ich meinen Senf dazu, die meiste Zeit begnügte ich mich allerdings damit, mich zurückzulehnen und ihr bei der Arbeit zuzusehen. Dabei, wie sie in die Musik eintauchte und ihre Verbesserungsvorschläge durch das Mikrofon an Spencer weitergab, der sich in der Aufnahmekabine befand.

Auf dieser Seite der Scheibe – während sie jemand anderen anleitete – hatte ich sie noch nie erlebt. Eine Selbstsicherheit, die sich völlig von der unterschied, die sie auf der Bühne ausstrahlte, nahm von ihr Besitz. Das hier war keine Show.

Spencer hatte sich eingegroovt, nachdem seine anfängliche Nervosität nachgelassen hatte. Er schüttelte sie ab und widmete sich mit Herz und Seele dem Song, den Bay für ihn geschrieben hatte. Er klang gut – besser als gut, denn der Song passte perfekt zu seiner Stimme, auch wenn es ihre Worte waren.

Sie schnappte sich ihre Gitarre, und gemeinsam spielten sie die Melodie und den Rhythmus des Songs, bevor sie ihre Magie walten ließ und beides mit dem Gesang vermischte. Sie beendeten die Aufnahme eines Songs, und Bay rief Spencer herein, damit er ihn sich anhören konnte.

Dabei diente ich als Testpublikum. Beide betrachteten mich, als könnte ich ihnen mehr geben als nur die Meinung eines Laien.

Spencer verschränkte die Arme und starrte mich konzentriert an. »Würdest du ihn in deinem Auto voll aufdrehen und laut mitsingen?«

Ich blickte zu Bay. »Der Refrain ist ein Ohrwurm, vermutlich werde ich ihn den Rest der Woche über ständig singen.«

Sie wechselten einen Blick, bevor sie sich einen High Five gaben und im Chor riefen: »Yeah!«

Nachdem sie mit den drei Songs fertig waren, wurde Spencer von Holden an einen unbekannten Ort entführt, wo er vermutlich die Seele seines Erstgeborenen dafür hergab, um diese Songs veröffentlichen zu dürfen.

Bay saß auf meinem Schoß, während die Lautsprecher die Aufnahmen wiedergaben.

Ihr so nahe zu sein würde mir nie langweilig werden, doch der Tag neigte sich dem Ende zu und damit auch unsere gemeinsame Zeit. Ich würde keine weiteren sechs Jahre aushalten, ohne sie im Arm halten zu können.

»Diese Songs sind der Wahnsinn.«

Sie schlang die Arme um meine Schultern. »Findest du? Ich hoffe, Spencer gefallen sie.«

»Wenn nicht, dann ist er ein Idiot.« Ich rieb meine Wange an ihrem Gesicht.

Auf dieser Seite der Scheibe fühlte sie sich wohl. Die nervöse Angst, die stets unter der Oberfläche lauerte, wenn sie nach draußen ging – oder vor einem Auftritt von ihr Besitz ergriff –, löste sich auf. Stattdessen wirkte ihre aufgeregte Freude darüber, hier im Studio mit Spencer Musik zu machen, geradezu ansteckend.

Ich hatte mich gefragt, ob ihre Liebe zur Musik auf dem Weg zum Ruhm verloren gegangen war, doch das war sie nicht. Das konnte ich ihr ansehen. Ich konnte es an jedem Blick und jedem Nicken erkennen, ebenso wie in dem entschlossenen Ausdruck, der sich jedes Mal auf ihre Züge gelegt hatte, wenn sie Spencer darum gebeten hatte, eine Zeile neu zu singen oder eine Verbesserung umzusetzen, die sie sich gemeinsam überlegt hatten.

Sie liebte das alles. Und das bedeutete, sie würde dieses Leben nie aufgeben. Und das sollte sie auch nicht – denn es ließ sie aufblühen. Allerdings wusste ich nicht, was dies für uns bedeutete.

Ihre Finger spielten mit den Knöpfen an meinem Shirt. »Danke fürs Mitkommen. Ich bin sicher, so hast du dir das nicht vorgestellt, als ich gesagt habe, dass wir den Tag zusammen verbringen können.«

Ich küsste sie – nicht so, wie ich es wollte, sondern so, dass ich nicht Gefahr lief, sie auf die Couch zu drücken und ihr einen Vorgeschmack auf das zu geben, was folgen würde, wenn wir zurück in meinem Apartment waren. »Heute ging es darum, dass du Spaß hast. Mir ist egal, was dafür nötig ist.«

»Sollten wir Spencer retten gehen?« Sie knabberte an ihrer Unterlippe. »Ich habe mittlerweile das Gefühl, dass Holden ihn als Geisel hält.«

»Gib ihnen noch ein paar Minuten.«

Sie legte den Kopf auf meine Schulter, und ich streichelte ihr über den Rücken. Wenn die Welt in diesem Moment untergegangen wäre, wäre ich als glücklicher Mensch gestorben.

Doch das tat sie nicht. Holden und Spencer kehrten zurück, bevor ihre Zeit verstrichen war. Spencer sah aus, als hätte er einen Geist gesehen, der ihm mit einem Gewinnerlos zugewinkt hatte.

Bay stand auf und spielte erneut die Aufnahme seiner Lieder ab, bevor sie wieder zu mir zurückkam. Sie schien genauso glücklich darüber zu sein, seine Musik zu hören, wie über ihre eigenen Songs, die sie für mich hatte laufen lassen, bevor Spencer angekommen war.

Dieser stand mit geschlossenen Augen vor dem Pult, bis der letzte Ton verklungen war. Als er sie wieder öffnete, starrte er Bay an, als hätte sie ein Wunder gewirkt. »Ich befürchte immer noch, dass ich träume. Die sind auf einem ganz anderen Level. Meine Stimme wird ihnen gar nicht gerecht.«

»Ich habe sie extra für deine Stimme geschrieben.« Sie tippte mir auf die Arme, und ich löste sie von ihrer Taille. Dann sprang sie auf und packte Spencer an den Schultern, um ihn leicht zu schütteln. »Hörst du denn nicht, was ich sage? Holden, hilf mir doch mal.«

Holden schwang in seinem Stuhl herum und sah von seinem Tablet auf. »Sie sind der Wahnsinn. Dein Gesang und dein Können an der Gitarre. Bays Produktionstalent und ihre Texte. Hits für die Top 100, gar keine Frage.«

Spencer wandte sich Bay zu und wirkte nach wie vor überaus skeptisch. »Und du möchtest, dass ich sie auf mein Album setze?«

»Wenn du sie haben willst.« Sie trat zurück.

Ich strich mit den Fingern über ihr Bein, so wie damals, als sie im Trainingslager das erste Mal in der Öffentlichkeit gesungen hatte. Ich verlieh ihr meine Stärke und meine Zuversicht, dass sie alles schaffen konnte, was sie wollte.

»Willst du mich verarschen?«, rief Spencer so laut, dass man seine Stimme trotz des Schallschutzes sicher draußen gehört haben musste. »Natürlich will ich sie.«

Er warf sich auf sie und hätte sie dabei um ein Haar zu Boden gerissen.

Sie lachten beide, ihre Verbindung war durch die gemeinsame Leidenschaft zur Musik gefestigt.

Ich atmete tief ein und beobachtete, wie ein anderer Mann sie fest an sich drückte; dabei suchte ich in meinem Inneren nach Eifersucht oder Unsicherheit als Erklärung dafür, warum mein Herz so raste.

Doch ich fand nichts dergleichen. Ich empfand nur Freude darüber, dass sie ihre Texte teilen und Songs kreieren konnte, die andere hören würden, obwohl sie sie nicht singen würde. Diese Gefühle kamen unerwartet. Ich hatte angenommen, dass ich die alten, zerstörerischen Verhaltensweisen hinter mir gelassen hatte, weil ich mit Alice zusammen gewesen war. Nun wusste ich jedoch, dass es bloß daran gelegen hatte, dass ich für sie nicht dasselbe gefühlt hatte wie für Bay. Es hatte keine unbestreitbare Anziehung gegeben, die es mir schwer gemacht hatte, nicht an sie zu denken, nicht von ihr zu träumen. Das hier war der ultimative Test gewesen. Möglicherweise würde ich damit zurechtkommen. Möglicherweise würde ich mit uns zurechtkommen.

Unsere Session im Studio kam langsam zum Ende. Bay strahlte, während sie mit den anderen die letzten Details abklärte. Spencer würde im letzten Abschnitt ihrer Europatour bei einigen Shows als Opening Act auftreten. Holden legte Bay den Vertrag vor, der festlegte, dass sie auf seinem neuen Album als Songwriterin aufgeführt werden würde, und sie setzte überall ihre Unterschrift. Wenn sie das nächste Mal in Philly war, würden sie den drei Liedern gemeinsam den letzten Schliff verpassen.

Die Fahrt zu meinem Apartment verlief ruhig und ereignislos. So viel Zeit des heutigen Tages hatten wir damit verbracht, uns auf ein Worst-Case-Szenario vorzubereiten, in dem alles fundamental schiefging.

Doch nun saßen wir mit einer Schüssel voller Goobers – den schokolierten Erdnüssen, die sie am liebsten mochte – und Popcorn neben uns in meinem Wohnzimmer auf einem Haufen Kissen auf dem Boden. Der Fernseher war aus, aber wir brauchten keine andere Beschäftigung als uns selbst.

Sie lehnte sich an meine Brust. Ihr Haar streifte meine Wange.

Ich starrte in das Feuer, das im Kamin knisterte, den ich noch nie zuvor benutzt hatte. Nach einigen Fehlschlägen hatte ich herausgefunden, wie man ihn anmachte.

Nachdem wir so viele Stunden im Studio verbracht hatten, war die Sonne inzwischen längst untergegangen. Unser Tag war beinahe zu Ende. Das Ticken der Uhr, deren Zeiger auf fünf Uhr zugingen – auf den Zeitpunkt, an dem sie gehen würde –, wurde von jedem unserer Herzschläge begleitet.

Die Stille in meinem Apartment fühlte sich nun wie ein

Trost an, allerdings bedeutete sie auch, dass nichts meine Gedanken übertönen konnte. Das Chaos an Gefühlen, ausgelöst von Bays Anwesenheit, hatte sich auf eine einzige Frage reduziert.

Sie war mir schon den ganzen Tag durch den Kopf gegangen. Zuerst war sie ein Flüstern gewesen, hatte jedoch stetig an Lautstärke zugenommen, bis sie mir in den Ohren dröhnte und ich sie schließlich aussprechen musste. »Was passiert jetzt?«

Ich schlang die Arme um ihre Taille.

Sie starrte geradeaus ins Feuer. »Ich weiß es nicht.« Sie rieb ihren Kopf an den Stoppeln an meinem Kinn.

Ich hatte ebenfalls keinen Schimmer, allerdings wusste ich, dass dies nicht die einzige Nacht bleiben konnte, die wir ineinander verschlungen verbrachten.

Ein egoistischer Teil von mir wollte, dass sie die Tür verriegelte und mir sagte, sie würde nicht gehen. Sie hätte ihre Wahl getroffen und sich für mich entschieden. Doch das war ein gieriger Traum, der mich mit Scham überschwemmte.

»Die Saison endet im Januar. Februar, wenn meine Glückssträhne anhält.«

Sie sah mich über ihre Schulter hinweg an, und Traurigkeit trübte ihren Blick. »Ich fliege in der ersten Novemberwoche nach London. Die Tour geht noch bis Ende Juli.«

»Genau da beginnt das Trainingslager.«

Sie sackte gegen meine Brust und legte die Hände auf meine, bevor sie den Kopf an meiner Schulter ruhen ließ, als befürchte sie, dass jeden Moment jemand ins Zimmer platzen und uns auseinanderreißen könnte. »Und ich mache mein nächstes Album fertig.«

»Wenn meine Saison vorbei ist, könnte ich rüberkommen. Mich deiner Crew anschließen.« Ich streckte meine Beine aus und versuchte, sie um ihre zu schlingen. Die Saison dauerte siebzehn Wochen, ein halbes Jahr, wenn man das Trainingslager und die Play-offs einrechnete. Ich würde mir einen Privatjet kaufen, wenn es nötig war, nur um sie immer besuchen zu können, wenn sie eine Pause hatte. Egal, wie kurz diese auch sein mochte.

»Wir beide würden ein paar Monate lang ständig vom Hotel in den Tourbus und wieder ins Hotel wechseln, bevor du wieder in deine Saison startest.« Sie klang so gedankenverloren, als würden wir bereits auseinanderdriften.

Mein Herz fühlte sich eng an, als hätte sich eine Faust darum gelegt und würde die Durchblutung stören.

»Und das würde dich glücklich machen? Was für eine Beziehung wäre das?«

Ich klammerte mich noch stärker an meine Idee. »Unsere. Wer bestimmt die Regeln? Sie wäre vielleicht nicht perfekt. Aber es wäre allein unsere.«

»Vor ein paar Tagen warst du noch bereit dazu, mich zu verlassen, ohne ein einziges Mal zurückzublicken.«

Die Schuldgefühle in Bezug auf meinen Umgang mit der Situation nahmen zu. Meine Furcht davor, was ihre Nähe in mir auslösen könnte, würde etwas Neuem zwischen uns nun womöglich ein Ende bereiten, bevor es überhaupt begonnen hatte. Ich würde mich nicht dem Teilen von Eisbechern und einem Ausflug zu Ikea zufriedengeben. Der verzweifelte Wunsch, sie wiederzusehen, schwoll an.

»Das war falsch von mir. Ich hätte anders damit umgehen sollen.«

»Nach der Art, wie ich die Dinge zwischen uns beendet habe, kann ich es dir nicht übel nehmen. Woher weißt du, dass ich es nicht wieder in den Sand setze? Weiß ich überhaupt, wie man eine Beziehung führt? Du warst mit Alice zusammen. Du warst verlobt.« Sie schien mehr mit sich selbst zu sprechen als mit mir. Als würde sie sich ausreden wollen, was zwischen uns sein könnte.

»Und ich wusste, dass es nicht richtig war. Für keinen von uns.«

Sie reckte den Hals, um mir in die Augen sehen zu können. »Und das hier fühlt sich richtig an? Mein Leben gehört nicht mir. Hunderte Menschen verlassen sich auf mich.« Sie drehte sich in meinen Armen und setzte sich auf mein Bein. »Ich habe das schon bei so vielen anderen gesehen.«

»Wir sind nicht …«

»Jeden Monat ein paar Tage für die Beziehung einplanen. Jedes Abendessen wird unterbrochen. Jeden zweiten Tag gibt es eine weitere Klatschgeschichte oder Paparazzi, die dich verfolgen. Termine, die sich so häufig überschneiden, dass wir uns irgendwann nur noch einmal im Monat sehen, und später bloß alle paar Monate.« Sie strich über meine Fingerknöchel. »Bis schließlich alles auseinanderbricht.«

Mein Herz wurde von einem Drang gepackt, sie dazu zu bringen, uns nicht einfach so abzuschreiben. Wir würden nicht in diese Fallen tappen. Nach einem Jahrzehnt voller Fehler würden wir es endlich hinbekommen.

»Wir sind nicht wie die anderen.« Ich leckte mir über die von der Winterluft ausgetrockneten Lippen. »Ich sage ja nicht, dass wir irgendwas Verrücktes machen sollen. Wir müssen dem Ganzen nicht mal einen Namen geben. Aber ich will dich sehen.« Ich hob ihr Kinn mit einem Finger an. »Ich kann dich nicht *nicht* sehen.«

Schmerz flackerte in ihrem Blick auf. Schmerz und Sehnsucht – genau die beiden Gefühle, die sich in diesem Moment ihren Weg durch meine Brust kämpften.

»Wann können wir uns das nächste Mal sehen?« Sie schlang

die Arme um meinen Nacken und atmete tief ein, als wollte sie sich meinen Geruch einprägen. »Ich muss auf mein Handy schauen. Dort lädt Holden meinen Kalender hoch.«

Sie sprang auf, um ihr Handy zu holen. Der Verlust ihres Gewichts an meiner Brust, ihrer Kurven, die sich perfekt an mich schmiegten, ihrer Wärme, die meinen Körper überhitzte, war krass. Und er machte deutlich, wie sehr ich mich nach ihrer Nähe verzehrte.

Ich fischte mein eigenes Handy aus meiner Gesäßtasche.

Wir kamen wieder zusammen. Bay hockte auf ihren Knien zwischen meinen Beinen.

Mit zusammengezogenen Augenbrauen tippte sie auf ihrem Display herum. »Ich fliege morgen nach L.A.«

Ich strich mit den Händen über ihr Bein. Als ich auf mein eigenes Handy schaute, versteiften sich meine Muskeln. »Wann bist du zurück?« Meetings, Training, Reisen zu Spielen und die Spiele selbst waren alle von Gwen in meinen Kalender eingetragen worden.

»In einer Woche. Nächsten Samstag.« Ihre Lippen streiften meine Haut. Sanft und süß.

Ich schnaubte. Ein halbherziges, humorloses Lachen.

Sie hatte nicht unrecht damit gehabt, dass es schwierig werden würde, uns zu treffen.

»Was?« Sie neigte den Kopf und starrte mich an.

»Einen Tag vorher fliege ich nach L.A.«

Ihre Finger, die über meinen Halsansatz strichen, hielten inne. »Wann bist du zurück?«

»Dienstagnachmittag. Was machst du da?«

»Morgens habe ich eine Aufnahmesession. Vielleicht könnten wir ein spätes Mittagessen einplanen? Oder Abendessen?« Der Gedanke daran, dass wir uns zwei Wochen lang nicht sehen würden, verwandelte die Nadel der Angst in meinem

Herzen in ein ausgewachsenes Messer. Wir hatten gerade erst wieder zueinandergefunden. Wir waren beide so enorm gewachsen – und nun hielten die Dinge, die wir liebten und von denen wir geträumt hatten, uns voneinander fern.

»Du wirst vermutlich müde sein, aber wir können es versuchen.« Ich ließ meine Lippen über ihre Stirn wandern. »Wann musst du nach London?«

»Am dritten November. Das ist ein Dienstag. Bist du das Wochenende vorher hier?« Ihr hoffnungsvoller Blick begegnete meinem.

»Da habe ich ein Auswärtsspiel in Georgia.« Ich warf den Kopf nach hinten und stieß einen leisen Fluch aus.

Sie horchte auf. »Ich könnte nach Georgia fliegen.«

Ich ließ meine Finger über ihren Arm gleiten. »Vor einem Spiel sind keine Partnerinnen im Hotel erlaubt.«

Sie sackte in sich zusammen. »Wir werden uns in den nächsten sechs Wochen nur an fünf Tagen sehen, oder?«

»Ich nehme jeden Tag, den ich kriegen kann. Du hast ein Leben und eine Karriere, genau wie ich. Daran lässt sich nichts ändern.«

Ach nein? Ich schob die Worte genauso schnell wieder beiseite, wie sie aufgekommen waren. Ich würde nicht noch einmal zu dem Typen werden, den sie in L.A. verlassen hatte. Der Typ, der dazu bereit war, alles aufzugeben, um ihr überallhin zu folgen, weil er nicht ohne sie leben konnte. Wir würden uns Nachrichten schreiben, telefonieren, uns per Videochat sehen und Privatflüge buchen können. Das stand uns beiden jederzeit zur Verfügung.

»Wir wissen nicht mal, was das hier ist.«

»Wir lernen uns wieder neu kennen. Schauen, ob wir uns überhaupt noch mögen.«

»Zumindest ein Teil von dir mag mich sehr«, meinte sie lachend und ließ damit ein wenig des Drucks verfliegen, der aufgekommen war, weil uns beiden auf so schmerzliche Weise bewusst war, dass sie am Morgen mein Apartment verlassen würde.

»Da sind wir beide einer Meinung, aber wir sollten keine voreiligen Schlüsse ziehen.«

Sie drehte sich in meiner Umarmung und setzte sich rittlings auf meinen Schoß. »Oh, vertrau mir. Jeder Teil von mir stimmt da völlig zu.« Lächelnd rieb sie sich an mir.

Mir entfuhr ein Zischen.

»Das ist Musik in meinen Ohren.«

Ich setzte mich auf und legte die Hände an ihren Nacken. Meine Erektion, die es nicht länger duldete, ignoriert zu werden, drückte gegen den Reißverschluss meiner Jeans, die kein bisschen dabei half, das Blut aufzuhalten, das in meinen Schwanz strömte.

Mein Mund traf auf ihren, heiß und drängend, und ich legte alles in diese Berührung. Ich wollte, dass sie sich an diesen lodernden, Verrückt-nach-dir-, kann-nicht-genug-von-dir-kriegen-Kuss erinnerte. Die Art von Kuss, die im Vergleich dazu alle anderen Lippen verblassen lassen würde. Alle anderen Männer. Die Liebe aller anderen.

Es fühlte sich an, als wäre unser Leben dazu bestimmt, sich zu kreuzen. Unser Timing hatte nie gepasst. Unsere Zukunft raste in unterschiedliche Richtungen davon.

Mein Herz war so hin- und hergerissen, wenn es um sie ging, dass es auseinanderzubrechen drohte, doch möglicherweise würde ein wenig Hitze und Zeit die Risse füllen können, es zu etwas ganz Neuem machen. Oder es würde schwächer werden und in tausend Stücke zerbersten, sodass ich am Ende wieder vollkommen allein zurückblieb.

22

Bay

Seit dem *SeptemberWeen*-Konzert hatten wir nur eine ganze Nacht miteinander verbracht. Es hatte einige kurze Treffen in meinem oder seinem Hotel gegeben, die sich angefühlt hatten, als hätten wir eine Affäre. Wir trafen eilig aufeinander, rissen uns die Kleider vom Leib und hatten verschwitzten, atemberaubenden Sex, bevor jemand an die Tür hämmerte und wir uns wieder trennen mussten.

Doch am Dienstag würde ich ihn wiedersehen, wenn sein Flugzeug landete. Für Montag hatte ich nicht viele Termine: nur eine Demosession, Anprobe, Haare und Make-up für die Preisverleihungen im Dezember testen, die Produktion der Songs abschließen, die ich Spencer versprochen hatte, sowie ein Fotoshooting für mein neues Album. Wenn ich das hinter mir hatte, würde ich einige Stunden mit ihm verbringen können.

Am Ende hatte der Zeitpunkt seiner Reise perfekt gepasst. In derselben Stadt zu sein, ohne einander sehen zu können, hätte es nur noch schwieriger gemacht, sich zu konzentrieren.

Am Wochenende hatte ich mir sein Spiel, das Philly gewonnen hatte, in den Pausen zwischen verschiedenen Konferenzanrufen angeschaut. Falls sich irgendjemand gefragt hatte, warum dieses Football-Spiel auf sämtlichen Fernsehern in der Umgebung lief, hatten sie es alle für sich behalten.

Sonntagmorgen waren weitere Konferenzanrufe und dazu einige Interviews gefolgt. Inzwischen befand ich mich mitten im allmonatlichen Tag der Unterleibszerstörung, was bedeutete, dass ich mir einen bequemen Bademantel und noch bequemere Socken anzog, bevor ich mich mit haufenweise Süßigkeiten vollstopfte und mich für den anstrengenden Montag ausruhte. Und zusätzlich stellte ich noch *The Shining* in meiner furchtbar zweckmäßigen Unterwäsche nach.

Über die Jahre war der Zeitraum meiner Periode von einer Woche auf ein paar Tage zusammengeschrumpft, die sich wiederum zu einer kurzen, aber umso extremeren Phase auf Armageddon-Level gewandelt hatten. Allerdings hatte ich so regelmäßig ein verlässliches Zeitfenster von sechsunddreißig Stunden, in denen ich – abgesehen von einigen Telefonterminen – relative Ruhe hatte und aufatmen konnte, ohne Leute um mich herum ertragen zu müssen oder mich schuldig zu fühlen, weil ich nicht präsent war.

Klar, ich hätte mir auch die Pille, das Hormonpflaster oder irgendetwas anderes verschreiben lassen können, damit die Qual ein Ende hatte, doch dann würde ich auch meine schuldfreien Tage im Bett aufgeben.

Fettiges Essen und Zuckerbomben bedeuteten, dass mir der Mittwoch einen ordentlichen Tritt in den Hintern verpassen würde, wenn ich aus meinem Fastfood-Kokon ausbrach, um an einem Werbe-Shooting für ein Produkt teilzunehmen, an das ich mich nicht einmal erinnern konnte.

Hatten die Leute nicht irgendwann genug davon, mich anzusehen? Ich hatte das definitiv. Aber alle am Set verdienten damit ihr Geld, ich selbst eingeschlossen. Heute ging es nicht ums Jammern, sondern um Abgeschiedenheit.

Mein Handy vibrierte unter der Decke. Ich wühlte mich durch Taschentücher und Verpackungen, um es zu finden.

D… Keyton.

»Hey, Fremder.«

Er lachte. Der warme Bariton seiner Stimme jagte mir einen Schauer über den Rücken. Ich vermisste ihn. »Wir haben erst vor weniger als vierundzwanzig Stunden miteinander gesprochen.«

Mist! War ich jetzt schon die klammernde Nicht-Freundin? Einem Teil von mir war das egal. Ich würde das, was ich für ihn empfand, nicht verstecken, und er sollte wissen, wie sehr ich ihn vermisste. Doch der andere Teil befürchtete, dass es ihn überforderte oder, schlimmer noch, ihn erdrückte.

»Aber ich freue mich immer darüber, mit dir zu reden. Vor allem während dieser langen Reisen.«

»Wo sind die Jungs?«

»In ihren Zimmern. Wenn ein Spiel stattfindet, gibt es an dem Tag nichts zu tun außer rumsitzen und warten. Der Bus fährt in ein paar Minuten ab, und dann sitzen und warten wir noch etwas im Stadion.«

Ich drehte mich auf dem Bett und fühlte mich wie mein Highschool-Ich, das Hausarrest hatte und ihn außerhalb der Schule wochenlang nicht gesehen hatte.

»Wie beschäftigst du dich?« Ich drückte das Kissen mit der Wärmeflasche oben drauf an meinen Bauch.

»Die Stiftung hat einen Haufen an Plänen für nächstes Jahr, die ich alle absegnen muss. Ernie hält mich mit Verträgen, Deals und Trade-Gesprächen auf Trab.«

»Trade-Gespräche?« Mein Herz setzte einen Schlag aus. Wir versuchten das Album hier fertigzustellen, damit ich mehr in Keytons Nähe sein konnte. Ich wollte auf keinen Fall zu stark klammern, schließlich hatten wir kaum mehr als eine Nacht miteinander verbracht, doch wenn er fortzog, würde das unsere Situation noch weiter verkomplizieren.

»Nicht für diese Saison. Und wer weiß schon, was danach kommt?«

»Wirst du nächstes Jahr in Philly sein? Wir haben das Studio hier gebucht, um an dem Album zu arbeiten.« Vielleicht würden wir richtige Pläne machen können. Sodass wir uns ganze Tage und Wochen sehen könnten anstelle von Stunden. Ich hatte nicht vor, die Sache zwischen uns zusätzlich zu belasten, aber Holden plante alles immer ein bis zwei Jahre im Voraus, und ich wollte mir nicht nur Zeit für Keyton nehmen, sondern auch für Mom und meine Freunde. Es war an der Zeit, dass ich die Menschen, die mir wichtig waren, stärker priorisierte.

»Es wäre super, während der nächsten Saison in deiner Nähe zu sein.« Er seufzte, seine Stimme klang resigniert. »Es hat etwas Gerede gegeben, aber das hat abgenommen. Anscheinend hat unsere Leistung dieses Jahr meinem Glücksbringerstatus einen ziemlichen Dämpfer verpasst. Vielleicht werde ich nach dieser Saison wesentlich mehr Zeit für dich haben.«

Ein Chaos an Gefühlen traf mich wie eine Flutwelle. Die Aufregung darüber, ihn häufiger zu sehen, wurde von der Erkenntnis erdrückt, was für Konsequenzen das für ihn haben würde. Ich wollte ihn so gern bei mir haben, doch das Football-Spielen bedeutete ihm so viel. »Unter deinen Bedingungen.«

Er stieß einen langen, tiefen Atemzug aus. »Wir werden sehen. Was machst du heute Abend?« Seine Stimme klang wieder heiterer.

»Im Bett liegen, fernsehen und naschen. Wollte gleich ein Nickerchen halten.«

»Es wird langsam Zeit, dass Holden dir eine Pause gönnt. Ich weiß nicht, wie du überhaupt genug Zeit zum Schlafen findest.«

Ich öffnete den Mund, um ihn zu korrigieren, bevor ich ihn wieder zuklappte. »Heute Nacht werde ich gut schlafen, nachdem ich mit dir gesprochen habe.«

»Würdest du ausflippen, wenn ich dir sage, dass ich dich vermisse?« In seinen Worten schwang ein Hauch von zaghaftem Necken mit.

In diesem Augenblick wünschte ich mir mehr denn je, ich könnte bei ihm sein. Er war wie eine unterirdische Strömung, die mein Leben durchzog. Egal, was gerade passierte, wen ich traf oder wo ich sang, ich wollte die Gewissheit haben, dass ich in seinen Armen immer Trost finden würde. Es grenzte an Wahnsinn, dass ich dermaßen schnell wieder auf den Zug aufgesprungen war, der Keyton hieß.

»Nein, ich würde überhaupt nicht ausflippen. Fändest du es schräg, wenn ich dir sage, dass ich dir den Schal geklaut habe, den du bei unserem letzten Treffen anhattest?« Das war vor einer Woche in Memphis gewesen – oder Houston? Ein kostbares Zeitfenster von vier Stunden, bevor unsere Flugzeuge in entgegengesetzte Richtungen abgehoben hatten.

Man konnte es vielleicht sonderbar nennen, aber ich liebte es, seinen Schal umzulegen, wenn wir das Hotel verließen. Er roch nach ihm, verbarg mein Gesicht, für den Fall, dass irgendwelche Fotografen auf Bilder aus waren, und er beruhigte mich, wenn mir alles zu viel wurde.

Nach nur wenigen Stunden war ich von dem Gefühl abhängig geworden, das Keyton in mir auslöste. Das stimmte jedoch nicht ganz – er war bereits in jede einzelne meiner Zellen eingewoben worden, als ich achtzehn Jahre alt gewesen war. Sich wieder in ihn zu verlieben hatte sich unausweichlich angefühlt, als hätte der Sand der Zeit lediglich darauf gewartet, dass sich ein Spalt auftat und wir wieder zueinanderfanden. Zumindest redete ich mir das ein. Ich konnte nur hoffen, dass der Zirkus meines Lebens seine Gefühle für mich nicht verändern würde.

Er gab ein dröhnendes Lachen von sich, das das Handy an meinem Ohr vibrieren ließ und ein Kribbeln in meinem Bauch auslöste. »Ich habe mich schon gefragt, wo der gelandet war. Und nein, ich finde es nicht schräg.«

Wir redeten bis spät in die Nacht. Ich wachte irgendwann nach Mitternacht auf und hörte den sanften Rhythmus seines Atems durch den Hörer, der an mein Gesicht gedrückt war. Ich liebte ihn so sehr, dass es schmerzte. So viele Jahre von ihm getrennt zu sein hatte sich angefühlt, als hätte man mich unter Wasser gezogen, sodass ich verzweifelt darum kämpfen musste, an die Oberfläche zu gelangen. Ihm wiederbegegnet zu sein gab mir das Gefühl, ich hätte es endlich an Land geschafft und könnte die frische, saubere Luft einatmen. Und nun, da ich seit einer Ewigkeit meine Lunge endlich wieder damit füllen konnte, wollte ich sie nicht missen.

Das Shooting zog sich in die Länge. Es wurde zusätzliche Beleuchtung aufgebaut, weil die Nachmittagssonne verschwunden war. Für mich hätte es sieben Uhr abends oder auch Mitternacht sein können. Ich hatte inzwischen jegliches Zeitgefühl verloren. Ich nickte immer wieder ein und wartete nur darauf, dass mir jemand Riechsalz unter die Nase hielt, damit ich in die Kamera lächelte.

Spencer hatten die Tracks, die ich ihm geschickt hatte, wahnsinnig gut gefallen, daher war der Silberstreifen am Horizont heute ein wenig breiter. Seine Begeisterung war ansteckend, und ich konnte es gar nicht erwarten zu hören, wie er die Songs performte.

Ein Team hatte das industrielle Loft, in dem wir uns befanden, in eine Winterlandschaft verwandelt. Wenigstens hatten sie nicht versucht, das Ganze draußen zu machen.

Keyton: Bist du noch beim Shooting?
Ich: Leider.

Keyton: Kein Ausweg in Sicht?
Ich: Vielleicht, wenn ich mir ein Bein abbeiße.
Keyton: Auf keinen Fall. Ich liebe diese Beine. Vor allem, wenn du sie um meine Taille wickelst, damit ich schneller in dich eindringe.
Ich: Unfair! Du kannst mich doch nicht ganz heiß machen, wenn ich mit zwanzig anderen Leuten in einem Raum sitze.
Keyton: Das bringt dich auf andere Gedanken.
Ich: Auf ganz spezielle Gedanken …

Ich blickte mich um, während ich mein Handy dicht an meine Brust hielt und grinste, als hätte ich ein Geheimnis. Denn das hatte ich. Sein Name war Keyton, und ich vermisste ihn.

Keyton: Und es hat dich zum Lächeln gebracht. Das war mein Ziel. Ich vermisse dich.

Eine Mitarbeiterin aus der Garderobe brachte mir neue Pumps.

Ganze fünf Sekunden lang verspürte ich süße Erleichterung. Doch die Freude meiner Zehen endete abrupt, als sie in die neuen Schuhe glitten, die meinen ohnehin schon pochenden kleinen Zeh einklemmten. Wenigstens würde ich nicht länger als ein paar Minuten am Stück stehen müssen.

Ich starrte auf mein Handy, und Sehnsucht umklammerte mein Herz. Wenn man von den Videocalls absah, hatten wir uns seit zwei Wochen nicht gesehen.

Ich: Ich vermisse dich auch.

Holden stapfte durchs Studio, um ein paar Typen vom Label anzuschnauzen. Sie versuchten, für das letzte Album noch mal alles aus mir herauszuquetschen, was ging, bevor wir neu verhandelten. Die Vorstellung, in eine weitere Runde zu starten, erschöpfte mich jetzt schon, dabei hatten wir noch nicht einmal angefangen. Holden und Maddy hatten bei der Sache die Zügel in der Hand, doch ich hatte das letzte Wort. Alle Blicke waren auf mich gerichtet, da ihre Zukunft davon abhing, ob ich meinen Daumen nach oben oder nach unten hielt.

Er kam mit einer Flasche Wasser und einer Schüssel mit Nüssen zu mir herübermarschiert. »Wir hätten vor drei Stunden fertig sein sollen.« Er warf einen wütenden Blick über seine Schulter. »Die verarschen uns doch mittlerweile.«

»Du musst ja wirklich stinksauer sein, wenn du schon fluchst.« Ich kniff die Lippen zusammen, versagte jedoch kläglich dabei, mein Lächeln zu unterdrücken.

»Ich kann die Nüsse auch wieder wegbringen.« Er zog die Schüssel zurück.

Hastig lehnte ich mich vor und schnappte sie mir. Einige Mandeln fielen heraus und landeten in dem Berg auf Stoff, der mich umgab. Sie verloren sich im Meer aus Chiffon.

»Ist das Outfit Nummer dreißig? Ich habe den Überblick verloren, als Emily und ich wegen der zusätzlichen Shows mit Berlin telefonieren mussten.«

Ich zog die entsetzten Blicke der Visagisten und der Garderobenmitarbeiter auf mich, indem ich eine ungesalzene Nuss in die Luft warf und mit dem Mund auffing. »Es ist Outfit Nummer zweiundzwanzig, Frisur Nummer zehn und Make-up-Look Nummer zwölf. Die ersten fünf Schichten meiner Haut sind futsch.« Und mein Gesicht brannte, als wäre ich den ganzen Tag ohne Sonnenschutz surfen gewesen.

»Ich verspreche dir, in einer halben Stunde bist du hier raus.« Sein Kiefer war angespannt, und er meinte es todernst, allerdings wirkte er abgelenkt. So abgelenkt hatte ich ihn noch nie erlebt. Seit wir hier angekommen waren, war er jeder Frage ausgewichen. Wenn ich nachbohren wollte, hatte er sofort alles abgeblockt, und sobald ich ihn ganz offen aufforderte, seine Sorgen mit mir zu teilen, drehte er den Spieß um und lenkte die Aufmerksamkeit auf mich.

»Hast du das nicht schon vor zwei Stunden gesagt? Was zur Hölle ist los?«

Er zog den Kopf ein. »Sie beziehen sich bei diesem Album jetzt auf Bedingungen aus dem Vertrag. Ich weiß, es ist ätzend. Tut mir leid. Ich tue, was ich kann, um diese Tortur zu beenden. Wir waren mehr als entgegenkommend, und genau genommen haben wir die Bedingungen bereits erfüllt …«

Wir arbeiteten alle hart, und er war ohnehin schon gestresst genug. Ich würde es schon schaffen, noch eine Weile in hübschen Kleidern herumzusitzen und interessant auszusehen. »Schon gut. Wenigstens bekommen alle hier die Überstunden bezahlt.«

Ein Lächeln brachte den steinernen Blick, den er über seine Schulter warf, zum Bröckeln. Sein Handy vibrierte. Er sah hinunter und runzelte die Stirn. »Ich gehe da noch ran, und dann verschwinden wir.« Er rauschte aus dem Raum, und der Fotograf wandte sich mir wieder zu.

Eine durchsichtige Tigerfigur aus Kristallglas in der ausgestreckten Hand zu halten hätte eigentlich nicht schmerzhaft sein sollen. Das Ding konnte schließlich kaum mehr als ein paar hundert Gramm wiegen. Ein halbes Kilo vielleicht? Doch meine Finger waren taub.

Holden war nicht zurückgekehrt, obwohl inzwischen mehr als eine halbe Stunde vergangen war.

Meine Augenlider wurden schwer. Meine Füße taten weh. Mein Körper war erschöpft.

Der Fotograf tauschte die SD-Karte aus und beriet sich mit den Anzugträgern vom Label. Wenn es je einen passenden

Zeitpunkt dafür gab, eine Superkraft zu entwickeln, die es mir erlaubte, Leute allein mit meinem Blick in Brand zu stecken, dann war er jetzt gekommen.

Wo zum Teufel ist Holden? Wie lange kann man denn telefonieren?

Der Personenaufzug hielt auf unserer Etage. Als das hölzerne Sicherheitsgitter klapperte, drehten alle den Kopf in Richtung des Lärms.

Und aus dem dunklen Inneren trat der eine Mann, der nie aufhörte, mich zu überraschen. Er suchte den Raum ab, bevor sein Blick auf mich fiel, während ich mit einer Tonne Stoff um mich herum auf der Couch saß.

Mich überkam ein überwältigendes Gefühl freudiger Erwartung, als wäre ich ein Kind und Weihnachten stünde endlich vor der Tür. Es erfasste mich und warf mich beinahe um.

Keyton war hier. Wie war das möglich? Woher wusste er überhaupt, wo ich war? Ich wollte aufspringen, dieses Kleid hinter mir herschleppen und zu ihm laufen. Doch ich war an der Couch befestigt.

Hastig entfernte ich die ganzen Klammern, Nadeln und Haken vom Kleid und befreite es so von der Chaiselongue, auf der ich so lange gesessen hatte, dass meine rechte Pobacke taub geworden war. Eine Nadel pikte mich. Ich machte weiter, während ich an meinem Finger saugte.

Er durchquerte den Raum, ohne dabei irgendjemanden anzusehen. Einer seiner Mundwinkel hob sich, und er ging vor mir in die Hocke. »Sieht so aus, als müsstest du gerettet werden, Prinzessin.«

Pure Aufregung schoss mir den Rücken hinauf, und ich war kurz davor, mir einen turmlangen Zopf zu suchen und ihn aus dem nächstgelegenen Fenster zu werfen.

Ich blickte auf mein lächerliches Kleid hinunter und grinste, während ich das alberne Kichern einer Mittelschülerin unterdrückte, das in meiner Kehle hochkommen wollte. »Bist du hier, um mich aus meinem Turm zu befreien?«

»Das lässt sich einrichten.«

»Ich dachte, du kommst erst am Dienstag zurück.« Ich starrte ihn an und konnte das Funkeln in meinem Blick nicht verbergen.

»Gwen hat ein wenig gezaubert, und da bin ich.«

»Sieht aus, als hätte sich jemand eine ganze Kiste Wein zu Weihnachten verdient.« Dass ich anfangs entsetzlich eifersüchtig auf sie gewesen war, schien mir inzwischen undenkbar. Mittlerweile gehörte sie zur Liste meiner absoluten Lieblingsmenschen.

»Die wäre bis Silvester leer.« Er lachte und musterte die Massen an Stoff, die mich umgaben, als würde er darüber nachdenken, wo sich mein Unterkörper befand.

»Woher wusstest du, dass ich hier bin?« Ich versuchte aufzustehen, blieb jedoch an einigen Klemmen hängen, die ich übersehen haben musste.

Er beugte sich vor und befreite mich. »Holden. Ich hatte dir eine Nachricht auf dein Handy geschickt, und er hat mir die Adresse gegeben und gesagt, dass du einen Gefängnisausbruch nötig hättest.«

»Er ist nicht hier?« Mein Kopf wirbelte herum, und ich schirmte meine Augen gegen das Licht auf den Stativen ab, die das ganze Set umgaben. Der Tisch, an dem Holden gesessen hatte, war verlassen. »Er ist nicht mal im Gebäude?«

»So klang es jedenfalls in seiner Nachricht. Du wusstest nicht, dass er weg ist?« Keyton runzelte die Stirn.

Ich schüttelte den Kopf.

»Darüber können wir uns später Gedanken machen.« Er hielt mir seine Hand hin. »Komm.«

Ich blickte über meine Schulter auf das Meer an Menschen, die alle wegen mir hier waren und vermutlich genauso genervt davon waren wie ich. Und dann sah ich hinunter auf mein Kleid – das dreiundzwanzigste dieses Shootings. Wie viele Fotos brauchten sie noch? Nach acht Stunden musste doch mindestens eins dabei sein, auf dem ich nicht wie eine verunsicherte Highschool-Schülerin aussah. Hatte ich diese Version von mir überhaupt hinter mir gelassen, oder tat ich das alles hier bloß, um zu verbergen, wer ich damals gewesen war?

Es erschien passend, dass Keyton zu meiner Rettung geeilt war.

Ich ließ meine Hand in seine gleiten.

Seine rauen Finger auf meiner Haut verursachten mir Gänsehaut am ganzen Körper.

Er drückte meine Hand mit seiner, als hätte er nicht gedacht, dass ich tatsächlich mitkommen würde.

»Wo gehen wir hin?«

»Weg.« Er spähte über seine Schulter zu mir herab, bevor sein Blick zum Aufzug huschte.

Ich nickte.

»Lass uns gehen.« Zusammen spazierten wir ganz lässig zum Fahrstuhl, als könnte niemandem auffallen, dass der Football-Spieler und die Frau, die in hundertfünfzig Meter Stoff gewickelt war, gerade versuchten abzuhauen.

Ich gab mir Mühe, meine Miene neutral zu halten, doch innerlich fühlte ich mich, als würden wir vorm Nachsitzen weglaufen.

»Bay?«

Mehr als die namenlose Person hinter uns brauchte es nicht, damit wir in Lachen ausbrachen und uns davonmachten. *Fresst unseren Staub!*

23

Keyton

Ich hätte nie gedacht, dass sie Ja sagen würde. Ich hatte es gehofft – wie immer –, jedoch nicht eine Sekunde lang angenommen, dass ich das hölzerne Gitter an dem Nylon-Seil herunterziehen würde und mit meinem Finger auf den Knopf mit dem Pfeil nach unten drücken würde, während eine Menschenmenge auf uns zulief, als wäre ich ein Wikinger, der hereingeplatzt war und sich Bay über die Schulter geworfen hatte, bevor ich sie in mein Dorf verschleppte.

Holden hatte mich wissen lassen, wo sie war; das Ganze hatte fast wie eine Einladung geklungen, sie da herauszuholen. Man konnte nur hoffen, dass morgen nicht in der Zeitung stehen würde, ich hätte Bay entführt. Es war allerdings bei Weitem das Verrückteste, was ich seit einigen Jahren getan hatte. Ein Glücksgefühl rauschte durch meine Adern.

Bay stand schräg hinter mir und hielt sich an meiner Schulter fest. Heute war sie genauso breit wie ich. Ihr ausladendes Kleid – vermutlich fast zwei Meter im Umfang – war nicht gerade unauffällig.

»Bay, wo gehst du hin?«, rief ein ganzer Menschenchor von oben.

Wir verschwanden unter dem Boden, und die Rufe klangen gedämpfter.

Ihre Finger packten den Ärmel meines Jacketts fester, und sie beugte sich nach vorn. Ihre Schultern bebten.

Hatte sie es sich anders überlegt?

Ich drehte mich zu ihr um und legte meine Hände auf ihre Schultern. »Hey, wir können …«

Mit Lachtränen in den Augen sah sie zu mir herauf. Keuchend klammerte sie sich an mein Shirt. »Sie werden stinksauer sein.« Als sie sich die Tränen wegwischte, verschmierte sie dabei ihr Make-up.

Die Anspannung, die von meinem Körper Besitz ergriffen hatte, wurde von einem Strahl reinen Sonnenscheins ersetzt, der mich genau in die Brust traf.

Der Aufzug erreichte das Erdgeschoss, und ich schob das Gitter nach oben, bevor ich ihr hinaushalf.

Sie hielt sich an meinem Arm fest, bevor sie sich nach unten beugte und unter ihr Kleid griff.

Ein Paar gigantischer Pumps kam unter all dem Stoff zum Vorschein, und sie befand sich nicht länger mit mir auf Augenhöhe, sondern war mit einem Mal fünfzehn Zentimeter kleiner als zuvor. Sie seufzte und rollte den Kopf hin und her. An ihrem Seufzen und Stöhnen erkannte ich, dass sie mit den Zehen wackelte.

Ihr Blick zuckte von mir zu ihren Schuhen. Meine Fassungslosigkeit darüber, wie sie ihre Füße in die Dinger gequetscht hatte, musste mir ins Gesicht geschrieben stehen.

»Schlimm, oder? Ich frage die Leute ständig, warum ich die tragen muss, wenn sie niemand sieht.«

Ich nahm ihr die Schuhe ab.

Sie bedachte mich mit einem Lächeln. Eines von jenen, die sie mir damals geschenkt hatte, als mehr aus uns geworden war als zwei Himmelskörper, die einander zaghaft umkreisten. Es war neckend. Schüchtern. Perfekt.

Der Schraubstock um mein Herz zog sich enger zusammen, und ich führte sie zur Tür, indem ich sie dazu brachte, sich bei mir unterzuhaken.

Vor der stählernen Fabriktür, die künstlich verwittert war, um ihr einen industriellen Look zu verpassen, erstarrte Bay. Ihre Finger krallten sich in meinen Arm. Sie blickte an sich hinab und dann wieder zur Tür. Sie zuckte kurz, bevor sie erneut stehen blieb und schließlich vor ihrem Fluchtweg zurückwich. »Ich kann nicht glauben, dass Holden abgehauen ist«, murmelte sie leise vor sich hin.

Es war eine miese Nummer von ihm, doch er hatte mich mit einbezogen, um sie hier herauszuholen. Wenigstens hatte er versucht, für sie zu sorgen, trotz allem, was ihn offenbar beschäftigte. Er wirkte nicht wie jemand, der Bay einfach hängen lassen würde.

Sollte Holden nicht auf sie achtgeben? Wer hielt sie davon ab, so ausgelaugt zu werden, wie sie es gerade war? Unter ihren Augen zeichneten sich tiefe Schatten ab, die nicht einmal das Make-up verbergen konnte.

»Draußen wartet ein Wagen auf uns.« Ein Teil von mir wollte sie sich einfach über die Schulter werfen und sie aus den schmerzhaften Schuhen, dem überfüllten Terminplan und dem Vogelkäfig ihres Lebens befreien. Damit würde ich jedoch vermutlich nur erreichen, dass mir berechtigterweise die Tür vor der Nase zugeschlagen wurde.

Sie schaute zu mir, und ihre Lippen zuckten amüsiert, allerdings lag immer noch Sorge in ihrem Blick. »Ich bin nicht gerade unauffällig.«

»Das warst du nie.« Ich drückte die Tür auf. Ein bewölkter Abendhimmel empfing uns. Die feuchte Luft kribbelte auf meiner Haut.

Das war sie nie gewesen. Vom ersten Moment an, als ich sie

hatte singen hören, war sie die auffälligste Person in meinem Leben gewesen. Stets ein Teil von mir, als wären unsere Seelen durch jeden Ton, der ihrer Gitarre und ihren Lippen entsprang, Faden für Faden miteinander verbunden worden.

Der Fahrer, den Gwen angeheuert hatte, stand neben dem schwarzen SUV und hatte die hintere Tür bereits geöffnet.

Bay lief eilig über den Gehweg und stieg ins Auto. Zumindest der Großteil ihres Körpers schaffte es ins Innere. Es war noch ein wenig Schieben nötig, um die voluminöse Menge an Stoff ebenfalls hineinzubekommen.

»Wie hast du dich da drinnen noch nicht verirrt?«

»Für den Fall, dass ich mich hinsetzen muss, habe ich immer eine Taschenlampe und eine Schatzkarte dabei.« Sie drückte den grauen Chiffon nach unten und spuckte ein wenig davon aus.

Ich setzte mich neben sie, während sich so viel Stoff zwischen uns befand, dass man damit ein Kaufhaus hätte füllen können, und zog meine Tür zu. »Und einen Kompass.«

An die Tür gedrückt nickte sie.

Der Eingang des Backsteingebäudes, durch den wir eben getreten waren, flog auf, und Menschen strömten heraus auf den Gehweg, während sie sich schockiert umschauten. Ich bereitete mich darauf vor, dass Bays Verantwortungsbewusstsein die Aufregung der Flucht übertrumpfen und sie wieder zurück ins Gebäude zurückkehren würde.

Doch sie beugte sich abrupt vor. »Los geht's.«

Ich hielt sie an der Taille fest, um sie davor zu bewahren, in die Lücke vor den Sitzen zu fallen, wo sie in den sie umgebenden Stoffmassen verloren gehen würde.

Der Fahrer blickte mich an, und ich nickte.

Bay rieb sich den Nacken, massierte sich die Schultern und rollte den Kopf. »Hat sich das Paar am Ende von *Die Reife-*

prüfung wohl auch so gefühlt?« Mit dem Rücken an die Tür gelehnt starrte sie aus dem Fenster.

Beim Anblick ihres Outfits musste ich definitiv an die Szene denken, in der Dustin Hoffmann nach einigen Off-Screen-Machenschaften der Mutter seiner Ex in die Hochzeit seiner Ex hereinplatzte und sie mit ihm davonlief, um einen Bus zu erwischen. Am Ende saßen sie ganz hinten im Fahrzeug, und sie trug nach wie vor ihr Hochzeitskleid. »Fühlt sich das hier nicht wie eine erfolgreiche Flucht an?«

»Für ein paar Stunden.« Sie blickte zu mir herüber und sackte in ihrem Sitz zusammen. »Ich bin sicher, dass Holden jetzt schon einen Berg an Nachrichten auf seinem Handy hat. Sobald er wieder auftaucht …«

»Damit kommt er garantiert klar.«

»Das stimmt. Vermutlich werden sie für die Aufnahmen, die sie noch brauchen, einen neuen Termin ansetzen, den wir dann in eine winzige Lücke meines Terminplans quetschen müssen.«

Warum wirkte es immer so, als wäre sie die Letzte auf ihrer Liste von Leuten, für die sie etwas tun wollte? »Du könntest dir Zeit für dich selbst nehmen.«

Der Stoff bewegte sich raschelnd. Sie hielt sich mit einer Hand an der Kopfstütze des Fahrers fest und mit der anderen an ihrer, bevor sie mich ansah. »Immer wenn ich einen Job ablehne, bedeutet das weniger Lohn für Holden oder Emily oder Maddy. Ein abgelehntes Konzert bedeutet weniger Geld, das die Bühnenarbeiter ihren Familien nach Hause schicken können.«

»Also machst du das alles nur aus reiner Herzensgüte?« In mir baute sich Frust darüber auf, dass sie nicht in der Lage war, sich von der Arbeit, der Last und der Verantwortung für alle um sie herum zu trennen.

Sie funkelte mich wütend an. »Natürlich hat es auch was mit

mir zu tun, aber ab einem gewissen Punkt hat sich mehr Geld angehäuft, als ich in einem Leben ausgeben könnte. Und ab da geht es um was anderes. Du würdest dein Team nie mitten in der Saison im Stich lassen. Die Verantwortung für ein paar Stunden hinter mir zu lassen ist okay, aber morgen wird sie immer noch da sein.« Sie sackte zusammen und ließ sich gegen mich sinken.

Ihre Bemerkung, dass ich das Team nie im Stich lassen würde, traf mich heftiger, als sie sich vorstellen konnte. Denn das war genau das, was ich vorgehabt hatte, doch es fühlte sich wie etwas vollkommen anderes an. Ich hatte absolut gar nichts mit den Siegen meines Teams zu tun.

Außerdem würde es ohnehin nicht dazu kommen. In meiner Brust breitete sich eine Leere aus. Bei dem Problem, das ich mit meiner Verantwortung gegenüber dem Team hatte, ging es darum, dass ich mich fühlte, als hätte ich keinerlei Kontrolle über den Ausgang der Spiele.

Bay dagegen trug die Verantwortung für alles. Ohne sie fand keine Show statt. Es gab kein Album. Keine Tour, die Hunderte von Leuten Arbeit gab und während der sie in einem Monat in mehr Stadien auftrat als wir in der ganzen Saison. Diese Last auf den Schultern zu tragen musste sich schrecklich erdrückend anfühlen.

Ich hätte dem Football jetzt sofort den Rücken zukehren können. Meine Taschen packen, mir einen schönen Ort zum Wohnen suchen und mit dem Rest meines Lebens anstellen, was zur Hölle ich wollte. Allerdings klammerte ich mich nach wie vor an den Wunschtraum, eines Tages endlich spielen zu dürfen. Selbst nachdem ich bereits einige Championship-Ringe besaß, die mit Diamanten besetzt waren, machte ich weiter.

»Aber du klingst nicht sehr glücklich darüber.« Ich suchte unter dem Stoff nach ihren Beinen, bevor ich eines fand und danach griff, um sie zu mir herumzudrehen. Meine Finger strichen vom Knie bis zu ihrem Knöchel hinab.

Sie ließ den Kopf am Fenster ruhen, doch ihre Augenbrauen waren auf seltsame Weise zusammengezogen.

Ich nahm einen ihrer Füße in die Hand und knetete die Sohle mit meinen Daumen.

Sie zischte und stöhnte.

Einen Moment lang hielt ich inne, da ich nicht sicher war, ob ich ihr wehtat.

Sie riss die Augen auf, und ihre Lippen teilten sich.

Den Ausdruck hatte ich bereits zuvor gesehen. Mein Blut begann zu pochen, wärmte die Adern, die auf direktem Wege zu meinen Lenden verliefen. Ich massierte ihren Fuß kräftiger.

Ein weiteres Stöhnen.

Der Kopf des Fahrers zuckte, und das Auto schlingerte ein wenig. Genau jetzt wünschte ich mir, ich hätte einen Wagen mit Trennwand bestellt – aus mehr als nur einem Grund.

»Ruhe, sonst denkt er noch, ich mache hier etwas Unanständiges mit dir.« Ich strich über ihren Fuß, massierte entlang ihres Spanns.

Ihre Zehen waren gerötet.

Verärgerung stieg in mir auf. Wie lange hatte sie diese Schuhe getragen? Warum hatte sie sie überhaupt angehabt, wenn niemand sie sehen konnte?

Ich versuchte, die Spannung in ihren Muskeln zu lösen, wobei ich besonders auf die empfindlichen Stellen achtgab.

Ihre Hand schoss nach oben an ihre Kopfstütze und griff fest zu. »Das tust du auch.« Sie ließ den Kopf nach hinten fallen, sodass ihre Brüste ein Stück aus dem Ausschnitt des Kleides hervortraten. »Zu einhundert Prozent unanständig. Wo hast du das gelernt?«

Es klang wie eine Anschuldigung.

Ich konnte mein Lachen nicht unterdrücken. »Wenn man so lange Football spielt, lernt man so einiges über die Anatomie des Menschen.« Dehnübungen zum Aufwärmen vor einem Spiel. Allzeit bereit sein, um während des Trainings zu blocken oder zu passen. Sich mehr anzustrengen als alle anderen, weil man auf eine Gelegenheit hofft. Ich konzentrierte mich wieder auf Bay, darauf, ihr die Entspannung zu verschaffen, die sie gerade nötig hatte. Ich wollte derjenige sein, der sie ihr gab.

Die Art und Weise, wie sie sich wand, stöhnte und seufzte, spornte mich zum Weitermachen an, auch wenn meine Erektion kurz davor war, aus der harmlosen Massage ein Vorspiel zu machen.

Ich rollte ihre Zehen zwischen meinen Fingern hin und her, und sie schlug gegen das Dach des SUVs, wobei sie nicht einmal versuchte, ihr Fluchen zu unterdrücken. Das klang verdammt nach anderen Momenten, in denen ich sie hatte schreien hören, und das brachte eine ganze Reihe ganz bestimmter Gedankenbilder mit sich. Allerdings machte das Kleid jede Art von Sex auf der Rückbank – ungeachtet des Fahrers – unmöglich.

Ein polterndes Lachen entrang sich meiner Brust. Ich löste meine Hände von ihren Füßen, bevor sie noch das Fenster einschlug.

»Wenn du aufhörst, dann schwöre ich dir, dass ich deine Adresse auf Twitter veröffentliche und meinen Fans erzähle, dass dort ein limitiertes Team-Bay-Fanpaket versteckt ist.«

»Du fährst also die schweren Geschütze auf, was?«

»Das ist die beste Fußmassage, die ich in meinem ganzen Leben bekommen habe.« Sie stöhnte und ließ sich wieder in den Sitz sinken.

»Ich habe dich noch nie so entspannt gesehen.«

Sie hob flatternd die Augenlider, und einer ihrer Mundwinkel hob sich. Ihr Blick zuckte kurz zum Fahrer hinüber. »Wir wissen beide, dass das nicht der Wahrheit entspricht.«

Dann zog sie den Fuß von meinem Schoß und stellte die Beine im Fußraum ab, sodass wir nebeneinandersaßen. »Du hast deine Talente schon auf mehr als eine Art genutzt, um mich dahinschmelzen zu lassen.«

Als wir in die Tiefgarage unseres Hotels einfuhren, ruckelte der Wagen. Ich flüsterte an ihrem Hals: »Bist du bereit für mehr?«

Sie erschauerte und spähte zu mir hoch. In ihren Augen loderte ein Feuer, das mir verriet, dass wir von Glück reden konnten, wenn wir es bis zur Couch schaffen würden, ganz zu schweigen vom Bett.

Händchenhaltend liefen wir zum Aufzug. Die Türen öffneten sich zwischendurch auf einigen anderen Etagen, aber das gigantische Kleid hielt alle davon ab einzusteigen. In der Lobby warfen uns einige Leute längere Blicke zu, doch niemand sagte etwas. Niemand schrie ihren Namen oder jagte uns nach.

Als wir auf meiner Etage ankamen, trug ich sie halb, während ich sie an mich gepresst hielt.

Sie sprach an meinen Lippen: »Wir dürfen das Kleid nicht zerreißen. Es ist ein Valentino. Sie werden schon sauer genug sein, weil ich es mitgenommen habe.«

Wir beeilten uns, sie so vorsichtig wie möglich aus dem Kleid zu befreien. Ich konnte nicht aufhören, sie anzusehen, als sie schließlich in engen Hotpants, mit verschmiertem Make-up und einer zerzausten Hochsteckfrisur vor mir stand. Ich wollte nicht aufhören, sie zu berühren, und ich hasste den Gedanken daran, wie wenig Zeit uns blieb, bevor wir wieder voneinander getrennt sein würden.

Für unsere gemeinsame Zeit lief stets ein Countdown, doch anstelle von Monaten oder Wochen blieben uns nur Stunden.

Stunden, aus denen ich das meiste herausholen würde. Ich legte die Hände seitlich an ihren Hals und starrte in die Augen der Frau, der ich mit Leib und Seele gehörte.

Ein Blick.

Eine Berührung.

Eine Kostprobe.

Ich vereinte unsere Lippen, ganz sanft, mein Mund strich zart über ihre vollen, weichen Lippen. Der Kuss war wie eine beruhigende Salbe für all die Schmerzen, die entstanden, wenn wir getrennt waren.

Doch bald darauf verwandelte er sich wieder in das wilde Drängen, das mit dem Wissen einherging, dass unsere gemeinsame Zeit zu kurz sein würde. Abgesehen von der Ewigkeit wäre nichts lang genug.

Ich hob sie hoch und legte eine Hand unter ihren Po, bevor ich sie ins Schlafzimmer trug, während sie die Beine um mich geschlungen hatte.

Jede Bewegung und jedes Stöhnen goss Benzin auf die Flammen meiner Lust, die uns beide zu verschlingen drohten.

Meine Eichel tauchte in sie ein, und meine Knie gaben unter mir nach. Ich fing unseren Fall ab, sodass wir mehr oder weniger kontrolliert auf dem Boden landeten, und bedeckte sie mit meinem Körper. Als ich versuchte aufzustehen, hielt Bay mich auf, indem sie meinen Hals küsste.

»Hier ist okay. Ich will nicht warten.« Ihr Atem strich über meine Haut und sorgte dafür, dass sich Hitze und Kontrollverlust in meinem Körper ausbreiteten.

Sie griff zwischen uns und führte meinen Schwanz an ihre feuchte Öffnung.

Ich versank in ihrer heißen, samtweichen Süße, bevor ich

wieder zu mir kam. Keine Verhütung. »Mist.« Ich zog mich zurück, bevor ich in meinem Nachttisch nach einem Kondom wühlte und es so hastig anlegte, als würden meine Hände einen Hundert-Meter-Sprint zurücklegen.

»Da habe ich gar nicht dran gedacht.« Ihre atemlosen Worte, glänzenden Lippen und wandernden Finger riefen mich zurück.

»Sorry.« Das Letzte, was ich wollte, war, ihr Leben mit einem dummen Fehler zu verkomplizieren.

Sie drängte mich näher. »Ich vergebe dir, wenn du mir gibst, was ich will.« Ihr Becken wand sich unter mir.

Ich bewegte die Hüfte und drang erneut in sie ein. Mein Kiefer spannte sich an, und ich musste dagegen ankämpfen, dass meine Augen nach hinten rollten. »Und was wäre das?« Mein Hunger und das Verlangen nach ihr wuchsen. Ich blieb bei langsamen, gleichmäßigen Stößen, da ich nicht wollte, dass es zu schnell vorbei war.

Ihre Finger klammerten sich an meine Schulter. »Ich denke, das kannst du selbst rausfinden.«

24

Bay

Das stumpfe Eindringen seiner breiten Erektion jagte mir pure, explosive Wonne durch den Körper. Die Funken drohten jedes meiner Nervenenden verglühen zu lassen, die von der Hitze der sexuellen Befriedigung übermannt wurden.

Seine groben, rollenden Stöße trieben mich dem Höhepunkt entgegen.

Worte verloren sich in seinen kräftigen Hüftbewegungen, während er meine Schenkel nach unten drückte und in mich stieß, als wären dies unsere letzten Stunden auf Erden.

Ruckartig hob sich mein Rücken vom Boden und bog sich durch. Dabei schlug ich mit den Händen so hart auf den Holzfußboden, dass die Nachbarn von unten sich vermutlich beschweren würden. Mein Körper surrte vor reiner Glückseligkeit.

Über mir wurden seine gezielten Stöße wild und unregelmäßig – die perfekte Harmonie zwischen uns entriss ihm jegliche Kontrolle, während er sich ergoss.

Stöhnend brach er auf mir zusammen und stützte die Arme neben meinem Kopf auf. Das unausweichliche Verlangen und der Drang gingen in selige Entspannung über – verschwitzt, befriedigt und auf herrliche Weise entkräftet.

Ich schlang die Beine um seine Taille, da ich nicht wollte,

dass auch nur ein Zentimeter zwischen uns Platz hatte. »Hast du mich vermisst?«

Er lachte und ließ den Kopf an meine Schulter sinken, bevor er sich auf die Seite rollte. »Pausenlos.«

Meine Haut kribbelte. »Vielleicht schaffen wir es beim nächsten Mal aufs Bett.« Ich legte den Kopf nach hinten und betrachtete kopfüber das ordentlich gemachte Bett mit der grauen Tagesdecke, das sich nur wenige Meter entfernt befand.

»Ein Schritt nach dem anderen, Bay.« Nachdem er das Kondom entsorgt hatte, legten wir uns ins Bett. Es war so viel bequemer als meine Luxus-Hotelmatratze – möglicherweise lag das daran, dass ich mit ihm darin lag.

Seine Finger strichen über die Rundung meiner Schulter. »Es wird immer schwerer, von dir getrennt zu sein.«

Mein Atem stockte. Das Flattern in meinem Bauch weckte in mir den Wunsch, die Tür zuzunageln, damit wir für immer in diesem Bett bleiben konnten. »Ich weiß, wie du dich fühlst.«

»Du fliegst in drei Wochen nach London.«

Eine endlose, ermüdende, bereichernde, Würgereiz verursachende, Euphorie versprühende Tour. »Und deine Saison endet erst in drei Monaten.« Ich strich mit den Fingern durch die Haare über seinem Ohr. »Wir sollten alles aus unserer Zeit rausholen, bevor ich abreise.«

»Komm zu meinem nächsten Heimspiel. Dafür müsstest du nicht mal irgendwohin fahren.«

»Das ist nächsten Sonntag, oder?« Möglicherweise hatte ich seinen Spielplan auswendig gelernt. *Möglicherweise.*

Sein Mund zuckte. »Richtig. Falls du da in der Stadt bist.«

»Sehr wahrscheinlich. In letzter Zeit bin ich meistens im Studio.«

»Wirst du an Weihnachten zurück sein?«

Es hatte keinen Sinn, Versprechungen zu machen, die ich

nicht würde einhalten können. Also schüttelte ich den Kopf. »Ich glaube nicht. Meine Mom hat auch schon gefragt. Ich denke darüber nach, ob ich sie stattdessen einfliegen lasse.«

Sein verständnisvolles Brummen verbarg seine Enttäuschung nicht und machte meine nur noch größer.

»Könntest du zu mir kommen?«

»Wir haben ein Spiel.«

Ich stützte den Kopf auf eine Hand. »Wir könnten vorher oder nachher unser eigenes Weihnachtsfest feiern, mit heißer Schokolade, Weihnachtsfilmen und allem Drum und Dran. Vielleicht besorge ich sogar ein paar Strümpfe.« Ich ließ meine Finger über seine Brust wandern und blickte zu ihm auf. Ich verabscheute es, dass ich nicht einfach sagen konnte: »Natürlich können wir uns sehen und den ganzen Tag miteinander verbringen.« Unsere gesamte Beziehung bestand aus Kompromissen und daraus, all das auszugleichen, was unsere Terminpläne uns nicht gestatteten.

»Ich war schon an Bord, sobald du ›heiße Schokolade‹ gesagt hast.« Sein tiefes, schokoladensüßes Lachen ließ die Furcht vor der Entfernung etwas weniger stark erscheinen.

Wir machten Pläne. Flexible Pläne, aber Pläne für die Zeit, wenn ich Philly verlassen und unterwegs sein würde. Einige meiner Ängste darüber, wie wir mit dem nächsten Jahr klarkommen würden, wurden besänftigt – oder hegten etwa alle, die sich kopfüber in eine solche Beziehung stürzten, die gleiche Hoffnung, dass alles gut gehen würde?

Seine Finger gesellten sich zu meinen. »Du kommst zu meinem Spiel.«

»Ich weiß nicht, ob das eine gute Idee ist …« Ein Stadion voller Menschen und ich mittendrin – das wäre ein logistischer Alptraum. Traurigkeit machte sich in mir breit. Ich wollte für ihn da sein, gemeinsam mit allen anderen Fans jubeln, doch ich konnte nicht einfach mein Ticket beim Schalter abholen und mich auf meinen Platz setzen.

»Wie wäre es mit einer Loge? Dort würde dich niemand behelligen. Du könntest dich entspannen, was essen und trinken und mir beim Nicht-Spielen zusehen.« Sein Lachen konnte den Anflug von Frust über seinen Status auf der Bank nicht überspielen, der in seinem Blick aufflackerte.

»Vielleicht werde ich ja dein Glücksbringer, wenn ich hinkomme.«

»Wie sollte es auch anders sein?« Er strich mir das Haar hinters Ohr, wobei er mich mit den Strähnen kitzelte.

Eine Weile lang lagen wir einfach nur da; unser Schweigen wirkte weder unangenehm noch bedrückend, sondern schön. Diese Art von Stille hatte ich sonst nirgendwo erlebt, nicht einmal allein in meinem Hotelzimmer.

Erst als Keytons Handy, das noch im Wohnzimmer auf dem Boden lag, zum zehnten Mal geklingelt hatte, wussten wir, dass unsere Zeit beinahe vorüber war.

Er verließ das Bett.

Ich setzte mich auf und lehnte mich an das Kopfteil, überkreuzte die Beine unter der Decke und wartete, bis er zurückkam. Auch wenn ich immer wusste, was kam, musste ich mich dagegen wappnen, mich zu fühlen, als hätten wir einfach nie genug Zeit.

»Das ist unfair. Wenn du so in meinem Bett sitzt, möchte ich dieses Ding aus dem Fenster werfen und hier mit dir Einsiedler werden.«

Dito. »Ist es Holden?«

»Natürlich. Er sagt, wir hätten unseren Spaß gehabt, aber nun sei es Zeit, ins Schloss zurückzukehren.«

Ich kroch über das Bett, um ihm das Handy aus der Hand zu stibitzen. »Er hat das wirklich so gesagt?«

»Ich schätze, jetzt bist du tatsächlich eine Prinzessin.«

»Ist er dann der Drache?«

»Eher eine sehr fordernde gute Fee.«

»Er hat schließlich dabei geholfen, alle meine Träume wahr werden zu lassen.« Ich saß da und starrte auf den leuchtenden Bildschirm. Wenn Keyton mir so nahe war, fühlte sich alles andere so weit entfernt an.

Er glitt ins Bett, schob sich hinter mich und schlang die Arme um mich. Die Hitze seiner nackten Brust an meinem Rücken beruhigte mich.

Und da erst fiel mir auf, dass ich ihm überhaupt nicht einfach zusagen konnte, dass ich zu seinem Spiel kommen würde. Ich wischte mit dem Finger über das Display, bevor ich eine Nachricht an Holden tippte.

Ich: Hier ist Bay. Ich muss nächsten Sonntag zu Keytons Spiel gehen. Kannst du das einrichten?
Holden: Kommst du zurück, wenn ich Nein sage?
Ich: Nein.
Holden: Schön, dass du mir einige Optionen gibst.
Ich: Ich muss da hin.
Holden: Mehr brauchst du nicht zu sagen. Mit den Ruhetagen, die wir vor der Tour eingeplant hatten, sollten wir das hinbekommen.
Ich: Danke.
Holden: Nichts zu danken. Aber behalte das lieber für dich, ja? Das würde sonst meinen Ruf ruinieren. Wir müssen heute Abend mit Sydney und morgen früh um sechs mit Japan telefonieren. Hast du vor zurückzukommen, oder sollen wir zu dir kommen?

Ich lehnte mich an Keyton und hielt mich an seinen starken, sehnigen Armen fest, die um meine Brust gewickelt waren. Wenn ich meinen Zirkus in seine Wohnung einlud, hätte ich mehr Zeit mit ihm. Doch das würde ihn bloß zusätzlich der Verrücktheit meines Lebens aussetzen.

Ich: Bin in zwanzig Minuten wieder da.

Ich ließ das Handy aufs Bett fallen und lehnte den Kopf gegen Keytons Schulter.

Seine Lippen strichen über die Seite meines Gesichts. »Du musst gehen.«

Ich nickte.

»Wann sehe ich dich wieder?«

»Ich bin nicht sicher.« Ich verabscheute dieses Gefühl. Ihn zu verlassen war schlimm genug, doch zu wissen, dass ich ihn länger nicht wiedersehen würde und nicht einmal eine Ahnung hatte, wann das sein würde, war noch schlimmer.

»Aber du kannst zu meinem Spiel kommen.« Er kuschelte sich an meinen Hals.

»Solange mich Holden nicht in meinem Zimmer einsperrt, werde ich da sein.« Ich blickte in seine Augen, bevor ich seinen Kopf nach unten zog, um ihn zu küssen, während meine Finger sanft an seinen Nacken griffen.

»Ich sollte mich anziehen, damit wir rübergehen können.«

Ich drückte die Handfläche auf seine Brust. Je länger sie dort verweilte, desto schneller schlug sein Herz. Mit ein wenig Kraft streckte ich den Arm durch.

Er ließ zu, dass ich ihn nach unten drückte, bis er auf seine Ellenbogen gestützt neben mir lag.

Der Weg war nicht weit, und er musste müde sein, schließlich war er erst vor wenigen Stunden gelandet. Er musste sich ausruhen. Und ich musste nachdenken. »Bleib ruhig hier. Ich kann alleine gehen. Außerdem möchte ich mir diesen Anblick einprägen.« Ich machte eine Geste, als hätte ich eine unsichtbare Kamera in der Hand. »Klick. Das bewahre ich für später auf.« Ich schob das imaginäre Polaroid in meine nicht vorhandene Tasche.

»Lass mich dich wenigstens bis zum Aufzug begleiten.«

»Bis zur Tür.« Ich wollte nicht, dass er mich als zerbrechliches, verängstigtes Häschen betrachtete. Er sollte nicht das Gefühl haben, dass er jedes Mal in den Beschützermodus übergehen musste, wenn wir zusammen waren. Ich würde es allein auf die andere Seite des Gebäudes schaffen, wo sich die regulären Hotelzimmer befanden. Es war eine schreckliche Idee, denn ich könnte jederzeit erkannt werden, aber ich wollte nicht, dass Keyton sich fühlte, als müsste er mich ständig beschützen, wenn wir nach draußen gingen, nur weil ich solche Angst davor hatte. Wenn ich mich öfter in Situationen begab, in denen ich kaum in Gefahr war, und trotzdem gleichzeitig Vorsicht walten ließ, würde mich das beruhigen und mir mehr Sicherheit geben. Ein Schritt nach dem anderen.

Als ich im Wohnzimmer ankam, starrte ich auf den Berg an Stoff, in dem ich hier angekommen war. »Mist.« Nicht gerade ein geeignetes Kleid, um unauffällig zu bleiben.

Keytons Arm schob sich von hinten in mein Sichtfeld; zusammengefaltete Kleidung hing darüber: Pullover, Leggings, Socken. »Nachdem ich herausgefunden habe, welche Größe du trägst, dachte ich mir, es wäre keine schlechte Idee, ein paar Klamotten für dich hierzuhaben, für den Fall, dass wir uns für eine Weile zusammen aus dem Staub machen können.«

»Du hast deine Identität als Supergenie die ganze Zeit vor mir geheim gehalten.« Ich schlang die Arme um seine Taille und kniff die Augen zu. Mein Herz hüpfte angesichts seiner

Fürsorge. Wer hätte gedacht, dass Pullover, Leggings und Socken der Schlüssel zu meinem Herzen waren?

Er.

»Aus rein egoistischen Gründen. Wenn du hier was zum Anziehen hast, musst du nicht so früh zurück.«

Ich warf einen Blick über meine Schulter. »Was sollen wir mit dem Kleid machen?«

Er hob die andere Hand. Daran baumelte eine übergroße Sporttasche.

»Ein Valentino in einer Sporttasche. Ich bin mir sicher, dass irgendwo auf der Welt gerade ein Designer ein Aneurysma hat, ohne zu wissen, warum.«

Er rieb seine Nase an meiner und drückte mir einen Kuss auf die Lippen. »Wenn du niemandem davon erzählst, tue ich es auch nicht.«

In meinen neuen, bequemen Kleidern, gefütterten Slippern und einer Sporttasche voller Haute Couture küsste ich ihn ein letztes Mal vor dem Aufzug. Allerdings erst nach einer zusätzlichen intensiven Verhandlung, die möglicherweise mit unseren Lippen und Händen ausgetragen worden war und beinahe damit geendet hätte, dass ich zu spät zu meinem Telefonat ans andere Ende der Welt kam.

Mit unter einer Mütze verborgenen Haaren und geducktem Kopf trat ich aus dem Fahrstuhl und ging zum großen Spiegel, der als Tür zwischen den Apartments und dem Hotel fungierte. Dabei fühlte ich mich, als würde ich wie im Film *Inception* in eine andere Dimension eintreten.

Panische Atemzüge verengten meine Brust, und meine Muskeln verspannten sich, als die Tür hinter mir zufiel. Ich war auf der Hut, doch ich zog es durch, und die Leute hier gingen einfach an mir vorbei. Immer wenn Schritte auf mich zukamen, zogen sich meine Lungen zusammen, bis sie sich wieder entfernten. Ein einfacher Spaziergang durch die Lobby war angsteinflößend und belebend zugleich.

Nachdem ich mit dem Aufzug so weit nach oben gefahren war wie möglich, nahm ich hastig die Treppe und bedankte mich gedanklich erneut bei Keyton, als meine Füße dabei nicht vor Schmerzen schrien.

Eric starrte mir mit großen Augen entgegen, weil ich allein unterwegs gewesen war, sagte allerdings nichts, sondern öffnete lediglich die Tür der Suite.

Holden saß auf einem der Sofas im Wohnzimmer und klappte eine Zeitschrift zu, während er vorgab, vollkommen entspannt zu sein. Ich hatte ihn noch nie eine Zeitschrift lesen sehen. »Wir war dein Abenteuer?«

»Du tust so, als hättest du das Ganze nicht eingefädelt.« Ich zeigte mit anklagendem Finger auf ihn. »Wohin bist du verschwunden?«

»Nirgendwohin.«

»Oh sorry, hast du etwa die ganze Zeit über deinen Unsichtbarkeitsanzug getragen?«, neckte ich.

Da sackte er in sich zusammen, die Reue stand ihm ins Gesicht geschrieben. »Sorry, dass ich abgehauen bin. Kommt nicht wieder vor.« Er klang ganz elend.

»Ich wünschte nur, du hättest mich mitgenommen.« Ich ging um die Couch herum und setzte mich auf die Armlehne.

»Was ist los mit dir, Holden? Ist alles in Ordnung?«

»Bestens.« Sein Lächeln konnte den geheimnisvollen Unterton nicht verbergen.

»Holden, im Ernst. Was ist los?« Ich lehnte mich vor.

Er lehnte sich zurück. »Nichts, was dich betrifft.«

»Wenn es dich betrifft, betrifft es mich. Nach sechs Jahren Zusammenarbeit – sechs Jahren Freundschaft – ist dir das immer noch nicht klar?«

»Es tut mir leid, dass ich während des Shootings gegangen bin. Ab jetzt wird diese Sache meine Arbeit nicht mehr beeinträchtigen.«

»Holden … Du kannst mit mir reden. Du kannst mir sagen, was los ist. Vielleicht kann ich helfen.«

»Ich komme schon zurecht. Das tue ich immer.« Sein lockeres Lächeln war zurück. »Ist das Kleid noch bei Keyton?«

Nett, wie er meine Fragen abblockte und das Thema wechselte, doch ich ließ es durchgehen. Er regelte mein Leben, und ich wusste trotzdem so wenig über ihn. Ein Eintrag mehr auf der Liste der Gründe, warum ich eine schlechte Freundin war. Allerdings hatte ich mir geschworen, mich zu bessern.

»Emily kann es holen. Em!«, rief er über seine Schulter hinweg.

»Schon okay. Ich habe es mitgebracht.«

Die Bürotür wurde geöffnet, und Emily trat mit ihrem Tablet in der Hand heraus.

»Mitgebracht …« Die Frage verklang auf seinen Lippen, als sein Blick auf die Sporttasche in meiner Hand fiel und sich Entsetzen auf seinen perfekt geformten Gesichtszügen ausbreitete. »Ist das das Valentino?«

Emily kam angerauscht, als würde Blut aus der Tasche tropfen. »Was? Nein!«

Ich hatte noch nie so einen schlimmen Jetlag erlebt, doch Keyton würde morgen zurück sein, und ich wollte etwas für ihn tun. Seit unserer großen Flucht aus der Fotoshooting-Hölle war eine knappe Woche vergangen.

Sein Flug nach Miami überschnitt sich auf eine perfekt unperfekte Art mit meiner Reise nach New York, sodass wir uns nicht einmal am Flughafen sehen konnten.

Mir war allerdings eine Idee gekommen, als ich die Songtexte in meinen alten Notizblöcken durchgeblättert hatte, die ich immer in einer meiner Taschen dabeihatte. Die Texte, die ich nach meinem Auftritt im Senior Year der Highschool geschrieben hatte. Auf der nächsten Seite konnte ich genau nachlesen, was ich brauchte. Ohne noch einmal drüber nachdenken zu müssen, sprang ich auf und eilte aus dem Raum ins Büro.

»Ich brauche eine Küche.« Die Zimmertür knallte hinter mir gegen die Wand.

Ich schrak zusammen, genau wie alle anderen im Raum. Möglicherweise war das ein wenig dramatischer gewesen, als ich beabsichtigt hatte.

Emily stand auf und hielt schon den Touchpen bereit. »Ein Tisch in der Restaurantküche? Für wie viele Leute? Und welche Geschmacksrichtung soll's sein?«

»Kein Restaurant. Ich brauche eine Küche. Und diese Zutaten.« Ich hielt das Stück Papier hoch, das ich aus meinem Block gerissen hatte.

»Der Koch in der Küche unten steht dir jederzeit zur Verfügung und bereitet dir alles zu, was du möchtest. Oder Emily holt dir was aus einem Restaurant.«

»Ich möchte nicht, dass jemand etwas für mich kocht. Ich brauche nur eine Küche und die Dinge auf dieser Liste.« Ich deutete auf den Zettel und beobachtete die beiden, während sie verwirrte Blicke austauschten. Mein Frust nahm zu.

»Warum?«, fragte Holden, als hätte ich um einen DeLorean und etwas Plutonium gebeten.

Ich biss die Zähne zusammen. »Weil ich etwas backen will.«

»Aber …«

»*Ich* will etwas backen. Kannst du mir bitte dabei helfen, oder muss ich mir selbst was überlegen? Allein in den Supermarkt zu gehen wäre eine verdammt riskante Aktion, aber wenn's sein muss, mache ich es.« Mit meiner neuen Verkleidungsmethode würde ich es hinbekommen. Schnell hineinhuschen, durch die Gänge rennen und wieder hinaus.

Holden sprach langsam und betonte jede Silbe, so als würde er testen, ob ich es tatsächlich ernst meinte. »Ich werde es einrichten.«

Ich war erleichtert darüber, dass ich meine Verkleidungskünste nicht würde austesten müssen. Allerdings konnte ich es auch kaum erwarten, endlich anzufangen, sodass die nächste Stunde, in der Holden alles arrangierte, sich zog wie Kaugummi.

Eine Weile später stand er schließlich neben mir in der Küche eines Miet-Apartments, ganz ähnlich wie jenes, in dem Keyton wohnte, und beäugte meine Schürze, während ich sie mir um die Taille band.

»Bist du dir bei dieser Sache wirklich sicher?« Er nahm die Packung Zucker, um sie zu inspizieren, als hätte ich mich in eine verrückte Wissenschaftlerin verwandelt.

Ich schnappte sie ihm aus der Hand und stellte sie auf die Arbeitsplatte. »Ich koche hier kein Crystal Meth, Holden.«

»Bist du sicher, dass ich nicht lieber den Chefkoch raufschicken lassen soll? Er könnte dir helfen.«

»Du meinst mich beaufsichtigen. Ich sollte mich beleidigt fühlen, du Idiot. Bevor ich Bay geworden bin, habe ich ein normales Leben geführt. Ich habe gekocht und geputzt und es sogar geschafft, mich alleine anzuziehen. Ich weiß, das ist schwer zu glauben.«

»Wie lange ist das her? Sechs Jahre, seitdem du das letzte Mal selbst was gekocht hast?«

Ich war so schnell von der Ruhmeswelle davongespült worden, dass ich mich kaum noch daran erinnerte, wie es war, Dinge selbst zu machen. Manchmal vergaß ich sogar, dass es mir erlaubt war, dies zu tun. Wenn Vertragsverpflichtungen auf Exklusivitätsklauseln trafen, die wiederum mit den Reisen koordiniert werden mussten, konnte es schnell zusätzliche Arbeit und Kopfschmerzen für alle bedeuten – für mich eingeschlossen –, wenn ich vorschnelle Entscheidungen traf.

Es war leichter, wenn ich meinem Team die Zügel überließ; einfacher, wenn ich lediglich das Ziel hatte, die Größte zu werden, und die anderen die Pläne dafür machen ließ. Das gab mir das Gefühl, ich wäre lediglich ein Passagier auf dieser Reise zum Ruhm, ohne darüber nachdenken zu müssen, was alles getan werden musste, um dorthin zu gelangen. Ich wäre nicht da, wo ich mich heute befand, wenn ich ihnen nicht gestattet hätte, sich um alles zu kümmern. Und möglicherweise war dies genau das Problem. Ich musste wieder lernen, mein Schicksal selbst in die Hand zu nehmen.

»Ich kenne mich in der Küche aus.« Ich ging die Zutaten durch, die ich aufgeschrieben hatte, nachdem ich mit Mom telefoniert hatte, um mich rückzuversichern, dass das Rezept aus meinem Notizbuch auch stimmte. »Wann hast du das letzte Mal Hausmannskost genossen?«

»Hausmannskost ist nicht immer gut.« Er schauderte.

»Du hast meine heiße Schokolade und meine Zimtschnecken noch nie probiert.« Nachdem Keyton zu meiner Rettung geeilt war, wollte ich etwas für ihn tun, um mich zu revanchieren. Das musste ich, um ihn daran zu erinnern, dass ich nicht immer so hilfsbedürftig sein würde wie jetzt.

»Okay. Der Trainer kommt in sieben Stunden. Bist du sicher, dass du jetzt noch anfangen willst?«

Der Teig würde nur ein paar Stunden zum Gehen brauchen. Ich würde heute Nacht nicht viel Schlaf bekommen, doch es würde sich lohnen. »Ich krieg das hin.«

»Lass es uns wissen, wenn du irgendwas brauchst.«

»Werde ich nicht. Ich habe das schon tausendmal gemacht. Ist zwar ein paar Jahre her, aber ich bin durchaus fähig, Dinge alleine zu erledigen.« Zimtschnecken für Keyton zu machen würde meine Selbstständigkeitsmuskeln, die ich hatte verkümmern lassen, ein wenig trainieren.

Sämtliche Küchengeräte waren sauber und lagen bereit. Ich startete mit dem Abmessen der Zutaten. Mom und Dad hatten es geliebt, zusammen zu backen. Das Ganze hatte immer damit geendet, dass sie beide vollkommen mit Mehl oder Puderzucker bedeckt waren. Und ich hatte jedes Mal so getan, als hätte ich die Handabdrücke auf Moms Hintern nicht bemerkt. Diese simplen, wunderbaren Augenblicke zu Hause hatte ich als selbstverständlich erachtet. Egal, wie sehr Dad die Musik geliebt hatte, seine Familie hatte ihn immer am glücklichsten gemacht.

Was würde er wohl denken, wenn er wüsste, dass ich mit meiner Musikkarriere alles erreicht hatte, wovon er stets geträumt hatte, dafür jedoch meine Liebe hatte eintauschen müssen?

Während ich den Teig das erste Mal gehen ließ, fielen mir beinahe die Augen zu. Der Adrenalinschub, den mir das Backen verpasst hatte, verebbte allmählich. Ich stellte mir einen Timer auf dem Handy, nahm mir ein paar Geschirrtücher und formte ein provisorisches Kissen daraus, um ein wenig darauf zu dösen. Das kratzige Leinen hielt meine Lider nicht davon ab, sich zu schließen.

Keyton würde sich wahnsinnig freuen. Ich hatte es immer geliebt, ihm dabei zuzusehen, wie er damals in Greenwood genussvoll die Zimtschnecken verschlungen hatte, und noch mehr Zuckerguss für ihn auf das Gebäck zu gießen. Ich erinnerte mich noch daran, dass ich ihm eine Dose davon mitgegeben hatte.

Wenn er das nächste Mal die Stadt verließ, würde er welche

mitnehmen können. Vielleicht könnte ich eine Portion machen, die er einfrieren konnte.

Ich träumte davon, wie er mir Zuckerguss von den Fingern leckte, während ich ihn mit Zimtschnecken fütterte, bis mein Timer piepte und mich unsanft aus dem Schlaf riss, sodass ich hochschreckte. Zwar hatte ich nicht geplant, mir den Kopf an den Hängeschränken zu stoßen, doch ich machte tapfer weiter, während mein Schädel pochte.

Wenn er morgen zurückkam und mich besuchte, würden wir Zimtschnecken und heiße Schokolade zum Frühstück haben, um zu feiern, dass wir eine weitere Woche getrennt voneinander überstanden hatten.

Sobald ich wieder auf Tour war, würde es sogar noch schlimmer werden. Gerade noch hatte es in meinem Bauch vor Aufregung gekribbelt, aber jetzt füllte er sich mit Sorge. Wir würden Wochen, wenn nicht sogar Monate, voneinander getrennt sein. Und allein die Vorstellung, auf der Bühne zu stehen, reichte bereits, damit Übelkeit in meiner Kehle hochstieg, wie sie es vor jedem Auftritt tat.

Nachdem ich Mehl auf die Arbeitsfläche gestreut und den Teig ausgerollt hatte, verteilte ich mit einem Löffel eine großzügige Menge an Zimt-Zucker-Füllung darauf. Dabei stiegen all die Erinnerungen an zu Hause in mir auf, sowohl aus Greenwood als auch Glendale, wo wir zuvor gelebt hatten. Ich erinnerte mich daran, wie mein Dad versucht hatte, seinen Finger noch einmal in den Zuckerguss zu tauchen, bevor Mom seine Hand weggeschlagen hatte.

Diese glücklichen Gefühle aus der Vergangenheit ließ ich in den Backprozess einfließen, Erinnerungen an Zuhause und Familie. Nachdem ich den Teig zusammengerollt und in Scheiben geschnitten hatte, legte ich die Schnecken auf das Backblech und schob sie in den Ofen.

Vielleicht würde ich Holden öfter damit beauftragen, mir eine Küche zur Verfügung zu stellen, damit ich für Keyton backen konnte. Würde ich ihm das Gebäck über Nacht liefern lassen können, wenn wir getrennt waren? Die Klatschzeitschriften würden mir sofort den Titel der anhänglichen Freundin verpassen, wenn sie das jemals herausfinden sollten. Dieser Gedanke ernüchterte mich ein wenig. Sobald mehr Leute von uns erfuhren, würden man uns genaustens unter die Lupe nehmen und jeden Aspekt unseres Lebens analysieren. Jedes Lächeln, das wir einem Fan schenkten, würde unter einer riesigen Überschrift abgedruckt werden, die vor zweideutigen Anspielungen triefte.

Aber sosehr ich mich auch davor fürchtete, ich wollte nicht verbergen, was ich für ihn empfand. Ich wollte nicht so tun, als wäre Keyton nicht Teil meines Lebens. Am liebsten hätte ich es bei einem Konzert bekannt gegeben oder eine Pressekonferenz einberufen, um es alle wissen zu lassen. Allerdings würde ich sein Leben unnötig verkomplizieren, wenn ich ihm das aufbürdete.

Wenn wir das nächste Mal ein wenig gemeinsame Zeit hatten, könnte ich die Zimtschnecken in seinem Apartment machen, sodass der Duft dort verweilte, als würde ich einen Teil von mir zurücklassen, selbst wenn ich nicht da war. Womöglich würde so die Distanz zwischen uns kleiner werden, auch wenn ein Ozean zwischen uns lag.

Holden und Emily sahen ab und zu nach mir, vermutlich um sicherzugehen, dass ich die Bude noch nicht in Brand gesteckt hatte.

Der Duft, der aus dem Ofen stieg, wurde intensiver. Ich schloss die Augen und stellte mir mein Leben vor, wie es hätte sein können. In meiner Vorstellung waren Keyton und ich zusammen, und ich holte das Gebäck aus dem Ofen, nachdem ich den ganzen Tag in unserem Heimstudio Songs geschrieben hatte. Er kam verschwitzt und müde vom Training, wurde jedoch angesichts des Duftes wieder munter, schlich sich in die Küche und stibitzte eine Zimtschnecke, ohne dass ich es merkte.

Es war schon verrückt, wie Träume sich ändern konnten. Und noch verrückter, dass sie sich gleichzeitig so unerreichbar anfühlen konnten.

25

Keyton

Ich rückte meinen Reiserucksack zurecht und schloss auf dem Weg durch das Terminal zu den anderen auf. Siebzig Männer, die zur Gepäckausgabe unterwegs waren, waren nicht gerade unauffällig, doch da am frühen Morgen nur wenige Leute im Flughafen unterwegs waren, mussten wir nur selten für Autogramme und Fotos anhalten. Ich wollte einfach bloß zu Bay, sie sehen, im Arm halten, küssen. Meine Schritte beschleunigten sich, und kurz darauf war ich an der Spitze der Truppe.

Berk und LJ telefonierten bereits mit Jules und Marisa. Reece war sofort losgesprintet, als die Türen sich geöffnet hatten. Da Seph schwanger war, machte es ihn zunehmend nervös, wenn er nicht bei ihr war.

Sosehr ich mich auch für ihn freute, kam es mir dennoch vollkommen verrückt vor, dass bald ein Baby da sein würde. Ein winziges Persönchen, klein und verletzlich. Jemand, der mir umgehend wichtig sein würde, weil ich seine Eltern kannte, und um den ich mir Sorgen machen würde, wegen all dem Mist, der ihm im Leben widerfahren könnte.

Es war nicht so, dass ich schreiend aus dem Zimmer rannte, wenn sich dort ein Kind befand, aber es war einfacher, mit der Stiftung zu arbeiten und sich um die organisatorischen Belange zu kümmern, die den Kindern helfen würden, als ihnen direkt gegenüberzusitzen. Ich war noch nicht so weit. Wenn ich sie anschaute, war alles, woran ich denken konnte, meine Kindheit.

Ich erinnerte mich an die chaotische, angsteinflößende Unsicherheit, die ich abseits des Football-Felds empfunden hatte; an das Gefühl, nie festen Boden unter den Füßen zu haben und ständig darauf zu warten, dass die Achterbahn wieder in den Abgrund sauste. Meine Freunde rauschten durch ihr gemeinsames Leben und wirkten dabei stets, als wären sie bereit, auf der nächsten Wolke davonzuschweben. Ein Kind zu haben wäre für mich dagegen, als würde man mich während eines Hurrikans ohne Rettungsfloß mitten in den Ozean werfen.

Doch die Geburt von Reece' kleinem Jungen oder Mädchen rückte näher. Mir blieben etwas mehr als sieben Monate, um die Angst davor abzuschütteln, das winzige Wesen zu zerdrücken, das kaum größer als meine Handfläche sein würde.

Die ganze Sache mit dem Kinderkriegen war für mich noch weit entfernt. Selbst wenn Bay und ich die Entscheidung treffen würden, richtig zusammen zu sein, war ihr Leben so hektisch, dass ein Kind erst in einigen Jahren infrage kommen würde. Ich hatte also noch genug Zeit, meine Probleme durchzuarbeiten und den Kopf frei zu bekommen. Eines Tages würde ich vielleicht ein guter Dad sein, doch dieser Tag war nicht heute.

Mein Handy vibrierte in meiner Tasche. Ich fischte es heraus.

Bay: Schon gelandet?

Ich lächelte und freute mich unheimlich darüber, dass sie sich nach mir erkundigte. Wir schrieben uns oft bis spät in die Nacht Nachrichten, bis einer von uns aufhörte zu antworten und wir am nächsten Morgen mit dem Handy am Gesicht aufwachten.

Ich: Bin auf dem Weg zur Gepäckausgabe.
Bay: Perfekt. Ich habe eine Überraschung für dich.
Ich: Was denn?

Möglicherweise würden wir wieder einen ganzen Tag nur für uns haben. Oder sie hatte sich etwas für Weihnachten überlegt. Ich liebte es, Pläne mit ihr zu schmieden. Auch wenn die Lücken in unseren Kalendern immer schmaler wurden, freute ich mich immer auf die wenigen Stunden, die ich mit ihr verbringen konnte.

Keine Reaktion auf meine Frage. So wie ich sie kannte, war sie von Holden in Beschlag genommen worden. Manchmal wollte ich ihn am liebsten in einen Schrank sperren und sein Tablet entzweibrechen. Doch er machte nur seinen Job. Den Job, den Bay von ihm erwartete.

Die Taschen unseres Teams krochen im Schneckentempo über das Förderband. Wir konnten sie nur anhand der Namensschilder oder des bunten Tapes unterscheiden.

Auf dem Charterflug war es still gewesen, weil die meisten der Jungs noch vom Spiel oder der anschließenden Feier ausgelaugt waren. Ich war versucht gewesen, Gwen anzurufen und zu bitten, mir einen früheren Flug zu buchen, den ich selbst bezahlen würde. Doch Bay hatte einen vollen Terminkalender, und ich wollte sie nicht dazu drängen, sich ihrer Verantwortungen zu entziehen. Oder schuld daran sein, dass sie sich das nächste Mal, wenn ich fort war, noch mehr Termine aufladen musste, nur um jetzt Zeit mit mir verbringen zu können.

Die Auswärtsspiele fühlten sich länger an als früher. Jeder Tag außerhalb der Stadt und getrennt von Bay kam mir wie eine Ewigkeit vor.

Über unseren Köpfen schien stets ein unsichtbarer Countdown zu schweben. Zuerst war es unser Abschluss in Greenwood gewesen, dann das Ende des Trainingslagers in L.A. Nun war es der Start ihrer Tour in wenigen Wochen. Der Drang, die Sache zwischen uns zu festigen, bevor sie abreiste, war beinahe überwältigend. Ich wollte nicht, dass unsere Beziehung erneut am seidenen Faden hing, der jederzeit reißen könnte.

Meine Tasche mit dem Monogramm DK auf dem Schild näherte sich auf dem Förderband. Ich griff im selben Moment danach, als sich eine Hand um meinen Ellenbogen schloss und sanft zudrückte. Sofort verspannten sich alle meine Muskeln. Doch anstatt auszuflippen, nahm ich mir einen Moment, um mich zu beruhigen. Vermutlich nur ein übereifriger Fan.

Also wandte ich mich um und warf einen Blick auf die Person, von der ich glaubte, sie wäre ein Fan, bevor ich stolperte und rückwärts auf das Förderband fiel. Ich starrte auf die Überraschung direkt vor mir – oder vielmehr etwas links von mir –, während ich mit der Team-Ausrüstung weiterfuhr. Meine Augen zuckten kurz durch die Halle mit der Gepäckausgabe. Hier wimmelte es nur so vor Leuten. Nach einer Sekunde fand ich endlich meine Sprache wieder. »Neue?«

Bay war hier – mit Hut, Sonnenbrille und einem Sweatshirt wie bei unserem Ausflug zu Ikea – und holte mich vom Flughafen ab. Sie lachte und machte eine Geste mit beiden Händen wie ein Zauberer bei einer Bühnenshow. »Überraschung.«

Ich kletterte vom Band, während mein Herzschlag sich beschleunigte. Sofort schlang ich die Arme um sie und drückte sie fest an mich.

»Was zur Hölle machst du hier?« Ich grinste so breit, dass mir die Wangen wehtaten. Pure Freude strömte durch meinen Körper.

Ihr fiel die Mütze vom Kopf und landete hinter ihr auf dem Boden.

Ich vergrub das Gesicht in ihrem Haar und atmete ihren Duft ein.

»Was denn? Darf ich meinen Kerl nicht vom Flughafen abholen?«

Ihren Kerl. Diese Worte entzündeten ein Feuerwerk in meiner Brust. Ich strich ihr das Haar aus dem Gesicht und küsste sie. »Mir gefällt, wie das klingt.« Gott, das war eine völlige Untertreibung. Ich liebte es, wie das klang. Ich griff nach der weichen, grauen Mütze und setzte sie ihr wieder auf den Kopf, wobei ich ihre Haare wie einen Vorhang nach vorne zog.

Sie schlug meine Hände beiseite und zog die Mütze wieder ab, bevor sie sich die Haare aus dem Gesicht schob. »Idiot.« Ihr Lächeln war allerdings genauso breit wie meins.

Über ihre Schulter hinweg beobachtete ich, wie Eric und Holden – auffällig unauffällig – einige Meter hinter ihr Wache standen. Für einen Sekundenbruchteil hatte ich vergessen, wie vorsichtig sie sein musste, und ich war froh, dass die beiden da waren, um sie auf dem Weg zu mir zu beschützen.

»Ist das da deine?« Sie zeigte auf das Förderband, auf dem mein kleiner Stunt inzwischen einen ordentlichen Taschenstau verursacht hatte.

»Ja, lass mich kurz …« Ich reckte den Hals, um meine zu finden. Als ich sie erspähte, sprintete ich an meinen Teamkollegen vorbei. Schnell griff ich danach und zog sie aus dem Taschenberg, bevor ich wieder zurück zu Bay lief. »Hab sie.«

»Bist du jetzt bereit für deine Überraschung?«

»Ich dachte, du bist meine Überraschung.« Ich konnte nicht aufhören, sie anzusehen. Ich legte einen Arm um ihre Taille und rückte den Riemen der Tasche auf meiner Schulter zurecht. Es kam noch mehr? Was brauchte ich denn noch, wenn Bay bei mir war?

»Nein, bin ich nicht. Sondern das hier.« Sie beugte sich nach unten und griff in eine Tüte zu ihren Füßen, die ich vorher nicht bemerkt hatte. Daraus holte sie eine Thermoskanne und eine kleine, durchsichtige Plastikdose mit einer Zimtschnecke darin hervor. »Ich war nicht sicher, ob du von hier aus mit dem Team weiterfahren musst oder ob ich dich direkt mitnehmen kann. Also habe ich die Sachen mit reingebracht.«

»Hast du die für mich gekauft?« Obwohl sie so viel zu tun hatte, dachte sie an mich. Möglicherweise sogar halb so oft, wie ich an sie dachte.

Sie hielt sie mir hin. »Nein, die habe ich selbst gemacht.«

Ein elektrisches Kribbeln breitete sich unter meiner Haut aus. Sie hatte all das für mich gemacht.

Die Frau, von der alle ein Stück abhaben wollten, nahm sich die Zeit, mir heiße Schokolade und Zimtschnecken zuzubereiten. Ich nahm ihr die Thermoskanne ab und öffnete den Deckel, um den herrlich schokoladigen Duft einzuatmen. Erinnerungen daran, wie wir in ihrer Küche saßen und ich sie unter dem Tisch berührte, während ich sicherging, dass ihre Mom es nicht mitbekam, fluteten meine Gedanken. Die dicke, süße Flüssigkeit hatte damals die gähnende Leere in meinem hungrigen Magen gefüllt. Ich hatte mich gezwungen, langsam zu trinken und sowohl den Geschmack als auch den Geruch auszukosten, anstatt das Zeug herunterzuschlingen, wie ich es eigentlich gewollt hätte. »Es ist heiße Schokolade. Deine heiße Schokolade.«

Sie nickte.

»Hast du die auch selbst gemacht?«

Die durchsichtige Klappdose lag auf ihren ausgestreckten Händen. Sie nickte.

Eine Flut unterschiedlicher Gefühle strömte durch mich hindurch und sammelte sich tief in meiner Brust. Obwohl sie so viel zu tun hatte, hatte sie das für mich getan. Ich hätte mich schon darüber gefreut, wenn sie die Leckereien auf dem Weg hierher für mich gekauft hätte. Doch die Zeit, die sie sich genommen hatte, um alles selbst zu machen …

»Ich kann's nicht erwarten, alles zu probieren. Nichts kommt an deine Zimtschnecken und heiße Schokolade ran.« Ich wünschte, ich könnte ihre Augen hinter den Gläsern der Sonnenbrille sehen. Und ich wünschte, sie müsste sich nicht verstecken.

Der Rest von ihr strahlte allerdings reinste Freude aus – sie war glücklich darüber, mich zu sehen. »Musst du noch bleiben oder jemandem sagen, dass du gehst?« Sie neigte den Kopf und musterte die anderen Football-Spieler und die Trainer.

»Nicht nötig. Das ist die beste Überraschung, die ich je bekommen habe.« Für gewöhnlich hasste ich Überraschungen, doch solche würde ich nur zu gerne jeden Tag erleben. Mit der Thermoskanne in der Hand legte ich den Arm um ihre Schulter. Bay hielt die Zimtschnecke fest, und mir lief das Wasser im Mund zusammen – nicht nur wegen des süßen Gebäcks in ihren Händen.

»Der Wagen steht draußen.« Sie zeigte auf die Schiebetüren, hinter denen ein schwarzer SUV parkte, neben dem ein Fahrer stand. Selbst wenn es nur eine Fahrt zurück ins Hotel war, würde ich nehmen, was ich kriegen konnte. Immerhin war es Zeit, die ich mit ihr allein verbringen konnte.

Holden ging vor, und Eric bildete das Schlusslicht.

Bay schob einen Arm unter meinen Mantel und schlang ihn um meine Taille. Ihre Aufregung war ansteckend.

»Bay?« Die Frage wurde wie ein Schrei ausgestoßen, als wir uns wenige Meter von der Tür entfernt befanden.

Ich konnte regelrecht spüren, wie jeder in unserer kleinen Gruppe sich umgehend anspannte und auf alles gefasst machte. Diese Situation war gerade von locker und lustig zu einem potenziellen Desaster geworden.

Ihr strahlender Ausdruck ließ nach. Sorge brachte sie dazu, sich fester an mich zu klammern.

»Oh mein Gott, es ist Bay!« Eine weitere Stimme übertönte den normalen Flughafenlärm. Meine Nackenhaare stellten sich auf, und meine Muskeln verwandelten sich in Granit.

Uns beiden wurden Hände auf die Schulter gelegt. »Bay, lass uns gehen.«

Bay spähte kurz über ihre Schulter und legte einen Zahn zu, genau wie ich. Panik überkam mich. Stimmen wurden lauter, Handys wurden gezückt, und Menschen kamen auf uns zugerannt.

Ich ließ die Thermoskanne fallen. Sie landete hüpfend neben Bay auf dem Boden, und heiße Schokolade spritzte aus dem Deckel. Ich zog Bay näher an mich heran, um sie abzuschirmen. Angst ergriff von mir Besitz, ebenso wie ein unkontrollierbarer Drang, sie aus dem Gebäude zu schaffen.

Wir schafften es durch die Tür. Ich warf einen abschätzenden Blick über die Schulter, um sicherzugehen, dass wir nicht gleich umgerannt werden würden. Eric blieb stehen und wandte sich der Menge zu, um sie an der Tür aufzuhalten. Holden hatte bereits die Autotür aufgerissen und zog mir meine Tasche von der Schulter.

Bay sprang in den Wagen, und ich folgte ihr. Holden schlug die Tür zu, noch bevor ich den Griff erreichen konnte. Seine Dringlichkeit trieb meine Besorgnis zusätzlich in die Höhe. Wir mussten sie hier wegschaffen.

Eric stieg vorn ein. Als er die Tür zuschlug, wackelte das ganze Fahrzeug.

Emily ließ Holden durch die Tür hinter Bay ins Auto. Er sprang herein und warf meine Tasche über die Schulter in den Kofferraum.

Dann setzten wir uns in Bewegung. Der Fahrer musste

Schlangenlinien fahren, um mehreren Leuten auszuweichen, die vor uns auf die Straße liefen. Das hätte böse ausgehen können. Verdammt böse.

»Geht's allen gut?« Eric schaute vom Beifahrersitz nach hinten.

»Uns geht's gut. War nur ein bisschen chaotisch.« Bays brüchiges Lachen versetzte meinen Beschützerinstinkt in Alarmbereitschaft. Sie machte ganz offensichtlich gute Miene zum bösen Spiel – für mich. Vielleicht sogar für sich selbst. Die wenigen Male, die sie allein zu ihrem Hotelzimmer zurückgegangen war … Das würde ich nicht mehr zulassen. Meine Gedanken überschlugen sich, bildeten eine Abwärtsspirale. Katastrophenfantasien und Furcht verwandelten sich in einen Ball aus Glassplittern, der durch meine Brust rollte.

Von der Rückbank aus wurde eine Hand mit einem Taschentuch zu uns ausgestreckt. »Müssen wir anhalten, damit du dich umziehen kannst?«

»Nein, ist nur auf meinem Mantel.«

Bay öffnete ihre Knöpfe. Ein großer Fleck aus weißem Zuckerguss befand sich vorne auf ihrer schwarzen Jacke. An einem Ärmel tropfte heiße Schokolade von ihrer Schulter bis zum unteren Ende herunter. Das war passiert, als ich die Thermoskanne fallen gelassen hatte. Sie hatte ihre wertvolle Zeit auf diese heiße Schokolade verwendet. Ich war in Panik geraten und hatte die Flasche weggeworfen, als wäre sie nichts wert, um Bay da herauszubekommen.

»Mist, das tut mir leid.«

Sie schälte sich aus dem Mantel und legte ihn so zusammen, dass die Flecken darauf nichts berührten. Ihre Hand rieb über mein Bein. »War nicht deine Schuld. Ich hätte im Wagen bleiben und Holden zu dir schicken können.«

Ich hasste die Vorstellung, dass sie hinter den getönten

Scheiben im Wagen sitzen musste und nicht aus ihrer Schutzblase hinaustreten konnte. »Es sollte dir möglich sein, mich vom Flughafen abzuholen, wenn du das möchtest.«

Sie lächelte schulterzuckend, während ihre Hand weiterhin beruhigend über mein Bein strich. »Mir tut es nicht leid. Wir müssen alle Kompromisse eingehen. Und ich wollte dich sehen.«

Selbst wenn sie nicht diejenige gewesen wäre, die sie nun mal war, würde ich nicht jede Minute jedes Tages auf sie aufpassen können. Wie oft passierte Menschen in den alltäglichsten Situationen etwas Schreckliches? Ich atmete tief durch. Ich konnte die Situation nicht kontrollieren. Ich konnte die Menschenmenge nicht kontrollieren. Alles, was ich kontrollieren konnte, war meine Reaktion darauf. Und ich wollte unsere gemeinsame Zeit nicht verderben, indem ich die Fassung verlor. Ich würde mit Holden sprechen und sichergehen, dass sie nicht erneut so ein Risiko einging.

»Und ich freue mich darüber.« Ich legte einen Arm um ihre Schulter und drückte sie an mich, während ich den eisernen Griff meiner Muskeln löste und meine Lungen mit ihrem Duft füllte. »Wie sieht dein restlicher Tag aus?«

Sie ließ die Schultern hängen. »Randvoll. Deshalb wollte ich unbedingt herkommen. Ich habe sonst keine Zeit, dich zu sehen.«

Ihre Enttäuschung spiegelte meine nicht nur wider, sondern verstärkte sie noch zusätzlich.

»Kann ich mitkommen?«

Ihre Augenbrauen schossen in die Höhe. »Das würdest du wollen? Ich habe Anproben, Kostümproben für die Tour, einige Meet-and-Greets. Es wird nicht viele ruhige Momente geben.«

Meine Sucht nach ihr sorgte dafür, dass ich keinen Augenblick, den ich mit ihr verbringen konnte, verschwenden würde.

»Ich würde sehr gerne sehen, wie es bei dir hinter den Kulissen aussieht. Mir reicht schon, wenn ich von der anderen Seite des Raumes aus zusehen kann. Kein Babysitten nötig.«

Sie blickte über ihre Schulter. »Ist das okay?«

Holden schloss das Cover auf seinem Tablet. »Natürlich. Wir kümmern uns darum, dass Keyton es bequem hat. Eventuell können wir für ein privates Mittagessen sorgen. Außerdem müssen wir die Songs vom neuen Album für das Meet-and-Greet beim Radio morgen durchgehen.«

Ich ließ meine Hand sanft über ihr Bein gleiten. »Mach dir bitte keine Gedanken um mich. Du musst mich nicht unterhalten.«

Wir fuhren zum Ladebereich der *Wells Fargo Arena*. Der SUV hielt vor einer Tür.

»Die Arena?«

»Wo sonst sollte man sich auf eine Tour durch diverse Stadien und Arenen vorbereiten?« Bay lächelte.

Emily und Eric stiegen aus.

Holden öffnete Bay die Tür, und sie trat hinaus. »Es wird ein langer Tag. Du kannst jederzeit gehen, ich werde es dir nicht übel nehmen.«

Ich folgte ihr und nahm ihre Hand. Sie zu verlassen wäre mir nicht mal im Traum eingefallen. Außerdem wollte ich auf keinen Fall, dass sie das dachte und mich auf Liste der Dinge setzte, um die sie sich heute sorgen musste. »Wenn ich sage, dass ich dabei sein will, dann stimmt das auch. Obwohl ich wünschte, ich hätte die heiße Schokolade nicht fallen gelassen und die Zimtschnecke zerquetscht.«

Sie lächelte. »Keine Sorge. Es gibt noch mehr.«

Das ließ den Ärger darüber ein wenig abklingen, dass ich ihre Überraschung für mich verdorben hatte, ohne sie probieren zu können.

Emily reichte ihr eine Tüte, die genauso aussah wie die, die sie im Flughafen dabeigehabt hatte.

»Möglicherweise habe ich die Rezepte ein wenig unterschätzt, deshalb gibt es noch etwa drei Dutzend Zimtschnecken, die du in deinen Gefrierschrank packen kannst, und so viel heiße Schokolade, dass sie für einen ganzen Winter reicht.« Sie zog die Schultern leicht nach oben, so als wäre es ihr peinlich zuzugeben, wie viel Zeit und Mühe sie aufgewendet hatte, um mich glücklich zu machen.

Die Gefühle, für die wir noch nicht bereit waren – oder zumindest gab ich vor, dass wir das nicht waren –, hämmerten an die Tür in meinem Herzen und wollten freigelassen werden. Ich wollte sie in der Flut der Emotionen baden, die aus mir herausströmten, aber ich hatte Sorge, dass ich sie damit überfordern würde. Stattdessen sagte ich: »Ich kann's gar nicht erwarten.«

Im Gebäude wimmelte es vor Menschen, die hektisch umherliefen. Es fühlte sich genauso an wie bei einem Football-Spiel.

Jeder Raum entlang des Korridors war voller Leute. Musik schallte durch die Gänge und brachte die Wände zum Beben.

Ich folge Bay mit meiner Tüte voller Leckereien. Holden rief den Personen in den Zimmern etwas zu, während wir an ihnen vorbeigingen, und der Menschenzug hinter uns wuchs an. Niemand hier schrie Bays Namen oder griff nach ihr. Ich war nicht länger nervös. Das hier waren ihre Leute.

Bay verteilte Umarmungen und schenkte allen ein Lächeln: Tänzern, Garderobiers, Tontechnikern und Bühnenarbeitern, die riesige schwarz-silberne Boxen herumtrugen.

Auf dem Boden der Arena waren reihenweise Tische aufgestellt.

Bay stellte sich ganz vorne hin, und die Leute, die in Wellen eintrafen, füllten den Raum. Es waren mindestens zweihundert, wenn nicht mehr. Ich stand am Rand und versuchte, niemandem zu stören, wollte ihr allerdings dennoch nahe sein. Die Tüte mit den Leckereien hielt ich immer noch in der Hand. Sie würden mir als herrliches Frühstück dienen, sobald sich alles beruhigt und ich ein stilles Plätzchen gefunden hatte, von wo aus ich sie bei der Arbeit beobachten konnte.

Sie nahm sich einen Stuhl und kletterte auf einen der Tische, damit auch die Leute ganz hinten sie sehen konnten. Holden stellte sich hinter sie, und ich tat es ihm gleich, um im Fall der Fälle verhindern zu können, dass sie auf den Betonboden fiel.

»Hi, Leute!« Sie winkte, und die Menge erwiderte die Geste. »Ich hoffe, ihr habt euch alle gut erholt. Es ist nämlich wieder einmal so weit.«

»Hoffentlich nicht nur einmal!«, rief eine Stimme von hinten, und die Menge lachte und jubelte.

»Lasst es uns in einem Stück durch die nächsten acht Monate schaffen. Dann können wir weitersehen. Ihr alle hier seid die Besten im Business, und ich vertraue darauf, dass ihr die Songs in meinem Kopf für das Publikum zum Leben erweckt und allen den größten Spaß ihres Lebens bereitet. Und danke dafür, dass ihr mir genug vertraut, um diese neue Reise und den Teil der Tour mit mir anzutreten, der euch von euren Freunden und Familien trennt. Das bedeutet mir unglaublich viel.« Ihre Augen glänzten feucht.

Das Meer an erwartungsvollen Gesichtern starrte sie an. Ihre Mienen waren hoffnungsvoll, aufgeregt und glücklich. So viel hing von Bay ab. Ihr Lebensunterhalt und ihre Zukunft lagen in den Händen dieser einen Frau.

Dies war kein Stadion wie meins, wo die Spiele stattfanden, ob ich nun anwesend war oder nicht.

»Und nun lasst uns in eine großartige Probe starten und diese Tour zur besten machen, die wir je auf die Beine gestellt haben.«

Alle jubelten, klatschten und pfiffen.

Ich hielt Bay meine Hand entgegen.

Lächelnd nahm sie sie und hüpfte vom Tisch. Dann schloss sie sich den anderen an und sprang auf und ab, während der Sprechchor immer lauter und lauter wurde, bis er sich in Geschrei und Applaus auflöste.

Ein Ritual wie vor einem Spiel. Ich konnte es bis ins Mark spüren.

Die Leute kehrten an die Arbeit zurück, die sie ausgeführt hatten, bevor Bay ihre Rede gehalten hatte.

Bay und ihr Team rauschten los, mit mir im Schlepptau, und ich verlor schnell den Überblick darüber, wo wir hingingen.

Zuerst gab es eine Kleideranprobe mit bunten Outfits, manche mit Pailletten und Federn besetzt, andere waren aus Leder und einige sogar mit LEDs beleuchtet. Alles wurde gründlich in Augenschein genommen, während man letzte Änderungen machte.

Emily hatte ein ruhiges Plätzchen an der Seitenbühne für mich vorbereitet. Dort trank ich meine heiße Schokolade und aß die Zimtschnecke. Hatte Bay etwas gegessen, bevor sie mich abgeholt hatte? Abgesehen von einem Bissen Zimtschnecke und einer halben Flasche Wasser hatte sie die ganze Zeit über nichts anderes zu sich genommen.

Wenn ihr jemand etwas zum Bühnenablauf erzählte, wechselte ihr Gesichtsausdruck von lächelnd zu stark konzentriert. Sie probte Wege durch Falltüren im Bühnenboden, die sie auf der Tour benutzen würde, und Choreografien mit den Tänzern. Licht- und Ton-Einsätze wurden einstudiert, bis sie perfekt saßen.

Und für einen angsteinflößenden Moment flog sie an einem Gurt befestigt über das imaginäre Publikum, als würde sie in einem Zirkus auftreten.

Sie lächelte durchgehend, doch um vierzehn Uhr ließ ihre Energie merklich nach. Seit sechs Stunden war sie bereits mit alldem hier beschäftigt. Wir befanden uns in einem kleineren Raum, in dem Bay und zwanzig Tänzer eine weitere Choreografie durchgingen.

Holden kam an mir vorbei, und ich sprang aus meinem Klappstuhl auf, um ihn am Arm festzuhalten. »Hat sie schon was gegessen?«

Ich hatte sie zwar nie mehr als ein paar Minuten aus den Augen gelassen, aber ich musste mich vergewissern.

»Noch nicht.« Er ließ das Tablet sinken, und seine Miene wirkte angespannt und verärgert. Der Ausdruck galt allerdings ganz offensichtlich nicht mir, sondern dem gleichen Grund, aus dem ich ihm die Frage gestellt hatte.

»Warum nicht?«

»Sie möchte erst die Choreografien hinter sich bringen, damit die Tänzer nach Hause gehen können, ohne darauf warten zu müssen, dass sie gegessen hat. Vertrau mir, ich habe schon dreimal versucht, sie zu überreden.« So wie seine Nasenflügel bebten, konnte ich nicht anders, als ihm zu glauben. Allerdings stellte sie ihm auch seine Gehaltsschecks aus – wie sehr würde er sie da drängen, selbst wenn es um etwas ging, das sie nötig hatte?

Ihre Schritte hatten an Elan verloren, und die Atempausen zwischen den einzelnen Choreografien waren von einigen Sekunden zu beinahe einer Minute angestiegen. Fünf Minuten bevor ich mir geschworen hatte einzugreifen, waren sie fertig. Alle verabschiedeten sich mit einer Umarmung von Bay, dann verschwanden die Tänzer winkend aus dem Raum.

Eine Sekunde hielt Bay inne, dann sank sie dramatisch zu Boden. Dabei presste sie sich den Handrücken an die Stirn, und ihre Brust hob und senkte sich, bis sie die Arme schließlich zu beiden Seiten ausstreckte.

Kurz öffnete sie ein Auge, um zu mir herüberzuschielen, bevor sie es wieder schloss.

Ich war noch vor Holden bei ihr und ging in die Hocke. »Du musst was essen.«

In ihrem Blick schimmerten erschöpfte Aufregung und ein verspielter Ausdruck. »Nur wenn du mich mit einem Pfannenwender vom Boden abkratzt.« Schweiß glänzte auf ihrer Stirn, und sie schaute mir tief in die Augen. »Dir ist noch nicht langweilig?«

Ich strich ihr eine verschwitzte Haarsträhne aus der Stirn. »Nicht im Geringsten.«

Ihr besorgter Gesichtsausdruck wurde von einem strahlenden Lächeln abgelöst.

Ich hielt ihr meine Hände hin, und sie nahm sie, damit ich sie auf die Füße ziehen konnte.

»Hey, Holden. Können wir was zu essen haben?« Sie stemmte die Hände in die Hüften.

»Oh, meinst du das Essen, das ich dir schon seit drei Stunden anbiete? Nein, sorry. Das hat Emily längst verputzt.« Ihre Bruder-Schwester-Dynamik war in vollem Gange.

»Hey!«, rief Emily hinter ihm.

Er verdrehte die Augen. »Ja, wir besorgen dir was zu essen.«

Wir holten uns was vom Catering, wo man sich entweder abgepackte Mahlzeiten mitnehmen oder sich selbst am Büfett bedienen konnte. Im Anschluss nahmen wir unser Essen mit in ein Zimmer, das eher wie ein Schrank wirkte. Allerdings war es ruhig, und wir waren allein.

»Du warst ganz schön beschäftigt.«

Sie nickte, da sie mit dem großen Bissen des Puten-Käse-Sandwiches im Mund nicht antworten konnte.

Endlich aß sie etwas. Ich war noch nie so glücklich darüber, jemanden mit Mayo im Mundwinkel zu sehen.

»Ist es immer so?«

»Nur vor und während einer Tour.« Sie nahm zwei weitere Bissen und erinnerte mich mit ihren vollen Wangen an ein Backenhörnchen. »Es gibt viele Abläufe und viele Menschen, die koordiniert werden müssen. Ich bin so verdammt hungrig. Ich hätte mir noch ein Sandwich nehmen sollen.«

»Ich kann dir eins holen.« Ich stand auf.

Ihre Hand schoss vor und griff nach meiner. »Nein, ist erst mal genug. Ich bin gerne mit dir allein.«

In meinem Inneren rang das Verlangen danach, bei ihr zu bleiben, mit dem, ihr noch etwas zu essen zu holen. Der egoistische Teil von mir, der bleiben wollte, gewann. »Falls du es noch nicht weißt, ich bin auch gerne mit dir allein.«

Von außerhalb der Tür drang durchgehend Lärm herein. »Ich habe gar nicht gewusst, wie viel Arbeit in einer Tour steckt.«

Sie hielt sich die Hand vor den Mund, während sie lachte. »Ich auch nicht. Ich glaube, nach der ersten Tour habe ich bei Mom zu Hause zwei Tage durchgeschlafen.«

»Hast du je …«

Ein sanftes Klopfen unterbrach unseren ruhigen Moment. Emily steckte den Kopf herein.

»Bay, nachdem du gegessen hast – Holden war da sehr deutlich: *Nachdem* du gegessen hast, ist der kleine Junge aus dem viralen Video hier. Es wird ein kurzes Meet-and-Greet.«

»Ich kann jetzt kommen.«

Emily starrte auf das Tablett auf Bays Schoß. »Du hast noch nicht aufgegessen.«

»Doch.« Sie reichte mir ihr halbes Sandwich. »Ich bin satt. Ich möchte nicht, dass sie warten müssen.«

Als sie versuchte, an mir vorbeizugehen, griff ich nach ihrer Hand. »Bay, du hast noch nicht genug gegessen.«

Sie zog den Kopf ein. »Ich weiß, aber der Junge ist so süß, und ich möchte, dass es was Besonderes für ihn wird. Er wurde in der Schule gemobbt, weil er meine Lieder gesungen hat, und ich möchte mir genug Zeit für ihn nehmen. Außerdem dürfen wir nur noch zwei Stunden hier sein, und ich muss noch mal in den Gurt.«

»Du wirst etwas essen.« Ich stand auf und trug unsere beiden Tabletts, während ich ihr und Emily folgte.

Der Junge brach in Tränen aus, als er Bay sah. Er war etwa sieben Jahre alt. Die blauen Flecken auf seinem Gesicht, die von der Person stammten, die ihn zusammengeschlagen hatte, waren bereits gelb geworden, jedoch immer noch sichtbar.

Der Anblick traf mich mitten ins Herz, wie jedes Mal, wenn ich kurz davor stand, in meine Vergangenheit zurückgezerrt zu werden. Ich konnte spüren, wie der Schock eines Schlages sich von der Stelle, an der die Faust gelandet war, in heißen Schmerz verwandelte und sich in Haut und Muskeln – manchmal auch Knochen – ausbreitete.

Ich schluckte schwer und verzog das Gesicht, während ich versuchte, mir nicht vorzustellen, wie hart der Treffer gewesen sein musste, um einen dermaßen großen Bluterguss zu hinterlassen. Wie seine Eltern damit umgingen, wusste ich nicht. Ich fürchtete mich vor dem, was ich tun würde, wenn jemand mein Kind verletzen würde – ich hatte keinen Schimmer, zu was ich in einer solchen Situation fähig wäre. Welche Dunkelheit lauerte in mir? Dunkelheit, die ich nie gänzlich losgeworden war und die wie ein Makel auf meiner Seele verweilte? Ich schüttelte den Gedanken ab und konzentrierte mich auf Bay.

Sie saß mit dem Jungen auf dem Boden und überschüttete ihn mit Aufmerksamkeit und Lob.

Nun ergab ihre Entschlossenheit absolut Sinn.

Alle paar Minuten schob ich ihr einen Bissen ihres Essens zu. Sie bedachte mich mit einem dankbaren Blick und verbrachte ihre Zeit damit, gemeinsam mit ihrem neuen besten Freund zu singen und jedes Werbegeschenk von der Tour für ihn zu signieren. Er war völlig aus dem Häuschen, genau wie seine Eltern.

»Er hat seit dem Vorfall nicht mehr gelächelt, aber ich hätte schwören können, dass ihm vor lauter Freude fast die Lippen abgefallen sind, als er die Nachricht bekommen hat, dass er dich treffen darf.« Mit Tränen in den Augen hielt die Mom des kleinen Jungen Bays Hände in ihren eigenen.

Mir schnürte sich die Kehle zu. Dies waren gute Eltern, die es innerlich zerriss, dass jemand ihrem Kind wehgetan hatte. Ihre Trauer wurde von Freude und Dankbarkeit darüber abgelöst, dass Bay einige Minuten mit ihnen verbrachte.

Beide Eltern umarmten sie und posierten für Bilder. Bay nahm dem Jungen das Versprechen ab, dass er mit dem Singen weitermachen würde. Außerdem sagte sie ihm, dass sie nicht beleidigt wäre, wenn es nicht ihre Songs wären. Sie sangen eines ihrer Lieder zusammen, und Bay nahm noch eine Nachricht für ihn auf, die er immer dann abspielen sollte, wenn er traurig war.

Sie umarmte ihn ein letztes Mal fest, bevor Holden auftauchte und sie wieder zurück auf die Bühne scheuchte.

Ich folgte ihr und drückte ihr noch ein Stück Sandwich in die Hand.

»Danke.«

»Darum wirst du nie bitten müssen.«

Sie wurde erneut an dem Gurt befestigt, bevor sie eine weitere Runde hoch in der Luft über dem Betonboden der Arena drehte. Ich konnte nicht hinsehen.

Während ich auf meine Füße starrte, versuchte ich krampfhaft, nicht durchzudrehen.

»Kein Fan von Höhen.« Holdens Schuhe traten in mein Sichtfeld.

»Nicht besonders.« Ich stützte die Hände auf meinen Oberschenkeln ab. »Du lässt zu, dass sie sich zu hart pusht.«

»Sie hat ihren eigenen Willen.«

Ich richtete mich auf und hielt den Blick auf Holden gerichtet. »Und sie hat Angst, die Leute um sie herum im Stich zu lassen. Dich im Stich zu lassen.«

»Diesem Club gehören wir alle an. Sie tut, was getan werden muss, um in diesem Spiel an der Spitze zu bleiben.«

»Bis es sie krank macht.«

»Wir haben ein erstklassiges Team, das dafür sorgt, dass das nicht noch mal passiert.«

»Noch mal? Also ist es schon mal passiert?«

Sie musste dringend daran arbeiten, sich selbst Grenzen zu setzen. Die Leute würden nicht aufhören, sie zu pushen und ihr immer mehr abzuverlangen, solange sie es einfach zuließ. Und ich war nur eine weitere Person, die ihr wichtige Zeit raubte. Alte Marotten und Fehler waren schwer abzulegen, doch dieses Mal würde ich mich ihr zuliebe richtig ins Zeug legen.

»Sie lernt noch, wo ihr Limit ist. Das müssen wir alle.« Sein Blick driftete über meinen Kopf hinweg. »Diesmal passiert nichts. Du hast mein Wort.«

Ich musterte Holden, der Bay mit Argusaugen beobachtete. Ich glaubte ihm, das bedeutete jedoch nicht, dass sie ihre Grenzen kannte und sich auch an sie halten würde, wenn es etwas gab, womit sie das Leben anderer Leute einfacher machen oder sie zum Lächeln bringen konnte, so wie bei dem Jungen vorhin.

Zwei Stunden später wurden die Lichter in der Arena abgeschaltet, und wir saßen wieder im SUV auf dem Weg nach Hause. Nicht das Zuhause, das ich mir für uns gewünscht hätte, doch momentan war dies das Beste, was wir bekommen konnten.

»Zu dir oder zu mir?«

Sie blickte nach hinten. »Holden?«

Das Leuchten des Tablets erhellte sein Gesicht. »Du kannst länger schlafen, wenn ihr in der Suite übernachtet.«

Ich traf die Entscheidung, bevor sie es konnte. »Also zu dir.«

»Du hast dort keine Klamotten.«

»Ich lass mir was einfallen. Keine Sorge.«

Sie nickte schläfrig und legte den Kopf auf meine Schulter.

»Wann muss sie morgen früh aufstehen?«

Holden sah auf dem Tablet nach. »Um fünf.« Dann schaute er noch einmal hinunter. »Sechs Uhr dreißig.«

»Okay.«

Als wir beim Hotel ankamen, hatte sich vor dem Eingang eine Gruppe Fans angesammelt. Also wies Eric den Fahrer an, in die Tiefgarage zu fahren. Das führte dazu, dass der Weg zur Suite länger wurde, Bay schlafwandelte allerdings ohnehin die ganze Zeit über. Ich bot nicht an, sie zu tragen, da ich wusste, dass sie dagegen protestieren würde.

In der Suite angekommen führte ich sie ins Schlafzimmer, in dem wir vor einigen Wochen ein paar gemeinsame Stunden verbracht hatten, bevor sie hatte gehen müssen. Nachdem ich uns beide ausgezogen hatte, manövrierte ich sie in die Dusche.

Ihr Kopf ruhte an den Fliesen, die Augen hatte sie halb geschlossen, und gelegentlich murmelte sie etwas Unzusammenhängendes. Wenn ich nicht anwesend gewesen wäre, wäre sie dann dort eingeschlafen? Oder hätte sich auf den Boden gelegt, um zu schlafen?

Effizienter, als es der beharrlichen Erektion zwischen meinen Beinen lieb war, ließ ich den eingeseiften Schwamm über ihre Haut und ihre Kurven gleiten.

»Danke, dass du den Tag mit mir verbracht hast«, murmelte sie.

Ich hielt sie mit einer Hand aufrecht, während ich ein Handtuch vom Stapel nahm und sie abtrocknete. Dabei küsste ich ihren Nacken und hielt sie an mich gedrückt. Schließlich wickelte ich sie in den weichen, flauschigen Stoff. Sie lehnte sich wieder an die Wand.

Da ich sie nicht loslassen wollte, schlang ich mir mein Handtuch einhändig um die Hüfte. Als ich fertig war und sie wieder ansah, war sie schon in der Ecke eingeschlafen; ihr Mund war leicht geöffnet, und sie konnte sich kaum noch auf den Beinen halten.

Selbst wenn ich bei einem Spiel eingesetzt wurde, war ich anschließend nie dermaßen erschöpft.

Nachdem ich sie auf meine Arme gehoben hatte, blickte ich auf die Frau hinab, die mein Herz bereits in ihren Händen gehalten hatte, als ich noch glaubte, ich würde keines besitzen. Möglicherweise war genau das der Grund – es hatte schon immer ihr gehört.

Ich legte sie auf dem federweichen Bett ab, bevor ich ein T-Shirt aus einer der Schubladen holte. Nachdem ich es ihr übergezogen hatte, glitt ich neben ihr ins Bett.

Sie seufzte und kuschelte sich an mich.

In den Decken vergraben ließ ich meinen Kopf an ihrem ruhen, während ihre sanften Atemzüge über meinen Hals strichen. Es wurde zunehmend schwerer, mich von ihr zu trennen, und noch schlimmer würde es sein, wenn sie ging.

26

Keyton

Ich saß auf der Kante des Bettes, während Bay mein Kopfkissen umschlungen hielt, weil sie im Schlaf nach mir gesucht hatte. Anscheinend war mein vorgewärmtes Kissen eine passende Übergangslösung.

Mit ihr zusammen zu sein war so, als würde jemand meinen Namen singen, nachdem ich ein Leben in absoluter Stille verbracht hatte. Ganz im Gegensatz zu damals im College, wo es mir so vorgekommen war, als würde ich mich inmitten eines Hurrikans an eine Boje klammern. Ich hatte mich an ihr festgehalten, um den Kopf über Wasser zu halten, und es wäre nur eine Frage der Zeit gewesen, bis ich uns beide in die Tiefe gezogen hätte.

Nun war das anders. Wir waren anders.

All die Dinge, die wir uns erträumt und erhofft hatten, waren mittlerweile wahr geworden. Warum also war ich schon lange nicht mehr so glücklich gewesen wie jetzt? Es hatte auch vorher schöne Momente gegeben, zum Beispiel wenn wir ein Spiel gewonnen hatten oder ich einen unmöglichen Wurf gefangen hatte. Oder bei einem Blick auf mein Bankkonto, der mich wissen ließ, dass ich den Betrag dort nicht einmal in hundert Leben ausgeben können würde.

Doch diese Zufriedenheit, die ich in ihrer Nähe verspürte,

war beinahe unbeschreiblich. Durch sie fühlte ich mich unbesiegbar. Und das machte mir eine Heidenangst. Denn wenn ich ohne sie leben müssen würde – wenn sie mir wieder entrissen würde –, nachdem ich so hart daran gearbeitet hatte, der Mann zu werden, auf den sie stolz sein konnte und den sie verdient hatte … Nun, ich hatte keinen blassen Schimmer, was passieren würde, wenn alles in sich zusammenbrach.

Doch anstatt mich auf diese Gefühle zu fokussieren, konzentrierte ich mich auf das Hier und Jetzt, diesen Augenblick mit ihr. Noch war sie hier. Genau wie ich.

Ich legte mich hin und strich ihr das Haar von den Schultern.

Sie war die einzige Frau, die ich je geliebt hatte. Die einzige Frau, die den Großteil meiner Lebensgeschichte und meiner Geheimnisse kannte. Und die einzige Frau, für die ich alles riskieren würde, was ich mir selbst aufgebaut hatte. Nicht weil ich sie zum Überleben brauchte, sondern weil ein Leben ohne sie genau das wäre: Überleben. Ich würde atmen, doch leben würde ich nicht.

Ein sanftes Schnarchen vibrierte in ihrer Kehle, bevor sie sich umdrehte.

Mit einem Lächeln strich ich ihr einige Strähnen aus dem Gesicht.

Dann glitt ich hinter sie unter die Decke, schlang die Arme um ihre Mitte und drückte sie fest an mich.

Zufriedenheit legte sich auf mich wie eine Decke, also schloss ich die Augen und atmete ihren Duft ein. Sie ein weiteres Mal zu verlieren war keine Option, und ich würde alles tun, was nötig war, um sicherzustellen, dass wir es diesmal nicht verpatzten.

»Bist du sicher, dass wir hingehen müssen?« Ich schnappte mir meine Manschettenknöpfe von ihrer Kommode.

Ihr Lachen hallte in meinem Herzen wider. »Du musst nicht mitkommen. Es ist eine Promo-Session für die Gewinner des Radiowettbewerbs. Wird nicht länger als ein paar Stunden dauern. Ich bin sicher, du hast Besseres zu tun.« Wir befanden uns fast auf Augenhöhe, da sie Absätze trug. Sie drapierte ihre Arme über meine Schultern und strich mit den Fingern durch das Haar an meinem Hinterkopf. »Danach kann ich zu dir zurückkommen.«

»Was könnte besser sein, als Zeit mit dir zu verbringen?« Ich küsste sie auf die Nasenspitze und schlang die Arme um sie. Meine Hände streiften ihre nackte Haut. »Fehlt da was an deinem Kleid?«

Das Kleid in Orange und Marineblau war am hoch geschlossenen Kragen gerafft und reichte ihr bis knapp über die Knie. Es besaß lange Ärmel und wirkte insgesamt nicht sehr freizügig, allerdings hatte ich nicht viel Ahnung von Mode.

»Ich brauche ein bisschen Hilfe.« Sie drehte sich um und warf mir einen Blick über die Schulter zu, wobei sie ganz genau wusste, was der Anblick ihres bloßen Rückens mit mir anstellen würde. »Kannst du den Reißverschluss zumachen?«

Also hockte ich mich hin und beschloss, ihr Paroli zu bieten. Wenn wir beide zwei Stunden lang warten mussten, bis wir endlich wieder allein miteinander waren, würde ich sicherstellen, dass sie genauso darauf erpicht sein würde, in unser Hotelzimmer zurückzukehren, wie ich.

Ich küsste ihren unteren Rücken und hielt sie mit den Händen an ihrer Taille fest.

Sie zuckte nach vorn, und ihr Atem stockte.

Eine Hand ließ ich ihren Rücken hinaufgleiten, um imaginäre Hindernisse aus dem Weg zu räumen, bevor ich den Bereich mit hauchzarten Küssen bedeckte, die ihr geradewegs unter die Haut gingen.

Sie erschauderte und keuchte.

Ich lächelte an ihrer Haut und zog am Reißverschluss, um die Metallzähne langsam ineinandergleiten zu lassen, bis ich oben angekommen war. Schließlich schlang ich einen Arm um ihren Körper, drückte sie fest an mich und bedeckte ihren Nacken mit Küssen, bevor ich den Verschluss komplett zuzog und den Haken schloss.

Mein Schwanz hasste mich dafür, dass ich uns alle drei so quälte.

Ich trat vor sie und begegnete ihrem leicht glasigen Blick. Mit leicht geöffneten Lippen, geröteten Wangen und ein wenig wackelig auf den Beinen lehnte sie sich zu mir herüber und fiel über meinen Mund her.

Ich packte ihren Po, bevor ich ihn knetete und sie fest an mich drückte.

Ein Klopfen an der Tür war das Einzige, was uns daran hinderte, uns gegenseitig die Kleider vom Leib zu reißen.

»Zeit zu gehen.« In dem Moment hasste ich Holden wie nichts anderes auf der Welt. »Es wurde gerade bekannt gegeben, wo wir uns treffen. Die Paparazzi sind schon auf dem Weg, also werden die Fans in Kürze folgen. Wir sollten möglichst schnell hinfahren, bevor die Lage nicht mehr zu händeln ist.«

Ich strich mit dem Daumen über Bays Unterlippe. »Dein Make-up sollte aufgefrischt werden.«

»Emily wird nicht begeistert sein.«

»Das war es wert.« Emily war dabei, sich in eine Miniaturversion von Gwen zu verwandeln, doch für einen Kuss von Bay würde ich ihren Zorn jederzeit in Kauf nehmen. Ich nahm ihre Hand, und wir verließen das Schlafzimmer. Das gesamte Team war anwesend, mit Mänteln bekleidet und bereit zum Aufbruch.

Bay hatte keinen Mantel. Ich legte ihr meinen um die Schultern und genoss den Anblick, als sie an beiden Seiten nach dem Revers griff.

Eric saß vorn im Wagen, während Emily und Holden ganz hinten saßen und Nachrichten schrieben. Bay und ich befanden uns in der Mitte, wo Bay für gewöhnlich allein saß, während die beiden von hinten ihr detailliert ihren Lebensablauf mitteilten und Eric vorn den Wächter mimte.

»Mist.« Holden stieß einen langen und tiefen Atemzug aus.

Bays Lachen verstummte, und sie wandte sich ihm zu. »Was ist los?« Ihre Finger hörten auf, meinen Oberschenkel zu massieren, was bedeutete, dass ich mich auf etwas anderes konzentrieren konnte als ihre Brust, die sich an meine presste. Das Necken war es wert und sorgte nur dafür, dass ich kurz davor war, dem Fahrer zu sagen, dass er umdrehen und zum Hotel zurückfahren sollte.

Sie folgte Holdens Blick durch die getönte Scheibe des Wagens. »Mist.«

Die Atmosphäre im Auto wurde angespannt. Was eigentlich nur ein einstündiges Meet-and-Greet mit den Wettbewerbsgewinnern sein sollte, in dem wir uns schon mal einige Songs vom Album anhörten, erweckte den Anschein einer Massenveranstaltung.

»Ich hab ihnen ja gesagt, sie sollen die Location nicht bekannt geben.« Holden hielt sich sein Handy ans Ohr und schimpfte mit erhobener Stimme in den Hörer.

»Was machen wir jetzt?« Mein Arm an ihrer Taille spannte sich an.

Ich versuchte, mich zu beruhigen, doch es funktionierte nicht. Mein Puls schoss in die Höhe. Das Blut rauschte vom Adrenalin angeheizt durch meine Adern.

Überall waren Menschen. Sie brüllten und schrien nicht, allerdings war ihre Vorfreude schon von hier aus beinahe greifbar. Auch Fotografen waren aufgetaucht, ihre riesigen, aufdringlich Linsen bereit für den perfekten Schnappschuss.

»Alles wird gut gehen.« Mit einem kleinen Lächeln und einem Hauch von Angst in den Augen begegnete sie meinem Blick. »Das passiert manchmal.«

Eric steckte den Kopf zwischen den beiden Kopfstützen hindurch. »Wir fahren einmal um den Block. Sie versuchen gerade, zusätzliche Security für den Eingang zu organisieren. Das Parkhaus ist blockiert, also gibt es momentan keinen anderen Weg ins Gebäude.«

Im unteren Teil des Gebäudes befanden sich Restaurants und im oberen Büros. Es war ein normales zwanzigstöckiges Hochhaus aus Glas und Beton, wenn man einmal von den Hunderten von Leuten absah, die sich vor dem Haupteingang tummelten.

Mein Kiefer schmerzte vor Anspannung.

Ihre Hand strich mein Hemd glatt. »Das wird schon.«

Ich war nicht sicher, ob sie das zu mir oder zu sich selbst sagte. Mein Herz hämmerte gegen meinen Brustkorb.

Sorge reicherte die Luft im Wagen an. Die Unterhaltungen und die Späße verstummten, während wir viermal rechts abbogen, um wieder vor dem Gebäude zu landen.

Jede Faser meines Körpers schrie, dass wir verdammt noch mal umkehren und von hier verschwinden sollten.

Die Runde um den Block hatte im Hinblick auf die Security nicht viel genützt, da sie immer noch überfordert waren.

»Wir gehen durch eins der Restaurants rein«, verkündete Eric vom Beifahrersitz aus.

Wir fuhren geradewegs am Haupteingang vorbei, doch mittlerweile hatten die Menschen offenbar bemerkt, zu wem der Wagen gehörte. Also hielt auch der Alternativeingang die Masse nicht davon ab, sich zu vergrößern, sondern hatte sie höchstens zeitweilig ausgebremst.

Bay streifte meinen Mantel ab und gab ihn mir zurück. Sie wollte gerade auf ihrer Unterlippe herumkauen, als sie sich offenbar an ihr Make-up erinnerte, und presste die Lippen stattdessen aufeinander. »Wir haben dem Designer Ganzkörperaufnahmen des Kleids versprochen.«

Selbst unter meinem Mantel hatte sie gezittert, als wir ins Auto gestiegen waren. Meine Verärgerung über die ganze Situation kochte hoch. Warum zur Hölle stimmte sie einem Deal zu, bei dem sie sich für ein paar Fotos den Hintern abfrieren musste?

»Es ist Oktober.«

»Es hat lange Ärmel. Das geht schon. Wir laufen einfach schnell rein.« Ihr Blick huschte durch die getönte Scheibe zu der Menschenmasse.

Dann drückte sie meine Hand. Emily und Holden bewegten sich auf die Tür zu, und Eric sprang aus dem Wagen.

Noch bevor wir von unseren Sitzen gerutscht waren, traf uns ein blendendes Blitzlichtgewitter.

Innerhalb weniger Sekunden ging das Gedränge los. Ob es nun Fremde oder Leute aus Bays Team waren, Körper drückten sich an uns, schubsten und drängelten uns. Es fühlte sich an, als würden wir von hundertdreißig Kilo schweren Linebackern am Arm gepackt und vorwärtsgeschoben werden.

Wir wurden zum Eingang gedrängt. Die Flut an Menschen wuchs mit jeder Sekunde an.

Bay griff nach Stiften und Zetteln, die ihr vor die Nase gehalten wurden, und versuchte, Fanartikel zu signieren, während wir uns den Türen näherten. Ihre Stimme klang angespannt. Ihr Lächeln wirkte steif, ihr Blick angsterfüllt.

Mein Beschützerinstinkt stieg abrupt an und beförderte mich geradewegs an den Rand des Abgrunds.

Weitere Leute strömten um die Ecke. Die zehn Meter vom

Bordstein zum Restauranteingang fühlten sich an, als würde uns eine Flutwelle hinaus aufs Meer ziehen wollen.

Und dann passierte es, von einem Moment auf den anderen, beinahe in Sekundenschnelle. Lächelnd verteilte sie Autogramme und kam kaum vorwärts, selbst mit meinem Arm an ihrer Schulter. Und plötzlich fiel mein Blick auf ein Gesicht. Ein Gesicht, das dafür sorgte, das sich mir die Nackenhaare aufstellten.

Der Ausdruck darauf wirkte mehr als nur fasziniert, grenzte vielmehr an verstört.

Eine Lücke tat sich zwischen den Fans auf, die versuchten, sich für ein Foto dazwischenzuquetschen, und er nutzte die Gelegenheit.

Er holte aus, schnell wie ein Quarterback. In seinen Fingern blitzte eine metallene Klinge.

Ich sprang vor Bay, sodass sie zwischen mir und der Menge eingeklemmt war, die so heftig drängelte, dass ich kaum Luft bekam. Womöglich hielt ich aber auch den Atem an. Adrenalin pumpte durch meinen Körper. Weißglühender Zorn explodierte in meiner Brust.

Meine Faust traf auf sein Gesicht. Ich schlug ihn einmal. Zweimal.

Die Menge teilte sich. Schreie durchdrangen die Luft.

Ich packte seine Hand und drückte fest genug zu, um den Knochen zu zermalmen, bis das Messer zu Boden fiel.

Ein weiterer Schlag meiner geballten Faust in sein Gesicht. Ich packte ihn am Kragen und warf ihn zu Boden, wo er sich wand, während er versuchte, wieder auf die Beine zu kommen. Sein Gesicht war blutverschmiert.

Meine Hand schoss vor, schloss sich um seine Kehle. Ein wohlbekannter Nebel, der sich vor Rage rot färbte, drang an den Rand meiner Wahrnehmung. Ich wollte noch fester zudrücken, bis sein Keuchen und sein verzweifeltes Kratzen an meiner Hand ein Ende nahmen. Ich wollte seinen Kopf in den Boden rammen, bis er aufhörte, sich zu bewegen. Ich wollte, dass er Bay nie wieder bedrohte.

Bay. Ich musste sichergehen, dass es ihr gut ging.

Ich kam wieder zu mir und lockerte meinen Griff von quetschend zu einfachem Festhalten.

Eric und drei weitere Sicherheitsleute hockten sich neben mich und rollten den Angreifer auf den Bauch, um seine Hände mit Kabelbindern zu fixieren.

Das Adrenalin jagte durch meine Adern, mein Herzschlag beruhigte sich nur langsam. Ich trat einen Schritt zurück. Dann einen weiteren. Menschen stürmten heran und stießen gegen mich.

Eine Hand berührte mich am Arm. Ich zuckte zusammen.

Bay starrte mich an. Nicht voller Angst, sondern Sorge. Ihr Blick huschte über meine Züge.

Ich wich zurück, wollte nicht, dass sie mich ansah. Konnte den Gedanken nicht ertragen, dass ich ihr das erneut angetan hatte. Bittere Galle stieg in meiner Kehle auf.

Mehr Sicherheitsleute strömten aus dem Eingang des Gebäudes. Holden und der Rest des Teams machten Platz für die Polizisten, die gerade angekommen waren. Er kam zu uns und scheuchte uns beide ins Restaurant.

Sobald das Gedränge und das Gefühl der Bedrohung nachließen, begannen meine Hände zu zittern. Ich ballte sie zu Fäusten und starrte auf das Blut, das sie bedeckte und von meinen Fingerspitzen tropfte. Eine Spur aus roten Tropfen markierte meinen Weg.

»Dare!«

Ich zuckte zusammen.

»Keyton.« Bay streckte die Hand nach mir aus, doch ich trat

zurück und stieß dabei gegen den Tisch hinter mir. Besteck und Gläser klirrten.

»Bay!«, rief Holden von der Tür aus und schob sich zwischen den Leuten durch. Er war hier. Er würde sich um sie kümmern.

Ich wirbelte herum und rauschte davon. An den Tischen mit überraschten Gästen vorbei und durch die Doppeltüren, die in die Küche führten. Die Schreie in meinem Kopf wurden leiser und ließen mich mit dem, was ich gerade getan hatte, allein zurück.

Ich hatte einen Typen blutig geschlagen, vor den Augen der Schaulustigen und den wartenden Kameras. Vor Bay. Meine Hände bebten, das Adrenalin raste immer noch durch meine Adern. Fliehen. Ich musste raus. Davonrennen.

Ich schnappte mir ein Handtuch von einem Edelstahlregal und wickelte es um meine Hände. Ich musste hier weg. Das leuchtende Exit-Schild rief nach mir.

Die Leute sprangen mir aus dem Weg. Ich hatte keine Zeit, mich dafür zu entschuldigen, dass ich wie ein Arschloch mit blutigen Händen durch ihre Küche lief. Ich wischte mir die Hände mit dem Handtuch ab und färbte es tiefrot, doch das Blut war immer noch da.

Keuchend lief ich auf das Schild zu. Mein Herz raste nun noch schneller. Galle stieg mir in die Kehle. Vor meinen Augen tanzten Sterne.

In der Gasse hinter dem Restaurant knirschte nasser Kies unter meinen Schuhen. Ich blickte in beide Richtungen des schmalen Durchgangs zwischen den Häuserfronten.

Die Tür fiel laut hinter mir zu, nur um eine Sekunde später wieder aufgerissen zu werden.

»Keyton!«, rief Bay mir nach.

Meine Hand pochte. Ich packte das Handtuch noch fester, wodurch meine Faust bebte, als würde ein Herz darin schlagen.

»Geh wieder rein.« Hier war es gefährlich für sie. War sie überhaupt irgendwo sicher? »Es ist nicht sicher.«

Weniger als zwei Schritte später griff sie nach meinem Arm und wirbelte mich herum. »Wo willst du hin?« Ihre Haare waren zerzaust, die lockere Frisur ruiniert, als hätte ich den ganzen Nachmittag mit den Fingern durch ihre Locken gestrichen.

Hinter ihr standen Holden und Eric in der Tür. Warum zur Hölle hatten wir nicht diesen Weg ins Gebäude nehmen können?

»Ich muss hier weg.«

Sie hielt meinen Arm weiterhin fest. »Okay, ich glaube nicht, dass der Wagen hier reinpasst, aber wir können den Fahrer am Ende der Gasse treffen.« Sie drehte hektisch den Kopf hin und her.

Ich schüttelte sie ab und wich zurück. Ich war noch nicht damit fertig, mit meinen Dämonen zu ringen, und wollte sie nicht in meiner Nähe haben.

»*Ich* gehe. Du bleibst. Geh mit Holden wieder rein.«

»Du kannst nicht gehen.« Erneut streckte sie die Hand nach mir aus, ihre Finger krallten sich fest, und ihre Stimme klang panisch.

Ihre Sorge ließ mich weicher werden, ließ mich noch mehr zu mir zurückfinden, allerdings war es immer noch nicht sicher für sie. Sie musste weg von mir. »Alles wird gut. Sie passen auf dich auf. Geh einfach wieder rein.«

»Ich kann nicht ohne dich zurück da rein.«

»Du hast es die letzten sechs Jahre über auch ohne mich geschafft«, blaffte ich und verfluchte mich selbst dafür, dass ich sie nicht beschützen konnte.

Sie starrte mir entgegen und leckte sich über die Lippen. Ihr Blick zuckte nach unten, bevor er meinem erneut begegnete. »Ich möchte nicht ohne dich zurück da rein.«

Abrupt entfernte ich das Handtuch von meiner Hand. »Ich habe das Blut eines anderen Typen an meinen Händen. Ich wollte ihn töten, ihm das Leben aus den Lungen quetschen, weil er dir wehtun wollte.«

»Hast du aber nicht. Du hast dich selbst gestoppt.« Sie drückte mir eine Hand auf die Brust. »Niemand macht dir einen Vorwurf. Ich mache dir keinen. Er hätte mich verletzen können. Er hätte andere verletzen können.«

Mein Herz schlug wild gegen meine Rippen. »Die anderen sind mir egal. Nur du bist mir wichtig.« Ich hob die Hand, hielt jedoch inne, bevor ich ihr Gesicht berührte. Blut bedeckte immer noch meine Haut. Es tropfte seitlich an meinem Handgelenk hinab und färbte die weiße Manschette meines Hemdes rot.

Ihr Blick schoss zu meiner Hand. »Du blutest.«

»Das ist nicht mein …« Ich starrte auf meine Hand. Das grellrote Blut floss weiterhin über meine Haut und tropfte von den Fingern, als ich sie mir vor die Augen hielt.

Bay griff nach meinem Handgelenk, ihre Angst war beinahe greifbar. »Holden! Er ist verletzt.« Sie zog mich vorwärts in Richtung der offenen Tür.

Drinnen liefen Menschen hektisch umher und brüllten, doch dieses Mal hielt Bay mich fest. Wir wurden in ein Badezimmer geführt.

Holden fluchte vor sich hin. »In wenigen Sekunden wird jemand hier sein, um sich das anzusehen. Es steht jemand vor der Tür. Hier kommt niemand rein, der nicht reinkommen soll.« Er klammerte sich kurz an den Fensterrahmen, bevor er verschwand.

Im Badezimmer pumpte ich Seife aus dem Spender und hielt dann die Hände unter den Hahn, um sie zu waschen. Das scharfe Brennen entlockte mir ein Zischen. Das Wasser färbte sich von Rot zu Rosa, doch ich ließ es weiterhin über meine Haut fließen.

Das ganze Blut stammte von einem Schnitt an der Seite meiner Hand. Wenigstens musste ich mir keine Sorgen darüber machen, dass dies meine nicht vorhandene Spielzeit beeinträchtigen könnte.

»Keyton.« Bays Stimme holte mich ins Hier und Jetzt zurück, sodass ich mein wildes Schrubben beendete.

»Mir geht's gut.« Ich wischte mir mit einer Hand über die andere. Der Blutfluss war nicht mehr so stetig wie zuvor.

Sie hielt ein Bündel Papiertücher umklammert und machte Anstalten, meine Haut damit abzutupfen.

Ich nahm ihr die Tücher ab, da ich nicht wollte, dass Blutspritzer auf ihr landeten. »Alles ist okay.«

»Hör auf, das zu sagen. Es ist nicht okay. Du wurdest verletzt.« Ihre Stimme zitterte.

Ich richtete mich ruckartig auf und griff mit meiner unverletzten Hand nach ihrer Schulter. »Es ist nichts.«

»Es ist *nicht* nichts.« Ihre Stimme brach, und ihre Augen schimmerten feucht, während ihre Finger die grauweißen Papiertücher umklammerten. »Du wurdest verletzt, weil du mich beschützt hast.«

Ihre Augen füllten sich mit Tränen, die sie verzweifelt fortblinzelte, dann wich sie mit Reue und Schulgefühlen in den Augen vor mir zurück. Irgendwie traf mich dieser Anblick tiefer, als jede Wunde es je vermocht hätte.

»Hey.« Ich ging auf sie zu, hielt jedoch meine verletzte Hand von ihr weg. Ich zog sie sanft zu mir heran, um ihr meine andere Hand auf den unteren Rücken zu legen und sie fest an mich zu drücken. »Es ist nicht deine Schuld.«

Die Tür wurde aufgestoßen, und ein Sanitäter mit einer riesigen roten Tasche kam hereingeplatzt.

Nachdem er sich Handschuhe übergezogen hatte und ich mich auf einen Stuhl gesetzt hatte, den jemand aus dem Restaurant hergetragen hatte, machte er sich an die Arbeit.

Der Schnitt musste nicht einmal genäht werden. Ein paar Klammerpflaster und etwas medizinischer Kleber reichten vollkommen, um die Blutung zu stoppen. Dann wickelte er einen Verband um die Wunde. Die ganze Zeit über war mein Blick fest auf Bay gerichtet.

»Halten Sie die Wunde trocken. Sollte sie innerhalb der nächsten Woche rot und empfindlich werden, benötigen Sie eventuell Antibiotika. Allerdings sollten Sie sie ohnehin von Ihrem Arzt untersuchen lassen, da Sie mit Ihren Händen arbeiten … und wir Sie diese Saison noch brauchen.« Er lächelte nervös und hielt mir eine Faust entgegen, die ich mit meiner berührte, bevor er ging. Das sanfte Klicken der Tür begleitete seinen Abgang.

Bay hatte die Arme um ihre Mitte geschlungen. Nachdem Holden uns Bescheid gegeben hatte, dass das Event abgesagt worden war, hatte er einen weiteren Stuhl für sie hereingebracht, da sie darauf bestanden hatte, bei mir zu bleiben. Sobald meine Verletzung untersucht worden war und wir unsere Aussagen gegenüber der Polizei getätigt hatten, würden wir wieder fahren.

Als ein Officer das Badezimmer betrat, um meine Aussage aufzunehmen, verließ Bay den Raum, um ihre eigene abzugeben.

Ich hielt die Augen starr auf die Tür gerichtet und wartete darauf, dass sie zurückkehrte. Außerdem wollte ich den Anblick meines blutverschmierten Ärmels meiden.

Als Bay zurück ins Zimmer geeilt kam, bat der Officer sie um ein Autogramm. Um ein verdammtes Autogramm. Sie war angegriffen worden, und die Leute wollten immer noch etwas von ihr. Auf dem Ärmel ihres Kleids prangte ein Fleck meines Blutes, und sie verteilte trotzdem Autogramme an Fans. Ich wollte deswegen keine Bitterkeit empfinden, doch ein Teil von mir hätte sie nur zu gerne an sich gerissen und sie in meinem Apartment eingesperrt, wo sie sicher wäre.

In meiner Magengrube schien sich eine gähnende Leere auszubreiten. »Tut mir leid.«

Ihr Kopf schnellte hoch. Der Rest ihres Körpers folgte. »Hör auf, das zu sagen. Dir muss gar nichts leidtun.«

»Ich habe den Typen geschlagen.«

»Fangen wir schon wieder damit an? Du meinst, du hast den Angreifer mit dem Messer geschlagen? Den Typen, der mich oder irgendjemanden da draußen hätte verletzen können?« Ihre kalten Finger berührten meine Wangen, während sie in ihren Pumps vor mir in die Hocke ging. »Du hast ihn außer Gefecht gesetzt, festgehalten und dann die Profis übernehmen lassen. Dir muss nichts leidtun. *Mir* tut es leid.«

Nun zuckte mein Kopf zurück. »Und möchtest du mir auch mitteilen, warum *dir* etwas leidtun müsste?« Ich zog sie auf meinen Schoß; das Pochen und Brennen in meiner Hand war leicht zu ignorieren, wenn ich sie im Arm hielt. Sie so nah bei mir zu haben sorgte dafür, dass alles andere sich weniger schrecklich anfühlte. Sie war nicht zurückgeschreckt oder hatte mich angsterfüllt angestarrt. Sie hatte nicht schreien müssen, um mich von dem Typen loszubekommen.

Niemand hier hatte mich mit anklagenden Blicken bedacht.

Ihr ganzer Körper erschauderte. Sie starrte auf ihre Schuhe. Ein Stück blutige Gaze lag neben ihren zuvor makellosen gelben Schuhen, die jetzt mit Schrammen übersät waren.

»Er wollte mich angreifen. Er hätte jemanden da draußen verletzen können – wegen mir.« Jede einzelne Silbe war von Kummer erfüllt.

Ich legte meine Finger unter ihr Kinn und drehte ihren Kopf in meine Richtung. »Du darfst dir nicht die Schuld für diesen verrückten Kerl geben.«

Sie rieb ihre Nase an meiner. »Machen wir einen Deal. Du gibst dir keine Schuld, und ich versuche, mir keine zu geben.«

Der Deal gefiel mir nicht. Mir gefiel es nicht, dass sie es versuchen würde, wenn ich doch wusste, wie schwer sie das Ganze belastete.

»Lass uns nach Hau… zu mir fahren.«

27

Bay

»Es gibt Sitzplätze im Freien, falls Sie von dort aus zusehen wollen.« Der Angestellte in der Loge zeigte auf eine Tür, die zu den drei Reihen von Stadionstühlen auf dem kleinen Balkon führte.

»Essen gibt es hier.« Er zeigte auf die sieben – sieben! – Speisenwärmer. »Wenn Sie mehr wünschen, können wir es so einrichten, dass es genau vor dem Anpfiff gebracht wird. Sie können alle erdenklichen Getränke, darunter auch warmen Apfelmost, beim Personal bestellen, das in wenigen Minuten eintreffen wird.«

Wenn ich nicht unwissentlich von einem Bandwurm befallen war, bestand absolut keine Chance, dass ich mehr Essen brauchen würde. Glaubte er etwa, dass in meinem Körper zwei pubertierende Teenager steckten, die auf der Suche nach Snacks waren?

»Schon okay. Ich brauche niemanden, ich kann mich selbst bedienen.«

Was wäre noch unangenehmer, als allein in dieser Präsidenten-Club-Suite zu sitzen? Mit Bedienpersonal und einem Barkeeper hier zu sein, die mich dabei beobachteten, wie ich mir das Spiel anschaute.

Es wäre schließlich auch gut möglich, dass genau diese Leute ein oder zwei Fotos von mir machen würden: *Bay nach dem*

Angriff! Normalerweise kümmerten sich Holden und Emily um meine Social-Media-Accounts, aber ich hatte nach dem Vorfall selbst etwas gepostet. Die Fragen bezüglich Keytons Anwesenheit und was – in Anbetracht seiner Vergangenheit – passiert war, häuften sich, und ich wollte die Dinge persönlich ins rechte Licht rücken, indem ich ganz genau schilderte, was vorgefallen war: dass er mich gerettet hatte und sich der Angreifer in Gewahrsam befand.

Holden oder Emily hätten das ebenfalls erledigen können, ich hatte jedoch das Gefühl, dass der erste Post über mich und Keyton von mir selbst stammen sollte. Alle sollten wissen, wie viel er mir bedeutete und wie dankbar ich ihm war. Ich wollte nicht, dass irgendjemand dachte, er wäre auch nur im Geringsten wieder der Mann, der er früher gewesen war. Er hatte sich wirklich verändert, und er sollte keinerlei Zweifel daran hegen, dass ich dies für die Wahrheit hielt.

Es gab eine Flut an Support, Millionen von Kommentaren, Likes und Shares. Und noch viel mehr Fragen zu mir und Keyton. In den sozialen Medien waren wir nun offiziell ein Paar. Der Rest der Welt hatte Einblick in unsere Beziehung erhalten. Ich wusste noch immer nicht, was ich davon halten sollte, allerdings wollte ich nicht, dass er glaubte, ich wäre mir unsicher, wie sehr ich ihn brauchte. Wie sehr ich ihn liebte.

Meine Mom war genauso schockiert wie alle anderen, ihn auf den Fotos zu sehen. Ich hatte ihr nie erzählt, was damals in Greenwood oder in L.A. zwischen uns vorgefallen war, deshalb freute sie sich darüber, dass wir wieder zueinander gefunden hatten und er mich beschützt hatte. Sie hatte mir sogar gesagt, dass ich ihn das nächste Mal mitbringen sollte, wenn ich sie besuchte. Sie schien glücklich darüber, dass ich jemanden gefunden hatte. Dass jemand für mich da war. Jemand, den ich nicht bezahlte.

Außerdem hatten wir das Radio-Event verschoben und die Gewinner ins Hotel eingeladen, um zu verhindern, dass die Location erneut geleakt wurde. Es war ein einziges Chaos, in Sachen PR war das Ganze jedoch recht gut gelaufen. Was mich selbst betraf, so gab ich mir alle Mühe, so zu tun, als würde mein Herz nicht vor lauter Panik beinahe in tausend Teile zerspringen, sobald mehrere Leute in meiner Nähe waren oder jemand gegen mich stieß.

»Der komplette Service gehört zu der Loge.« Erst da bemerkte ich, dass er die ganze Zeit über mit mir gesprochen hatte.

»Das weiß ich auch sehr zu schätzen, und ich bin mir sicher, dass alle einen wunderbaren Job leisten würden. Ich werde definitiv ein großzügiges Trinkgeld dalassen. Allerdings würde ich lieber alleine sein. Es muss niemand sonst anwesend sein. Das Essen ist schließlich schon hier, richtig?« Ich hob den Deckel von einem der Speisenwärmer. Buffalo Chicken Dip. Ich nahm mir einen Teller und tat mir etwas davon auf, bevor ich noch ein wenig Sellerie dazulegte. Dann häufte ich einen großen Bissen auf meinen Löffel und schob ihn mir in den Mund, um zu beweisen, dass ich mich selbst bedienen und ohne Hilfe essen konnte.

Ich bedeckte meinen Mund mit dem Handrücken, bevor ich murmelte: »Sehen Sie. Alles gut.«

Der Mann im Anzug mit dem glänzenden Namensschild schien einige Reaktionen durchzugehen, bevor er sich für die beste entschied. »Wenn das Ihr Wunsch ist, werde ich das Team darüber in Kenntnis setzen.«

»Vielen Dank. Und wenn irgendjemand etwas hat, was er oder sie signiert haben möchte, sollen sie es Eric draußen geben. Wir haben außerdem eine Reihe an Fanartikeln für das Team mitgebracht.« Ich streckte ihm die Hand entgegen.

Seine Haltung wechselte von niedergeschlagen zu begeistert. Er griff mit beiden Händen nach meiner und schüttelte sie, als würde er eine Wasserpumpe aus dem 19. Jahrhundert bedienen. »Vielen lieben Dank. Und ich wollte noch sagen, dass ich Ihr letztes Album liebe. Meine *Remember-Me*-Playlist läuft schon seit drei Monaten auf Dauerschleife. Sie hat mir durch so manchen schlechten Tag geholfen.« Seine Augen füllten sich mit kaum verhohlenen Tränen.

Die Momente, wenn mir jemand sagte, wie glücklich ihn meine Songs machten, waren die besten und zugleich die härtesten. Meine Lieder konnten Trost spenden, wenn jemand gerade eine schwere Zeit durchmachte. Und das zeigte mir nur umso deutlicher, warum ich weitermachen musste. Wenn auch nur eine Person von meiner Musik berührt wurde, dann war es mir unmöglich, mich aus dem Business zurückzuziehen.

Ich drückte seinen Oberarm. »Sehr gern geschehen.«

»Ihre Texte … Ich liebe sie so sehr. Es steckt so viel in ihnen, dass selbst die Cover-Versionen mir Gänsehaut verursachen. Davon habe ich auch einige in der Liste. Haben Sie mal welche gehört?«

»Ein paar. Haben Sie schon mal was von Spencer Hayes gehört?« Die neuen Songs würden ihm sicher gefallen – hoffentlich. Vielleicht sollte ich mit Holden darüber sprechen, dass er sich für mich danach erkundigte, wie das mit dem Songwriting für andere Künstler laufen könnte.

»Nein, noch nie. Aber ich werde mir in meiner nächsten Pause was von ihm anhören.« Aufgeregt grinsend verließ er den Raum.

Lachend wandte ich mich wieder meinem Teller mit dem Dip zu und gönnte mir noch einen großen Bissen von dem Sellerie, bevor ich den Teller wegstellte. Vielleicht würde ich ja dafür sorgen können, dass alles, was übrig blieb, dem Personal zum Mitnehmen angeboten wurde. Es wäre eine Verschwendung, wenn die ganzen Speisen weggeworfen würden.

Ganz allein wanderte ich durch die große, leere Loge. Es war besser als die Alternative, doch wieder einmal traf mich die Einsamkeit dieses Moments. Ich schlang die Arme um meine Körpermitte und starrte auf das Stadion voller Menschen, die sich Drinks teilten, gemeinsam lachten und jubelten.

Nach dem Angriff hatte ich Keyton, Holden und Emily wieder und wieder versichert, dass es mir gut ging. Dennoch fiel es mir zunehmend schwerer, allein zu sein, genau wie es schwieriger zu ertragen war, von Menschen umgeben zu sein.

Es hätte jemand verletzt werden können. Keyton hätte es schlimmer erwischen können. Wenn ich allein war, machte ich mir Sorgen und erschreckte mich vor lauten Geräuschen. Wenn zu viele Leute anwesend waren, musste ich unentwegt darüber nachdenken, was passieren würde, wenn mich erneut jemand angreifen wollte.

Selbst jetzt befanden sich alle anderen noch in Alarmbereitschaft. Eric hatte einen zusätzlichen Angestellten zu meiner Sicherheit mitgebracht. Und Holden hatte sich in einem Konferenzzimmer ganz in der Nähe der Loge eingenistet. Wirklich allein war ich also eigentlich nie. In der vergangenen Woche hatte ich mich nur sicherer gefühlt als jetzt, wenn Keyton bei mir war.

Hinter mir ging die Tür auf. Ich schrak zusammen. Doch anstelle einer Bedienung traten zwei Personen ein, mit denen ich nicht gerechnet hatte.

»Bay!« Jules und Marisa kamen mit einem aufgeregten Quieken in die Loge geplatzt. Es klang nicht wie bei meinen Fans, sondern wie bei guten Freundinnen, die sich freuten, mich zu sehen – genauso begrüßten mich Felicia und Piper bei den viel zu seltenen Begegnungen, die wir dazwischenschieben konnten. Allerdings war ich entschlossen, sie nach Abschluss der Tour häufiger zu sehen. Dann wäre ich nicht länger die schlechte Freundin, die immer absagte oder eine Stunde zu spät aufkreuzte.

Beide drückten mich an sich, und ich erwiderte die Umarmungen. Dabei freute ich mich unheimlich, dass ich mich nicht länger allein in dieser riesigen Box befand.

»Was macht ihr hier?« Ich musterte die beiden und versuchte, mich daran zu erinnern, ob ich die Nachricht darüber, dass sie herkommen würden, verpasst hatte.

»War ein Last-minute-Arrangement. Keyton hat LJ gesagt, dass du herkommst, und der hat es natürlich mir erzählt. Wir wollten nicht, dass du dir das Spiel ganz alleine ansehen musst, also sind wir hergekommen.« Marisa machte eine ausladende Geste. Dann geriet ihr Lächeln ein wenig ins Wanken. »Ich hoffe, das ist okay.« Sie blickte sich im Raum um, als hätte sie Sorge, mich bei irgendetwas zu stören.

»Es ist perfekt. Ich habe mich schon gefragt, wie ich das ganze Essen alleine verdrücken soll. Keyton hätte nicht gleich das Paket für zwanzig Personen buchen sollen.«

»Wenn wir mehr Zeit gehabt hätten, hätten wir noch Elle und Seph einladen können. Du hast sie noch nicht kennengelernt, aber sie sind klasse.«

»Vermutlich wollte Keyton nicht, dass zu viele Leute Bescheid wissen.« Ich fingerte am Saum meines Pullovers herum, bis mir auffiel, wie das möglicherweise geklungen haben könnte. Schnell wedelte ich mit den Händen vor mir durch die Luft. »Nicht dass er dachte, ihr würdet es ausplaudern oder so. Es ist nur, je mehr Leute davon wissen … desto höher ist die Wahrscheinlichkeit …« Ich ließ die Hände sinken. Es frustrierte mich schrecklich, dass ich nicht wie jeder andere auch einfach zu einem Spiel eingeladen werden konnte.

Jules rieb mir die Schulter. »Ist okay, Bay. Wir verstehen das. Also, nicht in dem Sinne, dass wir wüssten, was du durchmachst, aber wir verstehen dich. Vor allem nach dem, was Anfang der Woche passiert ist. Geht es dir gut?« Sie drückte meinen Arm ein wenig.

»Mir geht's gut.« Meine reflexartige Interview-Antwort.

»Du bist stärker als ich«, fügte Marisa hinzu. »In meinem Senior Year hat mich ein Typ angegriffen. Es war ebenfalls Keyton, der mich damals gerettet hat. Er weiß, was in solchen Situationen zu tun ist.«

»Das tut er.« Mein Blick wanderte zwischen den beiden hin und her. Dies war ein Gespräch zwischen Freunden, keines, in dem jemand versuchte, nach Informationen für einen pikanten Tweet zu fischen. Sie sorgten sich um mich. Um Bay, ihre Beinahe-Freundin, nicht Bay, die Sängerin.

»Er hat den Typen ausgeknockt, und LJ hat mich nach Hause gebracht. In der Nacht habe ich in seinem Bett schlafen müssen, weil ich so außer mir war.« Sie erschauderte.

»Wenn Keyton bei mir ist, hilft das gegen die Alpträume. Sie sind inzwischen nicht mehr ganz so schlimm und fühlen sich jetzt eher so an, wie wenn man aus einem Traum aufschreckt, in dem man in die Tiefe fällt, und weniger, als würde mich jemand mit einem Messer attackieren. Das wird schon wieder.«

»Falls du jemanden zum Reden brauchst, hast du ja meine Nummer. Oder besser gesagt, du kannst dir meine Nummer von Keyton geben lassen.« Sie lachte.

Jules umarmte mich erneut. »Wir sind alle nur froh, dass es dir gut geht. Ich kann mir nicht mal vorstellen, wie schrecklich das gewesen sein muss. Und wir dachten schon, Marisas Kochkünste wären gefährlich.« Als sie sich von mir löste, kicherte sie mit schelmisch glitzernden Augen.

»Hey!«, meldete sich Marisa hinter mir zu Wort. »Ich habe unter LJs Anleitungen gelernt, wie man kocht. Gestern habe ich sogar Abendessen für ihn gemacht.«

Jules beugte sich zu mir herüber. »Mutiger Mann.«

Marisa funkelte sie an. »Ich kann dich hören. Wir können nicht alle virtuose Bäckerinnen sein. Sollten LJ und ich uns jemals scheiden lassen, heirate ich einen deiner Chocolate-Chunk-Brownies.«

»Du bäckst?« Ich wandte mich Jules zu.

Sie zog den Kopf ein und klemmte sich eine Haarsträhne hinters Ohr. »Gelegentlich.«

Marisa legte mir einen Arm um die Schulter. »Sie ist entsetzlich bescheiden. Ihre Online-Kochvideos haben über fünfzig Millionen Views.«

»Marisa …« Bei Jules' tadelndem Tonfall musste man einfach lächeln. Diese Art von prahlerischem Stolz konnte nur von jemandem stammen, der einen liebte, weil man selbst nie so über seine eigenen Talente reden würde.

»Das ist ja unglaublich, Jules. Darf ich was davon probieren?« Ich schnappte mir einen der Popcorn-Eimer. Das salzig-süße Karamell rief schon die ganze Zeit quer durch den Raum nach mir.

»Das musst du nicht. Ist keine große Sache.«

Marisas Arm blockierte Jules' Versuch, sich zurückzuziehen. »Es ist eine riesige Sache.«

Jules verdrehte genervt die Augen. »Marisa. Wir reden hier mit Bay. Sie hat fünfzig Millionen Views bei nur einem Video. Ich habe für dieselbe Menge sechs Jahre gebraucht.«

Hier kam der Teil, den ich hasste. Der Teil, in dem Menschen davor zurückschreckten, mir von ihrem Leben zu erzählen, weil es nicht mit meinem mithalten konnte.

»Spiel deinen Erfolg nicht runter. Menschen haben einen

Riecher für Talent. Also, darf ich was von deinen Gerichten probieren?«

»Das musst du nicht. Es ist wirklich keine große Sache.«

»Ihre Schoko-Cookies mit brauner Butter und Toffee sind überwältigend. Die mit Salted Caramel, Schoko-Stückchen und Espresso-Splittern verändern dein Leben. Und ihre Caramel-Crunch-Cookies lassen deine Seele vor Glück platzen.«

»Du musst sie entschuldigen. Die jahrelange Lebensmittelvergiftung hat ihren Verstand beeinträchtigt.«

»Glaubst du, ich würde Caramel-Crunch-Cookies, die eine solche Wirkung auf meine Seele haben, nicht zu schätzen wissen?«

»Doch, aber ich bin sicher, dass die Leute ständig Dinge von dir wollen oder erwarten, dass du etwas probierst. Ich weiß doch, dass du viel zu tun hast.«

»Und weißt du, für wen ich am liebsten etwas tue? Für Menschen, die niemals auf die Idee kommen würden, danach zu fragen. Hast du einen Laden?«

»Nein, ich backe zu Hause und spende das meiste an örtliche Tafeln. Als die Online-Show so erfolgreich wurde, habe ich so viele Bestellungen reinbekommen, dass ich fast achtzehn Stunden am Tag gebraucht habe, um alles zu erfüllen. Jetzt backe ich nur noch für besondere Anlässe.«

Marisa biss in einen Buffalo Wing. »Und das zu Wucherpreisen.«

Ich lachte. »Für so was zahle ich gerne Wucherpreise.«

»Nicht nötig. Freunde essen bei mir immer umsonst.« Das letzte Wort unterstrich sie, indem sie mir mit ihrer Hüfte einen spielerischen Stoß versetzte.

Die herzerwärmende Geste sorgte dafür, dass ich die beiden nur noch lieber hatte.

Als Marisa die voll ausgestattete Bar entdeckte, stellte sie unseren Apfelmost beiseite und ging direkt zu Cranberry-Mimosas und Snowflake-Martinis über.

Wir setzten uns mit gehäuften Tellern auf die Lederhocker an der Bar, von der aus man das Stadion überblicken konnte.

»Kommt ihr beiden zu allen Heimspielen?« Ich verschlang einen der Mini-Cheeseburger.

»Ich versuche es.« Jules zeigte mit einem Mozzarella-Stick auf sich selbst. »Marisa ärgert LJ gerne mit der Behauptung, sie würde nicht kommen, taucht dann aber für gewöhnlich trotzdem auf.«

Marisa knabberte geräuschvoll an ihren Nacho-Chips. »Ich muss ihn eben auf Trab halten. Bist du schon mal bei einem Spiel gewesen?«

Ich schüttelte den Kopf. »Nur damals zum letzten Spiel im Trainingslager, als Keyton angefangen hat. Es war allerdings kein Spiel wie dieses.« Ich gestikulierte in Richtung des Fensters und des Stadions, in dem sich die Menschenmassen tummelten.

Dann kam der Anpfiff, und das Publikum war den Großteil des ersten Viertels über auf den Beinen, während es die Spieler anfeuerte. Das Ganze endete mit einem 16:14 und ohne Spielzeit für Keyton.

»Er wird sich so darüber ärgern, dass er nicht auf dem Feld sein darf.« Gestresst schaufelte ich Popcorn in mich hinein.

»Ich weiß, es ärgert ihn, aber Mann, was würde Berk nicht alles für eine Pause geben. Ich könnte schwören, dass er mehr Zeit im Eisbad verbringt als in einem tatsächlichen Bad.«

»Du solltest LJ mal dabei zuhören, wenn er die Treppe runtergeht. Ein Skelett auf einem Xylophon würde weniger Geräusche machen.«

»Wie kommt ihr damit klar?« Ich blickte zwischen den beiden hin und her. Der Schnitt an seiner Hand hatte mich schon in Panik versetzt, doch jede Woche dabei zusehen zu müssen, wie er verletzt wurde, wäre so schrecklich. Was es nur noch furchtbarer machen würde, wäre das Wissen, dass er genau das wollte. Er hatte sein ganzes Leben lang davon geträumt, Football-Profi zu sein. Wie würde ich bei Verstand bleiben und ihm gleichzeitig dabei zusehen können, wie er seine körperliche Gesundheit riskierte?

Mit einem wehmütigen Blick durch das gigantische Fenster stellte Marisa ihren Drink ab. »Sie lieben es. Zu einhundert Prozent und ohne Reue. Egal, was in dieser Saison oder der nächsten passiert, sie haben nur wenig Zeit, ihren Traum zu leben. Ich würde ihm nie sagen können, dass er nicht alles rausholen soll, was geht.«

Keyton kassierte die oberflächlichen Vorteile, jedoch nicht die dreckige, verschwitzte, atemlose Zufriedenheit, die damit einherging, wenn man über das Feld sprintete. Ich konnte nachempfinden, wie sehr es ihn verletzte, dass er nicht jeden Teil seines Traums ausleben konnte. Dass er das Gefühl hatte, nie eine richtige Chance zu bekommen.

Das war so, als würde man von mir verlangen, jeden Abend die Bühne zu betreten und dann zum Playback von jemand anderem zu singen. Das würde mich Stück für Stück zerstören.

»Und jetzt ist es an der Zeit für die volle Philly-Football-Erfahrung.« Marisa glitt von ihrem Hocker.

»Was heißt das?« Ich blickte zu Jules, die mit vorgehaltener Hand lachte.

»Das heißt, macht euch bereit, Ladys. Wir gehen nach draußen.« Sie zeigte auf die Sitze hinter der Glasscheibe, als würden wir gleich den Himalaya erklimmen. »Zumindest ganz kurz, damit ich LJ sagen kann, dass ich nicht komplett verweichlicht bin und die ganze Zeit nur drinnen war.« Ein verlegener Ausdruck schlich sich auf ihre Gesichtzüge.

Wir sammelten unseren Proviant ein und zogen nach draußen um, wo wir uns in Parkas und Decken einwickelten, die in der Loge bereitgestellt wurden. Unser Atem bildete kleine Wölkchen in der Luft. Die Sitzheizungen waren praktisch, genau wie die Handschuhe, Mützen und Decken, doch meine Wangen wurden innerhalb weniger Sekunden eiskalt. Wir kuschelten uns aneinander, lachten und tranken heißen Apfelmost.

»Das ist einer der Nachteile, wenn man so weit oben sitzt.« Der Wind peitschte mir ins Gesicht.

»Ich liebe den Mann, aber ich halte hier nur ein halbes Viertel aus. Höchstens.« Marisa hüpfte auf ihrem Sitz auf und ab.

Jules blies in ihre Hände. »Wir müssen uns alle keine Gedanken um das Einfrieren unserer Eizellen machen. Meine Eierstöcke müssen mittlerweile steinhart sein.«

»Hast du dich danach erkundigt?«

Beide drehten mir ruckartig den Kopf zu. Absolut kein unangenehmes Thema für ein Gespräch mit Menschen, die man kaum kannte.

»Hast du?«

Wie immer ging ich in den Defensivmodus über. Ich hatte darüber nachgedacht. Ich war zwar noch keine dreißig, hatte allerdings gehört, je früher man sie einfrieren ließ, desto höher war die Wahrscheinlichkeit, dass es später mit der künstlichen Befruchtung funktionierte. Möglicherweise würde mein nächstes Album ein Flop sein, und die Fans würden mich vergessen. Vielleicht würde mein Leben aber auch noch verrückter werden, bevor ich vom Popstar-Zug absprang.

Ein Teil von mir sehnte sich nach einem kleinen Mädchen mit Keytons Augen oder einem Jungen mit seinem verschmitzten Lächeln.

»Nein, ich habe einen Artikel in der *Cosmopolitan* oder irgendeiner anderen Zeitschrift gelesen. War interessant. Plant ihr denn, bald Kinder zu kriegen?« Dafür, dass das Getränk so heiß war, nahm ich viel zu große Schlucke. Der Apfelmost brannte auf dem Weg nach unten.

Aus Marisas Tasse stieg Dampf auf. »Wir denken drüber nach, aber LJ möchte nicht unterwegs sein, wenn es so weit ist. Also warten wir ab, was diese Saison so bringt.«

»Wir auch. Berk ist ziemlich aufgeregt, was das Thema Kinder angeht – vor allem jetzt, da Reece und Seph schwanger sind.«

Keyton hatte über die beiden geredet. »Das sind die beiden, die eigentlich auch zum *SeptemberWeen* kommen wollten. Sie hat im College eine Sex-Annonce aufgegeben, und er hat drauf reagiert, oder?«

Sie lachten.

Marisa wickelte die Decke fester um sich. »Sie kann von Glück reden, dass Reece aufgetaucht ist und nicht irgendein absoluter Perversling.«

Jules zog ihre eigene Decke höher über ihre Schultern. »Glaubst du, dass sie ihren Kindern diese Geschichte erzählen werden?«

»Nun, meine lieben Kinder, Mommy wollte unbedingt ihre Jungfräulichkeit verlieren. Deshalb hat sie Daddy gefragt, wie groß sein Schwanz ist, und da hat er sich in sie verliebt.«

Die heiße Flüssigkeit brannte auf dem Weg aus meiner Nase, als ich vor Lachen prustete. Im letzten Monat hatte ich mehr Getränke ausgespuckt als mein gesamtes Leben über. Schnell griff ich nach ein paar Servietten. Jules nahm sich auch welche und tupfte mich ab.

»Das hat sie ihn nicht gefragt!«

Mehr Gelächter. Jules wischte über den Fleck auf meinem Schoß. »Doch, hat sie. Es war ihre erste Frage.«

Marisa meldete sich ebenfalls zu Wort: »Ich glaube, es war die dritte. Die erste war, wie es um sein Durchhaltevermögen bestellt sei. Das Mädel wusste, was ihr wichtig war.«

Dieses Mal brachen wir alle in schallendes Gelächter aus.

Das Viertel startete mit einem ohrenbetäubenden Pfiff, der durch die Lautsprecher dröhnte – vielleicht war es aber auch nur die Kälte, die dafür sorgte, dass mir die Ohren beinahe abfielen.

Der winterliche Wind war um einiges kälter, als ich für Ende Oktober erwartet hätte. Die Luft schmeckte fast schon nach Schnee.

Marisa winkte. »Wir sind auf dem großen Bildschirm.« Sie zeigte auf den gigantischen Bildschirm auf der anderen Seite des Stadions.

Jules winkte ebenfalls.

Ihre Namen wurden unter der Live-Übertragung eingeblendet.

Marisa Saunders-Lewis. Ehefrau – LJ Lewis.

Jules Vaughn. Ehefrau – Berk Vaughn.

Bay.

Keine genauere Bezeichnung. Nicht dass dort eine hätte stehen sollen. Keyton und ich hatten uns nicht versteckt, doch in meinem Post über uns hatte ich ihn nicht als meinen festen Freund bezeichnet. Das hatte ich ihm nicht aufbürden wollen. Außerdem war die Frage nach unserem Beziehungsstatus ohnehin mehr oder weniger von dem Vorfall mit dem bewaffneten Mann überschattet worden.

Doch meinen Namen da oben ganz allein zu sehen besaß nicht mehr den gleichen Reiz wie früher.

Zum ersten Mal wünschte ich mir den besonderen Vermerk, den die anderen beiden hatten; das Attribut neben meinem Namen, das zeigte, dass ich eine Verbindung zur Außenwelt hatte. Dass ich nicht ganz allein war, sondern Teil eines Paars. Teil einer Beziehung mit Keyton.

28

Keyton

Das Spiel war knapp verlaufen – so knapp, dass ich keine Gelegenheit zum Spielen bekommen hatte. Doch die Glückwünsche im Anschluss an den letzten Spielzug, in dem Atlanta es nicht in die Endzone geschafft hatte, fühlten sich an, als hätte ich das gesamte gegnerische Team eigenhändig in Schach gehalten.

Jeder andere an meiner Stelle hätte sich jetzt gemeinsam mit dem Team gefreut, voller Begeisterung darüber, dass wir einen Sieg näher an den Play-offs waren. Doch das nagende Gefühl in meiner Brust war mit jeder Sekunde, die auf der Spielzeituhr verging, stärker geworden.

Ich ließ Berk und LJ im Umkleideraum zurück und ging hinaus. Für mich gab es nicht einmal einen Grund zu duschen.

Die anschließende Pressekonferenz war wie immer ein Witz. Ein Schwall von Fragen wurde an mich gerichtet, obwohl ich dort in meinem makellos sauberen Trikot saß, während die anderen Jungs dreckig waren und immer noch schwitzten, nachdem sie auf dem Feld alles gegeben hatten.

Stattdessen löcherten mich die Journalisten, als hätte ich irgendeinen Einfluss auf den Ausgang des Spiel gehabt. Wie immer wartete ich auf den Spott und den Hohn meiner Teamkollegen, weil ich so nutzlos war. Doch sie schienen genau wie alle anderen einfach froh darüber zu sein, sich auf mein Glück zu verlassen zu können. Entweder weil sie wirklich daran glaubten oder weil sie es nur zu gern benutzten, um die Gedanken der anderen Teams negativ zu beeinflussen.

Da ich inzwischen wusste, dass Wisconsin nicht mehr infrage kam, fühlte es sich an, als würden die Wände in dem überfüllten Raum voller Klappstühle unaufhaltsam näher rücken, so als wären sie kurz davor, alles im Inneren zu zerquetschen. Die Deadline für Trades endete in zwei Wochen, und ich hatte nichts mehr von Ernie gehört. Und das würde ich auch nicht.

Nachdem ich mir meine Tasche über die Schulter geworfen hatte, ging ich. Ich konnte es kaum erwarten, Bay zu sehen, um sicherzugehen, dass es keine Probleme gegeben hatte, und ihre Gedanken zu ihrem ersten Profi-Spiel zu hören.

Jules und Marisa standen neben der Tür zur Umkleidekabine und winkten mir zu. Jules zog den Reißverschluss ihres Mantel nach oben. »Danke, dass wir ihr Gesellschaft leisten durften.«

»Danke, dass ihr es gemacht habt.«

Marisa verdrehte die Augen. »Als müsstest du uns bei so was zweimal bitten. So machen wir das eben, wenn es eine neue Frau im Leben eines der Jungs aus der Fulton U gibt. Und ganz nebenbei, sie ist klasse. Aber ich bin mir sicher, das hast du schon gewusst.«

Mir fiel ein Stein vom Herzen, weil sie Bay so einfach akzeptierten. Sie hatten alles stehen und liegen lassen, als sie gehört hatten, dass Bay das Spiel ganz allein ansehen würde. »Oh ja.«

Kurz darauf schlossen sich Berk und LJ uns an. Die vier verabschiedeten sich und gingen gemeinsam auf den Ausgang zu.

In dem Korridor zum Spielerausgang, der sich allmählich leerte, stand nicht Bay und wartete auf mich, sondern Holden mit Eric an seiner Seite, der die Hände in seinem schwarzen Mantel vergraben hatte. »Bay wollte runterkommen und dir zum Sieg gratulieren.«

Ich blickte mich im Gang um. Zwar tummelten sich hier weniger Leute als während eines Spiels, doch es waren immer noch mehr, als mir lieb war. Nach dem, was Anfang der Woche passiert war, ergab ihr Zögern in Bezug auf Menschenmengen wesentlich mehr Sinn.

Während ich auf Holden zumarschierte, musste ich meine Hände entspannen und gegen den Zorn ankämpfen, der in meiner Brust brodelte. Hatte er bereits vergessen, was vor weniger als einer Woche passiert war? »Sag ihr Nein. Es ist nicht sicher. Ich komme zu ihr.« Ich suchte den Gang ab, in der Hoffnung, sie nirgendwo zu entdecken.

Er reckte das Kinn vor. »Sie wollte dich nach dem Spiel unbedingt sehen.«

»Hier sind zu viele Leute.«

»Ganz offensichtlich ein Risiko, das sie einzugehen bereit ist.«

»Ist es nicht euer Job, dafür zu sorgen, dass es keine Risiken gibt?« Ich zeigte auf beide Männer.

Wut loderte in Holdens Blick auf. »Risiken komplett zu vermeiden ist unmöglich. Mein Job ist es, Risiken zu mindern. Sie steht hier nicht im Bikini und kündigt ihre Anwesenheit über ein Mikrofon an, oder?«

Mein Kiefer verspannte sich.

»Willst du sie jetzt sehen, oder sollen wir sie wegschaffen, damit wir sie in Luftpolsterfolie einwickeln können, bevor wir dich auf einer Sänfte zu ihr tragen?« Seine schnippische Art ging mir auf die Nerven.

Ich trat zurück und lockerte den Griff am Schultergurt meiner Tasche. Ich ließ meine Verärgerung darüber, dass ich nicht hatte spielen dürfen, an Holden aus, weil er zwischen mir und Bay stand. Ich atmete tief durch und trat einen weiteren Schritt zurück.

»Wartet sie da vorne?«

Holden war sichtlich überrascht über meinen Taktikwechsel. »Ja. Der Wagen steht bereit, wenn ihr so weit seid. Sie wollte die Nacht bei dir verbringen.«

Ich nickte und ging auf die Tür zu.

»Es kostet sie …« Er kniff die Lippen zusammen und packte mich am Arm. »All die Zeit, die sie mit dir verbringt, kostet sie so einiges. Ich wollte nur, dass du das weißt. Und sicherstellen, dass du es nicht für selbstverständlich hältst.«

»Tue ich nicht.« Unser Starr-Wettbewerb hielt noch einige Sekunden an, bevor er das Kinn senkte und mich losließ.

Nach ein paar Schritten stand ich vor der Milchglastür, die mich von Bay trennte. Ich schüttelte die Anspannung des Spiels und meiner Auseinandersetzung mit Holden ab, da ich nicht wollte, dass sie etwas davon abbekam.

Als ich die Tür öffnete, schrak sie auf. Doch als ich aus dem grellen Licht des Korridors in den Raum trat, lächelte sie.

»Großartiges Spiel.« Sie blickte über meine Schulter auf die geschlossene Tür. Ihre Schultern waren nach wie vor angespannt.

Ich verbiss mir die reflexartige Reaktion, ihr all die Gründe aufzuzählen, warum ich dieses Spiel nicht gewonnen hatte. »Danke.«

»Sorry für das Spektakel mit Holden und Eric da draußen, aber ich wollte runterkommen und dich sehen, so wie alle anderen auch.« Sie kam mit langsamen Schritten auf mich zu, unsicher und zögerlich.

Angesichts ihrer Verunsicherung spürte ich, wie sich eine Last auf meine Schultern senkte. »Ich freue mich immer, dich zu sehen. Es ist schön, dass du runtergekommen bist. Wie hat es dir gefallen, das Spiel mit Jules und Marisa zu gucken?«

Ein wenig der Anspannung fiel von ihr ab. »Die beiden sind echt lustig. Es hat Spaß gemacht, mit ihnen abzuhängen. Du kannst dich wirklich glücklich schätzen, dass du so tolle Freunde hast.« Draußen auf dem Korridor wurde es lauter.

»Mittlerweile haben alle geduscht und sich umgezogen und sind bereit, ihren Sieg zu feiern.«

Ihr halbherziges Lachen trug nicht gerade dazu bei, mich davon zu überzeugen, dass sie den Angriff gut weggesteckt hatte.

»Bist du bereit, hier abzuhauen?« Ich hielt ihr eine Hand hin.

Ihr Blick zuckte von der Tür zu meiner Hand. Erleichtert griff sie nach ihr und verschränkte unsere Finger miteinander.

Sie zog sich die Kapuze ihres Pullovers über den Kopf und fischte eine Sonnenbrille aus der vorderen Tasche, die sie aufsetzte. »Bereit.«

Eine bessere Verkleidung hatten wir nicht, also verließen wir den Raum. Eric ging vor und Holden hinter uns. Genau wie ich waren die beiden wachsam, verhielten sich jedoch nicht auffällig. Da auch das Security-Team des Stadions anwesend war, war meine Angst nicht besonders groß, meine Sorge um Bay allerdings schon.

Der Weg zu meiner Wohnung ging schnell vorüber, auch wenn es sich anfühlte, als wären wir zwei Jugendliche, die von ihren überfürsorglichen Dads beim Kino abgeliefert wurden. In diesem Fall war allerdings jegliche Hilfe in Ordnung, wenn es darum ging, Bays Sicherheit zu garantieren.

Sobald wir eingetreten waren, blickte ich mich in meinem Apartment um. Überall gab es Anzeichen, dass Bay schon oft hier gewesen war. Ein zurückgelassener Pullover. Bequeme

Hausschuhe, die sie vor einigen Wochen gekauft hatte. Ein paar Dekokissen von Ikea auf dem grauen Sofa. Es fühlte sich nach Zuhause an. Nach unserem Zuhause.

Ich bestellte Pizza und goss uns beiden ein Glas Wein ein, bevor ich mich zu ihr auf die Couch setzte. Sie klickte sich durch die Filmauswahl.

»Nach dem ganzen Essen, das ich beim Spiel verdrückt habe, platze ich fast.« Sie legte die Hände auf ihren Bauch und plusterte ihre Wangen auf.

»Kein Problem. Dann kannst du mir einfach beim Essen zugucken.«

»Ich habe heute so viel Junkfood gegessen wie ewig nicht mehr. War schon viel zu lange her.«

»Du lebst auch schon seit einiger Zeit unter ungewöhnlichen Umständen.«

»Da habe ich absolut was verpasst.« Sie reichte mir die Fernbedienung. »Such du was aus.«

Sie fuhr mit den Fingern am Rand des Weinglases entlang. »Bald ist schon der dritte November.« Ihr Stimme klang weit entfernt. Gedankenverloren.

»Dann geht dein Flug.« Der Tag, auf den ich mich vorzubereiten versuchte, von dem ich allerdings wusste, dass er mich dennoch wie ein Vorschlaghammer treffen würde.

»Nach London.«

»Wie fühlst du dich in Bezug darauf?« Ich wusste, wie ich mich fühlte: als würde ich mich darauf vorbereiten, die Person zu verlieren, ohne die ich nicht leben konnte. Die unheimliche und unausweichliche Trennung, die möglicherweise Wochen oder Monate dauern könnte, lauerte bereits hinter der nächsten Ecke.

Sie umarmte mich fest und vergrub das Gesicht an meiner Brust. Ihr Herz schlug so schnell, als hätten wir gerade einen

Horrorfilm angeschaut. »Ich möchte nicht ohne dich fliegen, aber du hast ein Leben und eine Karriere – genau wie ich.«

Ich streichelte ihr über den Kopf. »Wir haben doch schon Pläne für unser nächstes Treffen gemacht.« Nach Weihnachten. Nach dem Ende meiner Saison und den Play-offs, jedoch vor der National Championship. Das war die einzige Möglichkeit.

Ihre Finger klammerten sich an meinem Shirt fest. »Ich weiß.«

Ich strich über ihren Rücken und wünschte mir, dass ich sie immer beschützen könnte. »Das, was passiert ist, macht dir immer noch Angst.«

Sie schüttelte den Kopf. »Er ist nicht mal in meine Nähe gekommen. Ich weiß, es ist dumm.« Ihre Stimme war voller Scham.

Ich hob ihr Kinn an. »Du hast jedes Recht dazu, dich so zu fühlen, wie du dich fühlst. Das Ganze hätte nie passieren sollen. Niemand sollte mit der Angst und den Situationen leben, denen du ausgesetzt bist.«

»Holden hat mir erzählt, dass die Cops herausgefunden haben, dass er mich schon verfolgt hat, seitdem ich in Philly angekommen bin. Nicht ununterbrochen, aber es ist schon ein bisschen gruselig, da er jederzeit hätte angreifen können. Er ist von Delaware angereist.«

Ich musste mich dazu zwingen, meine Muskeln zu entspannen, während ich sie fest an mich gedrückt hielt. »Er ist immer noch in Gewahrsam, richtig?« Der Typ war ihr gefolgt, seitdem sie hier angekommen war, und ich hatte ihn kein einziges Mal gesehen, war nicht mal auf den Gedanken gekommen, dass so etwas passieren konnte. Das zeigte nur, wie richtig sie damit gelegen hatte, dass sie in der Öffentlichkeit extrem vorsichtig sein musste. Und ich hatte versucht, sie dazu zu bekommen, dass sie mehr nach draußen ging. Ich war kurz davor, sie in Luftpolsterfolie einzuwickeln und in meinem Bett zu verstauen.

Doch die Vernunft behielt die Oberhand. Ich konnte sie nicht verstecken. Sie hatte dieses Leben bereits geführt, lange bevor ich wieder aufgetaucht war.

Sie wischte sich über die geröteten Augen, bevor sie sich aufsetzte und nickte. »Es gab genug Zeugen, sodass ich gar nicht benötigt werde.«

»Organisiert Eric mehr Sicherheitsleute?«

»Ja, aber während der Tour ist sowieso alles anders. Ich sehe kaum was anderes als das Hotel, den Tourbus oder das Stadion. Das macht es wesentlich einfacher.«

Wie ein Vogel im Käfig. Ich verabscheute die Tatsache, dass das alles notwendig war. Ich verabscheute, dass ich mich ein wenig erleichtert fühlte, weil sie ohne mich wieder zu dem Leben zurückkehren würde, das sie zuvor geführt hatte. Auf diese Weise konnten sich ihr weniger Leute nähern. Und ich verabscheute es außerdem, dass ihr diese Verbindungen genommen wurden, um für ihre Sicherheit garantieren zu können.

»Wirst du das schaffen?«

Sie lachte. »Ich habe nicht wirklich eine andere Wahl. Und außerdem gibt's doch genau dafür Alkohol, oder?«

»Der wird brennen wie die Hölle, wenn er vor jedem Auftritt in deiner Kehle hochsteigt.« War das die Art und Weise, wie sie die Reisen normalerweise überstand? Sie trank, um ihre Nerven zu beruhigen?

Ihr Rücken versteifte sich, bevor sie von der Couch aufsprang. »Was soll das denn heißen?« Mit verschränkten Armen lief sie vor mir auf und ab.

Ich rieb mir das Gesicht. Hier ging es nicht um meine Frage, sondern um ihre Ängste und Sorgen. Ich hatte den Unterschied zwischen Bay als Performerin und Bay als Musikerin gesehen. Sie kamen einander in keinster Weise nahe, wenn es darum ging, wie sehr sie in der jeweiligen Rolle aufblühte. »Bist du glücklich?«

»Ich lebe das Leben, von dem alle anderen nur träumen können. Mein Gesicht ist auf Reklametafeln. Ich bereise die ganze Welt. Ich habe Leute, die alles für mich tun würden. Mir alles besorgen, was ich mir wünsche könnte.«

»Das habe ich nicht gefragt.« Ich beugte mich vor, presste die Hände aneinander und drückte sie an meine Lippen.

Das Ganze so anzugehen war nicht der richtige Weg gewesen. Ich musste aufhören, damit sie nicht das Gefühl hatte, ich würde ihre Entscheidungen infrage stellen. Stattdessen musste ich ihr zeigen, dass ich wusste, wie sie sich fühlte.

»Mein Dad ist vor viereinhalb Jahren gestorben. Leberzirrhose.« Ich tippte mir mit den Zeigefingern an die Lippen. »Er muss damals in Kalifornien schon aus dem letzten Loch gepfiffen haben.«

Sie blieb stehen. Der Themenwechsel überraschte sie. »Das tut mir leid. Hast … hast du vorher noch mal mit ihm gesprochen?«

»Nein. Er hat ein paarmal versucht, mich in L.A. zu kontaktieren, aber ich habe mich geweigert, ihm die Gelegenheit zu geben, mir noch mehr Ärger zu machen. Und ich habe aufgehört zuzulassen, dass ich mir selbst Ärger bereite – jedenfalls habe ich es versucht.« Der Laut, der meine Lippen verließ, grenzte an ein Lachen.

»Eine Zeit lang hat mir das ganz schön zugesetzt – sein Tod. An dem Abend, als ich davon erfahren habe, hatte ich gerade meine erste Saison im Trainingsteam beendet. Ich habe einen hübschen Antrittsbonus bekommen. Während dieser Saison bin ich vernünftig mit meinem Geld umgegangen, doch in dem Moment hatte ich das Bedürfnis, alles auf den Kopf zu hauen.« Damals hatte sich der Rand der Klippe, an dem ich gestanden hatte, auf einen Schlag unter mir aufgelöst.

»Knox und ich haben uns eine wilde Nacht in Vegas gegönnt. Haben uns total abgeschossen. Sind beinahe in einige Schlägereien geraten. Ich bin auch zum Training betrunken aufgekreuzt. Was machte das schon, wenn ich sowieso nicht spielen durfte? Ich habe es ins Team geschafft. Hatte das Geld. Den Championship-Ring. Und ich versuchte mein Möglichstes, alles wegzuspülen.« Der Schraubstock zog sich fester um mein Herz, weil ich ihr das alles erzählte, mich ihr öffnete und sie wissen ließ, wie kaputt ich gewesen war.

»Dann dachte ich, es wäre eine großartige Idee, wenn ich einen Helikopterflug über den Grand Canyon machen würde, um irgendwo aufzukreuzen und zu landen, als wäre ich einer von den Typen aus *Entourage*. Knox hatte an dem Tag seine Grenze erreicht und war vollkommen fertig. Wir haben uns über irgendwas Dummes gestritten.« Ich kniff die Augen fest zu. Er hatte gewollt, dass wir ins Hotel zurückgingen.

Doch ich hatte eine Scheiß-auf-ihn-Einstellung gehabt. Mein Dad war tot, also gab es niemanden mehr auf diesem Planeten, der mir etwas hätte verbieten können.

»Also habe ich entschieden, es alleine durchzuziehen. Ich brauchte nichts und niemanden.«

Ich rieb meine Hände aneinander. »Ich wollte mich einfach betäuben, am liebsten gar nichts mehr spüren. Und um zu testen, wie tief meine Betäubung ging, wollte ich etwas Aufregendes machen. Mit einer Flasche Jack Daniel's und mehr Geld, als ein Dreiundzwanzigjähriger haben sollte, bin ich losmarschiert, um nach meinem großen Abenteuer zu suchen.«

Ihre verschränkten Arme spannten sich an. »Was ist passiert?«

»In den ersten zwanzig Minuten durfte ich eine beeindruckende Aussicht und ein wenig Luftakrobatik erleben, während meine Alkoholtoleranz leider schlagartig abgenommen hat. Ich habe den Kopf an die Scheibe gelegt und auf die ganzen Menschen runtergeschaut, die ihr Leben lebten. Hab die Rücklichter der Autos beobachtet, die durch die Straßen fuhren. Nichts davon hat sich real angefühlt. Ich selbst habe mich nicht real gefühlt.« Auf meiner Stirn hatte sich Schweiß gebildet. Mein Puls beschleunigte sich, und mir schnürte sich die Kehle zu.

»Zu diesem Zeitpunkt hat sich mein Leben drastisch von dem unterschieden, das ich in Greenwood geführt habe. Doch da saß ich nun als einziger Passagier in einem Hubschrauber, mit einer Flasche Alkohol in der Hand, nachdem ich mich mit jemandem gestritten hatte, den ich wie einen Bruder liebe.«

Sie hockte sich vor mich und streckte die Hand aus. Ihre Finger legten sich um meinen Unterarm. »Und als du gelandet bist, war alles anders.«

»Nicht direkt.« Ich bedeckte ihre Hand mit meiner und konzentrierte meine Gedanken auf diesen Moment. Ich nahm einen zittrigen Atemzug, um auch noch den Rest der Geschichte herauszubekommen. Hier bei ihr war ich sicher.

Sie stand auf, um sich wieder neben mich auf die Couch zu setzen.

»Zuerst war noch ein kleines Motorversagen nötig.« Ich erschauderte, Schweiß trat mir auf die Stirn, wenn ich an die Gefühle von damals zurückdachte, als mir das Herz in die Hose gerutscht war. Meine Finger umklammerten die Sofakante, und das Luftholen fiel mir schwer.

Ich hatte schon eine Menge Mist erlebt, und doch hatte ich nie daran gezweifelt, dass ich es durchstehen würde. Ich mochte zusammengeschlagen worden und voller blauer Flecken gewesen sein, aber ich hatte stets gewusst, dass ich es überleben würde. Als ich während des freien Falls in dem Helikopter gesessen hatte, hatte ich zum ersten Mal die kalten Finger des Todes im Nacken gespürt.

»Der Pilot hat den Hubschrauber wieder in den Griff bekommen, auch wenn es ihm bei der Sache vermutlich nicht viel besser ging als mir. Aber diese zehn Sekunden im freien Fall – Gott, zehn Sekunden fühlen sich verdammt lange an, wenn du denkst, dass du in den Tod stürzt.« Es war nicht einmal genug Zeit zum Schreien gewesen. Keine Gelegenheit zu brüllen oder zu rufen. Die Angst hatte dazu geführt, dass jegliche Laute in meiner Kehle feststeckten.

Als wir gelandet waren, hatte ich buchstäblich den Boden geküsst. Ich war auf die Knie gesunken und hatte die Hände im Nacken zu Fäusten geballt, während meine Nase den festen Boden berührt hatte. »Das hat mir ein wenig Klarheit darüber verschafft, was ich mir selbst angetan habe. Dass ich Gefahr lief, jemand zu werden, der ich auf keinen Fall sein wollte.

Indem ich mich mit Alkohol ertränkt und vor jedem Training gekotzt habe, habe ich versucht, mich umzubringen oder mein Leben zu ruinieren. Ich hatte mir geschworen, nie zu werden wie mein Vater. Nie zu tun, was er getan hat.« Wenige Tage später hatte ich angefangen, bei Monica Therapie zu machen. Sie war mir von einem der Jungs empfohlen worden, der wegen Sanktionen bei ihr in Behandlung war, um seine Aggressionen zu bewältigen.

»Ich habe alles aufgearbeitet. Auch wenn es alles andere als einfach war. Ich habe lange gebraucht, um zu begreifen, dass er nie wirklich mein Vater gewesen ist. Nicht so, wie ich es verdient hätte. Nicht so, dass er das Recht hatte, mir beizubringen, wie man ein Mann ist. Er hat so viel Wut in sich getragen, und auf eine gewisse Art hat mich sein Tod zu einem großen Teil von meiner eigenen Wut befreit. Wenn ich mich nicht geändert hätte, hätte es mich innerlich zerfressen.« Sobald ich realisiert hatte, wie gut mir sein Tod getan hatte, hatte ich lange Zeit meine Menschlichkeit infrage gestellt.

»Der Helikopter hat mir zwei Geschenke gemacht: einen Schlag ins Gesicht, der mich aufgeweckt und dazu gebracht hat, endlich zur Therapie zu gehen. Und eine lähmende Angst vor Hubschraubern.«

Ihr Kopf zuckte ein wenig zurück.

»Manchmal wache ich nachts auf und fühle mich, als würde ich fallen. Aber nicht einfach durch die Luft, sondern zurück in meine alten Gewohnheiten. Allein das Geräusch der Rotoren kann schon Panik in mir aufsteigen lassen.«

»Beim *SeptemberWeen*-Festival … Deswegen wolltest du nicht mitfliegen.«

Ich nickte und fühlte mich dabei ein wenig feige. Solange meine Füße sich auf festem Boden befanden, war es egal, wie weit oben ich mich befand. Aus meinem Fenster zu blicken war kein Problem. Doch sobald meine Füße den Boden verließen, ging gar nichts mehr.

»Aber du hast mich den Rundflug machen lassen.«

»Ich sollte meine Probleme nicht auf andere projizieren. Du hast dich gefreut und warst so aufgeregt.«

»Und du bist die ganze Zeit über vor Angst beinahe wahnsinnig geworden, oder?«

»Berk und LJ haben mich abgelenkt, aber ja. Den Großteil des Flugs über bin ich fast durchgedreht. Wenn du liebst, was du tust, und dir nicht vorstellen kannst, etwas anderes zu machen, dann stehe ich zu einhundert Prozent hinter dir. Aber ich weiß, wie es sich anfühlt, alles zu haben, wovon man geträumt hat, und trotzdem das Gefühl zu haben, als würde dein Leben außer Kontrolle geraten.«

Sie neigte den Kopf, und ihre Finger strichen über meine, bevor sie ihre dazwischenschob. Sie blickte mir in die Augen, und ihre Lippen bewegten sich, ohne dass Worte herauskamen. Ganz so, als würde ihr die Kehle zusammengedrückt. »Ich weiß nicht, was ich will.«

Die Stille, die folgte, war beinahe greifbar. So dicht, dass ich sie schmecken konnte. Ich fühlte mich, als hätte mir jemand einen Speer in die Brust gejagt. Ich wollte, dass sie mich wählte. So egoistisch das auch sein mochte, ich wollte, dass sie »Scheiß drauf« sagte und nicht nach London ging. Dass sie alles absagte, um mit mir zusammen zu sein.

»Ich bin zurückgekommen.« Sie faltete die Hände.

»Zu meinem Apartment. Das hast du mir erzählt.«

Mit Tränen in den Augen sah sie wieder zu mir auf. »Nein, schon vorher.« Ihre Stimme brach.

Ich beugte mich vor und stützte die Unterarme auf meinen Oberschenkeln ab. »Was? Wann?«

Ein zittriger Atemzug entfuhr leise ihren Lippen. »Einen Monat, nachdem ich gegangen war.«

»Nachdem du die Gitarre erhalten hast.«

Ihre Nasenflügel bebten, und sie starrte hinunter auf ihre Hände. »Als ich dir die Nachricht geschickt habe. Da war ich schon zurück.«

Ich sog scharf die Luft ein. »Du warst in der Stadt.« Sie war zurückgekommen, so viel früher, als ich gedacht hatte – genau wie ich sie in Gedanken angefleht hatte.

»Ich war beim Hotel. In dem, das du mit Knox und seinen Eltern besucht hast. Am Strand. Ich habe dich gesehen und dir die Nachricht geschickt.«

Ich kniff die Augen zu. Ihr letztes »Bitte« in der Nachricht hatte mich beinahe in die Knie gezwungen.

Doch als Marcie und Dale in der Stadt gewesen waren, war

es leichter gewesen, mir selbst etwas vorzumachen. »Zu der Zeit habe ich gerade eine schlimme Phase durchgemacht.«

»Du hast so gut ausgesehen. So glücklich. Entspannter, als ich dich je erlebt habe, während wir zusammen waren.«

»Knox hat zwei Tage damit zugebracht, mich auszunüchtern und mich zum Schlafen zu zwingen. Wir hatten drei Tage frei, also habe ich wieder zur Flasche gegriffen. Mehr als eine. Ich habe mich gefühlt wie ein Truthahn, den man für Thanksgiving mästet.«

»D... das wusste ich nicht.«

»Ich weiß, das war ja der Sinn dahinter. Ich hatte schon ihren Sohn zu meinem Aufpasser gemacht, da war das Mindeste, was ich tun konnte, nicht noch mehr Leuten Sorgen zu bereiten.« Ich hatte mir keine Illusionen darüber gemacht, was mit mir los war, trotzdem war ich einfach nicht in der Lage gewesen, die Bremse zu ziehen. Wenn überhaupt hatte ich sämtliche Leinen gekappt und nach der höchsten Klippe Ausschau gehalten.

»Als ich dann irgendwann meinen Mut zusammengenommen habe und dir schreiben wollte, ist mir klar geworden, dass ich dir nichts zu bieten hatte. Irgendwann habe ich dann endlich meine Nummer geändert, damit ich nicht der Versuchung erliegen konnte, dich aus deinem neuen Leben zu mir zurückzurufen.«

Tränen glitzerten in ihren Augen. »Ich wollte zurückkommen. Ich wollte zu dir zurückkommen.«

»Ich war ein verdammtes Wrack, Bay.« Ich legte die Hand an ihre Wange. »Und jetzt, da ich weiß, wie alles ausgegangen ist, hätte ich mein Handy entzweigebrochen, wenn es bedeutet hätte, dass du nicht zurückgekommen wärst, um Krankenschwester für mich zu spielen.«

Ihre Wangen glänzten feucht. »Sechs Jahre, Keyton. So lange hatte ich nur die Musik. Sie hat mich am Leben gehalten.«

Ich wischte die Tränen fort, die sich in ihren Augenwinkeln bildeten. »Wir sind jetzt hier. Wir haben den Rest unseres Lebens, um die verlorene Zeit wiedergutzumachen.«

Allerdings wollte ein Teil von mir sie hierbehalten und beschützen, alle anderen von ihr fernhalten, die ihr Sorge bereiteten oder Angst in ihr weckten. Die Musik war für sie da gewesen, als sie geglaubt hatte, sie hätte mich verloren. Doch mein Herz hatte immer ihr gehört.

Sie liebte die Musik, doch ich wollte nicht, dass sie sich vor jedem Konzert übergab. Oder dass sie sich mit Alkohol betäubte, um auftreten zu können.

Ein Klopfen durchbrach die Anspannung wie ein keuchender Atemzug, der uns von der erdrückenden Intensität der Erwartungen und bevorstehenden Fragen befreite.

Ich holte die Pizza und zwei Teller für uns.

Bay füllte unsere Weingläser auf und setzte sich mit untergeschlagenen Beinen auf die Couch.

»Dein Leben gehört dir. Was auch immer du wählst und wie auch immer du es leben willst, ich will nur, dass du weißt: Ich bin für dich da. Wir kriegen das hin. Das mit uns.« Ich drückte ihre Hand, um ihr zu versichern, dass ich nicht eine weitere Person war, die einen Teil von ihr wollte, ohne ihr im Gegenzug alles von mir zu geben.

Unser Gespräch verlor an Intensität, wurde nachdenklicher. In Bays Kopf arbeitete es. Sie war zwar hier bei mir, grübelte aber auch über alles nach, was ich gesagt hatte.

Gott, ich konnte nur hoffen, dass ich nicht alles verdorben hatte.

Ich ging an meine Schränke und holte ihr liebstes Knabberzeug heraus: Goobers und Popcorn. Dann fand ich den perfekten Film. »Ich weiß, es ist noch ein bisschen früh dafür, aber ich dachte mir, Weihnachtsfilme kann man immer gucken.«

Langsam entspannte sie sich, und als das *Nakatomi-Plaza-*Hochhaus auf dem Bildschirm erschien, hatte sie sich bereits so hingesetzt, dass ihr Rücken an meiner Brust ruhte. Ich schlang die Arme um sie, dennoch lag ein Zögern in der Luft, beinahe so, als würde sie nur darauf warten, dass ich eine weitere Bombe platzen ließ, die uns auseinanderreißen würde.

Doch ich würde abwarten und es diesmal richtig machen. Ich würde ihr die Zeit und den Raum lassen, die sie brauchte. Denn ich würde es nicht überleben, wenn ich sie ein weiteres Mal verlor.

29

Bay

»Ich habe eine Überraschung für dich.« Keyton stellte den Motor ab und wandte sich mir zu.

Der Ausflug über die Brücke nach New Jersey war unerwartet gekommen, allerdings eine angenehme Abwechslung. Die kurze Fahrt über neben Keyton zu sitzen, während wir dem Radio lauschten und gemeinsam alte Lieblingssongs mitsangen, war wundervoll. Außerhalb der Stadt, wo die Häuser weiter auseinanderlagen und es weniger Leute gab, fühlte es sich sicherer an. Ruhiger. Keine überwältigenden Menschenmassen, die jederzeit auftauchen konnten.

Es grenzte an einen grausamen Scherz, dass wir dieses Zeitfenster für uns hatten, es aber keine Möglichkeit gab, eines für Pipers Geburtstag im Dezember zu ermöglichen. Ich hatte ihr geschrieben, um mich nach ihr zu erkundigen, hatte allerdings noch keine Antwort erhalten. Vielleicht hatte Mark ihr bereits mitgeteilt, dass ich nicht kommen konnte – wieder einmal.

Ich blickte aus dem Fenster und an einem zweistöckigen roten Backsteinhaus hinauf, das auf einem weitläufigen Grundstück mit Bäumen und Hecken stand.

»Wo sind wir?«

»Komm mit. Dann findest du's heraus.« Er öffnete seine Tür und stieg aus.

Seit dem Angriff hatte ich den Eindruck, dass alle pausenlos versuchten, mich abzulenken. Sie nutzten jede Gelegenheit, um mich auf andere Gedanken zu bringen. Wir hatten längst bei der Polizei Anzeige erstattet. Die Reaktionen in den sozialen Medien waren weiterhin überwältigend. Die emotionalen Auswirkungen ließen nach, vor allem, wenn Keyton bei mir war.

Ich öffnete meine Tür. »Was für eine Art von Überraschung?«, fragte ich über das Autodach hinweg.

Er kam um den Wagen herum und ignorierte meine Frage einfach.

Das Haus füllte meine Gedanken mit allerlei Fragezeichen. Hatte er es gekauft? Das vertrieb ein wenig die Angst darüber, dass er womöglich in eine andere Stadt ziehen wollte. Da Philly an der Ostküste lag, wären Flüge hierher wesentlich einfacher.

»Uns steht der ganze Tag zur Verfügung.«

»Wofür genau?« Meine Finger wanderten an seinem Arm hinauf bis zu seiner Schulter. In meinem Kopf brodelten Fragen darüber, warum wir überhaupt das Schlafzimmer verlassen hatten, und ich war dazu bereit, das Feuer ein wenig anzuheizen. Allerdings hatte er das hier mit Holden abgesprochen, und ich war an Bord, egal, was er hier vorhatte. Vor allem, da ich in weniger als einer Woche nach London fliegen würde.

»So viele Fragen. Du bist so ungeduldig.« Sein verschlagenes Lächeln brachte meinen Magen dazu, Saltos zu drehen.

Er führte mich den gepflasterten Weg entlang, der mit kniehohen Sträuchern und Herbstblumen gesäumt war.

»Wessen Haus ist das?« Ich zog an seinem Arm.

»Es wird für besondere Anlässe vermietet.« Sein Lächeln wirkte kein bisschen weniger verschmitzt als zuvor.

Er klopfte zweimal kurz, und wir warteten. Auf was oder wen, wusste ich nicht.

Die Tür wurde aufgerissen. Mein Blick schwang von Keyton zum Eingang.

Mein schriller Schrei war vermutlich noch zwei Staaten weiter zu hören.

Im Türrahmen standen Piper und Felicia mit einem breiten Grinsen, das einem Auftritt auf dem roten Teppich würdig gewesen wäre, und der lebhaften Aufregung, die nur damit einherging, wenn man alte Freunde traf.

Wir stürzten uns in die Arme, verwandelten uns in einen Haufen aus Lachen und Gliedmaßen, und nur Keyton verhinderte, dass wir in die Büsche neben dem Weg fielen.

»Was macht ihr beiden hier?«, stieß ich hervor. Möglicherweise quiekte meine Stimme dabei. Verklagt mich doch! Das hier waren Piper und Felicia.

»Ich bin gestern Nacht gelandet.« Piper hüpfte auf und ab und drückte mich fester.

Felicia umklammerte meine Hände. »Und ich heute Morgen.«

»Aber … Was? Wie?«

Sie blickten beide an mir vorbei zu dem Mann, dessen Hand auf meinem unteren Rücken ruhte. »Keyton.«

Ich wandte mich um, um ihn anzustarren. »Du hast sie eingeladen, damit ich sie sehen kann.«

Er neigte den Kopf und senkte den Blick, um mir in die Augen zu schauen. »Ich dachte mir, du könntest vielleicht einen Mädelstag gebrauchen.«

Eine Lawine aus Emotionen traf mich mit voller Wucht, und meine Augen füllten sich mit Tränen. Also starrte ich hoch in den Himmel und blinzelte auf eine Art und Weise, die ich erlernt hatte, um mein Make-up nicht zu ruinieren, bevor ich lächelte und meine Hände auf seine Brust legte. »Du …« Ich legte ihm eine Hand an die Wange, während ich um Fassung rang. Er war die Erinnerung, die ich gebraucht hatte. Er war die Vergangenheit, die ich verloren hatte. Er passte auf eine Art auf mich auf, die alles überstieg, was ich mir je hätte vorstellen können. Und in diesem Moment wusste ich, dass ich ihn nicht verdient hatte. »Danke. Wie viel Zeit habe ich?«

Der Countdown blieb nie stehen. Es wurden stets Ansprüche an meine Zeit gestellt, von denen ich mich nicht lossagen konnte, denn wenn ich auch nur einer Verpflichtung nicht nachkam, verursachte das eine Kettenreaktion.

»Wie gesagt.« Er strich mit den Fingern unter meinem Kinn entlang und küsste mich auf den Mund, seine festen und zugleich weichen Lippen lockten die Schmetterlinge in meinem Bauch hervor. »Ihr habt den ganzen Tag für euch. Ich komme dich morgen früh um sechs abholen. In der Arena gab es ein Problem mit dem Gerüst für die Bühne, daher kannst du heute nicht dorthin. Holden hat gesagt, morgen stehen eine Probe und die Vorbereitung für die Neujahrsaufzeichnung an, weil das Gebäude für heute gemietet war.« Seine Finger verschränkten sich mit meinen. »Viel Spaß.«

Ich nickte und warf meinen beiden Freundinnen einen Blick über die Schulter zu.

»Ist das okay für euch? Einen ganzen Tag mit der schlimmsten Freundin der Welt zu verbringen?«

Sie verdrehten beide die Augen.

Piper packte meinen Arm und zog mich zur Tür. »Keine Sorge, Dare.«

Er zuckte zusammen.

»Sorry, Keyton. Wir kümmern uns um sie. Wir sorgen dafür, dass sie sich benimmt.«

Unsere Finger lösten sich voneinander. Felicia folgte mir und schloss die Tür.

»Wie hat er euch überredet herzukommen?«

»Uns überredet?« Felicia runzelte die Stirn. »Er musste uns nicht überreden. Er hat nachgefragt, und wir haben natürlich zugestimmt. Es ist schon viel zu lange her, seit wir in Ruhe zusammen abhängen konnten. Ich dachte, es würde dich bestimmt langweilen, mit mir abzuhängen, weil ich immer nur über meine Kinder und den Unterricht rede. Das ist bei Weitem nicht so aufregend wie dein Leben.«

Da meldete sich auch Piper zu Wort. »Ja, Töpfchen-Training ist nicht gerade das spektakulärste Thema.«

»Nein, natürlich nicht«, erwiderte ich. »Ich liebe euch beide und habe euch so vermisst. Ich dachte, weil ich immer nur über meine Reisen rede und was sonst noch so bei mir ansteht – und nie Zeit für euch habe –, hättet ihr inzwischen bestimmt die Nase voll von mir.«

Unser Gruppenkuscheln ging weiter. »Sieht aus, als hätten wir alle total danebengelegen!«

Felicia wischte sich eine Träne aus dem Augenwinkel. »Absolut. Dieses Haus ist unglaublich.«

»Ihr beide habt ja noch nicht mal alles gesehen.« Piper konnte ihre übersprudelnde Aufregung kaum unterdrücken. »Ich schwöre euch, ich habe jeden Quadratzentimeter dieses Hauses erkundet und finde immer noch was Neues.«

Es gab einen beheizten Pool, einen Whirlpool, eine voll ausgestattete Bar – inklusive Zapfhähnen, Barhockern und einem Neonlicht –, dazu eine Kletterwand und Spiele wie Skee-Ball und Mini-Basketball-Arkaden-Spiele und obendrein auch noch Dance Dance Revolution.

»Keyton meinte, das ganze Haus gehört für heute uns. Außerdem hat er noch einen Koch organisiert, und später kommen Masseurinnen vorbei. Abends gibt's noch eine Überraschung.« Piper warf einen Blick über ihre Schulter. »Glaubt ihr, es ist ein Stripper?«

Felicia schüttelte den Kopf. »Du glaubst doch nicht wirklich, dass Bays Freund einen Stripper für sie engagiert hat, oder?«

Piper zuckte die Achseln, bevor ihre Augen zu strahlen begannen und auf Tellergröße anwuchsen. »Glaubt ihr, *er* ist der Stripper?«

Ich brach in schallendes Lachen aus, und als sie die Treppe erreicht hatte, die zum Spielzimmer im Keller führte, sprang ich sie von hinten an. »Gott, habe ich dich vermisst.«

Sie lehnte sich zurück und hielt meine Arme fest. »Ich dich auch, Bay.«

Verdammt. Heute sollten doch keine Tränen fließen. »Was wollt ihr zuerst machen?«

Der Geruch von Wurst- und Käseaufschnitt erfüllte den Raum.

»Essen!« Piper führte uns in die Küche.

Dort angekommen entdecken wir einen Mann. Unter dem Kragen seiner weißen Kochuniform lugten Tattoos hervor, und er blickte mit einem Schneebesen in der Hand zu uns auf. »Hallo, Ladys. Ich bin Wade.«

»Ich bin kurz davor zu vergessen, dass ich glücklich verheiratet bin.« Felicia kletterte auf einen der Stühle vor der Frühstückstheke, die dem Ofen gegenüberstand. »Vielleicht plant Keyton ja doch, einen Stripper herzuschicken.«

Der tätowierte Koch mit den hellbraunen Augen war definitiv was fürs Auge. Er warf sich ein Geschirrtuch über die Schulter und platzierte vor jeder von uns einen Mimosa-Cocktail. »Ich stehe Ihnen heute voll und ganz zur Verfügung.«

Piper räusperte sich und zog ihren Drink näher zu sich heran.

»Was Pancakes angeht, kann ich Ihnen normale oder welche mit Blaubeeren oder Schokostückchen anbieten. Im Ofen wärme ich gerade Coffee-Crunch-French-Toast aus Brioche sowie Würstchen und Bacon an. Ich kann Ihnen ein Omelett nach Ihren Wünsche herrichten oder Eier Benedict mit dickem Räucherspeck mit Honig. Außerdem gibt es noch frisches Obst und zum Mittagessen …«

Felicias Hand schoss in die Höhe, während sie die andere auf die Theke stützte, bevor sie den Kopf schüttelte, als würde sie gleich ohnmächtig werden. »Sie müssen einen Gang runterschalten, Wade. Wir …«, sie zeigte auf sich und Piper, »… sind beide Frauen mit Kindern und Vollzeitjobs. So ein Verwöhnprogramm bringt uns womöglich noch um, also warum machen wir nicht etwas langsamer? Ich nehme was vom French Toast und den Würstchen. Danach noch die Eier Benedict mit mehr Sauce Hollandaise, als Sie für angemessen halten. Im Anschluss werde ich ein paarmal um den Pool im Garten joggen müssen, bevor ich mir ein paar Pancakes reinschaufeln kann.«

Er grinste, wobei seine glänzenden, perlweißen Zähne zum Vorschein kamen. Er übte definitiv einen gewissen Reiz aus. Wem wollte ich hier eigentlich etwas vormachen? Er war verdammt heiß. Doch das Wissen, dass er nur dank Keyton hier war, fügte der Liste der Gründe, warum diese Tour die härteste überhaupt werden würde, lediglich einen weiteren Eintrag hinzu.

»Mehr.« Piper schwenkte ihren Teller, sodass der knusprige Bacon, den Wade daraufgelegt hatte, herumrutschte. »Ich kann genau sehen, wie viel Sie da noch haben. Wir sind nur zu dritt. Also laden Sie mir mehr auf, Wade.«

Lachend platzierte er noch einige Streifen auf ihrem Teller.

Als sie den ersten Bissen nahm, schloss sie die Augen, während sich ihre Lippen um den Bacon legten. »Sind die in Ahornsirup getränkt?«

Wade nickte.

»Er hat also nicht nur ein hübsches Gesicht.« Sie blickte ihm wehmütig nach, als er den Teller mit French Toast für Felicia vorbereitete.

Der Morgen endete mit vollen Mägen und einer Runde Reality-TV, die wir uns auf den überdimensionalen Sofas im Wohnzimmer gönnten, in denen wir beinahe versanken.

Piper nippte an ihrer Mimosa. »Das ist das erste Mal seit wer weiß wie lange, dass ich eine Mahlzeit ohne Unterbrechungen zu mir nehmen konnte.«

Felicia lachte. »Als ich auf die Toilette gegangen bin, habe ich aus Gewohnheit fast die Tür offen gelassen. Immer wenn ich sie zu Hause schließe, greifen plötzlich kleine Finger unter den Spalt, und es wird nach mir geschrien, als wäre ich in eine andere Dimension gesaugt worden.«

Ich rieb mit den Fingern über den Stil meines Glases. »Freut mich, dass ihr euch eine kleine Auszeit gönnen könnt.«

Wir gingen für die zweite Runde in die Küche.

Wade kam zu uns und füllte Pipers Glas nach, bevor sie mit mir anstieß. »Meine Freiheit hat in der Schlange zur Sicherheitskontrolle angefangen. Ich liebe sie mehr als alles andere auf der Welt, aber manchmal sind sie Arschlöcher.«

»Die Kinder?«

Sie lehnte sich entspannt in ihrem Stuhl zurück. »Verdammt, Mark kannst du auch dazuzählen. Ich liebe ihn furchtbar, aber es hätte keinen besseren Zeitpunkt für diesen kleinen Ausflug hier geben können. Genau vor dem ganzen Feiertagswahnsinn.«

Felicia stellte sich auf die Sprossen ihres Stuhl und schnappte sich mit einem Zwinkern die Flasche, bevor Wade danach greifen konnte. Dann schenkte sie sich selbst nach. »Eve hat mir gestern gesagt, dass sie ihr Halloween-Kostüm ändern möchte. Jetzt will sie nicht mehr als Schachtelteufel gehen, sondern als Astronautin.«

Piper nickte. »Ich schwöre dir … Wisst ihr was? Nein! Wir machen das jetzt nicht. Genug von den Mutter-Problemen. Wie geht's dir, Bay? Vor allem nach dem, was letzte Woche passiert ist?«

»Ich möchte von euch hören, ehrlich. Ich höre liebend gern, was so bei euch los ist.« Das tat ich wirklich. Ich hatte so viel verpasst.

Piper verschränkte die Arme vor der Brust, bevor sie mit ihrem Glas anklagend auf mich zeigte. »Du wirst dich jetzt nicht rauswinden. Spuck's aus.«

Ich nahm einen größeren Schluck von meinem Drink. »Mir geht's gut. Besser. Bin auf dem Weg der Besserung. Keyton hilft mir da sehr.« Ich wollte die Stimmung nicht herunterziehen und dafür sorgen, dass sich alles um mich drehte.

Piper beäugte mich mit wissendem Blick. »Das überrascht mich nicht. Ihr beide hattet schon immer eine besondere Verbindung.«

»Ja, klar. Die knapp drei Jahre, bevor ich ihm aufgefallen bin, waren wir definitiv verbunden.«

»Du weißt, was ich meine. Sobald er dich erst mal bemerkt hat … gab es für ihn kein Zurück mehr. Wie er dich angesehen hat … Ein Grund, warum ich mich in Mark verliebt habe, war, dass er mich genauso angesehen hat, wie Keyton dich angesehen hat.«

»Was?«

»Damit will ich nur sagen, dass ich froh bin, dass ihr wieder zueinandergefunden habt.«

Felicia stellte ihr Glas auf einem Untersetzer auf der Theke ab. »Als er mit deiner Gitarre aufgetaucht ist … Ich schwöre euch, bei seinem Anblick alleine wäre ich beinahe in Tränen ausgebrochen. Vielleicht waren das auch die ganzen verrückten Hormone nach der Geburt, aber heilige Scheiße.«

Mein Magen zog sich zusammen, und ich verspürte das große Bedürfnis, durch die Zeit zu reisen und ihm alles persönlich zu sagen, statt einen Brief zu schreiben. Ich wünschte, ich hätte damals eine Lösung gefunden, bei der wir beide nicht so gelitten hätten.

Ihre Hand legte sich auf meine. »Ich weiß, du hattest deine Gründe. Und wenn man bedenkt, wo du gelandet bist, würde dir niemand deine schwierigen Entscheidungen übel nehmen. Ich bin froh, dass er mich angerufen hat. Ich bin froh, dass wir hier bei dir sein können.«

Piper nahm meine andere Hand. »Ich auch. Mark hat mir erzählt, dass du nicht zu meiner Party kommen kannst.«

Ich sog scharf die Luft ein und öffnete den Mund, um ihr alles zu erklären.

»Ich bin nicht sauer. Natürlich bin ich traurig, dass du nicht kommen kannst. Aber ich bin dir nicht böse, Bay. Unser Leben ist auch hektisch und außer Kontrolle, genau wie deins. Deins sogar noch mehr.«

Felicia stupste mich in die Rippen, wie es eine ältere Schwester tun würde. »Mit Familie ist es eben was anderes.«

Meine Brust zog sich schmerzhaft zusammen, und mir brannten Tränen in den Augen. Nachdem ich sie in den letzten Jahren so vernachlässigt hatte, hatte ich ihr Verständnis nicht verdient.

Piper drückte meine Schulter. »Familie ist um einiges nachsichtiger als Hunderttausende, wenn nicht Millionen von Fans, die deine Aufmerksamkeit fordern.«

Ich blickte zwischen ihnen hin und her. »Ich möchte nicht, dass ihr beiden je denkt, dass ich unsere Freundschaft für selbstverständlich halte oder dass ihr mir nicht wichtig seid.«

Felicia tätschelte mein Bein. »Wissen wir doch. Und ich denke, ich kann für uns beide sprechen …«, begann sie und sah Piper an, die nickte. »Wenn du mal einen Tag oder so Zeit hast, lass es uns wissen. Vielleicht schaffen wir es nicht immer – wenn du in Peking oder Melbourne bist, dann werden wir wohl eher ablehnen, aber lass es uns wissen, und wir kommen, wenn wir können. Du bist keine Diva, wenn du deine Freunde anrufst und sie darum bittest, mit dir abzuhängen.«

»Vor allem nicht, wenn du so guten Alkohol anzubieten hast.« Piper kippte den Rest ihres Drinks hinunter und wedelte mit dem Glas umher.

Das laute Trommeln in meiner Brust, das mich all meine Fehler der letzten Jahre hatte erkennen lassen, änderte seinen Takt in einen Rhythmus der Freude. Meine Freundinnen waren hier bei mir. Ich war ihnen wichtig, und sie liebten mich. Sie dachten nicht, dass ich die schlechteste Freundin der Welt wäre, und ich hatte unsere Verbindung nicht zerstört. Ein neuer Song erklang in meinem Herzen, einer, der mit Freude, Freundschaft und Liebe gegenüber den Menschen erfüllt war, die ich niemals als selbstverständlich betrachten würde, weil sie mein Leben unglaublich bereicherten.

Vor dem Mittagessen gingen wir noch hinunter ins Spielzimmer. Nach einem Skee-Ball-Wettkampf, den Felicia gewann, sackte ich den Sieg beim Basketball ein, und Piper machte uns bei Dance Dance Revolution fertig.

Die Unmengen an Alkohol hatten ihr vermutlich zum Sieg verholfen. Unser Lachen hallte von der hohen Decke wider, und wir brausten durchs Haus, als wäre es der weltbeste Freizeitpark.

Nach dem Mittagessen, das unfassbar köstlich war und dem ein weiteres Essenskoma folgte, trauten wir uns an die Kletterwand, die wie ein Laufband funktionierte – wer hätte gedacht, dass es so etwas gab? Dann schauten wir uns einen Film im hauseigenen Kino an, das mit bequemen Kinosesseln ausgestattet war. Bevor wir es uns im Whirlpool gemütlich machten, backten wir noch unsere eigenen Cookies.

Felicia schenkte uns nach und lehnte sich dann entspannt zurück. »Wenn das Abendessen genauso lecker ist wie alles andere, was wir heute gegessen haben, könnte es durchaus passieren, dass Wade mich damit umbringt.«

Piper zog eine imaginäre Brille an ihrer Nase herunter. »Wenn ich ihn mir so angucke, frage ich mich, warum ich nicht Köchin geworden bin. Mmmm. Vielleicht gibt er ja Online-Kochunterricht. Wenn Mark so kochen könnte, würde ich ihn vermutlich nie wieder aus dem Schlafzimmer lassen. Außer zum Kochen.«

Felicia verteilte die noch warmen Cookies. »Ihr beide habt euch auf dem College kennengelernt, richtig?«

»In ihrem Freshman Year. Sie haben gegenüber voneinander auf demselben Gang gewohnt.«

Felicia und ich gaben gurrende Laute von uns, um zu zeigen, wie zuckersüß wir das fanden.

Piper verdrehte die Augen. »Er war so süß naiv mit seinem rosa Shirt, das verfärbt war, weil er seine Wäsche nicht getrennt hatte. Einfach bezaubernd, niedlicher geht's kaum. Und seitdem sind wir zusammen.« Sie hatte einen verträumten Ausdruck im Gesicht.

Seitdem waren sie nahezu unzertrennlich. Was wäre wohl aus Keyton und mir geworden, wenn ich ihn in L.A. nicht verlassen hätte? Oder wenn ich nicht sofort nach dem Abschluss aus Greenwood geflohen wäre und wir uns stattdessen in dem Sommer wieder vertragen hätten? Hätten wir mittlerweile Kinder? Ein kleines Mädchen und einen kleinen Jungen, die mit Violet und Parker spielen würden?

Eine Frage spukte mir durch den Kopf. »Wenn du Mark nicht geheiratet hättest, was denkst du, würdest du jetzt machen?«

Piper spähte über ihre Schulter durch das Fenster zur Küche, in der Wade gerade beim Zubereiten unseres Abendessen seine Schneidekünste zur Schau stellte.

Wir brachen in Gelächter aus. »*Abgesehen* davon, dass du dich Wade auf dem Silbertablett präsentieren würdest.« Ich versetzte ihr einen leichten Tritt unter Wasser.

»Au!« Sie beugte sich vor und rieb sich das Schienbein. »Ich weiß nicht. Vielleicht wäre ich noch in Japan? Oder Österreich?«

»Und was ist mit dir, Felicia?«

»Vermutlich würde ich bis zum Hals in meiner Forschung stecken und versuchen, irgendwie an wissenschaftliche Mitarbeiter zu kommen, während ich Fördergeldern hinterherjage. Ach Moment, genau das mache ich ja, nur dass ich zusätzlich noch Kinder habe. Da wir diese Laufbahn beide bereits eingeschlagen hatten, war schon alles festgelegt. Es ist allerdings schön, jemanden zu haben, der dich versteht. Wir sind an die gleichen Deadlines für Fördergelder und Zuschüsse gebunden. Müssen die gleichen kryptischen Kommentare zu unseren Beiträgen entziffern, die wir zur Veröffentlichung an Zeitschriften gesendet haben.«

»Was ist mit dir, Bay?« Piper strich mit der Hand über das Wasser. »Ich denke, du bereust nicht viel, wenn man bedenkt, was du inzwischen erreicht hast.« Sie zeigte auf alles um mich herum, ohne auch nur die geringste Ahnung zu haben, dass diese Frage wie ein Güterzug durch meinen Kopf donnerte.

»Was würdest du tun, wenn du nicht *Bay* wärst?« Sie wackelte mit den Fingern, um meinem Namen ein imaginäres Glitzern zu verleihen.

Wade rettete mich, indem er uns zum Essen rief, doch die Frage begleitete mich durch die von Lachen erfüllte Mahlzeit. Es stellte sich heraus, dass Keytons Überraschung einer der neuesten Blockbuster war, der noch im Kino lief. Ich hatte keine Ahnung, wie er das hinbekommen hatte, aber es kreuzte ein Mann mit einem verschlossenen Koffer auf. Nachdem er im Heimkino seine Magie gewirkt hatte, dauerte es nicht lange, und der Dolby Surround Sound dröhnte uns in den Knochen. Es war schon viel zu lange her, seit ich das letzte Mal mit Freunden im Kino gewesen war und haufenweise Süßigkeiten, Popcorn und Cherry-Cola in mich hineingekippt hatte. Anschließend fielen wir auf der weichsten Couch der Welt ins Junkfood-Koma.

Piper und Felicia schliefen auf dem Ecksofa ein, das so breit wie ein Doppelbett war.

Ich schnappte mir ein paar Decken aus dem Korb neben dem Fernseher und breitete sie über den zwei besten Freundinnen aus, die ich auf der Welt hatte.

Mein Leben verlief genau so, wie ich es mir als Achtzehnjährige nur hätte erträumen können, doch die Dinge, die ich liebte … die hatten sich zusammen mit den Menschen verändert, die ich liebte. Die Entscheidungen, die ich nun treffen musste, würden ausschlaggebend dafür sein, ob ich irgendwann auf Augenblicke wie diese zurückblicken und nur entfernte Erinnerungen vor mir sehen würde oder ob sie sich in eine lange Reihe von Momenten einfügen würden, die die Jahre füllten, bis wir alt und grau waren und nicht mehr einfach auf einer Couch schlafen konnten, ohne es am Morgen zu bereuen.

Die Frage ließ mich nicht in Ruhe, sie verlangte nach einer Antwort. Allerdings wusste ich nicht, ob ich stark genug war, das durchzuziehen, was nötig war.

30

Bay

Mit einem Gefühl, als wäre ich zum Schulleiter beordert worden, betrat ich Maddys Büro. Das Zimmer strahlte eine lockere Atmosphäre aus. Es brannten Kerzen, und im Hintergrund liefen kaum hörbare Cover-Versionen von Liedern einiger Künstler, mit denen sie zusammenarbeitete. Es fühlte sich mehr nach einem Tonstudio an als nach dem sterilen Büro einer Führungskraft.

Allerdings war Maddy auch keine typische Führungskraft. Sie umarmte mich.

Dank ihrer Absätze war sie beinahe mit mir auf Augenhöhe. »Wie geht's dir? Ich kann immer noch nicht glauben, was letzte Woche passiert ist.« Sie drückte meinen Arm und umarmte mich ein weiteres Mal. »Nimm Platz.«

Nachdem sie zu ihrer kleinen Bar hinübergegangen war, schenkte sie mir und sich selbst ein Glas Champagner ein. Ich hätte schwören können, sie hatte Tonnen davon auf Lager.

Obwohl ich fast einen Kopf größer war als Maddy – wenn sie keine Absätze trug –, schüchterte sie mich immer ein bisschen ein. Ihre Willenskraft war beeindruckend, und sie verließ nie den Raum, ohne bekommen zu haben, was sie wollte.

Ihre Kanten waren über die Jahre etwas geglättet worden, doch sie war nicht so erfolgreich geworden, indem sie Dinge durchgehen ließ oder vergaß, genauestens auf jedes Detail zu achten.

»Was feiern wir?«

»Hast du die Grammy-Nominierungen nicht gesehen?«

»Die waren heute?« Für gewöhnlich schrieb Holden mir zu solchen Dingen eine Nachricht. Wo zur Hölle steckte er bloß? Er verschwand immer häufiger. Aber jedes Mal, wenn ich versuchte, mit ihm darüber zu sprechen, wich er mir geschickt aus wie ein Boxchampion im Schwergewicht. »Nein, ich habe sie nicht gesehen.« Ich stellte mein Glas auf den Tisch zwischen den zwei bequemen schwarzen Ledersesseln und rieb mir mit klammen Händen über die Beine.

Sie trank einen Schluck, und das Leuchten in ihren Augen ließ nach. Dann sah sie mich direkt an. »Drei für dich. Zwei für *Without Grey*. Es ist ein großartiger Tag!«

»Wow.« Ich sank in den Sessel und nahm einen Schluck von meinem Champagner. Egal, wie viele Alben ich verkaufte, ich wartete nach wie vor darauf, dass alle zur Besinnung kamen und mich wissen ließen, dass es alles nur Müll war. Dass sie die Texte auseinandernehmen und merken würden, dass ich es nicht draufhatte. Jedes Mal aufs Neue wurde mir das Gegenteil bewiesen, dennoch wusste ich immer noch nicht, wie ich mich diesbezüglich fühlte. Manchmal dachte ich, ich wäre einfach nur großartig darin, allen etwas vorzumachen, und würde es noch ein bisschen länger durchziehen können. Die Kohlensäure des Champagners kribbelte mir in der Nase.

»Kling bloß nicht zu glücklich.« Sie nippte an ihrem Glas. »Der Zeitpunkt ist perfekt für die Neuverhandlungen deines Vertrags. Du bist fast fertig mit deinem dritten Album. Nexus Records möchte über die nächsten fünf sprechen!«

»Fünf!« Das Wort kam eher wie ein Quietschen heraus.

»Ich habe ihnen gesagt, dass ich dir auf keinen Fall mehr als drei aufhalsen würde. Aber auch Mixtape Records und Artistra sind interessiert, daher denke ich, dass wir sie von den fünf Alben abbringen können. Außerdem werden wir einen noch besseren Deal in Bezug auf Streams bekommen, weil ich das beim letzten Mal nicht bedacht hatte.«

»Meine nächsten drei Alben werden um einiges länger brauchen. Die ersten drei – sogar das aktuelle – waren leicht zu schreiben, weil ich noch so viele alte Songs hatte.« Ich hatte die Tiefen von Herzschmerz, Verrat, Verlust, Hoffnung, Angst und Freude meines vorherigen Lebens komplett ausgeschöpft. Hatte ich überhaupt noch echte und reale Erfahrungen übrig? Ein Lichtstrahl durchbrach die finsteren Wolken der Sorge. Keyton. Er war real. Allerdings fühlte es sich falsch an, mich dazu zu zwingen, über uns zu schreiben.

Das war nicht der Grund, warum ich mit ihm zusammen sein wollte. Nicht um an mehr Material für meine Alben heranzukommen. Wenn er neben mir lag und die Arme um mich geschlungen hatte, wollte ich mich nie wieder bewegen müssen. Selbst wenn wir nur schweigend dasaßen, raste mein Herz. Und ich wusste auch, wie es war, der Mittelpunkt seiner Welt zu sein – einer Welt, die auseinandergerissen werden würde, wenn ich Tausende von Kilometern von ihm entfernt war.

»Was ist mit dem Song, den du für …« Sie lehnte sich zur Seite und wühlte auf ihrem Schreibtisch herum, bis sie einen Zettel fand. »… Spencer geschrieben hast? Holden hat ihn mir vor ein paar Wochen geschickt, und er ist jetzt bereit für die Top 100. Eine deiner besten Arbeiten. Bist du sicher, dass du Spencer den Song überlassen möchtest?« Skeptisch zog sie die Augenbrauen zusammen.

Das Lied für Spencer zu schreiben war mir leichtgefallen,

weil ich gewusst hatte, dass nicht ich ihn singen würde. Mein Quell der Inspiration war nicht versiegt, außer wenn es um Songs ging, die ich selbst performen wollte.

»So wie du vor Freude auf und ab springst, merke ich gleich, dass du mehr als bereit für ein Gespräch über Zahlen und eine Verhandlungsstrategie bist.« Ihr Glas schabte über den Tisch.

»Das ist es nicht. Ich bin … Ich weiß nicht, Maddy.« Allein das auszusprechen war schon unheimlich. So unheimlich wie ein Monster im Schrank einer Fünfjährigen. Dies war eine drohende Ungewissheit, die mein ganzes Leben und das Leben der Menschen, die mir nahe waren – die von mir abhängig waren –, in absolutes Chaos stürzen konnte.

»Du brauchst eine Pause.« Sie lehnte sich in ihrem Sessel zurück.

Ich erstarrte, bevor ich mich abrupt aufsetzte. »Hast du Wanzen in meinem Zimmer versteckt?«

Sie stand auf, und ihr Grinsen wurde breiter. »Diesen Ausdruck habe ich schon öfter gesehen. Du bist hier reingekommen, als wäre deine Batterie fast bei null Prozent. Und nach dem Angriff kann ich es dir wirklich nicht verübeln, dass du eine Auszeit brauchst.«

»Wäre das machbar?« Ich konnte jetzt keine Entscheidung treffen. Der Boden unter meinen Füßen schien sich zu bewegen, als würde ich auf Treibsand stehen. So viele Veränderungen auf einmal und nicht genug Zeit, um über alles nachzudenken. Nicht genug Zeit, um sicherzugehen, dass ich die richtige Wahl traf. Möglicherweise sollte ich damit warten, bis die Tour vorbei war und ich wusste, wie Keyton und ich uns schlagen würden. Mein Magen zog sich schmerzhaft zusammen, wenn ich mir ein Leben vorstellte, in dem wir beide noch für ein halbes Jahrzehnt oder länger unentwegt unterwegs wären, es nie schaffen würden, einen Ort zu finden, den wir Zuhause nennen konnten – wenn man einmal von den Armen des anderen absah.

Sie wirbelte in ihrem Stuhl herum und wandte sich ihrem Computer zu. »Ich kann die Verhandlungen noch ein paar Wochen hinauszögern. Aber sobald die Zahlen für die Tour reinkommen, wird das Label, bei dem wir unterzeichnen, eine Ankündigung machen wollen. Wenn wir warten, bis alles abgekühlt ist, wird es schwerer, in einem Verhandlungsgespräch die Oberhand zu behalten. Und dann kommen noch die Tourdaten dazu. Wir planen so eine Tour gerne mindestens achtzehn Monate im Voraus, da wir Techniker, Bühnenarbeiter und Background-Tänzer und -Sänger buchen müssen. Du weißt ja, was alles dazugehört.«

Ein paar Wochen waren nicht genug. So viele Menschen. Wenn ich ohne Vorwarnung den Stecker zog, würden sie ohne Arbeit dastehen. Sie wären wütend. Enttäuscht. Panische Angst kroch an meinem Nacken empor. Meine Ohren wurden warm. Nur wenige Wochen, um Entscheidungen für meine Zukunft zu fällen. Für die Lebensgrundlagen von Hunderten von Menschen. Und für meine Zukunft mit Keyton.

»Ein paar Wochen …«

»Vielleicht ein paar Monate. Du wirst mit der Tour beschäftigt sein. Ich werde Holden auf dem Laufenden halten. Mach dir keine Sorgen deswegen. Aber nimm dir die nächsten Wochen Zeit, und lass dich nicht von ihm drängen. Er wird schon noch seinen Anteil bekommen, um seine Uhren-Sucht zu befriedigen.«

Was würde ich wegen Holden unternehmen? Wenn ich einfach aufhörte, würde alles, was er in den letzten sechs Jahren für mich aufgebaut hatte, völlig aus dem Ruder laufen.

Meine Zeit hat nie wirklich mir gehört. Selbst die Ruhetage während meiner Periode waren vom alltäglichen Wahnsinn eingekesselt gewesen. Ich wusste nicht, ob ich überhaupt in der Lage wäre, mehrere Tage am Stück gar nichts zu tun. Möglicherweise könnte ich mich langsam daran gewöhnen. »Ich denke, ich würde gerne als Produzentin für andere Künstler arbeiten. So wie ich es mit Spencer gemacht habe.« Ich stellte mich auf die Fragen und die Verwirrung ein. Vielleicht würde Maddy mich sanft abweisen, mich aber dennoch wissen lassen, dass mich niemand ernst nehmen würde.

Maddy neigte den Kopf. »Das können wir gern ausprobieren. Bist du sicher, dass du dir noch mehr aufbürden möchtest?«

»Du kennst mich. Ich kann nicht aufhören zu arbeiten.« Das Geständnis, dass ich alles andere an den Nagel hängen wollte, lag mir auf der Zunge. Doch ich sprach es nicht aus. Ich konnte keine Entscheidung treffen, ohne vorher mit Keyton gesprochen zu haben und ihn zu fragen, wie er sich seine Zukunft vorstellte. Ich würde nicht einfach in seinem Apartment auftauchen und sagen: »Hey, weißt du was? Ich habe das Popstar-Dasein aufgegeben, jetzt können wir für immer zusammen sein. Aber kein Druck.«

»Holden hat Spencer als Opening Act für die nächste Tour vorgeschlagen. Wir könnten Spencer mithilfe deiner Shows durchstarten lassen, so wie wir es bei dir auch gemacht haben. Stell dir nur mal vor, was das für ihn bedeuten könnte.«

Mein Magen zog sich zusammen. Würde ich Spencer einer großen Gelegenheit berauben, wenn ich aufhörte? Das könnte die Chance seines Lebens sein.

Ich krallte die Finger in die Armlehne des Sessels. »Was, wenn ich ihn zu dieser Tour mitnehme? Für einen der letzten Abschnitte?« Wir könnten zusammen abhängen. Ich könnte ihm alles zeigen, Duetts mit ihm singen und meine Bühne nutzen, um seine Karriere jetzt schon in Schwung zu bringen, ohne dass alles von der nächsten Tour abhing – von der Tour, die möglicherweise nie stattfinden würde.

»Das könnte klappen. Wir haben noch nicht alle Opening Acts festgelegt. Du weißt, wie flatterhaft die Leute sein können.«

»Es wäre perfekt. Sein Sound ist unverwechselbar, und ich glaube, meine Fans würden ihn auch lieben.«

»Gut, das freut mich. Dann hast du außerdem noch einen Kumpel dabei. Ich weiß, dass es hart ist, so was alleine durchzuziehen. Die Jungs von *Without Grey* haben sich wenigstens gegenseitig, auch wenn sie sich in den letzten Jahren das ein oder andere Mal gerne gegenseitig umgebracht hätten.«

»Kannst du glauben, dass es schon ein Jahrzehnt her ist, dass ich auf ihrem Album gespielt habe?«

Wenn ich nicht bei Freddy gearbeitet hätte, wenn ich in jener Nacht damals keine Zeit gehabt hätte, wäre mein Leben heute völlig anders. Wenn Keyton mich nicht auf der Hintertreppe singen gehört hätte und die Inspiration für ein ganzes Album geworden wäre. Wenn er nicht beim Trainingslager aufgekreuzt und mich so auf die Palme gebracht hätte, dass ich vor allen gesungen hatte. So vieles in meinem Leben hing von ihm ab, und uns blieb nur noch weniger als eine Woche.

Etwas senkte sich auf meine Brust nieder, das unausweichliche Gewicht vernichtender Traurigkeit, die mich von allen Seiten einschloss. Ich spürte die Angst vor dem, was passieren würde, wenn sich der Verlauf unseres Lebens änderte und wir unsere gemeinsamen Pläne immer wieder absagen mussten. Vor dem, was aus uns werden würde, wenn die Realität uns beide einholte.

»Da sagst du was.« Sie setzte sich neben mich. »Kaum zu fassen. Nachdem ich damals auf ihrer ersten Sommertour mit ihnen umhergezogen bin, hätte ich nie gedacht, dass ich mal hier landen würde.« Sie deutete mit ihrem Glas auf den Raum.

»Das Büro ist ziemlich schick.«

»Man könnte auf jeden Fall sagen, dass ich ein wenig Hilfe dabei hatte, diesem Raum etwas Prunk zu verleihen.«

»Gehst du bald wieder mit den Jungs auf Tour?«

»Mal sehen. Wir werden alle älter.«

Maddy war nur vier Jahre älter als ich, doch das Leben veränderte sich schnell, wenn die Prioritäten wechselten. Das wusste ich nur zu gut, und es wurde mit jedem Tag deutlicher.

»Nach dem ganzen Wahnsinn des letzten Jahrzehnts überlegen die Jungs tatsächlich, sich zur Ruhe zu setzen. Wofür braucht man Ruhm und Reichtum, wenn man jede Nacht alleine in einem Hotelzimmer sitzt und Jack Daniel's in sich reinkippt?«

»Sprichst du da aus eigener Erfahrung?« Ich leerte mein Glas und stellte es auf den Tisch zwischen uns.

Sie lachte leise. »Ich hab Erfahrung damit, anderen Leuten die Flasche aus der Hand zu schlagen. Wenn wir eine kleine Tour hinkriegen, ohne dass sich alle gegenseitig wahnsinnig machen oder durchdrehen, versuchen wir's vielleicht im Frühling. Das Album fügt sich allmählich zusammen. Sobald es so gut wie fertig ist, können wir die logistischen Angelegenheiten klären.«

»Wir können alle froh sein, dass du uns in Schach hältst.«

Diesmal lachte sie lauter. »Aber nur, weil ich nie gut darin gewesen bin, mich selbst in Schach zu halten.«

Gelegentlich verschwand die Managerin Maddy kurz, und ich konnte einen Blick auf die chaotische Zweiundzwanzigjährige erhaschen, die sich mir mit einem ranzigen Rucksack und einer zerknitterten Verschwiegenheitsvereinbarung in der

Hand vorgestellt hatte. Sie war mit den Jahren entspannter geworden – weicher nach der Ära des steilen Aufstiegs.

Das Telefon auf ihrem Schreibtisch klingelte.

Sie beugte sich darüber. »Mist. Da muss ich rangehen, Bay. Du kannst gerne bleiben, bis ich fertig bin.«

»Ist okay. Dir ist der Alk ausgegangen.«

»Niemals!« Mit einem gespielten Keuchen der Empörung funkelte sie mich an. »Wie kannst du es wagen, mich so zu beleidigen?«

Ich presste grinsend die Lippen aufeinander. »Du lässt nach, Maddy.« Nach einer kurzen Umarmung überließ ich sie ihrem Anruf.

Eric wartete im Empfangsbereich, um mich zum Wagen zurückzueskortieren.

Ich holte mein Handy heraus und musste angesichts der Nachrichten im Gruppenchat mit Piper und Felicia lachen. Es handelte sich größtenteils um Gifs und wahllose Bilder von unserem gemeinsamen Tag, doch es fühlte sich gut an, zu wissen, dass sie nur eine Textnachricht entfernt waren und sie nicht das Gefühl hatten, mich damit zu stören. Mir ging es da genauso.

Ich schickte Emily eine Nachricht, damit jemand zu dem klimatisierten Truck ging, der als Lager diente und den wir mit auf Tour nehmen würden. Dort waren all die Dinge verstaut, die ich nicht den alltäglichen Aufs und Abs aussetzen wollte. Es war angedacht gewesen, sie irgendwann in mein eigenes Apartment mitzunehmen, doch das war sechs Jahre her, und ich brauchte sie jetzt.

Fünf Minuten vor dem Konferenzanruf mit London, den Holden angesetzt hatte, tauchte er außer Atem und mit geröteten Wangen auf.

Ich schlug den Ordner zu. Lief er buchstäblich umher und löschte Brände? Hatte er eine geheime Freundin? War er auf der Flucht vor einem Mafiaboss? »Rede mit mir, Holden. Was ist los mit dir?«

»Hmm, was? Nichts.« Er nahm sein Tablet und legte es auf den Tisch im Konferenzzimmer.

»Du verschwindest ständig.«

Er schnaubte. »Ich bin damit beschäftigt, dich beschäftigt zu halten.«

Das System teilte uns mit, dass wir einen eingehenden Anruf hatten. Mit schmalen Augen musterte ich Holden, der ihn mit einem charmanten Lächeln und selbstbewusstem Gehabe entgegennahm, als wäre nichts an seinem Verhalten in letzter Zeit merkwürdig gewesen.

Nach dem Telefonat packte Holden zusammen und floh aus dem Raum.

Bevor ich ihm hinterhereilen konnte, um ihn auf dem Boden festzunageln, damit er mir sagte, was zur Hölle los war, tippte Emily mir an den Arm.

»Ich habe das, worum du gebeten hast, in dein Zimmer gebracht.«

Mein Frust gegenüber Holden wuchs, doch das würde ich nicht an Emily auslassen. Außerdem war ich erleichtert darüber, dass es so schnell angekommen war. »Danke, Emily. Du bist eine Lebensretterin.«

Ihre Wangen liefen knallrot an, als hätte ich mit ihr geflirtet, während sie sich ihr Tablet an die Brust presste. »Ich mache nur meinen Job.«

»Ohne dich würde ich es nicht schaffen. Wirklich.«

Sie blickte auf. »Ich weiß, dass du es nicht besonders magst, wenn man dir überschwänglich schmeichelt, aber ich wollte dir noch sagen, dass für dich zu arbeiten mit das Aufregendste in meinem Leben ist. Dir bei deinen Auftritten zuzusehen wird niemals langweilig.«

»Selbst wenn du meinen Eimer halten musst?«

Die Tomatenröte verwandelte sich in das glühende Rot eines Feuerwehrwagens. »Jeder wird mal nervös. Ich könnte das niemals. In der Highschool habe ich einmal versucht, ein Solo im Chor zu singen, und musste mich so heftig übergeben, dass mir eine Ader im Auge geplatzt ist und ich mir geschworen habe, nie wieder zu singen. Du übergibst dich und singst dann trotzdem.«

Ich zuckte zusammen, da mich ihr Geständnis überraschte. Verheimlichte mir hier jeder etwas? »Du singst?«

Ihr Mund öffnete und schloss sich, bevor sie den Kopf schüttelte, als hätte ich gefragt, ob sie jemanden umgebracht hatte. »Nein, tue ich nicht. Nie.«

Doch ich sah ihn, den Wunsch in ihren Augen. Sie wünschte, sie könnte es, ohne vor Angst gelähmt zu sein. Den gleichen Ausdruck hatte ich damals gesehen, wenn ich in den Spiegel geblickt hatte und mich dazu zwingen wollte zu singen, obwohl kein Ton herauskam.

Vermutlich hatte sie das Gleiche getan. Was für eine Freundin wäre ich, wenn ich ihr da nicht helfen würde?

»Wann sind wir das nächste Mal im Studio?«

Ihre Kehle spannte sich an. Sie scrollte durchs Tablet, offensichtlich froh darüber, sich wieder gewohnten Dingen widmen zu konnen. »In zwei Tagen.«

»Perfekt.«

Vielleicht würde ich einen Song für sie schreiben. Einen, der auf eine unwiderstehliche Art nach ihr rief, sodass sie ihre Angst überwinden können würde. Ich selbst hatte das schließlich auch schon erlebt. Ihr dabei zu helfen, dem Würgegriff um ihren Stimmbändern zu entkommen, war das Mindeste, was ich tun konnte.

31

Keyton

Es war die perfekte Szene.

Am Nachmittag um kurz nach zwei benutzte Bay den Schlüssel, den ich ihr gegeben hatte, um mein Apartment zu betreten. Ich wollte, dass es ein Ort war, wo sie Zuflucht finden konnte, selbst wenn ich nicht da war. Und auch wenn sie nur noch wenige Tage in der Stadt war. Ich hatte ihr den Schlüssel unbedingt geben müssen. Ich musste einfach wissen, dass dies ein Ort war, an den sie stets zurückkehren konnte.

»Hey, ich dachte, du hast heute Nachmittag ein Team-Meeting. Ich wollte mir hier ein bisschen Ruhe gönnen, bevor du wiederkommst.«

Sie war nicht wie sonst mit ihrer Tasche hergekommen. Stattdessen trug sie den Gitarrenkoffer bei sich, den ich vier Jahre lang mit mir herumgeschleppt und mit dem ich Stunden verbracht hatte. Ich kannte jede einzelne Delle und Beule in dem Koffer. Ich würde ihn immer erkennen.

»Wir waren früher fertig. Du hast deine Gitarre mitgebracht.«

In meiner Brust brannte ein Feuer der Reue und der verlorenen Zeit. Ich hatte so viel Hoffnung und so viele Wünsche in die Reparatur dieses Instruments gesetzt. Lange hatte ich gedacht, es wäre unmöglich, doch nun war sie hier bei mir.

»Ist das okay? Ich verspreche dir, es wird nicht lange dauern. Ich muss ein paar Songs ausarbeiten, und im Hotelzimmer wollte es einfach nicht fließen.« Sie kickte sich neben der Tür die Schuhe von den Füßen und warf sie auf meinen Schuh-Haufen. Dann legte sie ihren Mantel ab und hing ihn neben meinen in den Schrank.

Ihr Arm umschlang meine Taille. Der Koffer stieß an meine Hand.

Ich strich ihr durchs Haar und küsste sie auf den Kopf. »Natürlich. Ich lasse dir deine Ruhe.«

Sie griff nach meiner Hand und schaute mir eindringlich in die Augen. »So habe ich das nicht gemeint.«

Ich küsste sie, neckte ihre Lippen mit meiner Zunge. »Ich weiß. Mach dein Ding. Hast du schon gegessen?«

Verlegen zog sie den Kopf ein. »Noch nicht.«

»Ich koche uns was.«

Ihr Lächeln war so süß wie Eiscreme. Sie lief ins Wohnzimmer, stellte die Gitarre ab und schob den Sessel näher ans Fenster. »Ich beeil mich.«

Nachdem sie mit einem Bleistift zwischen den Zähnen ihren Notizblock aus ihrer Tasche gefischt hatte, gab sie sich ihrer Musik hin.

Ich hatte ihr noch nie beim Kreieren zugesehen – nicht auf so direkte und intime Weise. Damals auf der Highschool hatte sie gerade erst wieder mit dem Singen angefangen und hatte sich durch ältere Songs gequält, während sie versucht hatte, ihre Stimme zu finden. In L.A. war sie von Sorge und Unsicherheit geplagt gewesen.

Diese Version von ihr war nicht annähernd so besorgt darum, wie sie klang – möglicherweise fühlte sie sich mittlerweile in meiner Nähe wohl genug, dass sie nichts an dem Prozess vor mir verbergen musste.

So bekam ich auch die schiefen Töne, verpatzten Akkorde und das frustrierte Stöhnen mit.

Als das Mittagessen fertig war, aß sie mit einer Hand, ohne mit der Arbeit aufzuhören, und schwor die ganze Zeit über, sie wäre gleich fertig. Ihr zuzusehen wurde zu meinem neuen Lieblingshobby.

Ich reichte ihr eine Tasse heiße Schokolade, die ich mit ihrer Mischung gemacht hatte. Eigentlich hatte ich sie mir aufsparen und genießen wollen, wenn sie fort war, doch ich würde mit den Konsequenzen leben können, wenn ich dafür miterleben durfte, wie sie an der Tasse schnupperte und ein breites Grinsen aufsetzte.

Ihre Stimme klang nicht länger so zögerlich wie in unseren ersten Nächten im Studio. Es lag kein Hauch der Hoffnung mehr darin, dass niemand sie hörte. Ich spürte nichts von der Nervosität, die sie vor einem Auftritt ausstrahlte.

Da ich mich nicht wie ein absoluter Stalker fühlen wollte, der sie die ganze Zeit beobachtete, schnappte ich mir meinen Skizzenblock und setzte mich einige Meter von ihr entfernt auf die Couch.

Sie war schwer konzentriert, und das versuchte ich einzufangen – nicht nur den Ausdruck auf ihrem Gesicht, sondern auch wie sich unsere gemeinsame Zeit anfühlte.

Wenn sie erst einmal fort war, würde ich nach Hause kommen und nur noch hoffen können, sie eines Tages wieder so anzutreffen: vollkommen vertieft in ihre Musik, sodass sie sogar vergaß zu essen, weshalb ich das Kochen für sie übernehmen würde, damit sie weitermachen konnte, bis ihre Muse endlich müde wurde.

Die Sonne war untergegangen, und ihr Handy klingelte in ihrer Tasche bei der Eingangstür.

Ihr Kopf schnellte hoch, und sie starrte mich mit großen

Augen an, bevor sie wild den Kopf herumriss, um nach draußen zu schauen. In der Reflexion des Fensters sah ich zwei Bays. »Oh mein Gott, es ist schon so spät.«

Sie sprang auf, sodass ihr Notizblock zu Boden fiel und ihr Stift über den Teppich rollte. »Tut mir leid. Ich habe nicht … Ich habe es nicht mal gemerkt.«

»Bay, ist schon gut. Geh an dein Handy.«

»Kannst du die halten?« Sie streckte mir ihre Gitarre entgegen. Die, die ich zerstört hatte. Die ich wieder zusammengesetzt hatte. Und in diesem Moment wusste ich es.

Bay hatte mir vergeben. Nicht nur in Worten oder Gedanken. Nicht einmal bewusst. Sondern durch und durch, bis in die Tiefen ihrer Seele.

Ich nahm die Gitarre entgegen und versuchte ehrfürchtig, meine Emotionen unter Kontrolle zu behalten, bevor sie mich überwältigten. Ich sperrte sie nicht weg. Doch all das zu fühlen traf mich schwer. Die Freude. Der Schmerz. Die Angst. Die Liebe.

Die Liebe, die ich jetzt für sie empfand, stellte jede Emotion, die ich vorher für sie empfunden hatte, in den Schatten: die Liebe meines jugendlichen Ichs, die aus dem Verlangen heraus geboren worden war, eine Verbindung zu jemandem aufzubauen. Ebenso wie die Liebe jenes jungen Mannes, der gerade frisch das College abgeschlossen hatte und seine Angebetete quasi auf ein Podest gestellt hatte.

Nun empfand ich die Liebe eines Menschen, der den Rest seines Lebens mit ihr verbringen, sich in ihrer Liebe sonnen und der beste Mann für sie sein wollte.

Nachdem sie ihr Telefonat beendet hatte, spielte sie mit ihren Haarspitzen. »Ich muss jetzt gehen. Aber ich könnte heute Nacht wieder zurückkommen, wenn das für dich okay wäre. Ich weiß, dass du morgen früh rausmusst. Und es tut mir leid, dass ich so lange gebraucht habe. Ich … So wollte ich einen unserer letzten Abende eigentlich nicht verbringen.«

»Wir werden noch viele Abende haben.« Mir schnürte sich die Kehle zu. Emotionen rasten durch meinen Körper: Reue darüber, dass wir Zeit verlieren würden, wenn ich morgen früh ging. Freude darüber, wie aufgeregt sie war, weil sie zu mir zurückkommen konnte. Liebe für sie. »Natürlich. Ich werde auf dich warten.« Ich begleitete sie zur Tür.

»Das musst du nicht.« Sie schnappte sich ihre Schuhe und schob ihre Füße hinein.

»Ich möchte aber.« Ihr Grinsen wurde breiter, und sie legte die Arme um meine Schultern.

»Ist es okay, wenn ich meine Gitarre hierlasse?«

Ich rieb meine Nase an ihrer. »Ich passe für dich auf sie auf.«

Ein Kuss auf meine Lippen. »Ich weiß.«

Sie war zu lange fort, und die Zeit, die ich mit ihr hatte, war viel zu kurz.

Den ganzen Abend über saß ich da und ließ die Stunden Revue passieren, die wir gemeinsam verbracht hatten. Ich wollte, dass sich die Jahre bis in die Unendlichkeit ausdehnten, um wahrlich mit ihr zusammen zu sein. Das Einzige, was mir Sorge bereitete, war der Gedanke an eine Familie. Ich wollte eine mit ihr gründen, hatte jedoch gleichzeitig schreckliche Angst davor.

Eine Familie. Nicht nur Bay, sondern auch Kinder. So wie sie über ihre Zukunft sprach und angesichts der Tatsache, wie gut sie mit Kindern umgehen konnte, wusste ich, dass sie welche haben wollte. Allerdings hatten wir noch Zeit. Sie würde ihre Tour machen, und ich würde jeden Tag mit Monica reden, wenn es nötig wäre, um die Furcht hinter mir zu lassen, die mich jede Nacht hochschrecken ließ.

Die Tür wurde um kurz vor eins aufgestoßen. Ich ließ meinen Skizzenblock sinken, mein Bier hatte ich längst ausgetrunken.

Sie eilte zu mir. »Tut mir leid, dass ich so spät komme. Es sollte eigentlich gar nicht so lange dauern.«

Ihre Stimme klang aufgewühlt.

Ich stand auf und legte meinen Block ab, bevor ich sie umarmte. »Du hast viel zu tun. Das verstehe ich. Ich bin noch wach, weil ich nicht schlafen konnte. Glaub mir, ich hätte es sehr genossen, wenn du mich damit geweckt hättest, dass du zu mir ins Bett steigst.«

Ihr Körper sackte erleichtert in sich zusammen. »Wann musst du morgen los?«

»Um sechs.«

»Ich bin in vier Tagen weg.« In ihren Augen glänzten unaufhaltsame Tränen. »Du bist die nächsten zweieinhalb Tage nicht hier.« Das Zittern ihrer Stimme versetzte meinem Herzen einen Stich. Es war nie genug Zeit.

»Dann müssen wir eben alles aus unserer Zeit rausholen. Ich gebe dir etwas, an das du dich erinnern kannst.«

Hand in Hand betraten wir mein Schlafzimmer, das, wenn es nach mir ging, auch ihres sein sollte.

Ich schälte ihr die Kleider vom Körper, dabei ließ ich mir Zeit, um jeden Zentimeter ihrer freigelegten Haut zu genießen.

Ihre Hände fingerten an meinen Klamotten herum.

Obwohl unser Countdown unaufhaltsam ablief, hatten wir es diesmal nicht so eilig wie sonst.

Dies würde nicht das Ende sein. Wir würden nicht Lebewohl sagen, egal wie viele Kilometer bald zwischen uns liegen würden.

Im Bett erkundeten wir gegenseitig unsere Körper. Mein

Kopf lag zwischen ihren Schenkeln vergraben, während ihr Mund sich meinem Schwanz widmete und sie ihr volles sexuelles Arsenal anwendete, bis ich schließlich nach einem Kondom griff und in sie eindrang.

Wir drängten und rieben uns aneinander, unsere Körper waren sich so nahe, dass ich ihren Atem auf meiner Wange spürte.

Ihr Höhepunkt war heftig, und sie zog sich so stark um mich zusammen, dass ich Sterne sah. Dann brachen wir verschwitzt und befriedigt zusammen.

Ich schlief neben ihr ein, und das letzte Stück meines inneren Friedens rückte an seinen Platz. Ich wusste, wie mein Leben mit und ohne sie aussah. Ohne sie zu leben, war keine Option.

Ich wachte auf, noch bevor sich die Sonne am Horizont zeigte.

Ich saß in meinem Sessel und beobachtete sie beim Schlafen. Mein Skizzenblock lag auf meinem Schoß. Die Zeichnung darauf wurde ihr nicht im Geringsten gerecht.

Nachdem ich kurz vor Sonnenaufgang aus dem Bett gestiegen war, hatte ich nach meinem Stift gegriffen, weil das Kribbeln in meinen Händen nicht mehr zu ertragen gewesen war.

Ihr Bein lugte unter der Decke hervor, und sie hielt das Kissen im Arm, auf dem ich geschlafen hatte.

»Wirst du mich jetzt die ganze Zeit zeichnen, oder kommst du wieder zurück ins Bett?«, murmelte sie mit halb in den grauen Kissenbezug vergrabenem Gesicht.

»Woher wusstest du, dass ich dich zeichne?«

Sie öffnete ein Auge, in dem Belustigung glänzte. »Den Blick habe ich schon früher gesehen. Damals in Greenwood. Du wirkst immer extrem konzentriert und zufrieden, wenn du zeichnest. Als wärst du völlig im Hier und Jetzt, würdest den Moment gleichzeitig erleben und einfangen.«

Diese Frau kannte mich wie niemand sonst auf der Welt. Ihr gehörte jede Faser meines Seins, und sie setzte jeden Strang meiner Seele in Brand. Ich legte den Block und den Stift auf den Boden, bevor ich zu ihr ins Bett kroch. »Ich muss dir etwas sagen.« Ich legte mich neben sie und berührte ihre Wange mit meiner Hand, bevor ich mit den Fingern über ihre Haut strich.

Ihre Augen weiteten sich, doch sie erwiderte nichts, sondern wartete auf mich.

»Ich weiß schon länger, wie ich für dich empfinde, aber ich wollte nichts überstürzen. Ich wollte nicht, dass du dich zu irgendwas gezwungen fühlst oder dass du denkst, ich wäre nur mit dir zusammen, um irgendeinen Vorteil für mich herauszuschlagen.«

»Das würdest du nie tun.«

»Ich hatte so meine Momente.« Mein Daumen glitt über ihre Lippe.

Ich stand am Rand eines Abgrunds, und der Wind peitschte mir um die Ohren. Die Splitter und Scherben machten mir keine Angst mehr. Sie konnten mich nicht davon abhalten, ihr alles von mir zu geben.

»Es hat mal jemand gesagt: ›Wenn ich es jetzt nicht tue, werde ich die Frage für den Rest meines Lebens im Kopf mit mir herumtragen.‹ Du bist meine Frage. Die, die seit dem ersten Abend, an dem ich dich singen gehört habe, in meinem Kopf herumspukt. ›Wie kann ich der Mann sein, den sie verdient?‹«

Sie begegnete meinem Blick mit schimmernden Augen. »Das bist du schon. Zwar habe ich das Gefühl, dich nicht verdient zu haben, aber ich möchte nicht, dass du jemals daran zweifelst, wie ich für dich empfinde. Ich hasse es, dich allein lassen zu müssen.«

Ich schob ihr eine Haarsträhne hinter das Ohr. »Aber du musst.«

Ihr Kehle spannte sich an, und sie nickte.

»Ich liebe dich, Bay.«

Eine Träne floss aus ihrem Augenwinkel.

Ich hasste es, sie weinen zu sehen, doch ihr Lächeln linderte die Enge in meiner Brust ein wenig.

Sie ließ ihre Arme unter meine gleiten und hielt mich fest an sich gedrückt. »Und ich liebe dich schon, solange ich denken kann. Selbst als ich dagegen angekämpft habe. Selbst als ich versucht habe, so zu tun, als wäre es anders. Selbst als ich gegangen bin. Ich habe dich immer geliebt.«

»Ich werde dich immer lieben.« Ich hatte meinen eigenen Sonnenaufgang in meinem Bett gefunden, eingewickelt in meine Laken und mit dem Kopf auf meinem Kissen. »Es wird niemals eine Frau geben, die so perfekt zu mir passt wie du.«

»Jetzt übertreibst du vielleicht ein bisschen. Ich bin mir sicher, da draußen sind viele Frauen, die perfekt zu dir passen würden.«

»Niemals. Ich könnte nie auch nur eine Sekunde bereuen, die ich mit dir verbracht habe. Mit dem ersten Ton, den du gesungen hast, hast du einen Akkord in meiner Brust angeschlagen, der seit zehn Jahren nachhallt. Da draußen kann es keine andere geben, weil es keine andere Bay gibt.«

»Vielleicht solltest du ein paar Lieder für mein nächstes Album schreiben. Deine Worte würden wahnsinnig tolle Texte abgeben.«

Ich lächelte. Die Stimmung war von einem Augenblick der Seelenoffenbarung zu seliger Zufriedenheit übergegangen. »Du kannst sie haben. Füge sie deinem Buch hinzu, und wenn du unterwegs bist, kann du sie lesen und an mich denken.«

»Dafür brauche ich kein Notizbuch.« Ihre Umarmung wurde fester. »Wie lange noch, bis du losmusst?«

Ich hob den Kopf und sah auf die Uhr. »Noch fünfunddreißig Minuten.« Ich strich mit der Hand über ihr Haar und küsste ihre Schläfe. Das Leuchten in meiner Brust gab mir das Gefühl zu schweben.

»Darf ich deine Skizze mitnehmen?«

»Möchtest du?« Mein Herz setzte einen Schlag aus.

»Ich liebe es zu sehen, wie du mich siehst. Dann werde ich mich fühlen, als wärst du noch bei mir.«

»Selbst wenn ich es nicht bin, bin ich es trotzdem.«

Wir würden einen Weg finden.

32

Bay

Ich war versucht gewesen, für sein letztes Spiel nach Wisconsin zu fliegen, um ihn zu sehen. Unsere gemeinsame Zeit schwand so schnell dahin, dass ich mir wünschte, dass meine schier endlos langen Arbeitstage tatsächlich niemals endeten, nur damit der Dienstag nicht kam. Doch das Wochenende nahm ein Ende, und er kam zu mir zurück.

In ein Flugzeug zu steigen war schon lange nicht mehr aufregend, doch diesmal ballte sich kaltes Grauen in meinem Inneren zusammen.

Auch wenn ich mir gerade nichts sehnlicher wünschte als einen ruhigen Abend mit Keyton zu Hause, gab es Verpflichtungen, die damit einhergingen, wer ich war, und sie waren nicht alle schlecht. Holden war wieder einmal verschwunden, und Emily erholte sich gerade von einer Erkältung, weshalb sie sich zurückgezogen hatte, damit sie niemanden ansteckte. Sie schüttete haufenweise Orangensaft und Halstabletten in sich hinein.

Keytons Reise hatte sich einerseits unendlich lang angefühlt, war aber andererseits viel zu schnell vorbei gewesen, sodass das Ende des Countdown für den Beginn meiner Tour kurz bevorstand.

Nachdem wir uns mit atemberaubenden Orgasmen in meiner Suite begrüßt hatten, hatten wir uns wieder präsentabel hergerichtet. Mittlerweile diktierte mein Handy den ganzen Tagesablauf, da Holdens Abwesenheit eine neue Dimension angenommen hatte.

Ich konnte nur hoffen, dass er nicht mehr so abgelenkt sein würde, sobald die Tour losging. Wenn wir bald stundenlang zusammen in einem Tourbus festsaßen, würde er meinen Fragen nicht mehr aus dem Weg gehen können. Möglicherweise würden Emily und ich eine Aufklärungsmission starten können, wenn er sich mit seinen Londoner Freunden davonschlich. Sollte er ein ernsthaftes Problem vor mir verbergen, dann schwor ich, dass ich ihm dafür in den Hintern treten würde.

Heute ging es allerdings um mich und Keyton, nicht meinen verfluchten Manager. Keyton und ich würden uns nicht in meinem Zimmer oder seinem Apartment verkriechen. Wir mussten ein wenig frische Luft tanken, und meine Vagina brauchte ein paar Stunden Ruhe. Sie war ordentlich beansprucht worden. Es gab endlose Möglichkeiten außerhalb unserer vier Wände, doch da unsere Beziehung nun offiziell bekannt gegeben worden war, hielten die Leute nach mir Ausschau, wenn sie ihn erspähten. Und das erschwerte es mir, unerkannt zu bleiben. Also hatten wir für heute Abend einen Tisch reserviert. Wer würde diesen gut angezogenen Augenschmaus nicht stolz vorzeigen wollen?

Während wir durch die Küche gingen, drehten sich einige der Souschefs und Küchenmitarbeiter um und beobachteten, wie wir an den lodernden Pfannen und den Edelstahlregalen vorbei zum Tisch des Küchenchefs am hinteren Ende der Küche geführt wurden.

»Holden hat das hier als Gefallen für das Restaurant arrangiert. Bevor das Michelin-Team vorbeikommt, um den Laden wegen der Sternvergabe zu prüfen, wollen sie noch eine nennenswerte Persönlichkeit hiergehabt haben. Wir müssen nicht bis zum Ende bleiben.«

»Lass mich doch einen Abend mit meiner Freundin genießen«, flüsterte er mir ins Ohr und legte mir eine Hand auf den unteren Rücken.

Das Kribbeln, ausgelöst von der Berührung, wanderte an meinem Rückgrat hinauf.

Die Art, wie er das sagte, sorgte dafür, dass ich mich wieder so fühlte, als wäre ich in der Highschool und würde mit dem Football-Star der Schule zum Abendessen ausgehen. Und auf gewisse Weise war ich immer noch das Mädchen von damals.

Abgesehen von Mom, Piper, Felicia und Spencer war er vermutlich der Einzige, der mich so sehen konnte – mein wahres Ich –, ohne all die ungewöhnlichen Dinge, die mich umgaben, wie zum Beispiel Eric, der uns hinterherlief, als hätte ich ihn beim Überschusslager des Secret Service aufgegabelt.

Der Oberkellner öffnete die Tür des abgelegenen Raums mit den halbhohen Fenstern, die den Blick auf die Küche freigaben.

Wie ein Straßenmagier zauberte Eric einen Stuhl aus dem Nichts hervor und stellte ihn außen neben der Tür ab.

Ich lehnte mich zu ihm hinaus. »Du kannst auch reinkommen, weißt du?«

»Nicht nötig.«

»Ernsthaft, Eric. Wir können dich durch die Glastür sehen.«

Er zog eine Augenbraue hoch. »Und das bedeutet, dass auch alle anderen euch sehen können.«

Touché. Inzwischen war ich wesentlich weniger nachlässig, was die Sicherheitsmaßnahmen anging, auf die Eric und Holden seit dem Angriff bestanden. Meine Leine war gerade lang genug für den Weg zu Keytons Apartment, und auch den durfte ich nur allein zurücklegen, wenn ich meine komplette Winterverkleidung anlegte.

Ich nahm dem Kellner die Speisekarte ab und reichte sie Eric. »Bestell dir wenigstens was zu essen, damit ich mich nicht wie ein absolutes Arschloch fühle.«

»Ich esse nicht während der Arbeit.«

»Dann sollen sie es zum Mitnehmen einpacken.«

Seine Miene blieb stur.

»Bitte.«

Er bedachte mich mit einem finsteren Blick und zögerte, bevor er mir schließlich die Karte abnahm und sich setzte.

Keyton und ich nahmen an dem Vierertisch Platz, auf dem Teelichte und ein frischer Rosenstrauß hübsch arrangiert worden waren. Er zog meinen Stuhl für mich heraus, und dann begutachteten wir die Karte.

»Heilige Scheiße, hier gibt es zwölf Gänge und zu jedem einen passenden Wein.«

Er lachte und legte mir unter dem Tisch eine Hand auf das Knie.

»Wenn ich so viel trinken würde, dann müsstest du mich über die Schulter werfen und mich hier raustragen.«

Seine Finger strichen über meinen Oberschenkel und jagten Wogen der Lust durch meinen Körper. »Klingt doch nach einer wunderbaren Art, ein nettes Abendessen zu genießen.« Noch während ihm der Satz über die Lippen kam, verrieten mir seine Finger, was er eigentlich meinte: »Ich will dich an die Wand des Badezimmers drücken.«

»Vielleicht können wir fragen, ob wir wie Eric alles zum Mitnehmen haben können.«

Bevor wir unseren Fluchtplan ausarbeiten konnten, betrat der Chefkoch das Zimmer und stellte sich uns vor.

Keyton und ich neckten uns abwechselnd mit verstohlenen

Berührungen und Streicheleinheiten unter dem Tisch. Das Ganze war auf eine Art verspielt und unterhaltsam, die sich nach einer neuen Norm für uns anfühlte. Ich würde diese Nähe vermissen, wenn ich am Dienstag flog, doch ich würde sie nicht zurücklassen.

Wir würden es schaffen. Wir würden es hinbekommen. Wenn wir selbst nach allem, was wir uns innerhalb eines Jahrzehnts gegenseitig angetan hatten, noch gemeinsam hier waren, dann würden wir auch ein paar Wochen der Trennung aus beruflichen Gründen durchstehen.

Sobald seine Saison beendet war, würde er die Schlafkabine im Tourbus mit mir teilen und jedes Hotelzimmer in einer neuen Stadt zu einem neuen Abenteuer machen. Vielleicht würden wir uns hinausschleichen und ein wenig auf Erkundungstour gehen können. Verkleidungen und Eric, der uns mit etwas Abstand folgte, würden es uns ermöglichen, durch die Straßen von Rom und über die Weihnachtsmärkte von Berlin zu schlendern. Der Gedanke daran, wie aufregend es sein würde, mit Keyton versteckte Schätze zu entdecken, vertrieb ein wenig des Herzschmerzes, der versuchte, unsere letzten gemeinsamen Tage zu verderben.

Als wir das Restaurant verließen, legte er mir einen Arm um die Schulter und hielt mich fest an sich gedrückt. Mein Atem bildete kleine Wölkchen vor meinem Gesicht, was mir einen berechtigten Grund verschaffte, mich noch dichter an ihn zu kuscheln und mich an seinem Mantel festzuhalten, um meine Finger aufzuwärmen.

Im Wagen fuhr er die Konturen meiner Lippen mit seinem Daumen nach. »Du bist wunderschön.«

So wie ich mich fühlte, wenn er das sagte, könnte man meinen, dass noch nie jemand mir gegenüber diese Worte geäußert hätte – dass Menschen sie mir nicht bereits aus voller Kehle zugeschrien hätten. Doch er sprach sie aus, und er sah mich, jeden Teil von mir.

»Wenn ich bei dir bin, fühle ich mich wie ich. Wie mein wahres Ich.«

Er strich mit den Fingern über meine Wange. »Ich möchte, dass du mir gegenüber immer dein wahres Ich zeigen kannst. Das möchte ich, solange du mich lässt.«

»Und wenn das für immer wäre?«

»Dann wäre mir dein Wunsch Befehl.« Er fing meine Lippen mit seinen ein, ließ all die Liebe und die Leidenschaft in jede Berührung seiner Zunge und jedes sanfte Knabbern fließen.

»Ich möchte, dass wir echt sind.«

»Echt und für immer. Zwei Versprechen, die sich leicht geben lassen.«

Ich versank in seiner Umarmung und lehnte den Kopf an seine Schulter. Meine Zukunft wurde klarer – eine Zukunft ohne das hektische, niemals enden wollende Leben und dafür mit dem Mann, dem ich vor über zehn Jahren mein Herz geschenkt hatte.

Mit vollerem Magen, als eigentlich gut gewesen wäre, und einem Hauch von Übelkeit schaffte ich es zur Suite. Da wir am Morgen Telefonate mit London führen mussten, war es einfacher, wenn wir in meiner Suite übernachteten und nicht in Keytons Apartment, auch wenn ich viel lieber dort geschlafen hätte. Es fühlte sich mehr an wie ein Ort, an dem Menschen lebten, und weniger wie ein Ort, an dem man nur auf Durchreise war.

Obwohl ich meine Kleider in den Schubladen und Schränken des Schlafzimmers verstaut hatte, in dem ich bereits fast zwei Monate lang wohnte, fühlte es sich immer noch nicht wie ein Zuhause an.

Keytons Liebeserklärung gestern war der letzte Anstoß gewesen, den ich gebraucht hatte, um Maddy die Wahrheit zu sagen und endlich zu entscheiden, welchen Weg ich einschlagen wollte. Früher waren Auftritte alles gewesen, woran ich hatte denken können, doch nun waren sie nicht länger mit dem Leben kompatibel, das ich mir wünschte: eines, das von Freunden und Familie erfüllt war und nicht von einem anstrengenden Terminplan und einer nie enden wollenden Liste von Verpflichtungen bestimmt wurde, die mich nur weiter von den Menschen entfernten, die ich liebte.

Es war ein Leben mit Keyton, in dem ich das Beste von allem, was ich bisher erlebt hatte, haben können würde. Ich würde meine Musik und den Mann haben, der mich genauso leidenschaftlich und unwiderruflich liebte wie ich ihn.

Auf dem Tisch im Zimmer stand ein Korb. Mein Korb voller Goodies, den ich immer dann geliefert bekam, wenn die sechsunddreißig Stunden Ruhe während meiner Periode anstanden.

Mein Handy kündigte einen Anruf von Holden an.

»Hey, Bay. Sorry, dass der Korb so spät angekommen ist. Ich dachte, Emily kümmert sich drum, aber da sie krank ist, musste ich schnell zusehen, wie ich ihn zu dir bekomme. Ist alles da, was du brauchst?«

Keyton starrte hinab auf den Korb mit Tampons, Binden, Goobers, extra weichen Cookies mit Erdnussbutter und Schokochips und einer Notiz, auf der stand, dass die neue Staffel von House Hunters auf dem Fire-TV-Stick gespeichert sei.

Ich starrte ebenfalls den Korb an, während mich die Erkenntnis traf wie ein Eimer Eiswasser. »Ja, ich habe alles. Wir reden später.« Meine Lippen waren taub.

»Brauchst du Hilfe beim Packen? Wir fliegen morgen Abend um sechs.«

»Morgen Abend, sechs Uhr. Verstanden. Ich werde fertig sein.« Ich beendete das Gespräch und musterte entgeistert die Schachtel, die normalerweise das Signal dafür darstellte, dass ich zwei Tage lang am liebsten sterben würde, in denen ich jedoch wenigstens meine Ruhe hatte. Mein Magen zog sich zusammen und wollte sich kein bisschen beruhigen. Allerdings handelte es sich dabei nicht um das Unwohlsein, das ich normalerweise verspürte, wenn ich meine Periode hatte.

Keytons Blick zuckte zwischen mir und dem Korb hin und her. »Hast du deine Tage?«

Ich neigte den Kopf. »Du warst buchstäblich vor wenigen Stunden in mir.«

Seine Nasenflügel bebten, und die Tamponschachtel in seiner Hand zitterte. »Aber du solltest deine Tage haben.«

»Ja.« Ich nahm sie ihm ab und legte sie zurück in den Korb.

»Und du bist überfällig.«

Ich raufte mir die Haare und wandte den Blick ab, bevor ich mich auf die Couch setzte. »Ja.« In vierzig Wochen wäre August. Die Tour endete im Juli. Was zur Hölle dachte ich da gerade? Ich würde keine komplette Tour bewältigen können, während ich schwanger war. Auf der Bühne vor Zehntausenden Menschen zu gebären klang für mich nicht wirklich nach Spaß.

Ich sprang auf und tigerte durchs Zimmer, während ich an meinen Haarspitzen zog.

»Wie lange?« Keytons Stimme durchbrach die Lawinen an Gedanken, die in meinem Kopf aufeinanderprallten.

»Einen Tag. Ich bin einen Tag überfällig.« Die Vorfreude auf Keytons Rückkehr hatte sämtliche Gedanken an meine Periode vertrieben, und da der Korb nicht angekommen war, hatte auch er mich nicht daran erinnern können. Ich war so abgelenkt gewesen wie selten.

»Wie oft kommt das vor?«

Ich blieb stehen und starrte wieder den Korb an. »Nie.« Nicht einmal während Touren und beim Reisen durch verschiedene Zeitzonen. Mein Zyklus war so konstant, dass ich meinen Tourplan darum herum planen konnte. Ich hatte mich immer darauf gefreut, da es mir Zeit für mich gab, in der ich Reality-TV gucken, ungesundes Essen in mich hineinstopfen und im Wachzustand einfach mal zwölf Stunden lang allein sein konnte.

»Oh.« Ein Wort. Mehr folgte darauf nicht.

Damit hatte ich nicht gerechnet. Ich wartete darauf, dass die Panik darüber einsetzte, was ich jetzt tun sollte. Doch das tat sie nicht. Ich fühlte mich ruhig. Das hier wäre die perfekte Gelegenheit, mich zurückzuziehen, die Möglichkeit, von der ich nicht gewusst hatte, dass ich danach gesucht hatte, um von dem Hamsterrad abzuspringen und etwas Echtes für mich aufbauen zu können.

Dann trafen mich Schuldgefühle, weil ich nicht an das Wohlergehen dieses potenziellen Babys dachte, sondern nur daran, dass es mir die Chance bieten würde, das Leben hinter mir zu lassen, das ich mir aufgebaut und von dem ich immer geträumt hatte.

Ich sah all meine Empfindungen der letzten Zeit mit neuen Augen: Waren meine Brustwarzen so empfindlich, weil Keytons Liebesbekundungen noch besser geworden waren oder weil ich schwanger war? Rumorte mein Magen so stark, weil ich zu viel gegessen hatte, oder war das die Morgenübelkeit, die bekanntlich nicht die Uhr lesen konnte? Schaute er mich schockiert an, weil dies schockierende Neuigkeiten waren, oder hatte das seinen Wunsch, mit mir zusammen zu sein, vollkommen verändert?

33

Keyton

Ich blieb noch wach, nachdem Bay eingeschlafen war. Wir waren beide ein wenig apathisch gewesen, nachdem uns die Erkenntnis getroffen hatte. Keiner von uns schien die richtigen Worte zu finden. Wir hatten separat geduscht, beide verloren in unserer eigenen Welt aus fassungslosem Schweigen und turbulenten Gedanken.

Wir lagen zusammen im Bett, ihr Kopf ruhte auf meiner Brust, wo sie eingeschlafen war. Ihre gleichmäßigen Atemzüge strichen warm und sanft über meine Haut. Ich starrte gedankenverloren an die cremefarbene Decke und versuchte, die Fäden meines sich auflösenden Lebens im Griff zu behalten, die langsam unter dem Druck nachgaben und kurz vorm Reißen standen.

So lange war ich vorsichtig gewesen. Nicht nur, weil es unzählige Möglichkeiten gab, wie man in schwierige Situationen kommen konnte, sobald es um ein Kind ging, sondern auch, weil ich nicht in der Lage war, ein guter Vater zu sein. Ich war ja kaum ein guter Mensch.

Die Narben reichten tief. Das wusste ich nun. Ich hatte so lange versucht, so zu tun, als wäre alles in Ordnung. Es hatte Jahre gebraucht, bis ich diesen Punkt erreicht hatte, um endlich der Mann zu sein, von dem ich geglaubt hatte, mich in ihn verwandeln zu können. Der Mann, den sie brauchte, sogar der Ehemann, der ich sein wollte.

Ich hatte bereits einen Juwelier wegen eines Rings kontaktiert. Im Laufe der nächsten Monate unbemerkt Fragen in unsere Gespräche mit einfließen zu lassen, um herauszufinden, was für einen Ring sie sich wünschte, wäre keineswegs leicht geworden, doch ich hatte gewollt, dass er sie vollkommen von den Socken haute. Ich hätte wohl schon nach unserer ersten gemeinsamen Nacht mit der Suche nach einem Ring anfangen sollen, allerdings hätte uns doch eigentlich mehr Zeit bleiben sollen. Mir hätte mehr Zeit bleiben sollen.

Meine Brust zog sich zusammen, das Atmen fiel mir so schwer wie schon seit dem Trainingslager nicht mehr. Panik war im Anmarsch und drohte mich zu überwältigen. Schweiß stand mir auf der Stirn, und meine Hände waren klamm. Ich glitt aus dem Bett und schnappte mir mein Handy.

Auf dem Weg aus dem Schlafzimmer stützte ich mich an der Wand ab und schlurfte das letzte Stück. Ich schloss die Badezimmertür, ohne vorher das Licht einzuschalten. Mein Handybildschirm sorgte für genug Helligkeit. Die glatte Hülle glitt über meine Hand, während ich meine Kontakte durchsuchte und bei dem richtigen Namen ankam.

Ich raufte mir die Haare, während ich mich mit jedem Klingeln mehr anspannte. Als sie beim achten Mal endlich ranging, verspürte ich ein wenig Erleichterung.

»Monica? Hallo, Monica? Ich muss dich sehen.«

»Was zur Hölle?« Sie gähnte. »Weißt du, wie spät es ist?«

»Ich muss dich sehen.«

»Was ist passiert? Was ist los?« Ihre Stimme klang nun ein wenig wacher, obwohl es mitten in der Nacht war.

Das Pochen in meinem Kopf nahm zu. »Kann ich zu dir kommen?«

»Natürlich. Keyton, was ist los?«

»Ich werde in ein paar Stunden da sein.« Ich legte auf und öffnete die Badezimmertür.

Dann schrie ich auf und musste mich zurückhalten, um die Person vor mir nicht zu schlagen. Ich presste mir die Hand gegen die Brust. Nur eine weitere Erinnerung daran, dass ich der Sache nicht gewachsen war. Was, wenn ich sie geschlagen hätte? Wenn ich unser Kind schlug? Es stand nicht außer Frage, dass ich vergaß, wo ich war, wenn ich mitten in der Nacht von einem Kind aufgeweckt wurde. Mir kam die Galle hoch und drohte mich zu ersticken.

Bay stand im Schatten des Flurs, ihre Haare waren vom Schlaf zerzaust, und sie hatte die Arme um ihre Mitte geschlungen.

»Du gehst.« Es war keine Frage.

Ich versuchte, mich an ihr vorbeizuschieben, doch sie verstellte mir den Weg.

»Ich muss mich um ein paar Dinge kümmern.«

Sie streckte ihre Hand nach meiner Brust aus, berührte sie jedoch nicht. »Wenn ich nicht aufgewacht wäre, hättest du mir dann gesagt, dass du gehst?«

Mein Kiefer verspannte sich. »Vielleicht wollte ich ja mal derjenige sein, der heimlich abhaut.« Fuck. Das war unangebracht. Aber ich musste hier weg. Die Wände rückten näher, und ich kam nicht damit zurecht.

Sie keuchte, die Augen hatte sie so weit aufgerissen, dass ich selbst bei dem schwachen Licht das Weiße darin erkennen konnte. »Ich könnte schwanger sein, und du läufst weg.«

Ich rieb mir übers Gesicht. Meine Brust zog sich so fest zusammen wie eine Spule, die so stark angezogen wurde, dass es die empfohlene Spannung überstieg. »Ich muss mich erst um ein paar Dinge kümmern.«

»Mit wem hast du telefoniert?«

Mein Blick schnellte zu ihrem.

Sie bewegte ihr Kinn in Richtung meines Handys, das ich umklammert hielt. »Ich wollte nachsehen, ob bei dir alles in Ordnung ist. In meinem Kopf herrscht auch gerade Chaos. Und ich habe dich gehört. So redest du nicht mit deinen Kumpels. Zu wem willst du jetzt fahren?«

Es gab so vieles, was ich sagen wollte, so vieles, was ich tun wollte. Ich hatte gedacht, mir bliebe noch mehr Zeit, aber so war es nicht. Da ich mich in die Ecke gedrängt fühlte und in meinem Kopf ein tosender Sturm herrschte, tat ich das Einzige, was ich konnte.

Mit nichts weiter als meinem Handy in der Hand wandte ich mich um und marschierte durch den Flur zur Tür der Suite, die in den Gemeinschaftsbereich führte.

Holden und Emily hatten ein frühmorgendliches Meeting, weshalb ihre Tablets vor ihnen lagen.

Ihre Augen weiteten sich. »Hey, Keyton. Braucht Bay irgendwas? Wir können es besorgen, wenn du willst.«

Ich blieb nicht stehen. Was hätte ich auch sagen sollen? Was für Erklärungen hätte ich ihnen bieten können?

Also verließ ich schweigend die Suite. Die Tür schloss sich mit einem sanften Hauch und dem Klicken des Schlosses hinter mir, und dann rannte ich los.

Der Flur lag verlassen da, und der weiche Teppich dämpfte meine donnernden Schritte.

Ich lief geradewegs auf das Treppenhaus zu, meine nackten Füße klatschten auf dem Beton und den Metallstufen, während ich auf dem Weg die zwanzig Etagen nach unten beinahe von Absatz zu Absatz sprang. Unten angekommen war ich von Schweiß bedeckt.

Ich stürmte aus dem Hotel.

Draußen standen Paparazzi, die völlig überrascht waren, was mir gerade genug Zeit gab, um in einen der Wagen zu steigen, die vom Hotel bereitgestellt wurden.

»Alles okay?«

Mein Herz raste, als wäre es kurz davor, aus meiner Brust zu springen.

»Ist irgendetwas nicht in Ordnung?« Der Fahrer wandte sich zu mir um.

»Ja, ich.« Ich starrte ihn benommen und taub an, während ich mir eine Papiertüte wünschte, um zu verhindern, dass ich am Ende noch hyperventilierte. »Ich muss zum Flughafen. Sofort.«

Sein Blick zuckte zu der Menschenmenge, die sich mit Kameras um den Wagen versammelte, und dann wieder zu mir. Mit einem grimmigen Ausdruck nickte er.

Ich schlug die Tür zu, beugte mich weit vor und stützte den Kopf in die Hände.

»Wollen Sie darüber reden?«

Ich schnellte hoch. »Sehe ich so aus, als würde ich verdammt noch mal darüber reden wollen?« Mein Blick war genauso vernichtend wie mein Tonfall. Einen Herzschlag später sorgte die Scham dafür, dass meine Gesichtszüge entgleisten. Erneut vergrub ich das Gesicht in beiden Händen und zog an meinen Haaren, in dem Versuch, sie herauszureißen. Die notdürftige Reparatur, die ich an meinem unberechenbaren Nervenkostüm vorgenommen hatte, hatte doch halten sollen. Ich hatte alles getan, um der Mann zu sein, den Bay verdient hatte. Doch innerhalb weniger Stunden hatte ich bewiesen, wie falsch ich gelegen hatte.

»Tut mir leid, Mann. Ich … ich muss einfach nur nach Charlotte.«

Gwen traf mich mit Kleidern, Schuhen, meinem Reisepass, einer Ersatzkreditkarte und einem äußerst besorgten Blick am Flughafen. Da ich sie nicht anschnauzen wollte, nahm ich alles entgegen und ging ohne ein weiteres Wort davon. Auf dem Flug nach Charlotte hatte ich das Gefühl, dass mein Gehirn versuchte, aus meinem Kopf auszubrechen. Und als würde mir die Haut von den Muskeln gezogen.

Nachdem wir gelandet waren, nahm ich mir ein Taxi und begab mich zu dem unscheinbaren fünfstöckigen Gebäude, in dem ich schon viele Male zuvor gewesen war. Die glänzende Plakette mit ihrem Namen neben der Tür passte zu allen anderen auf dieser Etage. Als ich gegen die Tür des Büros im fünften Stock hämmerte und darauf wartete, dass Monica öffnete, war mein Shirt schweißgetränkt, als wäre ich den ganzen Weg von Philly bis hierher gelaufen.

»Wirst du mir jetzt sagen, was los ist?« Sie hielt mir die Tür auf. Die Frau in ihren Fünfzigern mit dem schlichten Bob-Haarschnitt und der nüchternen Miene, die verriet, dass sie nicht gern Zeit verschwendete, musterte mich mit einem Blick, der besorgtes Verständnis ausstrahlte und den sie im Laufe der Jahre perfektioniert hatte.

Ich eilte ins Innere, sah mich um und wünschte mir, es gäbe eine Bar. Alte Angewohnheiten meldeten sich zurück. Mein Bauch rumorte. Doch es gab keine Bar. Das Büro sah noch genauso aus wie beim letzten Mal, als ich hier gewesen war. Diese Beständigkeit hatte mir stets geholfen, mich zu sammeln, doch dabei würde mir jetzt gerade nichts helfen können.

Stattdessen ließ ich mich auf die Couch sinken, legte den Kopf in die Hände und schaukelte vor und zurück. Panik erdrückte mich, und kaltes Grauen nahm meine Sinne gefangen. Mein Herz dröhnte mir in den Ohren und drohte alles zu übertönen.

Monica setzte sich neben mich und berührte mich an der Schulter. »Du zitterst ja, Keyton.«

Mein Kopf zuckte hoch. »Sie ist schwanger.« Selbst ohne Test spürte ich, dass es wahr war. Das war das letzte Stück Kryptonit, das sich noch in unserer Beziehung verbarg, und es hatte sich wie ein Speer in meine Brust gebohrt. Ich hatte gedacht, dass ich mehr Zeit hätte, um mich dieser Angst zu stellen. Aber natürlich warf das Universum den Kopf in den Nacken und lachte, drückte genau in die gigantische offene Wunde, die zu schließen ich noch nicht stark genug gewesen war.

Es fühlte sich an, als wären meine Augenlider mit Glas gesäumt. »Und ich weiß nicht, was ich tun soll.«

»Bay ist schwanger?« Monicas Augen weiteten sich hinter ihrer Brille, und sie ließ ihre Hand sinken.

Ich nickte und starrte sie an, in der Hoffnung, dass ihre Weisheit mich beruhigen und mir helfen würde, vom Abgrund zurückzutreten.

Sie setzte sich so auf der Couch zurecht, dass eins ihrer Beine angewinkelt war und sie mich direkt ansehen konnte. »Wann hast du es herausgefunden?«

»Ein paar Stunden, bevor ich dich angerufen habe.« Ich hatte mitten im Hotelzimmer gestanden und mich gefühlt, als wäre meine ganze Welt aus den Fugen geraten.

»Okay.« Sie neigte den Kopf. »Warum hast du mich angerufen?«

Mein Kopf schnellte zurück. »Warum hätte ich dich nicht anrufen sollen? Ein Baby? Ich werde Vater. Siehst du das verdammte Problem nicht?«

»Lass uns das Ganze Schritt für Schritt durchgehen.« Sie presste die Lippen aufeinander, bevor sie sie wieder entspannte. Dann stand sie auf und holte mir ein Glas Wasser. Sie hielt es mir hin und wartete darauf, dass ich es entgegennahm.

Meine Hand bebte, doch ich griff danach und trank es in drei Schlucken leer, bevor ich es auf dem Tisch vor mir abstellte.

Sie setzte sich in ihren Sessel. »Möchtest du ein Kind mit Bay haben?«

Ich sprang auf und starrte durch die raumhohen Fenster nach draußen, bevor ich mir das Gesicht rieb. »Natürlich. Ich möchte eine Familie mit ihr. Ich liebe sie. Ich habe sie immer geliebt.« Ich drehte mich um und schaute Monica an, in der Hoffnung, dass sie mir ein Buch oder einen Podcast empfehlen würde. Einen Zauberspruch. Einen Trank. Irgendetwas.

Ich legte beide Hände an meinen Nacken und kniff die Augen zu.

»Also, wo ist das Problem?«

»Wie kannst du mich das fragen?« Ich riss die Augen auf. Atmen war eine Herausforderung. Ich war so erschöpft, als hätte ich einen Sprint quer durchs Land hinter mir. »Du weißt, wo das Problem liegt.«

Sie schlug ein Bein über und faltete die Hände an ihren Knien. Ihre Diplome hingen an der Wand, und Bücher, die sie geschrieben hatte, standen auf den Regalen, die eine Wand säumten. Da sollte man doch meinen, dass sie bessere Fragen stellen konnte als: »Wo ist das Problem?«

»Das weiß ich nicht, solange du es mir nicht erzählst.«

»Ist das nicht dein Job?«

»Wie lange machen wir das jetzt schon?«

»Drei Jahre. Vier? Seit Vegas.«

»Ganz genau.«

Ich nahm wieder auf der Couch Platz, wobei es mir so vorkam, als säße ich am Rand einer Klippe. »Ich kann einem Kind nicht das Gleiche antun, was mein Vater mir angetan hat. Einem Baby. Bays Baby. Unserem Baby.«

»Und warum denkst du, dass du das tun würdest?«

»Ich bin außer Kontrolle. Als sie es mir erzählt hat, bin ich panisch geworden, und mir war furchtbar heiß. Ich habe sofort nach einem Fluchtweg gesucht. Aber nicht weil ich weglaufen wollte, sondern weil ich sie vor mir beschützen wollte.«

»Warum kehrst du wieder zu diesen Gefühlen zurück? Warum glaubst du, dass du jetzt in der Lage wärst, ihr wehzutun?«

»Weil ich es schon mal getan habe. Ich habe ihr mehr wehgetan als sonst irgendwem, dabei liebe ich sie.«

»Und sie hat dir wehgetan.«

Mein Blick zuckte zu ihrem, und ich nickte.

»Dennoch habt ihr wieder den Weg zueinander gefunden.«

»Was, wenn ich dieses Baby liebe und ihm trotzdem das Gleiche antue? Ich fühle mich nicht bereit dazu. Ich kann das nicht.«

Ihr Ausdruck wurde weicher, und sie beugte sich vor, um meinen Handrücken zu tätscheln. »Niemand ist je wirklich bereit dazu, ein Kind zu bekommen. Diese panischen, angsterfüllten, völlig außer Kontrolle geratenen Gefühle? Die haben alle Eltern. Es macht dich nicht zu einem schlechten Vater, weil du so empfindest, und es heißt auch nicht, dass du nicht damit zurechtkommen wirst.«

»Ich will das hier nicht in den Sand setzen.«

»Weißt du, wie du aber genau das erreichst?«

Ich kniff die Augen zu, während ich mich fühlte, als wäre ich unter Wasser und müsste um jeden Atemzug kämpfen, bevor ich den Kopf hängen ließ. »Indem ich vor der Person weglaufe, die ich liebe, anstatt mit ihr zu sprechen.«

»Sieh mal einer an. Du brauchst mich gar nicht mehr.« Sie tätschelte mir die Schulter.

»Was, wenn ich es wieder verbocke?« Ich blickte sie an und versuchte, mich daran zu hindern, innerlich völlig zusammenzubrechen.

»Denkst du, dass Menschen, die sich im Griff haben, nie

Angst davor haben, ihr Leben zu verbocken? Glaubst du, wenn du deine Aggressionsprobleme bewältigt hast, wirst du nie wieder wütend? Oder dass du nie wieder einen Fehler machst? Ob als Mensch, als Freund oder als Ehemann, selbst als Dad – lass mich das direkt mal klarstellen: Du wirst Scheiße bauen. Vermutlich sogar gewaltig. Doch es ist nichts Schlimmes, wenn du einen Fehler machst, während du dein Bestes gibst. Niemand hat Antworten auf jedes Problem. Auch ich nicht.«

Ich ließ den Kopf sinken.

»Keyton, sieh mich an.«

Ich zwang mich, ihr in die Augen zu sehen.

Sie blickte mir mit ruhigem Verständnis entgegen. »Du bist nicht dein Vater, Keyton. Und dass du gerade solche Angst hast, dass du dir solche Sorgen darum machst, die Menschen, die dir wichtig sind, zu verletzen – das sollte dir etwas sagen.«

Irgendwo in meinem Inneren hatte ich gehofft, dass mein Dad bereute, was er getan hatte, doch dies brachte auch die Möglichkeit mit sich, dass ich ebenfalls so eine Person sein könnte: Ich könnte die Menschen um mich herum verletzen und es dann bereuen. Doch tief in meinem Herzen wusste ich, dass es ihm immer egal gewesen war. Er hatte sich nie für irgendwen anderes interessiert als für sich selbst. Er war nicht zu der gleichen Angst fähig gewesen, die in mir aufstieg, wenn ich daran dachte, dass ich die Menschen verletzen könnte, die ich liebte. Denn er hatte nie irgendjemanden geliebt, am allerwenigsten sich selbst.

»Du wirst nie so sein wie er. Wenn du sie liebst, musst du ihr das sagen, und du musst bereit sein, dich den Höhen und Tiefen zu stellen. Du kannst sie durchstehen. Du hast so viel getan, um dich selbst zu heilen und alles zu verarbeiten, was dir widerfahren ist. Verwehre es dir nicht, deine Liebe mit jemandem zu teilen, der dich genauso liebt, nur weil du Angst hast.«

»Was, wenn ich es vermassele?« Ich ballte die Fäuste, meine Fingerspitzen gruben sich in meine Handflächen.

Sie legte die Hand auf meine geballte Faust und blickte mir in die Augen. »Die Tatsache, dass du hier bei mir bist und nicht bei ihr, sagt mir, dass du es bereits gewaltig vermasselt hast.«

Mein Magen zog sich zusammen, der Schmerz darin nahm mit jeder Sekunde weiter zu.

Ihr strenger Blick ließ nach, und sie tätschelte mir den Arm. »Doch das bedeutet nicht, dass du es nicht wiedergutmachen kannst. Stell es dir als Probelauf vor. Und jetzt verfrachte deinen Hintern wieder ins Flugzeug, und hör auf, Angst davor zu haben, glücklich zu sein.«

Ich stand auf, ging zur Tür, öffnete sie und wandte mich dann Monica zu, bevor ich fragte: »Was, wenn sie mir das nicht verzeihen kann?«

»Dann wirst du einen Weg finden, wie du dir ihre Vergebung verdienen kannst. Genau wie sie es zuvor getan hat und du ebenfalls.«

Ich verließ das Büro und rannte die Treppen hinunter, um ein Taxi zu rufen. Erstickende Sorge darüber, dass ich alles verdorben hatte, was Bay und ich in den letzten Monaten aufgebaut hatten, presste mir die Luft aus der Lunge.

Sobald ich mein Handy wieder angeschaltet hatte, kamen haufenweise Nachrichten herein. Gwen. Ernie. Berk. Reece. LJ. Marisa. Alle bombardierten mich mit Fragezeichen und Nachrichten in Großbuchstaben, in denen es um genau ein Thema ging: *Wisconsin.*

Ich stürzte von der Klippe, ohne Atem holen zu können.

»Nein. Nein. Nein.« Ich starrte auf das Handy und schüttelte es, als könnte ich irgendwie die Zeit zurückdrehen.

Ich musste zu Bay zurück. Ich musste ihr alles erklären. Ich brauchte sie.

34

Bay

Er war fort. Die Höhen, in die mich seine Liebeserklärung katapultiert hatte, waren kein Vergleich zu dem Sturz, der nun darauf gefolgt war – der freie Fall durch das Zentrum der Erde. Er war fort. Ich hatte ihm gesagt, dass ich schwanger war, und er hatte sich sein Handy geschnappt, um eine andere Frau anzurufen und zu verschwinden.

Ich musste geschrien haben. Doch ich konnte mich nicht daran erinnern.

Nachdem er gegangen war, waren Holden und Emily ins Zimmer gestürzt. Ich wusste nicht, wie viel Zeit vergangen war zwischen dem Moment, als die Tür hinter ihm ins Schloss gefallen war, und dem Augenblick, in dem ich begriffen hatte, dass er tatsächlich fort war. Holden trug ein Hemd mit aufgekrempelten Ärmeln und ohne Krawatte. Emilys Nase war vom vielen Naseputzen gerötet.

Beide starrten mich mit einer Mischung aus Schock und Sorge an.

Sie tauschten Blicke aus, bevor sie mir vom Boden aufhalfen und mich ins Bett verfrachteten. Ich rollte mich zusammen und vergrub das Gesicht im Kissen. Während wir ausgegangen waren, hatte der Zimmerservice die Bettwäsche gewechselt, sodass sie nicht mehr nach ihm roch. Ich weinte noch heftiger. So heftig, dass es sich anfühlte, als würde ich ertrinken.

Es war, als hätte er mich aufs Neue zerschmettert, nur dieses Mal gab es keine Gitarre, die wieder zusammengesetzt werden konnte. »Ich bin überfällig.«

Stille erfüllte den Raum, bevor ich mich wieder in Tränen auflöste.

Eine Hand rieb mir den Rücken, und da ich ab und zu spürte, wie mich das Armband einer Uhr streifte, wusste ich, dass sie zu Holden gehörte.

Endlich ließen meine verzweifelten Schluchzer nach, aber mein Kopf dröhnte, als würde jemand Ambosse darauf fallen lassen. Ich driftete in einen unruhigen, traumlosen Schlaf ab, der sich eher nach Besinnungslosigkeit als nach einer Ruhepause von der Welt anfühlte. Mein freier Fall endete in Dunkelheit und Einsamkeit.

Am nächsten Morgen erwachte ich mit pochenden Kopfschmerzen, als hätte jemand meinen Schädel in einen Schraubstock gezwängt. Neben dem Bett stand ein Glas Wasser, an dem Kondenswasser herablief, daneben lag eine Packung Ibuprofen.

Die Tür zu meinem Zimmer wurde geöffnet. Jemand ging ins Badezimmer und drehte den Wasserhahn auf.

Ein Hauch von Hoffnung stahl sich durch den Nebel in meinem Kopf. War das alles nur ein Alptraum gewesen? War das Keyton, der Frühstück gemacht hatte?

Doch er war es nicht. Holden kam herein.

Ich nahm eine Tablette.

Er setzte sich auf die Bettkante und hielt mir ein feuchtes Tuch hin.

Alles hatte sich genauso abgespielt wie in meiner Erinnerung. Dies war nun meine Realität.

»So schlecht sehe ich also aus, was?« Meine Stimme klang

rau und kratzig, so als hätte ich sie seit Wochen nicht benutzt. Und ich hatte so heftig geweint, dass mein Bauch sich anfühlte, als hätte ich eintausend Sit-ups gemacht.

»Absolut furchtbar.« Sein Mundwinkel zuckte, als würde er versuchen zu lächeln.

Mein Lachen klang wie Kies im Abfallzerkleinerer. Nach dem, was passiert war, konnte ich immer noch lachen. Dann war nicht alles verloren, allerdings fühlte sich die Leere in mir an, als hätte mich jemand ausgehöhlt und nur eine Hülle zurückgelassen. »Was steht heute auf dem Plan?«

»Nichts, Bay. Ich ... Bis zum Flug heute Abend steht nichts an.«

»Ach ja. Das habe ich vergessen.« Der Schmerz in meinem Bauch. Das stechende, wütende Gefühl. »London. Wir fliegen heute Abend.«

»Außerdem ist Emily losgegangen, um einen Schwangerschaftstest zu kaufen.« Holden hob meine Hand und umschloss sie mit seiner eigenen.

Ich zog eine Grimasse, bevor ich mich zusammenrollte. War das zu früh? Wie lange musste man nach einer ausbleibenden Periode warten, um einen Test zu machen?

»Egal, was passiert, wir sind für dich da. Mach dir gar keine Sorgen. Ruh dich einfach ein wenig aus.«

»Ich fühle mich, als würde ich mich schon zu lange ausruhen. Es muss noch einiges gepackt werden ... Ich sollte mich darum kümmern.«

Er öffnete den Mund, bevor er ihn wieder zuklappte und nickte. »Klingt nach einem Plan. Ich gebe dir Bescheid, wenn Emily zurück ist.«

Und schon war ich wieder mit meinen Gedanken allein. All die Ideen dazu, wie wir unsere Beziehung hinbekommen würden, waren ausgelöscht worden.

Was spielte es noch für eine Rolle? Keyton war ohnehin schon fort.

Nachdem ich gepackt hatte, duschte ich und versuchte, mich zusammenzureißen. Ich schaltete den Fernseher an, um das Chaos in meinem Kopf zu übertönen. Es war mir gerade lieber, wenn es zu laut war, als dass ich mit meinen düsteren Vorstellungen allein war.

Vor dem Hotel würden eine Menge Leute warten. Kameras und Fans, Autogramm- und Selfie-Hungrige. Wenn ich nicht Bay war, wer war ich dann überhaupt? Sicherlich keine Freundin oder zukünftige Ehefrau. Womöglich eine zukünftige Mutter. Ich konnte nicht einmal so weit vorausdenken.

Er war verschwunden, nachdem es auch nur das geringste Anzeichen dafür gab, dass ich schwanger war.

Nein, abgesehen von der Musik blieb mir nichts mehr.

Ich schaute in alle Schubladen der Kommode, auf dem der gigantische Fernseher stand, um mich zu vergewissern, dass ich nichts vergessen hatte.

»Es gibt große Neuigkeiten in der Sportwelt. Der als Glücksbringer bekannte Darren Keyton hat einen Dreijahresdeal mit den Wisconsin Bisons unterschrieben. Nur zwei Tage vor dem Ende der Trade-Deadline sind das schockierende Nachrichten. Die meisten Trades sind bereits über die Bühne gegangen, doch nun sieht es so aus, als müsste Keyton in eine Wintermontur investieren, um den Sprung von Philadelphia nach Milwaukee zu meistern. Etwas, das man bei solchen Trades selten hört, ist eine Auszahlung. Der Tight End wird also eine Menge Geld auf dem Tisch liegen lassen, allerdings hat er das erste Mal einen Vertrag unterschrieben, der ihm einen Platz in der Startaufstellung sichert.«

Ich ließ mich aufs Bett fallen und starrte auf den Fernseher, während die Nachrichtensprecher darüber philosophierten, was dies mitten in der Saison für Keyton bedeutete und wie ungewöhnlich es war.

Klang nach jemandem, der bei der erstbesten Gelegenheit Reißaus nahm. Warum war ich eigentlich überrascht? Warum hatte ich all den Warnsignalen keine Beachtung geschenkt? Als ich ihm beim Konzert begegnet war, war er gegangen. In meiner Suite nach dem Kaffee war er gegangen. Nach dem Angriff war er davongelaufen. Und nun hatte ich ihm erzählt, dass ich möglicherweise schwanger war, und er war zur Tür hinausgerannt.

Wenn das keine Zeichen waren, dann wusste ich es auch nicht. Ich ließ unentwegt zu, dass unsere gemeinsame Vergangenheit ihn und die Art, wie ich ihn und unsere Liebe wahrnahm, alles in ein anderes Licht rückte. Wir verletzten einander. Es war wie ein Reflex. Wir konnten nicht anders.

Er war nicht der Bad Boy aus Greenwood, der Interesse an einem Mauerblümchen aus der Bühnen-AG zeigte. Er war der Typ, der abhaute, wenn er Angst bekam. Ich war das Mädchen, das genauso schnell davonlief, doch ich hatte gedacht, gemeinsam … würden wir dieses Mal alles überstehen. Dass wir endlich fertig damit waren, vor den großen, angsteinflößenden Gefühlen wegzurennen.

Allerdings gab es kein Uns. Dafür hatte er gesorgt, als er die erstbeste Gelegenheit genutzt hatte, um mich zu verlassen und zu irgendeiner anderen Frau zu laufen. Ich war bereit gewesen, alles für ihn aufzugeben. Dieses Leben für ihn hinter mir zu lassen. Ein Baby wäre die perfekte Entschuldigung dafür gewesen, mich aus dem Showbusiness zurückzuziehen und durchzuatmen.

Der Scherz ging allerdings auf Keytons Kosten. Er musste nicht aus der Stadt fliehen, um mir zu entkommen. Ich würde heute Abend um achtzehn Uhr ohnehin abreisen. Ich war bereit, den letzten Teil meiner Tour zu beenden und mir zu überlegen, was meine nächsten Schritte sein würden.

Die Tür zur Suite wurde so heftig aufgestoßen, dass sie gegen die Wand schlug. Holden und Emily kamen hereingestürzt, als würden sie erwarten, dass ich wieder am Boden zerstört war.

Wilde Blicke zuckten zwischen dem Fernseher und mir hin und her.

»Ich hab's gesehen. Mir geht's gut.« Das war die größte Lüge, die ich je von mir gegeben hatte. Ich konnte ihr nicht entkommen, also würde ich sie wiederholen, bis ich sie selbst glaubte, und wenn es nur für wenige Minuten wäre. Zusammenzubrechen war keine Option, auch wenn ich mich eigentlich nur zu einem Ball zusammenrollen und vergessen wollte, dass diese Realität existierte. Ich wollte vergessen, dass ich existierte.

Wie damals in L.A., nachdem er sich geweigert hatte, mich zu sehen, würde ich mich wieder in die Arme der Musik werfen. Die Fans. Die Tour. Die Auftritte.

Ich würde das machen, was ich die letzten sechs Jahre getan hatte. Die Show musste weitergehen, selbst wenn von mir nicht mehr übrig blieb als die Hülle der Person, die ich einst gewesen war. Der Traum, den ich mir ausgemalt hatte, davon, wie alles ausgehen würde, wie ich eine Familie mit dem einzigen Mann gründen würde, der stets mein wahres Ich gesehen hatte, war zerstört worden. Es gab niemanden sonst, der mich so sah, wie er mich gesehen hatte. Mich liebte, wie er mich geliebt hatte. Mich verletzte, wie er mich verletzt hatte.

35

Keyton

Der Rückflug von Charlotte hatte ewig gedauert. Auf dem Weg zum Flughafen hatte ich noch ein Last-minute-Geschenk gekauft, ein Friedensangebot, ein verzweifelter Versuch, mich in ihren Augen wieder reinzuwaschen und zu beweisen, dass mir bewusst war, wie falsch ich mich verhalten hatte. Ich stieß die angelehnte Tür auf, rannte in die Suite und weiter in ihr Zimmer.

Drinnen stellte eine Mitarbeiterin des Reinigungsdienstes den Staubsauger ab und zog sich die Kopfhörer von den Ohren, bevor sie mich mit großen Augen anstarrte. Die Suite war leer. Keine Spur von Bay oder ihrem Team.

»Sorry.« Ich verließ den Raum wieder.

Sie war fort.

Ich stützte mich an der Wand ab, damit ich nicht auf die Knie fiel. Jeder Atemzug brannte mir in der Lunge. Mein Kopf dröhnte, Schwindel überkam mich, und ich fühlte mich, als wäre ich wieder in dem Helikopter, der geradewegs auf den Boden zustürzte.

Es kam mir so vor, als würde ich Glassplitter einatmen, während ich keuchend um Luft rang, dennoch versuchte ich, mich zu konzentrieren. Sie hatte sich nicht einfach in Luft aufgelöst.

Obwohl es meinem Instinkt und auch jeglichem Verständnis von Anstand widersprach, tippte ich ihren Namen auf der Internetseite einer Klatschzeitschrift ein und fand einen Artikel.

Bay verließ das Four Seasons Philadelphia in einem asymmetrischen langen schwarzen Mantel von Alexander McQueen, Valentino-Boots und Levi's Jeans. Sie ist so bodenständig! Fügt ihr Outfit noch heute eurem Kleiderschrank hinzu!

Sie wird in London eine große Ankündigung machen, bevor sie den letzten Teil ihrer Welttournee beendet! Für Berlin wurde ein zweites Konzert angekündigt. Sichert euch Tickets, bevor sie ausverkauft sind!

Ich wählte eine Nummer auf meinem Handy und lief im leeren Flur auf und ab.

»Gwen, du musst herausfinden, von welchem Flughafen aus Bay fliegt.«

»Wann fliegt sie und wohin?«

»Ich weiß nicht, wann. Ich bin gerade im *Four Seasons*. Eine der Klatschseiten hat geschrieben, dass sie vor einer halben Stunde zum Flughafen gefahren ist. Sie reist nach London.«

»Okay, das könnte eine Weile dauern.«

»Ich habe nicht viel Zeit. Wenn sie vom Philly International Airport aus fliegt, könnte sie schon im Flieger sitzen. Wenn sie nach Teterboro fährt, könnte ich vielleicht vor ihnen oder zumindest relativ zeitgleich mit ihnen ankommen. Vorausgesetzt, ich breche ein paar Verkehrsregeln. Gwen, ich muss sie sehen, bevor sie in diesen Flieger steigt.«

»Ich werde sehen, was ich tun kann.«

Sie beendete das Telefonat, und ich lief hinunter ins Parkhaus, um keine Sekunde zu verschwenden, wenn Gwen mich zurückrief. Mein Herz hämmerte, als würde es versuchen, aus meiner Brust zu springen. Acht Minuten waren mir noch nie so lang vorgekommen.

Noch bevor das Handy klingeln konnte, antwortete ich schon. »Hast du sie gefunden?«

Gwen presste die Worte keuchend hervor: »Sie fliegt um sechs von Teterboro.«

Ich warf einen Blick auf die Uhr. Weniger als eine Stunde. Das würde ich niemals schaffen. Selbst wenn ich einen Geschwindigkeitsrekord brach und kein Verkehr herrschte, würde ich in der Zeit nicht dort ankommen.

Selbst tiefe Atemzüge hielten die betäubende Panik, die mich überkam, nicht auf, und ich stützte die Hände an der Wand ab.

»Es sollte jetzt ein Wagen in deinem Parkhaus ankommen. Mit dem kannst du zum Philadelphia Airport fahren. Dort wird gerade ein Helikopter für dich aufgetankt. Damit könntest du es gerade noch schaffen.«

Ich stand reglos da, bis die Scheinwerfer eines SUVs mich anleuchteten und mich damit aus meiner Starre holten. »Du vollbringst Wunder, Gwen.«

»Denk dran, Weihnachten steht vor der Tür.«

»Das werde ich nicht vergessen.« Ich sprang ins Auto, bevor der Fahrer aussteigen konnte. »Sie wissen, wo es hingeht?«

»Ja, und mir wurde gesagt, ein Bleifuß würde im Fall des Falls kompensiert werden.«

»Absolut. Bringen Sie mich einfach nur zum Flughafen.«

Wir rauschten durch gelbe Ampeln und schafften es gerade noch rechtzeitig, da die Rotoren sich bereits zu drehen angefangen hatten.

Ich sprang aus dem Auto und direkt in den Sechssitzer, wobei ich gegen meine verkrampften Muskeln ankämpfen musste. Mein Magen verkrampfte sich, und mir kam die Galle hoch. Ich biss die Zähne zusammen. Meine Hände krallten sich mit eisernem Griff am Rand der Tür fest. Mit reiner Willenskraft löste ich meine Finger und warf mich auf den ersten Sitz. Dann rutschte ich auf den mittleren der drei Sitze und schnallte mich an. Mit einem zittrigen Atemzug verschränkte ich die Hände im Nacken und beugte mich vor, da ich nicht darauf vertraute, dass meine Instinkte mich nicht dazu zwingen würden, direkt wieder hinaus auf die Landefläche und in Sicherheit zu springen. Ich hatte keine Zeit für einen Nervenzusammenbruch.

Der Helikopter hob ab, und mir rutschte das Herz in die Hose, als säße ich in der Achterbahn. Ich kniff die Augen zu und gab mir Mühe, ruhig zu atmen, während meine Finger sich tiefer in die angespannten Muskeln meines Nackens gruben. Wir hatten uns erst wenige Meter vom Boden entfernt.

Ich musste zu Bay gelangen.

Mein Magen ballte sich zusammen, und ich sog mehr Luft in meine brennende Lunge.

Die Stimme des Piloten platzte in meine Gedanken, und ich zuckte zusammen, weil ich vergessen hatte, dass ich das Headset trug. »Wir werden in siebenundfünfzig Minuten landen. Die Landeerlaubnis für Teterboro haben wir bereits erhalten.«

Ich nickte, da ich mich nicht traute, den Mund aufzumachen, solange der Druck auf meinen Ohren nicht nachließ. Mittlerweile hatten wir an Höhe gewonnen. Mehr als nur ein paar Meter. Zum Springen war es zu spät.

Inzwischen fiel mir das Luftholen so schwer, als wäre ich mit nichts weiter als einer Unterhose bekleidet in einen Blizzard hinausgeschickt worden. Keuchende, scharfe Atemzüge ließen Sterne vor meinen Augen tanzen. Ich steckte meine Hand in meine Jackentasche und konzentrierte meinen gesamten Verstand auf den Grund, warum ich das hier tat. Ich schloss die Augen und leckte mir über die trockenen Lippen, während ich mich durch die Angst kämpfte, um bei den Worten anzukommen, die ich der Frau sagen wollte, ohne die ich nicht leben konnte.

Wie ein Mantra wiederholte ich alles, was ich sagen wollte, und grub mich mit jedem Mal tiefer in die Liebe, die ich für sie empfand. Das Verlangen. Ob sie mir nun glaubte oder nicht, ob sie bereit dazu war, ihr Herz noch einmal für mich zu riskieren – für den Typen, der ihr öfter das Herz gebrochen hatte, als erlaubt sein sollte –, ich würde nicht gehen, bevor ich ihr klargemacht hatte, wie viel sie mir bedeutete. Wie viel es mir bedeutete, eine Familie mit ihr zu gründen. Wie viel dieses Baby mir bedeutete.

Und kurz darauf hatte meine Qual ein Ende.

Wir landeten, und ich hätte mich beinahe auf die Landebahn gekniet und den Boden geküsst. Stattdessen rannte ich zum Flugzeug mit der Nummer, die Gwen mir geschickt hatte. Die Winterluft stach wie tausend Nadeln auf meiner klammen, feuchten Haut.

In der Gulfstream-G350-Maschine brannte Licht, die Treppe befand sich vor der Tür, und ein Teppich war davor ausgerollt worden. Eine Flugbegleiterin stand oben an den Stufen.

Einige Leute traten aus der Flughalle und gingen auf die Treppe zu. Gepäck wurde in das Flugzeug geladen.

Holden kam heraus und blieb vor der Treppe stehen, während er sein Handy am Ohr hatte.

Und dann sah ich sie in dem schwarzen Mantel, den Boots und der Jeans. Sie hatte sich eine Mütze über den Kopf gezogen.

Mein Herz setzte einen Schlag aus, und ich rannte auf sie zu.

Sie nahm einen Schluck von dem dampfenden Getränk in ihrer Hand und stieg die Treppe hinauf.

»Bay!«

Alle Köpfe drehten sich in meine Richtung, doch mein Blick war auf sie fokussiert. Nur auf sie.

»Bay!« Mein Atem bildete weiße Wölkchen vor meinem Gesicht.

Ich stand unten an der Treppe neben Holden, der sich mir in den Weg gestellt hatte. Ich hätte ihn problemlos beiseitestoßen können, sodass er vermutlich einige Meter weit geflogen wäre. Für mich wäre es sogar ein Leichtes gewesen, ihn quer über die Landebahn zu schleudern, weil er es wagte, sich zwischen uns zu stellen. Ich hätte ihn komplett vernichten können, um zu ihr zu gelangen.

Doch damit hätte ich zugleich die geringe Chance zerstört, die ich vielleicht noch hatte.

Sie stand mit einem neutralen Ausdruck auf dem Gesicht oben an der Treppe. Fast wäre es mir lieber gewesen, sie würde mir wütend ihr Getränk entgegenschleudern, statt mich mit diesem ungerührten Blick anzusehen.

»Woher wusstest du, dass wir hier sein würden?« Holden verschränkte die Arme vor der Brust. Obwohl er so piekfein war und sein Akzent mich verwirrte, sagte mir das Feuer in seinen Augen, dass er versuchen würde, mich zu schlagen, wenn ich mich an ihm vorbeidrängen würde.

»Ich muss mit ihr reden.« Ich sah ihn an.

Nachdem ich gesehen hatte, wie viel er für Bay getan hatte und wie sehr sie sich in all dem Wahnsinn ihrer Karriere auf ihn verlassen konnte, zweifelte ich kein bisschen daran, dass er mich nicht in ihrer Nähe haben wollte, nach dem, was ich getan hatte.

»Ich muss es ihr erklären.« Mit dem flehentlichsten Blick, den ich zustande bringen konnte, schaute ich ihm in die Augen. »Bitte.«

Möglicherweise erkannte er meinen Schmerz oder das Verlangen danach, die Dinge in Ordnung zu bringen. Vielleicht wusste er aber auch einfach, dass sie ohne dieses Gespräch nie über die Sache hinwegkommen würde. Egal, was der Grund sein mochte, er warf einen kurzen Blick über seine Schulter.

In der Tür zum Flugzeug stand niemand mehr. Bay und die Flugbegleiterin waren fort, da sie vermutlich nicht mit ansehen wollten, wie ich mitten auf dem Flugplatz gedemütigt wurde. Selbst die anderen Leute, die zuvor auf das Flugzeug zugegangen waren, waren nicht länger zu sehen.

Holdens Kiefer mahlte, und er verzog das Gesicht zu einer Unheil verkündenden Miene.

»Du hast zehn Minuten.« Erneut musterte er kurz das Flugzeug. »Lass mich das nicht bereuen. Ich hoffe, du hast schwere Geschütze dabei, denn du wirst sie brauchen.« Kopfschüttelnd trat er beiseite.

Ich sammelte mich kurz, bevor ich die Treppe hochstieg und versuchte, mich an all die Dinge zu erinnern, die ich ihr sagen wollte.

Wenn es um Bay ging, verlief immer alles anders als geplant.

Im Flugzeug angekommen suchte ich das Innere nach ihr ab. Auf einer Seite befanden sich Ledersofas und zwei Bereiche, in denen jeweils vier Sessel um einen Tisch herum angeordnet waren.

Im hinteren Bereich gab es zwei Türen. Eine führte vermutlich in ein Schlafzimmer und die andere in ein Badezimmer.

Die Badezimmertür wurde geöffnet, und Bay trat in Sweatshirt und Jogginghose heraus, während sie sich mit gequältem Gesichtsausdruck die Hände an einem Handtuch abtrocknete. »Ist er endlich gegangen?« Sie spähte durch eines der Fenster, bevor sie sich aufrichtete und mich direkt ansah.

Ihr Kopf zuckte zurück, und sie ließ das Handtuch fallen. »Was machst du hier drinnen?«

»Ich muss mit dir sprechen.«

Ihre fassungslose Miene nahm wieder die neutrale Leere von vorhin an. »Ich habe dir nichts zu sagen. Worte verraten mir nie so viel wie deine Taten.«

»Es tut mir leid.« Ich ging den Gang entlang, weil ich ihr nahe sein und ihr verständlich machen wollte, dass mir bewusst war, wie sehr ich es verbockt hatte.

»Es tut dir leid.« Ihr Gesicht verzerrte sich zu einer Maske aus Traurigkeit und Wut.

Meine Brust tat weh, und der Schmerz breitete sich aus. »Ich weiß, dass ich es vermasselt habe.«

»Ich habe dir gesagt, dass ich schwanger sein könnte, und du bist abgehauen.« Tränen traten ihr in die Augen, und sie wischte sie fort. »Du hast gesagt, du würdest es nie bereuen, mit mir zusammen zu sein, aber dann bist du einfach gegangen.«

»Das war falsch. Ich habe mich falsch verhalten. Und das werde ich den Rest meines Lebens bereuen.«

»Ich habe dir gesagt, was ich brauche. Ich habe dir gesagt, wie sehr ich etwas Echtes wollte, und innerhalb einer Stunde hat sich dein Wunsch, den Rest deines Lebens mit mir zu verbringen, in das Bedürfnis verwandelt, sofort zu verschwinden, ohne auch nur einen Blick zurückzuwerfen. Wie kann ich zustimmen, den Rest meines Lebens mit dir zu verbringen, wenn ich nicht einmal weiß, ob du am nächsten Morgen noch da sein wirst? Du wärst aus dem Bett geschlüpft und hättest dich rausgeschlichen, ohne mir eine Nachricht zu hinterlassen.«

Ich ließ den Kopf hängen.

Sie hatte recht. Mit allem. Doch wir tanzten nun schon seit über zehn Jahren umeinander herum.

»Glaubst du, eine Nachricht hätte es einfacher gemacht?« Ich starrte sie an, und mein Sichtfeld verschwamm. »Eine Nachricht, die man immer wieder Zeile für Zeile liest, in der Hoffnung, sie würde eine geheime Botschaft enthalten oder einem verraten, was schiefgelaufen ist und wie man es wieder geradebiegen kann?«

»Du bist abgehauen, weil du Angst hattest. Ich habe genau das Gleiche gemacht.«

Ich vergrub meine Hand in meiner Jackentasche und griff nach dem Stoff, der sich darin befand. »Noch nie in meinem Leben habe ich mehr Angst gehabt.«

Ich ließ die Finger über die Buchstaben gleiten, die auf die Vorderseite gedruckt waren.

»Angst davor, Kinder zu haben. Du hast von einer Familie gesprochen.«

»*Wir* haben davon gesprochen.«

»Gespräche und die Realität sind zwei sehr unterschiedliche Dinge.«

»Wer ist Monica?« Ihre Stimme brach, sodass sie das Ende von Monicas Namen beinahe verschluckte. Sie war näher gekommen. Nun stand sie nicht länger am Ende der Couch, nicht länger ein halbes Flugzeug entfernt.

»Meine Therapeutin.« Innerlich versetzte ich mir einen Tritt, weil mir bewusst wurde, wie das alles für sie geklungen haben musste. Sie hatte nicht einfach nur gedacht, dass ich sie verlassen hätte, während sie mit meinem Kind schwanger war, sondern dass ich in die Arme einer anderen gelaufen war.

Die Verzweiflung darüber, wie unglaublich ich es verbockt hatte, wurde nur um ein Haar von der Reue übertrumpft, die ich darüber empfand, dass ich als unfertiger Mann zu ihr gekommen war. Die Art Mann, die innerlich nicht reif genug war, um perfekt für sie zu sein. Doch ich wandte den Blick nicht ab, denn sie musste begreifen, dass es für mich ohne jeden Zweifel niemals eine andere Frau geben würde.

»Du bist gegangen, um deine Therapeutin zu sehen.« Sie neigte den Kopf, bevor sie sich auf die Kante der Couch fallen ließ.

Ich nickte, und in meiner Brust brannte Scham darüber, dass

ich die Mutter meines Kindes einfach hatte stehen lassen, weil in meinem Kopf immer noch das reinste Chaos herrschte. All die Arbeit, die inneren Monologe und der Glaube daran, dass ich alles auf die Reihe bekam, und trotzdem war ich im Schutze der Dunkelheit abgehauen. Und das in einem Moment, in dem die meisten Männer, die ihre Partnerin liebten und den Rest ihres Lebens mit ihr verbringen wollten, vor Freude Luftsprünge gemacht hätten. »Ich hatte Angst, so zu werden wie er.« Nun brannte mir auch die Nase.

»Dein Vater? Keyton …« Ihre Stimme verlor ein wenig an Schärfe. Sie rutschte über die Lederpolster ein Stück auf mich zu. »Du könntest *niemals* so sein wie er.« Ihre Worte klangen entschlossen und vehement. »Die Sorge und die Angst, die ich in Bezug auf uns hatte, hatten nie etwas damit zu tun, dass ich dachte, du könntest wie er sein.«

»Jedes Mal, wenn ich ein kleines Kind sehe, vor allem von jemandem, den ich kenne oder dem ich nahestehe – verdammt, sogar als Felicia mit ihrem Baby im Arm vor meiner Tür stand –, muss ich immer daran denken, dass er mich als kleines verletzliches Kind angesehen und mir wehgetan hat.« Ich kniff die Augen fest zu und ballte die Fäuste, bevor ich mir mit ihnen auf die Oberschenkel schlug und sie mit einem zittrigen Atemzug wieder löste.

»Und es macht mir Angst, dass jemand zu so etwas fähig ist. Dass ich zu so etwas fähig sein könnte.«

Sie schnellte vor und nahm meine Hände in ihre. »Das bist du nicht.« Sie zog mich zu sich heran und ließ nicht zu, dass ich ihrem Blick auswich. »Das bist du nicht. Ich kann nicht wissen, wie es ist, all das zu erleben, was du durchgestanden hast. Das werde ich niemals wirklich nachvollziehen können. Egal, was hier heute Abend passiert, du musst wissen, dass ich dich nicht hasse. Und ich möchte nicht, dass du jemals denkst, ich würde glauben, du könntest mir oder deinem Kind wehtun.« Ihre Stimme brach, und sie schniefte.

Sie ließ meine Hände los und presste die Lippen aufeinander. »Aber was du getan hast, dass du einfach verschwunden bist, weil du überfordert warst … Wie soll unsere Beziehung funktionieren, wenn du nicht mit mir redest? Wenn du vor mir wegläufst, ohne mich wissen zu lassen, was los ist? Ich dachte, das hätten wir hinter uns gelassen und wären endlich in der Lage, einander zu vertrauen. Und dann erfahre ich, dass du nach Wisconsin gehst.« Ihr anklagender Blick traf mich mit voller Wucht. »Du hast das Ganze nicht mal erwähnt.«

Das hatte ich nicht. Ich hatte es in die hinterste Ecke meines Bewusstseins verbannt, weil ich nicht schon wieder enttäuscht werden wollte. Meine Worte an Ernie darüber, dass er den Deal annehmen sollte, ohne mich noch einmal zu kontaktieren, dröhnten mir in den Ohren. Endlich hatte ich das bekommen, worauf ich während meiner gesamten Karriere hingearbeitet hatte. Und nun würde es mich womöglich die einzige Person kosten, die mein Leben lebenswert machte. »Der Deal sollte eigentlich geplatzt sein.«

»Trotzdem hättest du mir davon erzählen sollen. Du hättest für mich da sein sollen. Du hättest mir erlauben sollen, für dich da zu sein.«

36

Bay

Das Pochen in meinem Kopf wollte einfach nicht nachlassen. Ich wollte die Arme um ihn schlingen, damit er mich festhielt. Ich wollte ihn aus dem Flugzeug werfen und ihm sagen, dass mir das alles zu viel war und ich nicht mehr konnte. Wenn ich ihn wieder an mich heranließ, gewährte ich auch diesem herzzerreißenden Schmerz Einlass, dem ich nicht entkommen konnte.

Mir blutete das Herz, wenn ich an den Jungen dachte, der annahm, dass er zu den gleichen Gräueltaten fähig wäre, denen er ausgesetzt gewesen war. Und ich hasste seinen Vater dafür, dass er ihm diese Selbstzweifel eingetrichtert hatte. Doch nichts, was ich sagte, würde dies ändern. Wenn er daran glaubte, dann würde er auf ewig Angst davor haben, ein solcher Mann zu werden. Und ich würde stets die Sorge im Hinterkopf haben, dass es ihm eines Tages zu viel werden würde und er mich verlassen würde, um ein einfacheres, weniger kompliziertes Leben zu führen, ohne ständige Erinnerungen an seine Vergangenheit – ohne mich.

»Aber du warst nicht für mich da. Du hast mich verlassen, sodass ich alleine mit allem zurechtkommen musste. Ich verstehe, dass du Angst hast.« Tränen traten mir in die Augen, und ich hasste meine verräterischen Tränendrüsen. Meine Stimme klang hoch und angespannt. »Verdammt, ich habe die Hälfte der Zeit eine Heidenangst vor meinem Leben, davor, wen ich im Stich lasse und welche Fehler ich gemacht habe, aber all das habe ich mit dir geteilt.«

Meine Wut schwoll an, und ich ballte die Hände im Schoß zu Fäusten.

»Das ganze Gerede darüber, dass wir unser Leben miteinander verbringen wollen und wie das aussehen könnte – dabei hast du schon Pläne gemacht, bevor wir uns wiederbegegnet sind, und hast mir nichts davon erzählt. Ich habe mit Maddy darüber gesprochen, dass ich kürzertreten und in den nächsten achtzehn Monaten alles runterfahren möchte. Und du konntest mir nicht mal erzählen, dass du eventuell einen Deal aushandelst, Dare.« Ich keuchte, und meine Hand flog an meine Lippen.

Er zuckte zusammen.

Mist.

Er ließ den Kopf hängen. »Du hast absolut recht. Mit allem.«

Ich blickte zu ihm auf und erkannte die Qual, die seine Miene ausstrahlte.

»Was für ein gemeinsames Leben wäre das schon, wenn du nach wie vor Angst haben musst, mich aus Versehen Dare zu nennen? Ich möchte nicht, dass du dich jemals vor mir fürchten musst. Egal, in welcher Hinsicht.«

Die Enge in meiner Brust ließ nach. »Manchmal fällt es mir schwer, daran zu denken.«

»Manchmal fällt es mir schwer, es zu vergessen. Diesen Teil meines Lebens zu verdrängen, Dare hinter mir zu lassen … Das würde mir nie gelingen. Das verstehe ich jetzt, und ich akzeptiere es. Er ist ein Teil von mir, und ohne ihn würde ich dich nicht haben.«

Er rieb sich übers Gesicht.

»Ich möchte für dich und das Baby da sein. Mein Kopf ist

endlich klar, und mir geht's gut.« Sein Mund bildete eine feste Linie. »Jedenfalls bin ich auf dem Weg dorthin. Ich weiß, dass ich Mist gebaut habe. Aber ich will für dich da sein – für dich und das Baby.«

Ich rückte ein wenig von ihm ab. »Wenn du deshalb zurückgekommen bist, dann kann ich dich beruhigen.« Ich klemmte beide Hände zwischen meine Oberschenkel. Das humorloseste Lachen, das ich jemals zustande gebracht hatte, verließ meine Lippen. »Wenn du nur ein paar Stunden gewartet hättest, dann hättest du gewusst, dass du aus dem Schneider bist. Ich habe einen Schwangerschaftstest gemacht, der negativ war. Und als ob das noch nicht gereicht hätte, habe ich auch noch meine Tage bekommen.« Ich machte eine ausladende Geste mit den Armen, um die Ironie der Situation zu unterstreichen, und wurde prompt damit belohnt, dass mir Krämpfe durch den Unterleib jagten.

Die Wärmeflasche lag neben mir auf der Couch. Ich würde hier sitzen bleiben und sie mir an den Bauch drücken, bis ich gezwungen wurde, mich wieder zu bewegen. Sie war das Zeichen dafür, dass ich nicht drauf und dran war, Mutter zu werden. Keyton und ich würden nicht für den Rest unseres Lebens durch eine Miniaturausgabe von ihm oder mir – oder auch einer perfekten Mischung aus uns beiden – aneinandergebunden sein.

Er sank vor mir auf die Knie und nahm meine Hände in seine. »Ich möchte nicht aus dem Schneider sein. Das wollte ich nie. Das Einzige, was ich will, ist, dir oder unserem Kind keinen Schaden zuzufügen.« Er kniff die Augen zu und umklammerte meine Hände fester. Dann blickte er durch einen Tränenschleier zu mir auf und atmete tief ein, so als hätten die alten Erinnerungen, die ihn heimgesucht hatten, ihn beinahe aufs Neue gebrochen.

»Zweifle nie daran, dass ich ein Kind mit dir will. Das wünsche ich mir nach wie vor auf verzweifelte, fast schon angsteinflößende Weise. Ich weiß, dazu sind wir noch nicht bereit, aber jetzt weiß ich, dass ich nie so richtig bereit sein werde. Das Problem war nicht die mögliche Schwangerschaft. Sondern meine Angst. Erst jetzt erkenne ich, dass meine wahre Angst darin besteht, ohne dich leben zu müssen. Das habe ich bereits getan, und zwar schon viel zu lange – und das möchte ich nicht mehr. Ich ertrage den Gedanken daran nicht, dass du nicht zu mir zurückkommst.«

»Woher weiß ich, dass du nicht wieder das Gleiche machen wirst? Ich brauche Menschen in meinem Leben, auf die ich mich verlassen kann.«

»Das weiß ich. Nichts, was ich sage, wird dich davon überzeugen können. Aber ich kann es dir jeden Tag beweisen.«

Ich schüttelte seine Hände ab, rieb mir die Stirn und sah aus dem Fenster. Ich hoffte ein wenig, dass Holden hereinkommen und darauf bestehen würde, dass wir abflogen.

Draußen stand ein Helikopter, der vorher nicht da gewesen war. Das Innere war noch erleuchtet, und der Pilot saß im Cockpit.

Ich riss den Kopf zu Keyton herum. »Wie bist du hergekommen?«

Sein Adamsapfel hüpfte. »Auf die einzige Art, wie man es in weniger als zwei Stunden von Philly bis hierher schafft.«

»Du bist in einen Helikopter gestiegen?« Er hatte gezittert, als er mir vor Kurzem von dem Beinahe-Unglück mit dem Hubschrauber erzählt hatte. Als ich beim *SeptemberWeen*-Festival in den Helikopter gestiegen war, hatte er die Maschine kaum ansehen können.

»Ich musste dir sagen, was ich wirklich empfinde, bevor du abfliegst. Das war die einzige Möglichkeit. Und ich musste dir das hier geben.« Aus seiner Tasche zog er ein kleines Bündel aus grünem Stoff. Darum war eine weiße Schleife gewickelt.

Mit bebenden Händen nahm ich es ihm ab.

Mein Blick huschte noch einmal von ihm zu dem Stoff, bevor ich an dem Band zog. Es öffnete sich und fiel auf beiden Seiten über meine Hände.

Ich faltete den weichen grünen Stoff auf und versuchte, die Worte darauf durch den Tränenschleier hindurch zu entziffern. Auf der Vorderseite prangte eine kleine Gleichung in weißem Siebdruck: *Mom + Dad = Me* mit einem kleinen Herzchen, das an dem e hing.

»Wann auch immer das eintritt, ich möchte es mit dir erleben.« Seine Finger legten sich um meine Handgelenke. »Es wird kein Tag vergehen, an dem ich nicht bereuen werde, wie ich auf die Neuigkeiten reagiert habe, auch wenn sie sich nicht bewahrheitet haben. Ich konnte die ganze Zeit an nichts anderes denken als daran, wie ich es schaffen kann, der Ehemann zu werden, den du verdient hast und mit dem du eine Familie gründen kannst.«

Ich konnte den Blick nicht von dem winzigen Strampelanzug abwenden. Ich hatte von einem kleinen, pummeligen, brabbelnden Baby mit seinen Augen geträumt.

Doch als er gegangen war – er war vor dieser Zukunft davongelaufen, und woher sollte ich wissen, ob er es nicht erneut tun würde, selbst nachdem ich alles für unser gemeinsames Leben aufgegeben hatte? Die Musik war alles, was mir geblieben war. Sie erfüllte mich in einem Maß, dass es genug war, verlieh mir jedoch nicht das übersprudelnde Glücksgefühl, das er mir gab.

Meine Brust schmerzte, jeder Schlag meines Herzens machte es mir schwerer, zu Atem zu kommen. Ich kniff die Augen zusammen.

Er hatte alles vor mir offengelegt. All die Sorgen und Ängste. Viele davon teilte ich. Die unbekannte Zukunft war unheimlich, wenn mein Leben nicht von jemand anderem bestimmt wurde, ebenso wie die Aussicht, ihn so nah an mich heranzulassen, dass er in der Lage sein würde, mir mehr wehzutun als beim ersten Mal, als er in einem Hagelsturm aus Holzsplittern davongerannt war. Womöglich waren diese Ängste immer da gewesen, wie Splitter, die versuchten, sich den Weg aus meinem Herzen freizukämpfen, damit meine Wunden endlich heilen konnten: die Furcht davor, das ängstliche Mädchen mit der Gitarre auf der Bühne zu sein, das sich vor der ganzen Welt – oder auch nur für eine einzelne Person – die Seele aus dem Leib sang.

Ich öffnete die Augen und betrachtete den Mann, der schon als Junge mein Herz gewonnen hatte, immer mit meiner Seele verbunden gewesen war und mit meiner gesamten Existenz verwoben war.

Der Pfad, auf dem wir gewandelt waren, war lang und verschlungen gewesen, hatte sich über weite Entfernungen und viele Jahre erstreckt. Nun standen wir hier an dieser Wegkreuzung, die unser Dasein entweder von hier bis in alle Ewigkeit trennen würde oder es durch Feuer und die Wunden der Vergangenheit und Gegenwart für immer verschmelzen lassen würde.

Doch die Frage blieb bestehen: *Wie möchte ich den Rest meines Lebens verbringen?*

Laute Schritte eilten die Treppe zum Flugzeug herauf.

Holden erschien in der Tür. »Bay, sorry, dass ich euch unterbreche, aber wir haben noch etwa zehn Minuten, bevor wir unser Zeitfenster für den Abflug verpassen. Danach geht's erst morgen wieder.«

Ich blickte von Holden zu Keyton, mein Puls raste durch

meine Adern. »Ich kann nicht.« Meine Stimme brach. Ich rutschte zurück, in meiner Nase brannten die Tränen, die ich nicht fließen lassen durfte.

Keyton ließ den Kopf hängen und setzte sich auf den Boden, die Hände legte er auf seinen Beinen ab. So saß er dort für einige quälende Augenblicke, in denen ich mir nicht sicher war, ob ich die richtige Wahl getroffen hatte. Ich war mir nicht sicher, ob ich nicht vor der Situation wegrannte, während ich wie versteinert auf der Couch saß.

»Ich verstehe.« Er erhob sich vom Boden und ging zwei Schritte auf mich zu, bevor er sich herunterbeugte und mir einen Kuss auf den Kopf drückte. »Ich hoffe, du findest dein Glück, wenn auch nicht mit mir. Das war alles, was ich mir je für dich gewünscht habe: dass du glücklich bist. Doch egal, was kommt, du sollst wissen, dass ich dich liebe. Ich habe dich immer geliebt, und ich werde dich immer lieben, Neue.« Seine Stimme bebte, und ich kniff die Augen und die Lippen zusammen.

Ein hässlicher Schluchzer versuchte, sich aus meiner Kehle zu lösen.

Und dann war seine Wärme fort. Er eilte an Holden vorbei, und das Flugzeug wankte, als er mit entschlossenen Schritten die Treppe hinunterlief.

»Bay …«

»Nicht.« Ich hielt eine Hand in die Höhe.

Holden trat einen Schritt zurück und verschränkte die Finger ineinander. »Wir müssen nicht unbedingt jetzt fliegen.«

Ich wischte mir die Tränen von den Wangen. »Aber dann verpassen wir unser Zeitfenster.« Das würde in London alles in Verzug bringen. Aus dem Augenwinkel nahm ich die einsame Gestalt war, die sich vom Flugzeug fortbewegte, während alle anderen darauf zugingen.

Dieses Leben war sicher. Dieses Leben war chaotisch und verrückt. Dieses Leben war frei von Menschen, die ich so nah an mich heranließ, dass sie mir wehtun konnten.

Emily und Eric sowie einige weitere Leute betraten das Flugzeug. Die Motoren wurden gestartet, wodurch mehr Luft durch die Lüftung gepumpt wurde. Die gedämpften Stimmen von den Menschen um mich herum hörten sich so weit entfernt an. Eine Flugbegleiterin erschien, um allen die Mäntel abzunehmen und sie wegzulegen. Acht Stunden Reise über den Ozean. In acht Stunden wären wir einen Kontinent voneinander entfernt. Innerhalb von acht Wochen hatte er mir gezeigt, wie anders mein Leben mit jemanden sein konnte, den ich liebte. Innerhalb von zehn Jahren hatte er bewiesen, dass es niemals jemanden geben könnte oder würde, den ich so sehr liebte wie den gebrochenen Jungen, der mich über unseren Gartenzaun hinweg angesehen hatte.

Die Flugbegleiterin wanderte durch den Gang. »Würden bitte alle Platz nehmen? Wir sind startbereit.«

37

Keyton

Eine Zeit lang war der schlimmste Moment in meinem Leben der gewesen, als ich in einem Helikopter fast in den Tod gestürzt wäre. Doch nachdem ich Bay auf den Kopf geküsst und gewusst hatte, dass dies unsere letzte Berührung sein würde, hätte ich einen Flugzeugabsturz dem verheerenden Feuer in meiner Brust allemal vorgezogen. Ich fühlte mich, als würde mir das Fleisch von den Knochen gezogen, und ich konnte nur davon träumen, dass die Taubheit diesem Schmerz ein Ende setzen würde. Denn er zwang mich beinahe in die Knie.

Die Sonne ging unter, und die Luft auf der offenen Landebahn verwandelte sich von frisch in eiskalt, als die Turbinen zusätzlich Wind machten.

Ich starrte auf den Piloten im Helikopter und hatte nicht die geringste Ahnung, was ich tun sollte. Wie sollte ich ohne sie weiterleben? Die Motoren des Jets wurden gestartet, und ich musste mich davon abhalten, zu ihr zurückzulaufen.

Sie hatte mich abgewiesen. Mir war nicht vergeben worden. War das nicht mittlerweile unser Modus Operandi? Dies fühlte sich wie der Tanz an, den zu wiederholen wir verdammt gewesen waren, und zwar nahezu jedes halbe Jahrzehnt.

Möglicherweise würde sie ein Wahnsinnsalbum aus unseren Monaten im Paradies herausholen können.

Ihr Flugzeug würde gleich starten, und sie würde wieder in ihre Welt aus Tourbussen, ehrfürchtigen Fans und einem stressigen Tagesablauf zurückkehren, der ihr keine Zeit lassen würde, an mich zu denken, bevor sie jeden Abend in den Schlaf des seligen Vergessens abdriftete.

Ich würde … An ein Leben nach diesem Moment zu denken konnte ich nicht ertragen. Mit abgehackten Schritten stakste ich auf den Helikopter zu. Der Motor des Jets hinter mir wurde lauter. Bald würden die Räder den Boden verlassen und mit ihnen mein Herz.

Eine Stimme, die beinahe vom Dröhnen der Maschine übertönt wurde, ließ mich aufhorchen: »Warte!«

Ich wirbelte herum.

Ganz oben auf der Treppe des Flugzeugs wedelte Bay mit den Armen. Mit zwei Sprüngen überwand sie die Stufen und rannte auf mich zu. So schnell, dass ihre Füße kaum den Boden berührten. Weiße Wölkchen verließen ihre Lippen. Ihr Haar peitschte hinter ihr in der kalten Luft hin und her.

Mein Herz setzte einen Schlag aus. Ich hatte Angst, das Ganze wäre ein Traum. Wagte es nicht zu hoffen.

Ihr Gesicht glänzte vor Tränen. »Warte.« Sie eilte auf mich zu und hielt nicht an, bis sie einen halben Schritt von mir entfernt stand. »Ich konnte nicht gehen, ohne es dir zu sagen«, rief sie über den Lärm hinweg.

Ich presste meine Hände seitlich gegen meine Beine, damit ich sie nicht nach ihr ausstreckte. »Mir was zu sagen?«

»Dass ich in dieses Flugzeug steigen könnte, um nach London zu fliegen und mein Leben auf die Art weiterzuführen, wie ich es in den letzten fünf Jahren getan habe.« Sie schluckte und starrte mich mit feucht schimmernden Augen an. »Doch das will ich nicht. Ich möchte keinen weiteren Tag leben, ohne dass du weißt, wie sehr ich dich liebe, und ohne deine Liebe zu spüren. Du machst mir mehr Angst als alles, was ich je erlebt habe. Denn du bist der Eine für mich. Ich habe Angst, Dare.« Sie hielt meinen Blick gefangen und zeigte mir damit genau, welche Gefühle ich in ihr hervorrief: die Angst, die Sehnsucht, die Liebe. All das loderte in ihren Augen, so hell, dass es sich anfühlte, als könnte ihr Blick die Luft versengen.

Ich zog sie in meine Arme. »Du machst mir auch Angst, Bay. Ich habe noch nie jemanden so geliebt wie dich. Und das werde ich auch nie. Aber ich verspreche dir, wir stehen das gemeinsam durch, und ich werde nie wieder zulassen, dass die Furcht vor meinen Gefühlen mich zum Weglaufen zwingt. Wenn ich das nächste Mal laufe, sollst du neben mir laufen, und zwar einer Zukunft entgegen, von der wir beide nur träumen können. Eine Zukunft, die wunderschön, perfekt, fehlerhaft und chaotisch ist – und die ganz allein uns gehört.«

Ich hielt ihr Gesicht in meinen Händen.

Sie nickte, während ihr Tränen die Wangen herabliefen, und sie klammerte sich an meinen Mantel. »Genau das möchte ich mit dir erleben. Das brauche ich. Ich liebe dich, Keyton. Ich habe dich immer geliebt, und ich glaube nicht, dass ich aufhören könnte, selbst wenn ich es wollte. Doch das will ich nicht. Und das werde ich auch nie.«

»Ich liebe dich auch, Bay. Jetzt und für immer.«

Holden scheuchte uns beide von der Landebahn zurück ins Flugzeug.

Wir versöhnten uns im Schlafzimmer im hinteren Bereich des Flugzeugs und hielten einander im Doppelbett fest umschlungen. Wir redeten, lachten und weinten. Endlich teilten wir alles miteinander, ohne Zögern oder Vorbehalte, das Gute, das Schlechte und das Hässliche. Der einzige Weg, wie wir es gemeinsam schaffen würden, war gemeinsam, als Team.

Und bei der Pressekonferenz zum Start von Bays Tour verkündete sie, dass es ihre Abschiedstour sein würde.

Das erschütterte mich bis ins Mark. Bei all den Gesprächen, die wir im Flugzeug geführt hatten, hatte sie nicht erwähnt, dass sie aufhören wollte.

Sofort wurden Fragen laut, und erhobene Stimmen erfüllten den Saal. Holden griff nach seinem Touchpen und dem Tablet und murmelte vor sich hin, dass er der Letzte war, der es erfuhr.

Jemand im Raum erkannte mich, möglicherweise von einem der Spiele, an denen wir in London teilgenommen hatten.

»Hat das vielleicht etwas mit dem Football-Spieler im Raum zu tun?«

Bay lehnte sich dicht ans Mikrofon heran. »Absolut.«

Diesmal brach ein regelrechtes Chaos aus, doch als ihr Blick auf meinen traf, fühlte es sich an, als hätten wir endlich unseren Frieden gefunden.

Holden schritt ein, nachdem Bay bereits zwanzig Fragen beantwortet hatte und die Journalisten trotzdem nicht nachlassen wollten.

Schließlich saßen wir im Wagen, der uns zurück zum Flughafen brachte, damit ich meinen Rückflug erwischte. Außerhalb der getönten Scheiben herrschte ein wahres Blitzlichtgewitter, sodass auch das Innere des Fahrzeugs hell erleuchtet wurde. Menschen klopften laut an die Scheiben und schrien ihren Namen.

»Bist du sicher, dass du das alles hinter dir lassen möchtest?«

Sie sah mir mit einem Blick in die Augen, der so offen und entschlossen war, wie ich es noch nie erlebt hatte. »Ich hege nicht den geringsten Zweifel.«

»Was kommt als Nächstes?« Ich starrte auf unsere verschränkten Finger hinunter, die auf meinem Bein ruhten.

»Was immer wir wollen. Nun ja, nicht ganz.« Sie kaute auf ihrer Unterlippe herum. »Ich werde erst mal die Tour beenden und alle vertraglichen Verpflichtungen erfüllen müssen. Mein Leben wird noch für mindestens ein Jahr nicht wirklich mir gehören. Ich bin sicher, dass Holden gerade mit Maddy telefoniert und alles plant.«

»Ich unterstütze jede Entscheidung, die du triffst.«

Sie hob unsere verbundenen Hände an ihre Lippen und küsste meinen Handrücken. »Ich weiß, und das ist der Hauptgrund, warum ich mutig genug bin, um das hier durchzuziehen. Ich möchte auf der Tribüne sitzen und dich anfeuern. Ich möchte ein ruhiges Studio finden und an meiner Musik arbeiten. Ich möchte ein Leben mit dir aufbauen.«

»Ich habe noch nie etwas in meinem Leben mehr gewollt.«

Unser Abschied am Flughafen war nicht annähernd so tränenreich wie vor unserem letzten Abflug. Sie hatte die Beine um meine Taille geschlungen und hielt sich mit beiden Armen an meinem Nacken fest. Die beißende Kälte Londons war kein Vergleich zur Hitze ihres Körpers, der sich an meinen presste.

»Ich liebe dich, Bay.« Ich vergrub die Hände in ihrem Haar und drückte sie an mich.

»Ich liebe dich auch. Erst in drei Wochen kann ich das hier wieder tun.« Sie lockerte ihren Griff und glitt an der Vorderseite meines Körper hinab.

»Ein achtzehnstündiges Zeitfenster, das ich kaum erwarten kann.« Ich lehnte mich an die Treppe, die zum Flugzeug führte, und strich ihr eine Strähne aus dem Gesicht, bevor ich ihr die Mütze tiefer über die Ohren zog.

Sie schüttelte den Kopf. »Das wird nicht genug sein.«

»Nein, aber es wird fürs Erste reichen. Wir haben den Rest unseres Lebens, Bay.«

38

Keyton

Fünfzehn Monate später

Ich spuckte einen Grashalm aus. Meine Finger schmerzten, und die eisige Kälte drang durch meine Handschuhe. In der Hocke sitzend starrte ich auf die dicht aneinandergereihten Spieler der Defensive Line.

Das Klammerpflaster über meiner rechten Augenbraue löste sich durch den ganzen Schweiß, der mir über das Gesicht lief, obwohl es so kalt war, dass die Flüssigkeit unter dem Haftstreifen gefror.

Mein Körper schrie nach Erlösung und Ruhe, doch mein Adrenalinpegel stieg an, um mich mit der Motivation zu versorgen, die ich benötigte. Dies war die Saison, die ich mir so lange erträumt hatte.

Oben in der Loge saß Bay und schaute mir zu. Ihre Vergebung war ein Geschenk, das ich nie als selbstverständlich erachten würde.

Jemand schlug an meinen Helm.

Die Spielzeituhr lief. Wir lagen einen Punkt zurück und hatten noch zweiundzwanzig Yards zurückzulegen.

Mein Blut rauschte durch meine Adern. Ich konnte meinen Puls in meinen Augenlidern spüren. Zwei meiner Finger waren aneinandergetapt, nachdem sie mir im letzten Spielzug des Viertels beinahe ausgerenkt worden waren.

Zwischen den Spielerreihen bildeten sich weiße Atemwolken.

Das Stadion bebte vor jubelnden Fans, die keinerlei Gedanken daran verschwendeten, dass sie sich gerade den Hintern abfroren.

Ich stemmte meine Stollenschuhe in den Boden und wartete auf den Ausruf.

Der Quarterback von Wisconsin rief, und alle schienen sich wie in Zeitlupe in Bewegung zu setzen. In unserer Linie tat sich eine Lücke auf, und ein Linebacker stürmte geradewegs auf ihn zu. Ich nutzte das letzte bisschen Adrenalin, um eine Interception auszuführen, indem ich ihn mit der Schulter rammte und zu Boden warf.

Wenige Zentimeter von unserem Quarterback entfernt landeten wir, und der Ball segelte über unsere Köpfe hinweg. Ich sprang auf und verfolgte den Wurf, der im perfekten Bogen über das Feld flog.

Der Atem gefror mir in der Lunge, allerdings lag das nicht an den Temperaturen.

Die Zeit blieb stehen, und das gesamte Stadion war auf den Beinen, ohne einen Laut von sich zu geben.

Ein Spieler unseres Teams erwischte den Ball mit den Fingerspitzen und schlug ihn aus der Luft.

Meine Hand schlug gegen meine Brust und krallte sich in das Trikot.

Der Quarterback packte mich von hinten an den Schulterpads.

Eine Fumble Recovery.

Unser Running Back nahm den Ball und drückte ihn an seine Brust, bevor er sich in die Endzone fallen ließ.

Wie benommen stand ich da und beobachtete, wie das Stadion in Jubel ausbrach, bevor meine Teamkollegen auf uns zugelaufen kamen.

Die Bänke an den Seitenlinien leerten sich, und alle strömten aufs Feld. Das Team, das es zuvor über zehn Jahre lang nicht mehr in die Play-offs geschafft hatte, hatte gerade seine zweite National Championship gewonnen – hintereinander.

Körper prallten gegen mich. Meine Teamkollegen hoben mich hoch, umarmten mich und brüllten ihre Begeisterung in den Himmel.

Verschwitzt, müde und vom Rausch des Sieges erfüllt, schloss ich mich meinem feiernden Team an.

Uns wurden Mützen auf den Kopf gezogen, und Kameras drängten sich zwischen die Feiernden. Reporter hielten uns Mikrofone vors Gesicht.

Inmitten des ganzen Wahnsinns wurde die Trophäe mit dem silbernen Football an der Spitze von unserem Quarterback in die Luft gereckt. Er packte mich und drückte sie mir in die Hände.

»Ich hätte nicht gedacht, dass es diesmal so knapp werden würde, wo du doch die ganze Saison über bei uns gewesen bist!« Grinsend schüttelte er mich. »Noch eine?«

Ich starrte das Menschenmeer an und saugte die Energie in mich auf. Ich genoss den Moment meines zweiten Championship-Sieges, nachdem ich so viel Blut, Schweiß und Tränen in dieses Team gesteckt hatte.

Konfetti regnete auf das Getümmel herab, und die Menge teilte sich.

Bay kam auf mich zu. Sie trug noch immer das Outfit, das sie während ihres Auftritts bei der Halbzeit-Show getragen hatte, mitsamt der Jacke, die aus einem Trikot unserer Mannschaft geschneidert worden und nicht annähernd warm genug war. Doch sie hatte ihren letzten Auftritt mit einem Knall beenden wollen.

»Es reicht.« Die Worte hallten in meinem Kopf wider. Ich gab dem Quarterback die Trophäe zurück. »In der nächsten Saison seid ihr Jungs auf euch allein gestellt.«

Er wirkte enttäuscht, doch ich blieb nicht, um mich dem Schwall an Fragen zu stellen. Stattdessen legte ich die Arme um die Taille meiner Frau, um sie durch die Luft zu wirbeln.

Sie lachte und umarmte mich, obwohl ich entsetzlich verschwitzt war. »Glückwunsch, Mr Keyton.«

Ich schlang die Arme fester um sie und flüsterte ihr ins Ohr: »Glückwunsch, Mrs Keyton.« Während ich diese Worte aussprach, wurde ich von einer Welle des Glücks überwältigt.

Eine Hand landete auf meiner Schulter und zog mich von Bay fort.

»Hier haben wir Darren Keyton und seine Freundin Bay, die in der Halbzeit-Show aufgetreten ist. Ihr hattet beide einen überaus erfolgreichen Abend.«

Ich drückte Bay an mich, und mein Herz schlug so heftig, als hätte ich gerade den Sieges-Spielzug ausgeführt. »Allerdings. Und ohne sie an meiner Seite hätte ich es nicht geschafft.«

»Irgendwelche Neuigkeiten darüber, wann ihr den Bund fürs Leben schließen wollt?«

Unsere Ringe lagen auf der Kommode in unserem Mietshaus, das sich nicht weit vom Stadion entfernt befand. Die Trauung, die mit weniger als zwanzig Anwesenden auf einer Privatinsel fernab von neugierigen Blicken stattgefunden hatte, war immer noch nicht öffentlich bekannt. Jeden Abend, wenn ich nach Hause kam, ließ ich den Ring auf ihren Finger gleiten und durfte aufs Neue sagen: »Ja, ich will.«

Ich lehnte mich zum Mikrofon vor. »Wir versuchen immer noch, den perfekten Zeitpunkt zu finden.«

Die Fragen ließen nicht nach, und uns wurden unaufhörlich Mikrofone vor die Nase gehalten, doch ich konnte mein Grinsen nicht verbergen. Ich hatte wohl nicht aufgehört zu lächeln, seitdem sie die Treppe vor dem Jet herunter- und in meine Arme gelaufen war.

Die nächsten Stunden vergingen wie im Flug, während wir uns den Feierlichkeiten hingaben. Alles verschwamm miteinander: Champagner-Duschen, Gatorade-Bäder, zehn Sekunden lange Interview-Clips, Pressekonferenzen und Zeit mit dem Team von Physiotherapeuten, um wieder zusammengeflickt zu werden.

Bay hatte über den Abend verteilt ihre eigenen Interviews zu geben. Die Reporter stellten Fragen zu ihrem nächsten Album, der nächsten Tour und der nächsten Produktlinie. Sie wich gekonnt aus und lenkte die Aufmerksamkeit auf zwei Newcomer, mit denen sie derzeit zusammenarbeitete.

Nachdem die Konfettikanonen ihre Ladung verschossen hatten, zogen wir in die Umkleidekabine weiter. Der Boden war feucht von Alkohol und Schweiß. Dies war womöglich das letzte Mal, dass ich in einem Raum wie diesem stand, nachdem ich – wenn man die Minuten zusammenzählte – vermutlich mehrere Jahre meines Lebens in solchen Umkleiden verbracht hatte.

Die meisten Spieler waren schon gegangen, um den großen Sieg zu feiern. Ich hatte genug Ringe, um eineinhalb Hände damit auszustatten. Der Reiz der Siegesfeier war schon lange von meiner Liebe zum Spiel in den Schatten gestellt worden. Und selbst die hatte inzwischen nachgelassen.

Hände legten sich an meine Taille.

Ich hob die Arme und drehte mich in Bays Griff, bevor ich sie umarmte. Sie trug bereits ihren Mantel.

Holden stand am Ende der Reihe von Spinden.

»Hey, du bist gekommen.« Ich streckte ihm meine Hand entgegen.

Er löste seine verschränkten Arme. »Als würde ich mir ihren vermutlich letzten Auftritt entgehen lassen.«

Wir schüttelten uns die Hand. »Danke, dass du zurückgekommen bist. Bei dem Gedanken, das Ganze ohne dich machen zu müssen, hat sie sich in ein nervöses Wrack verwandelt.«

»Als würde ich das zulassen.«

Bay verdrehte die Augen. »Danke fürs Kommen, Holden.« Sie umarmte ihn und küsste ihn auf die Wange.

»Pass lieber auf. Nicht dass dein Ehemann noch eifersüchtig wird«, flüsterte er so leise, dass nur wir es hören konnten.

Sie warf einen Blick über ihre Schulter. »Nein, er weiß, dass mein Herz nur ihm gehört.«

»Okay, genug von den erdrückenden Liebesbekundungen. Ich muss einen Flieger erwischen. Ich sehe euch, wenn diese Tour vorbei ist.« Und dann war er fort.

»Ist es seltsam, ihn nicht jeden Tag zu sehen?«

»Ich vermisse ihn. Aber glücklicherweise ist dieses Tablet mit seiner Hand verschmolzen, sodass ich ihn immer erreichen kann, wenn ich ihn brauche.«

»Er ist ein guter Freund.«

»Einer der besten.«

Ich schloss die zwei obersten Knöpfe ihres Mantels und fischte ihre Mütze aus der Tasche, bevor ich sie ihr über die Augen zog.

Sie schürzte die Lippen. Dann schob sie die Mütze wieder hoch und steckte ihre Hände in meine Taschen, bevor sie ihr Kinn an meine Brust lehnte.

»Großartiges Spiel.«

»Großartiger Auftritt.«

Sie rümpfte die Nase. »Er bestand nur aus Lichtern und Feuerwerk. Schall und Rauch.«

»Und aus dir.«

»Lass uns nach Hause gehen.«

Unser Zuhause hätte genauso gut auch die Rückbank eines Autos sein können. Oder eine Einzimmerwohnung. Ein Flughafenterminal. Solange ich mit ihr zusammen war, war ich zu Hause. Auf der Fahrt fing es zu schneien an. Nun, da ich nie wieder darin spielen müssen würde, konnte ich den Schnee sogar genießen.

Die frühe Morgensonne hatte den Horizont beinahe hinter sich gelassen, als wir bei unserem Mietshaus – einem Gebäude im gemütlichen Cottage-Stil – ankamen. Wir hatten ein Tonstudio einbauen lassen und alles, was man sonst noch brauchte, um einen eiskalten Winter in Wisconsin zu überstehen.

Wir legten unsere Wintersachen an der Tür ab, die immer noch mit Weihnachtsdekoration geschmückt war, und gingen direkt nach oben in unser Schlafzimmer.

Neben dem Bett wartete eine Flasche Champagner in einem Eiskübel. Auf der Kommode stand ein Tablett mit Behältern voller Essen für uns bereit.

Ich wandte mich zu Bay um.

Sie tippte sich mit dem Finger an die Lippen. »Okay, vielleicht war Holden mir noch was schuldig.«

»In dem Fall sollten wir seine Mühe auch wertschätzen.« Ich schnappte mir die Ringe von der Kommode und stieg neben Bay aufs Bett.

Sie setzte sich mit zwei Gläsern Perlwein auf dem Tablett im Schneidersitz in die Mitte der Matratze.

»Das wird niemals langweilig.« Ich hielt ihre Hand in meiner und blickte in ihre Augen, während sich die Ringe überlappend vor ihrer Fingerspitze befanden. Dies taten wir nicht jeden Abend, sondern nur zu ganz besonderen Anlässen, wenn wir uns in Erinnerung riefen, wie außergewöhnlich unsere Liebe war und wir viel Glück wir hatten, weil wir zusammen sein konnten. »Mein ganzes Leben lang habe ich auf diese eine Person gewartet, die so sehr an mich glaubt, dass auch ich an mich glauben kann. Der Tag, an dem ich dich gefunden habe, war der Tag, an dem ich aufgehört habe, nur zu existieren, und wirklich lebendig geworden bin.« Ich ließ die Ringe auf ihre Finger gleiten, bevor ich ihre Hand umdrehte und die Handfläche küsste.

Ihre Hand strich über meinen Hinterkopf. Die Lippen berührten meine Stirn.

Sie nahm mir den Ring in meiner anderen Hand ab und platzierte meine Handfläche an ihrer Brust. »Du hast meine Träume auf mehr als eine Art wahr werden lassen. Ich hätte nie auch nur halb so viel Kraft gehabt, wie nötig gewesen ist, um die Dinge durchzuziehen, wenn du nicht als Erster an mich geglaubt hättest. Ich liebe dich, Dare. Ich liebe dich, Keyton. Ich liebe dich, Ehemann.« Sie schob den Ring auf meinen Finger.

Die heutige Nacht verlangte nach inniger Nähe. Stille Glückseligkeit senkte sich über unser kleines Geheimnis, in unserem Zuhause, das wir füreinander darstellten. Wir nippten an unseren Getränken und sahen dem Schnee vor dem Fenster beim Fallen zu.

»Jeden Tag danke ich dem Universum dafür, dass es mich in meine Garage geschickt hat, als du das erste Mal gesungen hast. Der Gedanke daran, wie die Dinge für mich hätten ausgehen können, wenn ich dich nicht hätte singen hören, macht mir Angst.« Mein Leben wäre leer, und es wäre mir nicht einmal bewusst.

»Und ich wäre vielleicht nicht mutig genug gewesen, um jemanden meine Stimme hören zu lassen, wenn du sie nicht als Erster gehört hättest.« Sie drückte mich fester und seufzte.

»Wirst du es vermissen? Das Auftreten?« Mir gefiel es nicht, dass sie so viel aufgab. Dass sie sich aus dem Rampenlicht zurückzog, das die meisten Leute anzog wie ein unentrinnbarer Traktorstrahl.

Das Licht liebkoste ihre Haut, betonte die Linie ihrer Nase und ihre leicht geöffneten Lippen. Ihr Blick blieb auf den Schnee draußen gerichtet. »Eines Tages vielleicht? Aber gerade jetzt bin ich froh, sagen zu können, dass heute der letzte Auftritt meiner Karriere stattgefunden hat. Vielleicht werde ich dir in der nächsten Saison von den eiskalten Plätzen auf der Tribüne aus zusehen können wie alle anderen auch.«

Ich nahm ihr das Glas ab und stellte es zusammen mit meinem auf den Nachttisch.

Dann verschränkte ich unsere Finger miteinander. »Das war meine letzte Saison.«

Sie schoss in die Höhe, ihre Augen waren groß und ihre Lippen geteilt, während sie ungläubig den Kopf schüttelte. »Was? Warum?«

»Es ist an der Zeit.« Es war schwer gewesen, immer unterwegs und von ihr getrennt zu sein. Vor allem, da sie dieses Leben für mich aufgegeben hatte.

Sie versuchte, mir ihre Hände zu entziehen, doch ich hielt sie fest. »Aber du hast so hart dafür gearbeitet.«

»Und mir selbst bewiesen, dass ich es kann. Mehr kann ich nicht erreichen.«

Ihr Blick wurde eindringlicher, fast schien es, als wäre sie stellvertretend für mich wütend. »Mach das nicht für mich.«

»Ich mache alles für dich.« Ich küsste ihren Handrücken. »Aber diese Entscheidung habe ich allein getroffen. Es ist an der Zeit. Acht Championship-Ringe sind genug. Ab diesem

Punkt fordere ich doch nur noch das Schicksal heraus, wie eine Verletzung, die mich möglicherweise noch von dir trennen könnte. Solange ich dich an meiner Seite habe, brauche ich nichts anderes.«

»Dare …«

Mittlerweile liebte ich es, wenn sie mich so nannte. Eine weitere Sache, die nur uns gehörte. »Ich bereue nichts an meiner Karriere. Es ist an der Zeit, zum nächsten Teil meines Lebens überzugehen. Dem besten Teil.«

Ihr Blick wurde weicher, und sie hielt unsere verbundenen Hände an ihre Brust. »Welcher Teil ist das?«

»Der Teil, bei dem ich jeden Morgen neben dir aufwachen und jeden Abend mit dir in meinen Armen einschlafen darf.«

39

Bay

Ein Jahr später

Ich drehte die Musik lauter und machte mir Notizen zu den Zeilen, die ich würde ändern müssen.

Das Studio, das wir hatten einbauen lassen, verfügte über die gesamte Ausstattung und den Platz, den ich brauchte, und konnte mit einigen der besten Studios mithalten, in denen ich gearbeitet hatte. Allerdings gehörte dieses allein mir. Jeden Morgen am selben Ort neben Keyton aufzuwachen war ohne Zweifel tausendmal besser als mein Leben auf Tour.

Das rote Backsteinhaus mit fünf Zimmern, weißen Fensterläden und knapp einem halben Hektar Land drum herum lag nahe genug an der Hauptstraße, dass wir zu Fuß zum Lebensmittelgeschäft gehen konnten. Ein kleines Örtchen nur wenige Minuten außerhalb der Stadt war der perfekte Platz für unsere kleine Oase. Viele andere Sportler wohnten in der Nähe, und auch das Haus, das Keyton für meinen Mädelstag mit Piper und Felicia gemietet hatte, befand sich lediglich ein paar Häuserblocks entfernt. Seit unserem Einzug in unser Haus hatte es also nicht allzu viele Begegnungen mit Fans gegeben.

Unser Haus. Die Worte fühlten sich immer noch seltsam und dennoch richtig an. In Philly zu wohnen brachte den Vorteil, dass wir in der Nähe seiner Freunde waren – die nun auch meine Freunde waren und ihn mit der Stiftung gut beschäftigt hielten. Unser Leben war voll von simplem Vergnügen, viel Ruhe und auch weniger Ruhe, wenn wir beide innerhalb weniger Sekunden nackt waren, ohne die ganzen Anforderungen, die unser beider Leben so lange bestimmt hatten.

Die Tür wurde aufgeschlagen und knallte an die schallgedämpfte Wand. Noch bevor ich mich umdrehen konnte, wurde mein Stuhl schon so hastig herumgewirbelt, dass ich mich an die Lehnen klammern musste, um nicht zu fallen. »Heilige Scheiße, Bay!«

»Was ist passiert?«

Mein Herz begann zu rasen.

»Heilige Scheiße.« Keyton schlang die Arme um mich und zog mich aus dem Stuhl, um mich fest an sich zu drücken, während meine Arme an den Seiten baumelten. »Du hast es geschafft!« Er sprang auf und ab, wobei er mich kräftig durchschüttelte, obwohl mir von dem Stuhldreher noch schwindelig war.

In seiner Stimme lag keine Dringlichkeit, sondern Aufregung. »Ich bin absolut dazu bereit, die Lorbeeren einzuheimsen, aber vielleicht könntest du mir erst mal verraten, wofür eigentlich.« Lachend blickte ich ihm entgegen.

Er ließ mich los, sodass ich wieder auf den Stuhl sank, bevor er mir sein Handy vor die Nase hielt.

Der leuchtende Bildschirm blendete mich, weil meine Augen an das schummrige Licht im Studio gewöhnt waren. Angestrengt versuchte ich, mich auf die Wörter und Bilder zu konzentrieren.

Es vergingen einige Sekunden, in denen ich über den Bildschirm scrollte und herauszufinden versuchte, was seinen lautstarken Auftritt rechtfertigen könnte.

Meine Hand flog an den Mund. »Heilige Scheiße!«

Er nahm das Handy wieder entgegen und las vor: »Und der Newcomer überraschte die Welt mit seinem Debutalbum ›Fixtures‹, das von niemand Geringerem als der hoffentlich-nicht-mehr-lange-zurückgetretenen Pop-Ikone Bay produziert wurde. Beide sind für einen Grammy nominiert worden.« Seine Stimme klang voller Staunen.

Sein Lächeln wirkte breiter, als sich meines anfühlte. »Siehst du, ich hab's ja gesagt.« Er stützte die Hände auf die Armlehnen neben mir und sank vor mir auf die Knie.

Ich strich ihm über die Wange und betrachtete den Mann, der nie an mir gezweifelt hatte, selbst als ich an mir gezweifelt hatte. »Das hast du.«

Das Display meines Handys, das auf dem Mischpult lag, leuchtete auf und zeigte einen wohlbekannten Namen. »Sieht aus, als würde Holden nachlassen. Du hast es vor ihm herausgefunden.«

»Gehst du ran?« Er nickte in Richtung Handy.

Ich legte die Arme um seine Schultern. »Nein. Ich rufe ihn später zurück. Zuerst möchte ich mit meinem Ehemann feiern.«

»Ist es immer noch okay für dich, dass wir es geheim halten?« Er musterte mich eindringlich.

Er hatte vorgeschlagen, unsere Hochzeit nicht bekanntzugeben. Der Medienzirkus um uns nahm endlich ab. In den Nachrichten und den sozialen Medien gab es inzwischen neue Gesichter und pikante Geschichten. Wir wurden langsam uninteressant, und das Rampenlicht ließ nach. Er hatte Sorge, dass die Neuigkeit uns wieder jene Aufmerksamkeit verschaffen würde, die wir nur zu gern hinter uns gelassen hatten. Außer es ging um seine Stiftung.

Ich war mittlerweile erstaunt darüber, dass es uns bis jetzt gelungen war, das Ganze unter Verschluss zu halten.

»So lange, wie du willst. Ich habe gerne Geheimnisse mit dir. Etwas, das nur uns gehört.«

Er zog mich näher zu sich heran. »Ich kann nicht behaupten, dass es mir was ausmacht, die Neue ganz für mich alleine zu haben.«

»Ach, ist das so, Dare?« Ich strich über seinen muskulösen Nacken.

»Absolut.« Er ließ die Hände von den Armlehnen zu meiner Taille wandern. »Habe ich dir je gesagt, wie unglaublich talentiert du bist?«

»Nur einmal wöchentlich. Aber ich kann nicht behaupten, dass ich es nicht gerne höre.« Als ich Spencer und Holden die Songs präsentiert hatte, hatte ich mich selbstsicher gegeben, doch ich hatte mit angehaltenem Atem darauf gewartet, wie sie bei ihnen ankommen würden. Vier Nummer-eins-Hits auf einem Debütalbum waren gar nicht so übel.

Nun riefen mich Manager und Labels aus dem ganzen Land an, doch ich war entschlossen, mir Zeit dabei zu lassen, diesen neuen Lebensabschnitt zu beginnen. In einer Geschwindigkeit, die mir guttat. Einer Geschwindigkeit, die uns guttat.

Mein Handy klingelte und vibrierte vor lauter Anrufen und Nachrichten. Ich nahm es und drückte den Aus-Knopf.

»Möchtest du keine davon beantworten?«

»Nein, ich möchte mit dir feiern. Hier in unserem Zuhause.«

Er schob eine Hand unter meine Knie und legte eine an meinen Rücken, bevor er mich aus dem Stuhl hob und zu dem Sofa trug, das wir noch nicht eingeweiht hatten. »Und ich wollte hier drinnen kein Sofa haben, weil ich dachte, du würdest dann nie mehr hier rauskommen.«

Ich hielt mich an seinem Nacken fest und drückte meine Lippen auf seine. Lächelnd sagte ich: »Da hast du wohl falschgelegen.« Das kühle Leder berührte meinen Rücken, und ein Schauer überlief mich.

»Aber bei dir habe ich absolut richtiggelegen.« Er blickte mit derart liebevoller Verehrung auf mich herunter, dass mir Tränen in die Augen traten.

»Danke, dass du uns nicht aufgegeben hast.« Mein Leben ohne ihn war bloß eine leere Existenz gewesen. Und nun fühlte es sich an, als würde es beinahe platzen dank all des Glücks, das mich auf so viele Arten verändert hatte.

Sein Gewicht ruhte auf mir. »Niemals.«

Ich spreizte die Beine und schlang sie um ihn. »Ich bin die glücklichste Frau, die je gelebt hat, weil du mich so liebst, wie du es tust.«

»Ich bin nur froh, dass ich der Mann bin, der dir die Welt geben kann. Wir waren immer füreinander bestimmt, Neue.«